Nina Blazon
Im Bann des Fluchträgers

Zu diesem Buch

Der junge Waldmensch Ravin ist ein Ranjögjäger. Sein Bruder Jolon, ein schamanischer Heiler, findet einen seltsamen Kristall und fällt bei dessen Berührung in einen todesähnlichen Bann. Völlig verzweifelt begibt sich Ravin zur fernen Burg der Königin, um Hilfe für seinen Bruder zu erbitten. Dort erfährt er, dass es in Skaris eine mystische Quelle geben soll, die dem Sterbenden Rettung verspricht. Gemeinsam mit dem als untalentiert belächelten Zauberlehrling Darian tritt er die Reise in das ungewisse Grenzland jenseits der Berge an. Endlich am Ziel, erwartet sie eine dunkle Bedrohung: Hallgespenster und Feuerdämonen versetzen die Bewohner von Skaris in Angst und Schrecken. Als es Ravin und Darian gelingt, das Geheimnis zu lüften, kommt ein ungeheuerlicher Verrat zutage. Und ein gnadenloser Wettlauf mit der Zeit beginnt … Eine faszinierende Geschichte voller Intrigen, Verrat, schwarzer Magie und Liebe.

Nina Blazon, geboren 1969, ist in Neu-Ulm aufgewachsen und hat Slawistik und Germanistik studiert. Danach arbeitete sie als Werbetexterin in Stuttgart und schrieb Theaterstücke, Kurzgeschichten und Prosa. Ihr preisgekröntes Debüt »Im Bann des Fluchträgers« machte sie über Nacht zum vielversprechenden Hoffnungsträger der neuen deutschen Fantasy. Sie lebt mit ihrem Mann in Stuttgart.

Nina Blazon

Im Bann des FLUCHTRÄGERS

DIE WORAN-SAGA 1

Piper München Zürich

Ungekürzte Taschenbuchausgabe
Dezember 2006

Erstausgabe: Verlag Carl Ueberreuter, Wien 2003
Umschlagkonzept: Zero, München
Umschlaggestaltung: HildenDesign, München – www.hildendesign.de
Autorenfoto: Verlag Carl Ueberreuter, Wien
Druck und Bindung: Clausen & Bosse, Leck
Printed in Germany
ISBN-13: 978-3-492-29151-4
ISBN-10: 3-492-29151-1

www.piper.de

I

Die Quelle der Skaardja

Der Regen hatte Pony und Reiter überrascht, als sie schon fast in Sichtweite der Burg waren. Binnen weniger Augenblicke wurde der Wind zum Sturm und riss die herzförmigen Blätter der Jalabäume von den Ästen. Der Reiter zog seinen Mantel fester um die Schultern und die Kapuze tief ins Gesicht. Dann rief er »He!« und drückte dem Pony die Fersen in die Flanken. Es keuchte und stolperte bereits, als sie endlich den Waldrand erreichten.

Vor ihnen erstreckte sich ein Hügel, auf dem sich Gislans Burg erhob. An klaren Tagen schimmerten ihre Mauern wie Perlmutt, weshalb die Waldbewohner sie »Regenbogenburg« nannten. Unter dem wolkenverhangenen Himmel wirkte das Gemäuer jedoch steingrau und matt.

Vor dem Regen geschützt standen zwei Wachposten unter dem Bogen des Haupttores. Sie trugen Mäntel aus hellem Leder und stützten sich auf ihre Kampfspeere. Regungslos beobachteten sie den Reiter, der in kurzem Trab auf sie zuhielt.

»Sieht nicht aus, als käme er aus Tana«, sagte der Ältere.

»Wahrscheinlich ist es wieder einer der Waldleute aus den Lagern. Vergangene Nacht haben hier bereits mehrere vorgesprochen.«

Schlitternd kam das Pony vor ihnen zu stehen. Der Reiter sprang von seinem Rücken und knickte in den Knien ein, als seien seine Beine vom langen Ritt zu schwach. Er war zierlich und ging den Wachen gerade bis zur Schulter. Als er die Kapuze in den Nacken schob, sahen die Wachen ein feines, scharfgeschnittenes Gesicht, in dem die grünen Augen vor Übermüdung groß und glühend wirkten. Das braune Haar klebte nass an der Stirn. Der jüngere Wächter betrachtete den Ledersattel. Die eingeritzten Zeichnungen stellten mächtige Ranjögs mit schwarzen Hörnern dar. Das deutete darauf hin, dass tatsächlich ein Waldmensch vor ihnen stand, vielleicht ein Ranjögjäger, obwohl der Junge für eine so gefährliche Aufgabe eigentlich noch zu jung war.

»Ich muss zur Königin!«, sagte der Reiter ohne Umschweife. Der ältere Wachposten lachte.

»Das wollen viele. Du kommst zu einer ungünstigen Zeit.«

»Ich war eineinhalb Tage unterwegs und muss sofort zur Königin.«

»Wo kommst du her?«

»Aus dem Tjärgwald nordöstlich der alten Steinburg. Ich habe eine Botschaft.«

»Du bist sehr weit geritten. Was ist das für eine Botschaft?«

»Das kann ich nur der Königin selbst sagen«, erwiderte der Reiter. Seine Augen funkelten. »Sie kennt mich.«

Er streckte seine Hand vor und zeigte den Wächtern einen Silberring mit Gislans Siegel, dem Kopf eines Pferdes. Der ältere Wächter hörte auf zu lächeln und nahm Haltung an.

»Seid willkommen auf Gislans Burg, Herr. Geht in den Burghof und haltet Euch links – da kommt Ihr zu den Stallungen. Fragt dort den Stalljungen nach einem Nachtquartier. Aber erwartet nicht, dass Ihr eine schnelle Audienz erhaltet. Viele Waldleute warten bereits auf ein Gespräch mit der Königin und dem Rat.«

Der jüngere Wachposten öffnete das Tor.

Der Bote nahm sein Pony am Zügel, klopfte ihm beruhigend den Hals, als es scheute, und betrat den Burghof. Er war leer. Regen sammelte sich in unzähligen Hufabdrücken.

Flüchtig sah der Bote sie sich an. Es waren keine Pferde aus dem Tjärgwald, stellte er fest. Diese hier trugen Hufeisen, also mussten sie aus der bergigen Region mit hartem Boden gekommen sein, vielleicht aus Lom bei den Südbergen.

Ein Stalljunge kam ihm entgegengerannt.

»Willkommen auf Gislans Burg!«, rief er und machte eine atemlose Verbeugung. »Steht nicht im Regen herum, kommt in den Stall! Ich werde einen Diener rufen.«

Ein Blitz zuckte über den Himmel, das Pony schrak zusammen, doch es ließ sich in den Stall führen. Wärme und der Duft von Stroh schlugen ihnen entgegen. Im Halbdämmer erkannte der Bote etwa hundert Paradepferde mit langen, gebogenen Hälsen. Fuchsrot leuchtete ihr Fell – typisch für die Pferde aus Lom. Der Bote lächelte.

Durch einen Seitengang betrat er wenig später mit dem Diener den Nordflügel der Burg. Der Weg führte durch endlos scheinende Gänge, deren Mauerwerk durchbrochen war. Wind zog durch die Ritzen und ließ den durchnässten Boten vor Kälte zittern. Bald endete der Gang in einem Korridor mit zahllosen Türen. Eine davon öffnete der Diener.

»Es ist eines der letzten freien Quartiere, Herr«, meinte er und lächelte entschuldigend. »Und deshalb ziemlich abgelegen. Wenn Ihr hungrig seid, werde ich Euch zum Tischsaal begleiten.«

Der Bote wurde rot und nickte verlegen.

»Und wenn Ihr sonst noch etwas wünscht, Herr …«

»Ja! Wann kann ich zur Königin?«

»Nun, ich werde Euch anmelden. Heute sind Gesandte aus Lom und Fiorin angekommen. Und weitere aus Tana werden jeden Augenblick erwartet. Ihr werdet gerufen, sobald es möglich ist. Vielleicht schon in zwei Tagen.«

»Zwei Tage?« Der Bote war verzweifelt. »Bis dahin ist es vielleicht zu spät!«

»Worum, wenn ich höflich fragen darf, handelt es sich? Ihr versteht, wenn ich es wüsste, könntet Ihr vielleicht mit einem der Räte sprechen.«

Der Reiter schüttelte heftig den Kopf.

»Das, was ich zu berichten habe, kann ich nur der Königin selbst sagen. Ihr müsst ihr etwas ausrichten!«

»Gewiss, Herr! Ich kann es dem Unterrat sagen, der dann entscheidet ...«

Ungeduld und Ärger blitzten in den Augen des Boten.

»Dann sagt dem Unterrat, dass Jolon in Gefahr ist! Jolon va Lagar aus dem Tjärgwald. Und sagt ihm, ich trage den Ring mit Gislans Siegel, den die Königin Jolon schenkte.«

Die Augen des Dieners wurden groß.

»Gut, Herr. Und Ihr seid?«

»Ravin va Lagar, Jolons Bruder.«

Der Diener warf einen letzten Blick auf den Ring und zog sich zurück. Die Tür fiel ins Schloss und ließ Ravin mit dem Geräusch von Regen allein.

Er ging zum Kamin und ließ sich auf den Boden sinken. Die Kleider klebten an seinem Körper. Jetzt erst, als er die Wärme des Feuers an seinen klammen Händen fühlte, wurde ihm bewusst, dass er jämmerlich fror. Während des Rittes hatte ihn die Sorge um seinen Bruder die Müdigkeit und die Anstrengung vergessen lassen. In der Ecke des Raumes entdeckte er einen Stuhl, über dessen Lehne ein Gewand aus hellem Leder hing. Ravin überlegte, dann tappte er über den Steinboden und nahm es an sich. Er würde es nur für kurze Zeit überziehen, sagte er sich, nur so lange, bis seine eigenen Sachen trocken waren. Hastig zog er sich aus, breitete seine Kleidung vor dem Kamin zum Trocknen aus und streifte das Gewand über. Das Leder erwärmte sich rasch auf seiner Haut. Seine verkrampften Muskeln begannen zu schmerzen. Um sie ein wenig zu lockern ging er im Zimmer umher und betrachtete die glatten Wände, auf denen der Widerschein des Kaminfeuers tanzte. Je nachdem von welcher Seite das Licht der Flammen auftraf, leuchteten sie in verschiedenen Farben. Schließlich blieb er vor dem Tisch aus rotem Holz stehen. Ernst und verwundert blickte sein Spiegelbild ihn an. Ravin erinnerte sich, dass Jolon ihn vor vielen Jahren zur Regenbogenburg mitgenommen hatte. In seiner Erinnerung war die Burg strahlend weiß und geheimnisvoll, nicht regengrau und wuchtig, wie er sie heute erlebt hatte. Er setzte sich vor den Kamin und bettete den Kopf auf die Knie. In seinen Gedanken zogen Bilder der vergangenen Tage an ihm vorbei. Wieder sah es das blasse Gesicht seines Bruders vor sich und musste sich zusammennehmen um nicht zu weinen. Krampfhaft rieb er sich die Augen, doch der Kummer und die Angst ließen sich nicht vertreiben.

Dennoch musste er im Sitzen eingenickt sein, denn als er die Augen öffnete, stand der Diener vor ihm.

»Herr Ravin!«, sagte er leise. »Die Königin wünscht Euch sofort zu sehen. Ihr müsst Euch beeilen, wir haben nicht viel Zeit!«

Über eine breite, geschwungene Treppe gelangten sie in den Teil der Burg, der nach Ravins Vermutung der Ostflügel sein musste. Endlich, nach einer langen Reihe von einsamen Gängen, betraten sie den belebteren Teil der Burg. Mit einem Mal war Ravin froh das weiße Gewand zu tragen. Der Boden, den sie betraten, war so blank poliert, dass er sich darin spiegelte. In Grüppchen standen Menschen aus verschiedensten Teilen Tjärgs zusammen und unterhielten sich leise. Alle schienen auf eine Audienz zu warten. Die Gesandten aus Lom erkannte Ravin an ihren roten Roben. Am Ende des Raumes warteten die Waldmenschen. Als sie Ravin entdeckten, hoben sie die Hände zum Gruß, den er höflich erwiderte. Diener standen mit großen Mappen unter dem Arm bei den Gesandten, fragten, nickten und trugen die Antworten dann auf Bögen aus teurem Papier ein. Ravin sah auch eine Jägerin aus Tana. Ihr Haar war kurz geschoren, Ornamente waren in die Haut ihres Halses und die Arme gestochen. Sie wartete so bewegungslos, als würde sie nicht atmen, vor einer Säule. Als hätte Ravins Blick sie berührt wie eine Hand, wandte sie plötzlich den Kopf. Graue Augen musterten ihn.

»Hier entlang, Herr Ravin!«

Er riss sich von dem ungewohnten Bild los und ging weiter. Die vielen Menschen beunruhigten ihn. Voller Sorge fragte er sich, ob die Königin für sein Anliegen genug Zeit haben würde – wenn es nicht ohnehin schon zu spät war. An den Gang, der zum Thronsaal führte, erinnerte sich Ravin sehr gut, ebenso an die Holztür mit den wellenförmigen, silbernen Intarsien. Als die Türwächter Ravin und den Diener kommen sahen, griffen sie zu den Klinken, die die Form von Pferdeköpfen hatten, und zogen die schweren Flügel auf.

Ravin zögerte, doch dann nahm er seinen Mut zusammen, holte tief Luft und trat ein. Licht blendete ihn. Überwältigt blieb er stehen und sah sich um.

Der Thron war ein Kunstwerk aus Silber und Glas, verziert mit Edelsteinen, die das Licht in ihren Farben reflektierten. Hunderte von flackernden Kerzen ließen den unwirklichen Schein über die Wände und den Teppich aus gefärbter Ranjögwolle tanzen, der durch den Saal reichte. Mit Silberfäden war darin die Geschichte des Tjärglandes eingewebt, beginnend bei dem Kampf um die Steinburg, die einst der erste Herrschersitz gewesen war und heute nur noch als Ruine im Wald stand, bis zu den Tjärgpferden, die die Täler durchwanderten. Königin Ganis und ihr Sohn, der spätere

König Gislan, waren dargestellt, ebenso die Lager der Waldmenschen, die vor vielen Generationen aus den Südbergen eingewandert waren.

Die Königin stand an einem der Fenster, die bis zum Boden reichten, und blickte auf den Tjärgwald. Als sie das Räuspern des Dieners hörte, drehte sie sich um und lächelte Ravin zu. Er errötete vor Verlegenheit. Sie war älter, als er sie sich vorgestellt hatte. Ihr langes Haar war noch dunkel, doch an den Schläfen und über der Stirn zogen sich weiße Strähnen durch die Haare, die sie im Nacken verknotet und geflochten trug. Ihr hellgrünes Gewand ließ ihre Haut hell und durchscheinend aussehen. Um ihre Stirn lag ihre Krone, ein dünner Silberreif ohne jeglichen Schmuck. An einem Schwertgurt trug sie das silberne Zierschwert mit den blauen Kristallen aus den Südminen, Zeichen ihrer Königswürde. Jolon hatte ihm erzählt, dass sie noch ein richtiges Schwert besaß, das weniger prächtig, doch viel gefährlicher war. Die Vorstellung verwunderte ihn.

Er senkte den Blick, verbeugte sich, wie man es ihm beigebracht hatte, und wartete auf ihr Zeichen.

»Komm zum Fenster!«, sagte sie. Ihre Stimme klang tief und ein wenig rau. Fältchen spielten um ihre hellen Augen. Festen Schrittes ging er auf sie zu. Erst jetzt bemerkte er, dass er mit der Königin allein im Raum war. Es machte ihn noch verlegener.

Sie wandte sich ganz zu ihm um und verschränkte die Arme. Lange musterte sie ihn.

»Du bist also Ravin«, sagte sie schließlich.

Ravin räusperte sich. Ungeduld ließ seine Stimme heiser klingen.

»Ja, Majestät.«

»Dein Bruder war lange nicht mehr hier.«

»Ja. Er spricht viel von Euch.«

»Vor langer Zeit hat er dich einmal in die Burg mitgebracht, als er meinen Vater vom roten Fieber heilte. Du erinnerst mich kaum mehr an den kleinen Jungen von damals – du bist erwachsen geworden. Wirst du auch ein Shanjaar werden wie dein Bruder?«

Ravin schüttelte den Kopf.

»Nein. Ich bin ein Jäger, kein Heiler. Und auch die Magie liegt mir nicht.«

»Was jagst du?«

»Ranjögs, Fische, Vögel, Echsen – alles, was wir benötigen.«

Sie zog anerkennend die Augenbrauen hoch.

»Du bist sehr jung für einen Ranjögjäger. Und ich nehme an, du bist immer noch so ein guter Reiter, nicht wahr?«

»Nun, so sagt man bei uns im Wald«, meinte er verlegen.

Die Königin lachte.

»Zumindest was die Bescheidenheit angeht, seid Jolon und du euch ähnlich.«

Dann wurde ihr Gesicht ernst.

»Ravin, du hast bereits gehört, dass Gesandte aus Lom und anderen Nachbarländern hier sind. Die Gesandten von Tana sind eingetroffen und erwarten mich in Kürze im Zimmer der Räte. Man sagte mir, du seist mit einer Botschaft hierher gekommen. Jolon ist in Gefahr?«

Ravin senkte den Kopf.

»Ja«, sagte er. »Wir glauben, dass er sterben wird, wenn wir nicht schnell Hilfe finden.«

»Ist er verletzt?«

»Nicht so, dass man es sehen könnte. Vorgestern ritt er in das benachbarte Lager um eine Kranke zu besuchen. Er ritt allein, obwohl ich ihn gebeten hatte mich mitzunehmen. Seit einigen Wochen stürmt es im Wald wie seit Jahren nicht mehr, die Bäume tragen in diesem Jahr kaum Früchte und der Wald ist gefährlich geworden. Jolon kehrte bereits in derselben Nacht zurück. Und er war müde – so müde, wie ich es bei ihm noch nie erlebt hatte. Sein Gesicht war bleich, er sprach wie im Traum, schleppend und ohne Zusammenhang.«

»War er verwundet?«

»Nein, er ließ sich vom Pferd gleiten und verlor das Bewusstsein. Und ist bis heute nicht erwacht. Er fiebert.«

Ravins Stimme zitterte bei der Erinnerung an das gequälte Gesicht seines Bruders, doch er fasste sich wieder. »Wir haben alles versucht um das Fieber zu senken, damit er wieder zur Besinnung kommt.«

Die Königin hatte sich aufgerichtet.

»Oh, mein armer Jolon«, sagte sie tonlos.

»Und da ist noch etwas.«

Sie blickte ihn aufmerksam an.

»Jolon trug einen Stein bei sich. Einen purpurnen Kristall, nicht größer als eine Kinderfaust. Wir wissen nicht, woher er stammt. Niemand, den wir befragt haben, kennt diese Art von Kristall.«

»Hast du ihn mitgebracht?«

Ravin schüttelte bekümmert den Kopf.

»Wir wollten ihn aus Jolons Hand nehmen. Doch er hört auf zu atmen, wenn man den Stein von ihm entfernt. Wir haben es versucht, aber man konnte zusehen, wie Jolon sofort schwächer wurde.«

Die Königin drehte sich zum Fenster und blickte wieder auf das Tjärgland vor der Burg.

»Das klingt nicht gut, Ravin«, sagte sie leise.

»Wir haben die Shanjaar aus den anderen Lagern geholt, doch auch sie konnten nicht helfen.«

Eine Pause entstand. Die Regentropfen schlugen an die Fenster, der Wind trieb Wirbel von abgerissenen Blättern die Burgmauern hoch.

»Ich werde alles tun, was in meiner Macht steht, Ravin«, sagte sie. »Doch liegt es nicht an mir, zu entscheiden, wie ich Jolon helfen kann. Wir müssen die Zauberer des Gislan-Kreises befragen. Hilt!« Auf ihren Ruf hin schwang ein schwerer Flügel der Tür auf und ein Diener erschien.

»Rufe die Zauberer!«

Der Diener nickte und zog sich zurück.

»Du würdest sie wohl Shanjaar nennen«, sagte sie mit einem Lächeln zu Ravin. »Wenn jemand weiß, wie man Jolon helfen kann, dann sie.«

Ravin atmete auf.

»Du sagtest, es stürmt seit Wochen?«, fragte die Königin.

»Ja, unser Wald hat sich verändert. Es ist kühler geworden. Und überall Hallgespenster. Sie stören mich bei der Jagd.«

»Also auch dort«, sagte sie und sah zu Boden. Mit einem Mal fiel Ravin auf, dass die Königin erschöpft wirkte. Auf ihrer Stirn zeichneten sich spinnenfeine Falten ab, die sie noch besorgter aussehen ließen.

»Die Stürme werden schlimmer, die Hallgespenster sind überall. Das allein bedeutet zwar noch keine Gefahr, aber es zeigt doch, dass sich etwas verändert. Die Gesandten berichten Ähnliches aus den Grenzregionen. Unsere Herden sind unruhig und haben sich weit ins Gebirge zurückgezogen ...«

Sie blickte zum Fenster und versank in tiefes Nachdenken. Plötzlich schien ihr aufzufallen, dass Ravin nicht wegen der Hallgespenster und Stürme zur Burg gekommen war.

»Entschuldige, Ravin«, sagte sie leise ohne sich zu ihm umzudrehen. »Das alles sind Dinge, die dir im Augenblick nichts bedeuten.«

Ravin suchte nach einer Antwort, doch er fand keine. Die kurze Stille im Saal wirkte erdrückend. Er spürte ein Flattern an seiner Schläfe wie die Berührung eines Schmetterlings.

»Ich spüre, dass dich deine Träume quälen. Was siehst du?«

Verwundert strich er sich über die Stirn. Es war das erste Mal, dass er die Berührung des Traumfalters gespürt hatte. Jolon hatte ihm erzählt, dass die Königin die Kunst beherrschte, einen Blick in die Träume der Menschen zu werfen. Sie hatte sich umgedreht und sah ihm nun direkt in die Augen.

»Ich träume von ihm, jede Nacht«, antwortete er. »In meinem Traum ist er wach und ruft mich.«

Sie nickte abermals und schloss die Augen, als wollte sie diesem Bild nachspüren.

Im selben Augenblick öffnete sich die hohe Tür, Stimmengewirr und der Widerhall von schnellen Schritten drangen in den kristallstillen Thronsaal.

Die Zauberer traten ein.

Drei waren es – und bei ihrem Anblick fühlte Ravin sich mit einem Mal klein und unsicher und wünschte sich in seinen Wald zurück. Die Luft schien zu knistern, als sie den Saal betraten und sich vor der Königin verneigten. Der erste war gut zwei Köpfe größer als Ravin, hatte kurzes, graues Haar und ein hageres Gesicht, aus dem die Nase und die dunklen Augen unter den buschigen Brauen herauszustechen schienen. Sein Blick war der eines Fährtenlesers. Wie die anderen trug auch er das lange purpurfarbene Gewand mit dem Wappen des Gislan-Kreises am Ärmel.

Der zweite war kleiner, etwa so groß wie Ravin, jedoch doppelt so breit und sicher fünfmal so alt. Sein Gesicht war kantig und derb, zwischen seinen Augenbrauen, die sich in kleinen Löckchen zwirbelten, ragte eine steile Zornesfalte. Lockiges Haar umrahmte sein Gesicht und ließ es noch breiter erscheinen.

Der letzte der drei Zauberer schien der älteste zu sein. Neben den beiden anderen wirkte er zerbrechlich. Das

Haar, das ihm geflochten bis zur Mitte des Rückens fiel, war farblos und fein, das bartlose Gesicht schmal und dunkel und sah aus, als wäre es aus der gefältelten Rinde eines uralten Jalabaumes geschnitzt. Der Eindruck von hohem Alter verstärkte sich noch durch seine vornübergebeugte Haltung. Als er sich aus seiner angedeuteten Verbeugung vor der Königin aufrichtete, begegnete sein Blick für einen Moment dem von Ravin. Mit Unbehagen ertrug er den Blick der eisgrauen Augen, die ihn an Flusskiesel erinnerten, mit denen die Kinder im Tjärgwald das Mrumran-Spiel spielten. Ravin fröstelte, dennoch hielt er dem Blick stand. Jolon hatte ihm erzählt, dass es Magier gab, die ihre Jugend noch auf der alten Steinburg verbracht hatten. Vielleicht gehörte dieser hier zu ihnen.

Ein schmales Lächeln leuchtete auf dem Gesicht des Zauberers auf. Dann wandte er sich der Königin zu. Ravin atmete aus. Er fühlte sich benommen, als hätte ihn der Blick umfangen gehalten wie eine große Faust.

»Diese Männer hier«, sagte die Königin, »sind die Magier des Gislan-Kreises. Atandros!«

Der große Mann nickte.

»Jarog!«

Der breitgesichtige Zauberer schenkte Ravin ein kühles Lächeln.

»Und Laios.«

Laios nickte ebenfalls kurz und hustete.

»Dies«, wandte die Königin sich an die Zauberer, »ist Ravin va Lagar, Jolon va Lagars Bruder.« Ravin erkannte mit einem Anflug von Unbehagen, dass die Zauberer bereits wussten, wer er war. Er fühlte sich überrumpelt und schutzlos.

»Willkommen, Ravin va Lagar«, begann Atandros. »Erzähle uns, was dich zu uns führt.« Ungeduld schwang im Raum, Ravin dachte nach, um die Geschichte so kurz wie möglich darzulegen, dann erzählte er. Schweigend hörten sie ihm zu, keine Regung war in ihren Gesichtern zu sehen, was Ravin noch weiter verunsicherte. Die Pause, nachdem er geendet hatte, schien sich ins Unendliche zu dehnen. Schließlich räusperte sich Jarog. Zu Ravins Überraschung klang die Stimme des Zauberers sanft und hoch wie die einer Frau.

»Jolon hatte also einen Stein bei sich, als er aus dem Lager zurückkehrte.«

»Ja, er ist etwa so groß ...«

Er zeichnete mit dem Zeigefinger ein Oval auf seine Handfläche. Atandros und Jarog wechselten einen Blick.

»Und wenn man den Stein von ihm entfernt, wird Jarog schwächer?«

Ravin nickte.

»Sein Herz schlägt langsamer und dann hört er auf zu atmen.«

Ravin schluckte nach diesen Worten, seine Stimme drohte zu versagen. Im selben Moment fühlte er wieder den tröstlichen Flügelschlag des unsichtbaren Falters an seiner Stirn. Die Königin lächelte ihm aufmunternd zu.

»Sag uns«, meinte Jarog, »wie sieht er genau aus, dieser Stein?«

Ravin biss sich auf die Unterlippe.

»Er ist durchsichtig und leuchtet in einem dunklen Rot. Wenn die Sonne darauf fällt, dreht sich etwas darin.«

Die Zauberer schwiegen, Ravin fühlte die lastende Stille auf seinem Herzen.

»Was dreht sich darin?«, fragte Atandros.

»Strahlen«, begann Ravin. »Eine dunkle Sonne, deren Strahlen die Haut desjenigen mit Eis versengen, der sie ins Licht hält. Wir konnten den Kristall nur mit einem Lederlappen berühren – lediglich Jolon trägt keine Erfrierungen davon, wenn der Stein seine Haut berührt.«

Die Zauberer blickten sich besorgt an. Ravins Erleichterung schmolz dahin. Er spürte, wie sein Mut sank.

Jarog räusperte sich.

»Nun«, begann er. »Wir kennen diese Art von Stein. Es erstaunt uns, dass dein Bruder einen solchen im Tjärgwald finden konnte.«

»Diese Art von Kristallen«, fuhr Jarog fort, »gibt es nur in den Steinbrüchen im Grenzland zu Tana. Sie heißen Gralle, sind äußerst selten und finden gemeinhin als Lichtbrecher für Ferngläser Verwendung. Vielleicht hat ein Reisender ihn verloren. Aber dass ein Grall solche Kräfte entfaltet, ist mir noch nie zu Ohren gekommen.«

Atandros hob die Hände.

»Ich habe dafür nur eine Erklärung.«

Ravins Herz machte einen Sprung.

»Es spielt keine Rolle, was für ein Stein es ist, er ist lediglich ein Träger. Ebenso gut könnte es ein Schmuckstück oder ein Jagdbogen sein. Dein Bruder, Ravin, hat einen Fluchträger berührt. Dafür sprechen Jolons Bewusstlosigkeit, die Entkräftung – und die Dämonen, von denen du träumst. Ich glaube nicht, dass der Fluch für ihn bestimmt war, aber er kehrte sich gegen ihn. Und nun ist Jolon gefangen.«

»Aber was bedeutet das?«, fragte Ravin.

Jarog schüttelte den Kopf.

»Wir wissen es nicht.«

Ravin vergaß vor Ungeduld und Anspannung seinen Respekt und seine Schüchternheit.

»Was heißt, ihr wisst es nicht?«, rief er. »Wenn ihr es nicht wisst, wer dann?«

»Dein Bruder wird nicht erwachen«, sagte Atandros. »Wir können versuchen den Eigentümer des Steines zu finden, den Shanjaar, der den Fluch gesprochen hat – aber wenn jemand so fest gebunden ist, dass er nicht mehr in diesem Bewusstsein leben kann, dann können auch wir ihn nicht davon befreien.«

Das Echo dieser Worte wirbelte wie ein scharfkantiger Schauer von Silbersplittern durch den Raum, mitten durch Ravins Herz.

Die Königin war aufgestanden. Die beiden Zauberer blickten Ravin an, der um Fassung rang.

»Es tut uns Leid, Majestät«, schloss Atandros würdevoll. »Uns selbst schmerzt es, unsere Hilflosigkeit eingestehen zu müssen, aber wir können nichts für Jolon tun.«

Jarogs Zornesfalte wurde steiler.

»Ganz recht«, sagte er in seinem Singsang. »In einem solchen Fall sind wir machtlos. Als ich in Lom und Tana unterwegs war, sind mir solche Fälle begegnet. Es gab Zauberer, die behaupteten helfen zu können. Aber stets stellte sich heraus, dass es Scharlatane waren. Die Bewusstlosen wurden nach und nach schwächer und hörten irgendwann einfach auf zu atmen. Ravin va Lagar, so Leid es uns tut, wir können Jolon nicht retten.«

Voller Mitleid sah er Ravin an, der nur mühsam seine Tränen zurückhalten konnte.

»Wie könnt ihr so etwas sagen«, brachte er schließlich hervor. »Ihr entscheidet über Leben und Tod meines Bruders, ohne auch nur versucht zu haben einen Ausweg zu finden!«

»Weil es keinen Ausweg gibt«, sagte Jarog.

Die Königin war ernst geworden. Ravins Hoffnung schwand, als er den Ausdruck in ihren Augen sah.

»Laios?«, fragte sie. »Stimmst du Jarog und Atandros zu?«

Laios hüstelte und runzelte die Stirn. Bisher hatte er im Hintergrund gewartet, nun trat er langsam vor und hielt Ravins verzweifeltem Blick stand.

»Im Grunde habe ich nichts hinzuzufügen, Majestät!«,

sagte er schließlich mit einer Stimme, die so tief und klangvoll war, dass Ravin, hätte er sie mit geschlossenen Augen vernommen, geglaubt hätte, sie gehöre einem viel jüngeren Mann.

»Wie ich es drehe und wende, ich finde keine vernünftige Lösung. Ravins Geschichte erinnert mich an ein Lied, das ich vor vielen Jahren gehört habe.« Er schloss die Augen und sang: »›Tell na Skaardja kon va nar, Skardjaan schem jig na vazar.‹ So in etwa. Es hat noch achtundvierzig Strophen, doch sie sind im Sand der Zeit verschüttet.«

Jarog sah ungeduldig aus und auch Atandros schien Laios' Worten nicht viel abgewinnen zu können. Doch Laios fuhr fort.

»Als ich noch jung war, habe ich dieses Lied in Skaris gehört. Ich reiste nach Norden und hörte von Skaardja, einer Heilerin, die im Grenzgebiet lebte. Es hieß, sie besitze eine Heilquelle, deren Wasser sogar Tote aus ihrem Reich jenseits der lichten Grenze zurückrufen könne. Vorausgesetzt, sie wollen noch umkehren.«

»Und was soll uns diese Geschichte sagen?«, spottete Atandros. »Es ist ein Märchen, Laios. Jeder kennt den Spruch: ›Die Quelle der Skaardja fließt nirgends und überall.‹ Es ist eine Zaubergeschichte für Kinder.«

Laios wiegte nachdenklich den Kopf

»Mag sein, du hast Recht, Atandros. Die Menschen sind bereit Mythen und Wunder zu erschaffen. Mag sein, es gab diese Heilerin, mag sein, dass auch sie ein Märchen ist. Aber in jeder Perle steckt ein Sandkorn.«

Ravins Herz schlug bis zum Hals. Skaris! Die Schauergeschichten seiner Kindheit spielten dort. In Skaris lebten Ranjögs, die um ein Vielfaches gefährlicher und größer waren als hier, dort gab es ledermäulige Pferde mit Reißzähnen und Menschen, die für eine Hand voll Kristalle andere töteten. Er schauderte. Doch dann dachte er an Jolon, wie er auf seinem Lager aus geflochtenem Gras lag und bis zu seinem Tod so liegen würde, wenn er ihm nicht half. Er konnte zurückreiten und dabei zusehen, wie Jolon starb. Oder er konnte zumindest versuchen, dem Märchen um Skaardja auf den Grund zu gehen.

»Und wenn ich ins Grenzland reite?«, fragte er.

Stille trat ein. Atandros und Jarog sahen ihn an, Unglauben und, wie ihm schien, ein Hauch von Verachtung über so viel Dummheit zeichneten sich in ihren Blicken ab. Nur die Königin blieb unbewegt.

»Mein Bruder wird sterben«, sagte Ravin und hoffte, dass seine Stimme fest und entschlossen klang. Laios' kieselharte Augen hellten sich auf, ein Lächeln floss über sein Gesicht und ließ es plötzlich jung und weich werden.

»Der Junge hat völlig Recht! Kein Zauber ist unauflösbar. Vielleicht ist die Zeit gekommen, Unmögliches zu erreichen.«

Die Königin lächelte dem alten Mann zu.

»Du glaubst, es gibt Hoffnung?«

Energisch schüttelte Laios den Kopf.

»Das habe ich nicht gesagt. Wenn Ihr mich so fragt, sage ich: nein. Keine Hoffnung. Keine Möglichkeit, auf keinen Fall. Aber was bedeuten schon die Worte von drei – Shanjaars?«

Ganz betont gebrauchte er dieses Wort aus dem Wald und zwinkerte Ravin zu.

»Aber du sagtest doch, dass kein Zauber unbesiegbar ist?«, spottete Jarog. Ravin konnte ihm ansehen, dass er eine weitere Unterredung für Zeitverschwendung hielt.

»Spekulation!«, erwiderte Laios und lächelte wieder sein faltiges Lächeln. Atandros und Jarog wechselten einen deutlichen Blick und schwiegen.

»Reine Spekulation. Was wissen wir schon von der Welt? Und was viel wichtiger ist, was wissen wir von Skaris? Von seinem Zauber, seinen Flüchen, seinen Freuden?«

»Wir wissen, dass es alles andere als ungefährlich ist«, murmelte Atandros.

»Mehr als genug wissen wir!«, warf Jarog ein. »Als ich dort war …«

»… warst du jung und unerfahren, wie ich vor noch viel längerer Zeit«, unterbrach ihn Laios. »Aber wir sind alt, Jarog, alt, mächtig und engstirnig geworden – hier ist endlich jemand, der sich nicht abfinden will mit den Grenzen aus Glas, die wir bereits als Gesetze aus Stein achten. Es mag gefährlich sein, aber ist es besser, ihn ohne Hoffnung in seinen Wald zurückzuschicken?«

Jarogs Zornesfalte wurde noch steiler.

»Was also rätst du unserem Gast?«, fragte die Königin.

Laios zuckte die Schultern.

»Ich kann ihm nicht raten, ich kann nur sagen, dass wir ihn nicht aufhalten sollten, wenn er nach Skaris reiten will.«

Jarog schüttelte empört den Kopf.

»Ich will reiten!«, sagte Ravin mit fester Stimme.

»Ist das wirklich dein Entschluss, Ravin?«, fragte die Königin.

Er nickte.

Jarog verzog verächtlich den Mund. Laios warf den Zauberern einen triumphierenden Blick zu und wirbelte erstaunlich flink zur Königin herum.

»Ihr hört es, Majestät!«

»Einen unerfahrenen Waldmenschen allein ins Grenzgebiet nach Skaris zu schicken, das ist Dummheit und Wahnsinn in einem!«, schimpfte Jarog.

»Wer sagt, dass ich ihn alleine auf die Reise schicke?«, erwiderte Laios. »Natürlich sollte er einen Weggefährten haben. Nun, ich bin bereits zu alt, und ihr beiden«, er machte eine Handbewegung in Richtung der Zauberer, »werdet hier bei Hofe dringender gebraucht – zumal Jarog gerade erst von seiner Reise zurückgekehrt ist. Deshalb schlage ich vor, dass Darian ihn begleiten soll!«

»Was?«, riefen beide Zauberer aus. Ravin zuckte zusammen. Beunruhigt bemerkte er, wie selbst die Königin eine Augenbraue hochzog.

»Bist du sicher, dass Darian dieser Aufgabe gewachsen ist?«

Atandros lachte spöttisch. Ravin hielt die Luft an.

»Mehr als sicher«, sagte Laios mit Nachdruck. »Es liegt an Ravin.«

Wieder sahen alle Ravin an. Einen Moment lang zögerte er, doch als er Laios' Blick auf sich ruhen fühlte, spürte er, wie die Anspannung von ihm wich. Ruhe durchströmte ihn mit jedem Atemzug und unendliche Erleichterung, dass er diesen Entschluss gefasst hatte.

»Ich reise mit Darian.«

Die Königin musterte ihn lange, der unsichtbare Falter berührte seine Schläfe, streckte Fühler nach seinen Gedanken und Träumen aus und verschmolz mit dem Pochen seines Blutes. Schließlich nickte sie.

»Ich sehe, es ist dein Wunsch, Ravin, und ich respektiere ihn, wenn ich ihn auch nicht billige. Du und Darian brecht also morgen früh auf.«

»Dummheit und Wahnsinn!«, rief Jarog und verließ den Saal ohne sich von Ravin zu verabschieden. Atandros schüttelte den Kopf und folgte ihm.

Laios verbeugte sich vor der Königin.

»Ein weiser Entschluss, Majestät«, sagte er und zu Ravins Überraschung drehte er sich zu ihm um und legte ihm die Hände auf die Schultern. »Und ein guter Entschluss, Ravin va Lagar!«, flüsterte er. »Ich verspreche dir, wir werden über Jolons Träume wachen und dafür sorgen, dass er ruhig schläft.«

Lange hatte Ravin das geschnitzte Bett in seinem Zimmer betrachtet. Die Bettpfosten stellten kunstvoll aus dem Holz herausgearbeitete Tjärgpferde mit wallenden Mähnen und filigran geschnitzten Ohren dar. Sie schimmerten im samtigen Rotton des seltenen Marjulabaumes. Die Laken und Kissen waren aus einem glatten, wasserweichen Stoff gemacht und leuchteten perlmuttfarben wie die Wände. Vorsichtig ließ er sich darauf nieder und war erstaunt, wie tief er einsank. Er lächelte, dann holte er aus seiner Tasche die geflochtene Grasmatte hervor, legte sie auf den Boden und streckte sich darauf aus. Der Ritt saß ihm in den Knochen und die Audienz bei der Königin hatte ihn aufgewühlt und ermüdet. Trotzdem lag er noch lange wach, nachdem er die Kerzen gelöscht hatte, und starrte in die mondlose Dunkelheit des Zimmers. Er hörte den Regen ungewohnt weit weg – ausgesperrt und leise. Wenn ihn etwas Neues wie die Burg und dieses Zimmer bereits so beunruhigte, wie sollte er eine Reise ins Grenzland nach Skaris meistern? Ravin fühlte, wie ihm im Dunkeln der Mut sank. Mit einem Mal kam ihm sein Entschluss übereilt und sinnlos vor. Er dachte an die Reaktion von Atandros und Jarog und schämte sich plötzlich. Auf diese Reise sollte ein Shanjaar gehen oder ein Krieger, nicht ein Waldmensch, der bisher noch nichts getan hatte, als in Tjärg Ranjögs und Fische zu jagen. Die Sorge wälzte sich wieder wie ein Stein auf seine Brust.

Während er in den Schlaf hinüberglitt, spürte er noch, wie seine Finger schmerzten, die eine so lange Zeit verkrampft die Zügel gehalten hatten. Die Träume ließen ihn nicht los. Er sah vier dämonische Gestalten mit schwarzen Gesichtern um ein Feuer versammelt. Sein Bruder erschien darin, bleich und verstört. Er trat aus dem Feuer und sah sich um. »Ravin?«, rief er. Zischend wichen die Dämonen zurück. Ravin schrie: »Hier bin ich!« Doch Jolon hörte ihn nicht. Noch einmal rief er nach Ravin. Die Dämonen lachten, die Gesichter verzogen sich zu Fratzen. Von Grauen geschüttelt sah Ravin, wie sie ihn in das Feuer zurücktrieben. Jolon taumelte den Flammen entgegen, wehrte sich, wurde durchsichtig. Ravin schrie wieder: »Jolon, hier! Ich bin hier!«

Der Nachtwind bewegte sacht die Vorhänge. »Jolon!«

Es regnete nicht mehr. Ein blasser Sichelmond war hinter den Wolken hervorgekommen und warf einen schwachen Schein in das Zimmer.

»Jolon!«, flüsterte Ravin. Er blinzelte den Vorhang an und brauchte viele Herzschläge, bis er begriff, dass er wach war. Verstört ließ er seinen Blick vom Fenster über die Wände zur Tür wandern. Im Mondlicht glich sein Zimmer einer Höhle, in den Schatten warteten Gefahren und Geheimnisse. Ein Geisterpferd aus Skaris bleckte in den Falten der Vorhänge die Zähne. Ravin zog seine Decke bis ans Kinn. Die Wärme beruhigte ihn. Als sein Herz langsamer schlug und die Gespenster sich wieder in Vorhänge, Stuhllehnen und geschnitzte Pferde verwandelt hatten, schloss er die Augen und versuchte abermals einzuschlafen.

Plötzlich hörte er es.

Er fuhr hoch und lauschte. Da war es wieder. Es kam aus der Richtung der Tür. Ravin hielt den Atem an. Er spürte einen leichten Luftzug, der ihm einen Schauder über den Rücken jagte. Im fahlen Licht des Mondes ahnte er mehr, als dass er es sah, wie die Tür sich langsam öffnete. Im Rahmen erkannte er den Umriss einer Gestalt. Groß und bedrohlich ragte sie auf. Schlagartig kamen Ravin die Dämonen aus seinem Traum wieder in den Sinn. Langsam glitt das Gespenst auf ihn zu – Schritte waren zu hören und das Rascheln von schwerem Stoff. Die Gestalt war am Fußende des Bettes angelangt, wo sie verharrte.

Ravin glaubte für einen Moment, ein Auge aufblitzen zu sehen. Das Gespenst schien ihn anzustarren. Vorsichtig tastete er nach seinem Messer.

In diesem Augenblick wurde es dunkel. Die Wolke hatte sich wieder vor den Mond geschoben. Ravin hielt die Luft an, jede Faser seines Körpers war gespannt. Wieder leise Schritte und Stoffrascheln – jetzt dicht an Ravins Ohr. Die Dunkelheit hüllte ihn ein wie schwarzes Wasser. Dann kam der Mond wieder hervor. Ravin fühlte, wie ihm das Blut aus den Wangen wich. Das Gespenst beugte sich über ihn.

Ravin riss sein Messer unter dem Kissen hervor.

»Was willst du!«, zischte er.

»Du bist noch wach!«, hörte er eine Stimme sagen, die der seinen ähnlich war. »Du hast geschrien und da dachte ich, ich sehe nach, ob alles in Ordnung ist.«

Vor Schreck und Erstaunen konnte sich Ravin immer noch kaum rühren.

»Ist denn alles in Ordnung?«, fragte die Stimme.

»Ja«, brachte Ravin hervor und ließ das Messer sinken.

»Hast du schlecht geträumt?«, bohrte die Stimme weiter.

»Ja«, erwiderte Ravin wahrheitsgemäß.

Ein Lachen im Dunkeln.

»Kannst du auch noch etwas anderes sagen als ja?«

»Du hast mich erschreckt!«

Langsam gewann Ravin seine Fassung wieder.

»Ich hätte dich beinahe mit dem Messer verletzt! Wer bist du überhaupt?«

»Mach das Licht an, dann siehst du es.«

Ravin tastete nach den Zündhölzern. Seine Hände zitterten noch immer und er brauchte mehrere Anläufe, bis die Kerze endlich brannte.

Neben ihm stand ein Junge in seinem Alter. Allerdings war er größer und kräftiger als Ravin. Sein blondes Haar war zerzaust und glich einem Büschel Stroh, das jemand durcheinander geschüttelt hatte. Es umrahmte ein schmales Gesicht mit Augen, die in einem dunklen Braun leuchteten. Ravin wusste nicht, was ihn an diesen Augen störte, doch irgendetwas an ihnen kam ihm seltsam vor. Der Junge lächelte.

»Meine Güte, du schläfst ja auf dem Boden!«

»Wo denn sonst?«, fuhr Ravin ihn an. Der Fremde machte eine beschwichtigende Geste.

»Darf ich mich setzen?«

Ravin nickte und der Fremde ließ sich am Fußende seines Lagers auf dem Boden nieder. Den Stuhl, der in der Ecke stand, schien er nicht zu bemerken.

»Also, wer bist du?«

Der Fremde zuckte mit den Schultern und grinste.

»Ich bin der Schrecken der ganzen Burg. Von Atandros verhöhnt, von Jarog verspottet und von den Gesandten mit Kopfschütteln bedacht. Nun?«

»Du bist Darian?«

»Richtig!«

Darian sprang auf und schwang elegant seinen Mantel.

»Ich bin Darian Danalonn. Der größte aller Zauberer im ganzen weiten Tjärg! Meine Taten sind berühmt bis weit hinter die Grenzen von Fiorin und Lom. Es gibt kein einziges Hallgespenst, das nicht augenblicklich zu Asche zerfällt, wenn mein Name genannt wird! Aber …« Sein würdevoller Gesichtsausdruck wich einem ironischen Lächeln, »… das ist natürlich nur gelogen. Wahr ist, dass es zwischen dem Nord- und Südtor dieser Burg kein Wesen gibt, das nicht schon bei meinem Anblick mitleidig lächelt.«

Etwas an diesem Jungen wirkte traurig, obwohl er eine Mauer von Fröhlichkeit um sich herum aufgebaut hatte.

Darian setzte sich wieder und musterte Ravin.

»Jetzt lass mich raten, wer du bist. Du bist einer der eingebildeten Schreiber aus Lom.«

Zum ersten Mal seit seiner Ankunft musste Ravin lachen.

»Ganz bestimmt nicht.«

»Moment, gleich weiß ich es. Du bist ein Krieger aus Tana – du fürchtest dich vor niemandem und bist stärker als drei der eingebildeten Gesandten aus Lom.«

»Schön wär's.«

»Auch nicht? Dann vielleicht ein Woran, der den Mond verdunkelt um ungesehen zu töten?«

»Um Himmels willen!«

»Ein Hallgespenst!«

»Nein.«

»Ein Windwolf.«

»Nein! Du weißt, wer ich bin. Ich bin Ravin va Lagar, ein Waldmensch. Aus dem Tjärgwald nordöstlich der alten Steinburg.«

»Ich weiß.«

Darians Gesicht wurde ernst, die Maske der Fröhlichkeit fiel von ihm ab.

»Ich weiß«, wiederholte er leise. »Dein Bruder ist Jolon. Und ich soll mit dir ins Grenzland reiten und Skaardja suchen.«

Ravin sah zu Boden. Die Worte hatten alle Fröhlichkeit weggeweht. Zurück blieb eine beklemmende Stille. Da war er wieder: Jolon, sein Bruder.

»Es tut mir Leid, was mit ihm geschehen ist«, sagte Darian.

»Laios hat mir alles erzählt, was ich wissen muss. Ich weiß genauso viel oder wenig über Skaardja und ihre Quelle wie Laios. Aber wir werden sie finden.«

Es klang, als wollte er sich selbst Mut zusprechen, dennoch tat selbst die unaufrichtige Sicherheit in Darians Stimme Ravin wohl.

»Hast du von ... Jolon geträumt?«

Ravin nickte, dann riss er sich zusammen und beschloss, noch etwas mehr von seinem seltsamen Reisegefährten in Erfahrung zu bringen.

»Bist du schon lange Laios' Schüler?«

»Wie man's nimmt.« Darian lachte. »Für mich sind fünf Winter eine lange Zeit. Aber für Laios ist es gerade mal so lang.« Er schnippte mit dem Finger.

»Und wann hast du dich entschlossen ein Shanjaar – ein Zauberer – zu werden?«

»Ehrlich gesagt habe ich mich gar nicht dazu entschlossen. Es war Laios, der sich dazu entschlossen hat, mich zu einem zu machen.«

Er bemerkte Ravins neugierigen Blick und fuhr fort.

»Ich komme aus Lewine, vielleicht kennst du es, ein Dorf jenseits der Südberge. Ich wuchs bei meinem Onkel auf, bis Laios eines Tages als Reisender Unterkunft suchte. Mein Onkel wollte mich loswerden und gab mich Laios als Lehrling mit. Ich war froh von meinem Onkel wegzukommen. Kein spannendes Leben war das, das kann ich dir sagen. Den ganzen Tag auf dem bergigen Feld und abends die Pferde versorgen.«

»Tjärgpferde?«

Darian lachte und schüttelte den Kopf. »Nein, bei uns lebte nie ein Tjärgpferd. Aber ich habe sie oft gesehen. Sie zogen in Herden durch das Gebirge. Zurzeit gibt es nicht viele. Sie haben sich zurückgezogen.«

»Bei uns im Wald hat sich ebenfalls viel verändert.«

Darian blickte ihn aufmerksam an.

»Hallgespenster?«

Ravin nickte. »Inzwischen ja. Und in diesem Sommer gibt es schlimme Stürme. Viele Jalabäume sind verkümmert. Die Menschen sind unruhig und träumen von Feuer und Verwüstung. Unsere Shanjaar sind besorgt.«

Sie schwiegen. Nach einer Weile seufzte Darian.

»Ich will ehrlich sein, Ravin«, meinte er leise. »Es steht schlimm, das weißt du ebenso gut wie ich. Und wahrscheinlich bin ich von uns beiden derjenige, der mehr Angst hat. Mir erscheint diese Sache zu groß für mein Können. Und ich kann mir nicht erklären, warum Laios ausgerechnet mich ausgesucht hat um dich zu begleiten. Manchmal denke ich, er muss verrückt sein.«

Ravin schüttelte den Kopf.

»Glaub nicht, dass ich keine Angst habe. Ich war noch nie außerhalb Tjärgs. Und ich weiß nicht, ob es meinem Bruder helfen wird. Willst du überhaupt mit mir gehen?«

Er sah, wie die Kerzenflamme in Darians Augen tanzte.

»Möchtest du denn, dass ich mitkomme?«

Als er das sagte, waren seine Augen nicht mehr seltsam und unheimlich. Es waren aufrichtige Augen, in denen sich die Flamme spiegelte. Da wusste Ravin, dass er Darian vertrauen würde. Er lächelte und nickte.

»Ich bitte dich darum!«

Darian sprang auf.

»Du wirst es nicht glauben, aber vor einer halben Stunde habe ich mich noch mit allen vieren dagegen gewehrt, auf diese Reise zu gehen. Ich dachte, man will mich loswerden!«

Er lachte und diesmal war seine Fröhlichkeit echt. Die Spannung löste sich mit einem Mal.

»Weißt du, wovor ich wirklich Angst habe?«, sagte Darian

mit einem Blick auf das weiche, unberührte Bett. »Die ganze Zeit so zu schlafen wie du – auf dem Boden.«

Ravin lächelte. »Es ist bequem, du wirst sehen.«

Und er erzählte von seinem Leben im Wald, vom langen Waldgras, das man zu elastischen, bequemen Matten flechten konnte, vom Lagerfeuer, das von seiner Tante, der alten Dila, bewacht wurde, und von den Ranjögs, die besonders schwer zu jagen und so listig waren, dass man sie in gut getarnte Fallen treiben musste.

Darian staunte, fragte nach und wollte mehr hören, bis Ravin gähnte und sie bemerkten, dass es bereits weit nach Mitternacht war. Darian stand auf und strich seinen Mantel glatt.

»Ich habe ganz vergessen, dass Laios auf mich wartet. Wir müssen noch viel vorbereiten.« Er lächelte verschmitzt und verbeugte sich. »Vielleicht habe ich morgen früh eine Überraschung für dich.«

Er ging zur Tür. »Auf morgen!«

»Auf morgen, Darian«, sagte Ravin.

»Ich dachte schon, du bist allein losgeritten!«, rief Darian, als er Ravin im Stall gefunden hatte. Lange vor Sonnenaufgang hatte Ravin sich zu den Stallungen aufgemacht und sein Pony gesucht. Da er schon einmal im Stall war, hatte er sich umgesehen und war in der Hoffnung, ein Tjärgpferd zu sehen, von Box zu Box gegangen. Doch alles, was er fand, waren Packpferde, Ponys und die fuchsroten Pferde aus Lom, die in den Boxen dösten. Darian kam den Gang entlang und betrachtete ihn, wie er die Satteldecke auf dem Rücken des Ponys sorgsam glatt strich.

»Lass dein Pony im Stall, es kann sich noch ein paar Tage

ausruhen«, sagte er dann mit einem verschwörerischen Lächeln. Er trug nicht länger seinen schwarzen Mantel, sondern einen dichten Wollumhang und Hosen aus dunklem unverwüstlichem Leder, an dem auch Regen abperlte.

Ravin schüttelte den Kopf.

»Reiten wir denn nicht heute?«

»O doch!« Darian konnte ein Kichern nicht unterdrücken. »Aber nicht auf Packpferden oder Ponys. Wir reiten auf Tjärgpferden!«

Ravin wurde heiß und kalt.

»Wirklich?«, rief er.

Darian nickte.

»Iril wird mit uns bis zum Passweg reiten. Er hat in der Nähe des Sees eine kleine Herde entdeckt. Für uns ist es kein Umweg, wir können von dort aus direkt weiterreiten.«

»Und mein Pony?«

»Morgen reitet ein Bote zu deinem Lager und wird es zurückbringen. Nimm deinen Sattel und komm, draußen stehen schon Pferde bereit. Iril und Laios warten.«

Mit fliegenden Händen packte Ravin sein Sattelzeug und nahm dem Pony Halfter und Satteldecke wieder ab.

»Ruh dich aus!«, flüsterte er in das große Ohr und kraulte den Hals des Ponys, dann folgte er Darian ins Freie.

Nach der stürmischen Nacht war die Luft kühl und schneidend frisch. Laios stand im Burghof, neben ihm wartete ein stämmiger Mann auf einem riesigen braunen Pferd mit eimergroßen Hufen. Er hielt zwei Ponys mit viel Gepäck auf dem Rücken am Zügel. Um die Schultern trug er einen langen Umhang aus lockigem Silberschaffell. Sein langer Bart war schwarz wie seine Augen, doch trotz seines verschlossenen Gesichtsausdrucks mochte Ravin ihn auf Anhieb.

»Ihr habt Glück«, sagte Laios statt einer Begrüßung. »Der

Sturm ist vorbei. Das ist unser Stall- und Rossmeister Iril.« Iril nickte und schwieg. »Er hat einige Tjärgpferde in der Nähe der Burg gesehen. Zwei davon werdet ihr euch für die Reise aussuchen.«

»Danke«, sagte Ravin.

»Bedanke dich bei der Königin, wenn du von der Reise zurückkehrst. Sie hält große Stücke auf Jolon und dich.«

Laios lächelte verschmitzt.

»Sie wird euch auf eurer Reise begleiten, auf ihre Weise. Glück auf deinem Weg!«

Ohne auf Ravins Antwort zu warten wandte er sich an Darian.

»Zeige, dass du mein bester Schüler bist. Glück auf deinem Weg!«

Darian senkte den Kopf und wurde rot.

Sie waren schon beinahe am Waldrand angelangt; als Ravin sich umblickte war Gislans Burg über und über in das Morgenlicht getaucht. Unter den Strahlen der Sonne waren die Mauern der Burg zum Leben erwacht und schillerten wie Perlmutt in allen Farben des Regenbogens. Im nassen Gras brach sich das Licht in Tautropfen, die aussahen, als lägen überall winzige Mondsteine verstreut. Was Ravin ebenfalls immer wieder vor sich sehen sollte, war die gebeugte Gestalt von Laios, der neben den Wächtern stand und ihnen nachblickte.

Erleichtert atmete Ravin die Waldluft ein und freute sich auf die Nacht unter freiem Himmel, die vor ihnen lag. Gegen Mittag wurde der Weg steiler, die Bäume lichteten sich und gaben den Blick frei auf Bergwiesen, die sich wie grüne Matten an den Fuß der Südberge schmiegten.

»Es ist nicht mehr weit«, sagte Iril. Es waren die ersten Worte, die er überhaupt sprach. Ravin trieb sein Pony an und holte den Stall- und Rossmeister ein. Um ihm von seinem Pony aus ins Gesicht sehen zu können, musste er den Kopf in den Nacken legen.

»Bist du häufig bei den Herden?«

Iril schaute noch düsterer und zuckte die Schultern.

»Früher schon, jetzt nicht mehr.«

»Warum nicht?«

»Die Herden ziehen sich zurück.«

»Hast du schon einmal ein Tjärgpferd geritten?«

»Natürlich.«

»Und?«

Iril zuckte wieder die Schultern.

»Du wirst es sehen.«

»Was ist, wenn die Herde nicht mehr am See ist?«

»Sie ist dort.«

Ravin gab das Fragen auf und spähte stattdessen über die Wiesen. Er erinnerte sich daran, was sie im Wald von den Tjärgpferden erzählten. Weiß waren sie und schnell und wendig wie Pfeilfische. Sie ließen sich nicht zähmen. Wenn sie einen Reiter trugen, dann nur weil sie ihn duldeten.

Endlich kam ein kleines Tal in Sicht. Ein winziger See lag darin wie ein im Gras vergessener Spiegel. Darian zügelte sein Pony. Bedächtig stieg Iril ab, nahm eine Ledertasche vom Sattel und zog daraus ein Muschelhorn hervor.

Es blitzte in der Sonne auf, als Iril es an die Lippen setzte. Ein schnarrender Ton erklang, schwoll an, vibrierte über die Wiesen und brach sich als Echo an den Talwänden. Ravin spürte den dunklen Klang tief in seinem Bauch. Ein, zwei Augenblicke war es still, dann antwortete wie ein verspätetes Echo ein Wiehern dem Ruf der Muschel.

Iril lächelte.

»Warum folgen sie dem Muschelton?«, fragte Ravin. Iril strich über die Muschel und wiegte den Kopf.

»Es heißt, dass die Regenbogenpferde aus dem Meer stammen. Ursprünglich waren sie Wellen mit Mähnen aus Schaum. Eines Tages kam Anila, die Salzprinzessin, zum Meer. Der Wächter der lichten Grenze sah sie und verliebte sich in sie. Doch als er sie in seinem Wagen über den Himmel entführen wollte, gelang es ihr, die Fesseln zu lösen. Sie sprang ins Meer, das mit einem Mal salzig wurde. Im Wasser sank sie hinab und begann zu ertrinken. Die Wellen hatten Mitleid mit ihr und trugen sie auf ihren Schaummähnen ans Ufer. Zum Dank nahm Anila sie mit aufs Festland. Dort verwandelten sie sich in Regenbogenpferde. Doch bis heute können sie dem Ruf des Meeres nicht widerstehen.«

Ravin hatte erstaunt zugehört. In Anbetracht von Irils Schweigsamkeit war dies sicher die längste Ansprache, die sie jemals von ihm hören würden.

»Da sind sie!«, rief Darian und deutete zum Waldrand.

Zunächst sah es aus wie ein heller Nebelstreif, doch es wurde rasch größer, Hufschläge erklangen wie fernes Donnern der Brandung. Die Sonne kam hinter den Wolken hervor. Ravin musste die Augen schließen, so hell glänzten die Pferdeleiber, so viele waren es, dass er sie nicht auseinander halten konnte. Die Herde trabte auf sie zu, die langen Hälse in die Luft gereckt. Ravin hielt unwillkürlich den Atem an, erstaunt von so viel Anmut. Hingerissen betrachtete er die feinen Köpfe, die federnden Sprünge und das geschmeidige Spiel der langen Beine. Als sie näher herangetrabt waren, erkannte er zu seinem Erstaunen, dass die Pferde gespaltene, hellgraue Hufe hatten wie Ziegen. Schließlich wurden sie langsamer und blieben mit gespitzten Ohren stehen. Einige hoben die dunkelgrauen Nüstern in den Wind und tänzelten auf der Stelle. Ravin erkannte nun, warum sie Regenbogenpferde hießen: Ihre Mähnen und Schweife waren ungewöhnlich lang. In der Sonne schimmerten sie wie das Muschelhorn in allen Reflexen des Regenbogens. Pferde aus Perlmutt, dachte Ravin. Iril lächelte stolz und stützte sich auf seinen Sattelknauf.

»Geht und sucht. Aber denkt daran: Wenn eines euch nicht tragen will, müsst ihr ein anderes fragen.«

Hunderte von dunklen Augen sahen aufmerksam zu, wie Ravin und Darian von den Ponyrücken glitten. Weiche, behaarte Ohren zuckten. Ein Windstoß trug den Hauch einer Meeresbrise durch das Tal. Ravin ging einige Schritte auf das Meer von geschmeidigen Leibern zu und sie teilten sich wie eine einzige schäumende Woge um hinter ihm wieder zusammenzufließen. Auf den ersten Blick glichen sie sich aufs Haar. Neugierig beobachteten sie ihn, wichen einen Schritt zurück, schüttelten die Köpfe, dass die Mähnen durch die Luft wirbelten, und legten die Ohren an. Ravin war ratlos und warf Iril einen Hilfe suchenden Blick zu. Iril sprang vom Pferd und trat zu Ravin. Vor ihm wichen die Pferde nicht zurück, sondern ließen es sich sogar gefallen, dass er ihnen mit seiner riesigen Hand die Stirn kraulte. Schließlich fasste er ein großes, schlankes Pferd an der Mähne und führte es zu Ravin.

»Kelpie. Der Schnellste der Herde.«

Ravin trat langsam näher. Das Pferd scheute und biss Iril in den Arm. Iril ließ ihn los, der Hengst bockte und tauchte wieder in der Herde unter. Der Stall- und Rossmeister rieb sich den Arm. Er schien nicht im Mindesten so bestürzt zu sein wie Ravin. Beim Blick in sein Gesicht brach er sogar in Lachen aus.

»Keine Sorge«, beruhigte er ihn. »Wir brauchen Geduld.«

Schon war er wieder zwischen den glänzenden Leibern verschwunden. Er kam mal mit großen, mal mit zierlicheren Pferden zurück, sie hießen Mandil, Calla, Dir oder Isem, doch alle bockten sie sofort oder dann, wenn Ravin sich ihnen näherte. Ravin sank der Mut. Darian war ihm keine große Hilfe, er war in der Herde untergetaucht und suchte auf eigene Faust.

Schließlich tauchte Iril wieder auf, ein zierliches Pferd hinter sich herziehend, das ihm offenbar nur widerwillig folgte. Auf den ersten Blick hätte man es für ein Pony halten können. Es hatte einen schönen Kopf mit breiter Stirn, eine schmale Nase und einen biegsamen Hals, ähnlich einem Seepferdchen, das Ravin auf Zeichnungen bewundert hatte. Als es Ravin entdeckte, blieb es stehen. Die Ohren schnellten nach vorn, es sah ihn verdutzt an. Iril ließ die lange Mähne los. Das Regenbogenpferd rührte sich nicht. Ravin hielt dem Pferdeblick stand. Das Pferd schien verwundert einen Menschen zu sehen, der sich so sehr von Iril unterschied. Er lächelte und trat einen Schritt vor. Sofort legte das Pferd die Ohren an und machte einen Schritt zurück. Ravin biss sich auf die Lippe. Bitte bleib hier, bat er im Stillen. Langsam streckte er die Hand aus. Das Pferd schnaubte und ging einen weiteren Schritt zurück.

Ganz leise begann er zu sprechen. Zögerlich kam erst ein Ohr wieder nach vorn, dann das andere. Ravin ließ seine Hand ausgestreckt und näherte sich erneut. Als er beinahe schon den warmen Atem an seiner Hand spüren konnte, blieb er stehen und ließ das Pferd mit dem Seepferdchenkopf den letzten Schritt machen. Es entspannte sich und kam zu ihm. Ravin strahlte, als er die warmen Nüstern in seiner hohlen Hand fühlte, und umschloss den warmen Atem wie ein Geschenk.

»Hier«, sagte er zu Iril. »Dieses hier ist es.«

Iril nickte und reichte ihm das Halfter, das Ravin seinem Pony abgenommen hatte.

»Sie heißt Vaju. Sie ist sehr ruhig, aber wie du siehst, sucht sie sich ihre Freunde mit Bedacht aus.«

Darian hatte ein hochbeiniges, schlankes Pferd mit einem dünnen Hals entdeckt, das er nun zu fangen versuchte. Doch sobald es ihm gelang, seine Mähne zu fassen, machte es einen Satz, schlug aus oder drängte ihn mit angelegten Ohren gegen eines der anderen Pferde. Darian lachte und versuchte es immer wieder mit allerlei Listen. Dennoch dauerte es eine ganze Zeit – Ravin hatte Vaju bereits den Sattel aufgelegt –, bis es sich endlich von Darian greifen und aus der Herde führen ließ.

»Ich habe es!«, rief Darian schon von weitem »Wie heißt es?«

»Dondolo«, sagte Iril und murmelte Ravin zu: »Ausgerechnet der Wirbelwind der Herde. Pass auf, dass Darian sich nicht das Genick bricht.«

Iril half ihnen, auch Dondolo zu satteln und das Gepäck von den Ponys umzuladen, immer noch unter den aufmerksamen Blicken der Regenbogenpferde, die keine Anstalten machten, in den Wald zurückzukehren.

Eine diesige Mittagssonne schien inzwischen auf sie herab. Iril zog ein kleineres, bauchiges Muschelhorn aus der Tasche und überreichte es Ravin.

»Nach Skaris geht es dort entlang«, meinte er. »Und denkt daran: Wasser könnt ihr nicht binden – Tjärgpferde auch nicht. Niemand wird sie euch stehlen können.«

Er ging zu seinem Pferd zurück ohne sich noch einmal umzudrehen. Dondolo machte einen Satz zur Seite, ehe Darian aufsteigen konnte, doch schließlich brachen sie, von den anderen Regenbogenpferden immer noch misstrauisch beäugt, auf.

Ravin fühlte sich, als säße er in einem Boot. Weich und fließend war Vajus Gang und trotzdem spürte er bei jedem Schritt die federnde Spannung von Muskeln und Sehnen. Die Herde folgte ihnen in sicherem Abstand bis weit über die Talsohle hinaus. Sooft sie sich umblickten, leuchtete am Horizont ein Streifen heller Gischt, der sich erst bei Anbruch der Dämmerung nach und nach verlor.

Ihr Weg führte sie parallel zu den Ausläufern der Südberge zum Grenzland. In den ersten Tagen ritten sie zügig und legten immer wieder einen längeren Galopp ein, doch nach einigen Tagen begann die Ruhe der einsamen Berggegend sie zu umfangen. Ihre anfängliche Eile legte sich und sie setzten ihre Reise in einem Rhythmus fort, der ihnen und den Pferden besser entsprach. Auf diese Weise entgingen ihnen die Spuren und Trampelpfade nicht, die in die Dörfer führten, die sich wie Nester in den Hängen verbargen. Sie ritten über Steilwege und Serpentinen in jedes davon und fragten nach Skaardja. Und jedes Mal trug Ravin seine Geschichte vor, die ihm wie ein zweites Ich in Fleisch und Blut überzugehen begann, bis er nicht mehr Ravin, der Waldmensch, sondern nur noch Ravin, der Rastlose, war.

Unmerklich begann das Land sich zu verändern. Je weiter sie in Richtung Süden zogen, desto kälter und kahler wurde es, die Luft duftete bereits nach Eis und Winterstürmen. Die Jalabäume wurden seltener, immer mehr Tannen säumten die steilen Bergpfade.

Als sie die Berge schon beinahe hinter sich gelassen hatten, fiel der erste Schnee und blieb liegen. Ravin und Darian machten in einem der Dörfer Halt, die nur aus vier Hütten bestanden, und tauschten Teile ihres Räucherfleischs gegen Decken ein, die sie unter die Sättel legten und in die sie sich nachts einwickelten. Darian hatte sich inzwischen daran gewöhnt, auf dem Boden zu schlafen. Ravin hatte ihm gezeigt, wie man sich mit Reisig und getrocknetem Laub auch in kalten Nächten ein warmes Lager errichten konnte. Wenn sie keine Jalafrüchte hatten, ging Ravin mit seiner Steinschleuder auf die Jagd. Einmal erbeutete er sogar eine steingraue Echse, die er über dem Feuer briet. Er lachte über Darians Gesicht, als dieser vom Bach zurückkam und die Mahlzeit in voller Größe über der Glut rösten sah. Doch Darian überwand sich und stellte fest, dass das Fleisch der Echse sehr viel zarter und besser schmeckte als die Wachteln und Hasen.

Immer häufiger trafen sie auf Hallgespenster, deren Stimmen sie über viele Stunden hinweg begleiteten. Sie ertrugen das Gesäusel und Gewinsel und vermieden es, miteinander zu sprechen, um den schemenhaften Gestalten keine Gelegenheit für ein Echo zu geben. Beunruhigt stellte Ravin fest, dass es viele waren, sehr viele, und je näher sie den Dörfern und Siedlungen kamen, desto mehr schienen sich um sie zu scharen.

Nicht überall waren die Reisenden willkommen. Von einigen Höfen wurden sie mit drohenden Worten und Steinen fortgejagt. Die Menschen waren arm und selbst so hungrig, dass sie mit gierigen Augen auf die Satteltaschen der Reisenden blickten. An diesen Orten verweilten Ravin und Darian nicht und ritten, egal wie müde sie waren, die Nacht hindurch.

Sie waren froh, als sie endlich das Gebiet um Tjärg-Tamm erreichten, das dichter besiedelt war und wo sie in den Dörfern oder in einem Wirtshaus unterkommen konnten. Die Menschen in Tamm waren meist freundlich und gaben ihnen eine Mahlzeit oder sogar einen Stall für die Pferde. Als Gegenleistung ließ Darian Dondolo Kunststücke machen oder zauberte den Leuten etwas vor. Einige einfache Tricks, bei denen, wie er sagte, selbst Darian, der Schrecken von Gislans Burg, nicht viel verkehrt machen konnte. Er ließ

Karten über den Tisch hüpfen oder brachte Türschlösser dazu, einen Becher Wein zu verlangen und zur Freude des Publikums so lange danach zu heulen, bis der Wirt sich erbarmte und den Becher auf den Tisch stellte. Manchmal ließ Darian auch Brot verschwinden und an seiner Stelle eine Marjulablume erblühen. Diese einfachen Tricks begeisterten sein Publikum, ließen sie staunen oder beim Anblick der nie gesehenen Blume seufzen. Niemand bestand darauf, dass Darian das Glas Wein bezahlte oder die Blüte wieder in Brot verwandelte. Und niemand fragte danach, ob das Brot auf wundersame Weise in ihrer Satteltasche wieder auftauchte. Ravin machte seine Runde durch das Dorf, klopfte an große, kleine, schäbige und polierte Türen und fragte nach Skaardja. Die meisten Leute schüttelten den Kopf, doch einige schenkten ihm ein Glas verdünnten Weines ein und erzählten, was sie von Skaardja wussten. Manche hatten von einer ihrer Heilungen gehört, andere hatten sie selbst einige Zeit gesucht und einige wenige behaupteten sogar zu wissen, wo sie sei. Doch sie wollten sofort um den Preis feilschen und Ravin fühlte, dass er nur zu bezahlen brauchte, und sie würden ihm jede Auskunft über Skaardjas Aufenthaltsort geben, die er wünschte.

Als sie nach den Eisfällen weiterzogen, folgte ihnen eine ganze Gruppe von Hallgespenstern. Tagsüber waren sie nur Schatten in den verschneiten Wipfeln, nachts hingen sie über ihnen in den Zweigen, die glühenden Augen wie Laternen. Ravin und Darian hatten es sich angewöhnt, kaum mehr zu sprechen, und hörten widerwillig den fremden Gesprächsfetzen, Liedern und Worten zu, die die Gespenster mit sich trugen.

»Bringt sie um!«, tuschelte es aus dem Baumwipfel. »Wir reiten ins Lager und schneiden ihnen die Hälse ab!«

Ravin schauderte bei diesen Worten, auch wenn er wusste, dass es Fragmente einer fremden, geheimen Unterredung waren. Vielleicht schon hundert Jahre alt, vielleicht aber auch vor einer halben Stunde aufgeschnappt. Wie viele es waren, konnten sie anhand der Stimmen nicht ausmachen – ein Hallgespenst konnte Hunderte von Stimmen imitieren. Beim Blick in den Baumwipfel hatten sie drei Schatten ausgemacht und drei glühende Augenpaare, die auf sie herabschauten.

»Vielleicht verschwinden sie ja bald«, flüsterte Darian.

»Vielleicht verschwinden sie ja bald«, raunte Darians Stimme Ravin ins Ohr. Er fuhr herum und blickte in zwei rote Augen direkt neben ihm.

»Verschwinde!«, rief er erschrocken. So nahe waren die Hallgespenster noch nie herangekommen. Er konnte die schattenhaften Gesichtszüge eines alten Mannes ausmachen, das frühere Ich des Gespensts, bevor er sich von der lichten Grenze abgekehrt hatte und zu dem geworden war, was nun neben Ravin kauerte.

»Verschwinde, verschwinde, verschwinde!«, rief es im Chor aus dem Baumwipfel.

Darian legte den Zeigefinger auf die Lippen.

Die Hallgespenster wiederholten noch eine Weile ihre Worte und gingen dann dazu über, andere Gespräche wiederzugeben, die sie mit sich trugen.

»Dieses Ranjög ist zäh!«, zeterte eine weibliche Stimme.

»So, Kellig, das hast du davon, dass du den Ziegen nasses Gras zu fressen gibst!«, murmelte es hinter einem Baumstamm.

»Hör zu!«, wisperte eine Mädchenstimme Ravin ins Ohr, eine bebende, junge Stimme, die vor Energie und vor Angst zu bersten schien. »Wir müssen handeln, bevor es zu spät ist! Es muss jetzt geschehen. Lauf!«

Er schloss die Augen und hörte, bevor er einschlief, wie

die Frauenstimme ein fremdes Lied sang, eine Beschwörung:

»Tellid akjed nag asar
Kinj kar Akh elen balar
Kinju teen, Kinju teen
Skell asar, balan tarjeen!«

Was mag sich zugetragen haben?, dachte Ravin tief berührt.

An der Grenze zum Traum vermischte sich das Lied mit dem Bild von Jolon, der reglos und traumumfangen im Tjärgwald lag. Das Feuer brannte gleichmäßig, die Dämonen waren nicht zu sehen. Beruhigt schlief Ravin ein.

Im Eismonat überquerten sie endlich das Südgebirge und stellten fest, dass sie sich bereits an den ersten Ausläufern von Skaris befanden. Vor ihnen lag ein weites Tal mit einigen Gruppen von Jalabäumen. Doch diese hier waren kleiner als die Bäume in Tjärg und trugen noch keine Früchte und Blüten. Durch das Tal wand sich ein Bach. Eine dünne Eisschicht bedeckte ihn, die teilweise bereits geschmolzen war und den Blick auf sprudelndes, klares Wasser freigab.

»Es sieht nicht so aus, als ob das Land hier bewohnt wäre«, sagte Darian. »Wenn wir Pech haben, reiten wir bis zum nächsten Winter durch leere Täler.« Ravin stellte sich im Sattel auf und blickte über das Tal.

»Das glaube ich nicht. Jenseits des Waldes dürfte besiedeltes Gebiet sein. Und das Tal sieht aus, als könnten Waldmenschen hier leben. Vielleicht ist Skaardja jetzt bei ihnen.«

Sie warteten das Echo der Gespenster nicht ab, sondern ritten den Talweg hinab. An einigen besonders steilen Stellen kam Vaju ins Rutschen. Es dämmerte bereits, als sie beim Bach ankamen. Ravin sattelte die Pferde ab und überprüfte die Satteltaschen. Ihre Vorräte gingen zu Ende, bald würde er wieder jagen müssen. Bei diesem Gedanken war ihm mulmig zumute, erinnerte er sich doch an die Geschichten von den ledermäuligen Pferden und den riesenhaften Ranjögs. Und wer wusste, was ihn noch in den Wäldern erwarten würde? Er holte sein Messer aus der Satteltasche und ging damit zum Bach, um ein Stück der Eisschicht aufzubrechen und frisches Wasser in ihre Trinkbeutel zu füllen. Gerade war er am Ufer niedergekniet, da entdeckte er neben sich, kauernd im Geäst des niedrigen Gebüschs, ein seltsames Kind. Die Augen weit aufgerissen starrte es auf Ravins Messer. Im nächsten Moment war es schon auf den Beinen, Ravin sah nur noch wehendes helles Haar, als es ihn ansprang, und er fühlte, wie ihm Fingernägel in das Gesicht fuhren. Er wich zurück und wand sich unter den Händen hervor. Mit einem Schlag hätte er den Angriff abwehren können, doch er machte sich reflexartig bewusst, dass er das Kind nicht verletzen wollte, und hielt es sich nur mit ein paar gezielten Griffen vom Leib.

»Darian!«, schrie er und setzte sich weiter zur Wehr. Das Kind gab nicht auf, es fauchte und machte ihm schwer zu schaffen. Wie Steinschlag prasselten die Fäuste auf Ravin herab. Ein Schlag traf ihn an der Nase, sodass er für einen Moment die Orientierung verlor. Blut rann ihm über die Lippe. Endlich vernahm er, wie Darian herbeistürzte, und fühlte, wie das Kind von ihm weggezogen wurde.

»Was ist hier passiert?«, hörte er ihn fragen, während er sich das Blut aus dem Gesicht wischte. Wütend stellte er fest, dass sein Messer fort war. »Es hat mich angegriffen«, sagte er. »Ich konnte es nicht mal richtig sehen, da ist es mir schon an die Kehle gegangen!«

»Wo kommt sie her?«

Ravin blickte überrascht auf und sah die Gestalt an, die im Schnee kauerte.

»Das ist gar kein Kind!«, rief er aus.

»Natürlich nicht«, erwiderte Darian.

Er kniete sich neben die Fremde in den Schnee und begann beruhigend auf sie einzureden. Sie reagierte nicht auf seine Worte, sondern starrte weiterhin Ravin an. Ravin schauderte beim Gedanken, dass ein fremdes Mädchen ihn offensichtlich hasste.

»Geh zu den Pferden«, sagte Darian. »Ich versuche sie inzwischen zu beruhigen.«

Ravin nickte und machte kehrt, froh, sich von dem Mädchen entfernen zu können. Verstört ging er zu Vaju und Dondo zurück, die ihn mit gespitzten Ohren erwarteten. Jetzt erst bemerkte er, dass er zitterte. Der Schreck saß ihm noch in den Gliedern, seine Nase blutete. Das Messer, überlegte er. Sie hat zuerst auf mein Messer gestarrt. Fürchtet sie sich davor?

Er wartete bis tief in die Nacht. Das Feuer loderte in der kalten Schneeluft. Die Hallgespenster kicherten und keiften, bis sie es letztlich aufgaben und sich in den Wald verzogen. Endlich sah er Darian und die Fremde den Pfad vom Fluss heraufkommen. Darian führte sie am Arm wie eine Blinde. Nun war sie ruhig, nur ihr Blick flackerte immer noch ruhelos und wild. Zum ersten Mal konnte Ravin sie richtig betrachten. Sie hatte große, dunkle Augen, die ihn zu der Annahme verleitet hatten, ein Kind vor sich zu haben. Ein Glimmen verlieh ihnen einen Ausdruck, den Ravin noch nie zuvor bei einem Menschen gesehen hatte und der ihm dennoch bekannt vorkam. Das schmale Gesicht war von langem flachsfarbenem Haar umrahmt, das zerzaust auf das lederne Gewand fiel. Darian setzte sich ans Feuer und bot ihr einen Platz an. Doch sie blieb stehen und sah sich um. Auf Ravin verharrte ihr Blick nur kurz, er war nicht sicher, ob sie ihn überhaupt erkannte. Dann entdeckte sie die Pferde, und Darian, Ravin und das Feuer waren vergessen. Bei Dondolo blieb sie stehen, strich erstaunt über die lange Mähne, die im Feuerschein schimmerte.

»Darian«, flüsterte Ravin. »Was ist mit ihr los? Sie sieht so ... verrückt aus. Diese Augen!«

»Ravin, sie ist verrückt. Und sie hat große Angst.«

»Wovor?«

Darian zuckte die Schultern.

»Wir werden auf sie aufpassen müssen.«

»Du willst sie mitnehmen?«

»Sieh sie dir doch an! Wir können sie nicht hier lassen. Sie scheint allein zu sein. Ich vermute, sie hat ihr Lager verloren oder wurde verstoßen.«

»Waldmenschen verstoßen einander nicht!«

»Und wenn sie kein Waldmensch ist?«

»Sie sieht aus wie einer. Hat sie dir gesagt, wie sie heißt?«

Darian schüttelte den Kopf.

»Kann sie überhaupt sprechen?«, bohrte Ravin weiter. Darian zuckte die Schultern. Ein Windstoß fachte das Feuer an und ließ sein Gesicht gespenstisch rot aufleuchten.

Am nächsten Morgen war das Mädchen fort und Dondolo auch. Zumindest war dies Ravins erste Vermutung, als er sich auf seinem Lager aufrichtete, den Tau aus dem Haar schüttelte und um sich blickte. Er beruhigte sich, dass Dondo, sollte sie ihn weggeführt haben, immer wieder den Weg zurück finden würde. Trotzdem war er verstimmt und hatte ein ungutes Gefühl. Er stand auf und ging zum Bach um sein Messer zu suchen, das irgendwo im flachen Bachlauf auf den Kieseln liegen musste.

Das Mädchen stand neben Dondolo am Bach und beobachtete, wie er mit dem Vorderhuf im Wasser wühlte und die dünne Eisschicht zerbrach. Es schien über die Begeisterung, die das Regenbogenpferd für das Wasser hegte, erstaunt zu sein. Ravins mulmiges Gefühl, das er beim Aufwachen verspürt hatte, zog sich bei diesem Anblick tief in einen Winkel seiner Seele zurück.

»Guten Morgen«, sagte er freundlich zu der Fremden. Sie wirbelte herum.

»Gefällt dir Dondo?«

Wieder flackerte die Furcht in ihren Augen auf. Zumindest schien sie sich daran zu erinnern, wer er war. Er bemerkte, wie sie ihn mit ihren Blicken abtastete, offensichtlich auf der Suche nach dem Messer.

»Keine Angst! Das Messer hast du mir gestern selbst aus der Hand geschlagen, weißt du nicht mehr?«

Er streckte die Hände aus, damit sie sehen konnte, dass sie leer waren. Vorsichtig watete er in das kristallkalte Wasser und machte die Freundschaftsgeste der Waldmenschen.

»Ich will dir nichts tun«, sagte er sanft. Offensichtlich erkannte sie die Geste, denn sie entspannte sich etwas. Ravin deutete auf Dondo, der ein Stück den Fluss hinunter stand und nun sein Maul tief ins Wasser senkte. Auf Ravins Ruf hin hob er den Kopf. Eisperlen hingen an den Haaren um sein Maul. Ravin lief am Ufer entlang um ihn zu holen. Verstohlen suchte er dabei das Wasser nach seinem Messer ab. Es musste genau an der seichten Stelle gelandet sein, die er durchwatete, doch er konnte es nirgendwo entdecken. Er bemerkte den misstrauischen Blick des Mädchens und befand, es sei keine gute Idee, weiter danach zu suchen. Bevor sie aufbrachen, würde er noch einmal allein zum Bach gehen. Also griff er in Dondos Mähne. Widerwillig verließ Dondolo das Wasser. Die Fremde kam näher und strich dem Pferd die Stirnfransen glatt.

»Dondo gefällt dir, nicht wahr?«, nahm Ravin sein einseitiges Gespräch wieder auf. »Dondo. Kannst du das sagen?«

Sie antwortete nicht.

»Dondolo«, wiederholte Ravin.

Sie deutete auf das Pferd und nickte. Sie verstand! Ravin lächelte überrascht und zeigte in Richtung des Lagers. Sie nickte wieder und er drehte sich um und ging voraus. Auf halbem Weg schaute er sich um und sah, wie sie ihm, die Hand in Dondos Mähne, folgte.

Darian war bereits dabei, das Lager abzubrechen, als die drei bei der Feuerstelle ankamen.

»Ich fürchte, deinen Dondo bist du los!«, rief Ravin schon von weitem. Darian schaute verwirrt hoch und riss die Augen auf.

»O tatsächlich!«, rief er und lachte.

Ravin nahm einen leeren Wasserbeutel von Vajus Sattel.

»Ich hole noch Wasser«, rief er Darian zu und machte sich wieder auf den Weg. Der Bach floss still und friedlich, in der schrägen Morgensonne warfen die Bäume und Gräser lange Schatten auf die spiegelglatte Wasserfläche am Ufer. Ravin ging zu der Stelle, an der er das Messer vermutete. Er watete in das Wasser hinein, spürte die eiskalten Kiesel unter seinen Füßen. Schritt für Schritt suchte er das Ufer ab. Ein-, zweimal blitzte etwas Silbernes unter dem Eis auf, von dem er vermutete, es sei die Klinge des Messers, doch als er die Stelle erreicht und das Eis aufgebrochen hatte, fand er wieder nur Flusskiesel. Das Messer war fort, schloss er seufzend. Die Strömung war vielleicht doch stark genug um es fortzuspülen.

In der Mitte des Baches fiel Ravin ein Strudel auf. Für den Bruchteil einer Sekunde peitschte eine Flossenhand über das Wasser, dann war wieder Stille. Vermutlich war es ein übermütiger Naj gewesen. Ravin hatte schon viel von ihnen gehört, doch selbst noch keinen gesehen. Es hatte keinen Sinn, den Flussbewohner zu rufen. Der Naj hatte ihn schon längst entdeckt. Wenn er neugierig genug wäre, hätte er sich Ravin gezeigt. Ravin beschloss sein Messer aufzugeben und stieg seufzend ans Ufer.

Am frühen Vormittag brachen sie auf.

»Was meinst du, sollen wir am Grat entlangreiten?«, rief Darian über die Schulter Ravin zu.

»Frag doch das Mädchen«, rief er zurück. »Heute Morgen hat es mich verstanden.«

»Natürlich versteht sie uns. Sie ist nur verrückt, nicht dumm.«

Ravin holte mit Vaju auf, bis sie nebeneinander ritten. Das Mädchen saß aufrecht vor Darian im Sattel, es drehte sich nicht um, als er es ansprach. »Nun, was meinst du? Wie weit können wir uns nach Skaris wagen?«

Ohne zu zögern streckte es die Hand aus und deutete auf den Wald, der sich am Horizont als dunkler Streifen abzeichnete. Als Darian nicht sofort reagierte, nahm es ihm die Zügel aus der Hand und lenkte Dondo in die Richtung, die es gewählt hatte.

»Sie weiß anscheinend genau, welchen Weg wir nehmen sollen«, lachte Darian. Ravin nickte und wandte sich an das Mädchen.

»Kannst du uns deinen Namen sagen?«

Das Mädchen reagierte nicht.

»Willst du ihn nicht sagen?«

Es schien gar nicht zuzuhören. Darian winkte ab.

»Lass sie. Wir werden es schon noch erfahren.«

»Wenn nicht, werden wir einen Namen finden«, verkündete Ravin.

Er hatte diese Worte laut und deutlich gesagt und wartete gespannt auf eine Reaktion des Mädchens. Falls es ein

Waldmensch war – und ihre Erscheinung deutete darauf hin –, würde es sich gegen diesen Vorschlag wehren. Den Waldmenschen waren Namen heilig, wenn sie ihre Namen verloren, verloren sie ihre Seele. Doch das Mädchen hörte nichts, es starrte nur auf den düsteren Waldstreifen am Horizont. Seine Augen glühten. Ravin fühlte sich unwohl. Das mulmige Gefühl kroch aus dem verborgenen Winkel hervor. Vielleicht hat sie ihren Namen noch, aber ihre Seele verloren, dachte er.

Darian bemerkte nichts von der seltsamen Stimmung. Den ganzen Tag über war er gut gelaunt, erzählte Geschichten von Abenteuern, die er gerne bestanden hätte, und versuchte sich an allen möglichen Taschenzaubereien, um das verrückte Mädchen zum Lachen zu bringen. Doch es lachte nie, es lächelte nicht einmal.

Nun sah es schweigend zum Wald hinüber, während Ravin die letzten zwei getrockneten Jalafrüchte aufbrach und das Fruchtfleisch herauslöste.

Die Nacht war unnatürlich still. Selbst die Hallgespenster hatten sich zurückgezogen. Ravin zwang sich die Augen zu schließen. Wie in jeder Nacht schickte er seine Gedanken zurück nach Tjärg. Der Traumfalter streifte seine Schläfe. Jolon saß beim Feuerschein, eng in seinen langen Fellmantel gehüllt. Das Feuer loderte vor einem schwarzgrauen Himmel. Rauchschwaden verdunkelten den Mond. Die Dämonen heulten um das Feuer, doch sie berührten Jolon nicht. Jolons Augen waren geschlossen, als träumte er. Um seine Stirn leuchtete ein schmaler Reif aus Silber, das floss und strahlte und seine Struktur veränderte wie Quecksilber. Die Königin wacht über seine Träume, dachte Ravin beruhigt. Die Dämonen fauchten und wichen zurück, als der Ring aus Licht um seine Stirn wieder zu fließen begann. Ein Dämon hob plötzlich den Kopf, als hätte er etwas gehört, seine Pur-

puraugen wandten sich Ravin zu. Wie bei den Hallgespenstern konnte Ravin auch in seinem Gesicht menschliche Züge erkennen. Dieser Dämon war ein Mensch gewesen, kaum älter als Ravin!

Ravin sprang aus seinem Traum, als würde er ein Zimmer verlassen und die Tür hinter sich zuschlagen. Er atmete heftig und fühlte die Augen immer noch auf sich gerichtet. Sein Herz raste, neben sich hörte er die Glut des Lagerfeuers leise knacken. Ob Hallgespenster in der Nähe waren? Oder war es das Mädchen? Vielleicht sitzt es da und beobachtet mich, dachte er und erinnerte sich schaudernd an seine seltsamen Augen. Plötzlich wusste er, was ihn so beunruhigte: Das Mädchen sah aus wie ein Geist. Und seine Augen glichen denen der Dämonen. Ravin schluckte und schlug die Augen auf.

Die Fremde saß aufrecht neben der Feuerstelle und schaute ihn an. Die Glut spiegelte sich in ihren Augen und tanzte dort wie eine Feuernymphe. Ravin erschien sie nun ganz und gar wahnsinnig, umso mehr als ihr Gesicht und ihr Mund völlig regungslos waren und kein Gefühl verrieten – nur dieser Blick! Ravin spürte, wie er zitterte.

»Wer bist du?«, flüsterte er.

Sie sah ihn immer noch unverwandt an, die tanzenden Dämonenlaternen in den Augen.

»Bist du ein Dämon? Gehörst du zu ihnen?«

Ravin glaubte so etwas wie Erstaunen in ihrem Gesicht zu lesen. Sie streckte die Hand aus und nahm einen Holzscheit, der an einem Ende bereits verkohlt war. Dann holte sie einen flachen Stein aus ihrer Ledertasche. Handtellergroß und weiß war er. Mit geübter Hand strich sie darüber und begann mit dem Kohlestück ein Zeichen darauf zu malen. Ravin wurde in diesem Moment bewusst, dass sie wirklich stumm sein musste. Offensichtlich waren Stein und Kohlestück ihre Art, sich mit ihrer Umwelt zu verständigen. Sie malte sehr geschickt, wie Ravin fand. Seine Neugier gewann die Oberhand und er beugte sich näher zu ihr, um die Zeichnung besser erkennen zu können.

»Eine Canusweide«, flüsterte er.

Sie nickte.

Mit wenigen Strichen war es ihr gelungen, ein perfektes Abbild des Baumes zu zeichnen: den schlanken Stamm, der sich im Sturm beinahe bis zum Boden neigen konnte ohne zu brechen, und die langen peitschenförmigen Zweige mit den pfeilförmigen Blättern. Ravin war verblüfft. Das Mädchen zeigte erst auf den Baum und dann auf sich.

»Du heißt Canusweide?«

Das Mädchen schüttelte ungeduldig den Kopf und malte neben den Baum ein Zeichen. Ravin kannte es. Das war ein Zeichen der alten Waldsprache. Überrascht sah er die Fremde an. Sie war also doch ein Waldmensch wie er. Und offensichtlich war die alte Sprache ihres Lagers dieselbe, die er aus Tjärg kannte. Auch in seinem Lager gab es viele Menschen, die sich Namen aus der Vergangenheit liehen.

»Du bist nach der Canusweide benannt. In der Waldsprache?«

Das Mädchen nickte ernst und wischte die Zeichnung mit einer geübten Handbewegung weg. Graue Schlieren blieben auf dem Stein zurück.

»Entschuldige bitte«, murmelte Ravin beschämt. »Ich habe schlecht geträumt. Ich wollte dich wirklich nicht beleidigen … Sella.«

Sie nickte ohne ein Lächeln. Hinter dem schwarzen Waldstreifen wurde der Himmel bereits hell.

»Verdammt, verdammt, verdammt!«, schrie Darian. »Sie lacht einfach nicht! Sie ist wie eingefroren!«

Ravin kannte diese plötzlichen Anfälle von Verzweiflung inzwischen nur zu gut. Das Verhalten seines Freundes verwunderte ihn – Ravin zog es vor, sich im fremden Wald leise zu verhalten, um keine Ranjögs oder Schlimmeres auf sich aufmerksam zu machen. Doch Darian schien alle Vorsicht zu vergessen. In den vergangenen Tagen hatte er sich mit einer wahren Besessenheit um Sella bemüht. Manchmal wenn ein Anflug von Ärger Ravin missmutig stimmte, kam es ihm vor, als hätte Darian den Grund ihrer Reise völlig vergessen. Er wusste, diese Gedanken waren ungerecht, doch konnte er nicht anders, wenn er beobachtete, wie Darian versuchte das Mädchen dazu zu bewegen, nur ein einziges Mal zu lächeln. Ravin dachte sich, dass sie selbst auch keinen Grund zum Lachen hatten. Seit Tagen ritten sie durch den Wald. Nichts, nicht einmal Spuren von Waldmenschen, deutete darauf hin, dass sich jemand im Grenzgebiet aufhielt. Auf diese Weise konnten sie Skaardja nicht finden. Ehe sie sichs versahen, würden sie mitten in Skaris sein.

Wenn der Ärger zu sehr an ihm nagte, nahm Ravin seine Steinschleuder und tauchte im dichten Wald unter. Er erbeutete Hasen und suchte nach Früchten und dem wenigen essbaren Grün, das so früh im Jahr schon wuchs. Einmal hörte er den dumpfen Galopp von Ranjögs und wartete mit klopfendem Herzen, in der Hoffnung, dass sie ihn nicht wittern würden. Er bekam sie nicht zu Gesicht, doch der Waldboden erzitterte unter ihrem Gewicht. Noch lange nachdem das letzte Ranjög weitergezogen war, kauerte Ravin angespannt und bewegungslos hinter einer Tanne.

Alleine mit seiner Sorge um Jolon hatte er es sich angewöhnt, abends mit Vaju nach Pfaden und Hinweisen auf Menschen zu suchen, während Darian und Sella am Feuer blieben. Schweren Herzens bemerkte er, wie sich sein Freund immer mehr um das Mädchen kümmerte.

»Sie war nicht immer verrückt«, hatte Darian ihm erklärt. »Ein schreckliches Erlebnis muss ihr den Verstand geraubt haben – oder ihn in irgendeinen dunklen Winkel ihres Bewusstseins gescheucht haben wie ein Tier auf der Flucht. Bestimmt kommt sie wieder zu sich!«

Manchmal legte Darian ihr vorsichtig die Hand auf die Stirn – eine Geste, die sie sich zu Ravins Erstaunen gefallen ließ – und sprach einige Worte in der Hoffnung, sie aus ihrer Verwirrung zurückzuholen. Und jetzt stand Darian am Waldrand und schrie: »Verdammt, verdammt, verdammt!«

Ravin legte ihm die Hand auf die Schulter.

»Es hilft ihr nicht, wenn du fluchst.«

»Ich weiß, ja. Aber ich kann es nicht begreifen. Sie ist so jung – und ihr Gesicht so alt und traurig. Ich will nur, dass sie wieder fröhlich sein kann. In ihrem Inneren scheint sich ein schreckliches Bild festgeklemmt zu haben, das sie ständig vor Augen hat, anstatt zu sehen, wie die Welt wirklich ist.«

»Die Welt ist nicht nur schön«, sagte Ravin leise. Er hatte nicht vorgehabt seinem Freund einen Vorwurf zu machen, doch nun ertappte er sich dabei, dass Bitterkeit in seiner Stimme mitschwang.

Darian sah ihn verwirrt an. Ravin wollte sich auf die Zunge beißen, aber zu seiner eigenen Überraschung sprudelten die Worte wie von selbst aus ihm heraus.

»Kein einziges Mal, seit Sella bei uns ist, hast du dich nach Jolon erkundigt. Und dass wir Skaardja mitten im Wald kaum finden werden, ist dir sicher auch gleichgültig«, brachte er hervor. »Es ist ja nicht dein Bruder, der im Sterben liegt!«

Ein Kloß saß in seiner Kehle, viele ungesagte Worte

brannten noch auf seiner Zunge, doch er zwang sich zu schweigen. Darian sah aus, als hätte Ravin ihm eine Ohrfeige gegeben. In diesem Moment taten Ravin seine Worte Leid.

»Entschuldige, Ravin!«, sagte Darian aufrichtig. »Ich verstehe, dass du dich von mir im Stich gelassen fühlst. Ich habe den Grund unserer Reise keineswegs vergessen. Auch ich denke jede Nacht über unseren Weg nach – und über Jolon.«

»Dann hilf mir Skaardja zu finden. Oder reite mit Sella zurück zur Burg. Vielleicht kann Laios ihr helfen.«

Darian schluckte und senkte den Kopf.

»Ich habe die Zeit vergessen, Ravin. Für dich läuft sie sehr viel schneller als für mich. Ich verspreche dir, dass ich diesen Fehler nicht noch einmal machen werde.«

»Verstehe mich nicht falsch – es hat nichts mit Sella zu tun.«

Darian lächelte.

»Natürlich hat es das.«

Dann sahen sie Sella, die vom Fluss heraufgeritten kam. Ihr Gesicht sah besorgt aus. Rasch ließ sie sich von Dondos Rücken gleiten und rannte zu den Sätteln. Sie riss Vajus Sattel hoch und warf ihn Ravin zu. Da!, deutete ihre Hand. Satteln! Schnell! Ravin wusste zu gut um die Instinkte von Waldmenschen, als dass er ihren Befehl in Frage gestellt hätte. Hastig nahm er sein Gepäck und begann Vaju zu satteln. Sella war mit fliegendem Haar zur Feuerstelle gelaufen und erstickte die Glut, so schnell es ging, mit feuchten Blättern und Kies.

»Beeil dich, sie will, dass wir aufbrechen!«, rief Ravin leise Darian zu.

»Aber warum? Wir haben gerade erst Rast gemacht.«

»Wir werden gleich wissen warum, wenn du dich nicht beeilst.«

Er warf Darian Dondos Zaumzeug zu und zurrte die letzten Gurte am Sattel fest. Sella lauschte angestrengt. Immer deutlicher zeichnete die Furcht sich in ihrem Gesicht ab, ihr Atem ging schnell und flach. Sie wirbelte herum, nahm Darians Hand und zog ihn zu Dondo. Gemeinsam packten sie in fieberhafter Hast die restlichen Sachen zusammen und schwangen sich auf seinen Rücken. Sella trieb Dondo zu einem halsbrecherischen Galopp an – Ravin preschte auf Vaju hinterher. Im Sattel drehte er sich um und stellte erleichtert fest, dass niemand ihnen folgte. In rasantem Tempo überquerten sie die Lichtung und tauchten in die Dämmerung des Tanistannenwaldes. Die Äste der Bäume hingen bedrohlich tief – und schon preschte Dondo mitten in das Unterholz. Vaju schnaubte, legte die Ohren an, Ravin duckte sich, dann streifte ein Ast seine Schulter. Als er sein Gleichgewicht wiedergefunden hatte, klebten nadelfeine Blättchen an seinen Lippen. Er blies sie weg, dann musste er schon dem nächsten Ast ausweichen. Rasch duckte er sich so tief über Vajus Hals, dass ihre Mähne wie eine Meeresbrise über sein Gesicht strich. Er vertraute darauf, dass sein Pferd Dondo folgen würde, der im Zickzack zwischen den Bäumen verschwand und wieder auftauchte. Eine Ewigkeit galoppierten sie durch das Unterholz. Sella schien hinter sich etwas zu hören, denn jedes Mal wenn Ravin einen Blick auf sie erhaschte, sah er ihr bleiches Gesicht mit den aufgerissenen Augen, als sie sich umschaute. Plötzlich hörte Ravin es auch: Jemand blies ein dunkles, knarrendes Horn. Als der Ton zum dritten Mal erscholl, riss Sella Dondo so heftig zurück, dass Vaju beinahe in ihn hineingeprallt wäre. Inzwischen war Sella abgesprungen, zerrte erst Darian und dann Ravin zu Boden und vertrieb die Pferde, die sich ärgerlich aufbäumten und mit angelegten Ohren zwischen den Bäumen verschwanden.

»He!«, flüsterte Darian. »Was ...?«

Doch Sella zog sie bereits unter eine Tanistanne, deren Zweige bis zum Boden reichten. Sie kauerten sich dicht zusammen. Ravins Herz klopfte bis zum Hals. An seiner Seite konnte er spüren, wie Sella am ganzen Körper zitterte. Wieder erscholl das Horn, diesmal lauter und bedrohlich nahe. Kurz darauf hörten sie Pferdegetrappel und Stimmen. Dicht vor Ravins Nase stampfte ein Pferdehuf auf. Das messerscharf geschliffene Hufeisen zerschnitt mit einem Knirschen eine dicke Wurzel. Ravin hielt den Atem an.

»Wo sind sie hin?«, fragte eine näselnde Stimme.

»Da entlang, hier sind Spuren«, erwiderte eine tiefere. »Verdammtes Jerrik-Pack. Schaut euch diese Hufspuren an – das sind gespaltene Hufe! Reiten die jetzt auf Ziegen?«

»Ziegen oder nicht, wir werden sie finden!«

Zehn, vielleicht auch zwanzig Stimmen antworteten mit Gebrüll, dann stürmte die ganze Meute los. Der Boden bebte. Ravin spürte, dass das Blut aus seinem Gesicht gewichen war. Erst lange nachdem die Rufe und das Jagdhorn verklungen waren, wagten sie es, unter der Tanne hervorzulugen.

»Wer waren die?«, flüsterte Darian.

»Offensichtlich sind sie auf der Jagd nach – Jerriks.«

»Unsere Pferde können sie jedenfalls lange jagen«, sagte Darian und versuchte ein Lächeln, das missglückte. »Ich hoffe nur eines, dass Dondo und Vaju unser Gepäck nicht verlieren.«

Sellas Augen loderten. Darian wollte den Arm um sie legen, doch sie bemerkte die Geste nicht und zog sich unter die Tanne zurück. Als sie wieder hervorkam, hatte sie einen Lederbeutel in der Hand.

»Der gehört keinem von uns«, sagte Darian.

Sella zeigte auf sich und warf sich den Beutel über die Schulter.

Ravin begriff.

»Es ist Sellas Beutel. Irgendwo hier lebt vermutlich auch ihr Lager.«

Sella nickte.

»Und wenn ich mich nicht irre, gehört sie zu den Jerriks«, fuhr Ravin fort.

Sella machte eine ungeduldige bejahende Geste und gebot ihnen, ihr zu folgen. Sie schlug nicht den Weg zur Lichtung ein, sondern wandte sich der Himmelsrichtung zu, die tief in das Herz des Waldes wies.

Ravin klopfte die Tannennadeln von seinem Mantel. Ihm war alles lieber als in die Richtung zu laufen, in der die Reiter verschwunden waren. Der Wald war nun sehr still, ihre geflüsterten Worte schienen im Dunkel der Blätter aufgesaugt zu werden und verstummten dumpf ohne das Echo der Hallgespenster.

»Meinst du nicht, wir sollten zurückreiten und im Grenzgebiet bleiben?«, flüsterte Darian.

Ravin schwankte einen Moment zwischen Angst und Zuversicht, dann siegte die Zuversicht.

»Im Augenblick ist es das Sicherste, Sella zu folgen. Und vielleicht wissen die Jerriks, wo Skaardja sein könnte.«

»Überall und nirgends. Doch diese Reiter sind da und sehr wirklich!«

»Wir werden Skaardja finden.«

Darian seufzte, dann stahl sich langsam wieder das übermütige Lächeln in sein Gesicht.

»Vielleicht hast du Recht, Ravin. Skaardja ist nicht mehr im Grenzgebiet. Und wir wussten, dass die Reise gefährlich sein würde. Was erwarte ich eigentlich?« Er zwinkerte Ravin zu. »Wir finden sie – für Jolon!«

Ravin nickte.

»Und für Sella«, sagte er leise. »Du wirst sie für Sella finden.«

Darian sah ihn verdutzt an, dann begann er zu strahlen.

»Ja«, sagte er. »Auch für Sella.«

In Sellas Beutel fanden sich Dinge wie Dörrfleisch und eine zusätzliche Wolldecke, die sie warm hielt, wenn sie sich nachts zusammengerollt wie Füchse gegenseitig wärmten. Unter den ausladenden Tannen duftete es nach Harz und sandiger Erde. Wenn Sella unruhig wurde, murmelte Darian einen mehr oder weniger gelungenen Nebelzauber und sie wanderten beinahe unsichtbar zwischen den dicken Stämmen.

Hallgespenster flüsterten und klagten überall, doch Ravin und Darian fiel es nicht schwer, zu schweigen. So lange waren sie bereits unterwegs, dass es Ravin schien, als wäre er selbst stumm geworden. Was ihn erstaunte, war, dass er die Worte nicht vermisste.

Nach und nach wichen die Tanistannen kleinen Jalabäumen, die bereits Früchte trugen, bis auch sie schließlich seltener wurden und der Wald in ein lichteres Grün überging. Zum ersten Mal seit vielen Tagen rasteten sie auf einer Lichtung, machten Feuer und rösteten einige Stücke frischer Jalafrucht über den Flammen. Ravin war nach den Tagen, an denen er nur Dörrfleisch und Beeren gegessen hatte, ausgehungert. Erschöpft lehnte er an einem breiten, moosbewachsenen Baum am Rand der Lichtung und beobachtete die Glut. Sella hatte sich bereits vor einer Stunde etwas weiter entfernt zur Ruhe gelegt und war sofort eingeschlafen.

Die Stimmen der Hallgespenster gaben Gesprächsfetzen zum Besten, die sich offenbar um den Verkauf von Leder drehten. Ravin beneidete Sella um ihre Fähigkeit, selbst bei größtem Lärm tief und unerschütterlich schlafen zu können.

»Weißt du«, begann Darian. »Ich frage mich, was es mit diesen Jerriks auf sich hat.«

Ravin gähnte. Die ungewohnte Wärme schläferte ihn ein.

»Es sind Waldmenschen, wie Sella.«

»Ja schon, aber glaubst du, dass sie uns freundlich gesinnt sind?«

»Wie ich sagte – es sind Waldmenschen«, antwortete Ravin und biss herzhaft in das saftige Jalafleisch.

In dieser Nacht träumte Ravin wieder von der Königin. Immer noch stand sie im Thronsaal am Fenster. Er wollte sie ansprechen, doch sie reagierte nicht, stumm sah sie auf das verregnete Tal. Erst als er zu ihr trat, drehte sie sich um. Was er vor sich sah, war nicht das Gesicht der Königin. Es war ein altes Gesicht mit unruhigen Augen. Skaardja, schoss es ihm durch den Kopf. »Du bist weit gereist«, sagte die Frau zu ihm. »Doch finden wirst du mich niemals. Es sei denn, ich finde dich.« – »Du bist in Gislans Burg?«, fragte er. Die Frau lachte. »Nie und nimmer!«

Während sie lachte, veränderte sich ihr Gesicht, Haare sprossen aus ihrem Kinn, sie wuchs in die Höhe – und plötzlich stand Iril, der Stall- und Rossmeister, vor ihm. »Denk daran«, sagte er. »Niemand wird dir das Regenbogenpferd stehlen können.«

Im Schlaf runzelte Ravin die Brauen. Der Traumfalter umtanzte seine Schläfe, doch die Bilder, die er sah, blieben undurchsichtig und ohne Sinn. Immer noch war der Falter da, umflatterte ihn hartnäckig und wanderte hinunter bis zu seiner Nase. Es kitzelte. Ravin riss sich ärgerlich aus seinen wirren Träumen los, blinzelte – und blickte auf eine im Mondlicht blinkende Schwertspitze.

»Hallo Jungchen«, sagte eine dunkle Stimme. Das Schwert wanderte in Richtung Kehle und gab den Blick frei auf zwei stämmige Beine in Hosen aus geflecktem Fell. Mit rasendem Herzen ließ Ravin seinen Blick vorsichtig nach oben wandern. Ein riesenhafter Krieger mit grauem Haar füllte den Nachthimmel aus. Er duldete es, dass Ravin sich langsam aufrichtete – die Schwertspitze folgte seiner Kehle wie ein wachsamer Hund. Der Mond war hinter den Wolken hervorgekommen. Aus den Augenwinkeln konnte Ravin etwa zwanzig Menschen erkennen, die reglos auf der Lichtung standen. Er versuchte zu schlucken und etwas zu sagen, aber sein Mund war ausgedörrt. Seine Augen brannten, doch er wagte nicht einmal zu zwinkern. Plötzlich löste sich eine der Gestalten aus der Gruppe. Es war eine wild aussehende junge Frau.

»Sella!«, rief sie mit einer Stimme, die Stein hätte schneiden können. »Sie haben Sella umgebracht!«

Der Krieger fuhr herum, nur das Schwert rührte sich nicht von der Stelle. Ravin nutzte die Gelegenheit und tastete nach seiner Schleuder. Er wusste, es wäre sinnlos gewesen, sich zu wehren, dennoch beruhigte es ihn, das Leder zwischen seinen Fingern zu spüren. Schmerzhaft gellten die Echos der Hallgespenster in seinen Ohren. Sella lag immer noch in tiefem Schlaf und hörte nichts. Vor ihr stand Darian – ebenfalls ein Schwert an der Kehle. Ravin bemerkte, wie er seine Hand losmachte um Sella mit einer Berührung zu wecken.

»Fass sie nicht an!«, fauchte das wilde Mädchen.

Sein Bewacher drehte ihm den Arm auf den Rücken, sodass er aufstöhnte.

»Ihr seid Badok, ja?«, fragte der Krieger.

»Die Badok haben Sella getötet!«, jammerte das Mädchen mit einer Stimme, die Ravin durch Mark und Bein ging. »Bringt sie um!«

Schwerter blitzten im Mondlicht. Ravin krampfte die Hand um die Schleuder. In diesem Moment erwachte Sella. Schlaftrunken richtete sie sich auf und blickte verwirrt auf die Szene auf der Lichtung. Einen Wimpernschlag später war sie auf den Beinen und stürzte zu Darian. Ohne zu zögern befreite sie ihn einfach aus dem Griff der beiden Männer, die ihn erstaunt freigaben. Dann drehte sie sich zu dem alten Krieger um und machte eine Geste.

»Sella sagt, dass sie Freunde sind«, erklärte er. »Zumindest der da.«

»Ich gehöre zu ihm«, versicherte Ravin schnell.

Langsam, viel zu langsam, entfernte sich das Schwert und verschwand mit einem schleifenden Geräusch in einer Lederhülse am Gürtel des Kriegers.

»Nehmt sie mit!«, rief er. »Ins Lager!«

Die junge Frau rannte zu Sella und umarmte sie. Im Mondlicht konnte Ravin erkennen, dass ihr Haar ungebändigt lang und schwarz war. Endlose Erleichterung zeichnete sich auf ihrem Gesicht ab.

»Trödel nicht herum, wir müssen los«, sagte einer der Krieger.

Die Frau nickte und lachte.

»Das weiß ich selbst, du Holzklotz!«

Sie drückte Sella noch einmal an sich, küsste sie auf die Wange und lief auf Ravin zu. Er erkannte, dass sie tiefblaue Augen hatte, die in ihrem herzförmigen Gesicht groß und strahlend wirkten.

Bevor sie aufstiegen, bestand das Mädchen darauf, ihnen die Augen zu verbinden. Ravin tastete nach dem Sattelriemen und zog sich hinauf. Jemand führte Vaju, was ihr nicht gefiel. Unwillig schüttelte sie den Kopf, doch als Ravin ihr durch die Mähne fuhr, beruhigte sie sich rasch und schritt samtweich und wogend aus. Rechts hinter ihm unterhielt sich Darian mit einem der Krieger. Ravin überlegte, was ihn an diesen Geräuschen so irritierte, bis er darauf kam, dass er nur die Schritte von Vaju und Dondo hörte, andere Schritte waren nicht zu vernehmen – weder von Menschen noch von Tieren. Er versuchte sich daran zu erinnern, ob er Pferde gesehen hatte. Auf der Lichtung hatte er kein einziges entdeckt und offensichtlich waren die Krieger so leise zu Fuß, dass sie sich ohne einen Laut durch den Wald bewegten. Er zuckte zusammen, als er die Stimme des alten Kriegers dicht neben sich hörte.

»Glaubt nicht, dass wir euch für Feinde halten.«

Obwohl er ruhig sprach, klang seine Stimme immer noch rau und zitterte leicht, als sei er auf der Hut.

»Wir müssen vorsichtig sein«, fuhr er leiser fort. »Wenn ihr Sellas Freunde seid, seid ihr bei uns willkommen.«

»Danke. Doch wer seid ihr?«

»Alles ist voller Hallgespenster«, flüsterte der Krieger. »Wartet, bis wir im Lager sind. Ich bin gespannt, wo ihr Sella gefunden habt. Wir fürchteten, sie sei tot oder – schlimmer noch – den Badok in die Hände gefallen!«

Eine kurze Pause folgte. Ravin stellte sich vor, wie der alte Krieger aufmerksam lauschte. Man hörte Knacken und ein fernes Murmeln von Hallgespenstern. Ravin fröstelte.

»Wir müssen uns beeilen«, sagte jemand rechts von ihm. Die Stimme des alten Kriegers klang wieder hart und angespannt, als er sich an Ravin wandte.

»Könnt ihr mit verbundenen Augen reiten? Ich würde euch die Augenbinde abnehmen, doch ich fürchte nicht um unsere Sicherheit, sondern um eure.«

Ravin nickte. Der Krieger wandte sich an jemanden, der

offensichtlich links vor ihnen ging: »Steig mit auf und pass auf, dass unserem Gast nichts passiert.«

Ravin spürte, wie sich ein biegsamer Körper hinter ihm in den Sattel schwang. Er wollte protestieren, weil er fürchtete, dass Vaju sie beide abwerfen würde, doch zu seinem Erstaunen blieb das Regenbogenpferd ruhig. Eine flinke Hand wand ihm die Zügel aus den Fingern.

»Halt dich fest, sonst fällst du zwischen die Schlingpflanzen!«, zischte ihm das Mädchen ins Ohr.

Vaju warf den Kopf herum, machte einen Bocksprung und galoppierte aus dem Stand an. Ravin hatte reiten gelernt, bevor er laufen konnte, doch nun fühlte er sich, als säße er zum ersten Mal auf einem Pferderücken. So musste es sich anfühlen, bei einem Erdbeben auf einem Steinrutsch das Gleichgewicht zu halten. Zweige peitschten ihm ins Gesicht, neben ihm ertönten Anfeuerungsrufe. Sie schienen in halsbrecherischem Tempo über schwankenden Boden zu galoppieren. Hinter sich hörte er Dondolos Schnauben. Ringsumher knackten Zweige, entwurzeltes Moos wirbelte hoch und streifte seine Beine, doch er hörte keinen Hufschlag. Wie eine Geisterarmee jagten sie durch den Wald. Hinter ihm lachte das Mädchen, flüsterte jemandem etwas zu und trieb Vaju an, die alle Muskeln spannte und noch schneller vorwärts stürmte. Ein Wettlauf!, dachte Ravin voller Entsetzen. Sie veranstalteten ein Wettrennen mitten im Wald! Doch hatte er so viel damit zu tun, sich im Sattel zu halten, dass er nicht protestieren konnte.

»Runter!«, rief das Mädchen ihm ins Ohr und schon peitschten Zweige schmerzhaft seine Schulter und Stirn. Kühle Waldluft schlug ihm entgegen. Gerade als Ravin dachte, er müsse beim nächsten abrupten Sprung vom Pferderücken stürzen, stemmte sich Vaju mit den Vorderbeinen in den Boden und hielt an. Trockener Erdstaub wirbelte Ravin um die Nase. Er musste husten. Das Mädchen sprang ab und zog ihn hinunter. Mit wackligen Knien landete er auf harter, trockener Erde.

Das Mädchen führte ihn über freies Gelände, bis seine Füße Gras berührten, dann endlich nahm ihm jemand die Binde ab. Grelle Lichtpunkte blendeten ihn und er schloss rasch die Augen. Blinzelnd erkannte er nach und nach, dass die tanzenden Punkte Lagerfeuer waren. Das Lager war gut versteckt in einem Felskessel, der von dichtem Wald und Fels begrenzt wurde. Im Hintergrund hörte man das Rauschen eines Flusses.

»Ich habe schon befürchtet, ich würde mir den Hals brechen«, sagte Darian.

»Da bist du nicht der Einzige«, entgegnete Ravin und zupfte ärgerlich an seinem zerrissenen Ärmel.

»Sieht aus wie ein geheimes Lager. Ich habe gespürt, dass wir vor wenigen Augenblicken einen magischen Bannkreis durchritten haben!«

»Das heißt, dieses Lager kann niemand betreten?«

»Das heißt es«, mischte sich die junge Frau ein. »Nicht einmal die Hallgespenster.«

Wie aus dem Nichts war sie wieder neben Ravin aufgetaucht. Sie führte Vaju und Dondo am Zügel. Erstaunt bemerkte Ravin, dass die beiden Pferde bereits abgesattelt waren. Das Mädchen strich Vaju über den Hals.

»Es ist das erste Mal, dass ich Tjärgpferde sehe«, sagte sie. »Deine Stute läuft sehr gut! Wie heißt sie?«

Ravin nahm ihr wütend die Zügel aus der Hand.

»Vaju«, antwortete er. »Und ich bin froh, dass sie sich bei diesem Ritt kein Bein gebrochen hat.«

Das Mädchen blickte ihn amüsiert an.

»Tjärgpferde brechen sich nicht die Beine. Du müsstest das wissen.«

Ravin strich Vajus Mähne glatt.

»Trotzdem«, sagte er. »So grob geht man nicht mit ihr um.«

»Ich war nicht grob. Aber wir mussten uns beeilen. Wie heißt ihr?«

Darian und Ravin blickten sich an.

»Ravin va Lagar«, sagte Ravin ernst. »Ich komme aus dem Tjärgwald.«

»Und ich bin Darian Danalonn«, ergänzte Darian mit einer schwungvollen Verbeugung und lächelte. »Ebenfalls aus Tjärg. Ich bin Ravins Freund und Reisebegleiter.«

»Ihr seid Waldmenschen?«

»Ravin ja, ich allerdings bin Zauberer – oder werde jedenfalls eines Tages einer sein.«

»Ich bin Amina«, sagte sie knapp. »Einfach Amina. Ich gehöre zu Jerriks Clan. Das ist der Krieger, den ihr gesehen habt. Er will sich gleich mit euch unterhalten. Ich hatte vor, eure Pferde zu den anderen zu bringen – falls Ravin va Lagar bereit ist, mir seine wertvolle Stute noch einmal anzuvertrauen.«

Ravin gefiel der Spott in ihren Worten nicht. Ihre Augen blitzten. Er errötete, dann reichte er ihr die Zügel.

»Warum nicht«, erwiderte er. »Wo sind denn die anderen Pferde?«

Sie lachte und deutete zu den dunklen Bäumen. Ravin kniff die Augen zusammen, doch erkennen konnte er nichts. Nun blickte Amina ihn erstaunt an.

»Seht ihr sie nicht? Sie stehen bei den Weiden!«

Sie deutete zu drei großen Bäumen mit schwarzbraun gesprenkelter Rinde. Ravin und Darian starrten noch angestrengter auf die Stelle. Und plötzlich wurde die Rinde im Schein eines Lagerfeuers flüssig. Das fleckige Muster der Borke verschob sich – und ein kleines Pferd löste sich wie ein lebendes Bild vom dunklen Hintergrund und trottete ein paar Schritte am Waldrand entlang. Darian stieß einen leisen Ruf des Erstaunens aus. Das Pferd senkte den Kopf um zu grasen, blieb stehen – und verschmolz mit dem Hintergrund.

»Es ist wieder weg!«, flüsterte Darian.

Amina lachte.

»Soll das heißen, ihr habt noch nie ein Banty gesehen? Reitet ihr in eurem Wald nur auf Tjärgpferden?«

»Nein«, antwortete Ravin. »Wir haben Ponys. Aber solche Pferde habe ich noch nie gesehen.«

»Kein Wunder«, meinte Darian. »Man sieht sie schließlich nicht.«

»Kommt mit und schaut sie euch aus der Nähe an.«

Sie folgten Amina, die mit Vaju und Dondo zum Waldrand hinüberging. Dondo tänzelte und drängte vorwärts, als der kühle Hauch des Flusses zu ihm herüberwehte. Als sie den Waldrand erreichten, standen sie plötzlich in einer Gruppe Bantys. Neugierig scharten sich die Pferde um die Neuankömmlinge, schnupperten mit ihren schwarzen Nüstern an Ravins Taschen, legten die Ohren an und schnaubten. Feingliedrig und wendig waren sie, die Beine dünn und muskulös, die Köpfe fein, mit schmalen Nasen und großen, aufmerksamen Augen. Die Mähnen standen als kurzer Borstenkamm in die Höhe, die Schweife waren kurz und struppig. Das Ungewöhnlichste war jedoch ihr Fell. Gescheckt war es und gepunktet, in den verschiedensten Grau- und Brauntönen, durchmischt mit Schwarz. Die Schecken hatten die Form von den Schatten kleiner, runder Blätter, die an einem sonnigen Tag auf Wiese und Baumstämme fielen. Das Zweite, was Ravin verwunderte: Er hörte keinen Huftritt, kein Rascheln, als sie sich bewegten.

Amina hatte amüsiert beobachtet, wie erstaunt Ravin und Darian waren. Nun nahm sie Vaju und Dondo das Zaumzeug ab. Sofort stoben die beiden Pferde in Richtung Fluss davon. Amina blickte ihnen bezaubert nach, dann drehte sie sich zu der kleinen Gruppe um. Sie drängte sich zwischen die Bantys und klatschte in die Hände.

»Los!«, rief sie – und die Pferde wirbelten ohne einen Laut herum, preschten in unglaublichem Tempo zwischen den Bäumen davon, bockten und schlugen Haken, bei denen Ravin die Luft wegblieb. Einen Moment später waren sie verschwunden wie Herbstlaub, das ein starker Windstoß davongetragen hatte. Amina lächelte.

»Mit diesen Pferden können wir uns schnell und lautlos im Wald bewegen. Und sie sind so gut wie unsichtbar, wenn sie stillhalten.«

Ravin und Darian starrten immer noch mit offenen Mündern in den Wald.

»Wo sind sie jetzt?«

»Wahrscheinlich schon beim Fluss. Und jetzt kommt zum Feuer.«

An den meisten Feuerstellen waren die Feuer schon so weit heruntergebrannt, dass sie nur noch glühten. Beim größten Zelt scharten sich die Menschen um Sella, unzählige Arme umfingen sie. Von den Fremden nahmen die meisten Lagerbewohner kaum Notiz. Ravin war froh, dass sie sich unbemerkt im Lager umschauen konnten. Ihm fiel auf, dass er keine Kinder sah. Vielleicht schliefen sie in den niedrigen Zelten am Rand der Lichtung. Sie überquerten die Wiese und näherten sich dem größten Feuer, an dem Jerrik und einige Krieger sie bereits erwarteten. Ihre übergroßen Schatten tanzten auf der kahlen Felswand. Einige der Krieger, die friedlich am Feuer saßen, hatten vorher mit gezückten Schwertern auf der Lichtung gestanden. Sie warteten schweigend, bis die Neuankömmlinge sich niedergelassen hatten. Ravin fiel ein junger Mann auf, kaum älter als er, mit schwarzem Haar und einem wachen Blick. Seine Lippen waren schön geformt und endeten in einem kleinen Aufwärtsschwung, sodass es aussah, als würde er ständig ein wenig spöttisch lächeln. Doch seine ernsten Augen straften dieses Lächeln Lügen. Ravin bemerkte den raschen Blick, den er mit Amina wechselte, als sie sich neben ihm am Feuer niederließ. Offensichtlich kannten sie sich sehr gut.

Der alte Krieger saß Ravin gegenüber. Im Feuerschein wirkte sein von Falten zerklüftetes Gesicht noch härter als im Mondlicht. Sein Mund war schmal, kaum mehr als ein Strich. Er lächelte Ravin und Darian zu, doch seine Augen blieben ernst.

»Möge Elis euch als Gäste begrüßen!«, sagte er feierlich und machte eine Handbewegung, die dem Willkommensgruß der Waldmenschen aus Tjärg sehr ähnlich war. Ravin und Darian erwiderten die Geste.

»Man wird unhöflich, wenn man so lange keine Gäste mehr hatte«, fuhr der Krieger fort. Ravin lächelte. Allmählich löste sich die Spannung, er begann zu fühlen, wie müde er war. Gerne hätte er sich in der Wärme des Feuers ausgestreckt und ein wenig geschlafen, doch er wusste, er war ihren Gastgebern schuldig zu berichten, was sie in ihrem Wald taten.

»Ich bin Jerrik«, sagte der Krieger. »Das ist Ladro …«

Der schwarzhaarige Junge an Aminas Seite deutete eine Verbeugung an.

»Das sind Gran, Kilmen und Santez.«

Die drei Krieger nickten ihnen zu.

»Und dies …« – er wies auf eine ältere Kriegerin mit sehnigen Armen und grauen Strähnen im Haar – »… ist Mel Amie.«

Ravin räusperte sich.

»Mein Name ist Ravin va Lagar«, begann er. »Und dies ist

mein Freund, Darian Danalonn. Wir kommen aus Tjärg. Im Grunde wollten wir das Grenzgebiet nicht verlassen. Doch offensichtlich sind wir bereits weiter geritten, als wir vorhatten.«

»Offensichtlich«, sagte Ladro.

»Wir sind überrascht und erfreut hier Waldmenschen anzutreffen«, fuhr Ravin fort. »Zumindest nehmen wir an, ihr seid Waldmenschen?«

Jerrik zog die Brauen hoch.

»Ja und nein. Wir sind kein Lager, wenn du das meinst. Wir kommen aus den verschiedensten Gegenden von Skaris. Aminas Mutter zum Beispiel war eine Shanjaar aus dem nördlichen Molonwald, bevor sie in die Berge zog.«

Amina lächelte Ravin zu und nickte.

»Gran hat als Krieger in Badoks Armee gedient, bevor er zu uns kam. Kilmen und Santez stammen aus dem Gebiet westlich der Feuerberge. Aber Ladro ist ein Waldmensch aus dem Taniswald. Einige aus seinem Lager sind ebenfalls bei uns.«

Er lehnte sich zurück.

»Und wir Jerriks – ich, Mel Amie und noch zwanzig andere – nun, wir stammen nicht aus dem Wald. Früher hatten wir eine Burg und Ländereien. Doch das war vor langer Zeit.«

Ravin schwieg. Offensichtlich sammelten sich in Jerriks Lager Menschen, die ihre Heimat verlassen hatten oder vielleicht sogar geflüchtet waren. Vielleicht war Jerrik vertrieben worden. Gerne hätte er mehr erfahren, aber er wusste, dass die Höflichkeit ihm diese Frage verbot.

»Doch nun erzählt. Was sucht ihr im Grenzgebiet?«, fragte Jerrik.

Ravin wechselte einen Blick mit Darian, dann holte er aus und berichtete vom Tjärgwald, erzählte von den Stürmen und den verkümmerten Bäumen und schließlich von Jolon und dem Kristall. Während er sprach, nahm er schemenhaft wahr, dass sich mehr und mehr Menschen am Feuer versammelten. Als er bei seinem Besuch in Gislans Burg angelangt war, sprang Darian ein und erzählte von ihrem Entschluss, gemeinsam Skaardja zu suchen, im Grenzland von Skaris, das noch keiner von ihnen betreten hatte. Als er berichtete, wie Ravin Sella entdeckt hatte, sahen sich die Krieger am Feuer vielsagend an. Einige lächelten bitter.

»Und Sella führte uns durch den Wald, bis wir auf euch stießen – oder ihr auf uns, wie man es nimmt«, schloss Darian.

»Dieser Stein …«, fragte Amina leise, »den Jolon in der Hand hält. Wie sieht er aus?«

»Es ist ein purpurner Kristall.«

Amina und Ladro wechselten einen Blick. Ravin sah, wie Ladro kaum merklich den Kopf schüttelte.

»Soweit wir wissen, ist er jedoch nur der Träger des Fluchs. Es könnte ebenso gut ein Bogen oder ein anderer Gegenstand sein.«

Jerrik blickte nachdenklich ins Feuer.

»Und nun sucht ihr Skaardja. Ich fürchte, ihr werdet hier mit eurer Suche keinen Erfolg haben.«

»Skaardja ist nur ein Märchen«, sagte Amina. »Ein Ausdruck der Sehnsucht, dass Tod und Flüche nichts Endgültiges sind.«

Ravin sah sich in der Runde um. In vielen Gesichtern las er Mitleid. Er holte Luft und spürte Trotz und Enttäuschung in sich aufsteigen.

»Und selbst wenn sie heute ein Märchen ist! Vor langer Zeit hat sie im Grenzland gelebt. Wir haben Menschen getroffen, in deren Dörfern sie gewesen ist …«

»Wir werden weitersuchen, bis wir sie finden«, schloss Darian ruhig. Die Lagerbewohner flüsterten miteinander. Jerrik machte ein höfliches Gesicht, doch Ravin sah ihm an, dass ihm dieses Vorhaben mehr als zweifelhaft erschien.

»Nun, wir wollen euch nicht enttäuschen«, ergriff die Kriegerin Mel Amie das Wort. »Aber hier werdet ihr eure Reise nicht fortsetzen können. Badoks Truppen sind jedem auf der Spur, der durch die Wälder reitet. Vorerst wird euch nichts anderes übrig bleiben, als bei uns zu bleiben.«

Ravin versuchte seine plötzliche Unruhe und Unsicherheit zu verbergen. Auch Darian war blass geworden. Mel Amie sprach ruhig weiter.

»Es ist mir ein Rätsel, wie ihr so weit kommen konntet, ohne dass die Badok euch gestellt haben! Sie kennen Sella. Sie hätten nicht gezögert euch zu töten.«

»So wie ihr uns beinahe?«, fragte Darian.

»So in etwa«, antwortete Amina trocken. »Nur schneller!«

Ravin schauderte.

»Wo sind eure Kinder? Eure Alten?«, fragte Ravin. Er wusste selbst nicht, warum ihm die Frage herausgerutscht war. Das plötzliche Schweigen sagte ihm, dass er einen wunden Punkt getroffen hatte.

»In Sicherheit«, antwortete Mel Amie. »Du beobachtest sehr genau, Ravin va Lagar. Wie du bestimmt schon erraten hast, sind wir auf der Flucht. Seit die Badok uns angreifen, bleibt uns nur der Rückzug. Unsere Kinder, unsere Eltern, die Fischer haben wir schon über den Pass gebracht. Nur die Krieger und die Heiler sind geblieben, um im Falle eines Angriffs die Badok aufzuhalten. Doch auch wir werden fliehen.«

Ravin fröstelte und suchte Aminas Blick. Aber sie stocherte in der Glut und hielt die Augen gesenkt.

Darian beugte sich zu Jerrik vor.

»Was wollen die Badok von euch? Hat es etwas mit Sella zu tun?«

Eine kurze Pause entstand, in der sie wieder nur das Reisig knacken hörten, das im Feuer brach. Funken stoben in die dunkle Nachtluft. Jerrik blickte düster in die Glut, dann hob er die Hand.

»Wer erzählt von Tarik und Sella? Ich bin müde davon zu reden.«

Erstaunt sah Ravin, wie das Gesicht des alten Kriegers im Feuerschein mit einem Mal verhärmt und traurig wirkte.

»Ich«, sagte Mel Amie mit ihrer nüchternen Stimme. Sie seufzte und rieb sich die Augen, als wollte sie einen alten Schmerz verscheuchen.

»Ihr müsst wissen, Jerrik hatte einen Sohn. Wenige Monde ist es her, seit er starb. Er hatte gerade sein erstes Banty gefangen und gezähmt. Amina reitet es jetzt. Tarik und Sella waren unzertrennlich.«

Jerrik starrte gedankenverloren zu den Bäumen, die sich schwarz gegen den Nachthimmel abhoben. Er schien die Worte nicht zu hören, doch Ravin sah die angespannten Sehnen an seinem Hals und wusste, dass Jerrik litt.

»Zur gleichen Zeit zogen fremde Reiter durch unseren Wald. Es stellte sich heraus, dass es ein Teil des Badok-Clans aus Skaris war. Jerrik kannte Badok in seiner Jugend, als wir noch im Landesinneren lebten. Diolen, Badoks Sohn, war es, der sich in unseren Wald vorgewagt hatte. Angeblich war er auf der Jagd nach Martiskatzen. Anfangs wichen wir ihm und seinen Kriegern nicht aus. Wir duldeten sogar, dass Diolen im Nordteil des Waldes jagte, und schworen Frieden. Was wir nicht bemerkten: Tarik und Sella ritten häufig in diesen Teil des Waldes und sie wurden beobachtet. Nach allem, was wir heute wissen, versuchte

Diolen sich ihr zu nähern und ihr Herz zu gewinnen. Doch natürlich wies sie ihn ab. Eines Tages kamen sie und Tarik nicht zurück ins Lager. Ich fand Sella am Abend. Sie war stumm und starrte auf ein Messer, das in einer Tanne steckte. An dem Messer klebte Blut. Tarik fanden wir nicht. Bis heute wissen wir nicht, was mit ihm geschehen ist. Sella hat seitdem nie wieder gelacht. Wenige Tage später griffen die Badok uns an – ohne Grund. Seitdem herrscht Krieg.«

Darian war erschüttert. Sogar im Feuerschein konnte Ravin sehen, dass er blass geworden war.

»Das ist schlimmer, als ich gedacht habe«, sagte er tonlos in die Stille. »Kein gebrochenes Herz rechtfertigt Mord und Krieg.«

Mel Amie seufzte.

»Seit dem Tag, an dem Sella ohne ihr Lächeln aus dem Wald zurückkehrte, verbergen wir jedes Messer vor ihr. Es erschreckt sie.«

Amina sah Darian an.

»Du hast ihr Vertrauen, Darian. Das ist viel wert.«

Sie lächelte Darian aufmunternd zu und Ravin entdeckte, dass ihr Gesicht auch sanft und verletzlich aussehen konnte. Ladro schwieg.

»Nun, genug der traurigen Geschichten für heute«, meinte Jerrik. Seine Stimme klang brüchiger denn je. »Unsere Gäste sind müde. Amina wird euch zeigen, in welchem Zelt ihr schlafen werdet.«

In wenigen Augenblicken hatte sich die Versammlung aufgelöst. Amina sprang auf und klopfte sich Flugasche vom Mantel. Verwundert über die abrupte Beendigung der Unterredung standen Ravin und Darian auf und folgten Amina, die mit schnellem Schritt vorausging. Neben einem Zelt blieb sie stehen.

»Das ist eines der Vorratszelte. Mel Amie hat es ausräumen lassen. Drinnen findet ihr Felle und Decken, denn gegen Morgen wird es kühl. Ich hoffe, Elis schickt euch schöne Träume!«

»Auch dir gute Träume«, murmelte Ravin und nahm sich vor sie zu fragen, wer Elis sei.

»Gute Träume«, sagte auch Darian, seine Stimme klang müde und ein wenig traurig. Nachdenklich blickten sie Amina nach, bis sie in der Dunkelheit verschwunden war. Dann krochen sie in das Zelt.

Darian seufzte.

»Was hältst du davon?«, flüsterte er nach einer Weile. Ravin hatte diese Frage erwartet.

»Ich weiß noch nicht«, antwortete er. »Ich habe das Gefühl, dass sie es ehrlich meinen. Trotzdem glaube ich, dass sie uns irgendetwas verschweigen.«

Darian atmete hörbar aus.

»Also hast du es auch bemerkt«, seufzte er.

»Vieles ergibt keinen Sinn«, fuhr Ravin flüsternd fort. »Wie du bereits sagtest: Ein gebrochenes Herz ist kein Grund für einen Krieg. Vor allem dann nicht, wenn Badok und Jerrik in ihrer Jugend in Frieden lebten.«

»Jerrik hätte Grund, sich an Diolen zu rächen. Aber sie fliehen vor Badoks Truppen.«

»Wenn Diolen vorhatte, Tarik zu töten um Sella zu bekommen, warum lässt er sie nach dem Mord im Wald zurück? Und wenn er in sie verliebt war, wieso würde er sie dann töten, wenn er sie wiedersähe?«

Sie schwiegen lange.

»Nichts, was Mel Amie erzählt hat, passt zusammen«, sagte Darian schließlich. »Da sind viele Ungereimtheiten. Wir werden die Wahrheit morgen herausfinden!«

»Ja, morgen«, erwiderte Ravin.

»Du jagst wirklich Ranjögs?«, fragte Ladro. Ravin und er saßen am Fluss und beobachteten Vaju und Dondo. Das heißt, Ladro beobachtete die Regenbogenpferde. Ravin blickte fasziniert auf das verwirrende Farbenspiel der Bantys, wenn sie zwischen den Bäumen umherwanderten. Manchmal glaubte er eines erkennen zu können, obwohl es bereits mit den gescheckten Stämmen verschmolzen zu sein schien. Doch dann trat es an ganz unvermuteter Stelle aus dem Wald und Ravin musste sich eingestehen, dass er sich wieder getäuscht hatte.

»Ja«, erwiderte Ravin. »Aber die Ranjögs in Tjärg sind kleiner als hier. Ich habe mir die Felle im Zelt angeschaut. Ansonsten sehen sie genauso aus. Sehr weiches, schwarzweißes Fell am Bauch und unscheinbar grau und zottig das Deckhaar auf dem Rücken.«

»Und zwei gemeine schwarze Hörner.«

Ravin lachte und nickte wieder.

»Wie erlegst du sie?«, fragte Ladro weiter.

»Wir kreisen sie sehr leise ein«, sagte Ravin ohne den Blick von einem Banty zu nehmen, das bis zu den Knien im Flusswasser stand und trank. »Sie dürfen den Jäger nicht bemerken. Bei uns im Lager lebt ein Mann, der Jäger war und sich nicht leise genug angeschlichen hat. Er hat nur noch ein Bein. Wenn wir dicht genug herangekommen sind, suchen wir uns eines aus und schießen mit einem Schilfrohr Giftpfeile ab. Sie sind fein wie Nadeln und dringen direkt ins Herz. Das Ranjög spürt keinen Schmerz.«

Ladro nickte.

»Hier stellen wir Fallen auf, denn sie haben gelernt, den Jäger zu entdecken und ihm aufzulauern. Schau, dieses hier hätte mich fast getötet.«

Ravin riss seinen Blick vom Banty los. Ladro zeigte auf seinen Umhang, der von einer Fibel aus poliertem schwarzem Horn in Form einer Marjulablüte zusammengehalten wurde.

»Die ist aus seinem Horn gemacht. Es begegnete mir auf einer Lichtung.«

»Wie bist du entkommen?«

Ladro machte eine Pause und warf einen Stein ins Wasser. Das Glitzern des Wassers spiegelte sich in seinen Augen.

»Amina hat mir geholfen.«

Ladros Augen suchten den Fluss ab, bis sie Dondo fanden, der mit dem Huf im Wasser wühlte und es hoch aufspritzen ließ.

»Ich habe noch nie Pferde gesehen, die so gerne im Wasser sind«, fügte er fasziniert hinzu.

»Man sagt, sie entstammen dem Meer«, antwortete Ravin abwesend. »Was hat Amina getan, als das Ranjög dich angriff?«

Ladro schwieg eine Weile.

»Ravin«, sagte er dann unvermittelt. »Wenn ihr klug seid, flieht ihr mit uns über den Pass. Dabei wirst du noch genug Gelegenheit haben, mehr zu erfahren. Vielleicht wird sie es dir selbst erzählen.«

Ravin war enttäuscht. Er war sicher, dass er von Amina nichts erfahren würde.

»Kennt ihr euch schon lange?«

»Ja.«

Ravin verzichtete darauf, weiterzufragen, denn Ladros knappe Antwort zeigte ihm, dass er nicht willens war ihm mehr zu erzählen. Er war froh gewesen mit dem schweigsamen Ladro zum Fluss gehen zu können. Ladros Bewegungen waren langsam und bedächtig, er sprach nicht viel, doch schien er Ravin zu mögen. Dass sie beide Waldmenschen waren, machte es ihnen leichter, sich zu unterhalten.

Im Laufe des Tages waren Ravin und Darian im Lager umhergegangen und hatten versucht mehr über Tarik und die Badok herauszufinden, doch Jerrik und Mel Amie wichen aus oder erzählten ihnen dieselbe Geschichte wieder und wieder.

Amina verhielt sich ihnen gegenüber höflich, aber kühl. Spöttisch beobachtete sie, wie Darian seine Zaubereien vorführte.

»Seid ihr immer noch entschlossen den Badok in die Arme zu reiten?«

Ravin hatte Aminas Schritt längst erkannt, sie folgte ihm bereits, seit er vom Fluss wieder ins Lager gegangen war. Doch er drehte sich erst um, als sie ihn ansprach.

»Wir müssen weiter«, antwortete er.

Verständnislos schüttelte sie den Kopf. Der Wind strich ihr durch das Haar. Ravin machte sich auf eine spöttische Bemerkung gefasst, doch sie setzte sich nur in den Baumschatten und deutete auf die Stelle neben sich. Zögernd ließ sich Ravin auf dem Gras nieder. Sie schauten zum Waldrand, wo einige der Krieger bereits die Zelte abbauten.

»Das wird nicht so einfach sein«, sagte sie. »Es bahnt sich etwas an. Die Badok lassen uns schon auffällig lange in Ruhe.«

»Natürlich, wir sind im Bannkreis.«

Sie biss sich auf die Unterlippe.

»Da bin ich mir nicht mehr sicher. Ich habe das Gefühl, wir werden beobachtet.«

»Für mich ergibt das alles keinen Sinn. Warum ist Krieg?«

»Du stammst aus dem Wald, Ravin. Hütet ihr eure Geheimnisse nicht ebenso gut wie wir die unseren?«

Wieder sah sie ihn mit diesem Aufblitzen von Ärger an, das Ravin nicht verstand. Wieso unterhielt sie sich mit ihm, wenn sie ihn offensichtlich nicht leiden konnte?

»Wie dem auch sei«, sagte sie versöhnlicher. »Morgen werden wir fliehen. Und ich rate euch, vergesst Skaardja und bringt euch mit uns in Sicherheit. Vom Pass aus könnt ihr in weitem Bogen den Wald umreiten und wieder ins Grenzland zurückkehren.«

Sie machte eine Pause und fuhr dann wütender fort: »Sieh mich nicht so an, Ravin. Ihr seid in etwas Böses hineingeraten und ich will euch helfen, so heil wie möglich da rauszukommen! Bleibt bei uns. Und du halte deine Schleuder bereit!«

Er forderte sie absichtlich heraus um zu sehen, was sie sagen würde.

»Woher willst du wissen, dass uns Gefahr droht? Die Badok sind hinter euch her, nicht hinter zwei harmlosen Wanderern.«

Sie beugte sich vor. Mühsam beherrschte Wut funkelte in ihrem Blick.

»Dein Freund ist ein Shanjaar, nicht wahr? Kein besonders geschickter, wie man sieht. Ich bin ein bisschen geschickter als er. Und manchmal, bei Vollmond, kommt im Traum die Zukunft zu mir und küsst mich wach.«

Sie lächelte tiefgründig.

»Ich habe euch reiten sehen – alleine. Und euer Ziel war die lichte Grenze. Also reitet mit uns!«

Ravin schluckte und blickte auf den Boden. Ob sie die Wahrheit sagte?

»Gut«, antwortete er schließlich. »Ich werde mit Darian sprechen.«

Ein wenig verwundert sah er die Erleichterung auf Aminas Gesicht. Sie atmete auf und lehnte sich zurück. Nun war sie wieder Amina mit dem spöttischen Blick.

»Ein guter Entschluss, Ravin va Lagar. Viel besser als der, in diesen Wald zu reiten!«

In dieser Nacht hielt der Schlaf Ravin wie ein dunkler Samtmantel umfangen, kein einziges Traumbild schimmerte durch den schweren Stoff. Nun zitterte der Traumfalter der Königin an seiner Schläfe und weckte ihn. Ein flüchtiges Bild, eben im Entstehen begriffen, huschte in die Baumwipfel, die sich gegen den hellgrauen Morgenhimmel abzeichneten. Sein Herz klopfte wie eine energische Hand gegen seinen Brustkorb. Er blickte sich um. In diesem Moment erwachte auch Darian. Er blinzelte, als hätte Ravins Unruhe ihn geweckt, und richtete sich auf.

»Die Sonne geht auf«, flüsterte er und lächelte Ravin zu. Schweigend sahen sie sich an. Darians Lächeln versiegte. Unter den Bäumen erwachten die Menschen im Lager wie auf einen geheimen Befehl hin, setzten sich auf und lauschten. Unwillkürlich tastete Ravin nach den Lederriemen seiner Schleuder. Aus den Augenwinkeln bemerkte er, wie die Krieger sich langsam erhoben. Amina tauchte neben Ravin und Darian auf, mit gezogenem Schwert, die blauen Augen groß und wachsam. Sie hörten es alle – und hörten es nicht: Kein Vogel sang an diesem Morgen, auf der Lichtung war es totenstill.

Die Faust hämmerte immer lauter gegen Ravins Brustkorb. In Darians Gesicht spiegelte sich eine Ahnung, die noch keine Gestalt angenommen hatte. Instinktiv begannen die Krieger rückwärts zu gehen, bis sie mit dem Rücken zueinander standen. Im Unterholz knackte es.

»Die Waffen!«, brüllte Jerrik und riss sein Schwert hoch. Die ersten Strahlen der Morgensonne blitzten rot in der erhobenen Klinge, eine makabre Ahnung von Blut, die Ravin einen Schauer über den Rücken jagte.

»Tod Badok!«, schrie Jerrik.

»Tod Jerrik!«, kam die Antwort aus Hunderten von Kehlen. Ravins Herz machte einen Satz. Nicht einmal einen

Atemzug später war er auf den Beinen, die Schleuder in der rechten Hand, das Kurzschwert in der linken. Flüchtig erhaschte er einen Blick auf Darians vor Entsetzen weit aufgerissene Augen und Aminas bleiches und konzentriertes Gesicht, als sie sich neben ihn stellte, Schwert und Schild gezückt. Dann brach der Sturm los.

Unzählige waren es. Sie preschten aus dem Wald auf die Lichtung. Ihre Pferde waren riesig und wutschnaubend, Dornengeflecht schmückte die Mähnen. Mit Hufen, die pfeilschnell und mit messerscharf geschliffenen Eisen beschlagen waren, hackten sie Farne und Wurzelwerk entzwei. Sie donnerten heran wie eine gewaltige Woge aus Dornen, Eisen und gefrorenem Atem.

»Auf die Pferde!«, brüllte Jerrik. Schon war er auf sein Banty gesprungen und galoppierte den Reitern entgegen. Ravin fühlte, wie ihn jemand in die Rippen stieß und rannte im nächsten Augenblick an Aminas Seite zu den Pferden. Im Laufen blickte er sich nach Darian um. Erleichtert sah er, dass sein Freund sich bereits auf Dondos Rücken geschwungen hatte und Ladro und dessen Banty folgte. Vaju bäumte sich auf, als ein Pfeil ihre Mähne streifte, doch trabte sie sofort auf Ravin zu, als sie ihn sah.

»Runter!«, schrie Amina hinter ihm. Sie warfen sich auf das nasse Gras. Pfeile zischten über ihre Köpfe hinweg. Dann war Vaju über ihnen, tänzelte, zertrat einen der Pfeile. Schwerterklirren und Schreie überall. Mit einem Satz war Ravin auf Vajus Rücken, lenkte sie nur mit Knien und Stimme. Er sah, dass Amina ihr Banty erreicht hatte und bereits mit gezücktem Schwert wartete. Die Schleuderriemen brannten in seiner Hand. Aminas Augen glänzten wie im Fieber, sie starrte auf zwei dunkle Reiter, die auf sie zugedonnert kamen. Ein Wink von ihr und Ravin hatte verstanden.

Gleichzeitig preschten sie los, den Reitern entgegen. Aminas Haar flog wie ein Rabe, dessen schwarze Flügel bei jedem Galoppsprung auf und ab schlugen. Ravin duckte sich tief über Vajus Hals und folgte ihr. Einer der Reiter hatte sie erspäht. Er griff an, die messergleichen Hufe des Pferdes wirbelten in einem Regen von Erdbrocken und zerschnittenen Zweigen auf sie zu. Vaju machte einen Satz nach links, als die Schwertklinge niederfuhr, doch Ravin trieb sie weiter. Amina hatte den Schlag pariert. Nun kam Ravin heran und schwang seine Schleuder – ein gezielter Wurf schlug dem schwarzen Reiter das Schwert aus der Hand.

Amina holte aus und stieß den Reiter mit der flachen Klinge vom Pferd. Der Badok-Krieger fiel – doch im Fallen sah er hoch. Staubschwarzes Haar fiel ihm wirr ins Gesicht. Ravin erkannte voller Entsetzen, dass der Krieger seinen Blick suchte – und ihn fand. Erloschene Augen blickten in die seinen. Dunkel und gefurcht, wie verbrannt war das Gesicht. Und da waren Augen, deren Blick an Ravin zerrte, als würden viele kleine Krallen in seine Brust greifen und an seiner Seele reißen. Dann löste der Krieger sich auf. Zu Nebel wurde er, in dem schemenhaft nur noch die Augen leuchteten. Schließlich erloschen auch sie.

»Ravin!«

Erschrocken nahm er wahr, dass Amina nach ihm schrie. Vaju tanzte wie verrückt, um einem Pferd auszuweichen, das sich aufbäumte und mit den Vorderhufen ihren Hals aufzuschlitzen versuchte. Eine Klinge sauste so dicht an Ravins Wange vorbei, dass er den kalten Lufthauch spüren konnte.

»Du bist tot, Ravin!«, heulte es neben seinem Ohr. Verzweifelt parierte er und blickte in ein Paar roter Augen.

»Ravin!«, schrie Aminas Stimme wieder durch den Lärm. Doch er konnte sich nicht orientieren. Der Krieger umkreiste ihn. Er wehrte ein paar Hiebe mit seiner Schleuder und seinem Schwert ab. Es gelang ihm, den Reiter aus dem Gleichgewicht zu bringen. Doch seine Ohren waren voll von Geschrei. Darians Stimme: »Ravin, hilf mir!«

Gehetzt blickte er sich um, doch konnte er auch Darian nirgends sehen. In der Masse der Kämpfenden entdeckte er endlich Amina. Sie drängte sich heran und hielt ihm den Rücken frei.

»Ravin!«, klagte ein Hallgespenst mit Aminas sterbender Stimme neben ihm. In diesem Moment blickte Amina ihn an und gab ihm ein Zeichen.

»He!«, rief sie und preschte im Halbrund davon.

»Ich sterbe!«, hauchte ihre Stimme dicht neben Ravins Ohr.

»Ravin!«, stöhnte Darian. Als er sich umblickte, sah er mehrere rote Augenpaare von Hallgespenstern. Amina hatte Recht gehabt: Der Bannkreis war gebrochen. Doch zum ersten Mal hörte Ravin Hallgespenster, die nicht nur fremde Worte wiederholten, sondern aus eigenem Antrieb Sätze sprachen, mit der deutlichen Absicht, die Kämpfenden zu verwirren.

Der Reiter hatte sein Gleichgewicht wiedergefunden und spornte sein Pferd an. Ravin schlug Vaju mit der flachen Hand auf den Hals und sie brach mit wirbelnden Hufen nach links aus und preschte mit angelegten Ohren hinter Aminas Banty her. Aus dem Augenwinkel entdeckte er Jerrik, der mit zwei Reitern kämpfte. Von rechts schob sich ein Schatten in sein Blickfeld. Ravin duckte sich, doch es war zu spät. Ein Schlag gegen seine Schulter riss ihn von Vajus Rücken.

»Hilfe!«, schrie eine Stimme neben seinem Ohr, doch er wusste, das war nur ein Hallgespenst. Er rollte zur Seite und spürte an der Erschütterung des Bodens, noch bevor er hinschaute, wie eine Klinge ihn knapp verfehlte und das Eisen sich in den Boden neben ihn bohrte. O nein!, schrie es in seinem Kopf. Das Getöse um ihn herum wurde lauter. Er hörte das Getrampel von Hufen, tödliche Hufeisen umtanzten seinen Kopf, er sah die Beine eines Bantys und rollte sich weiter aus dem Kampffeld. Noch einmal sauste die Klinge durch die Luft, dann hatte Amina den Reiter zurückgedrängt. Das Schwert des Badok fiel zu Boden.

»Los!«, schrie sie ihm zu. »Nimm es!«

Ravin rappelte sich auf und wollte nach dem Schwert greifen. Doch er stolperte über einen zusammengekauerten Körper und fiel. Zwei Augen starrten ihn ganz und gar wahnsinnig an. Sella saß völlig verstört auf dem Boden und hielt sich die Ohren zu.

»Ich verblute!«, schrie Darians Stimme neben Ravin – er schüttelte den Kopf und robbte zu Sella. »Los, zu den Bäumen, Sella!«

Dann kam der Krieger.

Ravin fühlte ihn, bevor er ihn sah. Er saß auf einem riesenhaften, steingrauen Pferd. Sein Mantel war fließendes Silber, so kalt wie sein Schwert, das er in der Hand hielt. Um ihn war es still, kein Hauch regte sich. Das Pferd stand wie festgeschmiedet und wartete auf die Befehle seines Herrn. Das Gesicht des Reiters war so ruhig und kühl wie Eisen. Langes, dunkles Haar floss ihm über die Schultern. Seine Lippen waren voll und schön geschwungen, seine Augen grau. Er war jung, stellte Ravin fest, kaum älter als Ladro – und doch schien ihn das Alter zu umgeben wie die Stille des Todes. Er ließ sich Zeit. Seine Augen ruhten auf Sella, er lächelte ein Lächeln, das einen Schauder über Ravins Rücken schickte.

»Sella!«, sagte er mit einer Stimme, die sich auf Ravins Hals legte wie die sanfte Pfote einer Martiskatze, die ihre Krallen noch verborgen hielt. »Was macht meine traurige Braut denn hier?«

Es ist Diolen, schoss es Ravin durch den Kopf, während er endlich zum Schwert des gefallenen Kriegers griff und auf die Beine sprang.

Der Reiter lachte. Sein Pferd erwachte aus seiner Ruhe und tänzelte. Alle Muskeln spannten sich. Dann preschte es los, die schweren Hufe pflügten den Boden.

Dicht an Ravins Ohr kreischten Stimmen, doch er stellte sich vor Sella und riss das Schwert hoch. Sella hob die Hände über den Kopf, als die Klinge des Kriegers niedersauste. Ravin gelang es, den Hieb zu parieren, aber die Wucht des Aufpralls zwang ihn in die Knie. Diolen hob sein Schwert und lachte.

»Dein Beschützer?«, fragte er spöttisch. Pferd und Reiter begannen Ravin zu umkreisen. Er machte die Drehung mit, wobei er gleichzeitig versuchte Sella hinter sich zu drängen. Diolen grinste höhnisch.

»Ich sterbe, Darian!« Das war seine eigene Stimme.

»Sella, lauf!«, schrie er, dann bäumte das Pferd sich vor ihm auf. »Lauf!«, schrie er wieder und trieb Diolen noch einmal mit einem Schwerthieb zurück. Der silberne Umhang wirbelte vor ihm herum, ein Hufeisen blitzte auf. Den Stoß spürte Ravin kaum, bevor er in einem Strudel versank, der ihn in einen grellen See aus Feuer zog. Alles brannte.

Dann brannte es nicht mehr und es war still. Vorsichtig blinzelte er. Sein Bruder beugte sich über ihn. »Jolon!«, rief Ravin und versuchte sich aufzusetzen. Tränen stiegen ihm in die Augen. »Du bist aufgewacht«, flüsterte er. »Und ich dachte, du würdest schlafen.« Jolon antwortete nicht. »Ich hatte diesen Traum«, fuhr Ravin fort. »Wir kämpften gegen Krieger, die erloschene Augen hatten und tausend Stimmen. Mir träumte, einer davon hätte mich getötet.« Jolons Lächeln war schmerzlicher geworden. Er sah Ravin lange an, dann schüttelte er den Kopf. Ravin ließ sich getröstet wieder auf den Waldboden zurücksinken. Jolon legte ihm seine kühle Hand auf die Augen und es wurde dunkel.

Es war still. Ich bin bei Jolon, dachte Ravin. Oder habe ich doch gekämpft? Vorsichtig öffnete er die Augen. Der Himmel über ihm wurde dunkel, schon lange zuvor war die Sonne untergegangen. Jeder Herzschlag schickte eine Welle von Schmerz vom Genick in die Schläfen. Nicht weit von ihm lag ein zerbrochenes Schwert im zertrampelten Gras und etwas weiter ein Badok-Krieger. Ein Pfeil steckte in seiner Seite. Ravins Magen krampfte sich zusammen, er wandte sich ab, kam zitternd auf die Beine und taumelte zum Unterholz. Wo waren die anderen? Aus der Ferne erkannte er einige Krieger, die auf der Lichtung lagen, offensichtlich waren sie tot. Es gab ihm einen Stich bei dem Gedanken, hinzugehen und vielleicht Darian zu finden.

»Ravin?«, flüsterte eine Stimme hinter ihm. Er brauchte einen Moment um zu begreifen, dass es kein Hallgespenst war, sondern Amina.

»Ravin!« Blut und Schmutz verklebten ihr Gesicht. »Du lebst! Ich dachte ... Ich hätte schwören können, dass du tot bist!«

Ravin konnte nicht antworten, konnte nicht nach Darian und den anderen fragen. Seine Kehle fühlte sich an, als würde er nie wieder ein Wort sagen können.

»Komm«, sagte sie sanft. »Zum Fluss.«

Rot färbte sich das Wasser, als sie sich Blut und Staub von den Gesichtern wuschen. Mit der Berührung des Wassers kehrte das Leben in Ravins Körper zurück. Er spürte einen stechenden Schmerz im linken Bein. Als er hinunterblickte, entdeckte er eine lange Wunde, dort wo ihm das Hufeisen ins Fleisch geschnitten hatte.

»Wo sind die anderen?«, fragte er endlich mit heiserer Stimme.

Amina hielt inne und senkte den Kopf.

»Gran, Santez und Ilnor liegen auf der Lichtung.« Sie räusperte sich und atmete tief durch. »Ich wollte sie gerade begraben.«

»Und Darian? Sella und Ladro?«

»Sie leben. Die Badok haben sie gefangen genommen.«

Ravin atmete auf.

»Die Krieger«, begann er. »Einige von ihnen hatten rote Augen ... und lösten sich auf, wenn man sie verwundete. Ich habe es gesehen.«

Amina rieb sich die Augen.

»Sie waren keine Badok, sondern ... etwas anderes«, sagte sie schließlich. »Sie konnten den Bannkreis durchbrechen. Das ist kein gutes Zeichen.«

Ravin stand auf. »Wir müssen sie finden. Die Spuren der Pferde sind leicht zu verfolgen.«

»Wir werden unsere Toten begraben und morgen früh losziehen.«

»Wie sollen wir die anderen einholen, wenn wir so lange warten?«

Ihre Augen leuchteten in der Dunkelheit.

»Ravin, sieh uns an – wie weit würden wir heute kommen ohne uns auszuruhen?«

»Siehst du wieder in die Zukunft?«, fragte er bitter.

Sie lächelte.

»Ich sehe, dass Darian heute dem Tod nicht begegnen wird.«

Sie verbanden seine Wunde, so gut es ging. Ravin sah erstaunt, dass Amina außer einem aufgeschürften Knöchel keine Verletzungen davongetragen hatte, doch er sprach sie nicht darauf an. Dann machten sie sich auf den Weg zur Lichtung und hoben, so gut es ging, eine flache Mulde für Gran, Ilnor und Santez aus. Vorsichtig betteten sie die Körper auf ein Lager von Tanistannenzweigen, bevor sie sie mit Erde und Moos bedeckten.

Nach einigem Zögern einigten sie sich darauf, auch die toten Badok-Krieger, die sich nicht aufgelöst hatten und Menschen aus Fleisch und Blut gewesen waren, zumindest mit Taniszweigen zu bedecken.

Sie schnitten einen großen Zweigfächer vom Baum und gingen zu einem Krieger, der auf dem Rücken lag, mit angewinkelten Beinen und ohne sichtbare Verletzung.

Ravins Blick fiel auf das Gesicht des Mannes. Es war ein erschreckend junges Gesicht, in dessen Zügen sich maßloses Erstaunen abzeichnete. Ravins Blick wanderte hinauf zur Stirn. Drei winzige rote Brandmale leuchteten ihm entgegen. Sie hatten die Form von Sichelmonden und waren zu einem Dreieck angeordnet. Ravin schauderte, stieß Amina an und deutete auf die Wunde. Sie zuckte nur mit den Schultern. Gespenstische Stille lag über der Lichtung. Vergeblich versuchte Amina eines der Bantys zu finden. Und vergeblich blies Ravin bis spät in die Nacht in das Muschelhorn, dessen Klang Vaju herbeirufen sollte. Offensichtlich hatten die Badok auch die Bantys und Vaju mitgenommen.

Im Morgengrauen blieb ihnen nichts anderes übrig, als zu Fuß aufzubrechen. Ravins Bein schmerzte, doch nach einiger Zeit gewöhnte er sich an das dumpfe Pochen über seinem Knie, biss die Zähne zusammen und humpelte weiter. Der Weg, den die Reiter genommen hatten, war nicht zu übersehen. Zerhackte Wurzeln und der aufgewühlte Boden legten eine breite Spur durch den Wald. Ravin entdeckte unzählige Abdrücke der scharfkantigen Hufe. Und dazwischen die schmalen Abdrücke von Bantyhufen, die kaum den Boden berührt zu haben schienen. Auch Vajus und Dondos Ziegenhufe entdeckte Ravin hier und dort.

Mehrere Tage folgten sie den Spuren. Amina war düster und schweigsam. Ravin sah ihr an, dass auch sie sich Sorgen machte. Die Schmerzen in seinem Bein wurden schlimmer. Inzwischen humpelte er stark, doch er nahm sich zusammen und Amina sprach ihn nicht darauf an. Sie rasteten kaum, schliefen unruhig und nur kurz, bevor sie wieder aufbrachen. Sein Schlaf war traumlos und von Schmerz überschattet.

Sie sammelten Jalafrüchte und aßen das Trockenfleisch, das sie im verwüsteten Lager gefunden hatten. Dann setzte ein kühler Frühsommerregen ein. Gras und Blumen begannen rasch die Spuren zu überwuchern. Am sechsten Tag wurde es so kalt, dass sie beschlossen, aller Vorsicht zum Trotz, ein Feuer zu machen. Amina hatte einen verdeckten Lagerplatz ausgewählt und sich daran versucht, einen magischen Schutzkreis zu ziehen.

»Ich hoffe, sie lassen uns zumindest für eine kurze Rast in Ruhe!«, flüsterte sie, als sie sich anschickte das Feuer zu entfachen. Erschöpft kauerten sie sich dicht an die Flammen und wärmten sich.

»Was meinst du, wohin reiten sie?«, fragte Ravin und musste niesen.

»Jerrik hat oft erzählt, dass Badok im Landesinneren eine Burg besitzt. Eine Festung aus Stein, die selbst ein Blitz nicht spalten kann. Ich weiß nicht, ob es wahr ist. Aber sie reiten direkt auf den Tasos-Pass zu. Und das wäre die richtige Richtung.«

»Lange werden ihre Spuren nicht mehr sichtbar sein. Ohne Pferde sind wir einfach zu langsam!«

Amina schwieg.

»Gibt es in den Wäldern hier keine Bantys?«, fuhr Ravin fort.

Amina blickte ihn überrascht an.

»Ravin va Lagar – da sitzt du mit einer schlimmen Verwundung, durchnässt und ohne Hoffnung an diesem kümmerlichen Feuer und klagst nicht, sondern fragst nach Bantys!« Sie lächelte und zum ersten Mal sah Ravin keinen Spott in ihrem Gesicht.

»Natürlich gibt es Bantys hier. Aber es würde uns viel Zeit kosten, auch nur eines davon zu fangen und zu zähmen.«

»Einen Versuch wäre es wert! So wild und gefährlich sahen eure nicht aus.«

»Natürlich nicht. Aber weißt du, wie wild sie waren, bevor wir sie gezähmt haben? Es dauert viele Monde, bis ein Banty überhaupt einen Reiter auf seinem Rücken duldet. Und dann läuft es noch lange nicht in die Richtung, in die du es leiten willst. Sie wirken harmlos, aber sie sind alles andere als das. Hat dir Ladro nicht erzählt, woher die Bantys kommen?«

Er schüttelte den Kopf, fasziniert von der Lebhaftigkeit, die Amina plötzlich an den Tag legte. Ein paar Funken knisterten in den schwarzen Nachthimmel. Plötzlich wurde Ravin warm. Amina lachte und begann:

»Man sagt, in einer Zeit, als die Hallgespenster noch Menschen waren, da lebte im Berg Skariskal eine sehr alte Bergshanjaar. Sie hatte viel Gutes getan, doch sie war alt geworden und müde und auch bitter. Niemals ging sie in den Wald hinunter, sie liebte allein den Stein. Diese Shanjaar hieß Kalanjen und hatte eine Tochter, Elis. Elis war schöner und lichter als eine Bergnymphe, sie hatte silberweißes Haar, das ihr bis hinunter zu den Fesseln fiel, und Augen aus hellblauem Bergkristall. Man sagt, Kalanjen habe sie in einem Bergsee gefunden. Sie trieb auf dem Wasserspiegel wie ein trockenes Stück Holz und Kalanjen schwamm hinaus, holte sich das Wasserkind und zog es auf. Elis liebte die Berge, doch noch mehr liebte sie die Bäche und Seen. Eines Tages folgte sie dem Gebirgsbach ein Stück ins Tal und ging aus Neugier weiter, bis sie zum Wald kam. Das kühle Grün gefiel ihr sehr viel besser als die nackten Felsen, zwischen denen sie lebte, also ging sie weiter und weiter – und traf auf einen schlafenden Waldmenschen. Schön war er, hoch gewachsen wie sie, sein Haar war rot wie das Holz des Marjulabaumes. Sein Name war Faran. Als er die Augen aufschlug, blickte er in Elis' lachendes Gesicht und verliebte sich sofort in sie. Lange Zeit lebten sie im Wald. Doch schließlich entdeckte Kalanjen sie, nahm Elis mit sich und belegte Faran mit einem Fluch: Sobald er seinen Wald verließe, würde er altern und sterben. Elis dachte nach. Wenn er den Wald nicht verlassen konnte, würde sie zu ihm kommen und Kalanjen für immer verlassen. Sie schickte ihre Nachricht an Faran. Wenn Abendstern und Sonne gemeinsam am Himmel stünden, sollte er am Waldrand auf sie warten. Kalanjen war wütend, als Elis ihr von ihrem Entschluss erzählte, bei Faran zu bleiben.

›Niemals!‹, rief sie und schleuderte einige große Felsen ins Tal. Mit solcher Wucht rollten sie auf den Wald zu, dass Elis fürchtete, sie würden den Wald überrollen und Faran töten. Und genau das hatte Kalanjen ja auch im Sinn. ›Nun lauf‹, sagte die Shanjaar zu ihrer Tochter. ›Wenn du schneller bist als die Felsen, gehört Faran dir!‹

Und Elis lief, dass ihr langes silberweißes Haar hinter ihr herflog. Sie rannte, so schnell sie konnte, um die Felsen zu überholen, die auf ihrem Weg ins Tal alles mit sich rissen, was sich ihnen in den Weg stellte. Doch erkannte sie bald, dass sie zu langsam war. Elis war verzweifelt – unten am Waldrand sah sie Faran stehen. Er hob ihr die Hände entgegen wie zum letzten Gruß. Elis spürte, wie die Erschöpfung an ihren Beinen zerrte. Doch sie gab nicht auf! Der Anblick von Farans Gestalt am Waldrand verlieh ihr neue Kräfte, fast holte sie einen der Felsbrocken ein – da stolperte sie und fiel auf den Steinboden. Und da, als ihr Haar den Stein berührte, verwandelte Elis sich in einen schnellen Gebirgsbach. Beinahe hatten die ersten Felsen den Wald erreicht, da floss das silberhelle Wasser vor den Felsen in den Wald – und jeder der Felsen verwandelte sich in ein Bantypferd! Flink und wendig, ohne langsamer zu werden strömten sie ins Unterholz und wichen geschickt den Bäumen aus. Seitdem leben die Bantys im Wald. ›Bant‹ heißt in der Bergsprache ›Fels‹. Und Elis und Faran, sagt man, leben noch heute hier. Ihre Kinder sind die Naj, die im Fluss leben, wie ihre Mutter es gerne tat. Elis wacht über den Schlaf aller, deren Wohnstatt der Wald ist.«

Ravin lachte. Sein Herz war plötzlich frei und leicht, wie schon seit vielen Monden nicht mehr.

»Eine schöne Geschichte. Und ein schönes Hochzeitsgeschenk, das die Bergshanjaar ihrer Tochter machte!«

Amina sah ihn überrascht an.

»Du meinst, es war ein Hochzeitsgeschenk?«

»Natürlich! Kalanjen hat die Liebe von Elis auf die Probe gestellt.«

Amina zog die Brauen hoch.

»Nun ja, dann würde auch der Marjulabrauch eine neue Bedeutung bekommen.«

»Was ist das für ein Brauch?«

»Wenn man verliebt ist, schenkt man seiner Elis oder seinem Faran ein aus Marjulaholz geschnitztes Banty. Es symbolisiert die tiefe Verbindung.«

Ravin schaute ins Feuer. Sie schwiegen. Er bemerkte, dass ihr Blick auf ihm ruhte.

»Und du, Ravin va Lagar?«, fragte sie. »Hast du deine Elis schon gefunden?«

Ihre Augen blitzten. Ravin wurde rot und griff zu einem Stück Trockenfleisch. Er dachte daran, wie vertraut Amina und Ladro miteinander umgingen und wie sie sich anlächelten, und fühlte unerklärlicherweise einen kleinen Stich in der Brust.

»Bei uns ...«, antwortete er ausweichend, »... schenkt man sich einen blauen Tamaris, einen Glücksstein aus dem See.«

Amina fragte nicht weiter. Als er sie verstohlen ansah, stocherte sie im Feuer. Ihr Gesicht war wieder ernst.

»Entschuldige«, sagte sie. »Ich wollte nicht neugierig sein.«

Er biss sich auf die Lippen und schalt sich dafür, dass er so ungeschickt reagiert hatte.

»Nein ..., ich meinte nur ...«, stotterte er.

Doch dann schwiegen sie beide und blickten ins Feuer.

Ravin musste im Sitzen eingenickt sein, denn während er nachdenklich in die Glut starrte, schien es ihm plötzlich, als berührte ein heißer Luftzug seine Stirn. Der Falter streifte über seine Augenlider und verschwand.

Ein leiser Mitternachtswind strich um seine Beine und ließ ihn frösteln. Der Schmerz pochte in seinem Bein, jeder Knochen schien schwer. Hinter sich hörte er Aminas Schritte, lange bevor sie ihn erreicht hatte. Sie trat an die Glut und wärmte sich die Hände. Der Wind spielte mit ihrem Haar. Der Duft von verbrannter Rinde und süßem Harz wehte zu Ravin hinüber und machte ihn traurig, so sehr erinnerte er ihn an den Duft des Tjärgwaldes. Er sehnte sich nach Hause zurück, nach Jolon, er sehnte sich so sehr nach ihm, dass er am liebsten geweint hätte.

»Wir sollten aufbrechen, bald geht die Sonne auf.«

Vor ihm stand wieder die harte, spöttische Amina. Ravin spürte Enttäuschung, Einsamkeit umfing ihn.

»Wo warst du?«, fragte er.

»Ich habe etwas gesucht.«

Er sah sie fragend an, doch sie schwieg und deutete nur auf eine große Tanne. Ravin drehte sich um und kniff die Augen zusammen. Geblendet vom Feuerschein konnte er anfangs nichts sehen. Nach und nach erkannte er die Silhouetten zweier riesiger Pferde, die regungslos neben der Tanne standen. Ravin zwinkerte, um das Trugbild zu vertreiben, doch ein heiseres Wiehern schreckte ihn aus seiner Betäubung hoch. Er sprang auf und zuckte zusammen, als der altvertraute brennende Schmerz sein Bein durchfuhr. Diese unheimlichen Pferde waren keine Bantys, dazu waren sie viel zu groß.

»Woher hast du sie?«

Ravins Erstaunen schien sie zu amüsieren.

»Vielleicht bin ich Elis' dunkle Schwester«, sagte sie und lächelte. Es war ein kaltes Lächeln, das Ravin gar nicht gefiel.

»Sie sehen seltsam aus, Amina. Solche Pferde habe ich noch nie gesehen – ganz schwarz mit weißen Augen! Sind sie blind?«

»Es sind Pferde und sie finden auch blind ihren Weg. Nur das ist wichtig.«

Sie blickten sich an, Amina mit zusammengekniffenen Lippen, Ravin unschlüssig und traurig.

»Es ist unsere einzige Chance, die anderen einzuholen«, sagte sie beinahe bittend. »Sieh dir dein Bein an. Du weißt selbst, dass du nicht mehr lange damit laufen kannst. Also frag nicht, sondern steig auf!«

Müdigkeit schienen die Pferde nicht zu kennen, denn selbst als die Sonne hoch am Himmel stand, trommelten ihre riesigen Hufe wie dumpfe Hammerschläge unermüdlich auf den Waldboden, während Ravin das Gefühl hatte, er müsse jeden Moment erschöpft vom Pferderücken gleiten. Während Amina und Ravin abwechselnd schliefen, standen die Pferde wach und unerschütterlich ruhig und warteten auf die nächste Etappe.

Je weiter sie zogen, desto häufiger wurden sie von Hallgespenstern umlagert. Sie verstopften sich die Ohren mit einer Mischung aus Harz und getrockneten Jalablüten, sodass sie die verschiedenen Stimmen nur noch wie fernes Geplätscher wahrnahmen. Außerdem hatten sie eine Zeichensprache entwickelt, mit der sie sich verständigten. Wenn sie rasteten, machten sie kein Feuer, sondern aßen die Jalafrüchte roh. Die Spuren der Badok verwischten sich immer mehr, doch sie waren sicher, sie noch nicht verloren zu haben. Nach einigen Tagen kamen sie an einen Rastplatz, wo vor kurzem noch Feuer gebrannt hatte. Die Asche war zwar bereits kalt, aber Ravin entdeckte ein Stück Stoff, das unter einem Stein an der Feuerstelle verborgen lag. Ein freudiger Schreck durchfuhr ihn, als er erkannte, dass es von Darians dunklem Mantel stammte. Also wusste er, dass Ravin lebte und ihnen folgte.

Immer näher kamen sie dem Tasos-Pass. Sie durchritten Schluchten und passierten kleine Wäldchen, in denen die Hallgespenster wie dichte Trauben von Fledermäusen in den Bäumen hingen. Amina wirkte düster und entschlossen. Nachts, wenn Ravin an der Reihe war, über ihren Schlaf zu wachen, beobachtete er ihr Gesicht und bemerkte einen Ausdruck von tiefer und verzweifelter Konzentration, so als würde sie noch im Schlaf unermüdlich suchen – nach Ladro, nach Jerrik oder nach etwas ganz anderem, was sie Ravin niemals verraten würde.

Seine Träume hatten sich verändert. Jolons Anblick tröstete ihn nicht mehr. Nach wie vor saß sein Bruder mit geschlossenen Augen am Feuer – und doch beunruhigte Ravin etwas, was sich am Rande seines Blickfeldes bewegte. Etwas Dunkles, das die Dämonen im Feuer innehalten und ihre Pupillen aufleuchten ließ. Ravin schauderte, wenn er nach diesen Träumen erwachte und Hallgespenster ihm wieder die Ohren voll heulten.

Schließlich verloren sie die letzte karge Spur. Auch von Darians Botschaften hatten sie seit Tagen keine gesehen. Hoch ragte das Gebirge zu ihrer Linken auf.

»Sie müssen hier durchgekommen sein«, sagte Amina entmutigt. »Aber nun scheinen sie sich in Luft aufgelöst zu haben.«

»Vielleicht gibt es einen Weg, der direkt durch das Gebirge führt?«

Die Sonne begann hinter den Bergen unterzugehen, der Wind ließ sie frösteln. Der Sommer ließ sich hier viel Zeit.

»Hast du dir Skaris so vorgestellt, Ravin va Lagar?«

Wieder der spöttische Unterton, doch seltsamerweise tröstete ihn Aminas Stimme heute. Er lächelte.

»Nein, Amina. Das Land habe ich mir viel düsterer und gefährlicher vorgestellt. Doch im Grunde ist es schön, schau dich um!« Mit einer ausholenden Armbewegung umfasste er den Sonnenuntergang, das violette Felsgestein, die karge Landschaft. »Ich habe noch nie so viele unterschiedliche Gesteine gesehen. Und so viele Flechten und verschiedene Bäume.«

»Und so viele Hallgespenster auf einem Haufen«, warf sie ein.

»Ja, da hast du Recht.«

»Ravin?«

»Hm?«

»Du träumst immer noch von Jolon, nicht wahr?«

Er seufzte.

»Ich weiß nicht, wen ich mehr vermisse – Jolon, der zwar schläft, aber von der Königin beschützt wird, oder Darian, der in Gefahr ist.«

»Du machst dir Sorgen, dass du eine der beiden Aufgaben nicht bewältigen kannst. Die Quelle der Skaardja fließt nicht dort, wo du Darian suchen musst.«

Er schluckte die aufsteigenden Tränen hinunter.

»Die Quelle kann überall sein«, brachte er hervor. »Ich werde Skaardja finden – sobald ich Darian befreit habe.«

Amina schwieg. Der Abendschatten hatte sich auf ihr Gesicht gelegt, nur undeutlich erkannte er ihre Augen als dunkle Flecken in einem hellen Gesicht.

»Ich vermisse Gran und Santez – und Ilnor. Ilnor besonders. Ich habe mich mit ihm gestritten, kurz bevor wir euch auf der Lichtung gefunden hatten. Ich wünschte, ich hätte mich von ihm verabschieden können.«

Ravin zog seinen Mantel enger um die Schultern.

»Erzähl mir von Jolon!«, bat sie plötzlich.

»Was soll ich dir von ihm erzählen?«

»Irgendetwas! Wie alt ist er? Wie lebt er? Was für ein Shanjaar ist er?«

Er räusperte sich.

»Jolon ist älter als ich. Er behauptet, er bekäme bereits graue Haare. Er lacht gern, aber meistens ist er ernst. Er ist ein Waldshanjaar und heilt die Menschen mit Kräutern und mit Hilfe der Geister. Manchmal ist er viele Wochen unterwegs.«

»Wie sieht er aus?«

»Nun … er ist größer als ich, seine Augen sind grün wie meine, an der Schläfe hat er eine Narbe. In meinem Traum sehe ich ihn an einem Feuer sitzen, in dem Dämonenfratzen leuchten. Er ist ganz blass und schwach.«

»Er hat eine Narbe?«

»Ja, hier.« Ravin deutete auf seine linke Schläfe. »Diese Wunde habe ich ihm als Kind mit der Steinschleuder zugefügt. Ich habe versucht eine Jalafrucht vom Baum zu holen. Die Narbe sieht aus wie ein Bogen und endet an der Augenbraue.«

Er bemerkte eine Bewegung an seiner Seite und sah hoch. Amina war aufgestanden und ging zu dem größeren der beiden schwarzen Pferde. Es wandte ihr den Kopf zu, seine blinden pupillenlosen Augen leuchteten wie bleiche Quallen in einem schwarzen Meer.

»Amina! Was ist?«, rief er. Mit ein paar Schritten war er bei ihr. Sie sah ihn nicht an. Plötzlich schüttelte sie ein jammervolles Schluchzen.

»Lass mich in Ruhe, Ravin!«, sagte sie gepresst. Ravin schluckte und fühlte, wie ihm der Kummer ebenfalls die Kehle zuschnürte.

»Amina, du hast mich gebeten von Jolon …«

»Ich weiß, worum ich dich gebeten habe!«, erwiderte sie und schniefte.

»Es ist nur … Ich habe auch einen Bruder – und er ist sehr krank!«

»Du hast mir nie erzählt …«

»Und ich werde es dir nicht erzählen! Nie, niemals!«, schrie sie und ließ ihn einfach stehen. Verwirrt blickte ihr Ravin nach, dann kehrte er zum Lagerplatz zurück. Allein gelassen mit dem ganzen aufgewühlten Kummer setzte er sich hin, schlang die Arme um seine Knie und lauschte dem pochenden Schmerz in seiner Brust.

Sie ritten in derselben Nacht weiter. Trotz der Dunkelheit schritten ihre blinden Pferde weit aus.

»Lass uns tanzen!«, flüsterte eine lachende Stimme ihm ins Ohr.

»Gleich geht die Sonne auf, du musst Jarog benachrichtigen!«, raunte eine tiefe Männerstimme. Ravin horchte auf, als er den Namen des Hofzauberers vernahm. Doch dieser Satz, den das Hallgespenst weitertrug, mochte bereits viele Jahre alt sein, als Jarog durch Skaris reiste. Noch wahrscheinlicher war, dass es sich um einen anderen Mann dieses Namens handelte. Nur die Waldmenschen achteten darauf, dass keine zwei Menschen denselben Namen trugen.

Sie kamen immer näher an die Berge, die im grauen Dämmerlicht des Morgens hoch und violett aufragten. Verborgen im hohen Sommergras führte ein schmaler Weg zum Pass. Amina deutete dorthin, wo der Weg sich hinter einer Ansammlung von kleinwüchsigen, mageren Tannen am Fuß des Berges nach oben schraubte. Dieser Weg führte offensichtlich wieder in einem langen Bogen halb um den Berg herum. Es würde sie Tage kosten, den hohen Pass zu überqueren.

Ravins Gefühl sagte ihm, dass es einen schnelleren Weg über das Gebirge geben musste. Links vom Weg, weit unterhalb der Tanistannen, hatte er einen Pfad entdeckt, der in eine Höhle führte. Vielleicht war es wirklich nur eine Höhle und drinnen wartete eine schlecht gelaunte Martiskatze. Vielleicht war es aber auch ein Tunnel, der durch den Berg führte. Am Pass könnten Wachen sein, überlegte er weiter. Vielleicht war es besser, Schleichwege zu suchen, statt dem Tross zu folgen. Der Weg verbreiterte sich und wurde zu einer Straße, was Ravin in seinem Argwohn noch bestärkte. Inzwischen waren sie direkt vor dem Berg. Er musste den Kopf in den Nacken legen, um den steil nach oben führenden Weg verfolgen zu können. Wieder einmal wünschte er sich seine trittsichere Vaju herbei, denn er zweifelte, ob das massige schwarze Pferd mit den hölzernen Bewegungen den Aufstieg bewältigen würde. Er suchte mit den Augen nach dem Pfad, den er gestern bemerkt hatte, und fand ihn.

»Da müssen wir hoch«, stellte Amina fest. »Am besten, wir ruhen uns aus, denn es wird anstrengend.«

»Ein Mensch kann nicht zwei Wege gehen«, murmelte Ravin beim Blick auf den Berg. »Das hat Jolon gesagt, wenn ich mich nicht entscheiden konnte einen anstrengenden Weg zu reiten.«

Sie sah an ihm vorbei und tat, als hätte er kein Wort gesagt. Verärgert bemerkte er, dass sie immer noch nur das Nötigste mit ihm sprach. Gerne hätte er mehr über ihren Bruder erfahren, doch er wusste, dass Amina dieses Geheimnis wie einen schmerzenden Splitter tief in ihrer Seele trug.

»Amina, ich glaube, es gibt einen zweiten Weg. Siehst du den Pfad dort, der in die Höhle führt?«

Sie folgte seinem ausgestreckten Arm mit ihrem Blick und zuckte die Schultern.

»Es gibt viele Pfade. Wer sagt dir, dass dieser durch das Gebirge reicht?«

»Niemand sagt es mir. Aber ich schließe die Augen und fühle einfach, dass der Pfad besser ist als der Steilweg.«

»Nun«, meinte sie mit ihrer hochmütigen Stimme. »Und mir sagt die Zukunft, dass ich den Steilweg nehmen werde. Aber vielleicht ist es wirklich eine gute Idee, auf einen Waldmenschen zu hören, der noch nie in Skaris war, und mich in einer Höhle zu verirren, während mein Lager verschleppt ist!«

Ravin schoss das Blut in die Wangen.

»Und ich habe wohl keine Freunde, die ich so schnell wie möglich befreien möchte?«, rief er. »Du warst auch noch nie in diesem Gebirge!«

Sie wirbelte herum und sah ihm das erste Mal seit ihrem Gespräch in die Augen.

»Waldmensch Ravin«, spottete sie. »Meine Mutter war immerhin eine Bergshanjaar. Und wenn ich mich auf dein Gefühl verlassen hätte, würden wir immer noch zu Fuß irgendwo durch Skaris irren und die anderen nie …«

»Das ist nicht wahr!«, unterbrach Ravin sie grob. »Ich kann keine blinden Pferde herbeischaffen, aber ich brauche dich gewiss nicht um einen Weg zu finden! Seit gestern behandelst du mich, als wäre ich dir lästig. Was habe ich dir getan?«

»Überhaupt nichts hast du mir getan!«, schrie sie ihn an. »Und trotzdem, Ravin, wünschte ich, ich hätte dich nie getroffen! Ich wünschte, du und Darian wärt nie in unseren Wald gekommen! Ich wünschte, ich hätte dich nie gesehen!«

Er schnappte nach Luft. Aminas Augen glommen in einem blauen Licht, Ravin sah Schmerz und Wut darin.

»Gut«, sagte er schließlich. Seine Stimme klang in seinen Ohren fremd, so kalt und hart war sie. »Wenn du so denkst, dann gibt es keinen Grund, warum wir gemeinsam reiten sollten. Ich jedenfalls werde durch die Höhle reiten – oder gehen, wenn du dein magisches Pferd behalten möchtest. Vielleicht sehen wir uns in Badoks Burg.«

»Ravin!«

Aminas Stimme ließ ihn das Pferd zurückhalten, das bereits zum Galopp angesetzt hatte. Es bäumte sich auf und stand dann still. Die Hallgespenster außerhalb des Bannkreises flüsterten aufgeregt.

»Warte – bitte!«

Sie war von ihrem Pferd gesprungen und kam zu ihm. Er bemerkte, dass sie blass geworden war.

»Meine Worte waren nicht so gemeint, Ravin. Entschuldige, ich wollte dich nicht verletzen.«

»Warum bist du so wütend auf mich?«

Sie biss sich auf die Unterlippe und schüttelte den Kopf.

»Ich bin nicht auf dich wütend – ich bin ... Ich glaube, ich bin auf mich selbst wütend.«

»Aber warum? Glaubst du, wir sind schuld, dass die Badok alle verschleppt haben? Glaubst du, es wäre nicht passiert, wenn Darian und ich nicht in euer Lager gekommen wären?«

»Ach, Ravin«, erwiderte sie mit weicher Stimme, im Morgenlicht sah sie schön aus und so verletzlich, dass Ravins Ärger beinahe verflog.

»Das ist es nicht.«

»Ist dein Bruder bei den Badok?«

Sie zog überrascht die Brauen hoch, dann lächelte sie und zuckte die Schultern.

»Vielleicht«, sagte sie traurig. »Wenn ich das nur wüsste.«

Dann holte sie Luft und bemühte sich einen ruhigen und gefassten Eindruck zu machen. Beinahe wäre ihr dies auch gelungen.

»Lass uns Freunde sein, Ravin. Es war ungerecht von mir, dich für Dinge zu strafen, mit denen du nichts zu tun hast.«

Ravin betrachtete eine Weile ihr ernstes Gesicht und kämpfte gegen das Gefühl der Kränkung, das immer noch wie ein Dorn in seinem Herzen saß.

»Bitte«, sagte sie und er hörte Aufrichtigkeit und Bedauern in ihrer Stimme. Schließlich nickte er und sprang vom Pferd, sodass sie sich gegenüberstanden. Mit seiner Linken machte er das Zeichen der Waldmenschen für Freund. Sie hob ebenfalls die Hand und tat es ihm nach. Dann streckte er ihr seine rechte Hand hin. Sie ergriff sie mit einem Lächeln – für einen Augenblick nur, dann zeichnete sich Erschrecken in ihrem Gesicht ab, als sei ihr eingefallen, dass sie einen Fehler gemacht hatte. Doch sie kam nicht mehr dazu, ihre Hand zurückzuziehen, denn Ravin hatte bereits ihre Handfläche nach oben gedreht. Drei erhabene Sichelmonde leuchteten weiß und Unheil verkündend in ihrer Hand, wo sie ein Dreieck bildeten. Ravins Gedanken überschlugen sich. Das Blut wich aus seinem Gesicht. Er ließ es zu, dass Amina ihm ihre Hand entriss und einige Schritte zurückwich.

»Du hast Badoks Krieger getötet! Mit deinen Händen! Du bist eine Woran?«, flüsterte er.

Aminas Gesicht zuckte, als hätte ein Peitschenhieb sie getroffen, ihre Augen wurden hart wie blauer Kristall.

»Noch nicht, Ravin va Lagar, aber bald«, sagte sie mit schneidender Stimme. »Was weißt du denn schon von den Woran!«

»Sie töten mit einer Berührung! Du lebst auf der Schattenseite der Magie!«

»Dort werde ich leben, ja«, erwiderte sie trotzig und streckte ihm ihre Handfläche entgegen. Unwillkürlich wich er einen Schritt zurück.

»Da siehst du es.« Sie lächelte traurig. »Du hast bereits Angst vor dem Blutmond.«

Verwirrt starrte er in ihr Gesicht – es war Amina, die er sah, keine Woran mit dunklem Gesicht und schwarzen Händen. Nur Amina. Insgeheim schalt er sich, weil er vor ihr zurückgewichen war.

»Amina, ich dachte …«

Er streckte seine Hand nach ihr aus, doch sie schlug sie weg und war mit wenigen Schritten bei ihrem Pferd. Er stürzte ihr nach, doch sie hatte sich bereits auf das Tier geschwungen und zwang es, einen Satz zur Seite zu machen.

»Ein Mensch kann nicht zwei Wege gehen, Ravin«, sagte sie bitter. »Das ist wahr. Ich hätte das bereits früher erkennen müssen. Dein Weg ist dort.« Sie deutete in die Richtung, aus der sie gekommen waren. »Und ich reite über den Pass.«

Als sie an Ravins Pferd vorbeipreschte, zog sie ihr Schwert und hieb die Zügel durch. Das Pferd keilte aus und nahm Reißaus. Ravin stand wie gelähmt und blickte Amina nach. In dem Moment, als sie den Bannkreis durchbrach, stürzten sich die Hallgespenster auf ihn. »Du bist eine Woran?«, rief seine eigene Stimme ihm zu. »Ein Mensch kann nicht zwei Wege gehen«, hallte Aminas bittere Stimme. Ravin hielt sich die Ohren zu, Tränen schossen ihm in die Augen.

Viele Stunden später, als er das seltsame Pferd wiedergefunden und die durchgehauenen Zügelenden verknotet hatte, brach er zur Höhle auf. Amina würde er nicht einholen. Das Pferd stolperte häufig und bewegte sich ungeschickt. Zum ersten Mal erweckte es wirklich den Eindruck, als sei es blind. Schließlich gab Ravin auf und stieg ab, erkletterte den felsigen Pfad und führte das unwillige Pferd am Zügel hinter sich her. Am Mittag des folgenden Tages war er dem Pfad, der zur Höhle führte, so weit gefolgt, dass er einen weiten Blick über das Tal hatte. In der Ferne sah er einen glitzernden Fluss und die Strecke, die sie bisher geritten waren. Wenn die Badok von hier oben nach ihnen Ausschau gehalten hatten, würden sie sie entdeckt haben. Noch weiter bergan stieß Ravin auf dunkelgraues Felsgestein, das glatt poliert war, als hätten Wasser und Sand es so lange geschliffen, bis es spiegelblank in der Sonne glänzte. Ravin wählte einen Pfad, der zwischen den Felsen hindurch nach oben führte. Rechts und links von ihm ragten die Felswände auf. Die Hufschläge des Pferdes echoten hinter ihm. Es hörte sich an, als führte er eine ganze Herde mit sich. Kleine rote Beeren wucherten an den Felsen. Ravin untersuchte sie und entdeckte, dass sie an dornigem Gestrüpp wuchsen, das genauso aussah wie der Mähnenschmuck der Badok-Pferde. Er war also auf dem richtigen Weg! Der Pfad war inzwischen so eng geworden, dass er nur zu Fuß weiterkommen würde. Also gab er dem Pferd einen Klaps auf den Hals. Mühsam drehte sich das riesige Tier zwischen den Felsen auf der Hinterhand um und galoppierte ohne zu zögern davon. Lange noch war das Echo seiner donnernden Hufschläge zu hören. Ravin tat der Abschied nicht Leid, im Gegenteil. Er war froh, dieses unheimliche weißäugige Pferd los zu sein. Vorsichtig kletterte er weiter, immer enger wurde der Felsengraben, bis er sich schließlich hindurchzwängen musste.

In dieser Nacht schlief er Schulter an Schulter mit den kalten Felswänden. Über sich sah er einen Streifen dunkelblauen Himmels und einige Sterne. Er erinnerte sich an die Zeit, als er mit Sella und Darian unter den duftenden Zweigen der Tanistannen geschlafen hatten, ihr Atmen neben ihm. Nie zuvor hatte er sich so einsam gefühlt wie jetzt. Lange suchte er nach Jolons Gesicht und fand es nicht. Schließlich sank er erschöpft in einen beunruhigenden Traum:

Er watete auf einer nassen Wiese, seine Füße waren klamm, er fröstelte. Erstaunt sah er, dass das Gras schwarz war – und auch Gislans Burg, die vor ihm auftauchte, schien dunkel und fremd. Er blinzelte im Licht einer grellen Sonne und sah, dass die Burg aus Glas war. Darin staute sich Rauch. Eisregen fiel vom Himmel, doch der grelle Schein blieb. Schwarze Nebelschwaden trieben an ihm vorbei und ballten sich zu stummen Gestalten. Ravin sah Krieger mit langen, wilden Bärten. Lautlos ritten sie an ihm vorbei. Unter den Hufen ihrer Wolkenpferde erzitterte die Erde. Die kalten Pferdeleiber drängten sich gegen Ravin, er hielt die Luft an und schob sich weiter – da endlich sah er Jolon. Er saß vor einem Feuer, das mitten auf der Wiese brannte. Seine Augen waren nicht geschlossen, der Traumreif lag nicht mehr um seine Stirn. Am Rande seines Blickfeldes gewahrte Ravin wieder den schwarzen Schatten. Rasch wandte er den Kopf, doch das dunkle Etwas war bereits davongehuscht. Als er den Blick wieder auf Jolon richten wollte, stand Amina vor ihm. Ihre Augen kalt und blau wie Eis, die Haare wanden sich und zuckten um ihr Gesicht wie schwarze Blitze. Ihre Hände waren die Hände einer Woran, dunkel, grausam und zu Fäusten geballt. Hinter ihr stand Darians Lehrmeister, der alte Hofzauberer Laios, und blickte Ravin ernst an. »Ravin, wach endlich auf!«, sagte er.

Ravin schreckte hoch, die Stille zwischen den Felsen dröhnte in seinen Ohren.

War Jolon in Gefahr? Ravin rief sich das Bild der Königin ins Gedächtnis. Sorgfältig zeichnete er jedes Fältchen auf ihrem Gesicht nach, jede kleine Schattierung, stellte sich die Farbe und den Ausdruck ihrer Augen vor. Endlich, nach Ewigkeiten, strich der Falter einmal sacht über seine Stirn. Er entspannte sich. Dennoch blieb ein mulmiges Gefühl. Etwas hatte sich verändert. Beunruhigt stand er auf und machte sich trotz seiner Müdigkeit auf den Weg. Über ihm leuchtete der Nachthimmel. Langsam tastete er sich weiter und wich, so gut er konnte, den dornigen Zweigen aus. Gegen Morgen, als der schmale Spalt Himmel über ihm sich rosagrau verfärbte, stand er erschöpft vor dem schmalen Höhleneingang. Bevor er in den Tunnel stieg, sammelte er so viele der roten Beeren, wie in seine Tasche passten. Wer wusste, wie lange er in der Höhle unterwegs sein würde.

Im Inneren der Höhle fühlte er nassen Stein und nach ein paar Schritten stieß seine Hand auf etwas Pelziges. Erschrocken zog er die Hand zurück und zerrte sein Schwert hervor, immer in der bebenden Erwartung, dass sich jeden Augenblick eine Martiskatze auf ihn stürzen würde. Doch dann wurde ihm bewusst, dass es sich um ein zerfasertes Seil handelte. Er umfasste es und spürte feuchtes Moos unter seinen Fingern. Am liebsten hätte er einen Freudenschrei ausgestoßen, doch er dachte an die Hallgespenster, die sicher noch in der Nähe waren und begnügte sich mit einem geflüsterten Dank an Elis – es war ein Führungsseil! Mit neuem Mut ging er Schritt für Schritt am Seil entlang, stieg hinab in pechschwarze Kammern, in denen er die Augen schloss, da ihn die Vorstellung von Blindheit beunruhigte. Er kletterte über Geröllhaufen, hörte vielgliedrige Beine, die vor ihm flohen, doch er ignorierte den Schreckensschauder, der ihm die Haare zu Berge stehen ließ, und ging weiter. Nach wenigen Biegungen, denen er am Seil entlang folgte, begann ihn sein Zeitgefühl zu verlassen. Hinter sich hörte er ein Geräusch, das anders war als das Trippeln und Scharren der blinden Insekten. Es war ein Streifen, kaum vernehmbar, ein schleichender Schritt. Ravin schluckte, Schweiß stand ihm auf der Stirn. Er versuchte sich zu beruhigen, indem er sich sagte, dass seine Einbildung und die Dunkelheit ihm einen Streich spielten. An seinem Griff am Führungsseil spürte er, wie sehr seine Hand zitterte. Wenn es eine Martiskatze war, könnte sie ihn zwar hier erlegen – aber auch sie würde in der absoluten Dunkelheit nicht mehr sehen als er. So leise wie möglich tastete er nach seinem Schwert und ging rückwärts. Für einen entsetzlichen Moment glaubte er das Tappen von Schritten zu hören, etwas bewegte sich auf ihn zu – mal auf zwei, mal auf vier Beinen. Er hielt die Luft an und tastete sich weiter. Ganz plötzlich streifte etwas das Seil! Es vibrierte, dann lag es wieder still in Ravins Hand. Das Scharren war verstummt.

Nach endlosen Schritten, die er längst nicht mehr zählte,

nach mehreren Stürzen und einem namenlosen Grauen im Genick, begann er endlich, endlich die Umrisse von kantigen Wänden zu erkennen. Das Seil endete in einem Knoten an einem rostigen Ring in der Wand, dann folgte ein schmaler Gang, durch den er auf Knien und Händen kriechen musste. Plötzlich berührten seine Finger sonnenwarmes Gras. Tageslicht blendete ihn. Er schloss die Augen und ließ sich fallen, roch die Erde, die Halme, sog den Duft des Waldes tief in seine Lungen und war für einen Moment glücklich, obwohl seine Schultern schmerzten und seine Zähne noch immer von der Kälte im Inneren des Berges klapperten. Lange Zeit saß er im Gras, blinzelte und wärmte sich auf, bis er vor lauter Blinzeln in einen traumlosen Schlaf sank.

»Wach auf!«, flüsterte eine Stimme in sein Ohr. Neben ihm knisterte und prasselte es, als sei ein Lagerfeuer in der Nähe. Wärme breitete sich auf seiner Wange aus. Ravin schlug die Augen auf und erschrak. Zwei lodernde Sonnen blickten ihn an, flammendes Haar züngelte ihm entgegen, ein Funkenregen umwirbelte ein Mädchengesicht. Der launische Feuermund lachte ihn an.

»Ich will nur einen Kuss!«, bat das Flammenmädchen und streckte Ravin zwei Hände wie Lavaströme entgegen. Hastig rutschte er ein Stück zurück, bis sein Rücken den Fels berührte. Das Feuermädchen richtete sich auf, wirbelte um sich selbst und blieb dann stehen, eine schlanke Flamme, die im Wind zitterte. Ihr Gesicht war sanft und voller Sehnsucht, weich geschwungen ihre Wangen. Ihr Flammenhaar züngelte über Rücken und Schultern, umfloss kleine, runde Brüste, teilte sich weiter unten und gab den Blick frei auf den energischen Schwung ihrer Hüften und auf weiß glühende Beine, die in einem Funkenwirbel endeten.

»Du musst mich nicht küssen, wenn du nicht möchtest«, sagte sie und lachte wieder ihr prasselndes Lachen. »Dann küsse ich dich eben später – wenn du schläfst.«

Ravin machte den Mund zu und stand auf.

»Warum willst du mich küssen?«, fragte er.

»Du gefällst mir«, sagte sie und flackerte übermütig. »Weil du keiner von den Erloschenen bist. Die kann ich nicht leiden. Es sind inzwischen so viele, das wird langweilig! Du dagegen bist einer von den Horjun. Du brennst nicht nur dann, wenn Krieg ist.«

Ravin überlegte. Bei den Horjun, so ging ihm auf, handelte es sich vermutlich um Badoks Gefolgsleute. Dann fragte er vorsichtig:

»Wie viele – Horjun – sind noch hier?«

Ein Funkenregen explodierte über der Flamme und ließ ihn einen Schritt zurücktreten. Das Mädchen folgte ihm. Dort wo sie gestanden hatte, war das Gras schwarz und verkohlt. Hitze kitzelte sein Gesicht.

»Hier im Garten nur einer.« Sie lachte. »Du!«

»Und außerhalb des Gartens?«

»Du meinst in der Burg?«

Ravin musste sich beherrschen, damit seine Stimme nicht zitterte.

»Ja, in der Burg. Wie viele?«

Sie leckte sich mit einer blauen Flammenzunge über die Lippen und hob die Schultern.

»Tausend vielleicht. Oder mehr. Ich weiß es nicht. Sie lassen mich nicht mehr in die Burg. Ich darf nur zu den Erloschenen.«

Ihre Stimme knisterte vor Verachtung. Ravin atmete auf.

Hier in der Nähe gab es eine Burg! Er musste das Mädchen dazu bringen, mehr zu erzählen.

»Ich muss in die Burg. Man erwartet mich dort. Aber man hat mir nicht gesagt, wie ich von hier aus zur Burg gelange.«

Ihre Augen wurden dunkler, flackerten orange.

»Na, du gehst einfach wieder zurück zur Waffenkammer«, sagte sie betrübt und erlosch. »Leb wohl, Horjun!«

»Halt!«, rief Ravin. »Warte!«

Sie wuchs so schnell neben ihm aus dem Boden empor, dass der Hitzeschwall ihn zur Seite springen ließ, noch ehe er ihrer Gestalt gewahr wurde.

»Ja?«, fragte sie erwartungsvoll.

»Ich möchte mir den Garten ansehen, bevor ich zu den anderen gehe. Ich bin neu hier.« Das war nicht einmal gelogen.

Der Duft von verbrannter Erde fing sich in Ravins Nase.

»Ich zeige dir das Tal«, zischte sie. Seine Augen schmerzten, als hätte er zu lange in die Sonne geblickt. Das Flammenmädchen sprang im Zickzack, war mal links, mal rechts von ihm, doch immer nah genug, um ihn mit ihren Feuerzungen beinahe zu verbrennen. Er folgte ihr über ein schmales Stück Wiese, das von einem felsigen Halbrund begrenzt wurde. An der offenen Seite endete die Wiese im Nichts, mitten im Himmel, wie es Ravin schien. Begleitet von dem Flammenmädchen ging er zum Wiesenrand und schaute hinunter. Darunter waren mehrere Terrassen angelegt. Drei Stufen konnte er erkennen, bevor die Felswände nackt und grau in ein weites Tal abfielen. Doch nirgends eine Burg. Er befahl sich ruhig zu bleiben, um bei dem Flammenmädchen kein Misstrauen zu erwecken.

»Ein schöner Ausblick«, meinte er und schlenderte am Abhang entlang. Das Mädchen zitterte neben ihm und zeigte auf einen Berg in der Ferne.

»Dorthin kehre ich zurück, wenn die Erloschenen nicht mehr brennen«, sagte sie stolz.

»Die Erloschenen?«

»Die Krieger, die der Herr gerufen hat.«

»Die du nicht leiden kannst.«

Sie nickte. Vorsichtig tastete Ravin sich weiter vor.

»Was magst du an ihnen nicht?«

»Alles. Sie sind tot, sie ernähren sich von bösen Gedanken, von Angst und Leid. In ihrer Gegenwart kann ich nicht hell brennen, weil sie einfach meine Flammen fressen. Das ist nicht sehr höflich.«

»Und sie sind hier, weil Krieg ist?«

Ein misstrauisches, bläuliches Flackern huschte über ihr Gesicht. Ravin wünschte sich Darian herbei, der wortgewandt und geschickter im Aushorchen war als er. Er räusperte sich und fügte hinzu:

»Ich meine, dein – unser – Herr hat so viele Horjun gerufen. Als Armee reichen wir doch aus.«

Er schwitzte nicht nur wegen der Wärme, die sie abstrahlte. Ein paar Funken stoben in seine Richtung und verloschen zischend im feuchten Gras.

»Das besiegte Land ist groß, sagen die Erloschenen.«

»Das besiegte Land?«

»So nennen sie es. Sie sprechen immer nur von dem, was sein wird, und von dem, was gewesen ist. Hast du Angst davor, ins besiegte Land zu ziehen?«

Er versuchte ein Lächeln, das selbstsicher und eines Kriegers würdig wirken sollte.

»Natürlich nicht!«, sagte er. »Du etwa?«

Sie prasselte vor Lachen.

»Ich gehe nur, wohin ich will. Mir ist es gleichgültig«, rief sie. »Ich brenne überall.«

»Aber unser Herr kann dir befehlen wie uns.«

Die Flammen wurden wutbleich und ruhig.

»Nein, das kann er nicht. Der Herr befiehlt uns nicht. Niemand befiehlt uns. Sie können uns verbieten in die Burg zu kommen, das ist leicht, doch befehlen kann uns nur der, dem wir vor langer Zeit ein Versprechen gegeben haben.«

Sie streckte eine Hand aus und berührte eine Blume.

»Warum fragst du das alles?«, fragte sie plötzlich ohne von der Blume aufzublicken, die in der Hitze verschmorte. »Du willst ein Horjun sein und weißt nicht einmal, dass Feuernymphen keinen Herrn haben!«

Ravin schluckte. Plötzlich war er müde, müde, einem Flammenmädchen den harten Krieger vorzuspielen. Seine Ungeduld, in die Burg zu gelangen, wuchs, jetzt wo er Darian und den Jerriks so nahe zu sein schien.

»Ich bin noch nicht lange in diesem Land«, sagte er wahrheitsgemäß. »Und ich habe eine Königin, aber sie ist nicht meine Herrin, die mir befehlen kann. Ich gehorche nur mir. Auch ich habe vor langer Zeit ein Versprechen gegeben. Nur aus diesem Grund bin ich hier. Um dieses Versprechen zu halten, werde ich ein Horjun sein, wenn es nötig ist. Doch dazu muss ich in die Burg.«

Ihre Augen waren tanzende Sonnen, Feuerhaar umspielte ihr Gesicht. Ihre Hand streckte sich zu seiner Brust und verharrte in der Nähe, als würde sie sich an einem unsichtbaren Feuer wärmen, das von Ravin ausging.

»Du brennst ja beinahe so heiß wie ich!«, sagte sie erstaunt. »Ich wusste nicht, dass ihr das könnt. Es muss ein wichtiges Versprechen sein.«

Ravin sah Jolons schlafendes Gesicht vor sich und nickte. Die Feuernymphe betrachtete ihn lange.

»Und du bist traurig. Die Sorge brennt in deinem Herzen.«

»Ja, ich habe ...«

»Wenn du mir deinen Namen sagst, bringe ich dich zur Kammer«, raunte sie. Ravin schluckte.

»Wozu willst du meinen Namen wissen?«

Sie lachte.

»Ich bin nur eine Feuernymphe. Niemand hier spricht mit mir – außer um mich aus der Burg zu werfen. Und niemand sagt mir seinen Namen, damit auch ich etwas besitze, nur für mich allein.«

Ravin spürte die Sehnsucht, die ihre hellen Flammen zittern ließ, und lächelte. Ihre schlanke Gestalt beugte sich zu ihm, seine Augen brannten vor Hitze.

»Ravin«, flüsterte er schließlich. »Das ist mein Name.«

»Folge mir«, raunte die Nymphe. »Die Burg ist direkt vor dir.«

Und schon wirbelte sie davon, auf die Felsen zu. Ravin stand auf und rannte hinter ihr her. Vom Garten aus führte sie ihn einen von Buschwerk und Blüten verdeckten Pfad entlang, der an der Felswand endete.

»Hier?«, fragte er.

»Von hier aus kommst du in die Waffenkammer«, verkündete sie und leckte mit ihrer blauen Zunge über die graue Steinwand.

»Ich sehe keinen Eingang.«

»Es gibt auch keinen. Komm hierher.«

Ravin schüttelte verwundert den Kopf und trat an die Stelle, auf die die Feuernymphe zeigte.

»Stell dich mit dem Gesicht zur Wand und schließe die Augen.«

Er spürte ein angstvolles Flattern im Bauch, doch dann sah er noch einmal in das Gesicht der Feuernymphe und schloss die Augen.

»Leb wohl, Ravin«, sagte sie und ein heißer Hauch streifte seine Lippen. Der brennende Schmerz ließ ihn zusammenzucken, doch er ertrug ihren Kuss und hielt die Augen geschlossen.

»Vergiss Naja nicht«, flüsterte sie. »Und nimm dich vor den Erloschenen in Acht!«

Dann fühlte er, wie zwei Feuerhände ihn mit ungeheurer Kraft gegen die Steinwand schubsten.

Der Schreck schlug ihm mit eiskalter Hand ins Gesicht. Reflexartig streckte er die Hände aus – und griff in Rauch, bevor er vornüberstolperte, auf einem harten Steinboden aufschlug und sich die Handflächen blutig schürfte. Der Geruch von verbranntem Leder umfing ihn. Dort, wo Najas Hände ihn am Rücken berührt hatten, war es warm. Sofort rappelte Ravin sich auf und blickte sich gehetzt um. Er erwartete jeden Moment schwarze Hände zu sehen, die nach Schwertern griffen. Doch alles, was er nach dem grellen Flackern der Feuernymphe wahrnahm, waren schemenhafte Umrisse von etwas Großem, Unbeweglichem. Er drückte sich mit dem Rücken an die Wand. Sie war nicht länger eine Mauer aus Rauch, sondern hart und nass und erschreckend real. Endlose Augenblicke verharrte Ravin am kühlenden Stein, atmete so leise wie möglich, bis er sicher sein konnte, dass es keine Geräusche im Raum gab, die auf die Anwesenheit von Menschen oder schwarzen Kriegern hindeuteten. Alles was er hörte, waren Wassertropfen, die irgendwo auf einen Stein schlugen. Der schwache Glanz von blank polierten Schwertern schälte sich aus der Dunkelheit. Ravin erkannte, dass das Große, Unbewegliche eine Schwertwand aus Holz war. Die Schwerter waren sorgfältig aufgereiht, irgendjemand hatte sich sogar die Mühe gemacht, die Schneiden exakt auszurichten. Links davon standen vier Truhen, von denen eine geöffnet war. Es sah aus, als hätte noch vor kurzem jemand darin nach etwas gesucht. Ravin entspannte sich. Jetzt erst nahm er wieder den

Schmerz wahr, der durch seine Lippen pulste. Behutsam leckte er über die Brandblase auf seiner Unterlippe um sie zu kühlen. Dabei überlegte er, was als Nächstes zu tun war. Er war in einer unsichtbaren Burg, die mitten im Felsen eingelassen war. Nicht einmal Jolon hatte ihm erzählt, dass so etwas existierte. Irgendwo hier waren Darian, Sella, Jerrik und die anderen. Ihm blieb nichts anderes übrig, als ein Horjun zu werden, um herauszufinden, wo sie waren. Leise trat er zu der Truhe. Mäntel lagen darin und er nahm einen heraus. Er war zu lang. Auch der nächste schleifte auf dem Boden, als Ravin ihn um die Schultern legte. Erst der dritte schien zu passen. Ravin spürte sein schweres Gewicht auf den Schultern. Behutsam tastete er nach dem Stoff um verwundert festzustellen, dass in den Mantel Metallösen eingewebt waren. Kein Wunder, dass die Badok-Krieger unverwundbar zu sein schienen. Er legte seinen Ledermantel aus dem Wald ab, in den die Abdrücke von Najas zierlichen Händen eingebrannt waren. Ravin lächelte und packte den Mantel in seinen Beutel. Der schwarze Stoff seines neuen Mantels war rau und roch nach Wildmoos und Stein. Ravin suchte weiter, fand einen Gürtel aus Ranjögleder, in den der Name Bor eingebrannt war, und Stiefel, deren Sohlen in einem eisernen U endeten, das ebenso scharf geschliffen war wie die Hufeisen der Pferde. Schaudernd fuhr Ravin mit dem Finger über das Eisen, bevor er die Stiefel anzog. Ungewohnt fühlte sich das Gehen darin an. Hart und unbarmherzig waren die Sohlen. Sie waren nicht dafür gemacht, auf nachgiebigem Waldboden zu federn, nein, sie zerschnitten, was ihnen in den Weg kam. Schließlich fand er in der Truhe noch eine helmartige Kappe, deren langer Lederbügel seine Nase schützte. Ravin verbarg seine Tasche unter seinem Kampfmantel und wandte sich den Schwertern zu. Er nahm eines davon aus einer langen glänzenden

Reihe. Schmal und hell war es, wie eine Pfeilspitze. Als Ravin danach griff, blickte ihm aus der spiegelblanken Schneide ein fremder Krieger entgegen. Da war Ravin – und doch nicht Ravin. Größer sah er aus, grimmig mit dem schwarzen Lederschutz über der Nase, die Augen stechend, die Lippen aufgesprungen und blutig gebrannt. Ravin, der Waldmensch, hatte sich in Bor, den Horjun, verwandelt. Das Schwert lag gut in der Hand, es ließ sich nicht so leicht handhaben wie die Schleuder, die er in seinem Beutel verstaut hatte, doch nach einigen Übungen fühlte er sich damit vertraut und befestigte es an der Lederschlaufe an seinem Gürtel. Seine Stiefel machten ein lautes Klackgeräusch, als er über den Steinboden zur mittleren Tür ging. Einen Moment zögerte er voller Sorge, dass ihn jemand hören könnte. Doch dann schloss er die Augen und erinnerte sich an den Tjärgwald und die Jagden, bei denen er den Ranjögs nachgespürt hatte. Auf diesen Wanderungen lernte er wie die Ranjögs zu denken, er wurde eins mit deren Gebärden, Denken und Gewohnheiten um sie aufzuspüren. Ravin lauschte seinem Herzschlag, dachte an sein Spiegelbild und betrat den Gang als Bor.

Er war überrascht den Gang leer zu finden. Laut hallte sein Schritt, als er energisch weiterging, bis er an eine Wendeltreppe kam, die nach oben führte. Ohne zu zögern schritt er die Stufen hinauf. Seine Muskeln schmerzten, er war außer Atem, als die Treppe endlich ein Ende nahm und in einen riesigen Raum mit rußschwarzen, gewölbten Wänden mündete. Etwa zehn Tische standen im Raum. An einem davon saßen vier Horjun. Offensichtlich flickten sie Sattelzeug, denn Ravin erkannte Sattelriemen und lange gebogene Nadeln. Die vier blickten kaum auf, als Ravin mit festem Schritt und einem Trommelwirbel in der Brust an ihnen vorbeiging. Einer der Horjun hob die Hand zu einem angedeuteten Gruß. Ravin grüßte zurück und ging weiter auf eine rußige Holztür zu. Von fern glaubte er Pferdewiehern zu hören, doch als er durch die Tür trat, stand er nicht, wie er vermutet hatte, im Stall, sondern wieder vor einer Treppe. Von oben drang Stimmengewirr zu ihm herunter. Zurück konnte er nicht ohne mit den Horjun sprechen zu müssen, also ging er weiter. Die Stimmen kamen näher, ein Raunen schwoll an wie fernes Meeresrauschen. Die Halle, die er betrat, war voller Menschen. Er hatte gelernt, im Wald mit dem Hintergrund zu verschmelzen, und das tat er nun auch hier. Mit einem Seitenblick auf einen Horjun hatte er sich orientiert, nahm dessen Körperhaltung an und stellte sich auf, als sei er eine weitere Wache im Raum, die auf das Kommende wartete. Verstohlen schaute er sich in der achteckigen Halle um. Sie war direkt in den Fels gehauen. Von der grob behauenen Decke ragte Wurzelwerk in den Saal, offensichtlich befand sich über diesem Saal bereits der Wald. Die Steinwände dagegen waren sorgfältig poliert und glänzten wie Marmor. Ravin musste sich beherrschen, sein Erstaunen zu verbergen und nicht aufzufallen. Etwa zwanzig Horjun standen reglos wie er und warteten, den Blick stumm auf ein Podium direkt vor ihnen gerichtet. Es war eine Art Bühne, auf der mehrere Stühle standen.

Die acht Türen des Raumes waren offen, nach und nach strömten noch mehr Horjun in den Raum, weitaus ältere Männer, große Wachen mit dunkler Haut und erstaunlich hellen grauen oder grünen Augen, Waldmenschen, wie Ravin vermutete. Durch das Tor, das am weitesten von ihm entfernt war, fiel plötzlich Feuerschein – Ravin hielt den Atem an – und durch die Tür traten mehrere Feuernymphen. Hatte Naja nicht gesagt, den Nymphen sei der Zutritt zur Burg verboten? Er suchte in den Gesichtern nach Najas Zügen, doch fand er sie nicht und atmete erleichtert auf.

Das Verbot galt offensichtlich nur für die jüngeren Nymphen, diese vier waren alt, viel älter als Naja. Auf ihren Lippen und um ihre Augen spielte das ewige Lächeln des Feuers. Hinter dem ruhigen Pulsieren von Kerzenflammen im windstillen Raum fühlte Ravin das Vibrieren und die unbändige Macht, die jederzeit züngeln und explodieren konnte. Sie sprangen zu einem steinernen Vorsprung und ließen sich darauf nieder. Ravin war so abgelenkt, dass er um ein Haar den Augenblick verpasst hätte, als die dunklen Krieger eintraten. Er konnte nicht verhindern, dass sein Herz bei ihrem Anblick einen erschrockenen Satz machte, so real holte die Erinnerung an die dunklen Reiter ihn ein. Doch es gelang ihm, unbewegt stehen zu bleiben und weiter zu beobachten. Die Erloschenen, wie Naja sie genannt hatte, scharten sich in der Mitte der Halle zusammen. Lautlos war ihr Schritt, so als schwebten sie. Sie sprachen kein Wort. Ravin bemerkte, wie einige der Horjun unmerklich von ihnen abrückten, bis schließlich zwei Gruppen im Raum standen. Links die Horjun, rechts die dunklen Krieger, getrennt durch einen breiten Graben aus Luft. Wie auf einen unsichtbaren Befehl hin wurde es in der Halle still. Ravin bemerkte, dass aller Augen auf eine bestimmte Tür links von ihm gerichtet waren und tat es den anderen nach.

Ein alter Horjun betrat mit energischem Schritt den Raum. Seine Stiefel klickten auf dem Boden. Sein Haar war weiß, er hatte unzählige Falten, eine hässliche Narbe zog sich über seine Wange und teilte die Oberlippe. Seine Augen leuchteten im Grün der Waldmenschenaugen. Er strahlte Macht aus wie die Nymphen die Hitze und musterte schweigend die Horjun, wobei er sich Zeit ließ, viel Zeit. Für einen Moment glitt sein Blick auch über Ravin, der erschauderte, doch regungslos stehen blieb. Wie sehr wünschte er sich jetzt Amina oder Darian bei sich zu haben! Vielleicht verbarg sich hinter diesen grünen Augen das Geheimnis, wo Darian und die anderen waren?

»Ich grüße euch, die ihr euch heute in Badoks Burg versammelt habt«, begann der narbige Krieger schließlich. Seine Stimme klang tief, beinahe heiser.

»Ich grüße unsere Krieger aus dem Lande Run.« Alle Erloschenen nickten und murmelten einen Gruß in einer fremden Sprache. »Und ich grüße unsere Verbündeten aus dem Reich des magischen Feuers!«

Die Feuernymphen flackerten ein wenig dunkler, aber sie antworteten nicht. Ravin fragte sich, ob dieses Schweigen eine Verweigerung des Grußes darstellte. Doch der Krieger ging nicht weiter darauf ein, er wandte sich an die Gruppe der Horjun.

»Und ich grüße die neuen Horjun. Ich bin Bor, euer Kampfmeister. Alle, die ihr gekommen seid, um eurem Herrn im Krieg um das besiegte Land beizustehen, tretet vor!«

Das hatte Naja also damit gemeint, als sie ihn fragte, ob er einer der neuen Horjun sei. Und der Name Bor an seinem Gürtel bedeutete nichts anderes, als dass er zu Bors Kriegern gehörte. Es war eine Chance. Es würde leichter sein, sich als Horjun-Neuling in der Burg zu bewegen. Im besten Fall kamen die neuen Krieger aus den umliegenden Dörfern und waren, wie er, keine ausgebildeten Kämpfer. Im schlimmsten Fall waren sie es – aber auch dann würden sie sich in der Burg kaum besser auskennen als er. Etwa fünfzig Horjun traten aus der Gruppe nach vorn und blieben vor Bor stehen. Ravin folgte ihnen, ignorierte den fragenden Blick der anderen Wachen an den Türen, dann stand er schon mit klopfendem Herzen in der dicht gedrängten Gruppe. Bor ließ seinen Blick auf ihnen ruhen.

»Nun«, sagte er schließlich. »Ihr habt bereits vom Horjun-

Dienst gehört. Es ist ein ehrenvoller Dienst. Und in Zeiten wie diesen eine schwere und blutige Aufgabe. Nicht alle neuen Krieger haben das Glück, so bald in die Schlacht zu reiten. Wie ihr wisst, werden wir das besiegte Land einnehmen. Die Krieger aus Run werden uns helfen. Sterbt ihr, werdet ihr ehrenvoll in das Land Run eingehen. Von morgen an werdet ihr in den Waffen unterwiesen, die ihr für den Kampf benötigt. In einigen Tagen werdet ihr eurem Herrn gegenübertreten und schwören. Und bald schon, sehr bald, reiten wir mit allen Truppen in das Land der silbernen Seen.«

Die jungen Männer hatten schweigend zugehört. Ravin lagen viele Fragen auf der Zunge, doch er hütete sich aufzufallen. Ein Horjun meldete sich zu Wort. Er war sehr groß und stämmig, aber seine Stimme klang wie die eines sehr jungen Mannes.

»Ich habe eine Frage, Krieger Bor. Wir reiten in dieses fremde Land, auf das Geheiß von Badok, unserem Herrn. Man sagt uns, unser Herr führt dort Krieg. Doch warum ist der Herrscher dieses Landes mit Skaris verfeindet?«

Bors Gesicht verdüsterte sich, eine der Feuernymphen flackerte auf und lachte, aber sie schwieg sofort wieder. Bor blickte den Horjun streng an.

»Es steht uns nicht zu, seine Entscheidungen in Frage zu stellen. Unser Herr ruft das dunkle Heer nicht aus einer Laune heraus!«

Er wies mit einer Geste auf die Erloschenen im Raum.

»Horjun, wenn du dort bist, wenn du gekämpft und deinen Mut bewiesen hast, darfst du ihn selbst fragen. Bis dahin aber schweige!«

Ravin sah, wie der Horjun den Kopf senkte und wieder in die Reihe zurücktrat. Bor holte Luft und begann wieder zu sprechen.

»Ihr sollt wissen: Kämpft gut und ihr werdet belohnt. Ihr

werdet neues Land besitzen und Pferde, wie ihr sie noch nie gesehen habt. Ihr werdet wertvolle Beute heimtragen.«

»Ich bin froh, wenn ich in mein eigenes Land zurückkehren kann«, hörte Ravin den jungen Horjun, der soeben gesprochen hatte, murmeln. In den anderen Gesichtern spiegelten sich Missmut, Fragen und Angst, doch niemand wagte ein Wort zu sagen. Verstohlen ließ Ravin seinen Blick über die Gesichter wandern. Alle waren sie jung, manche sogar noch jünger als Ravin. Es waren verstörte, skeptische, gefasste und ergebene Gesichter, aber kein einziges, das begeistert oder stolz aussah.

»Nun, ihr wisst, was ihr wissen müsst. Die Wächter werden euch die Quartiere zeigen. Heute beginnen die Waffenübungen. Geht nun und esst. Ihr werdet eure Kräfte brauchen.«

Sie saßen an den langen Tischen in der zweiten Halle. Mühsam kaute Ravin das zähe Ranjögfleisch. Obwohl es ihm nicht schmeckte, war er dankbar, nach der kargen Nahrung im Gebirge wieder eine richtige Mahlzeit vor sich zu haben. Seine Lippe blutete und schmerzte bei jedem Bissen.

»Was hast du denn mit deinem Mund gemacht?«, fragte eine Stimme. Ravin blickte nach rechts und erkannte, dass er neben dem Horjun saß, der sich zu Wort gemeldet hatte. Im Sitzen wirkte er noch größer und wilder als in der Halle.

»Eine Feuernymphe geküsst«, antwortete er wahrheitsgemäß und biss vorsichtig in ein Stück Fleisch. Der Horjun pfiff durch die Zähne.

»Diese Biester!«, sagte er. »Hat sie dich im Schlaf erwischt?«

Ravin zuckte die Schultern.

»Du bist nicht besonders gesprächig, hm?«, versuchte es der Horjun erneut.

Ravin machte eine unbestimmte Geste. Sein Tischgenosse war ein grobgesichtiger Mann mit buschigen Brauen und zotteligem, braunem Haar. Wie alle anderen Neuankömmlinge wirkte auch er nicht wie ein Krieger, eher wie ein friedfertiger Riese. Er blickte wieder auf seinen Teller.

»Naja, ich bin jedenfalls Ruk. Ruk Bor. Seit heute heißen wir ja alle Bor.«

Ravin entging der bittere Unterton in der Stimme nicht.

»Und du?«

Ravin schluckte seinen Bissen hinunter und überlegte fieberhaft.

»Galo … Bor«, antwortete er schließlich.

»Galo, aha. Du kommst nicht aus Krelis, was?«

Ravin schüttelte den Kopf. Die Unterhaltung begann ihm unangenehm zu werden. Doch Ruk ließ nicht locker.

»Vielleicht aus Klavil? Oder aus Rintjan?«

Ravin überlegte fieberhaft.

»Aus den Bergen«, sagte er schließlich vage.

»Skilmal, natürlich!«, rief der andere. »Hätte ich mir denken können. Das kleine Dorf am Steinbruch. Dort wo die Waffenschmiede ist, nicht wahr? Mein Vater hat mir erzählt, dass ihr einen Feuersee angelegt habt, um Metalle aus dem Stein zu schmelzen. Offensichtlich sind eure Nymphen genauso aufdringlich wie die hier vor der Burg.«

Ravin nickte. Skilmal. Er musste sich den Namen einprägen.

»Und hast du in Skilmal bereits kämpfen gelernt?«, bohrte Ruk weiter.

»Hast du es denn?«, konterte Ravin. Nun hatte er für einige Zeit Ruhe, denn Ruk erzählte, dass sein Vater ihn im

Schwertkampf unterrichtet hatte und dass er zur Not mit einem Doppelspeer umgehen konnte. Dass er aber im Grunde ein Bauer war und ihm der Sinn nicht nach Kämpfen stand. Ravin überlegte unterdessen fieberhaft weiter.

»Ich kämpfe selten mit dem Schwert«, sagte er schließlich zu Ruk.

»Sichelwurf?«

Er schüttelte den Kopf.

»Aber reiten kannst du wenigstens, oder?«

Ravin suchte viel zu konzentriert nach einer passenden Antwort, als dass er in der Lage gewesen wäre, die Ironie in Ruks Stimme zu bemerken.

»Ja, ich bin ein Reiter.«

»Ein Reiter aus den Bergen!«, spottete Ruk. »Das sollte ein Witz sein! Ich wusste nicht, dass ihr reiten lernt. Übt ihr auf Bergziegen?«

»Nein, wir haben kleine Bergpferde. Sie sind sehr schnell und wendig.«

Ruk lachte dröhnend.

»Na, dann wirst du ja deinen Spaß daran haben, auf Badoks hässlichen Kolossen zu reiten.«

Ravin erinnerte sich an die mageren Pferde mit den messerscharf geschliffenen Hufeisen und schauderte.

»Nun ja«, fuhr Ruk ungerührt fort. »Vielleicht erfahren wir ja morgen oder im Laufe der nächsten Tage, was das für ein Land ist, mit dem Badok Krieg führt. Es ist so weit entfernt, dass nicht einmal meine Großmutter genau sagen kann, wo es liegt. Die Gebieterin über das Land ist eine Seelenfresserin, hört man. Sie raubt den Menschen den Verstand und saugt ihnen im Schlaf die Seele aus. Unsere Magier können nichts gegen sie ausrichten, also hat Badok einen weit mächtigeren Zauber gerufen.«

Er senkte die Stimme.

»Siehst du die da drüben?«

Ravin folgte mit seinem Blick der angedeuteten Geste, die in die Richtung von zwei Erloschenen zeigte. Ravin beugte sich tiefer über den Teller.

»Ich sehe sie«, sagte er so gleichgültig wie möglich. »Was ist mit ihnen?«

»Mein Vater meinte, wenn die Krieger aus dem Lande Run gerufen werden, dann sind die Mächte des Todes am Werk. Wer sie ruft, wird an ihnen zugrunde gehen.«

»Du meinst, sie sind Zauberei?«

»Sie sind Sklaven in Ketten, die aus Flüchen und Todesschreien geschmiedet wurden«, sagte Ruk düster. Dann legte er sein Stück Ranjögschulter auf den Teller zurück und lachte erstaunt auf.

»Sag mal, hast du in Skilmal hinter dem Mond gelebt?«

Ravin zwang sich zu einem Lächeln.

»Nun, hinter den Bergen.«

Ruk lachte so laut, dass sich die anderen zu ihnen umwandten. Gutmütig schlug er Ravin seine große Hand auf die Schulter.

»Galo Hinterberg, Reiter aus dem Steinmeer!«

Ravin lachte mit, doch wohl war ihm nicht.

In dieser Nacht lag Ravin erschöpft, aber schlaflos auf einer harten Matte und starrte in die Dunkelheit. Das Atmen der anderen Horjun umfloss ihn wie eine leise Brandung. Ravin fühlte jeden Knochen im Leib. Den Nachmittag hatten sie in der Waffenkammer verbracht, wo sie ihre Schwerter reinigten und ihre Umhänge herrichteten. Dann wurden sie in eine weitere Halle geführt. Der Boden war mit Schilfgras ausgelegt, Fackeln brannten und warfen einen gelblichen Schein auf die zerklüfteten Felswände. In der Mitte des Raumes stand eine Gruppe von hochbeinigen Badok-Pferden. Wenn sie auf den Boden stampften, schnitten ihre scharfkantigen Hufeisen sogar das zähe Schilfgras entzwei.

»Nun zeigt, was ihr könnt«, sagte Bor.

Ravin hatte sich auf eines der riesigen Pferde geschwungen. Sehnig und schnell war es, aber auch stur und aufbrausend. Einige Runden hatte er in der Halle gedreht, als es plötzlich auskeilte und stieg. Funken stoben, als es mit dem Hufeisen die Felswand streifte, dann brach es seitlich aus und versuchte Ravin abzuwerfen. Ravin lachte nur. Nach drei weiteren Runden war das Pferd schaumbedeckt, doch gefügig. Und der neue Horjun Galo Bor wurde den Reitern zugewiesen. Morgen würde er sich in den Ställen melden. Morgen.

In der Nacht lauschte Ravin angestrengt den ruhigen Atemzügen der Horjun. Dennoch wagte er nicht aufzustehen. Er glaubte zu spüren, dass einige von ihnen ebenso wie er wachlagen und an den morgigen Tag dachten. Es würde ihm nichts nützen, jetzt dabei ertappt zu werden, wie er durch die Burg schlich. Es war klüger, zu warten und es am nächsten Tag zu versuchen. Der Gedanke, dass sich Jerrik und die anderen vielleicht ganz in seiner Nähe befanden, vielleicht nur wenige Mauern von ihm entfernt, stimmte ihn traurig. Er fühlte sich einsamer denn je. Betrübt schloss er die Augen und wartete auf die Berührung des Falters. Mehrmals rief er die Königin um Rat an, doch er spürte nur die Dunkelheit auf seinen Lidern lasten. Sie wacht nur noch selten über meinen Schlaf, dachte er bei sich. Ob es an der Entfernung lag? Oder reichte ihre Macht nicht durch die Felswände von Badoks Burg, die von Feuerzauber und dunkler Magie durchdrungen war? Wir sind weit vom Weg abgekommen, dachte er bedrückt. Verzeih mir, Jolon! Doch ich kann Darian nicht seinem Schicksal überlassen. Als bereits die ersten Traumbilder sich in das Dunkel hinter seinen

Lidern zu schleichen begannen, dachte er an Amina. Wie sehr vermisste er auch sie! Es gab ihm einen Stich, als er an den letzten Blick dachte, den sie ihm zugeworfen hatte, bevor sie sich auf ihr blindes Pferd schwang. Er schämte sich, dass er sie hatte reiten lassen. Schämte sich, dass er erschrocken war über den Mondschatten auf ihrer Hand. Und wenn sie wirklich eine Woran war? Wie oft hatte Jolon ihn vor dieser finsteren Macht gewarnt! Ihn geheißen niemals einer Woran zu begegnen. Niemals. Und doch ... Vielleicht kannte ich bisher nur die Geschichten aus dem Tjärgwald, dachte Ravin, als er endlich in einen Schlaf der Erschöpfung glitt.

Kein Traumfalter weckte ihn, sondern Bors heisere Stimme, die sie anwies, sich anzukleiden und ihre Plätze einzunehmen. Ravin brauchte einige Augenblicke um zu begreifen, wo er sich befand. Er beeilte sich den anderen Reitern zur Reithalle zu folgen. Flüchtig sah er Ruk, der auf der anderen Seite zur Gruppe der Speerkämpfer hinüberging.

Er folgte den Reitern durch einige Gänge, die er wiedererkannte. Sorgfältig prägte er sich jede Biegung ein.

In der Reithalle stand wieder eine Gruppe von Pferden. Mühelos fand Ravin sein Reittier vom Vortag. Es entdeckte ihn ebenfalls und legte die Ohren an. Bei den Pferden stand eine Frau und blickte ihnen mit verschränkten Armen entgegen. Sie mochte zwei Köpfe größer sein als Ravin. Ihr Gesicht war unbeweglich und von Falten durchzogen. Ihr dunkles Haar war glatt und glich den Mähnen der Pferde. Beinahe erwartete Ravin, dass es ebenfalls mit Dornen geschmückt war.

»Ich bin Amgar Bor«, sagte sie. Ihre Stimme klang ruhig, beinahe gelangweilt. Doch Ravin kannte die Stimme der Macht und ließ sich nicht täuschen.

»Heute werdet ihr lernen in die Schlacht zu reiten. Ihr werdet lernen, nicht unter die Hufe eurer eigenen Pferde zu fallen und jedem Gegner zu widerstehen. Die Schlacht, die euch erwartet, wird hart und gefährlich, denn ihr kämpft gegen Feinde, die wie Menschen aussehen – und es doch nicht sind. Ihnen wurde die Seele geraubt, sie kennen nur noch ein Ziel: euch vom Pferd zu holen und zu töten.«

Ravin schauderte, doch überlegte er während ihrer Einweisung, wie er sich in dieser Nacht aus dem Quartier schleichen könnte. Verstohlen beobachtete er die Reithalle. Wurzelwerk hatte an einigen Stellen den Fels gesprengt, dahinter waren demnach keine Räume mehr zu vermuten. Die Burg erstreckte sich also in die Tiefen des Berges. Und er befand sich hier im obersten Stockwerk.

Amgar schwang sich auf eines der sehnigen Pferde und brachte es in Position. Die Übungen fielen Ravin nicht schwer. Geschickt warf er sich im Sattel zur Seite und wich Amgars mit Lappen umwickeltem Schwert aus.

»Gut!«, rief sie, als er einen ihrer Hiebe parierte und sich hinter der dichten Mähne verbarg. Ein Horjun fiel vom Pferd und entkam nur knapp den wirbelnden Hufen. Amgar wartete, bis er wieder aufgestiegen war, dann zeigte sie ihnen, wie sie ihren Pferden befehlen konnten auf die Hinterbeine zu steigen.

»Ihr haltet die Zügel so«, erklärte sie. »Und auf dieses Zeichen mit euren Fersen schlagen sie mit den Vorderhufen nach dem Feind. Denkt daran, eure Pferde sind eure verlässlichste Waffe im Kampf gegen die Seelenlosen.«

Ravin probierte es aus – und sein Pferd stieg mit solcher Wucht, dass er nur mühsam das Gleichgewicht halten konnte. Er fragte sich, wie sie damals auf der Lichtung im Kampf gegen solche Kampftiere hatten bestehen können.

»Haben unsere Gegner auch solche Pferde?«, fragte ein

Reiter-Horjun mit einem besorgten Blick auf seinen Stiefel. Das Leder war von einem scharfkantigen Hufeisen tief geritzt worden. Amgar lächelte zum ersten Mal an diesem Tag ein schmales Lächeln.

»Keine Sorge, Salas Bor. Sie haben Pferde, doch für den Kampf sind sie nutzlos. Allerdings sind sie schön. Ihr könnt euch welche anschauen, wenn ihr im Stall seid.«

Ravin zuckte bei diesen Worten zusammen. Unwillkürlich musste er an Vaju und Dondo denken und war froh, dass sie nicht gefangen und gebunden werden konnten. Irgendwo streiften sie um die Burg herum und warteten auf den Ruf des Muschelhorns.

Nach den Übungen führten die Horjun ihre Pferde zum Stall. Ravin war neugierig die Pferde aus dem besiegten Land zu sehen, obwohl er sich denken konnte, dass es Bantys waren. Er wunderte sich nur, dass Amgar gesagt hatte, sie seien schön, denn Bantys erschienen ihm unscheinbar und fleckig.

Über flache Stufen ging es hinunter in die Eingeweide der Burg. Die Hufe seines Pferdes klackten hart auf dem Steinboden. Aus dem Augenwinkel behielt er die Pferdebeine im Blick, damit die Hufe nicht in seine Nähe kamen. Fackeln erhellten ihren Weg, der sie zu den Ställen tief in das Burginnere führte. Ravin entdeckte Seitengänge, die nach wenigen Schritten in eine steile Treppe mündeten.

»Wohin führt die Treppe?«, fragte er den hinkenden Horjun vor sich.

»Zum Festsaal und zu den Gastgemächern, soviel ich gehört habe.«

Hinter der nächsten Biegung vernahm Ravin Stampfen und Schnauben. Ob die Pferde der Badok jemals ans Tageslicht kamen? Gab es keine Weiden für sie? Keine Sonne? Seine Gedanken wurden durch ein Geräusch unterbrochen.

Er lauschte noch einmal, wieder erklang es: ein helles Wiehern aus dem Stall. Ravin blieb stehen, plötzlich fühlten sich seine Beine so schwach an, als wäre er tagelang geritten. Er klammerte sich an der Mähne seines Pferdes fest und lauschte. Es war Vajus Wiehern. Die Horjun vor ihm deuteten nach vorn und lachten. Ravin verlangsamte seine Schritte. Er durfte den Stall nicht betreten, Vaju würde ihn verraten. Gehetzt blickte er sich um. Wenden konnte er nicht, die Pferde hinter ihm schnaubten ungeduldig, nur noch wenige Schritte trennten ihn von der Eingangstür zum Stall. Ravin sah sein Pferd an, dann versetzte er ihm einen Schlag auf die Nase. Mit einem Ruck riss es den Kopf hoch, Zügel glitten heiß und schnell durch Ravins geschlossene Faust, wirbelnde Vorderhufe verfehlten ihn nur knapp. Geschickt wich Ravin aus, ließ die Zügel los und krümmte sich, als hätte er einen Tritt in die Brust bekommen. Das Pferd machte einen gewaltigen Satz, drängte sich mit angelegten Ohren an ihm vorbei und preschte in den Stall. Noch einmal wieherte Vaju, Ravin hörte Rufe und Gepolter.

»Bist du verletzt?«

Eine Hand auf seiner Schulter. Amgar blickte ihn ernst an.

»Nein«, stammelte er. »Nein, ich konnte ihn nicht halten, das Pferd im Stall hat gewiehert ...«

Amgar richtete sich auf.

»Es ist eines der Pferde aus dem besiegten Land. Um sie zu binden ist ein sehr starker Zauber nötig. Bei deinem Kampfpferd dagegen braucht es nur eine feste Hand.«

Ravin senkte den Kopf, als wäre er beschämt, dann drehte er sich um und versuchte so unauffällig wie möglich in sein Quartier zu humpeln. Als er außer Sicht war, rannte er, bis die Stille der Waffenkammer ihn umfing. Seine Hände waren kalt und zitterten. In seinem Hals krampfte sich ein Knoten zusammen, am liebsten hätte er sich auf den Boden geworfen und geweint. Vaju und Dondo waren hier, gebunden durch einen Zauber. Er kannte keinen Zauber, der so etwas vermochte. Und das besiegte Land mit der Hexenherrscherin war sein Land! Nun bekamen seine bedrohlichen Träume einen Sinn. Darian, Sella und Jerrik waren irgendwo in der Burg. Und hier rüsteten sich Feuernymphen, schwarze Krieger und die Horjun mit Badok und Diolen zum Kampf. Er musste die Königin warnen. Ob sie bereits vom Krieg wusste? Und Jolon lag schutzlos schlafend im Wald. Er musste so schnell wie möglich die anderen befreien. Sollte er sofort fliehen? Nein, wahrscheinlich war es sicherer, sich in der Nacht hinauszuschleichen. Mit zitternden Händen strich er sich die Haare aus der Stirn und setzte wieder seinen Helm auf. Heute noch musste er Galo Bor aus Skilmal sein, der Reiter-Horjun. »Galo Bor«, flüsterte er immer wieder wie eine Beschwörung, doch das Entsetzen drückte ihm die Brust zusammen, sodass er kaum atmen konnte.

»Galo Ohnepferd«, sagte eine Stimme direkt neben seinem Ohr. »Kleiner Reiter aus dem Felsmeer – ich habe schon gehört, dass du verletzt bist. Badoks Kolosse sind etwas anderes als deine kleinen Bergziegenpferde, nicht wahr?«

Ruk setzte sich neben ihn und reichte ihm ein Stück farbloses Brot.

»Du siehst nicht gut aus. Hast du Schmerzen?«

Ravin schüttelte den Kopf, der Kloß in seinem Hals löste sich nicht.

»Wo sind die anderen?«, fragte er schließlich gepresst.

»Die Reiter sind noch in den Ställen und die Schwertkämpfer befinden sich in einem anderen Teil der Burg.«

»Ein anderer Teil? Welcher?«

»Warum willst du das wissen, Galo Ohneplan?«

Ruks Stimme klang spöttisch. Dieses Echo von Aminas Tonfall ließ Ravin zusammenzucken.

»Ich … kenne mich in der Burg nicht aus. Die Gänge sind so unübersichtlich.«

»Findest du?« Ruk lachte. »Für mich nicht. Ich war als Kind oft hier. Mein Vater handelte mit Ranjögfellen und Garn. Während er in der Roten Halle war, habe ich die ganze Burg erkundet. Sie war damals noch richtig gemütlich, als es noch nicht von denen wimmelte.«

Ravin wusste, dass er die Erloschenen meinte.

»Hast du was vom besiegten Land erfahren?«, fragte Ruk. Ravin zögerte.

»Nun«, begann er vorsichtig. »Zwei Pferde aus diesem Land stehen im Stall. Sie sind durch einen Zauber gebunden.«

Ruk lächelte ironisch.

»Natürlich, unser Galo denkt nur an Pferde. Ich meine das Land! Hast du etwas über das Land erfahren? Bor erzählte, wir müssen uns verteidigen, weil die Hexe uns überfallen will. Warum warten wir nicht, bis sie uns angreift?«

Ravins Herz klopfte.

»Die Gefangenen …«, sagte er vage. Ruk sah ihn mit großen Augen an.

»Also hast du auch von ihnen gehört. Mach doch den Mund auf, stummer Bergmensch! Wer hat es dir erzählt?«

»Niemand«, stotterte Ravin. »Ich habe ganz zufällig …«

»Ganz zufällig gelauscht?« Ruk grinste. »Warum nicht. Angeblich sind keine Gefangenen aus dem besiegten Land dabei. Sagt man. Aber ich glaube ihnen nicht.«

Ravin starrte düster vor sich hin. Von fern hörte er Schritte und nahm noch einmal seinen Mut zusammen.

»Wo ist die Rote Halle?«, fragte er leise. Ruk blickte sich um, dann als er sicher war, beugte er sich zu ihm. »Du bist gar nicht so dumm, wie du tust, Galo, nicht wahr? Die Halle ist drei Treppen unter uns, sieh …«

Er nahm sein Messer und kratzte den Grundriss der Burg in die Steinplatte auf dem Boden.

»Hier sind die Hallen, siehst du? Zwei Hallen auf jeder Ebene. Wir sind ganz oben, zwei Treppen weiter unten sind die Gemächer für Gäste und die Halle, in der sich Abgesandte oder Reisende zum Gespräch treffen. Darunter beginnt der wirklich prächtige Teil der Burg. Kein Vergleich zu diesem Stall hier. Da ist die Rote Halle, ganz aus Marjulaholz geschnitzt. Diese Bäume wachsen dort, wo es wärmer ist, am Meer. Ich habe noch nie einen Marjulabaum gesehen, du? Na, egal. Das war früher die Halle der Gesänge. Heute sagt man, schmieden Badok und Diolen dort ihre Pläne.«

»Und weiter unten?«

Die ersten Reiter kamen zu ihren Lagern. Auf jeder Bettstatt lag ein Stück Brot und etwas Trockenfleisch. Ruk blickte sich um, als wollte er nicht ertappt werden.

»Unter der Roten Halle?«, murmelte er, während er seine Zeichnung mit dem Stiefel verwischte. »Da sind nur noch die Gefängnisse.«

Ravin schluckte. Ruk zwinkerte ihm zu und ging zu seinem Lager. Als er sicher war, dass keiner sein verweintes Gesicht sehen würde, nahm Ravin seinen Lederhelm ab und legte sich auf seine Schlafmatte. Ungeduld zerrte an seinem Herzen und ließ es unregelmäßig und schnell schlagen. Im Geiste begann er einen Grundriss der Burg zu zeichnen. Er musste bis ganz nach unten gelangen. Was hatte Bor gesagt: »In einigen Tagen werdet ihr unserem Herrn gegenübertreten und schwören.« Vermutlich würde die Zeremonie also in der Roten Halle stattfinden. So konnte er unauffällig die drei Treppen bewältigen. Ungeduld durchpulste ihn, doch er krallte seine Finger in die Matte und zwang sich ruhig zu sein.

Er war überzeugt nie wieder schlafen zu können, dennoch musste er eingeschlafen sein. Eine schwarze Gestalt trat im Traum neben Ravin in den Feuerschein und ging auf Jolon zu. Jolon streckte die Hand nach ihr aus und lächelte. Dämonische Augen blickten aus dem Feuer – und irgendwo zwischen den Flammen blitzte Najas Lächeln auf. Ravin wandte sich um und sah Laios. Ravin erschien er viel jünger und weniger gebeugt, als er ihn in Erinnerung hatte. Mit der Hand griff er in den Nachthimmel und pflückte den Sichelmond vom Himmel. »Fang!«, rief er und warf den Mond Ravin zu. Erschrocken streckte er die Hände aus um ihn zu fangen, doch eine Spitze durchbohrte seine Hand. Er schrie auf, nicht vor Schmerz, sondern überrascht vom Anblick des Blutes. Mit ihm schien seine ganze Ungeduld wie Gift aus seinem Körper zu fließen. Er wurde ruhig und schläfrig. Jolon lächelte ihm zu.

Ravin erwachte von einer tiefen Ruhe erfüllt, wenige Augenblicke, bevor Bor in der Tür erschien um die Horjun zu den Kampfübungen zu rufen. Wie die anderen Horjun warf er sich sofort den schwarzen Mantel über und folgte Bor zu den Reithallen.

Drei Tage übten sie unermüdlich.

»Gut, Galo!«, rief Amgar jedes Mal, wenn Ravin ein Kunststück, etwa das Hängen unter dem Bauch seines Pferdes in vollem Galopp, gut gemeistert hatte. Ravin schaffte es, sich von den Pferdeställen fern zu halten. Mit etwas Verhandlungsgeschick gelang es ihm, ein Pferd aus einem anderen Stall zu bekommen, der weit von der Stelle entfernt war, wo Vaju und Dondo sich befanden. Es stimmte ihn traurig, wenn er sich vorstellte, wie die Pferde auf Hilfe warteten, gefangen von einem Zauber, der so mächtig war, dass er sogar fließendes Wasser zu halten vermochte.

Abends saß er mit müden Knochen mit Ruk zusammen und lernte viele Dinge über die Burg.

Eines Morgens weckte Bor die Horjun besonders früh. Ihnen wurde befohlen, ihre Ausrüstung in Ordnung zu bringen und Bor in die Halle der Gesänge zu folgen.

Die Horjun betraten schweigend den Raum und ließen ehrfürchtig ihre Blicke über das polierte Holz wandern. Diesem Saal sah man nicht an, dass er mitten in den Felsen gehauen war. Alles, Wände, Decke und ein Teil des Bodens, war mit Marjulaholz getäfelt, das im Feuerschein rötlich und warm leuchtete. Intarsien aus Perlmutt zeigten Szenen aus dem Wald- und Dorfleben und höfische Feste, die Ravin nur aus Märchen kannte. Der Fackelschein ließ die Ecken des Raumes düster flackern – und wieder, wie so oft, glaubte Ravin Najas Gesicht in einer Fackelfamme aufleuchten zu sehen. Etwa hundert Horjun drängten sich inzwischen im Raum, scharrende Stiefel erfüllten die Halle mit dem scharfen Klicken von Eisen auf Stein. Die Wände warfen das Echo zurück. Als Ravin die Stimme von Bor vernahm, die in diesem Raum laut und ungewohnt melodisch klang, wurde ihm klar, warum man diesen Raum die Halle der Gesänge nannte.

Das Scharren verstummte, als Diolen den Raum betrat.

Ravin erkannte ihn, noch bevor er in sein Gesicht geschaut hatte. Er war groß und bewegte sich mit Anmut. Man hätte ihn für einen der jungen Horjun halten können, für einen Shanjaar, vielleicht auch für einen Gesandten. Die kühle Ruhe, die ihn umgab, strahlte Macht und Stolz aus. Der gemessene Gang war so leicht, dass sein Silbermantel sich kaum bauschte. Schaudernd erinnerte sich Ravin an das Gesicht des Reiters auf der Lichtung. In dieser Halle erschien er Ravin weniger dämonisch. Diolen wandte sich um. Die geschwungenen Lippen hätten zu einem Sänger gepasst, aber das Lächeln, zu dem sich Diolens Mund für eine kurzen Moment verzog, war nicht freundlich. Da war es wieder, das Gesicht, das Sella in den Wahnsinn getrieben hatte. Und diese sanfte und krallenbewehrte Stimme rief die Erinnerung an den Kampf wieder wach. Ravin riss seinen Blick von Diolen los und starrte auf seine Stiefelspitzen. Ihm war übel, für einen Moment glaubte er den Staub zwischen seinen Zähnen zu schmecken, wie damals als er Sella zu Boden gedrückt hatte. So real holte ihn die Erinnerung wieder ein, dass er beinahe den Mann an Diolens Seite übersehen hätte, der mit ihm den Raum betreten hatte. Jerrik!

Doch schon im nächsten Moment erkannte er, dass es eine Täuschung war. Der Mann war kleiner und drahtiger als Jerrik, er hatte buschige Augenbrauen und schneeweißes Haar. Es musste Badok sein. Nun erhob er beide Arme zum Horjun-Gruß – und auch diese Geste erinnerte an die Art, wie Jerrik einen gewichtigen Satz unterstrich. Ravin war irritiert.

»Horjun!«, sprach er. Seine Stimme klang verhalten, aber so deutlich, dass man sie in jedem Winkel des Raumes hören konnte.

»In den vergangenen Tagen habt ihr viel gelernt. Doch noch lange nicht genug für die schreckliche und schwere Aufgabe, die euch erwartet: ein Krieg, den zuvor noch kein Mensch führen musste, gegen einen Gegner, so gefährlich, wie ihn unsere Seher sich nicht grausamer ausmalen könnten. Morgen werdet ihr in die Feuerberge gehen und euren Schwur leisten. In wenigen Tagen ziehen wir in das besiegte Land. Denn die Herrscherin dieses Landes will Skaris zerstören. Ihren Untertanen hat sie bereits die Seelen geraubt. Willenlos und ausgehöhlt wie faulige Baumstämme folgen sie ihren Befehlen. Auch uns will sie zu ihren seelenlosen Sklaven machen.« Er machte eine Pause. Die Horjun verharrten stumm. Manch einer bemühte sich offensichtlich darum, sich die Angst nicht anmerken zu lassen.

»Ihr werdet schreckliche Dinge sehen«, fuhr Badok fort.

»Doch die Krieger aus dem Lande Run werden euch beistehen.«

Er nickte einer Gruppe von Erloschenen zu, die in der Mitte der Halle standen. Bleich vor Zorn krampfte Ravin seine Hand um das Schwert. Die Lüge trieb ihm Tränen der Wut in die Augen.

»Nun«, ergriff Diolen leise das Wort, »werden wir euch zeigen, was die Hexe mit uns vorhat. Mit euren Müttern, Vätern, Schwestern, euren Freunden, Kindern und allen, die euch lieb sind! Eine dieser unglücklichen Kreaturen versuchte aus Tjärg zu fliehen – und beinahe wäre es ihr gelungen. Aber der dunkle Arm der Hexe erreichte den Mann noch an den Grenzen zu Skaris. Seht selbst!« Seine Stimme hatte den Klang dumpfer Trauer angenommen. Er und Badok traten einen Schritt zurück und gaben den Blick frei auf einen Wärter, der einen Gefangenen hereinführte. Zumindest wirkte er auf den ersten Blick wie ein Gefangener, doch als Ravin genau hinsah, erkannte er, dass der Wärter ihn lediglich führte wie ein Tier an der Leine. Willenlos folgte der große Mann dem Wärter und blieb stehen, als er ihn mit der Hand anhielt. Sein Mund stand offen, die Augen glotzten blicklos, Speichel troff ihm aus dem Mund, was er nicht zu bemerken schien. Auch dieser Mann kam Ravin bekannt vor, doch war es sicher niemand aus Tjärg. Sein Mantel war zwar den in Tjärg gebräuchlichen Kleidungsstücken nachempfunden, aber offensichtlich neu und bisher ungetragen.

»Streck die Hand aus!«, sagte der Wärter. Der Mann hob die Hand, als würde ein Unsichtbarer neben ihm stehen und ihn bewegen.

»Seht ihn euch an«, flüsterte Diolen. »Und stellt euch vor, ihr seht an seiner Stelle eure Brüder, eure Schwestern und Eltern.«

Murmeln erhob sich im Saal. Ravin fühlte, wie sich seine Nackenhaare sträubten. Der Mann drehte den Kopf und blinzelte in die Runde. Immer noch spiegelte sich kein Funken Verstand in seinem Gesicht. Endlich erkannte Ravin ihn. Es war Kilmen, einer der Krieger, die ihn und Darian an Jeriks Lagerfeuer begrüßt hatten. Ravin biss sich in die Unterlippe, bis er Blut schmeckte. Er musste so schnell wie möglich das Gefängnis finden! Aber wie? Am Eingang standen zwei Horjun und glotzten mit einer Mischung aus Grauen und Faszination den Seelenlosen an. Er musste warten, bis die neuen Horjun den Raum wieder verließen, und dann auf dem Rückweg zurückbleiben.

»Kämpft also, Horjun!«, rief Diolen »Ihr wisst nun wofür.«

Sie strömten aus der Halle, froh, den Anblick des Seelenlosen hinter sich lassen zu können. Eine Hand legte sich auf Ravins Schulter. Vor Schreck schrie er unwillkürlich auf. Es war Ruk. Er war blass, offensichtlich hatte das, was er gesehen hatte, ihn ebenso mitgenommen wie die anderen Horjun. Trotzdem versuchte er seine Angst zu überspielen.

»He, Galo Kopflos! Wo willst du hin?«

»Ruk«, flüsterte Ravin. »Verrate mich nicht. Ich gehe nicht mit in die Feuerberge.«

Bor kam auf sie zu, die Horjun begannen sich in Formation zu stellen.

Ruk blickte sich um, dann zerrte er Ravin ein paar Schritte weiter und drückte ihn in eine Nische.

»Ich habe dich beobachtet, kleiner Bruder«, sagte er leise. »Du gehörst nicht zu uns, nicht wahr?« Ravin blieb der Mund offen stehen. Wollte Ruk ihn verraten?

»Nein«, sagte Ruk, als hätte er Ravins Gedanken erraten. »Ich verrate dich nicht. Aber wenn du fliehen willst, musst du dich beeilen. Am besten ist, du verschwindest durch den Dienstbotengang. Er führt zum Garten … und zwar hier.«

Zu Ravins Verblüffung schob er eine schmale Tür auf.

»Zieh deinen Mantel aus und gib mir dein Schwert und deinen Helm. Und deine Stiefel. Wenn sie dich morgen vermissen, bist du schon – über alle Berge.« Ruk grinste. »Du versteckst dich in dieser Nische, bis wir weg sind. Am Ende des Ganges findest du eine Abzweigung, die vor einer Steinwand endet. Die Wand ist mit einem alten Zauber belegt, der sie zu einem Tor macht. Schließ die Augen, wenn du vor ihr stehst, und schreite einfach durch sie hindurch. Sie wird dich nach draußen führen.«

Ravin blickte ihn mit offenem Mund an.

»Grüß mir dein kleines Dorf in den Bergen, Galo Klugermann!«

Ravin schlüpfte aus seinen Kleidern und gab sie Ruk, der sie unter seinem Mantel verbarg.

»Ruk«, flüsterte Ravin, ehe er sich in die Nische zurückzog. »Wie hast du erkannt …«

Ruk grinste breit.

»Dein Gürtel, Galo. Die Rille, die die Schnalle ins Leder gegraben hatte, zeigt, dass der Gürtel einem viel kräftigeren Mann gehört. Und das Schwert, das du dir ausgesucht hast – ist das Schwert eines Linkshänders.«

Viele tausend Herzschläge später war Ravin wieder unterwegs. Er trug noch seinen Gürtel und das Untergewand. Seinen Mantel mit den Brandmalen hatte er über den Arm gelegt. Er wünschte sich, er hätte Ruks Rat befolgen und durch das Tor einfach ins Freie entkommen können, doch zuerst musste er das Gefängnis finden. An einer Treppe, die nach unten führte, blieb er stehen, strich sich das Haar aus dem Gesicht und sah sich um. Entschlossen setzte er den Fuß auf die Treppe und ging hinunter, immer weiter, bis ihm beinahe schwindlig wurde. Er kam in einen Gang, in dem die Wände kein grob behauener Fels, sondern poliert waren und samten in einem magischen Licht schimmerten, das von überall und nirgendwo leuchtete.

Als er um eine Ecke bog, erstarrte er vor Schreck – ein Horjun und ein älterer Mann in einem hellen Gewand kamen auf ihn zu. Der Mann musterte interessiert Ravins Lippe und seine bloßen Füße, dann glitt sein Blick achtlos weiter. Natürlich, noch vermisste ihn niemand. Hier unten war er nichts weiter als … ein Bediensteter? Ravin senkte den Kopf, wie er es bei den Dienern in Gislans Burg beobachtet hatte, und ging zügig weiter. Der Gang endete an einem kleinen belebten Platz. Nur einen Moment zögerte er, bevor er sich seinen Weg durch die Menge von Burgbewohnern bahnte. Offensichtlich befand er sich in einer Art Schänke. An den runden Tischen wurde ein säuerlich riechendes Gebräu ausgeschenkt. Kaum einer beachtete Ravin, als er sich vorsichtig zwischen den Trinkenden hindurchschob und hier und da ein paar Gesprächsfetzen aufschnappte.

Ein dicker Mann mit blutunterlaufenen Augen und bekleidet mit einer Jacke aus einem feuerroten Fell zog Ravins Aufmerksamkeit auf sich. An seinem Arm baumelte ein Schlüssel, der aus Holz geschnitzt und mit hellem Haar umwickelt war. Ravin kannte solche Schlüssel. Jolon hatte ihm erklärt, es sei Najhaar, das einen Schlosszauber bewirke. Türen aus Holz konnte man mit der Berührung eines solchen Schlüssels fester verschließen als zwei Eisenstücke, die aneinander geschmiedet waren. Ravin sank das Herz. Was, wenn Darian und die anderen hinter Türen saßen, die auf diese Art verschlossen waren?

»Auf dass wir leben ohne Kvirinns Fluch!«, prostete der Schlüsselwächter einem anderen Mann zu.

»Ein Leben mit Nagsiks Segen!«, antwortete dieser.

Sie nahmen einen langen Schluck Wein.

»Kann diese Schwarzmäntel nicht mehr sehen«, sagte der zweite Mann und spuckte aus. »Ich verstehe ja nicht viel vom Krieg und von Hexen, aber als ich draußen war, haben wir unsere Kriege ohne sie geführt.«

»Badok wird wissen, was er tut. Die Hexe ist stark, in ihrem Land leben Seelenlose, Gramol!«

Der Wächter, der Gramol hieß, zuckte die Schultern.

»Seelenlose, aha. Und was sind die Staubgesichter hier? Na, ich bin auf jeden Fall froh, wenn sie dorthin zurückgeschickt werden, wo sie hergekommen sind.«

Noch einmal prosteten sie sich zu und gingen zum Tisch, wo sie ihre Becher abstellten und ein paar Münzen auf die Holzplatte warfen. Ravin versuchte ihnen zu folgen, doch plötzlich schlug ihm stinkender Atem ins Gesicht. Ein riesiger, alter Horjun hatte sich vor ihm aufgebaut.

»Wen suchst du?«

Ravin schluckte, als er in das bärtige Gesicht sah.

Er war ein Diener, erinnerte er sich, also senkte er den Blick und antwortete leise:

»Gramol, Herr. Ich hatte ihn hier entdeckt.«

Der Horjun lachte dröhnend.

»Ach, runter zu den Gefängnissen willst du?«

Ravin nickte.

»Morgen reiten wir, mein Junge«, sagte der Horjun. »Und niemand geht heute an Skil vorbei ohne mit ihm zu trinken!«

»Ja, Herr«, erwiderte Ravin.

Der Horjun grinste und drückte ihm einen Becher in die Hand.

»Ein Leben ohne Kvirinns Fluch!«, donnerte er.

»Ein Leben mit Nagsiks Segen«, antwortete Ravin zaghaft. Er schien richtig geantwortet zu haben, denn der Horjun lachte brüllend und schüttete den Wein in einem Zug hinunter. Ravin nahm einen Schluck. Sauer und köstlich war das Getränk. Nach dem langen Tag war er dankbar für diese Stärkung. Dennoch – er musste sich beeilen. Er stellte den Becher ab und dankte. Als er weitergehen wollte, hielt Skils riesige Pranke ihn zurück.

»Hast du zu viel Wein getrunken, Jungchen?«, donnerte er. »Da hinten geht's lang!«

Ravin wandte sich um und verließ die Schänke in der entgegengesetzten Richtung. Er eilte den Gang entlang, doch Gramol und sein Gefährte waren bereits verschwunden. Aber zumindest war er auf dem richtigen Weg! An der nächsten Biegung blieb er stehen. Auf dem Gang unterhielten sich ein paar Diener. Ravin stellte sich in den Schatten einer Nische und wartete. Als der letzte Schritt verklungen war, machte er sich lautlos wie ein Schatten auf den Weg und glitt die Treppen hinunter, dorthin, wo die Gefängnisse sein mussten.

Als im Halbdunkel plötzlich die Frau vor ihm um die Ecke bog, glaubte er ein Gespenst zu sehen, so ähnlich sah sie mit den langen, silberweißen Haaren und den blauen Augen der Bergshanjaarstochter Elis. Und so lautlos war sie aufgetaucht, dass nicht einmal Ravin sie hatte kommen hören. Die weißen Haare leuchteten im schwachen Schein der Fackel. Sie trug ein helles Gewand und hielt einen Tonkrug im Arm. Ruckartig war sie stehen geblieben und musterte Ravin so erschrocken, als wäre er ein Gespenst. Ravin überlegte, wie er sie daran hindern sollte, zu schreien. Seine Finger spannten die Sehnen der Schleuder. Schon hatte er die weiche Stelle an ihrer Schläfe ausgemacht. Ein kleiner Schlag würde genügen um sie zu betäuben. Doch zu seiner Überraschung breitete sich ein Lächeln auf ihrem Gesicht aus. Im nächsten Augenblick fand er sich in ihrer Umarmung wieder. Mit einem dumpfen Laut zerschellte der Tonkrug auf dem Steinboden.

»Ravin!«, flüsterte das Mädchen. Silberweißes Haar kitzelte sein rechtes Ohr. Verwirrt schob er die Fremde von sich. Die Stimme …

»Ich dachte, wir würden uns nie wieder sehen.«

Er wich ein paar Schritte zurück. Verwunderung sprach aus ihrem Gesicht, dann lachte sie, als sei ihr plötzlich etwas eingefallen.

»Entschuldige«, sagte sie und trat zu ihm. »Ich habe es einfach schon vergessen!«

Sie hob die Hand über seine Augen, und als sie sie wieder senkte, stand vor ihm – Amina. Hagerer war sie und offensichtlich erschöpft, als wäre sie viele Tage ohne Schlaf geritten.

»Amina!«, flüsterte er – und diesmal fühlte er bei ihrer Umarmung schwarze, widerspenstige Locken an seiner Wange. Vor Freude hätte er am liebsten geweint. Amina zog ihn in einen Seitengang, wo sie ungestört waren. Ravin spürte ihre kräftigen, warmen Finger in seiner Hand – und die Mondmale, aber diesmal hatte keine Angst vor ihnen.

»Wie lange bist du schon in der Burg?«, fragte sie.

Ravin schilderte ihr so knapp wie möglich seinen Weg durch das Felsgestein und seine Begegnung mit der Feuernymphe. Von ihrem Kuss erzählte er nichts, sondern beschrieb die Tage, die er als Horjun verbracht hatte. Was er ihr verschwieg, war der Anblick des seelenlosen Kilmen. Sofort schämte er sich für diese Feigheit, doch beruhigte er sich damit, dass er es ihr in Ruhe erklären würde, wenn Zeit wäre.

Amina hatte ihm ernst zugehört.

»Sie wollen also Tjärg überfallen«, sagte sie. Keine Regung war aus ihrer Stimme zu hören.

Ravin schluckte und nickte.

»Und zwar sehr bald. Ich muss Darian finden. Wir müssen so schnell wie möglich zurück!«

»Aber warum will Badok das tun?« Ihre Stimme zitterte.

»Wenn ich das wüsste, Amina. Und du? Wie bist du hierher gekommen?«

Sie lächelte abwesend.

»Auf dem Steilweg über den Pass. Ich bin noch zwei Tage geritten. Dann träumte ich von einem Mädchen. Sie heißt Kjala und ist ein Küchenmädchen. Ihre Gestalt hast du eben bewundern können. Nun, es war nicht schwer, ihr so lange zu folgen, bis ich ihre Gestalt träumen und annehmen konnte. Kjala ahnt nicht, dass sie in der Burg zweifach existiert. Ich habe herausgefunden, wo sich die anderen befinden müssen.«

»Im Gefängnis, irgendwo am Ende der Gänge hier?«

»Ja, du weißt es auch?«

Aus seinem Lederbeutel holte er einen spitzen Eisenspan, den er aus der Waffenkammer der Horjun mitgenommen hatte, nahm eine größere Tonscherbe vom Gang und begann darauf einen Lageplan zu ritzen.

»Hier sind wir«, erklärte er und zog drei Linien. »Das sind die Seitengänge. In einem davon befindet sich das Gefängnis.«

»Genau«, bestätigte Amina. »Vermutlich ist es der dritte Gang. Wir müssen die Wachen betäuben. Ich war auf dem Weg, noch einige Dinge dafür zu besorgen.«

»Gut, holen wir sie gemeinsam.«

Sie schüttelte den Kopf.

»Das geht nicht. Ich … das heißt, Kjala macht einen Botengang. Es würde auffallen, wenn ich plötzlich einen Begleiter hätte. Spätestens morgen werden sie dich suchen, und wenn du willst, dass man glaubt, du seist geflohen, bleibst du besser dort, wo du nicht auffällst.«

»Was ist, wenn Kjala und du euch begegnet?«

Amina lachte leise.

»Das ist unmöglich. Kjala schläft einen sehr tiefen Schlaf, wenn ihr zweites Ich Erkundungen einholt.«

Ravin hatte das Gefühl, er sollte nicht weiter nachfragen.

»Keine Sorge, Ravin. Warte auf mich. Heute Nacht bin ich wieder hier. Ich zeige dir, wo eine kleine Kammer ist, die als Lagerraum für Leder und Stoffe dient. Dort wird dich niemand suchen.«

Wieder legte sie die Hand über seine Augen, und als sie sie fortnahm, stand vor ihm dieses fremde, schöne Mädchen mit dem Silberhaar. Er folgte ihr zu dem Raum und schlüpfte in die Dunkelheit der fensterlosen Kammer.

»Bis später«, flüsterte Amina und schenkte ihm Kjalas Lächeln.

Er musste tatsächlich in die Welt der Träume geblickt haben, denn er glaubte Laios' besorgtes Gesicht zu sehen, bevor ihm klar wurde, dass er mit dem Rücken am kalten Stein lehnte. Fackelschein tanzte hinter seinen Lidern.

»Bist du der Gefangene?«, fragte eine Stimme, die aus Rauch und Regen zu bestehen schien.

Ravin öffnete die Augen und blickte in das Gesicht eines Erloschenen. Neben ihm standen der Kerkerwächter Gramol und ein riesenhafter Gehilfe. Dieser lächelte Ravin schäbig an und streckte ihm eine schaufelartige Hand entgegen. Zerbrechlich und verloren lag darauf die Scherbe mit dem Lageplan.

Rohe Hände packten ihn, er spürte einen Schlag wie einen Huftritt gegen seine Brust, der ihm die Luft nahm, und hörte Gelächter. Dann sauste eine Faust in sein Gesicht und sein Bewusstsein sprang in Stücke.

Das Nächste, was er schemenhaft wahrnahm, war eine

Türschwelle, die unter seiner Nase auftauchte. Ein harter Stoß traf ihn von hinten. Er stolperte dorthin, wo er die Tür vermutete, und stürzte auf scharfkantiges Stroh. Die Tür fiel ins Schloss und Ravins Kopf versank in einem Strudel aus Schmerz und Dunkelheit. Vor den Flammen des Schmerzes tanzte Naja und warf ihm eine Kusshand zu. Unsinnigerweise musste Ravin an ihre Erklärung denken, dass die Erloschenen nie von der Gegenwart sprachen, sondern immer nur von dem, was sein würde, oder dem, was vergangen war. In diesem Fall hatte der dunkle Krieger von der Zukunft gesprochen, denn nun war Ravin wirklich der Gefangene. Er stöhnte.

»Geht zurück! Lasst ihm doch Platz!«

Stimmen um ihn herum.

»Er bewegt sich!«

Tat er das?

»Sie haben ihn ganz schön zugerichtet.«

Noch eine Stimme. Ruk?

»Komm, bringen wir ihn hier rüber.«

Er begann zu schweben. Es schmerzte.

»Seht ihr nicht, dass ihr ihm wehtut? Nimm die Hand weg!«

»Ich wollte ihm nur die Haare aus der Wunde streichen.«

Eine Hand auf seiner Stirn. Und dann ganz nah an seinem Ohr:

»Ravin! Wach auf, Ravin!«

Mühsam blinzelte er. Ein älterer, ernster Darian blickte ihn an. Sein helles Haar war länger und sehr zerzaust. Sein Gesicht war hager geworden. Als er sah, dass Ravin ihn erkannte, ging ein strahlendes Lächeln über sein Gesicht. Und plötzlich drehte sich die Zeit rückwärts und Ravin sah wieder seinen Freund aus Gislans Burg vor sich.

»Du lebst, Ravin!« Erleichterung schwang in Darians

Stimme. »Mein Traum hat also die Wahrheit gesprochen. Erst dachte ich, sie hätten dich getötet damals ... auf der Lichtung ...« Er sprach nicht weiter. Ravin wollte antworten. Trotz der Schmerzen war er so erleichtert, dass er hätte weinen können, doch es kam nur ein Schwall Blut aus seinem Mund.

»Ruh dich aus«, sagte Darian mit belegter Stimme. »Das Einzige, von dem wir hier mehr als genug haben, ist Zeit.«

Darian strich über seine Stirn und er fiel in eine traumlose Ohnmacht.

Als er erwachte, fühlte er sich besser. Es musste Nacht sein, denn die Jerriks schliefen beim Schein einer kleinen, magischen Flamme, die vermutlich Darian auf dem Weg zur Burg gefangen hatte. Ravin erkannte Ladro, Mel Amie und einige der Menschen, die damals um das Willkommensfeuer gesessen hatten. Jerrik und Sella allerdings konnte er nirgends entdecken. Der Gefängnistrakt glich einer alten Waffenkammer, ähnlich der, in der Ravin als Horjun übernachtet hatte. Es waren mehrere Gewölbekeller, verbunden durch Torbogen aus Steinen, so dick und schwer wie Pferdeleiber.

Darian half ihm sich aufzusetzen.

»Lass mal sehen«, flüsterte er und drehte Ravins Gesicht vorsichtig zum Licht. »Deine Lippe sieht entzündet aus. Hast du Schmerzen?«

Ravin versuchte ein schiefes Lächeln.

»Es geht«, erwiderte er mit Mühe. Seine Zunge war geschwollen. »Wo ist Amina?«

Darian schüttelte den Kopf.

»Hier ist sie nicht. Hast du sie gesehen?«

Ravin nickte betrübt.

»Ich vermute, sie haben sie noch vor mir gefangen genommen.«

Die Verzweiflung schlich auf leisen Pfoten heran und setzte zum Sprung an.

»Das heißt, sie ist in der Burg?«

Ravin nickte.

»Wir müssen so schnell wie möglich zurück nach Tjärg!«, flüsterte er. »So schnell wie möglich!«

Darian blickte ihn erstaunt an. Ravin packte seinen Freund bei den Armen. »Darian! Diolen und Badok sind auf dem Weg, Tjärg zu überfallen – und zu vernichten! Sie haben diese dunklen Krieger gerufen, aus dem Lande Run. In den nächsten Tagen marschieren sie mit ihnen und den Horjun zu Gislans Burg.«

Selbst im Dunkeln konnte er sehen, wie das Blut aus Darians Gesicht wich.

»In unser Tjärg?«

Er schluckte und sah Ravin aus riesigen Augen an, die vor Entsetzen zu lodern schienen. Ravin nickte niedergeschlagen und erzählte flüsternd von seiner Reise, von seinen Tagen als Horjun, von Vaju und Dondo und seiner Flucht aus dem Saal der Gesänge. Ganz besonders ausführlich erzählte er von Diolens Rede und dem traurigen Ende von Kilmen. Er musste seine Tränen mühsam hinunterschlucken, als er sich an Kilmens leeres Gesicht erinnerte.

»Seelenlose!«, zischte Darian verächtlich. »Diolen und Badok sind die Seelenfresser! Sie haben auch Jerrik geholt, gleich am zweiten Tag. Es scheint einen zweiten Gefängnisraum zu geben. Sella ist dort.«

Er verstummte. Ravin legte ihm die Hand auf die Schulter. Sie sahen sich an, Trauer im Blick und die ganze flackernde Ungewissheit.

»Ich bin so froh, dass du am Leben bist, Ravin!«

»Und ich auch – dass ich dich gefunden habe!«

»Wir haben bereits alles versucht, aber die Tür ist durch einen Zauber gebunden«, flüsterte Ladro. Für den Fall, dass sie überwacht wurden, standen immer einige in der Nähe der Tür und lauschten auf die Schritte der Wärter. Ravins Anwesenheit schien den Jerriks wieder Hoffnung zu geben, selbst Darian zeigte eine Spur seines alten Humors. Auf die Frage von Mel Amie, warum er das Tor nicht mit einem Gegenzauber öffnen könne, grinste er und meinte: »Ich, Darian, der Talentierte?«

Ravin gefiel dieser Scherz seines Freundes nicht.

Nachts versuchte Ravin den Traumfalter zu rufen. Er wollte die Königin warnen, doch der Falter kam nicht. Stattdessen zogen immer und immer wieder Schreckensbilder einer rauchgeschwärzten Burg an ihm vorbei.

Darian erwachte, als seien diese Bilder bis in seinen Schlaf gedrungen.

»Möchtest du, dass ich einen Schlafzauber spreche?«, flüsterte er.

Ravin schüttelte den Kopf, Tränen rannen ihm über die Wangen. Darian legte den Arm um seine Schulter.

Sie lehnten immer noch Schulter an Schulter, als sich Horjunstiefel der Tür näherten. Die Tür flog auf. Die magische Flamme flackerte und verlosch. Licht fiel in das Gefängnis. Ein Schatten wurde in das Licht gestoßen und sofort von der Dunkelheit verschluckt. Einen Wimpernschlag später hörten sie das dumpfe Geräusch eines fallenden Körpers. Das Licht sprang zurück und die Tür fiel ins Schloss.

Darians Fingerschnippen ertönte in der Stille, schon kam die kleine Flamme wieder aus ihrem Versteck. Ein schwacher Lichtschein fiel auf den Körper. Er bewegte sich nicht. Im flackernden Schein drängten sich die Gesichter des Lagers zusammen. Ravin ließ sich auf die Knie sinken. In der Dunkelheit erkannte er nur ein Gewirr von langen Haaren. Im

Stillen sprach er eine Bitte an Elis und alle Geister des Waldes, dann drehte er die Gestalt behutsam auf den Rücken.

»Amina!«, rief Mel Amie.

Das Licht der Flamme fiel auf Aminas Gesicht. Tränen der Wut stiegen Ravin in die Augen.

»Seht euch das an!«, schrie er. »Seht euch das nur an!«

Darian schwieg. Mel Amie strich Amina das Haar aus dem Gesicht. An ihrer Schläfe klaffte eine tiefe Wunde. Ihre Hände waren zu Fäusten geballt und gefesselt. Sie bewegte sich immer noch nicht, doch sie atmete, wenn auch sehr flach. Behutsam lösten sie die Fesseln, zogen ihre Mäntel aus und betteten sie darauf. Ravin und Ladro drückten die Wundränder zusammen, bis die Blutung zum Stillstand kam, und verbanden die Wunde mit Streifen, die sie aus den Mänteln gerissen hatten. Niemand sprach ein Wort.

Als Amina gegen Morgen endlich zu Bewusstsein kam, konnte sie sich kaum bewegen. Sie blinzelte und sah Ravin. Er wusste, sie hätte gelächelt, wenn sie dazu in der Lage gewesen wäre.

Sie schlief beinahe den ganzen Tag. Inzwischen hatte Ravin jedem den Grundriss der Burg erklärt und auch erwähnt, wie man über den Dienstbotengang aus der Burg gelangen konnte.

Amina saß mit fieberheißen Augen auf ihrer Lagerstatt und war kraftlos. Von dem spöttischen, wilden Mädchen schien nichts mehr übrig zu sein. Als sie ihr Wasser brachten, lehnte sie es ab. Trauer spiegelte sich in ihren Augen, über denen die zackige Wunde höhnisch zu grinsen schien.

»Ich habe Jerrik gesehen«, brachte sie mühsam hervor. »Er ist tot.«

Mel Amie schlug die Hand vor den Mund. Ravin war, als hätte ihn ein schwerer Stein getroffen. Unwillkürlich sah er wieder Kilmen vor sich.

»Das dachte ich mir«, antwortete Mel Amie schließlich. »Und er hat nichts verraten, sonst wären wir nicht mehr am Leben.«

»Das heißt, wir …«

»Ja«, unterbrach Amina Ladro. »Wir müssen uns befreien, bevor wir an der Reihe sind.«

»Ohne Sella und die anderen?«

Ravins Herz klopfte so laut, dass er dachte, die Wärter vor der Tür müssten es hören. Darian und er sahen sich an. Beide spürten, dass sie in diesem Moment aus der Gemeinschaft ausgeschlossen waren. Die Jerriks verheimlichten etwas vor ihnen. Leise zog er sich mit Darian in das benachbarte Gewölbe zurück. Sie hörten, wie die Jerriks die Totenworte sprachen. Draußen auf den Gängen herrschte hektische Betriebsamkeit.

Später kam Amina zu ihnen und setzte sich neben sie.

»Diesmal dachte ich, ich sehe dich wirklich nicht wieder«, sagte sie leise. Ravin schluckte und versuchte ein Lächeln.

»Als sie mich gefangen nahmen, habe ich befürchtet, du könntest denken, ich sei wieder weggelaufen.«

»Daran habe ich keinen Moment gedacht, Amina.«

Ravin hob seine Hand und streckte sie ihr hin. »Wir haben das Zeichen der Freundschaft getauscht, erinnerst du dich?«

Zum ersten Mal lächelte sie.

»Ich weiß, aber nicht jeder freundet sich mit einer – Woran an. Ich habe dieses Schicksal nicht gewählt. Es hat mich gefunden.«

»Aber wie?«

»Wie ein Dieb in der Nacht, als ich meine Magie für andere Dinge brauchte.«

»Hat es etwas mit deinem Bruder zu tun?«

Sie wurde bleicher und senkte den Kopf.

»Ich glaube, ja.«

»Was ist mit ihm? Ist er hier?«

Sie schüttelte den Kopf.

»Ach Ravin«, sagte sie gequält. »Wenn er mich sehen würde – er würde ebenso viel Angst vor mir haben wie alle, die einer Woran begegnen.«

»Ich habe keine Angst, Amina. Weiß dein Lager davon?«

»Jerrik weiß ... Jerrik wusste es. Und Ladro. Die Monde erschienen, kurz bevor ihr in unser Lager kamt. Ich werde fortziehen müssen, wenn der Mondschatten auf mein Herz fällt. Ich werde Tod bringen, die Menschen werden Angst vor mir haben. Ich will diese Macht nicht, Ravin. Ich will keine Woran werden. Aber ich kann es nicht verhindern.«

»Nein, Amina«, unterbrach er sie. »Ich habe keine Angst vor dem Blutmond.«

Er wollte ihre Hand nehmen, doch sie zog sie mit schmerzverzerrtem Gesicht zurück und zeigte ihm ihre Handfläche. Anstelle der drei Sichelmonde waren tiefe Brandwunden zu sehen. Ravin tat bereits der Anblick der verbrannten Haut weh. Amina ballte die Hand wieder zur Faust und sprach beinahe beiläufig weiter.

»Wir müssen so schnell wie möglich nach Tjärg.«

Ravin sah sie überrascht an.

»Ihr wollt mit Darian und mir reiten?«

»Was bleibt uns übrig?«, erwiderte sie.

Ravin lag mit offenen Augen in der Dunkelheit. Ladro und Amina unterhielten sich in einer Ecke. Ravin spürte den Sinn ihrer Worte mehr, als dass er sie hörte.

»Haben sie dich nach ihm gefragt?«, flüsterte Ladros Stimme.

»Ja, aber der Gefängnismeister hat es nicht gerade klug angestellt.«

»Sie haben dir geglaubt, dass du nichts weißt?«

»Vergiss nicht, Ladro: Ich bin nur eine kleine Waldhexe und mein Geist ist ein Nebel aus wirren Träumen und Wasserdampf.«

Sie lachte leise.

Ravin war hellhörig geworden. Er rief sich Diolen und Badok vor Augen, wie sie in der Halle der Gesänge standen. Besonders Badok, der Jerrik so ähnlich sah. Nur die Augen waren anders. Doch auch sie kannte Ravin. Nur woher? Wenn sie sich so ähnlich waren ... Ravin überlegte, dann verstand er mit einem Mal. Er setzte sich auf und berührte Darian am Arm. In der Dunkelheit spürte er, wie sich Darian aufrichtete. Einen Moment später glühte sein angespanntes Gesicht im schwachen Schein der magischen Flamme auf. Ravin ging hinüber zu Ladro und Amina.

»Badok und Jerrik waren Brüder, nicht wahr?«, sagte er geradeheraus.

An der Art, wie Amina bei seinen Worten zusammenzuckte, erkannte er, dass er mit seiner Vermutung Recht hatte. Sie schwiegen. Ravin fuhr fort.

»Aber selbst wenn es so ist, dass sie Brüder waren, dann verstehe ich nicht, warum Badok nicht einfach Jerriks Land erobert und uns alle getötet hat.«

Aus dem Augenwinkel bemerkte er, dass die anderen sich um sie versammelt hatten. Die Stille war erdrückend.

»Weil«, schloss er seine Ausführungen, »da etwas ist, was ihr uns verschweigt. Es geht um etwas anderes.«

Amina und Ladro schwiegen. Die anderen starrten sie mit offenen Mündern an. Mel Amie seufzte und betrachtete ihre sehnigen, vernarbten Hände.

Das Schweigen wurde verdächtig.

Ravin wandte sich an Ladro.

»Erkläre du uns, was wir nicht wissen sollen. Badok hat seinen Bruder Jerrik getötet und hält uns und euch hier gefangen. Warum?«

Ladro schüttelte den Kopf.

Ravin wurde wütend.

»Wegen eures kleinen Geheimnisses sitzen wir hier im Gefängnis! Wir haben ein Recht darauf, die Wahrheit zu erfahren! Was ist es, das euch und die Badok zu so erbitterten Feinden macht?«

Unruhe spiegelte sich in den Gesichtern der Jerriks. Sie blickten von einem zum anderen und schwiegen.

»Ich darf es euch nicht sagen«, sagte Ladro.

»Dann werde ich es tun.«

Ladro sah Amina entsetzt an.

»Du hast geschworen ...«

»Ich weiß.« Müde winkte sie ab. »Trotzdem wirst du mich nicht davon abhalten.«

Ladro wurde bleich vor Zorn, aber er widersprach ihr nicht.

»Ja, Badok und Jerrik waren Brüder«, begann Amina. »Als sie jung waren, besaßen sie Land weit hinter den Feuerbergen im Norden. Sie führten eine Gruppe von Kriegern an, die sich die Horjun nannten, und sie befanden sich lange im Krieg gegen die Stämme im Klam-Gebirge, die von dort aus die Waldtäler erobern wollten. Das heißt, sie mussten auch gegen die dunklen Krieger aus dem Lande Run kämpfen, die die Fürsten von Klam mit Hilfe des Gors gerufen hatten.«

»Des Gors?«

»Ein magischer Stein, geschlagen in den Feuerbergen mit Werkzeugen aus reinstem Zauber. Der Gor hat die Form eines grauen Auges, in ihm sind die Kräfte des hellen und des dunklen Zaubers vereint. Die Krieger aus Klam glaubten ihren Sieg sicher, doch Badok und Jerrik erfuhren von den Feuernymphen, dass der Gor im Besitz der Klam-Fürsten war. Mit einer List gelang es ihnen, den Gor zu stehlen und die Krieger nach Run zurückzuzwingen. So konnten sie die Truppen aus Klam besiegen. Gemeinsam zogen sie in diese Burg hier ein – es ist der ehemalige Stammsitz der Fürsten von Klam – und nahmen den Gor mit.«

»Dann lebten sie also beide hier?«

»Viele Jahre sogar. Doch sie spürten, dass Hass in ihnen aufstieg. Der Gor kann von einem Menschen gehütet werden, doch niemals von zweien. Hütet ihn einer, sind seine guten und dunklen Kräfte im Gleichgewicht und vereint, hüten ihn jedoch zwei, geraten diese Kräfte aus der Balance. Dann weckt der Gor in seinen Wächtern die schlimmsten, grausamsten Kräfte.«

»Sie erkannten die Gefahr und beschlossen, dass nur einer den Gor behalten durfte«, sagte Ravin.

Sie nickte.

»Badok und Jerrik waren immer noch junge Männer, sie packten ein Kartenspiel aus und spielten darum, wer die Burg bekommen sollte.«

»Und Badok hat gewonnen.«

»Jerrik zog mit einigen seiner Krieger in den Wald und nahm dafür den Gor mit. Er schloss sich den Waldmenschen an. Die Brüder sahen sich nicht wieder – bis die Badok plötzlich anfingen uns anzugreifen.«

Ravin nickte.

»Jetzt bekommt es einen Sinn. Badok will also den Gor wiederhaben?«

Amina schwieg, die anderen sahen zu Boden.

Darian vergewisserte sich mit einem Blick zur Tür, dass alles ruhig war und beugte sich weit vor.

»Ihr habt den Gor versteckt?«

Amina schüttelte den Kopf.

»Der Gor wurde uns gestohlen. Wenn wir nur wüssten, wo er ist! Ich glaube, Badok hat ihn bereits gefunden. Es ist kein Taschenzauber, die Krieger aus Run zu rufen.«

»Dann glaubt ihr, dass Badok und Diolen die Macht des Gor entfesselt haben um die Erloschenen zu rufen?«

Mel Amie lächelte dünn.

»Sie sind vergiftet von der Gier nach Macht«, sagte sie. »Schätze, Land, Eroberungen, das ist es, worauf sie aus sind. Der Gor hat in Badok schon damals das Niederste und Schlimmste geweckt. Lange hat es in ihm geschlafen. Doch ich glaube nicht, dass sie die Krieger aus Run mit Hilfe des Gor gerufen haben. Nein, die Macht des Gor ist noch lange nicht entfesselt. Wenn sie es wäre, wäre keiner von uns mehr am Leben. Wir müssen Badok aufhalten, in Tjärg oder wo immer er auch hingeht. Wenn er den Gor nicht besitzt, steht uns ein Krieg bevor. Hat er ihn jedoch bereits, dann müssen wir um jeden Preis verhindern, dass er die Kräfte weckt, die darin schlafen – denn dann wird es kein Krieg sein, sondern ein blutiger und grausamer Feldzug der Vernichtung!«

Ravin und Darian wechselten einen ratlosen Blick.

Unermüdlich suchte Darian nach einer Möglichkeit, den Zauber vom Türschloss zu nehmen. Er experimentierte, probierte verschiedene Sprüche und konzentrierte sich im Licht seiner Flamme stundenlang auf die Tür.

»Nun?«, fragte ihn ein älterer Jerrik-Krieger einmal gereizt. »Ich verstehe ja nicht viel davon, aber langsam müsste es doch mal möglich sein, mit Magie eine lächerliche Tür aufzumachen!«

Darian schüttelte den Kopf. Er war so versunken, dass er die Ironie in der Stimme des Kriegers nicht wahrnahm.

»Es ist das Schwierigste überhaupt, etwas Festgefügtes zu bewegen, zumal ein Zauber das Schloss versiegelt.«

In der endlosen Trostlosigkeit, als schon alles verloren schien, geschah ein kleines Wunder. Sella und die anderen kehrten zurück. Völlig unverletzt, blinzelnd, die Augen voller Angst vor dem Ungewissen, wurden sie ins Gefängnis gestoßen. Sofort wurde es still. Sella trat einige Schritte zur Mitte des Raumes und blickte in fassungslose Gesichter. Schließlich war ihr Blick bei Darian angelangt – und sie lächelte.

In diesem Augenblick war die Erstarrung gebrochen. Alle drängten sich um die Neuankömmlinge, um sie zu umarmen und sich zu vergewissern, dass sie unversehrt waren. Ravin sah zur Tür. Warum waren die anderen in dieses enge Gefängnis gebracht worden? Es konnte nur einen Grund geben: Diolens Truppen verließen bereits die Burg. Nur wenige Wächter würden in der Burg zurückbleiben. Da war es einfacher, alle Gefangenen hinter einer Tür zu haben.

Seit Sella und die anderen da waren, schienen die Jerriks wieder zu leben. Jeder umsorgte Sella und sprach mit ihr. Die Angst und der Wahnsinn waren in ihren Augen, vielleicht noch stärker als zuvor, doch sie konnte wieder lächeln. Darian war wie verwandelt. Noch nie hatte Ravin seinen Freund so glücklich erlebt. Es schien, als hätte er darauf gewartet, bis Sella wieder da war. Jetzt sah Ravin ihn oft bei Amina sitzen und seinen Plan mit ihr besprechen.

»Es könnte funktionieren«, beschwor er sie leise. »Allein habe ich nicht genug Kraft. Und ich bin noch nicht so weit, dass ich eine Tür aus den Angeln heben könnte – vom Zauber des Najhaars ganz zu schweigen.«

In Aminas Augen bemerkte Ravin zum ersten Mal wieder ein spöttisches Glitzern.

»Ein schöner Plan, Darian Danalonn. Du willst deine Magie einfach mit meiner vermengen, als handelte es sich um Mehl und Zucker für einen schönen Zauberteig?« Sie lachte bitter. »Aber meine Magie ist dunkel. Eine gute Art, uns umzubringen, wenn der Zauber macht, was ihm gefällt.«

»Ich weiß«, stimmte Darian zu. »Wenn wir unsere Kräfte bündeln, entsteht ein Wirbelzauber. Aber es wäre immer noch besser, als hier auf unser Schicksal zu warten.«

»Tu es, Amina«, flüsterte Mel Amie. »Besser wir sterben beim Versuch, zu fliehen, als dass wir hier auf unser Schicksal warten.«

»Nein!« Aminas Stimme klang plötzlich scharf. »Selbst wenn ich wollte, hätte ich nicht die Kraft.«

Fiebrig sah sie aus und schwach.

»Und wenn schon«, sagte Darian unbarmherzig. »Sie haben dich geschwächt – aber mich nicht! Und Ravin wird dir helfen.«

Erstaunt blickte Ravin seinen Freund an. Darian zwinkerte ihm zu.

»Heute Nacht oder nie, Amina!«, sagte er. Sie musterte die angespannten Gesichter. Ravin nickte ihr zu. Noch einen Augenblick schien sie unschlüssig zu sein, dann seufzte sie und wurde noch bleicher, als sie ohnehin schon war.

»Heute Nacht«, flüsterte sie.

»Wünsch mir Glück, Laios«, murmelte Darian. Zu dritt standen sie vor der Tür. Die anderen hielten sich so weit wie möglich von ihnen entfernt. Jeder wusste, was er zu tun hatte. Darian legte die Hände an die Tür und flüsterte etwas, was Ravin nicht verstand – plötzlich war der ganze Raum voll schimmernder, silberner Nachtfalter. Amina kicherte.

»Weiße Magie«, flüsterte sie. Sie trat zu Darian und streckte ihm ihre verletzte Hand hin, die Darian zögernd ergriff. Ravin war unbehaglich zumute, als er sah, wie Aminas Lächeln verschwand. Er glaubte zu spüren, dass sie Angst hatte. Nun drehte sie sich mit flackerndem Blick zu ihm.

»Jetzt du«, sagte sie weich und streckte ihm die andere Hand hin. Sie war heiß von Fieber. Mit leiser Stimme sprach Darian die magischen Worte. Oft hatte Ravin gehört, wie er sie geübt hatte. Nun jedoch klangen sie fremd und beinahe greifbar im Raum. Aminas Stimme fiel in denselben schleppenden Singsang ein. Die magische Flamme floh in einen Winkel und erlosch. Körperlos schwebten Darians und Aminas Stimme im Raum. Aminas Hand fing zu zittern an. Und plötzlich begann etwas durch Ravins Fingerspitzen aus ihm hinauszufließen. Die Jahre rannen über seinen Körper, tropften ab und versickerten im Fluss der Vergänglichkeit. Er spürte, wie seine Augen tief in die Höhlen sanken, wie sein Rücken sich beugte, seine Zähne sich lockerten und sein Mund faltig und trocken wurde. Er wollte protestieren, doch aus seiner Kehle kam nur ein Krächzen. Dann war es ruhig, während er sich schwankend auf den Beinen hielt, hundert Jahre alt, müde und bereit ein letztes Mal Luft zu holen um dann für immer auszuatmen.

Ein Zischen ertönte und eine Wucht wie von hundert Pferdehufen warf ihn zurück. Aminas Hand entglitt seinen Fingern, er prallte gegen eine Wand aus Körpern. Die Jerriks schrien auf. Blendend helles Licht erfüllte den Raum. Wo die Tür gewesen war, gähnte ein verkohltes Loch.

Sie stürmten in den Gang. Mäntel aus Fell lagen verstreut auf dem Boden. Kreischende langbeinige Vögel staksten hässlich und grotesk umher. Ravin vermutete, dass es der Gefängniswärter Gramol und seine Gesellen waren.

»Das ist der beste Wirbelzauber, den ich je gesehen habe«, flüsterte Darian und scheuchte die Vögel in das Gefängnis.

Hitze waberte durch die engen Gänge, in der Ferne hörten sie dumpfe Geräusche wie Gepolter und das Brechen von Holz. Vor Anspannung und Wärme lief ihnen der Schweiß über die Stirn. Ravin wagte kaum zu atmen. Jeden Moment fürchtete er einer Gruppe von Horjun mit gezückten Schwertern gegenüberzustehen. Gespenstisch leer waren die Gänge. Weit entfernt hallten Rufe und Schritte von beschlagenen Stiefeln, die treppauf eilten und bald verklungen waren.

»Ist denn niemand mehr in der Burg?«, flüsterte Ladro.

»Wenn sie wirklich aufgebrochen sind, werden sich die Bewohner, die geblieben sind, in den mittleren Stockwerken aufhalten«, antwortete Ravin. In diesem Moment duckten sie sich, denn von weit oben hallte etwas, was sie erschreckte. Es klang wie das Getrappel von Hufen.

»Die Ställe sind ganz oben«, flüsterte Ravin.

»Du meinst, sie haben die Pferde freigelassen?«

Ravin schluckte. Vaju! Darian schien seinen Gedanken erraten zu haben.

»Wenn sie die Horjun-Pferde aus der Burg führen, werden sie Vaju und Dondo mitnehmen. Wir werden sie finden.«

Es gab Ravin einen Stich, aber er wusste, dass Darian Recht hatte. Erst mussten die Jerriks in Sicherheit sein. Er schlug den Weg zum Dienstbotengang ein, den Ruk ihm beschrieben hatte. Leise eilten sie die Treppen hinauf. Die Hitze nahm zu, knackende Geräusche hallten durch das Gemäuer. Unbehelligt erreichten sie den Gang und schlüpften einer nach dem anderen hinein. Der Gang war schmal, die Wände erstaunlicherweise warm. Vielleicht waren die Kaminschächte auf der anderen Seite? Gewissenhaft zählte Ravin die Abzweigungen, bis er zur letzten kam, die zum

Ausgang führen würde. Er winkte den anderen zu und bog in den Gang ein. Staub lag fingerdick auf dem Boden. Vielleicht war Ruk in seiner Kindheit der letzte Gast gewesen. Vor ihnen erhob sich eine graue Steinwand.

»Und nun?«, flüsterte Mel Amie. »Brauchen wir jetzt noch Werkzeug zum Steinebrechen?«

»Nein«, flüsterte Ravin. »Das ist ein Ausgang.«

Mel Amie schnaubte.

»Wenn das ein Ausgang ist, bin ich die liebliche Königin von Kelo!«

Ravin wurde ungeduldig.

»Tut einfach, was ich tue.«

Er stellte sich ein paar Schritte vor die Steinwand und schloss die Augen. Insgeheim betete er, dass Ruk die Wahrheit gesagt hatte und dass der Zauber, der diese Mauer zum Tor machte, immer noch anhielt.

»Wenn ich es sage, dann folgt mir. Und schließt vor der Wand die Augen!«

Er sammelte sich, dachte an Naja, rief: »Los!«, und begann zu rennen. Hinter sich hörte er Mel Amies erstauntes Keuchen, dann umfing ihn bereits kalte Nachtluft.

Und Lärm und Licht.

Der Schreck fuhr ihm bis ins Mark, als er die Augen aufschlug. Er hörte Schreie und entsetztes Wiehern und sah Menschen mit angsterfüllten Gesichtern. Lichterloh brannten die Bäume im Garten, alles hastete durcheinander. Ravin blickte sich im Laufen um. Die Burg brannte. Flinke blaue Flammen leckten am Fels und schmolzen ihn, bis er sich als Rinnsal glühender Lava in den Boden fraß. Diener, Wächter und Höflinge rannten schreiend durcheinander, einige von ihnen versuchten die Pferde zu bändigen, die in wilder Panik alles niedertrampelten, was ihnen unter die scharfen Hufe kam. Hustend flohen Horjun aus der brennenden Burg. Niemand schien die zerlumpte Gruppe von Gefangenen zu bemerken.

»Das war also der Wirbelzauber«, rief Amina Ravin zu.

»Die Pferde!«, schrie Ladro gegen das Getöse an, doch Ravin war bereits auf dem Weg zu einer Gruppe auskeilender Pferde, die ein Diener vergeblich im Zaum zu halten versuchte. Aus dem Augenwinkel sah Ravin, wie ein paar der Jerriks fliehende Bantys einfingen und sich auf ihre Rücken schwangen. Plötzlich hörte er Hufschlag hinter sich und duckte sich. Zu seiner Überraschung stand im nächsten Moment Dondo vor ihm. Ohne zu überlegen, ob Darians Pferd ihn tragen würde, zog er sich hoch, entdeckte Amina und preschte zu ihr um sie hinter sich auf den Pferderücken zu ziehen. Dondo bockte, aber er warf sie nicht ab. Ravin lenkte ihn zu zwei Horjun-Pferden und fing sie bei den baumelnden Zügeln.

»Darian!«, brüllte Ravin. »Hier! Reitet weg!«

Sie hielten nicht eher an, bis sie eine kleine Gruppe von Bäumen in einem Felsenhain erreicht hatten. Dondo keuchte nicht einmal, als sie vom Pferderücken glitten und sich in das feuchte Gras fallen ließen. Über ihnen leuchtete der Sternenhimmel, dessen Anblick Ravin so lange vermisst hatte. Zum ersten Mal seit langer Zeit atmete er endlich wieder frei und schmeckte die Luft, die ihm kühl und duftend erschien.

»Wir haben Glück gehabt«, sagte Amina erschöpft. »Der Wirbelzauber hätte auch uns verbrennen können.«

Nach und nach fanden sich die Jerriks, die sich auf der Flucht zerstreut hatten. Darian hatte eine Wunde am Arm, doch er lachte und umarmte Ravin und Amina. Dann trat er zu Dondo und vergrub das Gesicht in seiner Mähne. Dondo legte die Ohren an und zwickte Darian in die Schulter.

»Hast Recht, Dondo«, sagte er. »Es hat lange gedauert.«

Ravin hoffte, dass Vaju sich gemeinsam mit Dondo hatte befreien können.

Sie ruhten sich kurz aus und beratschlagten, welchen Weg sie nehmen sollten.

»Die Truppen werden vermutlich den Weg über den Pass nehmen, den auch Amina geritten ist«, meinte Ravin. »Wenn wir hinter ihnen herreiten, kommen wir gleichzeitig mit ihnen oder später im Tal an. Aber wir müssen sie überholen.« Alle nickten. Ladro hatte sich bereits im Gefängnis Gedanken gemacht.

»Ich glaube, es gibt einen direkteren Weg, und zwar über den Fluss«, sagte er. »Er führt ein Stück um das Gebirge herum. Er mündet in das Meer. Wir könnten im Verborgenen reiten und dann parallel durch die Wälder vorwärts kommen. Schließlich sind wir nur wenige und kommen schneller voran. Badoks Tross dagegen ist unbeweglich und muss sich an die großen Straßen halten. Auf diese Weise sind wir schneller am Pass als sie und können unbemerkt vor ihnen das Gebirge überqueren.«

Amina saß mit geschlossenen Augen am Rand der Gruppe. Sie schien für den Zauber ihre letzten Kräfte verbraucht zu haben und war nur noch ein fiebernder Schatten ihrer selbst. Ravin wusste, dass sie wach war, aber sie wirkte, als würde ein Teil von ihr schlafen. Er fragte sich, was hinter ihren geschlossenen Lidern vor sich ging. Was immer es war, es schien sie sehr anzustrengen.

»Amina?«

Sie öffnete die Augen.

»Wie geht es dir?«

Sie zuckte mit den Schultern.

»Ich bin müde, aber ich denke nicht daran, zu sterben, wenn du das meinst.«

Ihre Stimme war freundlich und weich. Ravin blieb neben ihr sitzen und blickte zu den Feuerbergen. Er musste daran denken, wie Jolon einmal ein Wildpony mit einer tiefen Risswunde in der Flanke ins Lager gebracht hatte. Solange es krank war, war es ruhig. Doch sobald die Wunde verheilt war, lief es davon und kam nie zurück.

»Woran denkst du, Ravin?«

Ihre Augen glänzten.

»An wilde Ponys im Tjärgwald«, antwortete er.

Sie zogen weiter und wechselten sich dabei ab, vorauszulaufen und nach Badoks Kriegern Ausschau zu halten. Hinter ihnen ragten die Feuerberge bedrohlich und rot in den Himmel. Sella war verängstigt. Ständig lauschte sie auf etwas, das nur sie hören konnte. Darian versuchte sie abzulenken und aufzuheitern. Ab und zu belohnte sie ihn mit einem Lächeln, dann leuchteten seine Augen und er schien nicht einmal mehr den Schmerz seiner Wunde zu spüren. Ravin fühlte sich, als wäre er aus einem Albtraum erwacht, um gleich in einen zweiten zu sinken. Die Burg, die Düsternis und die schreckliche Nachricht, die er in der Halle der Gesänge vernommen hatte, lösten sich im Sonnenlicht auf wie ein Traum, der vom Morgenlicht verscheucht wurde. Und dennoch – die Gewissheit blieb, dass Tjärg in Gefahr war. Nichts war so, wie er es verlassen hatte. Und immer noch hatte er keine Möglichkeit gefunden, Jolon zu helfen.

Nach den Tagen im Gefängnis schmerzte das Sonnenlicht umso mehr und auch die Hitze machte ihnen zu schaffen. Die Bäche, die sich durch die flachen Täler zogen, waren zur Hälfte ausgetrocknet. Am Rand des Wassers wuchsen die roten Beeren, die Ravin bereits bei den Felsen entdeckt hatte. Sie pflückten sie und aßen im Gehen.

Mit jeder Stunde, in der sie keinen von Badoks Reitern sahen, wurde die Stimme der Hoffnung in Ravins Kopf lauter. Sie flüsterte ihm ein, dass Diolen und Badok nach dem Brand der Burg ihren Plan vielleicht aufgegeben oder zumindest verschoben hatten. Seine Vernunft sagte ihm, dass es eine unbegründete Hoffnung war, dennoch war er erschrocken, wie bereitwillig er der Hoffnung glauben wollte. Wie unbegründet sie war, zeigte sich, als Ladro von einem seiner Erkundungsgänge zurückkam.

»Ganz in der Nähe sind Reiter! Versteckt die Pferde und geht in die Höhle dort drüben.«

Hastig und so leise wie möglich brachten sie die Pferde hinter eine Gruppe von Felsen. Dann krochen sie durch einen niedrigen Spalt in die Höhle. Widerwillig spürten sie, wie Kühle und der Geruch von Stein sie wieder umfingen. Ravin kauerte sich an die Wand. Durch einen Felsspalt konnte er einen Ausschnitt des Weges beobachten, auf dem sie soeben noch geritten waren.

Lange Zeit hörten sie nur ihren eigenen Herzschlag und verhaltenes Atmen. Dann, nach und nach, mischte sich das Klappern von Eisen auf Stein in diese Geräusche. Sella erstarrte und kauerte sich noch dichter an die Felswand. Auf dem Weg erschien ein vielbeiniger Schatten. Die Lanzen der Horjun ragten daraus hervor wie die Stacheln eines wurmartigen Drachen mit unzähligen Beinen. Dann ritt der erste Horjun an der Höhle vorbei. Es folgten etwa fünfzehn weitere. Sellas Gesicht war so bleich, dass es weiß zu leuchten schien. Ravin und die anderen zogen sich noch weiter in den Höhlenschatten zurück. Im Schritt zogen die Reiter vorbei. Ganz am Ende des Zuges ritt ein junger Horjun, der am langen Zügel einige Pferde mit sich führte. Und bei diesen

Pferden – Ravin blieb die Luft weg – war Vaju! Er zwang sich, den Blick abzuwenden und sie nicht in Gedanken zu rufen. Doch es war zu spät.

Vaju hob ruckartig den Kopf und blieb stehen. Der Horjun sah sich verwundert nach ihr um und zog am Zügel. Doch Vaju nahm ihn gar nicht wahr. Mit gespitzten Ohren sah sie zur Höhle. Aminas Finger gruben sich in Ravins Arm. »Wenn sie uns verrät, sind wir verloren«, hörte er Ladro flüstern.

Vaju wieherte schrill und riss sich los. Den Horjun zog der Ruck aus dem Sattel, mit überraschtem Gesicht stürzte er zu Boden und ließ auch die Zügel der anderen Pferde los. Vaju stürmte auf die Höhle zu.

»Zu den Pferden!«, zischte Ladro.

Ravin und Amina packten Sella und stießen sie ins Freie, sahen verblüffte Gesichter und tänzelnde Pferde. Vaju galoppierte mit gespitzten Ohren auf Ravin zu, stemmte ihre Vorderhufe in den Boden und kam schlitternd direkt vor ihm zum Stehen. Er packte ihre Mähne, zog sich hoch und griff nach Aminas Hand. Die Horjun hatten sich immer noch nicht von ihrer Überraschung erholt.

»Wir lenken sie ab«, flüsterte er Amina zu und drückte Vaju die Fersen in die Flanken.

»He! Da ist die Waldhexe!«, rief jemand aus der Horjun-Gruppe. Aus dem Augenwinkel sah Ravin, dass Darian und die anderen bei den Pferden angelangt waren.

»Holt mich doch, ihr Haufen von stinkenden Schnecken!«, schrie Amina. Die Horjun machten die Münder zu und zogen die Schwerter.

»Ins Gebirge«, zischte Amina. Ravin trieb Vaju zu einem mörderischen Tempo an, schnaubend und mit angelegten Ohren preschte sie voran. Aber sie waren zu zweit auf ihrem Rücken und Vaju hatte nicht Dondos lange Beine. Die

Horjun holten auf. Ein Speer flog mit einem kichernden Zischen dicht an Ravins Schulter vorbei. Vaju legte die Ohren an und meisterte mühelos und mit donnernden Hufen eine scharfe Biegung, die um eine Gruppe von Felsen herumführte. Dann verbreiterte sich der Weg mit einem Mal. Vor ihnen lag eine Ebene, die wie abgeschnitten endete. Der Felsspalt war breit. Viel zu breit um auf das Plateau auf der anderen Seite zu gelangen, das von Felsen gesäumt war und ein gutes Versteck bieten würde.

»Halt darauf zu«, rief Amina. Ravin wollte protestieren, doch voll Entsetzen spürte er, dass Amina ihm die Zügel aus der Hand gewunden hatte und das Pferd antrieb. Vaju stutzte nur kurz, als die schroffe Felskante vor ihr auftauchte, dann spannte sie sich und sprang. Das ist unser Ende, dachte Ravin und schloss die Augen. Er hörte nur den Wind, keinen Hufschlag mehr. Mitten in dieser gespenstischen Stille fühlte er einen harten Stoß und landete in einem schmerzhaften Strudel von Armen, Beinen und Geröll. Als er die Augen öffnete, sah er, wie Vaju sich keuchend wieder hochrappelte.

»Los, da rüber«, rief Amina, stand auf und rannte zu Vaju. Sie versteckten sich hinter den Felsen und drückten sich keuchend mit dem Rücken gegen den Stein. Kurz darauf hörten sie Hufgetrappel und das Schlittern von Hufen, die auf dem glatten Untergrund Halt suchten.

»Sie können unmöglich über die Kluft gesprungen sein«, sagte eine barsche Stimme.

»Nein, hier sind sie!« Gejohle erklang und ein Trommelwirbel von Hufen, der sich rasch entfernte. Ravin sah Amina an. In ihrem Gesicht spiegelten sich Ratlosigkeit und Verwirrung. Vorsichtig spähte er durch einen Felsspalt auf die andere Seite – und schlug die Hand vor den Mund um nicht vor Überraschung aufzuschreien. Die Horjun verfolgten ein weißes Pferd, das auf der anderen Seite an der Kluft entlangpreschte. Auf dem Rücken des Pferdes saßen ein Mädchen mit schwarzem Haar und ein Waldmensch, der sich tief über die perlmuttschimmernde Mähne beugte. Das Gespenst verschwand hinter einer Biegung, die Horjun auf den Fersen.

Amina und Ravin rutschten am glatten Fels nach unten, bis sie auf dem Geröll saßen.

»Was war das?«, fragte Ravin, der immer noch zitterte.

»Ein Zauber? Vielleicht war es Darian …«

Doch der Zweifel in Aminas Stimme war allzu deutlich.

Mit weichen Knien stand Ravin auf und ging zu Vaju. Endlich begrüßte er sie, streichelte ihren Hals und atmete den Duft von Meer und Salz ein. Dann tastete er ihre Beine ab, doch Vaju hatte keinen Kratzer davongetragen. Lediglich am Hals, wo die magische Fessel sie gehalten hatte, war das Fell versengt. Ravin fragte sich, wie viel Schmerz es sie gekostet hatte, den nur noch schwach wirkenden Zauber zu durchbrechen.

Amina stand am Abgrund und betrachtete den Bachlauf weit unter ihnen.

»Wir müssen wieder auf die andere Seite«, meinte sie. »Links von hier gibt es eine Stelle, an der die Kluft nur eine Pferdelänge breit ist. Ein Glück, dass die Horjun sie nicht entdeckt haben.«

Ladro fanden sie zuerst. Reglos lag er an einen Felsen gelehnt. Amina sprang von Vajus Rücken und stürzte zu ihm.

»Nicht, Ladro«, stammelte sie. »Bitte nicht!« Mit gemischten Gefühlen sah Ravin, wie sie sich neben Ladro ins Geröll kniete, sein Gesicht in die Hände nahm und immer wieder seinen Namen rief. Ladro schlug die Augen auf. Amina sah ihn an, als wäre er ein Geist, dann umarmte sie ihn stumm und ließ ihn lange nicht los. Ravin wandte sich ab und strich Vaju durch die Mähne. Er wusste, er sollte sich freuen, dass Ladro lebte, und natürlich tat er das auch. Dennoch versetzte ihm der Anblick von Amina, die um Ladro weinte, einen seltsam dumpfen Stich in der Magengegend.

Ladro war nur leicht verletzt. Ein Schwerthieb hatte ihn getroffen, doch das Eisen war an seinem Arm abgerutscht und hatte ihm nur eine Streifwunde geschlagen.

»Wo sind die anderen?«, fragte Ravin. »Darian? Wo ist er?«

Ladro deutete nach Süden.

»Ich glaube, sie sind dorthin geritten. Zum Tonjun-Plateau.«

»Waren es die Horjun, die auch uns verfolgt haben?«

Ladro stöhnte.

»Nein, ihnen konnten wir entfliehen. Aber als wir weiterritten ... Sie haben uns überrumpelt. Diolen führte sie an. Eine Gruppe von Erloschenen! Sie haben uns gejagt. Es kam zu einem Handgemenge. Ich stürzte vom Pferd. Dann weiß ich nichts mehr. Sie dachten wohl, ich sei tot.«

»Ich wusste es«, flüsterte Amina. »Ich habe die lichte Grenze gesehen.«

»Nein!«, schrie Ravin und sprang auf. Amina sah ihn erschrocken an. Ihm war, als hätte sie das Todesurteil über Darian gesprochen.

»Es gibt keine lichte Grenze«, zischte er. »Nicht, solange ich noch reiten kann!«

Als er in Vajus Mähne griff, spürte er Aminas Hand auf seiner Schulter. Ihr Gesicht war verschlossen und hart.

»Ich komme mit«, sagte sie.

Vaju jagte über den steinigen Grund dahin, Steine und Felssplitter sausten an Ravins Ohren vorbei. Im Ritt tastete er nach seiner Schleuder und zog sie unter seinem Mantel hervor. Aminas Atem brannte an seiner Wange, ihre Hand deutete auf einen Felsensaum und einige Büsche. Schlitternd kam Vaju zum Stehen, sie sprangen ab und rannten zum Rand. Amina war als Erste dort. Sie warf sich zu Boden und zerrte auch Ravin auf die Knie, noch bevor er anhalten konnte. Er stürzte, schürfte sich die Hände auf und wollte schon protestieren – dann sah auch er es.

Klein wie Spielzeugfiguren aus Holz waren sie. Es mochten zwanzig sein, vielleicht auch dreißig. Sie standen im Halbrund auf der Felszunge aus weißem Stein. Die Dornen in den Mähnen ihrer Pferde blitzten in der Morgensonne, geschliffene Hufeisen klirrten auf Fels. Nur das steingraue Pferd stand reglos.

Diolens Mantel wehte in der Sommerbrise, die über das Plateau strich. Ravin konnte Diolens Gesicht nicht sehen, doch er war sicher, dass er lächelte. Darian und Sella saßen auf Dondo, die Front der Erloschenen vor sich. Hinter ihnen klaffte der Abgrund. Sogar aus dieser Entfernung erkannte Ravin Sellas Augen – oh diese Augen! Sein Herz krampfte sich zusammen, er biss sich auf die Lippen und überlegte fieberhaft.

In diesem Moment zog Darian sein Schwert und griff an.

Die Erloschenen lachten. Ihre Pferde bäumten sich auf und preschten den zwei Reitern auf dem weißen Pferd entgegen. Ein Erloschener kam dicht an sie heran. Schon zuckte sein Schwert herab, doch plötzlich schwankte er im Sattel und Ravin sah nur noch Nebel und ein reiterloses, bockendes Pferd, das mit angelegten Ohren davonjagte.

Darian riss Dondo herum. Ravin konnte erkennen, dass er einen anderen Reiter anblickte und eine hektische Geste machte – der Erloschene verschwand. Hoch bauschte sich sein schwarzer Mantel und fiel leer in sich zusammen. Ravin schnappte nach Luft, wollte aufspringen, doch Amina hielt ihn fest. Ihre Hand war wie aus Eisen, schmerzhaft ihr Griff.

»Bleib!«, zischte sie. »Bis wir unten sind, haben sie ihn längst getötet. Er nutzt seine Magie, siehst du das nicht? Er hat die Macht, die Erloschenen zu zerstören. Ich werde ihm helfen!«

Sie schloss die Augen, wisperte, sang und befahl. Einige der Horjun-Pferde begannen auszuschlagen, als würden sie von unsichtbaren Insekten gestochen. In dem Chaos verlor Ravin den Überblick. Einen Moment lang sah er nur schwarze Pferdeleiber und ein Durcheinander von Schwertern und Helmen, dann plötzlich brach Dondo hervor und schlug nach einem der Pferde aus. Darian und Sella waren aus dem Blickfeld verschwunden. Ravin entwand Amina seine Hand und stürzte zu Vaju, sprang auf und galoppierte den steilen Weg hinunter zum Plateau. Im Reiten griff er in seine Tasche und holte eine Hand voll scharfkantiger Steine hervor. Er sah, wie die Erloschenen sich sammelten. Am Rand der Felszunge standen Darian und Sella. Tränen der Wut rannen Ravin über das Gesicht, er merkte nicht einmal, dass er mit den Fersen auf Vajus Flanken trommelte, als könnte sie schneller laufen, als sie es ohnehin schon tat.

Diolens Grauer tänzelte, der Silbermantel flatterte im Wind.

Ein breiter Blutstrom rann über Darians Wange. Aber er stand aufrecht, unbesiegt, wütend, Sella hinter sich, und wich keinen Schritt. Diolen hob die Hand. Sofort preschten zwei der Erloschenen nach vorne, umkreisten Darian, wehrten beinahe gelangweilt seine Hiebe ab. Dann hob einer sein Schwert, während der andere einen Angriff vortäuschte.

»Nein!«, schrie Ravin.

Darian knickte ein, fiel auf die Knie, danach auf sein Gesicht.

Diolen ritt auf Sella zu. Einsam stand sie am Felsrand, hinter sich den schwarzen Abgrund. Sie kniete sich neben Darian und blickte Diolen entgegen. Zum ersten Mal sah Ravin die Sella, die die Jerriks von früher kannten. Ihre Augen waren klar. Plötzlich wirkte sie erwachsen und sehr stark.

Diolen kam näher. Sein Pferd stampfte auf und stand still. Langsam, ganz langsam zog er sein Messer unter dem Umhang hervor. Sella betrachtete die Klinge so ruhig, als blickte sie auf ein Schmuckstück und nicht auf ihren Tod. Dann sah sie Darian an, der reglos neben ihr lag. Behutsam berührte sie sein Gesicht und stand auf. Diolen ließ das Messer vor ihrer Kehle kreisen. Gehorsam machte sie einen weiteren Schritt zum Abgrund hin. Schließlich, nach einer Ewigkeit, wie es Ravin schien, steckte Diolen das Messer weg und bot Sella seine Hand an.

Sella richtete sich auf, sah ihm geradewegs ins Gesicht – und trat einen Schritt zurück.

Einen Wimpernschlag lang flammte ihr helles Haar in der Luft auf, dann war sie verschwunden, so schnell, als hätte jemand eine Kerzenflamme ausgeblasen. Einen Moment lang schien Diolens Lächeln zu verlöschen. Doch dann, ganz langsam, begannen seine Schultern zu beben. Diolen lachte. Ravin fühlte den Hass in sich aufsteigen. Seine Finger krampften sich um die Schleuder. Diolen riss sein Pferd herum, bellte den Erloschenen einen Befehl zu und galoppierte davon. Einige der dunklen Krieger blieben zurück und scharten sich um Darian. Vaju strauchelte, als sie das Plateau erreichte, ein paar Sprünge rutschte sie über den blanken Stein, dann fand sie Halt und preschte mit angelegten Ohren auf die schwarzen Krieger zu. Nur noch wenige Pferdelängen trennten Ravin von Darian. Die Augen der Erloschenen blitzten ihn höhnisch an – von irgendwoher hallte ein Echo in seinen Ohren. Bei einem Seitenblick glaubte er in weiter Ferne Aminas bleiches Gesicht zu sehen, ihr wirres schwarzes Haar und die Angst in ihren Augen. Dann sauste das erste Schwert durch die Luft. Ravin holte alles ans Tageslicht, was er von Amgar gelernt hatte. Geschickt wand er sich zwischen den Pferdeleibern und dem Wald aus Schwertern hindurch. Seine Schleuder zischte durch die Luft. Ein Horjun-Pferd wieherte schrill, als der Stein es am Hals streifte, und brach zur Seite aus. Dondo trieb im Meer der schwarzen Pferde vorbei. Ravin hieb und duckte sich, schrie, griff an, drängte zwei Erloschene so weit zurück, dass er Darians Körper ausmachen konnte. Dann fiel ein Schatten auf ihn. Blitzschnell wendete er, um seiner Schleuder Schwung zu geben – und blickte in ein blasses Mondgesicht, das keinem von Diolens dunklen Kriegern gehörte. Vor Verblüffung verfehlte Ravins Stein das Schwert in der Hand eines Erloschenen und lenkte es stattdessen nur ab. Der Mensch mit dem Mondgesicht zwinkerte ihm zu, dann sah er dicke Finger, die sich auf den Erloschenen richteten, der sich heulend in Nebel auflöste. Neben ihm sank ein weiterer schwarzer Mantel zu Boden, ein herrenloses Pferd galoppierte an Ravin vorbei. Noch ein bleiches Mondgesicht tauchte auf, dann noch eines. Verwirrt trieb Ravin Vaju zurück, besann sich und jagte mit eingezogenem Kopf zu Darian. Im Galopp faltete er seine Schleuder zu einer Schlinge, brachte Vaju direkt neben dem Freund zum Stehen, sprang hinunter und schlang blitzschnell den Ledergurt um Darians Arme, jeden Moment damit rechnend, dass ein Schwerthieb ihn traf. Blitzschnell zog er die Schlaufen zu. Mit einem Ruck, der ihm die Arme aus den Schultern zu kugeln drohte, hievte er den leblosen Körper vor sich aufs Pferd. Vaju rutschte auf dem Felsen aus, keuchte und taumelte ein paar Schritte – bis zum Abgrund. Ravin warf einen Blick in die Tiefe und sah Sella. Seine Finger krampften sich in Vajus Mähne. Plötzlich war einer der Mondgesichtigen neben ihm und winkte. Und Ravin überlegte nicht lange, sondern trieb Vaju an und folgte ihm. Der Mann mit dem breiten Gesicht lotste ihn bis zum Felsweg zurück, dann bedeutete er ihm zu warten. Ravin warf einen Blick auf die Felszunge. Vier Männer mit hellem Haar – sie sahen sich alle so ähnlich, dass sie Vierlinge sein mussten – waren dort versammelt. Die Erloschenen lösten sich einer nach dem anderen auf. Der Letzte der Gruppe verschwand mit einem Heulen, als einer der stämmigen Männer auf ihn deutete. Ravin staunte über so viel Macht. Als der letzte Erloschene verschwunden war, fingen die Fremden die Horjun-Pferde ein. Der Mann, der Ravin zum Weg geleitet hatte, lächelte ihm zu, untersuchte Darians Wunde und nickte. Gemächlich schwang er sich auf ein Horjun-Pferd und machte eine Geste, die besagte, dass Ravin ihm folgen solle.

Diese Höhle war anders als der unterirdische Kerker. Die Wände waren hell und glitzerten, als seien sie mit Eiskristallen bedeckt. Ravin saß mit einem Becher voll mit heißem Tee vor einem runden Stein und staunte. Von allen Seiten ertönte ein leises Murmeln und Plätschern. Im hinteren Teil der Höhle betteten zwei Höhlentreter mit riesigen Händen Darian gerade auf Felle. Der weißhaarige Mann wachte darüber, dass er gut lag und es warm hatte, dann strich er ihm sachte über die Lider. Darians Züge entspannten sich.

»Schlafe noch eine Weile, mein Freund«, flüsterte der Mann. »Deine Wunden werden verheilen – nun, bis auf die eine, wenn du erfährst, dass dein Mädchen tot ist.«

Das Mondgesicht wandte sich zu Ravin um. Wasserblaue Augen blickten in die seinen.

»Dein armer Freund hier ist ein guter Zauberer. Oder wie sagt ihr im Wald dazu? Shanjaar? Hast du gesehen, wie er mit den Staubgesichtern umgesprungen ist?« Anerkennung schwang in der Stimme mit. »Aber er hat eine schlimme Wunde im Herzen. Für die Magie ist das nicht schlecht, für den Zauberer selbst sehr traurig. Es war doch sein Mädchen, oder?«

Ravin senkte den Kopf und kämpfte gegen die aufsteigenden Tränen.

»Ja«, sagte er leise.

Der Mann nickte und kam zum Stein, wo er sich niederließ und Ravin in Augenschein nahm.

»Du bist verletzt«, stellte er sachlich fest und schnitt ihm, ehe Ravin sichs versah, einen Ärmelfetzen ab. Darunter kam ein blutverkrusteter Riss zum Vorschein.

»Nicht schlimm«, stellte der Mondgesichtige fest und winkte einen pelzigen Höhlentreter heran, der eiskaltes Bergwasser und Kräuterblätter brachte. Ravin zuckte zusammen, als das Wasser seine Haut berührte, doch er sagte nichts und beobachtete das hellblonde, kurz geschnittene Haar des Fremden, das von weißen Strähnen durchzogen war.

»Sella …«, begann er.

»Das Mädchen?«

Der Alte lächelte ihm beruhigend zu.

»Ich habe sie vor fremden Augen verborgen. Morgen werden wir sie am Fuße des Tonjun begraben. Sie hätte Diolens Hand nehmen können. Aber sie ist gesprungen. Das wird jetzt gleich wehtun.«

Ravin biss die Zähne zusammen.

»So, das war's. Was hast du da an der Lippe?«

»Nur eine alte Verbrennung.«

»Sieht nicht schön aus. Was bist du, ein Feuerschlucker?«

»Nein, es war eine Nymphe.«

»Diese Feuerplagen!«, rief der Mann ärgerlich. »Ich kann sie nicht leiden. Wasser ist besser, Wasser heilt, lässt klar sehen und wachsen. Schau dir diese Höhle an, Wasser hat sie aus dem Fels gespült. Und direkt unter uns fließt der Fluss, hörst du das Rauschen? Feuer dagegen – pft! Frierst du etwa?«

Ravin bemerkte erst jetzt, dass er zitterte.

»Ein wenig«, gab er zu. »Aber du wirst sicher kein Feuer anmachen.«

Der Fremde lächelte.

Mit den Händen strich er sanft über den runden Stein. Ein rosa Schimmer breitete sich aus und wurde zu einem warmen Glühen. Wärme flutete über Ravins Wangen. Er dankte mit einem Nicken und nahm noch einen Schluck Tee.

»Wo sind meine Freunde?«, fragte er.

»In den anderen Höhlen. Ich kümmere mich gerade um sie.«

Die Worte verwirrten ihn.

»Geht es ihnen gut?«

»Es ist keiner tot«, sagte der Mann trocken. »Aber ich kam zu spät. Zu spät für euer Mädchen.«

Resignation schwang in der brüchigen Stimme mit. Ravin versuchte seinem Gefühl auf den Grund zu gehen, das ihm sagte, dass irgendetwas hier verkehrt war.

»Warum hast du uns geholfen?«, fragte er schließlich. Der Mann blickte ihn ausdruckslos an und zuckte die Schultern.

»War ein Gefühl«, antwortete er nach langer Pause. »Ich sehe, dass diese Staubgesichter hier in meinen Bergen rumschleichen. Mit Kriegspferden und Horjun und auch noch mit diesem unsäglichen Diolen an der Spitze. Dann sehe ich, dass sie harmlose Fremde durch das halbe Gebirge jagen. Ich sehe das Mädchen mit eurem Zauberer. Zwanzig Staubköpfe gegen zwei wehrlose Wanderer. Und ich denke mir: Nicht in meinem Gebirge!«

Ravin dachte nach. Sosehr er auch suchte, sein Gefühl sagte ihm, dass er dem Fremden trauen konnte.

»Die Staubgesichter sind die Erloschenen?«

»Wie du meinst. Sie haben viele Namen und eine Gemeinsamkeit: Keiner kann sie leiden, seit sie hier aufgetaucht sind.«

»Wie lange gibt es sie schon?«

»Sie sind so alt wie das Leid und der Tod selbst.«

»Ich meine, wie lange sind sie schon in Skaris? Bei Diolen und Badok.«

Der Mann zog die Stirn kraus.

»Einen Sommer, vielleicht zwei?«

»Gehörst du zur Burg?«

Ein kehliges Lachen war die Antwort.

»Meine Zeiten im Kreis der Hofzauberer sind schon lange vorbei. Damals als die ganze Bande noch vernünftig war und diese Feuergeister schön in ihrem Berg blieben, da war ich gerne in der Burg. Aber jetzt ...«

»Dann kennst du Diolen?«

»Du bist neugierig, Ravin va Lagar«, sagte der Alte und winkte einen Höhlentreter herbei. Ravin wunderte sich, woher er seinen Namen wusste. Hatte Amina ihn verraten?

»Und du bist ungestüm. Wenn du dich hier in Skaris bewegen möchtest, musst du lernen, Geduld zu haben und dich nicht unüberlegt in jede Gefahr zu stürzen.«

Ravin senkte den Kopf.

»Obwohl es sehr mutig war, deinen Freund retten zu wollen. Trotzdem – es hätte dich beinahe das Leben gekostet, wie so vieles andere auch, nicht wahr?«

Der Mann lächelte und nahm einen tiefen Schluck. Ravin wusste nicht, was er sagen sollte. Zu gerne hätte er mehr über Diolen erfahren, doch er biss sich auf die Zunge.

»Natürlich kenne ich Diolen«, begann der Alte nach einer

Weile, als hätte er Ravins stumme Frage erraten. »Das heißt, ich kannte ihn. Macht und Gier können einen Menschen verändern und das Schlimmste in ihm wecken. Du brauchst gar nicht den Kopf zu schütteln, Waldmensch. Ich nehme Diolen nicht in Schutz und nichts kann je entschuldigen, was er eurem Mädchen angetan hat. Und dennoch weiß ich, dass niemand nur gut oder nur böse ist. Wer weiß, was aus dir werden würde, wenn du auf der Seite stündest, die wir die falsche nennen? Du bist geschickt, du verstehst es, die Menschen mit Worten zu lenken. Aus dir könnte ein gewitzter Hauptmann werden, ein Herrscher – oder ein Verräter.«

Er lehnte sich mit einem Seufzen zurück.

»Ich habe Diolen aufwachsen sehen. Er war kein schlechter Junge – im Gegenteil. Er war klug, außergewöhnlich klug. Er liebte Musik, die Leute hatten ihn gern. Er war ganz anders als sein Vater Badok, der ein Kämpfer ist, grimmig, jähzornig und wortkarg – doch stets gerecht. Zumindest war er das, bis er sich schlechte Berater suchte.«

»Zauberer?«

Der Alte runzelte die Stirn und schüttelte den Kopf.

»Nein, das glaube ich nicht. Es war ein Reisender, vermutlich aus Skumran, nördlich der Feuerberge. Jedenfalls trug er deren Tracht, als ich ihn zum ersten Mal sah. Als er bei Hofe erschien, hat sich alles geändert. Badok wurde noch verschlossener und schroffer. Und was viel wichtiger war, er begann willkürlich und ungerecht zu sein. Schließlich übertrug er gegen den Rat seiner Hauptleute Diolen die Herrschaft über die Horjun. Und diese plötzliche Macht stieg dem Jungen offensichtlich zu Kopf.«

»Wo ist dieser Berater jetzt?«

Der Mann lächelte tiefgründig.

»Er verschwand so schnell, wie er gekommen war. Wahrscheinlich hat Badok ihn umbringen lassen. Unmittelbar danach standen die ersten Krieger aus Run vor der Burg. Und Badok gewährte ihnen Einlass. Mich hat er noch am selben Tag verbannt und meine Lehrlinge in alle Winde zerstreut. Nur weil ich eines seiner Staubgesichter dahin geschickt habe, wo es hingehörte. Er glaubt, ich bin nicht mehr in Skaris. Aber es ist mein Gebirge! Hier bin ich geboren, hier werde ich über die lichte Grenze gehen. Und wie du siehst, helfe ich manchmal denen, die unter Badoks und Diolens Wahnsinn leiden.«

Ravin betrachtete den Dampf, der aus seiner Schale aufstieg und seltsame Figuren bildete. Er sah ein Pferd, das sich in einen Vogel verwandelte, und zwinkerte. Müdigkeit vernebelte seine Gedanken.

»Dann warst du das«, sagte er. »Als Amina und ich über die Kluft gesprungen sind und die Horjun uns nicht gefunden haben.«

Der Mann schien ein wenig zu erröten.

»Nun ja«, gab er zu. »Ein Spiegelzauber, wie ihn in manchen Dörfern hier jedes Kind beherrscht. Ihr wart zwei und sie zu zehnt.«

»Und du und deine Brüder waren zufällig am richtigen Ort, um uns in dem riesigen Gebirge rechtzeitig zu entdecken?«

»Welche Brüder?«, fragte der Mann aufrichtig erstaunt.

»Die anderen Männer, die genauso aussehen wie du. Vier waren es auf dem Plateau.« Der Mann schaute ihn verblüfft an, dann begann er langsam zu verstehen und brach in Gelächter aus.

»Das war alles ich! Das ist ebenfalls ein Spiegelzauber, allerdings einer, der in die Zeit gewebt wird.« Er lächelte stolz. »Diesen Zauber beherrsche nur ich. Dadurch bin ich schneller als irgendjemand sonst in Skaris. Ich kann an jedem Ort gleichzeitig sein.«

Er wurde ernst.

»Ich beobachte euch bereits eine ganze Weile. Schon seit damals, als du durch den Tunnel zu den Burggärten gelangt bist. Da war eine ziemlich große Martiskatze hinter dir her. Du hattest Glück, dass ich sie schneller erwischt habe als sie dich.«

Ravin erinnerte sich an das Geräusch von weichen Pfoten, die hinter ihm herschlichen und fühlte, wie er wieder zu zittern begann.

»Wenn es so ist, dann danke ich dir für deinen Schutz«, sagte er aufrichtig. »Du weißt nun, wer ich bin und wer meine Freunde sind. Nun ist es an der Zeit, dass du mir verrätst, wer du bist, alter Mann.«

Der Fremde lächelte dünn und stellte seine Schale beiseite.

»Ich bin Skaardja«, sagte er geduldig und fügte verschmitzt hinzu: »Und ich bin eine Frau.«

Als Ravin sich am Tee verschluckte, sprang sofort ein Höhlentreter herbei und begann ihm freundlich und viel zu fest auf den Rücken zu klopfen. Ravin schnappte nach Luft, seine Gedanken sprangen kreuz und quer. Skaardja lachte und scheuchte den Höhlentreter weg.

»Genug jetzt! Du klopfst ihm noch die Augen aus dem Kopf!«

»Skaardja?«, brachte Ravin schließlich heraus. »Ich suche dich! Ich bin von Tjärg nach Skaris geritten um dich zu finden – und deine Quelle! Mein Bruder liegt im Tjärgwald und hat diesen Kristall in der Hand. Laios meinte, es könnte auch ein Schwert oder …«

»Langsam, Junge«, wehrte Skaardja ab. »Ich sagte dir schon einmal, dass du zu ungeduldig bist. Ich werde mir deine Geschichte anhören und dir helfen, wenn ich kann. Aber bitte überrenne mich nicht. Hol einmal Luft und fang ganz von vorne an. Wer ist Laios?«

Ravin zwang sich einen Schluck Jalatee zu trinken. Seine Kehle war wie ausgedörrt. Hoffnung flackerte in ihm wie ein Feuer, das vom Wind angefacht wurde. Er räusperte sich und begann. So langsam und ausführlich er konnte, erzählte er von seiner Ankunft in Gislans Burg und der Begegnung mit den Hofzauberern. Er gab die Unterredung mit der Königin wieder und mit Laios, der ihm riet Skaardja zu suchen.

Zu seiner Überraschung lachte Skaardja.

»Euer Laios liebt wohl die Hoffnung mehr als alles andere. Gefällt mir. Einen wie ihn könnten wir hier gebrauchen.«

Sie schüttelte den Kopf und lachte wieder.

»Und dann bist du mit deinem Freund losgezogen und in einen Krieg geraten.«

Ravin nickte. Flüchtig sah er Jolon vor sich, gerne hätte er sofort nach der Quelle gefragt, doch seine Höflichkeit verbot ihm Skaardja zu bedrängen.

»Und dieser Laios ist selbst durch Skaris gezogen, als er jung war?«, fragte sie weiter. Das Lächeln, das über ihr Gesicht huschte, ließ es für einen Moment weniger männlich und kantig erscheinen.

»Vielleicht bin ich ihm begegnet und erinnere mich nicht mehr. Ja, ich war lange Zeit im Grenzland bei Tamm. Vor langer, sehr langer Zeit. Es wird dir seltsam erscheinen, aber damals war ich verliebt. Er hatte einen Hof in der Nähe von Jiln. Viele Jahre lebte ich dort und zog durch die Gegend um zu heilen und zu helfen. Nach seinem Tod kehrte ich nach Skaris zurück.«

»Wurde er getötet?«

Skaardja lächelte.

»Menschen werden alt und sterben«, antwortete sie ohne Trauer. »Aber seitdem ich wieder in Skaris bin, habe ich viele gesehen, die hier etwas suchten. Viele abgerissene wandernde Zauberer. Von Dorf zu Dorf zogen sie, immer weiter, immer mit dicken Notizbüchern unter dem Arm. Jung waren sie und sehr ungeduldig – fast so ungeduldig wie du.«

Ravin schwieg. Skaardja sah ihn lange an, bis es ihm unbehaglich wurde und er den Blick senkte. Sie weiß, dass ich ihr die Frage stellen werde, dachte er. Als er schließlich doch wieder aufsah, wäre ihm beinahe die Teeschale aus der Hand gefallen.

Ein junges Mädchen mit hellen Augen saß vor ihm. Ihr kantiges Gesicht wirkte grob, fast jungenhaft, doch die Augen waren wunderschön und die Brauen sanft geschwungen. Glänzendes, helles Haar fiel bis auf den Boden. Die viel zu weiten Hosen und das riesige Lederhemd ließen das Mädchen wie ein verkleidetes Kind aussehen. Es lächelte Ravin an. »So erinnere ich nicht mehr an einen Mann, nicht wahr?«, sagte die junge Skaardja und lachte. »Ja, wir sind alt geworden. Das ist gut so. Alles hat seine Zeit, nicht wahr? Und die Jugend, glaube mir, ist nicht immer die beste. Sie ist schön wie eine Tagesblüte auf dem See, die am Abend schon verwelkt. Aber sie ist auch unangenehm wie ein berauschender Trank. Ein alter Geist in einem jungen Körper – das, glaube mir, ist das Lästigste, was einem Menschen geschehen kann.«

Sie kicherte und betrachtete ihre kräftige, sehnige Hand mit den bläulich schimmernden Fingernägeln. Langsam schien die Haut einzufallen, sich zu kräuseln, sie rutschte über die Knochen wie schwerer Stoff, blähte sich auf, spannte sich über Muskeln und Fett. Erstaunt sah Ravin, wie die viel zu weiten Kleider sich füllten, das Haar noch heller wurde und schrumpfte, bis wieder die alte Skaardja vor Ravin saß. Mit ihrem kurz geschnittenen, beinahe weißen Haar und ihrem breiten, faltendurchzogenen Männergesicht.

»Atmen, Lachen und auch Sterben – alles ist ein Spiegelbild der Unendlichkeit«, schloss sie und blickte versunken auf den glühenden Stein.

Ravin schwieg immer noch, obwohl die Ungeduld ihm beinahe das Herz zerriss und ihre Worte ihn erschreckten.

»Was ich damit sagen will, Ravin …«, begann Skaardja nach einer viel zu langen Weile. »Du hast den langen Weg gemacht, um meine Quelle zu finden. Die Sache ist nur die – sie wird deinem Bruder nicht helfen können.«

Ravins Hoffnung zerstob in seiner Brust wie ein Stück Kreide, das auf Felsen aufschlug.

»Nein«, würgte er hervor und sprang auf. »Das stimmt nicht. Laios hat gesagt …«

»Setz dich wieder hin«, befahl Skaardja in ruhigem Ton. Widerwillig gehorchte er, doch die Verzweiflung hüllte ihn wieder ein, fest und gnadenlos wie ein Sterbetuch.

»Ich habe diese Quelle vor vielen Jahren erschaffen«, fuhr Skaardja fort. »Wie ich bereits sagte, war ich viel als Heilerin unterwegs und brauchte ein gutes Heilwasser für das Spülen von Wunden und entzündeten Augen. Außerdem eignete es sich hervorragend dazu, Zierkristalle zu züchten.«

Sie räusperte sich verlegen und wischte mit dem Ärmel einen Weinfleck vom Boden. Dann seufzte sie und blickte in Ravins fassungsloses Gesicht.

»Das Wasser ist nicht magischer als ein Rebstockzauber. Ich habe nie verstanden, wie das Gerücht aufkam, dass es Flüche aufheben und sogar Tote aufwecken könnte. Und wie ich höre, hat euer Hofzauberer Laios ebenfalls dazu beigetragen, diese seltsame Geschichte zu verbreiten.«

Tränen verschleierten Ravins Sicht, die Teeschale entglitt seinen Händen und zerschellte auf dem felsigen Grund. Zwei Höhlentreter sprangen herbei und hoben die Scherben so vorsichtig auf, als wären es Vögel, die aus dem Nest gefallen waren.

»Na«, meinte Skaardja mit verlegener Grobheit. »Sicher findest du einen anderen Weg, um deinen Bruder zu retten – und wenn nicht … Wir sind alle nur Spiegelbilder der Unendlichkeit.«

Verlegen klopfte sie ihm auf die Schulter und stand auf. Am Höhleneingang drehte sie sich noch einmal um.

»Außerdem ist die Quelle mir leider ohnehin entwischt. Es ist eine Wanderquelle. Das ist der Najzauber, den ich damals verwendet habe. So sind Najs eben – heute hier und morgen dort. Sag den Höhlentretern Bescheid, wenn du etwas brauchst!«

Sie verschwand lautlos und, wie es Ravin vorkam, erleichtert, ihn alleine lassen zu können. Ravin vergrub den Kopf in den Händen und weinte. Er bemerkte kaum, dass einer der Höhlentreter ihm mit seiner riesigen Hand tröstend auf die Schulter klopfte.

Darian stöhnte. Ravin kroch auf allen vieren zu ihm und strich ihm über die Stirn. Verzweiflung und Hoffnungslosigkeit überwältigten ihn, als er das gequälte Gesicht seines Freundes betrachtete. Zitternd legte er sich neben ihn auf das Fell und schloss die Augen. Nichts war da. Niemand. Kein Traumfalter, kein Gesicht, keine Stimme. Nur Dunkelheit und der leere Gedanke an Jolon, der Ravin das Herz schwer werden ließ. Und da war Sella. In der Schlucht lag sie, hingestreckt auf dem grausam glatten Fels. Ihr Haar schmiegte sich wie eine ausgebreitete Vogelschwinge an den Stein. Als hätte dieses Bild Darian aufgeschreckt, regte er sich und kämpfte sich aus seinem Fieberschlaf in die Wirklichkeit.

»Ravin?«, flüsterte er. Trotz allem tat es so gut, Darians Stimme zu hören. »Ravin, ich habe geträumt, dass Sella …«

Er wandte Ravin sein bleiches Gesicht zu. Traumbilder irrlichterten in seinen Augen.

»Es war kein Traum, nicht wahr?«

Ravin erschrak über die sanfte Stimme des Freundes.

»Nein«, flüsterte er und schämte sich dieses Wort auszusprechen. Darian wurde noch bleicher und sah ihn lange an. Dann wandte er den Kopf zur Wand.

Die Trauerzeremonie für Sella war feierlich und trauriger als alles, was Ravin bisher erlebt hatte. Vor ihnen erhob sich die Klippe. Wenn man nach oben sah, konnte man den Rand des Tonjun-Plateaus erkennen, von dem Sella in den Tod gestürzt war. Skaardja hatte sie in Sichtweite des Plateaus begraben, dort wo die glatte Felsplatte aufhörte. Betroffen betrachteten sie den Fels, auf dem noch der Blutfleck zu sehen war. Ein paar von Sellas langen Haaren hatten sich an den Kanten des Steins verfangen und wehten in der Brise. Bei dem Anblick wurde Ravin übel und er musste sich abwenden.

Skaardja hatte sich zurückgezogen und so waren sie unter sich, in einem magischen Schutzkreis, aus der Ferne beäugt von den Hallgespenstern. Mel Amie stand versteinert und lauschte mit geschlossenen Augen den Totenworten, die einer der älteren Krieger sprach, während die Tränen ihm über die faltigen Wangen liefen. Ladro hielt den Kopf gesenkt, Amina saß neben ihm und hielt die Hände ineinander gekrampft. Ab und zu wanderte ihr Blick besorgt zu Darian, der neben Ravin stand und auf den Boden starrte. Seit seiner Frage in der Nacht hatte er kein Wort gesprochen und keine Träne geweint. Als die Zeremonie beendet war und jeder seine Hand auf Sellas Erde gelegt hatte, hob er den Blick und betrachtete den Felsensaum des Plateaus weit über ihm.

Die Höhlentreter hatten ein Mahl vorbereitet, das sie nun in großen Körben anschleppten. Es bestand aus gedünsteten Kräutern mit Beeren und schwarzem Wein. Skaardja erklärte, in den Bergen sei dies das Totenmahl. Bei diesem Wort zuckte Darian zusammen. Der Ausdruck in seinen Augen war beängstigend. Selbst Ravin erschauerte, als er das unheimliche Glühen sah, das seinem Freund das Aussehen eines wahnsinnigen Schlafwandlers gab. Mit Darians Herz schien Sella auch sein Lächeln mit in ihr Grab genommen zu haben. Ravin bemerkte verzweifelt, wie sich die Hoffnungslosigkeit über sie alle senkte. Aminas Augen waren vom Weinen rot und geschwollen. Nur Skaardja ließ sich von der Niedergeschlagenheit nicht anstecken.

»Na, was wird jetzt aus euch?«, fragte sie, als sie zum Totenfeuer trat und die Flammen mit Widerwillen betrachtete. »Und wenn ihr noch so lange trauert – euer Mädchen kommt nicht zurück. Ihr aber lebt noch!«

Ladro wischte sich über die Augen. Skaardja ließ nicht locker.

»Ihr habt keine Zeit für ein Trauerjahr, wenn ihr mich fragt«, sagte sie.

»Das wissen wir«, erwiderte Ladro ungehalten.

Skaardja hob die Brauen.

»Also? Wie sieht euer Plan aus?«

Darian hob den Kopf.

»Nach Tjärg – so schnell es geht«, sagte er. Mel Amie und Ladro wechselten einen raschen Blick. Aus dem Augenwinkel nahm Ravin wahr, wie Mel Amie kaum merklich mit dem Kopf nickte. Wie auf ein verabredetes Zeichen hin erhoben sich die Jerriks. Mel Amie trat zu Darian.

»Wir warten in Skaardjas Höhle auf dich. Du hast Sellas Vertrauen gehabt und alles getan um sie zu schützen. Du sollst die Totenwache halten.«

Darian nickte. Einer nach dem anderen verließen die Jerriks die Grabstätte. Auch Amina und Ladro schlossen sich den anderen an. Ravin zögerte.

»Darian«, sagte er leise. »Wenn du möchtest, bleibe ich bei dir.«

Die glühenden Augen richteten sich auf ihn. Er streckte seine Hand aus um Darians Arm zu berühren, doch zu seiner Überraschung schüttelte Darian sie grob ab.

»Nein!«, fuhr er Ravin an. »Lass mich in Ruhe! Geh zu Skaardja in die Höhle!« Und als er sah, dass Ravin zögerte, schrie er: »Geh!«

Ravin drehte sich um und rannte, bis er die anderen erreicht hatte und seine Lungen schmerzten.

»Mach dir nichts draus«, sagte Skaardja, als sie Ravins verweintes Gesicht sah. »Du meinst es gut und Darian weiß das. Aber manchmal hilft kein Freund.«

Seltsamerweise trösteten ihn diese Worte. Skaardja führte sie zur Höhle zurück. Dort ließen sie sich um den Stein nieder.

Mel Amie griff nach einem Teebecher.

»Darian hat Recht. Wir sollten darüber nachdenken, wie wir am schnellsten zum Tjärgwald kommen.«

Alle schwiegen, bis Ladro schließlich sein kurzes Messer zog und damit auf dem Boden zu zeichnen begann. Ravin sah plötzlich wieder den großen, gutmütigen Ruk vor sich, der den Grundriss der Burg in den Stein kratzte.

»Wir werden am Fluss entlangreiten. Aber ich glaube nicht, dass wir es vor Diolens Truppen schaffen.«

»Warum nicht?«, fragte Skaardja, die sich neben ihnen niedergelassen hatte.

»Darian und ich haben länger als fünf Monde gebraucht um in das Grenzgebiet bei Skaris zu kommen«, erklärte Ravin. »Und von hier aus ist der Weg zurück noch viel weiter.«

»Na ja, ihr seid ja auch den langen Weg gegangen«, sagte Skaardja und nahm Ladro das Messer aus der Hand. Sie stellte die Schale ab und schüttelte mit einer eleganten Bewegung ihren Ärmel. Silberner Sand floss heraus und türmte sich zu einem Kegel, den sie mit einer nachlässigen Handbewegung glatt strich. Staunend erinnerte sich Ravin wieder daran, dass sie eine Shanjaar war. Sie erschien so bodenständig und beinahe grob, dass man schnell vergaß, welche Macht sie besaß.

»Ihr seid über das Gebirge geritten und habt auf eurem Weg durch die Wälder einen gewaltigen Bogen beschrieben.« Die Messerspitze kratzte durch den Sand. Das Geräusch jagte Ravin einen Schauer über den Rücken.

Skaardja wiegte den Kopf.

»Soviel ich weiß, führt ein kürzerer Weg zumindest bis an die Grenzen des südlichen Tjärg.«

Das Messer zog eine weitere Linie.

»Ihr reitet am Fluss entlang und folgt seinem Lauf bis zur Mündung …«

»Bis zur Mündung?«, wandte Mel Amie ein. »Aber das führt uns im Bogen noch viel weiter weg!«

»Zuerst ja«, räumte Skaardja ein. »Doch dafür fließt der Fluss direkt ins Majuma-Meer.«

Ladro und Mel Amie sahen sich besorgt an.

»Und von dort könnt ihr am Komos-Kap vorbeisegeln und schließlich hier anlegen.« Skaardja kratzte ein Kreuz in den Boden. »Hier beginnt Tjärg.«

Tief beeindruckt blickten sie auf die Karte.

»Das Majuma-Meer ist der kürzeste Weg zur lichten Grenze«, sagte Mel Amie schließlich.

Skaardja zuckte die Schultern.

»Der kürzeste Weg ist, zu spät zu Gislans Burg zu kommen. Noch kürzer wird er, wenn ihr Diolen und seinen

Truppen in die Quere kommt. Sie werden den Weg durch das Gebirge und die Wälder nehmen, weil sie ihre Feuergeister und die Erloschenen nicht am Fluss entlangführen können. Die Flussnaj würden es nicht lange dulden. Ich wette, wenn Badok könnte, würde er ebenfalls den kürzeren Weg nehmen.«

Ladro blickte nachdenklich auf die Karte.

»Was meint ihr?«, fragte er in die Runde. Seiner Stimme hörte man an, dass er von Skaardjas Vorschlag alles andere als begeistert war. Ravin holte tief Luft.

»Wir müssen es versuchen.«

Ladro und Mel Amie zögerten kurz, dann nickten sie.

Mel Amie starrte auf den glühenden Stein.

»Das Majuma-Meer«, flüsterte sie. »Ob wir die anderen überzeugen können?«

»Ihr müsst nicht mitkommen«, gab Ravin zu bedenken und schluckte. Schon seit Tagen lag ihm diese Sorge schwer auf der Seele. Ladro und Mel Amie sahen ihn erstaunt an.

»Nun, es ist unser Land, das erobert werden soll«, sagte er. »Es ist unsere Aufgabe, meine und die von Darian. Eure Heimat ist Skaris. Ihr solltet in euren Wald zurückkehren.«

Ladros Gesicht verfinsterte sich.

»Ravin«, sagte er ärgerlich. »Sellas Tod hat wohl nicht nur Darians Verstand vernebelt.«

»Ravin! Wir reiten nach Skilmal um Proviant zu holen!« Skaardja hatte ein anderes Alter angenommen und war nun eine Frau, die etwa so alt war wie Jolon. Ihr Haar war geflochten. Sie trug einen Bauernmantel und saß auf einem winzigen Bergesel mit unglaublich dünnen Beinen. Am Zügel führte sie ein zweites Reittier.

»Nimm den hier!«, rief sie. »Deine Stute fällt zu sehr auf. Und zieh dir den Mantel über.« Sie warf ihm einen grob gewebten, steingrauen Umhang zu.

»Skilmal?«

Ravin brauchte eine Weile, bis er sich daran erinnerte – richtig! Er, Galo Bor, kam aus Skilmal. Er dachte an Ruk und musste wieder unwillkürlich lächeln.

Sie ritten auf einem schmalen Pfad zwischen hellen Felsen, kletterten immer höher und kamen schließlich zu einem Schlangenpfad, der sich dicht an einem steilen Berg nach oben wand. Links berührte Ravins Schulter den kalten Stein, rechts gähnte die nebelgefüllte Schlucht. Der Anblick verursachte ihm Schwindelgefühle. Er konzentrierte sich darauf, zwischen den Ohren des Esels hindurch nur nach vorne zu schauen. Ihm war unbehaglich zumute, was nicht nur an der Höhe lag. Irgendetwas war anders, als er es gewohnt war. Erst nach langem Grübeln fiel es ihm ein: Es war die Stille. Kein Hallgespenst war weit und breit zu hören. Allmählich hob sich der Nebel, die Sonne kroch hinter einer schartigen Felswand hervor und malte Augen und Münder auf die schroffen Bergwände. Sie erklommen einen schmalen Grat und ritten zwischen zwei riesigen Felsen hindurch. Dahinter verbreiterte sich der Weg, sodass sie nebeneinander reiten konnten. In der Ferne konnte Ravin nun einige geduckte Hütten ausmachen, die sich an den Berg klammerten.

»Das sind die Wachtürme, das eigentliche Skilmal liegt hinter dem Felskamm«, erklärte Skaardja. »Und da unten siehst du den kleinen Feuersee von Skilmal und die Schmiedehütten.«

Ravin kniff die Augen zusammen. Tatsächlich, in der Ferne glitzerte etwas, das aussah wie rotes Wasser. Dunkle Hütten kauerten rund um den See.

»Was wird dort geschmiedet?«, fragte er.

»Skilmal ist eine der besten Waffenschmieden in Skaris«, erläuterte Skaardja und trieb mit einem Schnalzen ihren Esel an. »Der Feuersee glüht heißer als alle Schmiedefeuer, die man von Menschenhand entfachen kann. Von hier kommen übrigens die Rohlinge für die Hufeisen der Horjun-Pferde. Aber sie stellen auch alles andere her, was man zum täglichen Leben braucht. Eiserne Pfannen zum Beispiel. Oder Haken, an denen Fleisch aufgehängt wird.«

»Reitest du häufig hierher?«

Sie schüttelte den Kopf.

»So gut wie nie. Ich brauche nichts, was ich nicht auch in den Bergen finden könnte. Aber ihr braucht Proviant – und ich einen Grund, in Skoblins Eck vorbeizuschauen.«

Sie lachte, ihr jüngeres Gesicht und das lange, schimmernde Haar waren immer noch ein ungewohnter Anblick. Sie passierten die Wachhäuser, die nicht besetzt waren, und ritten am See vorbei. Gespenstisch wirkte das Leuchten der zähflüssigen roten Masse, die vor sich hin kochte. Die Schmiedehäuschen schienen ebenfalls leer zu sein, was Ravin verwunderte. Schließlich passierten sie einen weiteren Felsspalt und kamen in das eigentliche Skilmal. Ravin verstand mit einem Mal, warum Ruk von der Vorstellung, ein guter Reiter käme ausgerechnet von hier, ungläubig gelacht hatte. Im ganzen Dorf schien es keine einzige Ebene zu geben, keine breite Straße, nicht einmal einen Marktplatz. Die Häuser standen auf einem Haufen auf- und, wie es schien, auch übereinander. Es sah aus, als wäre Skilmal vor langer Zeit ein richtiges Dorf gewesen, bis ein Riese gekommen war und den Berg mit dem Dorf im Kessel einfach mit seiner Faust zusammengedrückt hatte, bis die Häuser vom Nordrand des Kessels an die Häuser vom Südrand gestoßen waren. Danach hatte der Riese seine Riesenfaust offenbar noch auf die obersten Häuser niedersausen lassen, denn die unteren Gebäude sahen allesamt so aus, als wären sie unter dem Gewicht der oberen Häuser einfach zusammengebrochen. Hier komme ich also her, dachte Ravin erschüttert. Das ist Galo Bors Welt. Kein Wunder, dass ich Horjun werden wollte!

Das Dorf schien menschenleer, doch Skaardja störte sich nicht daran, sondern glitt flink von ihrem Esel und führte ihn über einen rutschenden Kieselsteinhaufen direkt zu einem der unteren Häuser. Dort hämmerte sie an die Tür. Die Tür ging ein Stück weit auf und ein schielender Junge mit strohblondem Haar steckte seinen Kopf ins Freie.

»Fleisch«, sagte Skaardja ohne Umschweife. »Früchte, Talum und Brot.«

Die Tür knallte zu – Ravin blickte unwillkürlich nach oben, in der Befürchtung, diese Erschütterung könnte einen Häuserrutsch auslösen – dann hörten sie das Zurückschnappen eines Riegels und die Tür schwang wieder auf. Der Raum war so niedrig, dass selbst Ravin beinahe mit dem Kopf an die Decke stieß. Er trat ein und blickte in ein riesiges Maul mit gefletschten Zähnen. Unwillkürlich sprang er zurück, doch Skaardja ging an dem Maul vorbei, wobei ihr Umhang die Lefzen streifte. Ravins Blut hämmerte gegen seine Schläfen. Er bemerkte, dass der blonde Junge ihn missbilligend betrachtete. Das Maul gehörte einem riesigen schmiedeeisernen Drachen in der Mitte des Raumes. Seine Rückenstacheln reichten bis zur Decke und dienten offensichtlich dazu, den Raum abzustützen. Erleichtert holte Ravin Luft und beeilte sich Skaardja zu folgen. An den Wänden hingen riesige Stücke Räucherfleisch und getrocknete Wurzeln. Der Boden war mit Ranjögfellen in allen Größen und Fellschattierungen bedeckt. Gewürzsäcke und bauchige Flaschen standen sorgfältig aneinander gereiht. Ravin stieg der

Duft von Berghonig in die Nase, vermischt mit dem süßen und leicht scharfen Aroma von Marjulawein. Tief atmete er ein und alle Düfte vermischten sich zu einer Wolke, die hinter seinen Augen in viele bunte Duftsplitter zerstob. Er bemerkte kaum, dass der Junge ihn immer noch misstrauisch musterte. Skaardja ging die Reihen entlang, deutete auf ein Stück Trockenfleisch, probierte ein Stück glasierte Jala, nickte und wählte mehrere kleine hartschalige Früchte aus.

»Hier, probiere das«, wandte sie sich an Ravin und hielt ihm eine gelbe, würfelförmig geschnittene Süßigkeit hin. Ravin nahm sie und biss hinein. Auf den ersten Biss schmeckte sie herb und bitter, doch sofort zerfloss die Bitternis und er schmeckte eine unglaubliche Süße, die ihm beinahe die Tränen in die Augen trieb. Es war so köstlich, dass er gerne noch ein Stück gekostet hätte, aber Skaardja war bereits weitergegangen.

»Was war das?«, fragte er.

»Talum!«, sagte sie. »Eine Spezialität aus Skilmal. Gekochte Sprösslinge des Bubabusches, eingelegt in eine Mischung aus Honigharz und Wein.«

Der Junge holte bereits Skaardjas Esel, zerrte sie in die Mitte des Raumes und schlang ihre Zügel um einen der riesigen Drachenzähne. Gleichmütig blickten die Tiere in den aufgesperrten Rachen. Ravins Esel gähnte. Unterdessen schleppte der Junge das erste Stück Trockenfleisch heran und wuchtete es in eine der Satteltaschen.

Skaardja zog sich den Umhang um die Schultern und bedeutete Ravin ihr zu folgen. Draußen holte sie ein Ledersäckchen aus der Tasche und gab es Ravin.

»Bis er alles aufgeladen hat, haben wir noch Zeit«, sagte sie. »Das hier sind Kimkristalle. Hier heißen sie Skildis. Für einen Skildi bekommst du zehn Flaschen Marjulawein. Mehr musst du nicht wissen.«

Sie machte kehrt und ging über einen Geröllwall. Ravin holte sie mit zwei Schritten ein.

»Wohin gehen wir?«

»Skoblins Eck! Und solange wir dort sind, stelle dich stumm.«

Die drei alten Männer, die an einem der weingetränkten Holztische saßen, sahen aus wie Steine. Sie schienen ihren Augen nicht zu trauen, als sie die große, herbe Bauersfrau und einen Jungen die Schänke betreten sahen. Die Wirtin stand hinter dem hohen Schankbrett und schälte etwas, das aussah wie goldgelbe Gurken. Ihre winzigen Augen musterten Skaardja, doch ihre Finger schälten flink und unbekümmert weiter. Ravin schien ihr Interesse in größerem Maße zu erwecken. Ungeniert schaute sie ihn von Kopf bis Fuß an, dann schickte sie einen Pfiff zur Küchentür. Fast augenblicklich erschien ein Mädchen in der Tür. Es hatte ein riesiges, blutbeflecktes Messer in der Hand, ein beunruhigender Gegensatz zu dem sanften Gesicht mit den geröteten Wangen, das von lockigem, nachlässig zusammengebundenem Haar umrahmt wurde. Die Augen, so dunkel, dass sie schwarz wirkten, wurden noch größer, als es die beiden Fremden entdeckte.

»Guten Tag!«, sagte Skaardja.

»Tag«, erwiderte die Wirtin und widmete sich wieder ihren Gurken. Die alten Männer nickten und wandten sich ihrem Spiel zu. Kreisrunde Steinplättchen klapperten über die Tischplatte.

»Kolp!«, rief der Mann, der noch einige Haare auf dem Kopf hatte. Die anderen murmelten und mischten die Steine neu. Skaardja bedeutete Ravin ihr zu folgen und setzte sich ohne Umschweife an den Tisch der Alten. Die verwitterten Gesichter wandten sich ihr schweigend zu. Steinstaub bedeckte ihre Haut. Ravin war unbehaglich zumute. Verstohlen spähte er zu Skaardja. Sie schien das Schweigen gar nicht zu bemerken. Ungerührt holte sie ihren Beutel hervor und schüttete ein Häufchen Skildis auf den Tisch. Wenn die drei Alten beeindruckt waren, ließen sie es sich nicht anmerken. Der Mann mit dem schütteren Haar bellte eine Bestellung. Das Mädchen erwachte aus seiner Erstarrung und warf das Messer in eine Spülwanne. Kurz darauf brachte es fünf dampfende Becher an den Tisch. Skaardja dankte.

Der Mann mit dem weißen, dünnen Schnurrbart schob ihr ein paar Steine zu. Ravin versuchte die Spielregeln zu durchschauen, doch es ähnelte überhaupt nicht dem Spiel, das im Tjärgwald mit runden Flusskieseln gespielt wurde. Der Ablauf dieses Spiels bestand offensichtlich ausschließlich darin, die Steine zu werfen, sich tief über sie zu beugen und die Anordnung zu prüfen. Irgendwann rief einer: »Kolp!«, woraufhin ihm die anderen einige Kristalle zuschoben. Stets waren es zwei oder vier, niemals eine ungerade Zahl. Dann wurde neu gemischt und geworfen. Skaardja spielte fieberhaft, aber mit schlafwandlerischer Sicherheit verlor sie Runde um Runde. Schließlich schob sie seufzend ihre letzten zwei Skildis über den Tisch.

Drei zahnlose Münder grinsten zufrieden.

»Krol!«, sagte der Alte mit dem Schnurrbart und streckte ihr die Hand hin.

»Paschun!«, stellte sich der Zweite vor.

»Pag!«, der Dritte.

»Viligan!«, log Skaardja ohne zu zögern und deutete auf Ravin. »Kowen, mein Sohn.«

»Bauern?«, krächzte Pag.

Skaardja nickte.

»Aus Meltag?«

»Nein, Taman.«

Augenbrauen zuckten anerkennend in die Höhe. Offensichtlich war es ein weiter Weg von Taman nach Skilmal. Sie stießen an. Ravin rann der heiße Wein durch die Kehle, scharfer Gewürzduft stieg ihm in die Nase und trieb ihm die Tränen in die Augen. Er hustete. Der Blick des Mädchens brannte zwischen seinen Schulterblättern.

Wässerige Augen musterten ihn.

»Warum bist du nicht in der Burg?«, fragte Paschun.

Ravin biss sich auf die Zunge und sagte nichts.

»Er ist stumm«, antwortete Skaardja an seiner Stelle.

Rasselndes Lachen erfüllte den Raum.

»Stumm, blind, taub – was spielt das für eine Rolle?«, sagte Krol und stapelte liebevoll die Spielsteine aufeinander. »Badok nimmt jeden, den er bekommen kann. Alle unsere jungen Leute sind im Krieg oder arbeiten im Steinbruch bei der Burg. Müssen Badoks Burg wieder aufbauen.«

»So?«, fragte Skaardja. Die drei blickten sie ungläubig an.

»Du hast es noch nicht gehört?«

Skaardja tat erstaunt.

»Wir waren lange unterwegs. Ihr seid die ersten Menschen, die wir seit einem Mond zu Gesicht bekommen.«

Paschun lachte ein freudloses Lachen.

»Nun, vor wenigen Tagen brannte Badoks Burg nieder. Ein Cousin von mir arbeitet in der Burg. Er sagt, die Steine selbst hätten gebrannt! Und nun müssen die Leute aus den Dörfern Horjun werden oder im Steinbruch Steine schlagen um die Burg wieder aufzubauen. Seht euch Skilmal an – alle haben sie mitgenommen.«

»Außer Bukin«, mischte sich die Wirtin ein.

»Richtig. Bukin konnten wir freikaufen, weil er schielt und ein Ranjög nicht von einer Kuh unterscheiden kann, seit der Steinquader ihn erwischt hat. Aber sonst, alle weg. Also, warum nicht Kowen?«

Skaardja zuckte die Schultern.

»Er ist geflohen.«

Die Worte klangen im stillen Raum nach. Skaardja seufzte kummervoll.

»Ihn haben sie als Horjun gerufen. Drei Monde war er in der Burg und halb verhungert kam er zurück. Seitdem hat er kein Wort gesprochen.«

Hass schwang in ihrer Stimme mit.

»Seht euch diese Schande an – die Zunge haben sie ihm versengt!«

Sie zerrte an Ravins Kinn herum, doch er biss erschrocken die Zähne zusammen. Skaardja zwinkerte und sein Mund öffnete sich von ganz allein.

»Oooh!«

Der Aufschrei kam aus allen drei Kehlen gleichzeitig. Ravin sah, wie das Grauen die zerfurchten Gesichter zu Fratzen verzerrte, und klappte schnell den Mund wieder zu. Er wollte sich nicht vorstellen, was für ein Spiegelbild des Schreckens sie gesehen hatten.

»Der Blitz soll diese verfluchten Krieger aus Run treffen!«, sagte Skaardja inbrünstig.

Die Kinnladen der Alten klappten nach unten. Die Wirtin legte das Schälmesser beiseite. Verstohlen schielte Ravin zur Tür. Irgendjemand hatte während des Spiels den Holzriegel vorgeschoben.

Die Alten rückten näher heran.

»Kamen sie bei euch also auch mit diesen schwarzen Kriegern?«, flüsterte Krol.

Sie nickte.

»Diese ›Krieger‹ haben unser ganzes Dorf verschleppt. Badok braucht Horjun! Dass ich nicht lache!«

Paschuns Wangen hatten einen Hauch von Farbe gewonnen.

»Sie ziehen in den Krieg. Früher, als ich jung war, war das natürlich anders. Da brauchten wir keine Verstärkung aus dem Lande Run. Aber nun, da diese Hexe herrscht …«

»Hexe hin oder her«, mischte sich plötzlich Pag ein. »Ich verstehe es nicht. Badok war ein gerechter Herrscher. Lange Jahre wurden in Skilmal mehr Küchenmesser als Schwerter geschmiedet. Doch seit er diese Ungeheuer gerufen hat, hat er sich verändert!«

»Der Krieg ist ihm in die Knochen gefahren.«

»Er trinkt auch Blut.«

»Es heißt, er kämpft schon lange mit dieser Hexe, die in unser Land eindringen will.«

Die Wirtin lachte trocken.

»Ich habe noch nie zuvor von dieser Hexe gehört.«

»Sie hat seine Burg niedergebrannt. Mein Cousin hat gesehen, wie ein Feuergeist mit riesigen Nüstern die Burg umkreiste. Und die Hexe saß lachend auf seinem Rücken.«

Die Wirtin schüttelte den Kopf.

»Ihr seid nichts als alte Schwachköpfe. Schaut euch doch an, was Badok alles auf uns losgelassen hat – die Feuernymphen aus dem Berg gerufen, diese schwarzen Ungeheuer beschworen. Kein Wunder, dass die seine Burg anstecken. Und vielleicht …«, sie senkte bedeutungsvoll die Stimme, »… hat er die Burg selbst angezündet. Damit wir endlich an seine Hexe glauben.«

»Genau!«, bekräftigte Skaardja. »Warum kommt die Hexe nicht her, wenn sie Skaris einnehmen will? Prost!«

Die Alten blickten sich unschlüssig an, dann hoben sie ebenfalls die Becher.

»Werden sie deinen Sohn nicht bestrafen?«, fragte die Wirtin nach einer Weile.

Skaardja lachte kummervoll.

»Bestrafen? Töten werden sie ihn. Er ist ein guter Sohn.

Sein einziges Verbrechen besteht darin, dass er kein guter Bogenschütze ist.«

»Er ist nicht groß, aber er scheint kräftig und geschickt zu sein«, bemerkte die Wirtin beiläufig. Ravin gefiel ihr Blick gar nicht, doch Skaardja ignorierte, dass er ihr unter dem Tisch einen leichten verstohlenen Tritt versetzte.

»Der Kräftigste und Geschickteste in ganz Taman«, behauptete sie.

»Wo willst du hin mit ihm?«, bohrte die Wirtin weiter. Das Mädchen starrte Ravin immer noch hartnäckig an, ebenso hartnäckig versuchte er es zu ignorieren.

»Ich werde ihn verstecken, was denn sonst? Wir reiten zu Verwandten nach Golis.«

Paschun zuckte zusammen und warf den Steinstapel um, den er soeben errichtet hatte.

»Du reitest doch nicht etwa durch das Tal und über den Pass? Badoks Truppen ziehen dieser Tage dort entlang! So läufst du ihnen mit deinem Sohn direkt in die Arme.«

Pag nickte ernst. Skaardja riss in gespieltem Erschrecken die Augen auf.

»Sie reiten nicht am Fluss entlang?«, fragte sie.

Die drei schüttelten die Köpfe.

»Nein, sie ziehen mitten durch das Gebirge, über Hint und Lelei. Und dann erst werden sie parallel zum Fluss reiten. Und auf der Höhe von Lelei einen Bogen schlagen um ins Grenzland zu kommen. So sagte mir mein Cousin.«

Schweigen herrschte, nur das Klicken der Steine auf dem Tisch war zu hören. Schließlich räusperte sich Pag und blickte Ravin lange an.

»Vielleicht wäre es besser, wenn du deinen Sohn in Skilmal versteckst, bis die Truppen vorbeigezogen sind«, schlug er vor. Die Wirtin kam an den Tisch, Ravin konnte das saure Gurkenmark riechen, das an ihren Händen klebte.

»Kupin könnte ein bisschen Hilfe gebrauchen«, sagte sie beiläufig zu den Alten. »Dann hättet ihr jemanden, der im Dorfsteinbruch arbeiten könnte, damit Pag vor dem Winter sein Haus fertig bekommt. Wohnen könnte Kowen ja bei uns.«

Das Mädchen lächelte Ravin verheißungsvoll zu.

Skaardja dachte nach.

»Wie viel?«, fragte sie.

Ravin war, als hätte ihm jemand eine Faust in den Magen gerammt. Er wollte aufspringen und protestieren, doch Skaardjas Zauber fesselte ihm Zunge und Gliedmaßen.

Die Alten blickten sich an.

»Achtzehn Skildis«, sagte Paschun und leerte seine Kristalle auf den Tisch.

»Ich habe acht«, sagte Pag.

Die Kristalle klimperten.

»Ist das alles?«

Skaardja war aufrichtig enttäuscht.

»Gut, seine Zunge ist verletzt, aber sie wird heilen. Außerdem ist er ein ausgezeichneter Ranjögjäger.«

»Ranjögs zu töten ist ein gefährliches Geschäft!«, sagte die Wirtin mit viel Nachdruck zu Paschun.

Paschun und Pag blickten Krol an.

Der seufzte und zog seinen Beutel unter dem Tisch hervor, wo er ihn sicher geglaubt hatte.

»Vier, mehr habe ich nicht.«

Alle Blicke ruhten auf Skaardja.

Das Mädchen hielt die Luft an.

Skaardja seufzte bedauernd.

»Er ist außerdem ein hervorragender Vogelfänger«, sagte sie.

Die Stille schien dicht und erdrückend wie Nebel aus Steinstaub.

Die Wirtin wechselte einen Blick mit dem Mädchen, dann griff sie in einen Beutel, der von ihrer Hüfte baumelte, und schmetterte noch eine Hand voll Skildis auf das Holz.

»Dreißig Skildis von mir. Macht sechzig. Damit kannst du dir drei Horjun als Geleitschutz kaufen!«

Ravin saß stumm und kochte vor Wut. Das Blut pochte in seinen Schläfen.

Draußen schrie ein Esel in der Stille.

Eine Fliege surrte durch die Luft.

Skaardja lehnte sich langsam zurück und blickte versonnen zum Fenster hinaus. Ein unentschlossenes Lächeln spielte um ihren Mund. Lange Zeit betrachtete sie die Skildis. Die Knöchel der Wirtin, die die Stuhllehne von Paschun umklammert hielt, traten weiß hervor.

»Nein«, sagte Skaardja schließlich. »Es ist ein guter Preis, aber ihr müsst verstehen – meine Verwandten erwarten ihn. Versprochen ist versprochen!«

Die Esel keuchten, als sie mit den prallvollen Satteltaschen auf dem Rücken Schrittchen für Schrittchen den steilen Pfad hinunterstiegen. Der Wein kreiste in Ravins Kopf. Missmutig betrachtete er seinen zerrissenen Mantel und seine geschwollenen Finger, die ihm die Wirtin während des Handgemenges in der Tür eingeklemmt hatte.

»Danke, dass du mich nicht verkauft hast!«, sagte er wütend.

Skaardja lächelte.

»Früher war es in Skoblins Eck viel lustiger. Nun ja. Zumindest kennen wir jetzt Badoks Weg.«

Sie bemerkte seinen düsteren Blick, warf den Kopf zurück und lachte heiser.

»Sei nicht wütend auf mich, Ravin. Das war nur Spiel, kein Krieg!«

»Dann verstehe ich es ebenso wenig wie das seltsame Steinspiel.«

»Oh, das. Um ehrlich zu sein, weiß ich auch nicht, wie es funktioniert. Man braucht viele Jahre um die Deutung der Steine zu erlernen. Ich habe in all den Jahren lediglich gelernt, wie man verliert. Das öffnet in Skilmal jedes Herz, wie du gesehen hast. Siehst du, wie bereitwillig sie uns Badoks Route verraten haben?« Sie wurde wieder ernst. »Ich hätte nicht gedacht, dass sie wirklich so nah am Fluss bleiben.«

Eine Weile ritten sie schweigend nebeneinander her. Ravin musterte sie verstohlen von der Seite und sah, dass sie wieder alt und mondgesichtig war. Sie sah traurig aus. Er erinnerte sich daran, dass Skaardja sich gleichzeitig bei den anderen in der Höhle befand – und auch bei Darian am Fuße des Tonjun-Plateaus.

»Was macht Darian?«, fragte er. Skaardja seufzte.

»Die ganze Zeit saß er stumm am Grab. Nun sind wir dabei, einen ewigen Bannkreis um die Grabstelle zu ziehen, damit das Mädchen in Ruhe liegt.«

»Geht es ihm gut?«

Sie wiegte den Kopf.

»Ja und nein. Es geht ihm besser. Doch da ist eine Menge Hass in ihm. So wie ihr alle viel Hass mit euch herumtragt.«

Ravins Gesicht verdüsterte sich.

»Diolen hat Sella getötet! Und Jerrik. Und viele von Jerriks Lager. Wie sollte da kein Hass entstehen?«

Skaardja lenkte mit einer Geste ein. Lange Zeit sagte sie nichts.

»Es tut mir Leid um Darian«, begann sie nach einer Weile unvermittelt. »Als euer Mädchen noch lebte, habe ich ihn dabei beobachtet, wie er versuchte zwei Hand voll Schlamm in eine Hand voll Quellwasser zu verwandeln. So hell brannte seine Sehnsucht, diesen lächerlich einfachen Trick zu beherrschen, dass sein Spiegelbild mich blendete. Aber ich verstehe, warum Laios ihn als Schüler angenommen hat. Hinter so viel Ungeschicklichkeit müssen Wahnsinn und Talent stecken. Zumindest hoffe ich, dass auch Talent dabei ist. Immerhin war er in der Lage, die Reiter aus Run zu besiegen.«

Ravin seufzte.

»Ich mache mir große Sorgen um ihn. Seit Sellas Tod hat er sich so sehr verändert.«

»Jeder Zauberer muss durch ein Meer von Schmerz, Ravin.« Sie lächelte müde, ein bitterer Zug legte sich um ihren Mund. »Ich bin sicher, Laios ist durch den Schmerz gewandert. Ich ebenfalls. Auch Darian hat diesen Weg vor sich, selbst wenn dieser ihn in Wahnsinn und Tod führt. Denn es ist sein Weg, auf dem ihn niemand begleiten kann – auch du nicht.«

Ravin schauderte. Die angenehme Wärme des Weins löste sich mit einem Mal auf und ließ ihn nüchtern und frierend im Nachtwind zurück. Die Eselhufe klapperten über einen schmalen Felsgrat.

»Und Amina?«, fragte er leise. »Wohin führt ihr Weg?«

»Amina?« Skaardja winkte ab. »Eine Woran kennt nur Rache und Tod. Das ist nicht mein Metier.«

Ravin zuckte zusammen.

»Aber sie ist keine Woran!«, rief er. Skaardja warf ihm einen überraschten Seitenblick zu.

»Seltsam, mir war so, als sähe ich – eine Woran. Sie hat dieses Gesicht.«

»Nein, sie ist wie wir.«

»Ja? Nun, vielleicht habe ich nur ein Spiegelbild gesehen«, lenkte sie beinahe gleichgültig ein. »Wie auch immer, sie verbirgt etwas. Sie trägt jemanden in ihrem Herzen.«

Ravin schluckte.

»Sie trägt jemanden im Herzen?«, fragte er leise.

Skaardja sah ihn nachdenklich an.

»Nicht dich«, sagte sie. »Und an deiner Stelle wäre ich froh darüber, Waldmensch Lagar.«

Ravin senkte den Kopf und schwieg. Irgendwo zwischen Rippen und Magen pochte etwas, das sich anfühlte, als würde die Wut auf die alte Zauberin an seiner Seite wieder aufflackern. Er brauchte lange um sich einzugestehen, dass es in Wirklichkeit Enttäuschung war.

»Und es gibt keinen anderen Weg als den über das Majuma-Meer?«, fragte Amina.

»Es bleibt uns keine Wahl, wenn wir schneller sein wollen als die Truppen.«

Ravin und sie standen bei den Pferden, Ravin säuberte mit einem kräutergetränkten Tuch die Brandstrieme an Vajus Hals. Sie verheilte gut, bald würde das Fell wieder wachsen. Im Morgengrauen hatten sie sich von den Jerriks verabschiedet, die nicht nach Tjärg reiten, sondern in das geheime Lager zu ihren Kindern und Alten zurückkehren würden.

»Na schön«, sagte Amina. »Vergessen wir einfach die Ungeheuer und die Strudel, die Mörderwellen und die brennenden Fische.«

Nun lief Ravin ein kalter Schauder über den Rücken.

»Brennende Fische?«

»Sie brennen nicht wirklich, sie glühen nur in der Nacht – aber wenn du einen von ihnen berührst, dann wirft deine Haut an dieser Stelle Blasen und löst sich in Fetzen auf. Du schreist Tag und Nacht vor Schmerz, bis du an Erschöpfung stirbst.«

Ravin schluckte. Vaju rieb ihren Kopf an seiner Schulter, wasserweiches Haar strich über seinen Arm.

»Nun, zumindest Vaju und Dondo wird es gefallen«, sagte er so leicht und unbefangen wie möglich. Er gab Vaju einen Klaps auf den Hals und begann damit, ihr die Taschen mit Proviant auf den Rücken zu schnallen. Aminas Gesicht leuchtete in der Morgendämmerung beinahe ebenso hell wie Vajus schimmerndes Fell.

»Wann kommt Darian zurück?«, fragte sie. Ravin zuckte mit den Schultern und zog den Sattelgurt nach. Vaju schnaubte und stampfte mit dem Vorderhuf auf. Im Tal sammelte sich Nebel. Die Bergspitzen am Horizont erglühten unter der Berührung der ersten Sonnenstrahlen.

»Er hat so viel verloren«, sagte Amina. »Wir alle haben unendlich viel verloren, aber Darian ist das schlimmste Leid zugefügt worden.«

Mit zusammengepressten Lippen beobachtete sie einen Schwarm Vögel, die ihre morgendliche Jagd nach Insekten begannen. Ihre roten Flügel blitzten hier und da durch den Nebel.

»Ich wünsche Sella, dass sie ein Vogel ist und dass ihr Sturz zum Flug wird.«

Aminas Stimme zitterte. Ravin fühlte, wie sich wieder der schwere Stein auf sein Herz wälzte. Sie schwiegen.

»Würdest du gerne fliegen?«, fragte Amina plötzlich ohne ihn anzusehen.

Ravin schwieg. Nein, dachte er. Was könnte ich tun – zu Jolon fliegen? Um ihm zu sagen, dass es für ihn keine Quelle und keine Hoffnung gibt?

»Ja«, antwortete er. »Zur Regenbogenburg um die Königin zu warnen. Um zu sehen, wie Diolen besiegt wird!«

Amina warf ihm einen Blick über die Schulter zu, in ihren Augen blitzte ein Funken Spott.

»Du lügst, Ravin va Lagar«, sagte sie. »Ich lese es in deinen Augen. Und was ich da sehe, macht mir Sorgen.« Sie wurde ernst. »Wenn es Skaardjas Quelle nicht gibt«, flüsterte sie, »dann wirst du einen anderen Weg finden, ihn zu befreien. Gib Jolon nicht auf, Ravin!«

Ihm schoss das Blut in die Wangen, vor Wut, wie er dachte, doch er erschrak, als er erkannte, dass er sich ertappt fühlte. Er war kurz davor, seinen Bruder aufzugeben! Vor Scham hätte Ravin weinen und Amina eingestehen mögen, dass sie Recht hatte, dass er mutlos und verlassen war. Doch zu seiner eigenen Überraschung spürte er, wie Ärger in ihm aufwallte.

»Wie kommst du darauf, dass ich auch nur daran denke, ihn aufzugeben!«, fuhr er sie an. »Hast du etwa bereits aufgegeben?«

Amina sah ihn immer noch unverwandt an. Schon schämte er sich dafür, sie so angefahren zu haben, doch im nächsten Moment fühlte er ihre Arme um seinen Hals. So überrascht war er von ihrer Umarmung, dass er nicht zurückwich.

»Du lügst immer noch, Ravin«, meinte sie leise. »Und ich lüge auch, wenn ich sage, dass ich noch Hoffnung habe. Aber wir werden nicht aufgeben.«

Sie löste sich von ihm, wischte sich die Tränen ab und warf sich die Satteltaschen über die Schulter. Ravin sah ihr mit hängenden Armen nach, wie sie zu ihrem Banty ging.

Kurz darauf kehrten Darian und Skaardja zur Höhle zurück. Darian wirkte immer noch verstört, doch er war gefasst und sehr ruhig. Dondo drehte den Kopf und stupste ihn spielerisch, als er abstieg, aber Darian lächelte nicht und strich ihm nur abwesend über die Nase. Diese Ruhe kannte Ravin an seinem Freund nicht. Sie war ihm unheimlich. Ladro und Mel Amie hatten zwei Horjun-Pferde gesattelt und warteten nun vor der Höhle.

Skaardja war voller Energie.

»Guten Morgen, Waldmensch Lagar!«, rief sie schon von weitem. »Bist du bereit für die brennenden Fische?«

Sie winkte einen Höhlentreter heran, der sofort aufsprang und nach einem Beutel griff, der neben ihm lag.

»Der Weg wird lang«, sagte sie. »Und ich möchte euch einige Dinge mit auf den Weg geben.« Sie zog aus dem Sack ein sichelförmiges Messer und gab es Mel Amie.

Die Kriegerin zog die Brauen hoch. Dann lächelte sie.

»Du weißt ja, was ich dir über Seeschlangen und ähnliches Getier gesagt habe.«

Mel Amie nickte. »Danke, Skaardja.«

»Und dies soll Ladro für euch aufbewahren.«

Sie holte einen prall gefüllten Beutel heraus.

»Sechshundert Skildis. Du weißt, zu wem du damit gehst.«

»Zu Kapitänin Sumal Baji Santalnik im Hafen von Dantar. Wo immer das auch ist.«

Skaardja nickte und blickte in die Runde. Ihr Blick blieb an Darian hängen.

»Nun zu dir«, sagte sie und seufzte. »Dir gebe ich zurück, was dir gehört.«

Behutsam griff sie in den Beutel und holte Darians magisches Licht heraus. Er streckte seine Hand danach aus und die Flamme sprang zu ihm.

»Was die Karte betrifft, dachte ich mir, es sei nicht klug, euch eine auf Leder gemalte Karte zu geben, die euch jeder stehlen kann«, fuhr Skaardja fort. »Deshalb habe ich Darian zum Kartenträger ernannt. Werft einen Blick auf seine Hand. Aber scheuche erst das Licht weg.«

Sie drängten sich um ihn und blickten über seine Schulter. Auf seiner Handfläche leuchteten Wege, Berge und kleine Wellen, die den Fluss und das Meer bezeichneten. Wie von liebevoller Hand gemalt wirkten die feinen roten

Linien. Zum ersten Mal sah Ravin das Land von oben. Das Grenzland, den Taniswald, das Meer. Erstaunt stellte er fest, wie klein die Entfernungen im Grunde waren. Tjärg und Skaris waren Nachbarländer – und doch war Skaris in seiner Vorstellung Tausende von Monden weiter von Tjärg entfernt als etwa das Nachbarland Lom. Langsam verblassten die Linien, bis sie schließlich nach und nach ganz verschwanden.

»Wenn du sie sichtbar machen möchtest, nimm die Flamme in die Hand und warte, bis die Karte ihr Licht aufgesaugt hat. Ohne das magische Licht bleibt die Karte unsichtbar.« Darian schwieg. Ravin konnte nicht erkennen, ob er damit einverstanden war, der Kartenträger zu sein. Skaardjas Blick wanderte unbekümmert weiter, überging Amina und verweilte schließlich auf Ravin.

»Und was kann ich dir mit auf den Weg geben, Ravin va Lagar?«

In ihrer Stimme schwang ein Lachen mit.

»Nichts«, antwortete er.

»Du bist klug, Waldmensch. Und da ich schon geahnt habe, was du mir antworten würdest, habe ich nichts für dich – aber ich bitte dich für Darian etwas mitzunehmen. Er wird mit der Karte genug zu tun haben.«

Ravin nickte. Sie holte eine winzige Kristallphiole hervor, die aus einem einzigen Edelstein geschliffen war. Violett schimmerte darin eine ölige Flüssigkeit.

»Skariswurzel«, sagte sie. »Eine winzige Menge nur, gelöst in Wein.«

Darians Augen wurden groß.

»Seit ich Laios kenne, versucht er diese Wurzel zu bekommen!«, sagte er. »Für die Heilsalbe, die …«

»… gegen Blindheit hilft, gegen kranke Knochen, gegen die rote Wut und gegen jede Art von Zahnschmerzen. Ganz richtig. Und sie ist sehr selten, selbst hier. Ich weiß, dass du lieber das Öl als die Karte tragen würdest, Darian. Trotzdem bestehe ich darauf, dass Ravin das Fläschchen trägt.«

»Gern«, sagte Ravin und nahm die Phiole an sich. Das Kristallglas war warm. Die Sonne war inzwischen über die Gipfel gekrochen, im Tal schmolzen die Nebel.

»Warum befindet sich die Karte denn auf Darians Hand?«, fragte Mel Amie Ravin.

»Ganz einfach«, erwiderte Skaardja an seiner Stelle. »Jeder, der sie lesen will, muss seine Hand nehmen. Und ich wüsste nicht, wer diese Berührung gerade nötiger hätte als er.«

Amina sah sie überrascht an, dann huschte ein Lächeln über ihr Gesicht und ließ es weich und schön erscheinen.

»Möge Elis dich beschützen!«, sagte sie.

Skaardja lächelte und schwieg.

Kieselsteine und Muscheln knirschten unter den Pferdehufen, als sie den glühenden Bergen entgegenritten. Skaardja stand am Fuße ihrer Höhle. Die Höhlentreter machten traurige Gesichter und fuchtelten zum Abschied mit ihren schaufelgroßen Händen wie verrückt in der Luft herum.

II

Auf nach Dantar

Sie ritten schweigend, nur der Hufschlag brach sich an den Felswänden, wenn sie ein kahles Tal durchritten. Ravin behielt den Bergkamm, der sich rechts von ihnen erhob, ständig im Auge, in der Furcht, dass sie unvermutet doch auf Horjun oder ihre Späher treffen könnten. Ladro ritt voraus, Mel Amie folgte als Nachhut. Ravin bemerkte, dass sie stets das kleinere der beiden Horjun-Pferde ritt, das zwar die Ohren anlegte, wenn sie in die Nähe kam, aber längst nicht mehr nach ihr schnappte. Doch als sie überlegte, welchen Namen sie ihm geben sollte, fiel Amina ihr ins Wort und meinte schroff, sie solle sich darüber keine Gedanken machen, es sei ein Horjun-Pferd, nichts weiter. Also blieb das Pferd namenlos wie Aminas Banty.

Die Sonne stieg rasch und brannte ihnen, lange bevor es Mittag wurde, auf Gesichter, Hände und Nacken. Ein Schwarm der roten Vögel folgte ihnen. Ihr Gefieder blitzte in der sirrenden Luft. Manchmal wurden sie frech und flogen so dicht an ihnen vorbei, dass Ravin zusammenzuckte, weil ein Flügel an seinem Ohr vorbeischnappte. Sooft er einem der gaukelnden Vögel nachblickte, kam ihm Sella in den Sinn. Vielleicht war einer von ihnen ja wirklich Sellas Seele, wie Amina es hoffte?

Sie ritten, bis die Schatten sich um sie schlossen wie eine zackige Faust. Während der wenigen Stunden, die sie sich als Rast gönnten, wagten sie nicht ein Feuer anzuzünden, sondern saßen mit dem Rücken zu den Felsen und schliefen abwechselnd einen traumlosen, kurzen Schlaf. Mitten in der Nacht machten sie sich wieder auf den Weg, ganz auf Vaju und Dondo vertrauend, die wie zwei bleiche Laternen den Zug anführten und traumwandlerisch alle gefährlichen Stellen umschritten. Noch bevor die Sonne aufging, erkannten sie von fern den Fluss, der sich grau und vernebelt wie eine Rauchspur durch das Tal zog.

»Geveck! Geveck!«, schrien die Vögel ein letztes Mal, bevor sie abdrehten und in die Berge zurückflogen.

Der Fluss wand sich zwischen steil aufragenden Felswänden entlang. Überall in den Wänden gab es Höhlen und unterspülte Gänge aus einer Zeit, als der Fluss sehr viel mächtiger und größer gewesen war. Ravin entdeckte weit über Augenhöhe Muscheln und Tiere, mit langen geschuppten Beinen, die mit dem Fels verwachsen waren, und dachte daran, dass der Fluss vor unvorstellbar vielen Jahren den ganzen Felsspalt ausgefüllt haben musste. In der Schlucht war es gespenstisch still, keine Vögel, kaum Wind, nur das vereinzelte Zirpen von Insekten, die im niedrigen Buschwerk saßen, war zu hören. Nicht ein einziges Hallgespenst folgte ihren Spuren, nur das Echo ihrer eigenen knirschenden Schritte brach sich an den Felsen. Sie wanderten über Geröll und Muschelsand. Tagsüber folgten sie dem Fluss, der sie wie eine glitzernde Drachenschlange begleitete und nachts gespenstisch hell leuchtete. An manchen Tagen hatte die Schlange eine schmale schwarze Zeichnung auf dem Rücken, ein Band, das darauf hinwies, dass mitten im Flussbett ein großer Spalt klaffte, der tief, sehr tief abfiel. Die Regenbogenpferde wateten unbekümmert im Uferwasser, scheuchten die schwerfälligen Fische auf, die auf dem Grund vor sich hin dösten, tänzelten, schüttelten die Mähnen und wälzten sich in den Fluten, sobald Ravin und Darian ihnen die Sättel abnahmen. Mehr als einmal glaubte Ravin, im Rauschen des Flusses Stimmen zu vernehmen und im nächtlichen Nebel die Umrisse von Dingen zu sehen, die er nicht sehen wollte. In solchen Nächten verschloss er die Augen vor den körperlosen Gestalten, die aus dem Fluss aufstiegen, und versuchte mit aller Macht Jolon zu finden.

Er tastete mit seinen Gedanken nach dem Traumfalter, stellte sich Jolons Gesicht vor, dachte so sehr an den Tjärgwald, dass er den frischen, scharfen Duft von brennendem Jalaholz roch, und spürte, wie das weiche Gras kühlfeucht und federnd unter seinen nackten Fußsohlen nachgab. Der Duft von Fleisch über einem Winterfeuer ließ ihm das Wasser im Munde zusammenlaufen und er sah, wie ein frisch gegerbtes Fell über das Feuer gehängt wurde. Und da waren der einbeinige Jäger Finn und seine alte Tante Dila neben dem Feuer und schnitten das Fleisch in Streifen um es zum Trocknen ans Feuer zu legen. Doch Jolon sah er nicht. Alles, was er erkennen konnte, bevor er in einen schweren, traumlosen Schlaf fiel, war die namenlose Gestalt, die er bereits aus früheren Träumen kannte. Sie hielt ihren langen schwarzen Mantel ausgebreitet. Ravin glaubte zu erkennen, dass sie unter dem schweren Stoff eine zweite Gestalt verbarg.

Manchmal wenn die Sonne so hoch stand, dass sie ohne Schatten ritten, verschwammen auch am Tag die Grenzen zwischen Traum und Wirklichkeit. In diesen Stunden schien es Ravin, als wäre die Zeit stehen geblieben, als wäre der Tjärgwald schon lange Vergangenheit und Gislans Burg von Unkraut überwuchert, während er, Ravin, ohne Hoffnung und traumlos immer noch durch endlose Flusstäler wanderte. Auch Mel Amie und die anderen bemerkten, dass das ständige Rauschen, das sie begleitete, etwas in ihnen freispülte, etwas herauslöste aus dem Gestein ihrer Erinnerungen. Der Fluss strömte durch ihre Gedanken und Träume und gab all die Bilder frei, die sie in sich verborgen hatten, um sie erst sehr viel später an die Oberfläche zu holen.

»Ich muss ständig an Jerrik denken, wo immer er jetzt auch ist«, gestand Mel Amie.

»Und ich sehe unser Gefängnis vor mir«, sagte Ladro. »Ich kann sogar die schwelenden Fackeln riechen und das Moos, das an den Wänden wuchs. Es roch wie feuchtes Eisen, erinnert ihr euch?«

Sie schauderten und schwiegen.

Nur Jolon blieb verschollen und Ravin sorgte sich umso mehr.

»Das muss nichts Schlimmes bedeuten«, sagte Darian. »Es kann sein, dass er seine Kraft sammelt. Oder die Königin ist selbst schlaflos oder so viele Träume berühren sie, dass sie sich gerade von dir abgewandt hat. Vielleicht gibt es nichts Neues und sie spürt, dass wir in Sicherheit sind. Sorge dich nicht um deinen Bruder.«

»Träumst du von Laios und der Burg?«

Darian schüttelte den Kopf.

»Ich träume nicht mehr«, sagte er und verknotete die Enden seiner Zügel, um sie Dondo locker über den Hals zu werfen. »Sollen die träumen, die noch Träume im Herzen haben.«

Je weiter sie ins Flusstal ritten, desto heißer wurde es. Die Sonne versengte ihnen die Haut, die sich an ihren Wangen und bloßen Armen zu schälen begann. Das Wasser im Fluss war lauwarm und träge, die Fische bewegten sich kaum. Nach und nach wurde der Fluss breiter und blanker, die Wellen beruhigten sich und verschwanden schließlich bis auf ein paar kleine Strudel, die unvermutet auftauchten und sich wieder in Nichts auflösten. Ravin war sich nicht sicher, ob er nicht hier und da eine durchsichtige Flosse in der Sonne glänzen sah. Manchmal schien es ihm sogar, als winkte eine

Hand ihm zu. Es mochte ein Naj sein, doch wenn es hier einen gab, dann kam er niemals näher als bis zur Flussmitte.

Amina ritt in sich versunken, blind für die Schönheit des Flusstals. Ihr Banty verlor sein Fell, seine Schecken verblassten und bleichten aus, bis das neue Fell schließlich die Farbe der Felsen angenommen hatte. Niemand außer Ravin schien sich um Amina ernsthaft Sorgen zu machen. Hager und hart war sie geworden, die Wunde an ihrer Schläfe war recht gut verheilt und ihre Augen glühten nicht mehr vor Fieber. Dennoch beunruhigte es Ravin, sie schlafen zu sehen. Sie schien kaum zu atmen und lag starr da, mit zusammengezogenen Augenbrauen und zusammengepressten Lippen, als würden qualvolle Träume sie heimsuchen. Wenn Ravin sie danach fragte, lächelte sie und sagte, sie habe nicht geträumt. Doch Ravin kannte den Schmerz zu gut, den Träume einem Menschen bereiten konnten, um es nicht besser zu wissen.

Darian ritt in diesen Tagen oft an Ravins Seite oder ging zu Fuß, wenn Vaju und Dondo allein im Wasser wateten. Immer noch war er still und nachdenklich. Ravin fiel auf, dass er kein Wort mehr über Sella verlor. Er erschien ihm viel älter. Trotzdem ging er nicht blind durch das Flusstal.

»Wir werden beobachtet«, sagte er einmal, als Vaju gerade durch das Wasser trottete und sich in der Mitte des Flusses ein Strudel bildete. »Da drüben ist er.«

»Ein Naj?«

»Er ist nicht allein. Es haben uns schon einige begleitet. Ich nehme an, dass sie wegen der Regenbogenpferde an die Oberfläche kommen.«

»Hast du schon einmal mit einem Naj gesprochen?«

Darian schüttelte den Kopf.

»Ihre Sprache ist sehr schwierig. Laios kann einige Sätze mit ihnen wechseln. Sie lassen sich selten dazu herab, in unserer Sprache zu sprechen, die sie für tölpelhaft und unmelodisch halten.«

Ravin lächelte und beobachtete, wie der Strudel größer wurde. Vaju spitzte die Ohren.

»Vielleicht haben sie damit sogar Recht«, fuhr Darian fort. »Ihre Sprache ist viel komplizierter als unsere. Sie hat über dreitausend verschiedene Laute und jeder Laut hat mehrere Bedeutungen – je nach Jahreszeit, Sonnenstand und Strömungsverhältnissen. Je nachdem ob das Wasser kalt oder warm ist und je nachdem wie in der Nacht die Sterne stehen.«

»In den Seen im Tjärgwald habe ich noch nie einen Naj gesehen. Meinst du, wir werden hier einen zu Gesicht bekommen?«

»Das glaube ich kaum. Sie sind wie gesagt ziemlich eingebildet. Aber sie beobachten uns. Da!«

Der Strudel war ganz in Vajus Nähe. Dann spritzte das Wasser plötzlich hoch auf, eine Flosse schnitt durch das Wasser und verschwand. Wellen platschten zum Ufer, rissen die Fische aus ihrem Schlaf, die irritiert in die Tiefen abtauchten, und überschwemmten Buschwerk. Das Wasser zog sich zurück und nahm ein zirpendes und zappelndes Heer von Zikaden mit. Schnappende Fischmäuler kamen an die Wasseroberfläche. Vaju schnaubte, schüttelte das Wasser aus ihrer Mähne und trabte an Land.

»Das muss ein sehr großer Naj gewesen sein«, schloss Darian. »Was für eine Welle, als er weggetaucht ist!«

»Habt ihr das Monster gesehen?«, rief Mel Amie ihnen von hinten zu. »Wenn die brennenden Fische nur halb so groß sind, dann gute Nacht!«

Als ihre Vorräte zur Neige gingen, fingen sie einige der gelblichen Fische, die sie über kleiner Flamme brieten. Ihr Fleisch schmeckte saftig und ein wenig süß, es war so zart, dass es sich auf der Zunge einfach aufzulösen schien. Ravin schloss die Augen und sog den Duft nach verbrannten Kräutern, harzigem Buschholz und gebratenem Fischfleisch ein. Nach den unzähligen Tagen, in denen er getrocknetes zähes Fleisch und Jalafrüchte gekaut hatte und die roten Beeren mit den harten Kernen, schien ihm der Geschmack von Fisch fremd und köstlich. Die Fische, die vom Mahl übrig blieben, schnitten sie in schmale Streifen, rieben sie mit Kräutern ein, die Amina am Flusslauf sammelte, und trockneten sie über dem Rauch.

Nach und nach wurde das Flusstal schmaler, die Felsen höher. Büsche wuchsen direkt aus den Felsen, der Fluss dehnte sich aus und wurde an den breitesten Stellen spiegelglatt. Die Höhlen am Rand boten immer weniger Schutz, weil sie knietief mit moosdurchwachsenem Wasser angefüllt waren. Während der Ruhepausen setzten sie sich nun einfach in den Kies am Ufer, legten sich die Sättel unter die Köpfe und schliefen.

»So kommen wir nicht mehr weiter«, sagte Ladro eines Morgens. Sie standen hinter einer Flussbiegung, die sie soeben umrundet hatten. Hinter ihnen füllten sich die Hufspuren mit Wasser, links, kaum eine Armlänge von ihnen entfernt, war blanker Fels. Ravin musste den Kopf in den Nacken legen, wenn er weit oben den Felsrand erkennen wollte. Vor ihnen erstreckte sich der Fluss von Felswand zu Felswand und ergoss sich sprudelnd in ein noch größeres Becken, so groß, nachtblau und glatt wie ein tiefer, ein sehr tiefer See.

Ladro fluchte und sprang vom Pferd.

»Skaardja hat uns nicht gesagt, dass wir an einer Stelle nicht weiterkommen!«

Er blickte sich um zu dem Weg, auf dem sie gekommen waren. »Wenn wir zur nächsten Stelle zurückwollen, wo wir die Schlucht verlassen können, sind wir tagelang unterwegs!«

»Dazu haben wir keine Zeit«, fuhr Mel Amie dazwischen.

Darian ließ sich von Dondos Rücken gleiten und schloss seine Hand um die magische Flamme. Als er sie wieder öffnete, zeichneten sich die roten Linien wie feine Adern auf seiner Handfläche ab. Amina fuhr mit dem Zeigefinger den Fluss entlang und tippte auf die Stelle, an der sie sich befanden.

»Auf Skaardjas Karte ist kein Becken verzeichnet. Aber es ist eindeutig die Stelle, an der wir stehen. Hier führte der Fluss geradeaus. Und hier …« – ihr Finger fuhr weiter zu einer Stelle unterhalb von Darians kleinem Finger – »… ist bereits das Meer.«

»Dann muss sich das Becken erst vor kurzem gebildet haben. Vielleicht durch einen Steinschlag, der bewirkt hat, dass sich das Wasser staut?«, schlug Ravin vor.

»Dann hoffe ich jedenfalls, dass das Wasser nicht so tief ist, wie es aussieht«, sagte Mel Amie.

»Es hilft nichts, wir müssen hinüber«, stellte Darian fest und begann damit, Dondo abzusatteln. »Für unsere Sättel, Waffen und Vorräte brauchen wir ein Floß.« Ravin sah, dass Mel Amie bleich geworden war. Und auch Ladro stieg nur zögernd vom Pferd. Amina und er tauschten einen kurzen Blick und nickten sich dann kaum merklich zu.

Darian und Ravin hatten Buschholz aufgeschichtet. Mel Amie schleppte ein Stück Treibholz heran, an dessen Unterseite sich bereits Algen festgesetzt hatten. Aber es schwamm, was Mel Amie zumindest ein wenig zu beruhigen schien.

Mit ihren Schwertern hackten sie Zweige von den Buschstämmen und banden sie mit Sattelriemen aneinander. Doch als sie probehalber die Sättel auf das Floß legten und es vom Ufer in tieferes Wasser zogen, schwappten die Wellen über den Rand und das Floß drohte unterzugehen.

»Wir brauchen mehr Holz«, sagte Ladro.

Froh, von dem dunklen Flussbecken wegzukommen, ging er mit Mel Amie und Amina ein Stück des Weges zurück um noch mehr Holz zu sammeln.

Darian und Ravin lösten die Riemen und versuchten die dünnen Stämme noch fester zusammenzubinden. Die Sonne stand bereits so hoch, dass sie Ravin im Nacken brannte. Der Kies roch feucht und heiß und knirschte unter seinen Sohlen. Sie arbeiteten verbissen und schweigsam. Einmal richtete Ravin sich auf, trat ans Ufer und spritzte sich zur Kühlung ein wenig Wasser ins Gesicht. Ein Plätschern rechts von ihm ließ ihn herumfahren. Gerade noch sah er, wie ein kleiner Strudel eine Armlänge von ihm sich in Sekundenschnelle glättete. Ein flüchtiges Glitzern huschte unter der Wasseroberfläche entlang, dann spiegelten sich wieder die Wolken im Wasser. Plötzlich ertönte das Platschen hinter ihm. Mit klopfendem Herzen hastete Ravin zurück ans Ufer und blickte sich um. Darian kniete im feuchten Kies und zurrte einen weiteren Gurt fest. Er sah kaum auf, als in einem Schwall Wasser ein schlangengleicher, schuppiger Leib aus dem Wasser schoss und sich eidechsenschnell auf einen der Uferfelsen hinaufzog. Ravin machte einen Satz rückwärts, stolperte und schürfte sich die Handflächen an den Kieseln auf.

Grünliche Fischaugen blickten erst ihn an und dann das Floß.

»Du wolltest doch einen Naj sehen, Ravin«, sagte Darian. »Er ist neugieriger als sein großer Bruder, dem wir vor einigen Tagen begegnet sind. Beachte ihn einfach nicht.«

Ravin stand und staunte. Der Naj saß auf dem Felsen, Wassertropfen rannen von seinen Schuppen. In der Sonne funkelten sie wie ein Kleid aus Edelsteinen. Der Körper des Naj war lang und zartgliedrig, seine Hände mit den dünnen, weißen Fingern lagen wie durchsichtige Wasserpflanzen auf dem rauen Fels. Das Gesicht war menschenähnlich, doch die fleckige Zeichnung der Schuppen und die transparenten Häutchen, die Kinn und Wangen mit der Brust verbanden, sahen irritierend fremd aus. Ravin stellte sich vor, wie sie sich unter Wasser blähten und in welligen Bewegungen das Najgesicht umschwebten. In der Sonne jedoch wirkte der Naj faltig und sehr verletzlich.

Ravin zwang sich mit seiner Arbeit fortzufahren und griff nach zwei dickeren Zweigen. So arbeiteten sie unter den interessierten Blicken des Naj schweigend weiter. Ab und zu schaute Ravin verstohlen zu ihm hinüber und sah die silberweißen Augen mit der kreisrunden Pupille stets auf sich gerichtet.

»Glaubst du, er wird noch lange da sein?«, flüsterte er Darian zu. Darian zuckte die Schultern.

»Es ist schon erstaunlich genug, dass er sich überhaupt so lange blicken lässt«, flüsterte er zurück. »Mich macht er nervös. Naj haben nur Unsinn im Kopf.«

»Der Fluss hört euch«, sagte der Naj plötzlich.

Seine Stimme klang wie das Rauschen des Wassers, tonlos und doch deutlich. Allerdings sprach er ein wenig bemüht, wie ein Reisender, der sich die Sprache eines fremden Landes angeeignet hat. Darian und Ravin blickten ihn verblüfft an.

»Dass euersgleichen mit uns spricht, ist erstaunlich«, bemerkte Darian und beugte sich wieder über das Floß.

»Ja, ich staune selbst«, gab der Naj zurück und gluckste. Ravin nahm an, dass dieses Geräusch ein Lachen darstellte.

»Eure Worte klingen schlimmer als das Gurgeln von Welsschweinen.«

»Vielen Dank«, erwiderte Darian ungerührt.

Eine Weile arbeiteten sie weiter.

»Magst du Wasserschnecken?«, wandte sich der Naj an Darian und betrachtete dabei interessiert seine fingernagellosen Hände. »Ich mag Wasserschnecken. Die blauen schmecken besser als die durchsichtigen.«

»Ach ja?«, fragte Darian, dem das Geplapper des Naj allmählich auf die Nerven ging.

»Ja«, plauderte der Naj weiter. »Wobei ihr die blauen nicht essen solltet – die sind giftig für euch.«

»Wir werden uns beherrschen.«

Ravin lächelte und zog einen weiteren Gurt fest. Ein Span fuhr ihm in die Hand, ruckartig zog er die Hand zurück. Schmerz pochte in seinem Finger.

Mitleidlos betrachtete der Naj, wie er die Wunde im Flusswasser ausdrückte.

»Tut weh?«, fragte er. Ravin lächelte verzerrt und nickte. Der Naj nickte ebenfalls und spritzte sich Wasser auf seine austrocknende Haut. Es sah aus, als würde er sich Luft zufächeln.

»Was ist? Schwimmst du mit mir?«, fragte er.

Ravin blickte überrascht auf.

»Mit dir schwimmen?«

»Ich will dir etwas zeigen.«

Darian und Ravin wechselten einen kurzen Blick.

»Nein, danke«, sagte Ravin.

Der Naj zupfte an seinem Kinnhäutchen.

»Schade. Sehr schade für euch Welsschweinegurgler.«

»Kein Grund, gleich ausfallend zu werden«, sagte Darian.

»Ich bin nicht ausfallend«, berichtigte der Naj höflich, aber sehr bestimmt. »Doch ihr macht einen Fehler. Aus Dummheit oder aus Trotz.«

»Es sind schon einige ganz zufällig ertrunken, als sie mit euch schwimmen gingen«, gab Darian zu bedenken.

Der Naj gluckste wieder.

»Wie lange kannst du die Luft anhalten?«

»Nicht lange genug für dich.«

»Ihr schwimmt also nicht mit mir?«

»Nein«, fauchte Darian und machte sich weiter an dem Floß zu schaffen.

»Gut.«

Der Naj war offensichtlich tief gekränkt, doch er tat gleichgültig.

»Dann macht weiter mit diesem Ding.«

Anmutig schlängelte er sich mit einem einzigen Flossenschlag ins Wasser und musterte das Floß.

»Damit kommt ihr sowieso nicht weit!«

Er tauchte in einem kleinen Strudel unter und war fort.

»Was wollte er uns zeigen?«, fragte Ravin, der immer noch auf die Stelle starrte, an der der Naj verschwunden war.

»Was schon! Irgendwelche hübschen Weiden voller Wasserschnecken – möglichst tief unten auf dem Grund des Flusses. Und mit dem Luftholen verschätzen sie sich jedes Mal, glaube mir.«

Gegen Abend kehrten Amina und die anderen mit großen Stücken Treibholz und noch mehr geschnittenen Buschstämmen zurück. Bis spät in die Nacht arbeiteten sie an dem Floß, bis es schließlich groß genug schien, um die Sättel, die Vorräte und ihre Schwerter zu tragen. Als der Mond bereits am Himmel stand, legten sie sich erschöpft auf das Floß.

Vaju und Dondo wateten im Flusswasser auf und ab. Ravin hörte sie und glaubte sogar die Erschütterungen ihrer Schritte im Ufergestein zu spüren. Ein Plätschern und ein leises Wiehern drang an sein Ohr. Er blickte hinüber zum

Wasser und sah die leuchtenden Leiber der Regenbogenpferde. Doch da war noch etwas. Ein Glitzern von Wassertropfen, die im Mondlicht funkelten.

»He!«, rief der Naj leise. »Ich sehe, dass du wach bist. Deine Augen leuchten wie zwei Mondfische. Komm her!«

Einen Moment überlegte Ravin, ob er Darian wecken sollte, dann stand er leise auf und ging zum Fluss. Der Naj hatte sich halb aus dem Wasser erhoben, seine Finger berührten Vajus Mähne. Ravin wollte am Ufer stehen bleiben, doch der Naj winkte ihn heran.

»Hast du immer noch Angst?«, spottete er. »Komm, komm her!«

Vaju schüttelte eine glitzernde Tropfenkaskade aus ihrer Mähne. Zögernd watete Ravin ins Wasser. Ihm war mulmig zumute, so dicht neben dem Naj im Wasser zu stehen. In Sichtweite gähnte die schwarze Kluft in der Flussmitte. Doch der Naj hatte sich wieder den Pferden zugewandt. Dondo rieb den Kopf an seinem schuppigen Rücken. Ravin staunte über die Vertrautheit dieser Geste. Die drei sehen aus, als würden sie ein Gespräch führen, wie alte Freunde, die sich lange nicht gesehen haben, dachte Ravin. Oder vielleicht auch wie Liebende.

»Wie nennt man sie in eurer Sprache?«, fragte der Naj.

»Tjärgpferde.«

»Das passt zu euch. Ein Wort, so trocken wie ein Mund voll Staub.«

Der Naj schöpfte eine Hand voll Flusswasser und ließ es über Vajus Stirn laufen. Sie schloss genießerisch die Augen und schnaubte.

»Willst du wissen, wie wir sie nennen?«

Der Naj gluckste, dann stieß er einen Laut aus, der wie ein Quietschen und ein Trillern gleichzeitig klang. Ravin glaubte ein Wort herauszuhören.

»Jina?«

»So wie du es aussprichst, klingt es wie eine Beleidigung. Deine Zunge, dein Gaumen sind einfach zu plump! Ja, sie heißen Jina. In unserer Sprache bedeutet das: ›Flinke tanzende Wellen mit Mähnen aus Schaum.‹«

Ravin lachte.

»Ein einziges Wort für solch eine lange Beschreibung. Eure Sprache ist wirklich so kompliziert, wie Darian erzählt hat.«

»Nein«, sagte der Naj. »Es verhält sich genau umgekehrt. Eure Sprache ist so einfach, weil sie keine Ewigkeit hat.«

Prüfend musterten sie sich. Ravin hatte das Gefühl, dass der Naj sich nicht entscheiden konnte, ob er noch weiter mit ihm reden sollte. Vaju drehte sich um und trottete zu Ravin. Der Naj beobachtete sie.

»Nun, Sprache hin oder her – die Jina mögen dich und deinen unhöflichen Freund. Ich habe euch sehr lange beobachtet. Ihr wart nie unfreundlich zu den Jina, ihr habt sie beschützt – zumindest solange ihr in der Nähe des Wassers wart. Du passt auf etwas auf, was zu uns gehört, und wir passen auf etwas auf, was euch gehört. Und deshalb gebe ich dir jetzt etwas zurück, das du dem Wasser geschenkt hast.«

Eine Klinge blitzte im Mondlicht auf.

»Mein Messer!«

Ravin starrte atemlos auf die gebogene Klinge und den geschnitzten Griff. Das Messer musste tief, sehr tief im Wasser gelegen haben, denn es war kalt wie Eis.

»Ich habe es vor vielen Monden verloren – an einem Bach, noch bevor wir in Jerriks Wald geritten sind!«

»Ich weiß«, sagte der Naj kühl. »Und dir allein würde ich es niemals zurückgeben. Nur für die Jina. Falls du es brauchst um sie zu schützen.«

»Dann bist du uns bereits vor dem Wald begegnet? Du warst es, den ich gesehen habe an dem Morgen, an dem wir Sella getroffen haben!«

Der Naj wandte sich wieder Dondo zu und schwieg. Nach einer Weile richtete er seine glänzenden Augen wieder auf Ravin.

»Von nun an kann ich euch nicht mehr begleiten. Hier endet mein Weg, denn hinter der Biegung beginnt das Gebiet der Meernaj.«

»Halt!«, rief Ravin, als der Naj bereits untertauchen wollte. »Warte noch, bitte. Was ist mit dem Fluss passiert? Warum ist hier ein Becken?«

Der Naj gab ein knarrendes Geräusch von sich, vielleicht ein Seufzen, vielleicht eine Äußerung des Ärgers und der Ungeduld.

»Schau nach oben!« Seine Hand deutete auf den Felskamm. »Felsen sind heruntergebrochen, deshalb kann der Fluss an dieser Stelle nicht mehr fließen. Die Skigga ist ziemlich wütend.«

»Die Skigga?«

»Bewacht die Grenze zu den Meernaj.«

»Dann ist auch sie ein Naj?«

Die Fischaugen blickten ihn an und zum ersten Mal glaubte Ravin eine Regung darin zu erkennen.

Es war Verachtung.

»Ganz bestimmt nicht!«, sagte der Naj und tauchte weg.

»Von einer Skigga habe ich noch nie etwas gehört«, flüsterte Darian. Ladro und Mel Amie blickten zweifelnd auf die glatte Wasserfläche. »Vielleicht ist sie nur ein Wasserschläfer, dann wird sie uns nichts tun.«

»Ja«, sagte Mel Amie trocken. »Und vielleicht ist sie nur eine riesige Seeschlange, die Hunger hat, seit der Fluss nicht mehr genug Fische ins Becken spült.«

Die Pferde standen bereit, das Floß war bepackt und dümpelte, bereit zum Ablegen, am Ufer. Sie hatten sich ihrer Kleidung zum größten Teil entledigt. Mel Amie schnallte sich das gebogene Sichelmesser um, band sich ihr Schwert ans Handgelenk und watete bis zu den Hüften in das kalte Wasser. Zum ersten Mal schaute Ravin die Kriegerin richtig an. Sehnig und breitschultrig war sie, Muskelstränge zeichneten sich auf ihrem Rücken ab. Ihre Haut war dunkel und wie gegerbt, wie eine Landkarte leuchteten die hellen Muster vieler Narben auf ihrem Rücken. Neben ihr wirkte Amina wie ein halb verhungertes Kalb neben einem alten kampferprobten Ranjög. Dennoch war die alte Kriegerin blass, auch wenn sie ihre Angst zu verbergen suchte. Ladro hatte noch kein Wort gesprochen und starrte drohend das Wasser an, als könnte er Skigga, wer oder was sie auch sein mochte, auf diese Weise einschüchtern.

»Noch können wir umkehren«, sagte Mel Amie.

»Und zurückkehren und Zeit verlieren?«, warf Darian ein. Entschlossen schüttelte er den Kopf und biss sich auf die Lippen.

»Ravin und ich werden hinüberschwimmen. Wenn sich unsere Wege hier trennen, dann verstehen wir es und halten euch nicht zurück.«

Ravin erschrak über die Worte seines Freundes. Beim Gedanken, alleine weiterzureiten ohne Amina und die anderen, wurde ihm flau im Magen. War er bis dahin noch ruhig gewesen, so verspürte er jetzt den würgenden Druck der Angst in der Magengrube.

Zu seinem Trost blickten Amina und Ladro ebenso erschrocken wie er. Sie wechselten einen langen Blick. Wieder einmal fiel Ravin auf, dass sie wie zwei Verschwörer wirkten, und er fühlte sich einsam und ausgeschlossen. Mel Amie seufzte.

»In Ordnung«, sagte sie. »Wir kommen ja mit.«

»Dann los!«, meinte Ravin erleichtert. »Wenn wir zügig schwimmen, haben wir das andere Ufer erreicht, bevor die Sonne über dem Bergkamm steht.«

Er hoffte, dass seine Stimme munter und mutig klang, auch wenn ihm das Herz bis zum Kinn pochte und seine Knie weich waren. Allein der Gedanke, in dieses schwarze Wasser zu steigen, flößte ihm Entsetzen ein. Aminas Banty legte die Ohren an und schnaubte, die Horjun-Pferde zerrten am Zügel und trappelten auf der Stelle. Nur Vaju und Dondo tauchten ihre Mäuler mit Begeisterung in das dunkle Wasser.

»Zumindest gibt es hier noch keine brennenden Fische«, sagte Mel Amie und watete weiter ins Wasser.

Ravin zog Vaju und das größere der Horjun-Pferde hinter sich her, bis er das Floß zu fassen bekam. Amina und Ladro folgten ihm und hielten sich an der gegenüberliegenden Seite des Floßes fest. Darian hängte sich hinten an, mit Dondo und dem Banty im Schlepptau. Das Banty wehrte sich, stemmte die Beine in den Kies und quiekte. Erst als Darian es am Halfter packte und mit einem gemurmelten Zauber beruhigte, der ihm zu gelingen schien, folgte es ihnen in das Wasser.

Bereits nach wenigen Schritten verloren sie den Grund unter den Füßen. Das Wasser wurde mit jedem Schwimmzug kälter. Schweigend paddelten sie weiter, nur das Schnauben der Pferde und das Knarzen der Lederriemen, die das Floß zusammenhielten, waren zu hören. An seinen Beinen spürte Ravin eine Bewegung. Doch bevor er in Panik geraten konnte, begriff er, dass es nur das Wasser war, das durch die Wassertritte der Pferdebeine aufgewirbelt wurde. Als er zurückschaute, sah er, wie weit das Ufer bereits entfernt war, und er wagte einen Blick nach unten. Im selben Moment wünschte er, er hätte es nicht getan. Sie schwammen über einer blauschwarzen Unendlichkeit. Ravin konnte nicht einmal seine Beine erkennen, das Nichts schien sie zu verschlucken. Schnell zwang er sich wieder zum gegenüberliegenden Ufer zu schauen. Es ist nur ein Wasserschläfer, tröstete er sich. Sie sind riesig und werden ungemütlich, wenn man sie auf dem Grund stört. Aber wir schwimmen ganz an der Oberfläche. Skigga wird uns gar nicht bemerken.

Über den Floßrand hinweg sah er Aminas angestrengtes Gesicht. Mel Amie schwamm verbissen, den Blick stur auf das Ufer vor ihnen gerichtet. Ravin erkannte bereits die Sträucher, außerdem weißes, zersplittertes Gestein und scharfkantige, zerbrochene Felsen, die einen Wall bildeten. Und dennoch konnte er die Kälte nicht vergessen, die von unten in seinen Körper zog und seine Beine hinaufkroch. Schon spürte er seine Zehen nicht mehr. Hinter ihm schnaubten die Pferde und wühlten das Wasser auf.

»Gleich sind wir drüben!«, kam Darians Stimme von hinten. Keiner antwortete ihm, doch sie verdoppelten ihre Anstrengungen. Ravin glaubte, wenn er noch viel länger in diesem kalten Wasser aushalten müsste, dann würden seine Beine erlahmen und er in der Tiefe versinken wie ein Klumpen Eisen.

Eine kleine Welle schwappte über das Floß und durchnässte die Mäntel und Felle, die darauf lagen. Eine Welle?, dachte Ravin. Wo kommt die plötzlich her? Seine Beine kribbelten in der Erwartung, gleich schuppige Klauen zu fühlen, oder Zähne, die sich wie Dolche in seine Schenkel gruben. Panik kroch ihm über den Rücken.

Dann zerrte ein kleiner Sog an seinen Beinen. Er schrie auf und klammerte sich mit beiden Händen an das Floß. Das Banty begann verrückt zu spielen und warf den Kopf im Wasser hin und her.

»Was ist?«, rief Ladro.

Der keuchende Atem der Pferde hallte über den glatten See.

Plötzlich schnitt der Riemen des Zaumzeugs tief in Ravins Hand. Die Pferde schrien. Ravin zerrte an den Zügeln, doch seine Hand war wie festgenagelt. Ein Ruck ging durch seine Finger – und da spürte er, dass einer der Zügel senkrecht in die schwarze Tiefe zog. Etwas Haariges strich an seinem Knie vorbei. Dann riss ihn der Zügel plötzlich nach unten. Wasser drang ihm in Mund und Nase, das Floß verschwand, er hörte Darian schreien, doch der Schrei wurde abgehackt, als das Wasser über Ravins Kopf zusammenschlug.

In seinen Ohren dröhnte es. Er strampelte und zwang sich endlich seine Faust zu öffnen. Der Riemen wurde so schnell durch seine Hand gezogen, dass sich glühender Schmerz in seiner Handfläche ausbreitete, der ihn wieder zu Bewusstsein brachte. Er paddelte nach oben, so schnell, dass seine Muskeln brannten. Das Floß trieb bereits außerhalb seiner Reichweite. Darian entdeckte ihn als Erster, rief ihm etwas zu, was Ravin nicht verstand, und schwamm ihm entgegen. Ravin wischte sich das Wasser aus den Augen, seine Lungen taten weh, er keuchte. Um ihn herum war das Wasser rot. Im ersten Moment dachte er, es wäre seine Hand, doch nach wenigen Schwimmzügen bemerkte er, dass er durch eine riesige Wolke von Blut schwamm. Rötlicher Schaum kräuselte sich auf den Wellen. Als Ravin das Floß beinahe erreicht hatte, griff er in ein Büschel blutiges Mähnenhaar, an dem ein Fetzen schwarzes Fell hing.

»Ravin, schwimm!«, schrie Amina.

Im selben Moment begann das Wasser zu brodeln.

Skigga war so riesig, dass sie nur einen Teil von ihr sahen. Mel Amie schrie auf, als ein dornenbewehrter Peitschenschwanz aus dem Wasser schoss, durch die Luft pfiff und das Floß zerschmetterte. Getrocknete Fische und Holzsplitter prasselten auf sie herab. Mel Amie bekam Vajus Mähne zu fassen. Das Banty keuchte und ging mehrmals unter, Panik in den Augen.

Ein Schwall Eiseskälte strömte aus dem tiefsten Grund des Beckens zu ihnen herauf und begann sie zu lähmen wie Echsen im Schnee. Ravins Beine waren inzwischen gefühllos. Trotzdem schwamm er weiter. Das Ufer war nicht mehr weit, schon konnte er das hellere Wasser in der Uferregion sehen. Eine Welle warf ihn wieder zurück. Er fühlte mehr, als er sah, wie ein horniger, stachelbewehrter Schlauch an seinem Körper vorbeiglitt. Mel Amie stach mit ihrem Messer auf etwas ein, das direkt vor ihr zu sein schien. Plötzlich schrie sie vor Schmerz auf, doch sie klammerte sich immer noch an Vajus Mähne fest. Und Vaju schwamm so ruhig und unbeirrt weiter, dass sie als Erste das Ufer erreichten und sich an Land schleppen konnten.

Ravin wurde wieder nach unten gerissen. Er schmeckte bitteres Bergwasser und wusste nicht, wo oben und unten war. Das Licht!, dachte er. Ich muss dorthin schwimmen, wo es hell ist!

Das eisige Wasser brannte in seinen Augen, doch er kämpfte die Panik nieder und suchte nach dem Tageslicht, während er durch das Wasser gewirbelt wurde. Endlich sah er die Sonne. Die riesige, rötliche Sonne, die sich rechts von ihm befand. Aber es stimmte etwas nicht, denn diese Sonne kam näher, wurde größer – und blickte ihn an! Schemenhaft erkannte er lange, weiße Dornen, die die Sonne wie

Strahlen umgaben. Mit klammen Fingern tastete er nach seinem Messer. Die Klinge funkelte unter Wasser, dann stieß er zu.

Die Wucht des Schlags schleuderte ihn hinaus in die Luft. Der Himmel trudelte über und unter ihm wie ein Jahrmarktsgaukler, dann schlug er auf einer felsenharten Oberfläche auf, ein Aufprall, der ihm die letzte Luft aus den Lungen drückte. Nach einer rauschenden Ewigkeit und einem dumpfen Übergang in absolute Stille hörte er Mel Amies Stimme: »Beweg dich nicht.« Vorsichtig öffnete er die Augen, in Erwartung, dass ihn gleich eine weitere eiskalte Welle überrollen würde. Stattdessen sah er, wie das Ufer sich immer weiter entfernte. Er begriff, dass Mel Amie ihm die Arme um den Leib geschlungen hatte und ihn wegschleifte.

In der Mitte des Sees trieben die anderen mit angstverzerrten Gesichtern und blauen, klammen Lippen. Das Banty quiekte. Nur die Regenbogenpferde schwammen ruhig. Das Wasser um sie herum war nachtblau und peitschte und brodelte. Unter der Oberfläche, ganz in der Nähe von Amina, leuchtete die Sonne. Blut schäumte auf der Wasseroberfläche. Dann durchbrach der Peitschenschwanz das Wasser und schlug nach Amina.

»Nein!«, schrie Ravin und versuchte sich aus Mel Amies Griff zu befreien.

»Schau nicht hin, Ravin!«, zischte sie in sein Ohr und drückte ihn so fest, dass er keine Luft mehr bekam.

Amina ging nicht unter. Sie verschwand einfach. Ein dorniger Rücken pflügte durch die Wellen. Dornenschuppen schnitten ein zackiges Muster in das Wasser, das sofort in sich zusammenfiel. Dann ging Skigga auf Mel Amie los. In Ravins Gedanken herrschte Verwirrung. Sein Blick verschleierte sich, er schmeckte Tränen, die ihm über die Lippen liefen. Dann fiel ihm auf, dass er Mel Amies keuchenden Atem an seinem Ohr spürte. Als sie ihn hinter einen Felsen zog, blickte er in ihr blutüberströmtes Gesicht.

»Aber«, sagte er. »Du bist doch im Wasser ...«

Mel Amie ließ sich neben ihm auf den Stein fallen.

»Es können nur wenige von sich behaupten, den eigenen Tod beobachtet zu haben. Und ich lege keinen Wert darauf, es mir noch einmal anzusehen.«

»Aber Amina ...«

»Mir geht es gut, Ravin.«

Er fuhr herum und erblickte Amina, Ladro und Darian – nass, zitternd, doch unversehrt bis auf ein paar Schürfwunden – hinter dem Felsen. Das Banty und das größere Horjun-Pferd standen in der Nähe, Vaju und Dondo warteten ein Stück weiter. Darian kroch zu ihm. Das nasse Haar klebte an seiner Stirn, in seinen Augen flackerten Angst und diese Irrlichter, die Ravin für einen kurzen Augenblick das irritierende Gefühl gaben, in Sellas Gesicht zu schauen.

»Ravin, lass endlich los«, sagte Darian sanft. Ravin folgte seinem Blick und bemerkte, dass seine Finger schneeweiß waren und sich in einem Krampf immer noch fest um sein Messer schlossen. Er strengte sich an seine Hand zu öffnen, doch fühlte es sich an, als hätte sich eine größere und stärkere Faust um sie geschlossen, die sie nicht freigeben wollte.

»Ich kann nicht«, flüsterte er.

Darian nahm Ravins Hand in die seine und bog vorsichtig Finger um Finger auf, bis das Messer mit einem hellen Klirren auf den Felsen fiel. Dann kauerten sie sich zusammen und lauschten dem Peitschen von Skigga. Schließlich wurde das Geräusch der Wellen leiser, bis sich endlich Stille über das Flusstal senkte. Nach einer Ewigkeit, so schien es Ravin, begann irgendwo ein Insekt zu zirpen. Sie warteten, bis die

Sonne ganz über den Felsen gekrochen war, bevor Ladro einen ersten Blick über den Felsrand wagte.

»Sie ist wieder untergetaucht«, sagte er und richtete sich auf. »Am Ufer liegen noch ein paar Sachen, die die Wellen angespült haben. Ich hole sie.«

»Nein, warte.« Darians Stimme war leise, doch bestimmt. »Vielleicht taucht sie wieder auf, wenn sie einen von uns sieht. Lass uns erst prüfen, ob sie wirklich weg ist.«

Er stand auf und schloss die Augen. Mit der linken Hand malte er einen kleinen Kreis in die Luft.

»Gron lan kanjahaal«, murmelte er. Dann deutete er auf das Ufer und öffnete die Augen wieder. Ladro blickte sein Ebenbild an, das langsam am Ufer entlangging. Nass bis auf die Knochen, mit Schürfmalen an Händen und Knien, erschöpft und zitternd, so wie Ladro im Augenblick wirklich aussah.

»Ich werde mich wohl nie an diesen Spiegelzauber gewöhnen«, sagte der richtige Ladro und wandte sich ab.

Sie starrten auf die glatte Wasserfläche, bereit sich bei der kleinsten Regung sofort hinter den Felsen zurückzuziehen. Doch nichts geschah.

»Du hast mir nicht gesagt, dass du diesen Zauber beherrschst«, sagte Ravin. Darian lächelte ihm zu. Für einen Moment blitzte das Bild von Darian auf, wie er früher gewesen war. Übermütig und stolz darauf, seine Freunde zu verblüffen.

»Skaardja hatte Recht, als sie sagte, dass es ein einfacher Zauber ist.«

»Der uns das Leben gerettet hat.«

Darian deutete eine kleine Verbeugung an, dann wurde er wieder ernst.

»Lass uns holen, was uns noch geblieben ist. Da vorne liegt ein Bündel, von dem ich hoffe, dass es unsere Mäntel sind.«

Mel Amie stand schwankend auf und klopfte sich den Kies von der nassen Haut.

»Vielleicht ist sie nur ein Wasserschläfer, dann wird sie uns nichts tun!«, äffte sie Darians Worte nach. »Ich brauche nichts mehr vom Floß, geh du nur allein ans Ufer, großer Skiggabändiger.«

Darian errötete und sah ihr nach, wie sie wütend zu dem verstörten Horjun-Pferd humpelte.

Vorsichtig, immer mit dem Blick auf das Wasser, suchten sie, was die Wellen freigegeben hatten. Ravin fand ein größeres Stück Floß und löste die Riemen. Außerdem fiel ihm ein Stück Holz in die Hände. Ein elfenbeinfarbener, scharfer Dorn steckte darin. Vorsichtig zog er ihn heraus. Er war so lang wie seine Hand. Schweigend betrachtete er ihn, bevor er ihn einsteckte. Sie bargen ein durchnässtes Bündel mit drei Mänteln und mehrere zerrissene Kleidungsstücke. Waffen und Vorräte, Sättel und Schuhe waren versunken. Wahrscheinlich sinken sie immer noch, dachte Ravin. Und vielleicht kommen sie nie auf dem Grund an. An einigen Stellen waren die Felsen rot. Dort fanden sie blutige Fellstücke und einen Pferdehuf, an dem noch Knochen und Fell hingen. Amina wusste, warum sie ihm keinen Namen geben wollte, dachte Ravin.

Ladros Spiegelbild wanderte mit ihnen von einem Trümmerstück zum anderen, bis es nach und nach verblasste. Zuerst schimmerten nur die hellsten Steine am gegenüberliegenden Ufer durch seine Brust, schließlich konnte man auch das Buschwerk erkennen. Nach einer Weile wandelte nur noch Ladros Gespenst über den Kies – bis es sich auflöste und ganz verschwand. Ladro atmete auf.

Sie hielten sich so weit weg wie möglich von dem Rinnsal, das vor kurzem noch ein breiter Fluss gewesen war. Mel Amie führte das Horjun-Pferd am langen Zügel und beruhigte es, wenn es beim kleinsten Geräusch zusammenzuckte. Ravin besaß noch seinen Schleuderriemen, sein Messer und die Phiole, Mel Amie hatte ihr Kurzschwert gerettet und Ladro den Beutel mit Skildis. Die Mäntel hatten sie zerschnitten und aufgeteilt und liefen barfuß über den spitzen Kies.

Ravin tat jeder Knochen weh. Bei jeder schnellen Bewegung fuhr ihm ein stechender Schmerz durch den Brustkorb, dort wo er sich vermutlich eine oder mehrere Rippen gebrochen hatte. An Armen und Beinen fühlte er den brennenden Schmerz mehrerer Schürfwunden.

Gegen Abend rasteten sie und ließen die Pferde ausruhen. Der Fluss war an dieser Stelle seicht und hell, auch hier gab es die gelben Fische. Ravin gelang es, aus Buschholz einen provisorischen Speer zu schnitzen und einige besonders träge Exemplare zu erbeuten. Als die Sonne hinter den Bergen versunken war, machten sie mit Hilfe von Darians Flamme ein Feuer und legten die glänzenden Fischleiber in die Glut.

Aminas Banty und das Horjun-Pferd hielten sich nah bei ihnen, die Feuerschatten flackerten über ihr Fell und die zerrauften Mähnen. Amina streichelte ihr Banty und beruhigte es. Das ist das Einzige, was ihr von ihrem Wald geblieben ist, schoss es Ravin durch den Kopf. Ihr das Banty und Darian und mir die Regenbogenpferde. Und wer weiß, ob es nicht das Einzige bleiben wird.

Schweigend aßen sie das ungewürzte, dampfende Fischfleisch und blickten in das Feuer. Aminas Gesicht war ausdruckslos, das Licht spielte mit ihrer gezackten Narbe und erweckte den Eindruck, als würde Blut fließen. Ihr Blick war so abwesend, dass sie ebenso gut bewusstlos hätte sein können. Vielleicht schwebt ihr Geist noch immer über dem Wasser von Skiggas See und nur ihr Körper ist an Land zurückgekehrt, dachte Ravin und schauderte. Ladros schwarzes Haar war von der Sonne gebleicht und hatte einen rötlichen Schimmer angenommen, doch Aminas Haar war schwarz wie immer. Ravin schien es sogar, als wäre es noch dichter und dunkler geworden. Etwas lag auf ihrer Seele, das sie nur mit Ladro besprach, wenn sie hinter der Gruppe zurückblieben. Ravin erinnerte sich an Skaardjas Worte, und der Stich, den er in seiner Brust spürte, rührte diesmal nicht von der gebrochenen Rippe her.

Darian streckte die Hand Richtung Feuer aus. Die magische Flamme löste sich aus ihrer Umarmung mit den weltlichen Flammen und sprang in seine Hand. Seine Hand leuchtete rot und so hell, dass sie die Umrisse seiner Fingerknochen erahnen konnten. Nach einer Weile gab er die Flamme frei. Sie rückten enger zusammen und blickten auf die Karte.

»Wenn sie noch stimmt, müssten wir übermorgen Dantar erreichen«, stellte Darian fest. »Der Fluss führt uns direkt hin. Von der Meeresmündung aus müsste die Stadt bereits in Sichtweite sein.«

Ravin betrachtete das Gewirr von roten Linien, die wie ein verschlungener Knoten aussahen.

»Dantar hat die Form eines Doppelkreises«, stellte er fest. »Ein Teil liegt an der Küste und der andere Teil ragt ins Landesinnere.«

Die Linien begannen zu verblassen.

»Ich weiß nicht, ob mich noch jemand auf das Wasser bringt«, sagte Mel Amie und stocherte mit einem Zweig in der Glut.

Amina schwieg. Später, als das Feuer schon lange heruntergebrannt war, erwachte Ravin aus einem unruhigen Schlaf und entdeckte Amina. Sie stand bei ihrem Banty und fuhr ihm gedankenverloren durch das Stirnhaar. Ravin trat zu ihr. Sie hörte seinen Schritt, drehte sich zu ihm um und lächelte ihm zu.

»Komm zur Glut«, sagte er. »Es ist kühl geworden.«

Gemeinsam betrachteten sie die schlafenden Gesichter ihrer Freunde, Ladros zusammengezogene Augenbrauen und Mel Amies Gesicht mit der tiefen Zornesfalte. Sogar im Schlaf sah sie kampfbereit und mürrisch aus.

»Kennst du Dantar?«, fragte Ravin nach einer Weile.

»Nur aus Geschichten«, antwortete Amina. »Bei uns sagt man, wenn der Berg ein Mann wäre, dann wäre die Stadt Dantar seine tanzende, lachende, untreue Geliebte, die er einst liebte und die er nun hasst, weil sie jeden Tag einen anderen küsst. Und dennoch kann er nicht von ihr lassen und ist versteinert vor Gram und Sehnsucht. Meine Mutter erzählte mir, dass sie als kleines Mädchen einmal in Dantar gewesen ist. Sie beschrieb mir weiß bemalte Häuser, aus deren Fenstern an Festtagen lange rot und weiß bestickte Tücher hängen. Jede Familie hat ihre eigenen Symbole und Webmuster. Zu einem Begräbnis hängen die Menschen weiße Tücher auf, zur Geburt sind die Tücher durch und durch rot gewebt. Das Meer sieht die Farben und weiß, welche Seelen es über die lichte Grenze spülen darf und welche nicht.«

Ravin lächelte.

»Das ist eine schöne Geschichte.«

Aminas Augen funkelten im Schein der Glut.

»Nicht halb so schön wie die, wie es dazu kam, die Tücher zu verwenden.«

Sie zog die Arme enger an den Körper. Ihre Augen leuchteten.

»Vor mehr als tausend Jahren lebte ein Fischer am Meeresufer, in der Bucht, wo heute die Stadt steht. Er hieß Dantar und lebte alleine, denn er war mürrisch und liebte nur das Meer. Weit und breit galt er als der beste Waljäger. Eines Tages ruderte er auf seiner Jagd viel weiter hinaus als je zuvor. Plötzlich tauchte vor ihm der schönste Wal auf, den er je gesehen hatte. Doch jedes Mal wenn er die Meeresoberfläche durchbrach und Dantar seinen Speer zückte, schob sich eine Wolke vor den Mond, und als es wieder hell wurde, war der Wal verschwunden. Gegen Morgen tauchte er ganz ab. Dantar musste aufgeben und den langen Weg zurückrudern. Wütend und durstig kam er zum Strand und fand in der Nähe seiner Hütte eine Frau, die in der Bucht schwamm. Dantar wollte sie vertreiben, doch sie lachte nur und kam am nächsten Tag wieder. Schließlich gewöhnte sich der mürrische Dantar an sie und gab den Walfang auf. Er fischte nur noch Fische, die er in der Bucht einholen konnte, und lebte mit der Frau zusammen. Mit der Zeit gefiel sie ihm immer besser, er lernte zu sprechen und zu lachen, und als sie einen Sohn bekamen, da war aus dem verschlossenen Mann ein fröhlicher, lachender Fischer geworden. Zur Feier der Geburt webte die Frau ein rotes Tuch und ließ es aus dem Fenster flattern. Das Garn hatte sie mit Korallensud gefärbt. Im nächsten Jahr stickte sie als Schmuck eine weiße Ranke auf den roten Stoff – und im Jahr darauf eine weitere. Dantar freute sich an seinem Kind und schwamm oft mit ihm in der Bucht. Mit jedem Jahr wob seine Frau mehr und mehr weiße Ranken und Muster in das Tuch seines Sohnes. Schließlich, im zehnten Jahr, wehte das Tuch ganz und gar weiß im Abendwind. An diesem Abend wunderte sich Dantar, denn seine Frau weinte und hatte graues Haar, so grau wie der Rücken der Wale. Doch als er sie fragte, warum sie traurig sei, da schwieg sie und deutete nur auf eine Truhe, in der sie ihre Websachen aufbewahrte. Dann ging sie hinunter zur Bucht. Dantar öffnete die Truhe, aber alles, was er fand, war ein rotes Tuch mit wenigen weißen Ranken. Er weckte seinen Sohn und fragte ihn, was es mit dem Tuch auf sich habe. Das Kind antwortete schlaftrunken: ›Das rote ist dein Lebenstuch, Vater‹, drehte sich um und schlief weiter. Ratlos blickte Dantar nach draußen, wo das Mondlicht sich im Wasser der Bucht spiegelte. Und was er da sah, ließ ihn erschauern: Im fahlen Mondlicht glänzten die grauen Rücken unzähliger Wale, die ruhig wie bei einem Begräbnis auf etwas warteten. Am Strand stand Dantars Frau! Anmutig tauchte sie unter, ihr graues Haar verschwand im klaren Meer. Dann durchbrach ein schöner schlanker Wal die Wasseroberfläche und gesellte sich zu den anderen. Eine riesenhafte Welle türmte sich am Ende der Bucht auf, Wolken verdunkelten den Nachthimmel und schoben sich vor die Sterne. Dantars Sohn stöhnte im Schlaf. Dantar hörte das Lied der Wellen:

›Was unser war, soll unser werden,
Nur ein Mensch stirbt gern auf Erden,
Schwimme, Seele, schwimme schnell,
Bevor der Tag wird wieder hell.‹

Dantars Verstand arbeitete nicht besonders schnell, aber als er die Wale sah, fand sich eins zum anderen und er handelte sofort. Halb tot vor Angst, dass das Meer seinen Sohn über die lichte Grenze holen könnte, packte er das Lebenstuch seines Sohnes, schnitt sich in die Hand und färbte das weiße Tuch mit seinem eigenen Blut, bis es rot war. Die Wale peitschten in der Bucht, hoch schlugen die Wellen auf, doch der Sturm legte sich und Dantars Sohn erwachte an dem strahlenden, wolkenlosen Morgen. Die Wale wurden seitdem nie wieder gesehen. Die Mutter des Sohnes schwamm mit ihnen unter Klagegesang davon. Dantar und sein Sohn aber lebten noch lange und gründeten die Stadt. Man sagt, dass Dantars Nachfahren halb dem Wasser entstammen. Und noch heute flattern die Tücher als Zeichen, dass die Menschen in Dantar zur Hälfte ein Geschenk des Meeres sind und ihre Seelen nach ihrem Tod ins Wasser zurückkehren. Oft sieht man, bevor jemand stirbt, die Wale, die als Todesboten geduldig in der Bucht warten.«

»Und Wale werden, so vermute ich, seither nicht mehr gejagt.«

»O nein. Die Menschen verehren sie. Schließlich sind es ihre Ahnen.«

»Und ich würde es tausend Mal lieber mit einem Wal aufnehmen, als noch ein einziges Mal über Skiggas Becken zu schwimmen.«

Amina wurde bei dieser Erinnerung wieder blass und befühlte ihre aufgeschürften und geschwollenen Ellenbogen.

»Ich konnte nichts tun«, sagte sie leise. »Wir können froh sein, dass Darian den Spiegelzauber erlernt hat. Er scheint nicht so ungeschickt zu sein, wie ich anfangs glaubte.« Sie zwinkerte Ravin zu. »Vielleicht habe ich ihn ja unterschätzt und er ist wirklich ein Shanjaar?«

Ravin lachte nicht.

»Amina?«

»Ja?«

»Du wusstest bereits, dass das Pferd sterben würde, nicht wahr? Schon als du ihm keinen Namen geben wolltest?«

Sie blickte ihn an, gehetzt ihr Blick, dann senkte sie rasch den Kopf und holte Luft.

»Ich weiß, dass du mich beobachtest, Ravin. Und ich weiß, dass Skaardja denkt, ich … ich sei bereits eine Woran. Ja, ich wusste, das Pferd würde nicht lange leben. Aber ich habe nichts gesehen, was dich, Darian oder die anderen betrifft. Und bevor du mich fragst …« – ihre Stimme zitterte – »… Nein, ich habe nicht gesehen, dass Sella sterben würde.«

Ravin starrte in die Asche, in der noch einige Funken Glut glommen.

»Und du siehst nichts im Tjärgwald? Nichts über Diolen – und Jolon?«

Als er aufblickte, sah er die steile Falte auf Aminas Stirn. Sie verschränkte die Arme vor ihrer Brust, als würde sie frösteln, ihr Blick war dunkel und zornig.

»Ravin«, sagte sie gepresst. »Ich sage es dir ein letztes Mal. Ich weiß nicht, ob Jolon sterben oder leben wird. Und ich weiß nicht, wo Diolen ist. Wenn ich all das wüsste, dann glaube mir, wäre ich die Erste, die den Mund aufmachen würde, um diesem Albtraum der Ungewissheit endlich ein Ende zu bereiten. Ich habe genug damit zu tun!«

Sie streckte ihm die Handfläche hin. Die drei Sichelmonde leuchteten rot und entzündet auf, doch sie waren beinahe verheilt und begannen wieder ihre alte Form anzunehmen.

»Entschuldige«, murmelte Ravin und senkte den Kopf. »Ich habe es nicht vergessen.«

»Wir haben eines gemeinsam, Ravin«, sagte sie bitter. »Du verlierst deinen Bruder. Und ich verliere mich. Wir beide arbeiten gegen die Zeit. Und die Zukunft hat mir nicht verraten, wer von uns gewinnt.«

Als wären sie mit der Überquerung von Skiggas Flussbecken ins Leben zurückgekehrt, stießen sie am nächsten Tag auf die Spuren von Siedlungen. Dann kamen sie an felsigen Wiesen vorbei, die sich im immer flacher werdenden Flusstal erstreckten. Sie entdeckten Herden von kleinen Ziegen mit hellem Fell und langen, schwarzen Aalstrichen auf dem Rücken. Hier und da wuchsen Gruppen von jungen Marjulabäumen, die so gepflanzt worden waren, dass sie die kuppelförmigen Ziegenhäuschen aus weißem Flussstein vor dem Wind schützten.

Gegen Nachmittag sahen sie das Gehöft, zu dem die Ziegen gehörten, und legten eine kurze Rast ein. Ladro nahm einige der Skildis und wanderte hinüber. Kurze Zeit darauf kehrte er mit Käse, Früchten und Tüchern zurück. Die Menschen, die sie hier und da sahen, hatten sonnenverbrannte Haut, dunkles Haar und trugen alle diese lose gebundenen Tücher. Eine Frau mit einem kleinen Mädchen auf der Hüfte winkte ihnen zu. Sie winkten zurück und Ravin durchrieselte bei dieser vertrauten Geste plötzlich ein Gefühl der Geborgenheit. Ein bisschen war es so, als würden sie nach Dantar heimkehren. Nach einer Weile legten sie die Tücher an, wie sie es bei den Einheimischen gesehen hatten. Ravin wählte ein leuchtend grünes Tuch, das angenehm kühl auf seiner Haut lag. Trotzdem fühlte er sich unter dem ungewohnt leichten, weichen Stoff nackt und auf eine unerklärliche Weise schutzlos. Als er bemerkte, wie er unbewusst nach seinem Schleuderriemen tastete, musste er lächeln. Hier ist kein Krieg, dachte er. Keine Erloschenen, keine Horjun, die uns jeden Moment angreifen und töten können. Nur Frieden, grüne Wiesen und eine flirrende, bunte Stadt, die uns erwartet.

Er blieb auf Vaju ein wenig zurück, bis er auf einer Höhe mit Mel Amie ritt. Sie saß auf dem Horjun-Pferd, das ihm vorkam wie eine vorwurfsvolle Erinnerung an Tage voller Kälte und Dunkelheit. Nach wie vor war es schreckhaft, an einigen Stellen am Hals klebte noch getrocknetes Blut. Eine große Schürfwunde zog sich quer über die Schulter, doch es hinkte nicht. Dennoch ließ Mel Amie es langsam gehen und nahm in Kauf, dass ihre Gefährten ihr weit vorausritten. Sie hatte sich ein weißes Tuch um die Schultern geschlungen.

Sie und ihr schwarzes Pferd waren das einzig Farblose in dieser leuchtenden Umgebung.

»He, Ravin«, sagte sie, als Vaju und das Horjun-Pferd Nase an Nase liefen.

»In deinem grünen Tuch siehst du erst recht aus wie ein Waldmensch – wenn auch wie einer aus Dantar.«

Ravin lächelte. Das schräge Licht fiel golden auf Mel Amies Wange und zeichnete die Narben auf ihrem Gesicht nach, sodass ihre Wange aussah wie die Landkarte des Flusstals, durch das sie so viele Tage geritten waren. Als Mel Amie den Kopf wandte, fing sich das Sonnenlicht in ihren Augen. Katzengleich und goldgrün blickten sie in die seinen.

»Morgen um diese Zeit sind wir vielleicht schon in Dantar«, sagte sie lächelnd.

»Warst du schon einmal am Meer?«, fragte er. Mel Amie lachte schallend.

»Sehe ich so aus, als würde ich gerne am Meer sein? Oder überhaupt nur freiwillig? Nein, Waldmensch Ravin. Genau wie du habe ich mein ganzes Leben zwischen Bäumen und auf Lichtungen verbracht. Und wenn ich auch nur einen Gedanken daran verschwenden würde, dass wir bald den ganzen Ungeheuern im Meer als Mahlzeit vor der Nase herumschwimmen werden, dann, Ravin, hätte ich seit vielen Tagen jeden wachen Augenblick geschrien. Aber ich denke nicht darüber nach.«

Ravin kannte Mel Amies ruppige Art inzwischen zu gut, als dass er erschrocken oder verstimmt gewesen wäre.

»Das ist unser Glück«, sagte er und lachte ebenfalls. Wie unwirklich das Gefühl auch sein mochte, er war erleichtert, dass er noch in der Lage war, zu lachen. Doch es war seltsam, durch ein friedliches Land voller Sonne zu reiten, während Jolon in endlosem Sterben lag und sich über dem Tjärgwald dunkle Wolken zusammenzogen.

»Wohin müssen wir, wenn wir in Dantar sind?«, fragte er.

»Wir gehen in den Südteil der Stadt. Hinter dem Fischmarkt befindet sich eine Gasse am Hafen, die Flut heißt. Dort werden wir sie finden. Ihr Name ist Sumal Baji Santalnik. Sie ist Kapitänin.«

»Sumal Baji Santalnik«, murmelte Ravin. »Kennt Skaardja sie?«

»Dasselbe habe ich sie auch gefragt«, sagte Mel Amie. »Und sie antwortete: ›Nein. Ich habe nur die Fähigkeit, ab und zu auf den Korridoren der Zeit zu wandeln. Und hier und da komme ich an einem Wandvorhang vorbei, spähe verbotenerweise hindurch – und entdecke Dinge in einem anderen Zimmer, die von Nutzen sind.‹« Sie schüttelte verwundert den Kopf. »Ich hoffe nur, diese Sumal wird uns diese Geschichte glauben und uns nicht einfach einen Tritt in den Hintern geben.«

»Wir haben immer noch genug Skildis, um sie so gut zu bezahlen, dass ihr unsere Geschichte völlig gleichgültig sein wird.«

»Das stimmt, Ravin.«

Am Abend machten sie eine kurze Rast und ritten in der Nacht weiter. Um sie herum zirpten Grillen. Ravin musste auf Vajus Rücken eingenickt sein, denn als Ladros Stimme an sein Ohr drang, glaubte er für einen schreckheißen Augenblick wieder in Skiggas trübes rotes Auge zu blicken. Er hatte sein Messer schon in der Hand, als er gewahr wurde, dass das rötliche Funkeln kein Auge war. Sie standen auf einer Anhöhe, Darians Flamme zitterte zwischen Dondos Vorderhufen. Und unter ihnen erstreckte sich das Meer.

Der rötliche Halbmond, der am Himmel stand, spiegelte sich in tausend blinkenden Reflexen auf den Wellen. Warmer Wind trug ihr Wispern zu ihnen hinüber. Das Meer lag in der Umarmung einer schwarzen Felskette. Und auf der Handfläche des Felsarms lag eine Spur aus funkelnden Lichtpunkten. Bleich wie ein Walskelett zeichneten sich winzige weiße Häuser gegen den Nachthimmel ab.

»Wir sind da«, flüsterte Amina. »Das ist Dantar.«

»Dantar«, wiederholte Ravin. Doch die Erleichterung, die er sich davon erhofft hatte, zu wissen, dass sie nun an ihrem ersten Ziel waren, stellte sich nicht ein. Stattdessen fühlte er sich leer und auf eine schwere Weise traurig. Zu traurig um zu weinen.

Die anderen schwiegen.

»Wir müssen den Pferden eine Pause gönnen«, sagte schließlich Mel Amie.

In der Nähe fanden sie eine Gruppe windschiefer, niedriger Bäume.

»Ich halte zuerst Wache«, verkündete Ravin. »Ich habe eine ganze Zeit lang auf dem Pferderücken geschlafen.«

»Das ist der beste Vorschlag, den ich seit Wochen gehört habe«, seufzte Mel Amie und zog ein verwittertes Aststück zu sich heran, das sie als Stütze unter ihren Kopf schob.

Ravin setzte sich auf die Wiese und betrachtete die Lichter von Dantar. Er bemerkte auch Lichtpunkte auf dem Meer, die um eine dunkle Mitte huschten. Dann wieder blieben sie für lange Zeit still und bewegten sich mit dem Schatten ein Stück voran. Die Schatten lagen ruhig auf dem Wasser, nur manchmal zitterten sie und schienen zu schwanken. Ravin kniff die Augen zusammen und erinnerte sich an die wärmeren Sommertage im Tjärgwald, als er mit Finn Fische fing. Sie warfen das Netz aus und warteten, bis die Dunkelheit die Bilder von der Spiegelfläche des Sees fortgewischt hatte und die Träume an deren Stelle traten. Dann entzündete Finn seine Fackel. »Die Fische streben zum Feuer«, waren seine Worte. »Das liegt in der Natur – bei den Fischen und den Menschen, den Ranjögs, den Ponys – alle streben dorthin, wo die Gefahr lacht und lockt.« In solchen Nächten hatten sie viel Fisch ins Lager gebracht.

Trotz der warmen Brise, die ihn umfing, sehnte sich Ravin an den kühlen See in seinem Wald. Er sehnte sich danach, zu frösteln und die kühle Ufererde zu riechen. Er sehnte sich nach dem schweren feuchten Duft von Moos und Sommerregen – und er sehnte sich nach Finns Stimme. Tief unter ihm fuhren die Fischer von Dantar in ihren kleinen Schattenbooten über das schwarze Wasser und schwenkten die Fackeln.

Neben ihm knackte es. Aminas Augen glänzten gespenstisch hell im Schein der Stadt. Wieder ertappte Ravin sich dabei, wie erleichtert er war den Blick abwenden zu können, doch er schämte sich zuzugeben, dass Aminas Gesicht ihm Angst machte. Im Licht des Mondes wirkte es sogar, als läge eine Schattenhand mit fünf dünnen Fingern auf ihrem Gesicht. Legte der Tod ihr bereits die Hand auf die Stirn? Zum ersten Mal gestand Ravin sich seine Angst ein, dass sie die Reise nicht überleben würde.

»Hast du dich ausgeruht?«, fragte er.

»Ich habe geschlafen. Und was ich gesehen habe, gefällt mir nicht«, flüsterte sie. »Die Zukunft sagt mir, dass die lichte Grenze immer näher kommt.«

»Wir waren schon so oft der Grenze nahe«, erinnerte er sie und kämpfte das jähe Erschrecken nieder, das vor ihm aufleuchtete wie Skiggas Auge.

Sie warf ihm einen Blick zu, aus dem er nicht herauslesen konnte, ob sich Spott oder Trauer darin spiegelte, dann wandte sie sich wieder dem Meer zu.

»Möge Elis dich träumen lassen«, sagte sie leise.

Ravin ging zu den anderen und legte sich neben Darian ins warme Gras.

Das Bewusstsein, dass er sein Messer fest in seiner Rechten hielt und die Verzierungen sich tief in seine Finger gruben, weckte ihn, bevor er wahrnehmen konnte, was ihn aus dem Schlaf gerissen hatte. Überrascht sah Amina ihn an. Sie hatte die Hände erhoben und war gerade dabei, einen Bannkreis um ihren Lagerplatz zu ziehen.

»Oh, haben sie dich geweckt?«, flüsterte sie.

Er blinzelte verwirrt.

»Wer soll mich geweckt haben?«

»Wer soll mich geweckt haben?«, echote seine Stimme in der Dunkelheit.

»Die Pameldus-Gasse ist gleich hinter dem Pferdemarkt!«

»Wenn ihr mich fragt, das Tau war von Anfang an beschädigt …«

»Ich zahle dir fünf, wenn ich alle drei bekomme …«

Ravin setzte sich auf, doch Amina bedeutete ihm, die anderen nicht zu wecken.

Mit den Fingern zeichnete sie den magischen Bannkreis in die Luft, bedrängt vom Keifen und Murmeln der Hallgespenster. Es waren drei, Ravin sah ihre schemenhaften Umrisse, die sich langsam zurückzogen, doch in der Nähe verharrten. Als die Sonne aufging, waren sie verschwunden.

Die Stimmung war gedrückt. Sie hatten sich darauf geeinigt, dass die Hallgespenster kein Unheil ankündigen mussten, dass sie überall auftauchen konnten; warum also nicht auch im sonnigen Dantar?

Je näher sie der Stadt kamen, desto öfter sahen sie Gehöfte mit Heuharfen davor, an denen langes, duftendes Gras in der Sonne trocknete. Sie kamen an Brunnen vorbei und schließlich an winzigen Dörfern.

Es war später Nachmittag, als Mel Amie anhielt und erklärte, dass sie und Ladro zu den Dörfern gehen würden um

Erkundigungen einzuziehen. Darian bestand darauf, mitzukommen. Die Pferde wollten sie dalassen. Ravin und Amina stimmten zu, beide froh sich ausruhen zu können. Sie blickten den dreien nach, nahmen dann die Pferde am Zügel und suchten nach einem Rastplatz. Links von ihnen erhob sich eine Anhöhe. Vaju witterte und begann schneller zu laufen. Überrascht ließ Ravin die Zügel los, schon stürmten Vaju und Dondo mit Amina auf dem Rücken den Hang hinauf und verschwanden hinter den Felsen.

»Ravin!« Aminas Lachen. »Schnell!«

Er rannte los und kam keuchend oben an. Dort stürzte er so schnell um die Biegung, dass er das weiche, dunkle Gras erst gar nicht bemerkte, auf dem er lief. Farben explodierten vor seinen Augen und der Duft warf ihn beinahe um. Etwa zwanzig riesige Marjulabäume waren es, die gut verborgen zwischen dem Hügel und einer Gruppe von unscheinbaren Bäumen blühten. Die schlanken blutroten Kelche mit den weißen Blätterspitzen neigten sich an den Zweigen zur Erde. Ein schwerer Duft, süß und tausendmal intensiver als das duftende Marjulaholz, umhüllte Ravin. Vaju machte einen langen Hals, um mit ihren Lippen eine Blüte vom Ast zu pflücken. Amina hatte sich im Gras ausgestreckt und lachte. Ravin schloss die Augen, atmete tief durch und fühlte sich beschwingt und getröstet. Eine Weile ließen sie sich schweigend durch das Meer von Duft treiben, das sie umbrandete, bis sie beschlossen Feuer zu machen. Ravin schnitt eine Jalafrucht in Streifen und legte sie auf die Glut. Der Rauch roch würzig.

Aminas Gesicht sah im Abendlicht gespenstisch aus. Als hätte sie Ravins Gedanken erraten, blickte sie ihn an. Ihre Augen funkelten.

»Du machst es schon wieder«, sagte sie mit einem Lächeln. »Du beobachtest mich, als würdest du erwarten, dass ich vor deinen Augen ganz plötzlich zu Staub zerfalle. Ravin, ich werde nicht sterben!«

Beschämt senkte er den Kopf.

»Entschuldige«, sagte er leise. »Es ist nur …«

»Ich weiß.« Sie seufzte. »Ich weiß, wie ich aussehe. Trotzdem. Zwei Leben habe ich bereits verloren, aber eines habe ich noch. Und das lasse ich nicht wegen ein bisschen Fieber los.«

Sie nahm sich ein Stück Jalafleisch, pustete, verbrannte sich die Finger und lachte. Ravin angelte sich ebenfalls ein Stück aus der Glut. Das heiße, herbe Fruchtfleisch tat ihm gut. Er kaute langsam und beobachtete Amina dabei, wie sie ein zweites Stück aus dem Feuer zog.

»Was meinst du damit, du hattest zwei Leben?«

»Eins habe ich verspielt und eins im Kampf verloren.«

Ihre Lippen waren rot vom Jalasaft.

»Ich habe mich auf ein Spiel eingelassen. Ich war jung – und wohl auch noch ziemlich dumm. Es war das erste Mal, dass ich ins Tal ging. Da waren einige Händler, die ihre Waren verkauften. Einer war dick und hatte kleine Augen. Er feilschte am geschicktesten. Dass er außerdem noch ein leidenschaftlicher Spieler war, erfuhr ich noch am selben Abend. Wir würfelten bis in den Morgen. Die Sonne ging auf und ich hatte bereits alles verloren, was ich besaß. Aber ich wollte nicht aufgeben. Er lächelte und sagte: ›Du hast nichts mehr, also spiele um dich selbst. Gewinnst du, wirst du die größte Zauberin sein, verlierst du, bleibst du bei mir.‹ Ich lachte und sagte: ›Eher sterbe ich, alter Mann.‹ Und er nickte. ›Dann setzt du also dein Leben?‹ Ich war betrunken vom Wein und nickte. Ich würfelte – und verlor. ›Nun, alter Mann?‹, fragte ich. ›Wie willst du dir mein Leben nun nehmen? Füllst du es in deine Weinflasche?‹ Er streckte seine Hand aus und legte sie über meine Augen. Als ich erwachte, war ich allein. Ich wusste, er hatte sich mein Leben genommen. Doch da ich noch lebte, musste ich wohl noch ein zweites besitzen.«

Ravin schwieg, hin- und hergerissen zwischen dem Wunsch, ihr zu glauben, und der nüchternen Erkenntnis, dass sie eine große Geschichtenerzählerin war.

»Und dein zweites Leben?«, fragte er schließlich.

Ihr Gesicht verdüsterte sich.

»Nun, das zweite habe ich auf ehrliche Art und Weise verloren. Einer von Diolens Kriegern ...«

»... hat dich getötet?«

Sie nickte.

»Andere hatten nur ein Leben.«

»Auch dein Bruder, nicht wahr?«, sagte er.

Sie blickte auf, ihr Mund hart wie ein Strich.

»Mein Bruder? Elis allein weiß, wie viele Leben mein armer Bruder hat. Vielleicht nur eins, vielleicht keines mehr.«

Sie sah wieder in die Ferne und ihr Gesicht war so traurig, dass es Ravin ins Herz schnitt.

»Du brauchst den magischen Stein, den Gor, um ihn zu retten, nicht wahr?«

Aminas Gesicht nahm einen gehetzten Ausdruck an.

»Den Gor, ja. Und du brauchst ein Wunder. Und beide wissen wir nicht, wo wir sie finden sollen.«

Mit brennenden Augen starrte Ravin in die Flammen. Und die Flammen blickten zurück! So schnell wuchs die Feuersäule empor, dass Ravin das Gefühl hatte, eine heiße Woge schwappe über seine Haut und versenge ihm jedes Härchen. Dondo machte einen Satz, wieherte und bockte davon.

»Was machst du?«, rief Amina, schüttelte ein paar Funken von ihrem Mantel und brachte sich in Sicherheit. Geblendet blinzelte er und erkannte zwei Augen, die ihn wie Feuerkreise anstrahlten.

»Ravin!«

Najas Stimme klang, als wäre dieses Wort eine Köstlichkeit, die sie sich auf der Zunge zergehen ließ. »Ravin!«, wiederholte sie und wirbelte herum, bis die Marjulablüten in einem Regen blauer Funken aufleuchteten. »Überall habe ich dich gesucht! Bei den Horjun warst du nicht.«

»Du bist hier, Naja?«, staunte er und lächelte.

Sie glühte auf und ließ sich wieder auf den brennenden Ästen nieder.

»Hast du in der Burg gefunden, wonach du gesucht hast?«, fragte sie.

Er nickte und musste über Aminas erstauntes Gesicht lachen.

»Ja. Aber bei den Horjun wollte ich nicht bleiben.«

»Schade«, hauchte Naja. »Wir ziehen jetzt mit ihnen. Sie waren in den Feuerbergen. Jeden Tag habe ich dein Gesicht gesucht. Doch du konntest ja gar nicht dort sein.« Sie stupste eine Blüte mit dem Finger an und beobachtete, wie sie verbrannte. »Aber ich wusste, ich bin deine Namida, und deshalb habe ich dich gesucht.«

»Meine was?«

Amina lachte schallend. Die Nymphe wirbelte herum. Weißgelb wurden ihre Flammen, ihr Haar wechselte von orange zu blau. Enttäuschung und Wut zeichneten sich in ihrem Gesicht ab.

»Oh!«, rief sie aus und fuhr dann Ravin an: »Warum hast du mir nicht gesagt, dass dein Herz schon einer Namida gehört?«

Amina sah ihn an und hob in gespielter Unschuld die Hände. Ravin wurde rot.

»Wo hast du sie gefunden?«, jammerte die Nymphe. »Sie ist kalt wie Stein und blass wie der feuerlose tote Mond. Und ihre Haare sind wie Kohle!«

Aus dem Augenwinkel sah Ravin, wie Amina ihr Lachen hinter der Hand verbarg. Er fühlte, wie ihm die Röte noch heftiger in die Wangen schoss. Ärgerlich wandte er sich um, aber Naja war schneller. Blitzschnell züngelte ihre Hand nach Amina.

»Naja, hör auf!«, rief Ravin, doch sie beachtete ihn nicht, sondern zischte Amina zu: »Du sollst wissen, dass er mich geküsst hat. Mich!«

»Das sieht man ihm an«, erwiderte Amina sichtlich feixend. »Und weißt du was? Küss ihn ruhig noch einmal, wenn du möchtest.«

Dann lachte sie und ging zu den Pferden.

Naja drehte sich zu Ravin um.

»Gehörst du ihr schon so sehr, dass sie mir erlauben kann dich zu küssen?«

»Ich gehöre ihr nicht«, rief Ravin. »Ich gehöre niemandem!«

Naja schrumpfte zusammen, bis sie zusammengekauert im Lagerfeuer saß. Die restlichen Stücke Jalafleisch schrumpelten zu schwarzen Klumpen zusammen und zerfielen zu Asche. Die Nymphe war traurig.

»Ich verstehe«, sagte sie. »Du willst keinen Herrn haben. Deshalb können sie dich nicht rufen. Und du hast dein Versprechen noch nicht eingelöst«, bemerkte sie und streckte die Hand nach ihm aus, als wollte sie eine Wärme fühlen, die von ihm ausströmte. »Hier drin brennt es immer noch, wenn du an dein Versprechen denkst. Du flackerst sogar noch heller als damals im Burggarten!«

Sie zog die Hand zurück und seufzte.

»Ich verstehe dich«, sagte sie. »Ich werde noch gebunden sein. Sie haben uns nicht in die Burg gelassen.« Sie erzitterte, ihre Haare flackerten und leckten über ihre weiß glühenden Schultern und Brüste. »Diese Erloschenen sind lästiger als Regen.« Sie kicherte und wirbelte herum. »Doch selbst sie konnten nicht verhindern, dass ein Feuergeist in die Burg gezogen ist. Aus den Tiefen des Feuerberges kam er, brüllend und unaufhaltsam!« In ihrer Begeisterung hatte sie die Arme um ihren Körper geschlungen und zitterte.

»Du hast gesehen, wie die Burg brannte?«

»Und wie sie brannte! Die ganze Burg hat er verschlungen! Alle versuchten zu löschen. Stell dir das mal vor! Ein fressendes Feuer löschen zu wollen wie eine Kerze!« Sie schüttelte sich vor Lachen, Funken stoben. Der Duft der verkohlten Marjulablüten verbreitete sich wie Räucherwerk. Ravins Augen waren von Najas Schein so müde, dass er nur noch schwach die Umrisse von Amina und den Pferden ausmachen konnte.

»Der Herr der Horjun«, fragte er vage, »ist Badok, nicht wahr?«

»Woher soll ich wissen, wie er sich nennt? Er ist nicht mein Herr! Er reitet mit einem Mann mit Haar wie Kohle, dessen Mantel geschmolzenes Silber ist ...«

»Diolen reitet mit euch?«

Ravin spürte, wie ihm trotz der Hitze ein eisiger Hauch über die Haut kroch. Angst schnürte ihm die Kehle zu. Sie waren also bereits hier! Amina war wieder ans Feuer getreten und stand hinter Naja wie ein dunkler Zwilling. Ihr schwarzes Haar glänzte nicht im Flammenschein.

Naja nickte.

»O ja. Ein paar Flammensprünge von hier. Die Horjun und ihr Herr waren in den Feuerbergen und haben noch mehr Erloschene gerufen.«

Amina kam so dicht an Naja heran, dass ihre Haare sich in der Hitze krümmten.

»Sie reiten mit ihrem Heer die ganze Zeit denselben Weg wie wir?«, fragte sie die Nymphe.

Naja blickte sie misstrauisch an.

»Es sind viele«, sagte sie schnippisch. Dann antwortete sie Ravin: »Sie reiten in Gruppen. Vor Tonjun habe ich gespürt, dass du hinter uns bist!«

»Wie konntest du mich finden?«, flüsterte er. Amina blickte sich wachsam um, offensichtlich in der Erwartung, gleich ein paar Horjun auf die Lichtung stürzen zu sehen.

Naja lächelte.

»Ich kenne deinen Namen«, sagte sie sanft. »Er öffnet mir alle Wege zu dir.«

Ravin jagte noch ein kalter Schauder über den Rücken.

»Nur dir?«, fragte er.

Najas Lächeln erlosch. Ravin bereute seine Frage, als er sah, wie sich Trauer und Enttäuschung in ihrem Mädchengesicht abzeichneten. Sie beugte sich so weit vor, dass er die Augen schließen musste.

»Glaubst du, ich würde meinen Schatz einfach hergeben? Glaubst du, ich würde irgendeiner dummen Nymphe oder einem dieser tölpelhaften Erloschenen deinen Namen überlassen? Deinen Namen, den du mir zum Geschenk gemacht hast? Glaubst du das?«

Ravin senkte den Kopf.

»Nein«, sagte er.

Sie schwieg und brannte ruhig.

»Wir sind am Fluss entlanggeritten. Die Horjun und die Erloschenen unten – und wir kamen oben über die Berge.«

»Und die Naj haben das geduldet?«

Sie lachte leise auf.

»Natürlich nicht. Sie haben die Wasser gerufen. Sie stiegen hoch auf und ließen das Gebirge erzittern. Der Felsen brach ins Wasser um die Reiter zu erschlagen.«

»Der Felsen brach ins Wasser«, murmelte Ravin. Aminas Augen waren riesengroß. In ihnen spiegelte sich die Erkenntnis, die auch Ravin das Herz eng werden ließ.

»Skiggas Becken«, flüsterte Amina. »Sie sind uns also vorausgeritten.«

»Schenk mir noch etwas von dir«, flehte Naja. »Bitte! Dein Name gehört nun ihr, gib mir noch ein Geheimnis, damit ich dir zeigen kann, wie gut ich es hüte!« Sie streckte die Hand nach ihm aus und fühlte die Luft. »Sag mir, was du hier tust. Wartest du auf jemanden?«

Amina schüttelte im Hintergrund warnend den Kopf. Ravin schluckte. Konnte er ihr vertrauen? Doch sie wusste genug. Wenn sie sie verraten wollte, konnte sie es hier und jetzt tun. Und die anderen würde sie nicht finden, solange sie ihre Namen nicht wusste.

»Wir warten jetzt ...« – Najas blaue Zungenspitze flackerte zwischen den Lippen hervor – »... auf unsere Freunde.«

Eine flammende Röte überzog ihren Leib.

»Du hast Freunde!«, sagte sie andächtig.

Plötzlich schrak sie zusammen.

»Oh!«, rief sie und hielt sich die Ohren zu. »Sie rufen mich!«

Sie flammte auf, sprang die Felsen hinauf und winkte Ravin zu.

»Ich muss gehen! Leb wohl!«

Ravin nickte und hob die Hand zum Abschiedsgruß der Waldmenschen. In diesem Moment bemerkte er, wie lange er diese Geste nicht gemacht hatte.

Naja sprang flink auf den nächsten Felsen über. Mitten im Sprung wirbelte sie noch einmal herum.

»Sag mal«, raunte sie, »einer dieser Freunde hat nicht zufällig ein niedliches, kleines Springfeuer dabei? Vielleicht so groß?«

Ravin fuhr hoch. »Ja!«

»Und ein anderer hat Augen wie erloschenes Holz und Haar aus Ruß?«

Aminas Augen wurden groß.

»Ladro«, flüsterte sie so leise, dass nur Ravin es hörte.

»Ja. Das sind sie«, sagte er.

»Nun«, meinte die Nymphe und deutete in die entgegengesetzte Richtung. »Wenn ihr sie sucht, solltet ihr schnell dorthin reiten.«

Sie hörten die Hallgespenster, noch bevor sie den Weg zur Anhöhe hinaufgeritten waren, der zu den Dörfern führte. Es war eine Gruppe von zehn, ihre Schattenleiber drängten sich um eine Mitte, in der Ladros Stimme zu vernehmen war. Als die Hallgespenster die Reiter kommen hörten, stoben sie zischend auseinander und verzogen sich auf die Bäume. Amina stieß einen Schrei aus, als sie das Messer sah, das in der Hand des Horjun blitzte. Sein Schwert lag weit entfernt von ihm auf dem Boden, als wäre es ihm aus der Hand geschlagen worden. Darian kniete im Gras und hielt sich mit schmerzverzerrtem Gesicht die Rippen. Der Horjun keuchte, Ravin sah, dass er überrumpelt wirkte. Mel Amie hob die Hände und machte in Richtung des Horjun eine beruhigende Geste. In diesem Moment rappelte sich Darian wieder auf die Füße und stürzte blind vor Wut auf den Horjun zu.

»Darian!«, schrie Ladro, doch es war zu spät. Gefährlich nah sauste das Messer an Darians Kehle vorbei. Dennoch versuchte der Horjun sich lediglich zu verteidigen, es wäre ein Leichtes für ihn gewesen, Darian zu töten. Ravin nahm die Bewegung neben sich kaum wahr, als Amina losrannte und sich auf den Horjun stürzte. Mit einem einzigen Griff zog sie Darian aus der Umklammerung des Horjun und schleuderte ihn so heftig aus dem Kampfkreis, dass Darian stürzte und vor Schmerz aufschrie. So schnell, dass weder Ravin noch der Horjun ihre Bewegung verfolgen konnten, hatte sie Badoks Krieger bereits am Handgelenk gepackt. Das Messer in seiner Hand zitterte und fiel zu Boden. Der Horjun sah sie aus schreckgeweiteten Augen an – und selbst Ravin fühlte, wie auch ihn Aminas Anblick erstarren ließ. Was er sah, war eine fremde rachsüchtige Furie mit gefletschten Zähnen und grausamen Augen. Das Haar gesträubt, Mordlust in den Zügen, legte sie ihre Hand auf die Schläfe des Horjun. Schmerz und Überraschung zeichneten sich in seinem Gesicht ab.

»Nein, Amina!«, schrie Ladro und war mit zwei Sätzen bei ihr. In dem Moment, als er ihren Arm packte um sie zurückzuhalten, sackte der Horjun bereits zusammen. Amina fuhr herum und fauchte. Achtlos schleuderte sie den Horjun wie eine Puppe auf das Gras. Wut schien sich knisternd in ihrem gesträubten Haar zu fangen und Ravin sah, dass sogar Ladro blass wurde, als er sich der rasenden Woran gegenübersah. Die Hallgespenster flohen in die Nacht. Sie wird Ladro töten!, schoss es Ravin durch den Kopf. Er handelte ohne zu überlegen.

»Amina!«, rief er leise. Sein Herz raste, vorsichtig machte er einen Schritt auf sie zu und rief noch einmal ihren Namen, freundlich, als würde er sie wecken und sie daran gemahnen wollen, wer sie immer noch war.

Die Woran stand still, die tödlichen Hände, auf denen die Sichelmonde leuchteten, hoch erhoben. Schließlich wandte sich das schattenumwobene Gesicht Ravin zu. Die Glut in den Augen flackerte und verlosch, nach und nach kehrte Amina zurück. Ratlos blickte sie auf ihre Hände, bevor ihr Blick zu Ladro wanderte. Erschrecken und Schmerz zeichneten sich in ihren Zügen ab, dann ließ sie sich auf den Boden sinken und vergrub den Kopf in den Händen.

Ladro schwankte. Mit zitternden Knien ging er an Amina vorbei und drehte den Horjun auf den Rücken.

»Er ist nur bewusstlos«, sagte er. »Ich konnte Darian nicht aufhalten – wir trafen ihn, und bevor ich es verhindern konnte, hat Darian ihn angegriffen. Was machen wir mit ihm? Wenn er den anderen berichtet …«

»Er wird sich nicht erinnern«, antwortete Amina kaum hörbar. »Lassen wir ihn hier, er wird denken, er wurde niedergeschlagen.«

Darian saß immer noch im Gras. Tränen rannen über sein Gesicht.

»Sie sind hier!«, schrie er Ravin an. »Sie sind in Dantar!«

Ravin schluckte. Der Schock saß so tief, dass er die Szene wahrnahm wie durch eine Wasserwand.

»Ich weiß«, sagte er. »Badoks Truppen sind uns vorausgeritten.«

»Verdammt!«, schrie Darian und wischte sich mit dem Ärmel über die Nase. Panik schwang in seiner Stimme mit. »Was tun wir jetzt?«

Das war wieder der zornige Darian, den Ravin von früher kannte.

»Ganz einfach«, sagte Ladro mit fester Stimme. »Ravin und ich gehen nach Dantar und suchen so schnell wie möglich Sumal Baji auf. Zeig mir die Karte, Darian!«

Darian blickte von Ravin zu Ladro, dann nahm er sich zusammen und nickte. Eine helle Strähne fiel ihm in die Stirn. Im Schein des magisches Lichts sah sein Gesicht hell und verletzlich aus und das Haar beinahe golden.

Die mächtigen Flügel von Dantars Stadttor waren aus verwittertem Holz. Links und rechts waren sie von zwei steinernen Walen gesäumt, die mitten im Sprung erstarrt zu sein schienen. Ihre schlanken, spitz zulaufenden

Fluken ragten in den Himmel. Als er das Tor durchschritt, bemerkte Ravin, dass sich uralte Flechten an den geöffneten Flügeln des riesigen Tores emporrankten. Offensichtlich war Dantar eine Stadt, die schon sehr lange keinem Reisenden den Zutritt verwehrt hatte. Dieser Gedanke beruhigte ihn.

Die Stadt war größer als alle Lager, die Ravin je gesehen hatte. Nicht nur die weiß getünchten Häuser wirkten im Vergleich zu den Zelten im Tjärgwald riesenhaft und beängstigend. Auch die Straßen waren so breit, dass man eine ganze Ranjögherde mühelos hätte hindurchtreiben können. Wenn Platz gewesen wäre. Denn die Stadt war voller Menschen. So viele strömten an Ravin vorbei, dass er nicht wusste, wie er ihnen ausweichen sollte. Stimmen bedrängten ihn von allen Seiten, bis er sich von bunt gekleideten Hallgespenstern umgeben glaubte. Im Fackelschein saßen die Menschen vor ihren Häusern, unterhielten sich, handelten mit Fisch, Süßigkeiten und allen Arten von Angelhaken, ohne Ravin und Darian zu bemerken. Als seien wir Gespenster, schoss es Ravin durch den Kopf. Panik drohte ihn für einen kurzen Moment zu übermannen, dann blickte er Ladro an und sah in seinen Augen dieselbe Verwirrung.

»Himmel, so viele Menschen an einem Ort habe ich noch nie gesehen«, sagte er und zupfte seinen Umhang zurecht, unter dem er sein Messer verbarg. »Wir müssen auf der Hauptstraße bis zur letzten Biegung gehen und von dort aus nach einer Gasse Ausschau halten, die Flut heißt. Ich hoffe nur, Skaardja weiß, wohin sie uns schickt.«

Ravin überlegte auf dem Weg, ob heute in Dantar ein Fest stattfand. Im Tjärgwald liefen niemals alle Menschen gleichzeitig in der Nacht bei Fackelschein umher. Er entdeckte eine steinalte Frau, die vor einem Hauseingang auf einem zusammengerollten Tau saß und mit knotigen, verkrümmten Fingern ein feinmaschiges Fischernetz knüpfte. Als sie vorübergingen, bemerkte sie seinen Blick, schaute Ravin kurz an, ohne dass ihre Finger zur Ruhe kamen, und knüpfte dann weiter.

»Sedmecks?«, fragte eine Stimme direkt neben Ravin. Er erschrak und machte einen Satz zur Seite. Ein dunkles Gesicht war neben dem seinen aufgetaucht. Weiße Zähne leuchteten im Fackelschein. »Sedmecks?«, wiederholte der Händler und hielt Ravin ein Bündel geräucherter Fische auf Holzspießen unter die Nase. Ravin schüttelte den Kopf und beeilte sich Ladro zu folgen. Eine Ewigkeit, so erschien es ihm, gingen sie auf der breiten Straße. Ab und zu nahm er zwischen all den Gerüchen und Düften ganz schwach eine frische salzige Brise wahr. Schließlich bogen sie in eine Gasse ab, in der mehrere umgedrehte, schmale Boote auf Holzklötzen lagen. Vermutlich wurden sie hier trockengelegt und instand gesetzt, denn jedes von ihnen wies Beschädigungen auf. Im Vorübergehen bemerkte Ravin mit einem flauen Gefühl in der Magengrube, dass viele dieser Beschädigungen offensichtlich von Zähnen verursacht worden waren. Am Bug des größten Bootes saß ein hagerer Mann und strich mit einem Stück Holz eine Paste auf die Seitenwand. Sie roch angenehm nach verbranntem Harz. Er blickte nur kurz auf, als sie an ihm vorübergingen, um dann das Holz wieder in die zähe schwarze Flüssigkeit zu tauchen. Die Meeresbrise vermischte sich mit dem Geruch von etwas, das Ravin nicht bestimmen konnte. Faulig und doch nicht unangenehm.

Plötzlich standen sie am Wasser. Ravin war so verblüfft, dass er erst gar nicht bemerkte, wie seine Füße von warmen Wellen umspült wurden. Die Straße endete direkt im Meer. Ratlos schauten sie auf die glitzernde Wasserfläche. In der Ferne tanzten Lichtpunkte über die Wellen. Ladro fluchte.

»Ich verstehe das nicht«, sagte er. »Hier müsste Flut sein!«

»Zumindest sind wir am Hafen«, meinte Ravin und deutete nach rechts, wo sich vier riesige Schiffe schwarz gegen den Himmel abhoben. Ladro riss die Augen auf.

»So große Schiffe habe ich noch nie gesehen«, sagte er.

Sie waren drei Mal so groß wie die größten Häuser in Dantar. Sanft bewegten sie sich in den Wellen auf und ab wie Riesen, die im Schlaf ruhig atmeten, begleitet vom Wiegenlied der knarzenden Taue. Jedes Schiff trug drei Masten und war schlank und schnittig gebaut, Ravin erinnerte es an die Bauweise der leichten, wendigen Boote, die sie im Tjargwäld zur Jagd auf die flinken Belafische verwendeten. Eines der Schiffe hatte die Segel eingebunden, die Masten der drei anderen dagegen waren noch nackt wie Skelette.

Das sind keine Fischerboote, dachte Ravin beunruhigt.

»He, ihr!«

Sie fuhren herum.

Der dürre Mann machte einen Satz nach rückwärts und hob beschwichtigend die Hände.

»Sachte! Steck doch das Messer ein, Junge!«

Ladro senkte sein Messer, doch behielt er es in der Hand.

»Was willst du?«, fragte er. Der Mann ließ die Hände sinken und lächelte.

»So etwas Ähnliches wollte ich euch fragen. Dachte, ihr seid Dantarianer.«

Seine Worte klangen fremd. Er betonte sie seltsam und dehnte die Laute auf ungewohnte Art.

»Nein, wir sind Reisende«, antwortete Ladro.

»Es sind eine Menge Fremde in der Stadt«, sagte der alte Mann. Immer noch schwang Anspannung in seiner Stimme mit.

»Und«, fuhr er fort, »sie haben alle die Angewohnheit, mit

Messern herumzufuchteln. Habt ihr Angst, ich würde euch mit bloßen Händen angreifen?«

Nach einem kurzen Blickwechsel steckte Ladro sein Messer weg. Der Mann schien erleichtert zu sein.

»Ihr kommt wohl aus einer Gegend, in der sichs mit den Nachbarn gar nicht gut leben lässt«, murmelte er und wandte sich zum Gehen.

Ravin ging ihm ein paar Schritte hinterher.

»Bitte warte!«, rief er. Der Mann blieb stehen, drehte sich um und sah Ravin mit ausdruckslosem Gesicht an. Ravin konnte ihm nicht verübeln, dass er keine Lust mehr verspürte, sich zu unterhalten.

»Mein Freund wollte dich nicht bedrohen. Wir wurden heute bereits einmal überfallen.«

Der Mann musterte Ravin und zuckte die Schultern.

»Geht mich nichts an. Aber Reisende sind mir immer noch lieber als Krieger. Hat mich einfach gewundert, wer hier mitten in der Nacht in Flut herumläuft.«

Ladro trat hinzu.

»Wir sind hier also in Flut?«

»Klar«, sagte der Mann. »Sieht man doch. Oder meint ihr, in Dantar baut man die Straßen immer so, dass sie direkt ins Meer führen?«

Er bemerkte den ratlosen Blick, den sie wechselten, und runzelte die Stirn.

»Sucht ihr eine Unterkunft? Welcher Tölpel hat sich den Scherz mit euch erlaubt und euch hergeschickt? Skody vom Seilermarkt?«

Ravin schüttelte den Kopf.

»Wir suchen jemanden.«

Selbst in der Dunkelheit konnte er erkennen, wie der Mann vor Erstaunen die Augen aufriss.

»Hier?« Er schüttelte den Kopf. »Hier wohnt keiner mehr,

mein Junge. Ihr seht doch, hier ist nur noch die Schiffswerkstatt und sonst nichts. Da!« – er deutete hinter sich auf die Häuser – »Unbewohnt, seit die Welle alles weggespült hat.«

»Du meinst, hier haben einmal Leute gewohnt, dann wurde der Stadtteil geflutet – und seitdem …«

»… nennt man diesen Teil Dantars Flut. Ganz recht. Ist jetzt zwei Sommer her. Wüsste nicht, wer auf die unmögliche Idee käme, euch hierher zu schicken. Außer er will euch reinlegen.«

»Das hat uns gerade noch gefehlt!«, stöhnte Ladro.

»Na ja«, sagte der Mann nun. »Ich wollte euch ja nur helfen. Aber wenn ihr lieber mit langen Gesichtern hier herumstehen wollt …«

»Sumal Baji!«, sagte Ravin. »Sumal Baji Santalnik. Die suchen wir.«

»Sumal?« Der Mann lachte. Es klang wie ein Krächzen, dann hustete er und lachte wieder.

»Warum sagt ihr das nicht gleich? Sie hat hier gewohnt – ungefähr da drüben.« Vage deutete er auf eine Stelle im Meer, etwa vier Pferdelängen von ihnen entfernt. »Hat damals bei der Flut ihr ganzes Werkzeug verloren. Und ihr Schiff.« Er seufzte. »Hat viele getroffen. Heute arbeitet sie als Snaifischfängerin. Lässt bei mir ihre Ruder reparieren.«

Ravin versuchte sich die Erleichterung nicht anmerken zu lassen.

»Und wo finden wir sie?«

Der Mann sah sie wieder an, als würde er überlegen, ob er ihnen Auskunft geben sollte.

»Kommt drauf an. Was wollt ihr von ihr?«

»Wir haben eine Nachricht für sie.«

»Ihr habt es eilig, was?«

Ladro und Ravin nickten und hielten den Atem an.

Der Mann kratzte sich am Kopf. Offensichtlich entschied er sich dafür, den Fremden in den Dantar-Gewändern zu vertrauen.

»Heute trefft ihr sie vielleicht im Singenden Wal. Aber bis ihr dort seid … nein. Geht lieber gleich zum Seilermarkt.«

Er deutete an den Schiffen vorbei.

»Da entlang, bis ihr zum Seilerbaum kommt. Und dann fragt nach der alten Lagerhalle. Das ist das Haus mit dem Fisch an der Tür.«

»Danke«, sagte Ravin. Der Mann zuckte mit den Schultern und drehte sich abermals zum Gehen um.

»Wenn ihr Sumal seht, sagt ihr, ihre Ruder sind fertig.«

Sie sahen ihm nach, bis er wieder in die Gasse abbog, in der seine Boote aufgebockt standen, dann gingen sie in die angegebene Richtung.

Die schwarzen Schiffe ragten noch viel höher neben ihnen auf, als sie daran vorbeigingen.

»Denkst du das, was ich denke?«, fragte Ladro, als sie vor dem letzten Schiff stehen blieben und es betrachteten.

Ravins Herz schlug schneller.

»Ich denke«, sagte er, »dass es Diolens Schiffe sind.«

Ladro nickte.

Schweigend und mit düsteren Gedanken setzten sie ihren Weg fort. Schließlich mündete die schmale Gasse auf einen runden Platz. Die Pflastersteine waren glatt getreten und schimmerten im Mondlicht.

In der Mitte des Platzes ragte ein Holzpfahl in den Nachthimmel. Früher mochte er ein Marjulabaum gewesen sein, doch jetzt war seine Krone abgehauen und die Rinde geschält. Als sie näher traten, entdeckten sie, dass sich über den ganzen Stamm ringförmige Rillen zogen. Im Vorübergehen streifte Ravin eine davon mit den Fingern. Das Holz fühlte sich seidenweich und glatt an, ein Prickeln schauerte durch seine Hand. Mit einem raschen Lächeln zog er die Hand wieder zurück.

»Wir sind beim Seilerbaum«, flüsterte Ladro. Vorsichtig blickten sie sich um.

Vom Meer wehte der Geruch von Fisch und gärenden Algen zu ihnen herüber. Ravin ging zu den Häuschen und suchte nach dem Zeichen an der Tür. Vor einem schmalen, lang gezogenen Haus blieb er stehen. Die Fischzeichnung war klein und verwittert, aber immer noch gut sichtbar.

»Ladro«, rief er leise. »Hier!«

Ladro hastete zu ihm und strahlte, als er das Fischzeichen sah.

»Elis sei Dank, wir haben sie gefunden«, sagte er aus tiefster Seele.

Ravin klopfte an die Tür. Mit angehaltenem Atem warteten sie, aber niemand erschien. Noch einmal klopften sie, diesmal heftiger, doch nichts rührte sich.

Ladro seufzte und ließ sich auf einem Haufen Seile nieder. Ravin setzte sich ebenfalls auf die Taue, lehnte sich mit dem Rücken an die Hauswand und zog sein Tuch fester um sich. Ab und zu hallten Schritte durch die Nacht, näherten sich in einer der Gassen und verhallten in einer anderen. Die Brise, die vom Meer wehte, ließ Ravin und Ladro schon nach kurzer Zeit frösteln und sie rückten noch etwas näher zusammen. Ravin spürte, wie ihm die Erschöpfung in die Glieder kroch. Dennoch war er wach und so aufgeregt, dass er nicht hätte schlafen können. Ladro neben ihm war ruhig, trotzdem merkte Ravin ihm an, er war ebenso ungeduldig wie er. Sein schwarzes Haar war inzwischen so lang, dass er es zusammengebunden hatte. Eine Strähne fiel ihm über die Wange. Er sah noch ernster aus als sonst. Ravin wusste, worüber er nachdachte.

»Wir müssen mehr über diese Schiffe erfahren«, sagte Ladro plötzlich, als hätte er Ravins Gedanken erraten. »Badok will Tjärg einkesseln. Hätten wir das doch vorher gewusst!«

»Dann wären wir auch nicht schneller vorangekommen«, erwiderte Ravin. »Wenn sie mit den Schiffen übersetzen wollen, müssen wir ihnen eben zuvorkommen.«

Ladro biss sich auf die Unterlippe. Sie schwiegen so lange, bis Ravin es nicht mehr aushielt.

»Hast du bemerkt, wie Amina sich verändert hat? Wenn Darian sie nicht zurückgehalten hätte, sie hätte getötet.«

»Ja. Und sie weiß, dass sie sich verändert.«

»Ladro, warum wird sie zur Woran?«

Ladro sah ihn überrascht an. Ravin spürte, dass ihm diese Frage unangenehm war, dennoch überwand er seine Höflichkeit und fragte weiter.

»Wer hat diesen Fluch über sie gesprochen? Was hat sie getan?«

Ladro räusperte sich. Ravin wartete, dass er etwas sagen würde, doch er schwieg und betrachtete den mondbeschienenen Seilerbaum. Ravin war sich bereits sicher, dass er keine Antwort erhalten würde, als Ladro plötzlich Luft holte.

»Sie hat nichts getan. Nein, es ...«

Wieder folgte eine Pause, in der Ravin vor Ungeduld am liebsten »Was denn?« geschrien hätte.

»Es hat mit ihrer Mutter zu tun.«

»Sie war eine Bergshanjaar wie Skaardja, nicht wahr? Hat Diolen sie getötet?«

»Ehrlich gesagt weiß ich nicht, ob es Diolen war, Badok oder die Krieger aus Run. Es geschah in der Zeit, als sie in Skaris auftauchten. Ja – sie wurde ermordet.«

»Hat Amina sich daraufhin mit den Mächten des Blutmondes eingelassen? Aus Kummer und Hass?«

Ladro lächelte dünn.

»Das brauchte sie nicht. Amina ist eine Halbworan, Ravin.«

Ravin klappte der Unterkiefer herunter. Seine Gedanken verhedderten sich.

»Aber das ist nicht möglich!«, rief er. »Jolon sagte mir, ein Woranfluch vererbt sich nicht.«

»Auch Amina dachte das. Sie muss nun das schmerzliche Gegenteil erfahren.«

»Dann war Aminas Mutter also eine Woran. Amina und ihr Bruder lebten mit einer Woran …«

Bei der Erwähnung von Aminas Bruder runzelte Ladro irritiert die Stirn, ging aber nicht näher darauf ein, sondern erzählte weiter:

»Ihre Mutter war eine gute Shanjaar gewesen. Doch lange vor Aminas Geburt hatte sie sich an den Worankünsten versucht. Wie so viele dachte sie, man weckt den Fluch und kann sich nur einen Teil nehmen. Viele Jahre hat der Fluch in ihr geschlafen. Aber dann, als die ersten Kämpfe stattfanden und am Berg Blut vergossen wurde, erwachte er. Amina hat die ersten Veränderungen gleich bemerkt. Sie hat mir erzählt, dass sich ihre Mutter in den Mondnächten allein noch weiter in die Berge zurückzog. Und vielleicht hat sie deshalb solche Angst, selbst eine zu werden. Sie weiß, was wir mit ihr erleben, denn sie hat dasselbe mit ihrer Mutter durchgemacht. Die zwei Personen, die in ihr leben. Der Schatten, der sich immer weiter über ihre Seele breiten wird. Die Gleichgültigkeit gegenüber dem Tod …«

»Eine Woran zu sein, heißt allein zu sein. Auf der dunklen Seite der Berge zu leben«, sagte Ravin. »Und ihr Bruder? Kämpft er auch gegen den Fluch?«

Ladro rieb sich die Augen.

»Ich weiß es nicht, Ravin. Sie hat mir nicht viel von ihm erzählt.«

»Können wir denn nichts tun?«

Ladro schüttelte den Kopf.

»Nichts, Ravin. Nur rechtzeitig fliehen. Bevor wir sie töten müssen, weil sie uns töten will.«

Ravin war kalt, Frost schien durch seinen Umhang zu kriechen und sich um sein Herz zu schließen.

»Das meinst du nicht ernst, Ladro!«

Ein bitteres Lächeln umspielte Ladros Lippen.

»Nein. Ich könnte Amina niemals etwas antun.« Er sah Ravin an. »Und du noch viel weniger. Das weiß sie. Und deshalb wird sie gehen, wenn es an der Zeit ist.«

»Warum reitet sie mit uns nach Tjärg?«

Ladro zuckte zusammen.

»Wie meinst du das?«

»Die Reise zehrt an ihren Kräften. Warum fährt sie mit uns, wenn sie all ihre Kräfte brauchen könnte, um sich gegen diesen Fluch zu stellen? Sie sollte lieber versuchen mit Skaardja herauszufinden, wie sie dem Fluch entgehen kann. Warum lasst ihr Darian und mich nicht allein fahren und kehrt zurück in euer Land um Amina zu helfen?«

»Sie hat es selbst so entschieden, Ravin.«

Ravin schüttelte den Kopf.

»Das passt nicht zu ihr. Amina gibt nicht auf. Als ich sie fragte, ob sie ihren Bruder aufgegeben habe, da hat sie mich angeschrien. Nein, da ist etwas anderes. Und ich glaube, dass du mir mehr darüber sagen könntest.«

Einen Moment lang blitzte etwas in Ladros Augen auf, das er nicht deuten konnte. Doch dann senkte er den Blick und zog seinen Umhang zurecht.

»Es passt sehr wohl zu Amina, dass es ihr wichtiger ist, die Menschen in Tjärg vor Jerriks Schicksal zu bewahren. Ihr beide habt mit eigenen Augen gesehen, wozu Diolen fähig ist.«

Ravin ließ den Kopf hängen und schwieg. Plötzlich hörten sie schnelle Schritte, die nicht in einer Gasse verhallten, sondern sich dem Seilerplatz näherten. Beide sprangen sie gleichzeitig auf und blickten auf eine hohe Gestalt, die sich ihnen mit gesenktem Kopf näherte. Ihrem unbekümmerten, federnden Gang nach zu urteilen glaubte sich die Person auf dem Seilerplatz allein. Ravin staunte über die Selbstsicherheit, die die hoch gewachsene Gestalt ausstrahlte, als käme sie gar nicht auf die Idee, dass ihr in den Gassen oder in den Schatten jemand auflauern könnte. Entweder war sie sehr arglos oder sehr stark und kampfgeübt. Das Scharren am Gürtel und ein leises Schnappen, als würde ein Messer in der Scheide einrasten, legten den Schluss nahe, dass Letzteres zutraf.

Erst als sie direkt vor ihnen stand, bemerkte sie die beiden Fremden, die vor ihrem Haus warteten, und hob ruckartig den Kopf. Im Dunkeln sah Ravin nur schemenhaft zwei Augen, die ihn eher verwundert als erschrocken ansahen.

»Ach du grässlicher Kerot!«, sagte die Fremde. »Euch gibt es ja wirklich!«

»Sumal Baji Santalnik?«, fragte Ladro.

Statt einer Antwort stieß die Gestalt mit dem Fuß die Tür auf. Im Mondschein hatten sie lediglich ein schmales Gesicht ausmachen können, umrahmt von blitzendem Goldschmuck. Doch als Sumal eine Fischtranlampe entzündete, blieb Ravin der Mund offen stehen, denn er blickte in das schönste Gesicht, das er je gesehen hatte. Sein erster Gedanke war, dass alles an ihr golden wirkte. Ihre dunkles Haar fiel ihr, straff aus der hohen Stirn gekämmt, in einem kunstvollen Zopf bis zu den Hüften. In dem von der Sonne gebleichten Schwarz schimmerten rotgoldene Strähnen. Sumals Augen waren schräg geschnitten und verliehen ihrem Gesicht einen edlen, beinahe hochmütigen Ausdruck. Dieser Eindruck wurde noch verstärkt durch ein vorspringendes, kräftiges Kinn. Das Erstaunlichste aber war, dass Sumal nur wenige Sommer älter sein mochte als Ravin. Im Stillen hatte er eine Frau wie Skaardja erwartet. Die große junge Frau passte so gar nicht in das Bild, das er sich von einer Kapitänin gemacht hatte. Mit einer unwilligen Geste winkte sie sie herein und gebot ihnen, sich zu setzen. Zögernd ließen sie sich auf den Holzklötzen nieder, die offensichtlich als Stühle dienten. Sumal Bajis Haus sah nicht aus, als wäre es bewohnt. Eher glich es einer Werkstatt mit allen Arten von Brecheisen, Haken, Netzen und Speeren. In der Mitte stand ein runder Tisch, der, jahrelang von Fischblut durchtränkt, hart und schwarz geworden war wie eine Platte aus Stein. Sumal Baji entledigte sich noch ihres Gürtels, sodass ihr leuchtend gelber Überwurf über ihre Leinenhosen fiel, dann stellte sie drei polierte Holzbecher auf den Tisch und ließ sich auf einen der Blöcke fallen.

»Nun«, begann sie ohne Umschweife. »Ich habe geahnt, dass ihr an meine Tür klopfen würdet. Allerdings hatte der da« – sie deutete auf Ladro – »in meinem Traum einen braunen Fellmantel an. Und du« – sie deutete mit dem Kinn auf Ravin – »trugst einen schwarzen Mantel und Stiefel, die klirrten wie Schwerter.« Sie zog die Augenbrauen hoch. »Aber wo ist der Junge mit dem hellen Haar? Im Traum sah ich, dass er auf einem weißen Pferd reitet. Eigentlich hatte ich ihn hier erwartet.«

»Darian und die anderen sind noch vor den Toren Dantars«, antwortete Ravin. Ladro stieß ihn mit dem Fuß unter dem Tisch an. Sumal nickte, langte mit geübtem Griff hinter sich, holte eine Flasche hervor und zog den Korken mit den Zähnen heraus ohne den Blick von Ravin zu wenden.

»So«, sagte sie und schenkte eine grünliche Flüssigkeit ein. Ravin staunte über die Anmut ihrer Bewegungen. »Er heißt also Darian. Und ihr?«

»Ladro aus dem Taniswald in Skaris.«

»Ravin va Lagar aus Tjärg.«

»Waldmenschen also.«

Sie schwenkte ihren Becher und schob die beiden anderen über den Tisch.

»Hinag Dantar!«, sagte sie dann und hob ihren Becher. »Das heißt: ›so viel Tropfen wie in Dantars Bucht.‹«

Sie leerte den Becher in einem Zug, dann lehnte sie sich zurück und verschränkte die Arme vor der Brust. Ravin blickte zweifelnd die grüne Flüssigkeit an.

»Was ist?« Sumals Stimme klang freundlich, doch reserviert. »Wollt ihr meine Gastfreundschaft nicht? Wenn ich euch vergiften wollte, hätte ich es längst getan.«

Sie deutete auf eine Reihe von dünnen Speeren, deren Spitzen in einem Topf mit klebriger, heller Flüssigkeit steckten. Zögernd hoben Ravin und Darian ihre Becher.

»Hinag Dantar!«, sagten sie gleichzeitig und tranken einen Schluck des sauren Getränks.

»Was ist das?«, fragte Ravin und bemühte sich das Gesicht nicht zu verziehen.

Sumal lächelte.

»Ihr seid wirklich Fremde. Das ist Giel – Algentee! In Dantar gibt es mehr als hundert verschiedene Sorten.«

Sie lehnte sich zurück. Ihr Lächeln verschwand.

»Nun«, sagte sie. »Was wollt ihr von mir? Braucht ihr Snaifisch?«

Ihre Stimme klang weder freundlich noch unfreundlich, kühl musterte sie Ravins Gesicht, seine Hände, sein grünes Tuch. Ravin räusperte sich und stellte den Becher ab.

»Nein, wir brauchen eine Überfahrt.«

»Dann seid ihr falsch bei mir. Ich bin Fischerin.«

»Du bist Kapitänin.«

Ihr Gesicht wurde noch unbewegter.

»Ich bin die Kapitänin eines Fangbootes, wenn ihr so wollt.«

Ravin beschloss, das Gespräch auf ein anderes Thema zu lenken und damit vielleicht ein paar Steine in der unüberwindbaren Festung zu lockern.

»Wir kommen gerade aus Flut. Deine Ruder sind fertig.«

Wenn sie überrascht war, verbarg sie es gut.

»Wurde auch Zeit«, sagte sie und nahm einen tiefen Schluck. Zu gerne hätte Ravin sie nach ihrem versunkenen Haus in Flut gefragt, doch er wusste, dass es unhöflich gewesen wäre.

»Könnte uns dein Rudermacher einen anderen Kapitän nennen?«

Sie lachte so unvermutet los, dass sie sich verschluckte. Ravin wollte aufspringen, doch sie winkte ab und lehnte sich über den Tisch. Ihre Augen blitzten.

»Hört mal zu. Die ganze Stadt spielt verrückt, seit die Truppen aufgetaucht sind. Gehört ihr zu denen?«

Ravin schüttelte den Kopf.

»Dann seid ihr nur zufällig auf demselben Weg wie sie? Im Wal erzählt man sich, dass sie mit den Schiffen das Komos-Kap umsegeln wollen um zur Galnagar-Bucht zu gelangen. Und wenn meine Ahnung mich nicht trügt – das tut sie selten –, dann wollt ihr auch dorthin.«

Ladro zögerte, schließlich nickte er.

Sumal Baju lehnte sich zufrieden zurück.

»Es wird schwierig sein, einen Kapitän zu finden. Wenn ihr in Flut wart, dann habt ihr die Kriegsschiffe gesehen. Seit zwei Monden sind unsere Schiffbauer, Rudermacher, Seiler und alle anderen außer Rand und Band, weil Dantar den großen Auftrag bekommen hat, diese Schiffe zu bauen. Und seit ein paar Tagen wird es ernst. Krieger haben ihre Zelte vor der Stadt aufgeschlagen und warten, dass die Schiffe fertig gestellt werden. Ich habe die Krieger gesehen. Sehr gut bewaffnet. Das Land, das ihre Waffen zu spüren bekommt, tut mir jetzt schon Leid.«

Ravin pochte das Blut in den Wangen. Erst als er zu sprechen anfangen wollte, wurde ihm bewusst, dass er die Zähne aufeinander gepresst hatte und sein Kiefer schmerzte.

»Es ist unser Land!«, sagte er. »Wir müssen vor ihnen da sein. Dieser Krieg wird aus dem Hinterhalt geführt.«

Er spürte, wie Ladro ihn wieder unter dem Tisch anstieß um ihn zu bremsen. Sumal schwieg lange. Die einzige Regung, die sich in ihren Augen spiegelte, gefiel Ravin gar nicht. Schließlich griff sie in aller Ruhe nach der Gielflasche.

»Ihr wollt mir damit sagen, ich soll mir die Snais entgehen lassen um mit euch um das Komos-Kap zu segeln. Und alles für den guten Zweck, damit euer Land nicht untergeht.« Sie schenkte sich ein und lächelte. »Angenommen ich tue es. Wie viel bezahlt ihr?«

»Sechshundert Skildis.«

»Wer sagt mir, dass die Auftraggeber dieser Schiffe mir nicht viel mehr dafür zahlen, euch zu bekommen?«

Sie lachte. Ravin war plötzlich gar nicht mehr sicher, ob es ein ehrliches Lachen war.

»Nur ein Scherz«, sagte sie. »Ich finde, ihr zwei seid zu leichtsinnig. Sucht mich auf und erzählt mir diese ganze Geschichte. Und verratet mir auch noch, dass die Krieger hinter euch her sind. Sehr dumm von euch. Das Lustige dabei ist, dass vor einigen Tagen einer der Heerführer bei mir angeklopft hat. Er wollte mich ebenfalls anwerben. Und wisst ihr, was ich zu ihm gesagt habe?«

Ladro hielt die Luft an. Ravin zwang sich mühsam zur Ruhe und versuchte ebenso beherrscht zu wirken wie er.

»›Nein danke‹, habe ich gesagt. ›Ich mache es nicht.‹ Ich weiß nicht warum. Vielleicht weil es Krieger sind. Es würde mir nicht gefallen, Leute zu transportieren, damit sie andere Leute umbringen. Ich habe Menschen sterben sehen in der Flut. Ich habe abgelehnt. Sie haben mir fünfzehntausend Dantare geboten. Das sind umgerechnet weit über dreitausend Skildis. Und ich habe abgelehnt.«

Sie lächelte, prostete ihnen zu und nahm einen tiefen Schluck.

»Kurz und gut: Es wird nichts mit uns.«

»Aber wir brauchen deine Hilfe!«, rief Ravin.

»Tut mir Leid, Wanderer«, kam ihre gleichgültige Antwort. »Ich biete euch ein Lager für die Nacht an. Mehr kann ich nicht tun.«

»Aber du musst uns helfen!«

»Nenn mir einen vernünftigen Grund, warum ich eine solche Fahrt machen sollte.«

»Ich kann dir einen Grund nennen, viele Gründe!«

Endlich sah Ravin etwas wie Interesse in ihren honigfarbenen Augen aufleuchten. Um Zeit zu gewinnen hielt er ihr den Becher noch einmal hin.

»Wie heißt dieser köstliche Tee? Giel?«

Sie zog einen Mundwinkel nach oben, nickte und schenkte ihm nach. Er schloss die Augen und spürte mit Widerwillen, wie das saure Getränk über seine Zunge floss. Sie nennt sich Snaifischerin, überlegte er. Und es war ihr unangenehm, als ich sie fragte, ob sie Kapitänin sei. Sie ist stolz und gibt sich offensichtlich die Schuld am Verlust ihres Schiffes.

»Nun?«, fragte sie und lächelte spöttisch.

»Wäre es nicht schön, wenn die Leute dich wieder Kapitänin nennen würden – und nicht nur Snaifischfängerin?«

An der Art, wie ihr Lächeln erstarb, erkannte Ravin, dass

er einen wunden Punkt getroffen hatte. Sie krampfte ihre Hand um den Becher.

»Und wäre es nicht schön, nicht mehr in einem Lagerraum leben zu müssen?«

Hochmütig und mit erzwungener Ruhe blickte sie Ravin in die Augen. Er hatte das Gefühl, dass sie ihm den Inhalt ihres Bechers liebend gern ins Gesicht geschüttet hätte. In diesem Moment war er dankbar für die Gastfreundschaft der Dantarianer, deren strenge Regeln es offensichtlich verboten, unverschämte Gäste zurechtzuweisen.

»Hat euch Low das erzählt?«

»Der Rudermacher? Nein.« Ravin lächelte breit und lehnte sich zurück. »Von ihm wissen wir lediglich, dass Sumal Baji, die Kapitänin, nur noch in seichtem Gewässer segelt um Snais zu fischen. Und dabei hast du einmal ein Schiff besessen. Ein großes, sehr gutes Schiff – und eine große Mannschaft«, fügte er auf gut Glück hinzu.

Sie schwieg. Ihr Gesicht war unbewegt, doch Ravin spürte, wie es unter der kalten Oberfläche arbeitete wie in einem der Feuerberge.

»Jedem Kapitän in Dantar steht es frei, zu fischen oder zu jagen. Mit oder ohne Schiff. Und ich ziehe es inzwischen vor, Snais zu fangen.«

»Natürlich!«, sagte Ravin etwas zu freundlich. »Ich dachte nur – vielleicht hätte es dich gereizt, zu zeigen, dass du nicht nur Schiffe verlieren kannst. Sondern dass du sogar schneller und besser bist, als man einer …« – er machte eine gezielte Pause und betrachtete seinen Tee – »… Snaifischerin zugetraut hätte.«

Als er den Blick wieder hob, erkannte er, dass er genug gesagt hatte. Ihre Lippen waren zusammengepresst. Sie war noch blasser als zuvor. Dennoch war ihrer Stimme nichts anzumerken, weder Wut noch Groll.

»Freundlich von dir, dass du mich an den Verlust meines Schiffes erinnerst. Ich kann euch nicht helfen. Nehmt eure Skildis wieder mit. Trotzdem viel Glück auf eurem Weg!«

Sie stand auf.

Ladro erhob sich ebenfalls und packte Ravin beim Oberarm.

»Ravin, es hat keinen Sinn. Lass uns gehen.«

Er hörte, dass sein Freund verärgert war. Doch er schüttelte den Kopf.

»Heute nicht, Ladro.«

Ladros erstaunten Blick nicht beachtend wandte er sich an Sumal.

»Wir nehmen deine Einladung gern an und verbringen die Nacht in deinem Haus.«

Sumal schien einen Moment ernsthaft zu überlegen, ob sie nicht eine Ausnahme machen und mit der dantarianischen Gastfreundschaft brechen sollte. Doch schließlich lächelte sie höflich und deutete auf mehrere Netzstapel an der Wand.

»Gerne. Allerdings müsst ihr mit den Netzen als Bettstatt vorlieb nehmen. Und ich werde euch diese Nacht nicht Gesellschaft leisten können.«

»Bis du verrückt geworden?«, flüsterte Ladro, als sie das Netz so zurechtrückten, dass es ein leidlich bequemes Lager abgab. »Wir verlieren hier nur Zeit. Du siehst doch, dass es keinen Sinn hat. Egal was sie sagt, ich wette, der Hafen ist voller Kapitäne, die froh sind, für sechshundert Skildis eine Passage zu fahren.«

»Vielleicht auch nicht, Ladro. Vielleicht hat Diolen die guten Kapitäne wirklich bereits angeheuert. Und vor morgen früh werden wir keinen Ersatz finden. In wenigen Stunden geht die Sonne auf. Wir müssen uns ausruhen.«

»Was machen wir, wenn Sumal gerade auf dem Weg ist, uns zu verraten?«

Ravin hatte selbst an diese Möglichkeit gedacht, doch ein Gefühl sagte ihm, dass er den Dingen nun ihren Lauf lassen musste.

»Sie wird uns nicht verraten. Warum sollte sie?«

»Weil du sie beleidigt hast!«

»Wir sind ihre Gäste.«

»Ich hoffe nur, dass du Recht hast«, knurrte Ladro.

Ravin konnte nicht erklären warum, aber als er sich auf das harte Netz legte und die Augen schloss, war er sehr zufrieden mit sich. Er sah Skaardjas Gesicht vor sich, dann glitt er in einen traumlosen Schlaf.

Einen Augenblick später öffnete er die Augen wieder und setzte sich überrascht auf. Die Sonne fiel durch das schmale Fenster, Stäubchen tanzten im gleißenden Licht. Wie poliertes Silber blitzten die Widerhaken an den langen Speeren. Sumal war nirgends zu sehen. Ravin fuhr hoch und ging zum Fenster. Die Hitze des Tages schlug ihm entgegen, er erschrak, als er sah, wie hoch die Sonne bereits stand. Gerade wollte er sein Tuch holen, als sein Blick auf den Seilerbaum fiel. Vor Erstaunen blieb ihm der Mund offen stehen.

Um den Baum hatten sich etwa dreißig Seiler versammelt. Jeder von ihnen hatte ein dünnes Seil um die Hüfte gebunden und lehnte sich dagegen um es straff zu halten. Die anderen Enden der Seile waren um den Seilerbaum geschlungen. Jeder Seiler trug einen Gürtel, an dem eine Vielzahl von Haken, Schnüren und Nadeln hing. Und jeder flocht im Stehen an seinem Seil. Ravin dachte sich, dass ein Vogel, der über den Platz hinwegflog, denken mochte, einen Stern mit verschieden langen Strahlen unter sich zu sehen. Bei jedem Knüpfzug scheuerten die Seile am Baumstamm, gruben jeden Tag die Rillen ein wenig tiefer, polierten das duftende Holz, bis es glänzte. Die Hände der Seiler waren so geschickt und knüpften so schnell, dass Ravin Schwierigkeiten hatte, ihnen mit den Augen zu folgen. Der Anblick hielt ihn so gefangen, dass er nur am Rande wahrnahm, wie Ladro neben ihn trat. Eine Weile standen sie und bewunderten den stummen Tanz der Hände, die sich völlig unabhängig zu bewegen schienen, während die Seiler sich unterhielten und sich scheinbar gar nicht auf ihre Arbeit konzentrierten. Ladro und Ravin waren so vertieft, dass sie nicht einmal bemerkten, wie die Tür sich öffnete. Erst als sie Sumals Stimme hinter sich hörten, fuhren sie herum. Sie trug einen großen Sack auf dem Rücken, den sie nun auf dem Tisch ausschüttete. Getrocknete Früchte und etwas, das wie geräuchertes Fleisch aussah, kamen zum Vorschein. Außerdem ein Gegenstand, der in helles Leder eingeschlagen war. Schweigend bot Sumal ihnen das Essen an und stellte einen noch größeren Krug auf den Tisch, in dem sich, wie Ravin nicht gerade begeistert vermutete, Giel befand. Schweigend setzten sie sich zu Sumal, die ihnen das Fleisch zuschob. Es roch nach Salz und entfernt nach Fisch. Als er hineinbiss, stellte er fest, dass er selten so etwas Köstliches gegessen hatte.

»Das ist Snai«, erklärte Sumal ohne Umschweife. »Wir trocknen ihn über dem Feuer oder essen ihn gebraten und mit Honig eingerieben. Schmeckt es euch?«

Sie nickten mit vollem Mund und Sumal schenkte ihnen Giel ein. Um der Höflichkeit willen nahm Ravin widerwillig einen Schluck und war überrascht, wie köstlich der Tee schmeckte, als er sich mit dem süßlich-würzigen Geschmack des Snai vermischte. Nun begriff er, warum die Dantarianer dieses Getränk mochten. Schweigend aßen sie weiter. Sumal beobachtete sie. Ravin hätte viel darum gegeben, zu sehen, was sich hinter diesen schönen, unbeteiligten Augen verbarg.

Vermutlich wird sie uns nach dem Essen wegschicken, dachte er. Und wir werden uns beeilen müssen einen neuen Kapitän zu finden.

Auch Ladro war sich bewusst, dass die Zeit drängte, denn er aß hastig und stand sofort auf, nachdem er seinen Becher Giel geleert hatte.

»Sumal Baji, wir danken dir sehr für ...«, begann er.

»Setz dich«, unterbrach sie ihn. Ladro blickte überrascht, dann runzelte er die Stirn und ließ sich langsam wieder auf dem Holzklotz nieder. Sumal räumte die Reste weg, griff nach dem Lederpacken und faltete ihn auseinander. Es war eine Karte.

»Das hier ist Dantar«, begann sie. Sie deutete auf die handförmige Landzunge, die in ein blau eingefärbtes Meer hineinragte. Zwischen den Wellen waren Pfeile aufgemalt, die Strömungen kennzeichneten. Ab und zu sah man verschiedene Fischsymbole. Sumals Finger glitt an der Küste entlang.

»Das ist der Weg, den ihr nehmen wollt. An der Küste entlang, ein Stück über das Meer und schließlich ein Bogen um das Komos-Kap. Nicht ganz ungefährlich wegen der Strömungen und Untiefen. Aber immer noch weitaus schneller als der Landweg. Dann wollt ihr hier bei der Galnagar-Bucht an Land gehen.«

Sie musste sich weit über den Tisch beugen um den entfernten Küstenpunkt zu erreichen, der mit verschnörkelten Tanistannensymbolen markiert war.

Ladro und Ravin nickten.

Sumal lächelte.

»Gut. Eigentlich kein Problem, so weit. Es geht um einen undurchschaubaren Krieg in eurem Land. Der geht mich nichts an. Aber ich habe mich heute Morgen umgehört. Und wie ihr euch denken könnt, gibt es da noch jemanden, der genau diesen Weg nehmen will. Und dieser Jemand hat, wie wir ebenfalls wissen, vier riesige Galeeren bestellt. Schiffe, die gerade im Hafen fertig gestellt werden. Sehr schnelle und gute Schiffe.«

Ladro nickte. »Wir müssen schneller sein!«

Sumal lachte ein spitzes spöttisches Lachen.

»Ja, ihr Waldmenschen. Ihr müsst schneller sein. Schneller als diese wunderbaren Galeeren. Aber das wird euch nie gelingen.«

»Wer sagt das? Die Schiffe sind noch nicht einmal fertig. Wenn wir heute Abend oder spätestens morgen abfahren …«

»… dann holen sie euch spätestens in fünf Tagen wieder ein. Nein.«

Sie schüttelte entschieden den Kopf.

»Erstens werdet ihr in ganz Dantar kein schnelleres Schiff finden. Und zweitens keinen Kapitän, der heute oder morgen mit euch in See sticht.«

Sie lächelte und machte eine Pause, in der sie an ihrem Giel nippte. Ladro wollte etwas sagen, doch Ravin gebot ihm mit einem kurzen Seitenblick Einhalt. Er merkte, dass sein Freund wütend war und am liebsten aufgesprungen und gegangen wäre. Doch Ravin riss sich zusammen und lächelte ebenfalls.

»Also, was schlägst du vor?«

Sumals Augen blitzten, aber ihre Stimme klang kühl wie immer.

»Nun, ich habe mir meine Gedanken gemacht. Es gibt tatsächlich einen Weg, schneller zu sein. Sogar mit einem langsameren Boot. Wir fahren von Dantar los und biegen hier …«, sie tippte auf eine winzige Bucht auf halbem Küstenweg, »… in die Taltad-Straße ein. Und fahren durch einen sehr felsigen und zerklüfteten Jum-Kanal.«

Ravin folgte mit dem Blick ihrem Zeigefinger, mit dem sie die Route nachfuhr, und entdeckte jetzt erst einen schmalen

Kanal, der das Land in einem flachen vertikalen Bogen durchschnitt.

»Das ist ja kaum ein Drittel der anderen Strecke!«, rief er. »Damit wären wir auf jeden Fall schneller.«

Ladros Stirn glättete sich mit einem Mal, er lächelte.

»Im Prinzip richtig«, sagte Sumal Baji. »Das Problem ist nur, dass gerade jetzt im Sommer die brennenden Fische ihre Wanderung zu den südlichen Meeren beginnen. Die brennenden Fische sind eigentlich nicht gefährlich, sondern nur unglaublich dumm und schreckhaft. Das Problem sind die Grom, die auf der Jagd nach den brennenden Fischen aus den Tiefen des Kanals an die Oberfläche kommen. Denn die sind verdammt groß. Und das Schiff muss verdammt klein sein um die Strömungen zu umfahren.«

»Heißt das, du bist bereit uns durch den Kanal zur Galnagar-Bucht zu bringen?«, fragte Ladro.

Ravin hielt die Luft an.

Sumal Baji lachte zum ersten Mal, ein klingendes, unbekümmertes Lachen.

»Für Waldmenschen seid ihr sehr mutig – oder sehr ahnungslos. Nun, für eure Skildis bekommen wir bestenfalls eine kleine Mannschaft und ein geflicktes Schiff. Dafür allein lohnt es sich nicht. Aber ...« – sie schenkte sich Giel nach – »... ich könnte mir vorstellen, mir etwas von den roten Schätzen zu holen, die man nur im Jum-Kanal findet. Wir werden langsam fahren müssen um die Strömungen abzupassen.«

»Rote Schätze?«

Sie beugte sich vor.

»Jum-Korallen«, sagte sie leise. »Nach ihnen ist dieser Kanal benannt. Wenn es uns gelingt, auch nur eine halbe Schiffsladung davon zu brechen, bin ich eine reiche Frau. Bisher hatte ich kein Boot und vor allem keinen Anlass, eine so gefährliche Fahrt zu machen. Aber nun ließe sich das Nützliche mit dem Notwendigen verbinden.«

»Wozu dienen die Korallen?«, fragte Ravin.

Voller Unverständnis über so viel Unwissenheit schüttelte sie den Kopf.

»Aus dem Korallenmehl lässt sich eine Salbe herstellen, die nicht nur die Verbrennungen der brennenden Fische heilt. Und diese Salbe wird teurer gehandelt als alles, was ihr in Dantar erwerben könnt.«

»Abgemacht!«, sagte Ladro und streckte ihr die Hand hin. »Wir bezahlen das Schiff und du bekommst die Korallen.«

Beide sahen Ravin erwartungsvoll an. Schließlich streckte auch er die Hand aus.

»Abgemacht!«, sagte er und schlug ein.

Sumal strahlte. Ein Sonnenstrahl fiel auf einen ihrer Goldohrringe und ließ ihn aufblitzen. Der Lichtreflex, der sich in ihrem Auge fing, brachte es zum Leuchten.

»Ich schlage vor, dass wir bei Nacht lossegeln. Es wird noch fünf Tage dauern, bis die Galeeren fertig sind. Ich habe bereits ein kleineres Schiff gesehen, das nur wenige Reparaturen braucht. Low hat gesagt, er schafft es in zwei Tagen. Es wird etwa vierhundert Skildis kosten. Und dann muss ich noch die Mannschaft bei Abfahrt für zehn Tage im Voraus bezahlen. Das macht noch einmal zehn Skildis pro Mann. Ach ja, bevor ich es vergesse – wie viele seid ihr?«

»Fünf«, sagte Ladro.

»Und vier Pferde«, ergänzte Ravin.

Sumal zog die Augenbrauen hoch.

»Pferde auch?«

Ravin nickte.

»Wir können nicht auf sie verzichten. Natürlich kümmern wir uns um sie.«

Sie schien nachzurechnen.

»Na gut, auf eure Verantwortung. Ihr schafft Futter und genug Wasser für sie an Bord. Wir werden etwa zehn Tage unterwegs sein. Und ihr haltet sie ruhig!«

Sie klappte die Karte wieder zusammen und stand auf. Dann nahm sie eine Hand voll Skildis und schob den Rest wieder Ravin zu.

»Zwei Tage habt ihr Zeit. Wir treffen uns gegen Mitternacht am kleinen Hafen – ein paar Schritte von hier.« Sie deutete in die Richtung, aus der ihnen in der Nacht zuvor der Algengeruch entgegengeweht war. »Am besten ist, ihr kleidet euch noch dantarianischer ein und taucht in der Stadt unter. In den nächsten Tagen wird der neue Fischerrat gewählt, da werdet ihr als Fremde nicht auffallen. Wenn ihr eine billige Herberge sucht, geht zu Uja in der Schlemmfischgasse. Sie schuldet mir einen Gefallen.«

Ravin schwirrte der Kopf von der Aussicht, zwei Tage in der riesigen Stadt zu verbringen.

Sumal nahm ihren Umhang, warf ihn sich als Sonnenschutz über das Haar und ging zur Tür. An der Tür drehte sie sich noch einmal um.

»Ach ja, heute träumte ich von einer dunklen Frau. Monde leuchteten auf ihrer Stirn. Ich hoffe nicht, dass sie zu euch gehört.«

Ravin blickte verstohlen zu Ladro.

»Es sind noch zwei Frauen bei uns, aber keine trägt einen Mond auf der Stirn«, sagte Ladro wahrheitsgemäß.

Ravin verkniff sich ein Lächeln. Auf der Stirn trug Amina die Monde wirklich nicht.

»Umso besser«, sagte Sumal. »Also, schaut euch die Stadt an. Geht auf das Fischerfest am Markt. Und tauscht dieses Berggeld in Dantare um. Ich weiß nicht, wie es bei euch im Wald ist, aber hier begeht man für eine Hand voll dieser Steinchen Morde!«

Die Berührung des Traumfalters war sanft wie ein Kuss, doch so deutlich, dass Ravin spürte, wie hinter seinen geschlossenen Augen Tränen der Erleichterung brannten. Dankbar glitt er über die Schwelle zum Schlaf. Jolon wartete bereits auf ihn, hell leuchtete der Traumreif der Königin auf seiner Stirn. Hinter ihm stand die Gestalt, eine schwarze Klaue wie einen Vogelfuß auf seine Schulter gelegt. Für seinen Bruder hatte sie wohl nichts Bedrohliches, denn er lächelte und winkte Ravin zu sich. Im Hintergrund sah Ravin das Feuer und die Dämonen, aber heute hielten sie sich auf einer Seite des Feuers und schwiegen. Ravin erkannte, dass sie sich vor der Gestalt fürchteten. Doch in das Gefühl der Erleichterung mischte sich sofort der bittere Geschmack der eigenen Niederlage.

»Jolon, ich habe versagt. Die Quelle kann dir nicht helfen«, flüsterte er. »Wir sind ausgeliefert und Tjärg in Gefahr!«

Jolon schloss die Augen. Die Gestalt trat vor ihn und breitete den Umhang über ihn. Es ist der Tod, dachte Ravin verzweifelt. Aber warum ist er dunkel? Ich bin schuld, dass meinen Bruder ein dunkler Tod erwartet!

»Na«, sagte Laios. »Nicht verzweifeln. Das ist nur ein Traum.«

Das Gesicht des Zauberers strahlte im rötlichen Schimmer des Feuers.

»Warum kann ich dich hören?«, fragte Ravin. »Bist du hier?«

»Unsinn.« Laios lachte. »Glaubst du, ich lerne auf meine alten Tage zu fliegen wie ein Vogel?« Doch sofort wurde sein Gesicht wieder ernst. »Ich habe dich lange gesucht, Ravin. Du weißt viel besser als ich, dass dir nicht mehr viel Zeit bleibt, um zu Gislans Burg zu kommen. Ich weiß nicht, ob ich in Zukunft zu dir sprechen kann. Nur so viel: Ihr seid auf dem richtigen Weg. Verlasst euch auf die Regenbogenpferde. Sorge dich nicht um verlorene Leben und hüte dich vor den Hallgespenstern. Hast du mich verstanden?«

»Ja«, sagte Ravin. »Doch was ist mit Jolon? Die Quelle ...«

Laios prüfender Blick verharrte kurz auf Ravins Mund, dann sah er Ravin wieder in die Augen und schüttelte den Kopf. »Du hast gehört, was ich über verlorenes Leben gesagt habe.«

»Jolons Leben ist nicht verloren! Ich muss einen Weg finden ...!«

Laios runzelte unwillig die Stirn.

»Ja, Sohn. Ich weiß. Aber jetzt geht es um Tjärg. Dort wo du bist, wirst du die Quelle nicht finden. Nur eines wirst du finden, wenn du dickköpfig bist: Unheil und Tod. Bedenke: Wenn Jolon stirbt, weil der Tod schneller reitet als du, dann nützt ihm auch Skaardjas Quelle nichts mehr. Entscheide dich!« Und Laios streckte seine Hand aus und legte sie über Ravins Augen. Die Finger fühlten sich an wie harte Äste. Einer davon ritzte seine Wange. Ein mondförmiges Mal brannte sich in Ravins Wange, dann ebbte der Schmerz ab und Ruhe breitete sich in ihm aus. Benommen blickte er an sich hinunter und erkannte, dass er die ganze Zeit schon ein fremdes, weißes Gewand trug. Aus der Wunde auf seiner Wange tropfte Blut. Rankenförmige Ströme tränkten den Stoff, wurden breiter, saugten sich in die Fasern, bis das Gewand über und über rot war. Laios wurde durchsichtig, bis nur noch seine verklingende Stimme über das Gras geweht wurde. Von weit her hörte er die Stimme: »Küsse keine Feuernymphen mehr, hörst du? Brandnarben im Gesicht mögen heldenhaft aussehen, aber schön sind sie nicht.«

Noch bevor ihm bewusst wurde, dass der Traum vorbei war, spürte Ravin, wie ein Luftzug sein tränenfeuchtes Gesicht kühlte. Vaju schnaubte ihm in die Halsbeuge. Ohne die Augen zu öffnen hob er den Arm und verhakte seine Finger in der wasserweichen Mähne. Laios wusste also, dass sie auf dem Weg zur Burg waren. Dann wusste er auch, dass Tjärg in Gefahr war. Und Jolon? Wenn die Gestalt nicht der dunkle Tod war, was war sie dann?

Vorsichtig öffnete er die Augen und sah, dass der Morgen dämmerte. Unweit von ihm saß Mel Amie und rührte in einer flachen Mulde Schlamm an, mit dem sie Dondo bereits fast ganz eingerieben hatte. Er sah fleckig aus und ähnelte tatsächlich weniger denn je einem Regenbogenpferd. Auch die prächtige Mähne hatte Mel Amie unbarmherzig gekürzt. Nach einem längeren Gespräch hatten sie am gestrigen Abend beschlossen, dass sie und Ladro die zwei Tage bis zur Abfahrt bei den getarnten Pferden bleiben würden.

»Je später ich Schiffe sehe, desto besser für mich«, waren Mel Amies Worte. Amina und Darian dagegen lauschten Ravins Bericht atemlos. Und Darian lachte und klopfte Ravin anerkennend auf die Schulter, als Ladro schilderte, wie geschickt Ravin Sumal Baji zu der Reise überredet hatte.

Amina war vor allem Ladro gegenüber sehr freundlich. Ravin hatte den Verdacht, dass sie sich doch daran erinnerte, ihn beinahe getötet zu haben. Ladro dagegen ließ sich nichts anmerken, lachte sogar mit ihr und erwiderte ihre Umarmung, mit der sie ihn begrüßte. Ravin wurde aus Ladro nicht schlau. Er wusste, dass er ihm vertrauen konnte. Und doch, das unbestimmte Gefühl, dass Ladro und Amina etwas ganz anderes verband als Freundschaft oder sogar Liebe – dieser Gedanke versetzte ihm einen Stich –, ließ ihn nicht los.

Bereits am Vortag war Ravin die Stadt bevölkert erschienen, doch im Vergleich zum heutigen Tag waren es nur ein paar verstreute Fußgänger gewesen. Über Nacht hatte die Stadt ihr Festgewand angelegt. Aus jedem Fenster hingen nicht nur die rotweißen Tücher, sondern auch bunte Kurztücher, die an dünnen Seilen quer über die Straßen gespannt waren. In Aminas und Darians Gesichtern las Ravin dasselbe Erstaunen, das er am Tag zuvor gefühlt hatte. Anfangs schoben sie sich mit gesenkten Köpfen durch die Straßen, bald jedoch steckte die Fröhlichkeit um sie herum sie an, sie staunten, blieben mit offenen Mündern vor einer Gruppe Fischer stehen, die drei riesigen ausgehöhlten Walzähnen grauenhafte Töne entlockten und ließen sich weiter treiben. Aminas düsterer Gesichtsausdruck wich einem fassungslosen Staunen – und bald schon lächelte sie. Auch Ravin konnte nicht umhin, ihn erfasste der Trubel, die Musik vibrierte durch seine Seele, pulste in seinem Blut und brachte seine Beine zum Schwingen. Jede Brise, die vom Meer ihre Gesichter kühlte, trug einen Teil seiner Sorgen davon. Und schließlich sagte ihm eine leise, lustige Stimme in seinem Inneren, dass es keine Rolle spielte, wenn sie die Vorräte nicht sofort kauften, sondern sich erst einmal die Stadt ansahen. Er würde Jolon davon erzählen. Jetzt, im Sonnenlicht, fühlte er sich stark und zuversichtlich.

Amina fasste ihn am Arm und deutete auf einen Kleidermarkt. Noch nie hatte Ravin so viele Stoffe auf einmal gesehen. Mehr als tausend Jahre könnten alle Lager im ganzen Tjärgwald weben – und immer noch würden sie niemals so viele prächtige, federleichte Tücher fertig stellen. Einige von ihnen waren so fein, dass man durch sie hindurchblicken konnte und die Welt dahinter in roten, blauen und goldenen Nebeln versank. Ehe Darian und Ravin sichs versahen, war Amina verschwunden und kehrte kurz darauf mit einem dieser durchsichtigen Tücher und zwei Strohhüten zurück. »Niemand soll uns erkennen«, sagte sie verschmitzt und drückte Ravin den Hut in die Stirn. Anschließend breitete sie den Schleier über ihr Haar und sah nun aus wie eine ganz gewöhnliche Städterin. Dennoch war diese Vorsichtsmaßnahme unnötig, denn Ravin hatte weit und breit noch keinen Horjun entdeckt. Erstaunt bemerkten sie, dass alle Menschen hier Ketten aus vielfarbigen Korallen trugen. Auch die Männer und selbst die Kinder waren für diesen Festtag damit herausgeputzt. Viele Stände waren mit frischen Blüten geschmückt. Wenn man an ihnen vorbeiging, vermischte sich der zarte Duft mit dem Aroma von Räucherfisch, ein angenehmer, doch betäubend intensiver Gegensatz.

Als die Sonne so hoch stand, dass selbst die Schatten verschwanden, kamen sie auf einen großen Markt. Ravin musste sich den Hals verrenken um ihn ganz zu überblicken. Rechts von ihnen erhob sich ein Haus, das prächtiger geschmückt war als alle anderen. Die Fenster waren so hoch, dass die Menschen daneben winzig wirkten. Armdicke Flechten von getrocknetem Tang, in die Marjulablüten eingewoben waren, schmückten das Gebäude. Weit über Ravins Kopf ragte ein Balkon über den Marktplatz.

»Muscheln für die Wahl des Fischerrates?«

Die Stimme ließ Ravin herumfahren. Er sah sich einem Händler gegenüber, der vor dem Bauch mehrere Schilfköcher hielt. Jeder von ihnen war randvoll mit kleinen Muscheln in verschiedenen Farben gefüllt. »Schwarze Muschel für Sanjan, wie im vergangenen Jahr. Braune für Mon, rote für Nisal …«

»Nein, danke«, erwiderte Ravin freundlich.

Der Händler fühlte sich angespornt.

»Ach, dann stimmt ihr für Klio? Kluge Wahl! Klio will Flut wieder aufbauen lassen. Ich stimme auch für ihn. Habe mein Haus bei der großen Flut verloren.«

Er holte eine weiße Muschel hervor und hielt sie Ravin hin. Ravin zögerte.

Langsam dämmerte ihm, dass der Mann vielleicht gar kein Händler war. Über die Schulter des Mannes sah er, wie weitere Männer mit Köchern über den Platz liefen und Muscheln verteilten.

»Ja, ich stimme für Klio«, sagte er schnell. Ein Lächeln ging über das Gesicht des Mannes. Er gab Ravin die Muschel, griff mit einer Hand in einen schmalen Köcher mit heller Farbe und zeichnete damit eine Stelle an Ravins Unterarm. Ravin zuckte zurück, ließ es sich jedoch gefallen. Offensichtlich zeigte der weiße Fleck an, dass er bereits gewählt hatte. Damit sollte verhindert werden, dass sich dieselben Menschen immer wieder neue Muscheln holten, um die Wahl dadurch zu verfälschen. Unter dem Balkon entdeckte Ravin riesige Krüge. Neben jedem stand ein Fischer und wartete. Hastig steckte Ravin die Muschel ein.

»Seht mal, dort!«, rief Amina und drängte sich durch eine Ansammlung von Menschen. In der Mitte stand ein Holzbecken, das Ravin bis zur Schulter reichte, aber etwa so breit war wie der ganze Seilermarkt. Wasser schwappte darin. Es roch nach Algen und Fisch. Die Menschen drängten sich darum, einen Blick über den Holzrand zu erhaschen, und schrien auf, wenn sie einen Blick in das Wasser warfen. Amina, Ravin und Darian drängten sich ebenfalls näher heran. Die nachfolgenden Leiber drückten sie so dicht an den Bottich, dass Ravin durch seine Kleidung die kühle Nässe des Holzes fühlen konnte. Etwas bewegte sich in dem Becken. Er kniff die Augen zusammen und sah genauer hin. Zuerst erkannte er etwas, das wie ein mit Tang bewachsenes Seil aussah. Dann bewegte sich das Seil. Eine Mähnenschlange! Im Tjärgwald gab es fingerlange Exemplare. Doch diese hier war dicker als Ravins Bein. Mit geöffnetem Maul und pumpenden Kiemen lag sie schlaff im lauwarmen Wasser, dreimal um sich selbst geringelt.

»Die wird heute Abend nach dem Umzug gebraten«, sagte eine Mutter zu ihrem kleinen Sohn, den sie über den Rand hielt, damit auch er die Schlange sehen konnte. Dann wurde Ravin schon beiseite gedrängt und kämpfte sich aus der Menge. Er suchte nach Amina und Darian und fand sie am Rand der Menschentraube, wo sie nach ihm Ausschau hielten. Amina war blass.

»Wenn schon die Mähnenschlangen so groß werden, will ich nicht wissen, was uns sonst noch im Meer erwartet«, sagte sie. Ravin lachte, doch er gab nicht zu, dass er Ähnliches dachte.

»Hier tagt heute Abend der Rat der Fischer«, sagte Darian. »Habe ich eben gehört. Die Bevölkerung von Dantar wählt einen, der dann wieder für ein ganzes Jahr als Fischerkönig regiert. Wenn die Sonne untergegangen ist, geht das Fest richtig los.«

Sie überquerten den Platz und bogen in eine schmale Gasse ein, die zu einem kleineren Markt führte. Im Gegensatz zum großen Hauptplatz war es hier viel ruhiger und kühler. Ravin entdeckte einen Stand voller Krüge, in jedem davon war ein anderer Giel. Darian und Amina verzogen das Gesicht, als der saure Tee ihre Lippen berührte. Doch sie waren durstig und tranken die Becher aus. Ravin versuchte eine andere Sorte, die gelblicher war, und stellte überrascht fest, dass dieser Giel viel süßer und besser schmeckte. Dann schlenderten sie über den Markt und staunten. Darians Augen leuchteten beim Anblick der Heilsteine, Flechten und Öle, die er hier fand. Nach kurzer Zeit hatte er so viel davon gekauft, dass er nicht alles in seinem Tuch verstauen konnte. Ravin nahm ihm zwei Beutel ab und hängte sie sich an den Gürtel.

Sie verließen den Markt und gingen in den ruhigeren Teil der Stadt, der nicht minder festlich geschmückt war, in Richtung Kleiner Hafen. Ravin erwartete jeden Augenblick Sumal Bajis hoch gewachsene Gestalt zu erblicken. Doch stattdessen blieb ihm an der nächsten Biegung für einen Moment das Herz stehen.

Es waren fünf.

Sie hatten ihre Helme abgesetzt und trugen die schweren Umhänge über dem Arm. Die Stiefel klirrten auf dem Stein. Ravin schluckte und zog den Strohhut tiefer ins Gesicht. Mit einem Seitenblick vergewisserte er sich, dass Darian und Amina nichts bemerkt hatten. Darian zeigte Amina im Gehen eine Wurzel, die er gekauft hatte. Die Gruppe kam näher. Nun sah Ravin, dass es junge Horjun waren. Erschöpft sahen sie aus; offensichtlich litten sie unter der Hitze. Das nasse Haar klebte ihnen an der Stirn. Als sie an ihm vorbeigingen, schlug Ravin der Geruch nach feuchtem Leder entgegen. Einer der Horjun hob zerstreut den Blick und sah Ravin mitten ins Gesicht. Ravins Herz machte einen schmerzhaften Sprung. Trotzdem ging er unbeirrt weiter. Er hörte, wie der Horjun aus dem Takt kam und stolperte, wie seine Kameraden protestierten und ihn zurechtwiesen. Ravin wartete drei Herzschläge, dann warf er einen verstohlenen Blick zurück. Im selben Moment drehte der Horjun sich ebenfalls um. In seinem Gesicht kämpfte Unglauben gegen Verwirrung. Ravin zwang sich ganz beiläufig zu grüßen, als sähe er einen Fremden, und wandte sich wieder um. Er dachte an Fischfang, an all die Aufgaben, die ein gewöhnlicher Dantarianer noch erledigen musste, dachte an den Rat der Fischer – und an die Mähnenschlange, die zum Tode verurteilt in ihrem warmen Bad lag. Endlich spürte er, wie Ruks Unglauben siegte und der Blick von ihm abglitt. Trotzdem zitterten ihm die Knie, als er weiterging. Da war er wieder – der Krieg, inmitten der festlichen Stadt, der lachenden Gesichter. Wie konnte es sein, dass Feste und Kriege zur gleichen Zeit existierten? Er ging weiter und fröstelte trotz der Hitze.

Uja war eine unglaublich dicke Frau, die Ravin auf den ersten Blick unsympathisch war. Steif und fest behauptete sie, dass sie kein einziges Lager freiräumen könne, da während des Festes so viele Besucher in der Stadt seien.

»Schade«, meinte Ravin schließlich. »Kapitänin Sumal Baji Santalnik sagte uns, hier seien noch Lager frei.«

Uja riss die Augen auf, meinte, sie werde zur Sicherheit noch einmal nachsehen, um dann zu verkünden, sie habe ganz zufällig noch drei Lagerplätze im überdachten Vorhaus gefunden.

»Scheint ein wichtiger Gefallen zu sein, den Uja Sumal Baji noch schuldet«, meinte Amina, nachdem sie sich die Matten an der Wand eines großen kahlen Raumes zurechtgelegt hatten. Es stank nach Essensresten und fauligem Heu, doch nach den unzähligen Tagen, die sie auf Kies und Fels verbracht hatten, kam ihnen das Lager beinahe angenehm und weich vor. Zum Zeichen, dass sie besetzt waren, beschwerten sie ihre Matten mit weiß bemalten Steinen und traten wieder in die vor Hitze sirrende Luft. Die Gasse war plötzlich wie ausgestorben, von fern hörte man das unmelodische Tröten der Walzahnhörner und Jubel aus tausend Kehlen.

»Sie haben den neuen Fischerkönig gewählt«, sagte Darian. »Habt ihr Appetit auf ein Stück Mähnenschlange?« Amina verzog den Mund.

»Aber wenigstens die Festlichkeiten sollten wir uns ansehen«, fuhr Darian fort. Sie brauchten nicht lange um wieder auf die breite Straße zu treffen, die zum Markt führte. Musik und Stimmengewirr brachen über sie herein wie eine Woge, als sie die letzte Biegung hinter sich brachten und wieder auf dem Marktplatz standen. Die Sonne stand so schräg, dass sie riesige Schatten auf die hellen Häuserwände malte. Das weiße Gebäude war erleuchtet. Die Krüge standen nun auf dem Kopf. Vor jedem häufte sich ein Berg einfarbiger Muscheln. Der Berg mit den hellbraunen Muscheln war der größte. Offenbar waren die Muscheln gezählt worden, denn Ravin entdeckte, dass die Fischer, die am Vormittag wartend neben den Krügen gesessen hatten, sich Kreidestaub von den Fingern klopften. Endlose Abfolgen von Strichen waren auf dem Boden zu sehen.

»Auf Mon!«, rief eine Frau neben Ravin und ein paar Leute, die Ketten aus hellbraunen Muscheln um den Hals trugen, prosteten ihr zu: »Auf Mon!«

Ein Mann trat auf den Balkon. Seinen kahlen Schädel schmückte ein Kranz aus getrocknetem Seetang. Er lachte über das ganze dunkle Gesicht und winkte. Mons Anhänger jubelten und tobten. Am Rande des Platzes erspähte Ravin ein ruhiges Plätzchen und zog Darian und Amina mit sich. Betrunkene rempelten sie an, als sie sich einen Weg durch die Menge bahnten. Endlich, an einem Giel-Stand, kamen sie zum Stehen und hatten wieder etwas Luft. Zwei kräftige Männer trugen ein riesiges Tablett mit bluttriefenden Fleischstücken zu einem Tonofen. An einem der Fleischbrocken hing noch ein Fetzen glitschiger Mähnenhaut. Ravin hatte bei diesem Anblick das Gefühl, als würde sich ihm der Magen umdrehen.

Musik hatte eingesetzt, ein wilder Tanz aus Klatschen, Walzahngesängen und einem Instrument, das aussah wie ein flacher Holzsattel, über den einige Sehnen gespannt waren. Als der Spieler mit schwieligen Fingern darüber strich, gab das Instrument Töne von sich, die sich wie das Jaulen eines Hundes anhörten. Trommler standen daneben und schlugen mit lederumwickelten Händen auf ausgehöhlte, mit Ziegenhaut überzogene Jalafrüchte. Die Menge stampfte und klatschte. Als hätte sich der Himmel an die Mähnenschlange erinnert, färbte die Sonne sich rot, hielt die Erinnerung an das festliche Blutvergießen eine Zeit lang am Himmel – bis schließlich der dunkle Schleier der Dämmerung den Abendhimmel verhüllte und sich über den Marktplatz senkte. Fackeln loderten auf, jedes Geräusch war plötzlich kristallklar. Der Duft von gebratenem Schlangenfleisch wehte zum Giel-Stand herüber. Und der Tanz ging weiter. Erst jetzt bemerkte Ravin, dass Amina nicht mehr neben ihm stand. Darian fing seinen besorgten Blick auf und deutete in die Menge – und da entdeckte Ravin sie. Sie tanzte! Ihr Tuch flog bei jeder Bewegung, sie lachte und klatschte mit den anderen. Die Narbe war unter dem Tuch verborgen. Im Fackelschein wirkte ihr Gesicht gar nicht mehr dunkel und unheimlich, es war fröhlich und unglaublich schön und klar. Einen verzauberten Augenblick lang erschien es Ravin, als sei die Zeit stehen geblieben. Aminas Lachen trieb zu ihnen herüber. Und die ersten Sterne erwachten am Himmel. Für einen unbestimmten Moment lang gestand Ravin sich ein, dass er trotz allem glücklich war.

Auf dem Rückweg waren sie schweigsam. Mit jedem Schritt ließen sie den Festlärm weiter hinter sich. Amina war erschöpft und außer Atem, doch ihre Augen leuchteten. Sie nahmen den Weg, der am Kleinen Hafen entlangführte, wo die Ruderboote vertäut waren. Wie ein Spiegel lag das Meer vor ihnen. Weit draußen glitten bereits wieder die winzigen Fischerboote dahin, Fackeln schwenkten über das Wasser.

Als sie am Ende der Bucht angekommen waren, bogen sie in eine Straße ein, die Kochgraben hieß. Sie gingen um eine Ecke und standen am Anfang einer von zwei Fackeln beleuchteten Gasse, die weitgehend menschenleer war. Auf der rechten Seite entdeckten sie eine schartige Holztür, auf die man mit ungeschickten Pinselstrichen ein aufgerissenes Maul mit triefenden Zähnen gemalt hatte. Über der Tür stand eine Inschrift, die Ravin mühsam entzifferte.

Er berührte Darian am Arm und deutete auf die Tür.

»Wenn ich mich nicht irre, heißt die Gaststätte Skiggas Ruh.«

Amina kniff die Augen zusammen. Einige Augenblicke betrachteten sie das gemalte Ungeheuer. Dann zuckte Darian die Schultern und drückte die Klinke hinunter.

»Darian! Was machst du da?«

»Ich will sehen, wie es in Skiggas Ruh aussieht. Wenn ihr nicht mitkommen wollt, geht einfach die Gasse entlang und biegt vorne links ab. Dort ist Ujas Herberge.«

Und schon war er eingetreten. Ravin und Amina sahen sich verdutzt an und folgten ihm.

Stimmengewirr schlug ihnen entgegen, als sie die schmale Steintreppe hinunterstiegen. In der Schänke roch es nach gebratenem Fisch und Ruß. Etwa zwanzig Fischer und Fischerinnen saßen an niedrigen Tischen. Im Hintergrund köchelte über einem Steinofen ein riesiger Kessel mit grünlichem Giel. Handgroße runde Fische ragten Maul voran an langen Stäben schräg über der Glut. Über dem Ofen waren weitere verrußte Malereien zu sehen: ein zahnbewehrtes Maul, das ein Schiff in zwei Teile biss, schreiende Menschen dümpelten ringsherum in den Wellen. Auf dem Bild daneben erkannte man einen dornenbewehrten Peitschenschwanz, der alle drei Masten eines gewaltigen Schiffes in Stücke schlug. Ravin wandte den Blick ab.

Darian hatte inzwischen drei Becher Tee und einen Teller voller Fische geholt.

Wortfetzen und Gelächter zogen an ihnen vorbei. Eine alte Fischerin mit narbigem Gesicht spielte am Nebentisch mit zwei Händlern ein Würfelspiel. Vorsichtig biss Ravin in das heiße Fleisch, das von einer hellen Kruste umgeben war – Honigteig! Amina kostete ebenfalls von ihrem Fisch, riss überrascht die Augen auf und biss gleich noch ein Stück ab.

»So etwas Gutes habe ich noch nie gegessen«, sagte sie mit vollem Mund. Darian blickte sich verstohlen um.

»Hier ist Skigga bestens bekannt. Habt ihr das Bild über der Tür gesehen, auf dem sie zwei Matrosen die Köpfe …«

»Nein«, antworteten Amina und Ravin wie aus einem Mund. Darian stutzte, dann zuckte er mit den Schultern.

»Tja, jetzt können wir lange warten, bis Flut wieder aufgebaut wird«, nörgelte eine trunkene Stimme rechts hinter Ravin. Unauffällig drehte er den Kopf und lauschte.

»Ach, dein Klio hatte von Anfang an keine Chance«, kam eine dunkle Frauenstimme von der anderen Seite des Tisches.

Die erste Stimme protestierte: »Er hätte eine gehabt, wenn diese Bande von Schwarzmänteln nicht in der Stadt aufgetaucht wäre!«

Ravin verschluckte sich.

»Mon war es doch, der ihnen sofort auf den Knien entgegenkroch und ihnen die Stiefel küsste!«

»He, sag nichts gegen Mon, alter Saufkopf!«, wies ihn die Frau zurecht. »Mon ist jetzt unser oberster Fischerrat – und er hat es verdient! Hätten unsere Schiffbauer sonst so viel zu tun? Seit der Flut ist diese Stadt doch ein Elend! Erst seit Mon die Schiffe bauen lässt, haben die Kapitäne wieder Arbeit, ebenso die Schiffbauer und die Matrosen. Und den Bauern kommt es auch gelegen, schließlich will das Heer vor der Stadt versorgt sein.«

Zustimmendes Brummen am Tisch. Doch der Mann mit der trunkenen Stimme gab nicht auf.

»Eben das ist es, was mir nicht gefällt. Ein Heer! Hört ihr denn nicht, was das Wort euch sagt? Ein Heer! Seht ihr nicht, dass es Kriegsschiffe sind, die dort am Großhafen gebaut werden? Das ist so, als würden wir selbst die Messer schmieden, um sie unseren Feinden zu verkaufen – mit bester Empfehlung und der Anleitung, wie sie uns damit die Kehlen durchschneiden.«

Gelächter hallte über den Tisch.

»Herrje, du Snaigesicht. Die Herrschaften ziehen in den Krieg. Was geht uns das an?«

»Mon sagt, wir bauen Schiffe um ein Heer überzusetzen. Dafür hätten offene Fähren gereicht. Aber was ist, wenn sie die Absicht haben, erst ihren Krieg zu führen – und dann zurückzukehren und Dantar einzunehmen?«

»Nun hört euch diesen besoffenen Dummkopf an!«

Amina warf Ravin einen vielsagenden Blick zu. Der Mann mit der trunkenen Stimme war auf dem besten Weg, sich ein paar Ohrfeigen einzuhandeln. Ravin zuckte zusammen, als hinter ihm ein Becher zerbrach.

»Mon ist nichts als ein kurzsichtiger, käuflicher Ziegenhintern!«, schrie der Mann nun. Die Stimme, die ihm in der plötzlichen Stille antwortete, klang sehr ruhig und gefährlich. Amina duckte sich tiefer über ihren Fischteller und bedeutete Ravin und Darian, dass es besser wäre, sich in Richtung Tür zurückzuziehen.

»Mon hat die Stadt mit diesem Auftrag wieder reich gemacht, ist das klar? Und dieses Heer ist vielleicht nicht angenehm, aber in vier Tagen legt es ab. Und lässt eine Menge Dantare hier. Geld, mit dem sich viele Kapitäne, die bei dem Sturm alles verloren haben, wieder ein Schiff kaufen können.«

»Geliehenes Geld ist das! Blutgeld! Ich habe mit den Bauern gesprochen. Sie haben Angst und werden jede Nacht von Gespenstern mit glühenden Augen heimgesucht! Und nicht nur das. Im Heer reiten dämonische Reiter mit, die dem Feuer befehlen. Habt ihr nicht von dem Gehöft gehört, das vergangene Nacht abgebrannt ist?«

Für einige Augenblicke war es still. Man hörte nur das Brodeln des Giel. Dann räusperte sich die alte Fischerin.

»In einem so heißen Sommer kommt es vor, dass ein Gehöft brennt.«

Zustimmendes Gemurmel überall.

»Betrunkener Raufbold!«, kam eine unfreundliche Stimme von der anderen Seite des Raumes. »Seit deine Barke abgesoffen ist, siehst du überall Gespenster!«

Die Spannung löste sich in dröhnendem Gelächter.

»Frag die Strohhüte da hinten, die Bauern. He, ihr da! Habt ihr Gespenster in der Scheune?«

Ravin brauchte einen Moment, bis er begriff, dass Darian und er gemeint waren. Darian drehte sich zu den Fischern um.

»Eine Gegenfrage, Herr Fischer«, sagte er und lachte, als wäre das Gespräch nicht ernst zu nehmen. »Seid ihr Skigga schon einmal begegnet?«

Verblüffte Gesichter wandten sich zu ihnen um. Amina duckte sich noch tiefer über den Fischteller.

»Da hörst du es. Er hat genauso viele Gespenster gesehen wie wir Skiggas!«, dröhnte es am Nebentisch.

»Die Skigga gibt es nicht. Sie ist ein Märchen, ein Kinderschreck.«

Ravin spürte, wie Amina wütend wurde. Trotz Darians warnendem Blick drehte sie sich zu den Fischern um.

»Und was ist das?«

Bevor Ravin erkannte, was sie vorhatte, hatte sie bereits Skiggas Dorn aus seinem Gurt gezogen und ließ ihn klappernd auf den Tisch fallen. Einen Wimpernschlag lang glotzten vierzig Augenpaare auf den Tisch, dann brach schallendes Gelächter los. Eine riesige Hand sauste kameradschaftlich auf Ravins Rücken herab und drückte ihm alle Luft aus den Lungen, sodass er husten musste. Die alte Fischerin wischte sich Lachtränen aus den Augen.

»Das sieht jeder Blinde: ein ganz gewöhnlicher Snaizahn, wenn auch ein recht großer. Guter Scherz! Für einen Moment hast du mich verblüfft!«

Ravin und Darian standen auf. Ravin hakte Amina unter, entschuldigte sich – und zerrte sie mit sich. Er atmete erst auf, als die frische Nachtluft ihm ins Gesicht wehte.

»Lass mich los!«, zischte Amina. Mit einer beiläufigen Handbewegung bog sie seine Finger auf, dass er vor Schmerz zusammenzuckte. Ihr Griff war wie Eisen. Erschrocken wich er zurück.

»Entschuldige«, murmelte sie und senkte den Blick. Ihre Hände entspannten sich. »Es ist nur – unter zwanzig Fischern ist nur einer, der klar sieht. Und ausgerechnet der ist betrunken.«

Wenn man auf den schlecht geflochtenen Matten lag, zog einem der Geruch nach Fäulnis noch stärker in die Nase. Die harten Fasern – Ravin hielt sie für getrocknete Algen – stachen bei jeder Bewegung. Aus etwa zwanzig Kehlen und Nasen schnarchte und pfiff es. Die meisten, die hier übernachteten, waren aus den Dörfern in die Stadt gekommen und nun betrunken auf ihre Matten gefallen. Noch Stunden, nachdem Darian, Ravin und Amina sich schlafen gelegt hatten, klappte die niedrige Tür auf, torkelten die Nachzügler geräuschvoll in den Raum und suchten ihr Lager. Ravin schlief unruhig und wachte mehrmals auf. Hinter seinen geschlossenen Lidern leuchtete die Stadt mit ihren weißen Häusern, die Mähnenschlange schwamm durch einen Wald blutroter Tücher, Menschen tanzten im Fackelschein. Diolen erschien aus dem Nichts und bot ihm mit einem kalten Lächeln eine weiße Muschel an. Dieses Bild ließ Ravin aufschrecken. Im Halbdunkel der Sommernacht konnte er erkennen, dass Darian fest schlief. So leise wie möglich stand er auf und stieg über die Schlafenden hinweg. Als er endlich vor Ujas Herberge auf der Straße stand, atmete er auf und schlug den Weg in Richtung Hafen ein. Die Straßen waren menschenleer, doch der Himmel begann sich am Horizont bereits zu verfärben. Ravin setzte sich auf einen Haufen salzverkrusteter Taue und atmete tief durch. Die frische Meeresluft vertrieb die Gespenster aus seinem Traum und wehte alle kummervollen Gedanken weit hinaus aufs Meer.

Er bemerkte Amina erst, als sie direkt neben ihm stand.

»Ich kann auch nicht mehr schlafen«, flüsterte sie. Ravins Herz klopfte bis zum Hals, aber er hoffte, sie würde seinen jähen Schrecken nicht bemerken. Die ersten Boote kehrten mit ihrem nächtlichen Fang zurück. Mit einem wütenden Zischen verloschen die Fackeln, die die Fischer ins Wasser tauchten. Ravin musste an Naja denken. Seit er die Feuernymphe zum ersten Mal gesehen hatte, konnte er nicht mehr ins Feuer blicken ohne etwas Lebendiges darin zu entdecken.

Ein Boot mit zwei Fischern an Bord hielt auf den Hafen zu. Paddel tauchten schmatzend ins Wasser ein. Das Boot lag tief und knirschte über die glatte Felsrampe, die als Anleger gebaut worden war. Die Fischer, beide klein, kräftig und so ähnlich, dass sie Brüder sein mussten, sprangen an Land. Ravin erschienen ihre Bewegungen wie ein eingespielter Tanz. Sie griffen nach den mit langen Widerhaken versehenen Speeren, die im Boot lagen, holten gleichzeitig damit aus und wuchteten mit einem kraftvollen Schwung den hässlichsten Fisch, den Ravin jemals gesehen hatte, auf den Felsen. Entfernt glich er der Zeichnung auf Sumal Bajis Tür, doch dieser Snai war um ein Vielfaches hässlicher, als Ravin sich ein solches Tier vorgestellt hatte. Sein riesiges Froschmaul klaffte auf. Er hatte keine Schuppen, sondern eine knorpelige, gescheckte Haut, die aussah wie ein Netz aus feuchten, grauen Narben. Auf seinem Rücken ragten stumpfe Stacheln empor aus je einem dieser Narbenwülste. Winzige Flossen an den Seiten und ein kurzer scheibenförmiger Schwanz ließen darauf schließen, dass Snais sich im Wasser langsam bewegten.

Die Fischer zückten ihre Messer und schälten die Haut ab, mit jeder flinken Bewegung darauf bedacht, die Stacheln nicht zu berühren. Sie schichteten die Flossen auf einen Haufen, schnitten die Stacheln aus dem Rücken und legten sie in einen Korb. Dann schlitzten sie den Fisch in zwei Hälften und zerteilten ihn. Dunkelrotes Fleisch leuchtete in der Morgensonne.

Ravin stellte sich vor, dass Sumal sonst diese Arbeit machte. Er fragte sich, ob sie diese Arbeit hasste oder liebte.

Verstohlen warf er einen Blick auf Amina. Still und mit ernstem Gesicht saß sie neben ihm.

Die Morgensonne legte einen rötlichen Schein über ihre linke Wange. An einem anderen Morgen hätte Ravin über dieses Bild gelächelt, denn sie sah aus, als würde sie nur auf einer Seite erröten.

»Ich habe dich beim Fischerfest beobachtet«, sagte sie.

Ravin schwieg und fühlte, wie er rot wurde. Ihre Stimme klang traurig.

»Du sahst glücklich aus. Ich wusste nicht, dass es einen glücklichen Ravin gibt. Man lernt jemanden kennen und denkt, er ist so, wie man ihn sieht. Und vergisst, dass jeder Mensch tausend Menschen sein kann.«

Die Vertrautheit zwischen ihnen war ungewohnt. Noch erinnerte er sich zu gut an die andere Amina, deren Seele von dunklen Schatten durchzogen war.

»Du hast Recht, für einen Moment habe ich gestern alles andere vergessen. Außerdem habe ich in der vergangenen Nacht endlich Jolon gesehen. Und Laios.«

Ihr Blick wurde freundlicher. Mit Erleichterung sah er, dass sie lächelte.

»Deshalb siehst du so fröhlich aus.«

Ein Funken Spott blitzte in ihren Augen auf.

»Und ich dachte schon, du hättest dich in diese wundersame Kapitänin verliebt!«

»In Sumal?« Ravin lachte. »Ein Waldmensch und eine Kapitänin. Wir wären ein wunderbares Paar!«

Die meisten Fischer hatten ihren Fang zerteilt, große Fleischstücke auf Seile gezogen und trugen sie nun auf den Rücken geworfen wie riesige nasse Beutel zum Fischmarkt. Dantarianer erschienen und gingen ebenfalls dorthin. Fensterläden knarrten, Türen klappten.

»Amina?«

»Ja?«

Sie war blass und sah so verletzlich aus, als würde sie einen Schlag ins Gesicht erwarten.

»Als ich dich beim Tanz beobachtet habe, sah ich, dass ich nicht der Einzige war, der sein Unglück vergessen konnte.«

Die Trostlosigkeit in ihrem Blick, die Qual waren so deutlich, dass er sich auf die Lippe biss und sich schalt überhaupt etwas gesagt zu haben. Doch sie riss sich zusammen und antwortete.

»Ich habe beinahe vergessen, wie das ist, Tanzen! Und das ist das Schreckliche daran: der Gedanke, dass ich hier das letzte Mal getanzt habe, dass wir alle hier vielleicht zum letzten Mal glücklich waren«, sagte sie. Ihre Stimme klang erstickt, mit einer fahrigen Bewegung wischte sie sich über die Augen. Es gab Ravin einen Stich, als er sah, dass sie weinte.

»Erinnerst du dich an das, was du mir vor Skaardjas Höhle gesagt hast? Dass wir niemals unsere Brüder aufgeben dürfen?«

Sie schüttelte trotzig den Kopf.

»Ich habe Angst, Ravin! Ich spüre, wie der Blutmond auf meinen Händen brennt. Jede Nacht träume ich ... Ich kann dir nicht sagen, was ich träume.«

Er schwieg. Sie hatte Recht. Sie würde sich verwandeln, bald würde die dunkle Seite des Mondes für immer von ihrer Seele Besitz ergreifen. Behutsam legte er den Arm um ihre Schulter. Sie sah ihn überrascht an, dann senkte sie den Kopf. Ravin spürte, wie sie zitterte. Er kam sich fehl am Platz vor. Vermutlich hätte sie lieber Ladro hier. Er betrachtete ihr schwarzes Haar und erkannte mit einem Mal, was ihn an ihrem Anblick so verwirrt hatte. Das Sonnenlicht, das darauf fiel, warf keine Reflexe zurück. Es war ein Schwarz, das jedes Licht verschluckte. Ravin schauderte und wünschte sich nichts sehnlicher, als Skaardja um Rat fragen zu können.

Mel Amie hatte sich mit dem Horjun-Pferd große Mühe gegeben. Auf einem der Höfe hatte sie Snaigalle erstanden und damit die Mähne und das Fell an den Beinen gebleicht. Auch Mel Amies Hände waren dadurch hell geworden und bildeten einen beunruhigenden Kontrast zu ihren sonnengebräunten Schultern und Wangen. Außerdem hatte sie die Mähne des Pferdes so kurz geschnitten, dass sie in zerrauften Strähnen abstand. Die Narben an Schulter,

Flanke und Kruppe verstärkten den armseligen Eindruck noch. Die Regenbogenpferde leuchteten dank der Flussschlammbehandlung immer noch in einem stumpfen Grau. Ihr Mähnenhaar war so geflochten, dass es in kurzen Zöpfen abstand und nichts mehr an die prächtigen Mähnen erinnerte, die in der Stadt sicher die Blicke auf sich gezogen hätten. Das Banty hatte bereits die bräunliche Färbung der ausgetrockneten Erde angenommen.

In der Stadt räumten Menschen die Überreste des gestrigen Festes auf, fegten die Straßen und holten die Festfahnen von den Häuserwänden. Dennoch machte Dantar auf Mel Amie großen Eindruck, das erkannte Ravin an der Art, wie sie die Menschen musterte, die durch die Straßen gingen, und wie sie die rotweißen Tücher bewunderte. Ravin lächelte in sich hinein und dachte daran, dass er noch vor wenigen Stunden wohl genauso ausgesehen hatte, als die Wunder der riesigen Stadt über ihn hereingebrochen waren. Er genoss es, die Stadt zu Pferd zu durchqueren. Von oben sah das Menschengetümmel noch dichter und verwirrender aus, doch inzwischen kannten sie die Hauptstraßen so gut, dass sie sich mehr auf das Treiben in den Straßen konzentrieren konnten als darauf, den Weg zu finden. Das Banty war so verängstigt, dass Ladro es am kurzen Zügel führte.

Trotz ihrer Tarnung waren die Regenbogenpferde ein ungewohnter Anblick. Überhaupt schienen die Bewohner selten so viele Pferde auf einmal zu Gesicht zu bekommen, jedenfalls bemerkte Ravin mehr als einmal, wie die Menschen sich nach ihnen umdrehten. Unruhig begann er nach Horjun Ausschau zu halten, doch sie hatten Glück. Keiner der schwarz gekleideten Krieger zeigte sich in der Menge. Über den niedrigen Häusern am großen Hafen ragten die Masten von Diolens Flotte auf. Ravin war froh, als sie endlich von der belebten Hauptstraße abweichen konnten und zu den Lagerhallen abbogen.

Das Lager war ein flacher Steinbau, der die Ware, die im Inneren aufbewahrt wurde, vor Feuchtigkeit und Hitze schützen sollte. Sie stiegen ab und führten die Pferde zum vordersten Eingang. Darian verhandelte mit dem Lagerverwalter und überreichte ihm ein Säckchen mit Dantaren. Der Mann schüttete das Geld auf dem Boden aus, prüfte und zählte, bis er endlich nickte und die Münzen in seinem Gürtel verstaute.

Sie luden die Säcke mit Nahrungsmitteln auf die Pferde. Das Banty beluden sie mit riesigen, leichten Säcken voll gepresstem Heu, bis es unter der Last beinahe verschwand.

Uja war nicht begeistert, als sie mit den schwer beladenen Pferden bei ihr eintrafen. Erst nachdem Darian ihr zwei weitere Dantare in die Hand gedrückt hatte, zwang sie sich zu etwas, das ein Lächeln sein mochte, und zeigte ihnen, wo sie die Pferde bis zum Abend unterstellen konnten. Der Hinterhof war zugig und schmutzig, aber dafür groß genug.

»Willst du dir nicht die Stadt ansehen?«, fragte Darian.

»Nein, danke«, sagte Mel Amie. »Je weniger ich vom Wasser sehe, desto lieber ist es mir. Ich will zumindest noch bis zum Abend vergessen, dass ich morgen vielleicht schon auf dem Meeresgrund den brennenden Fischen gute Nacht sage.«

Als die Dunkelheit über den Hof gekrochen war, führten sie die Pferde durch den engen Durchgang auf die Straße hinaus. In Ravins Ohren hallten die Hufschläge so laut, dass er befürchtete, das ganze Viertel würde aufwachen. Die Fensterläden von Skiggas Ruh waren bereits geschlossen. Weder Darian noch Amina wiesen Mel Amie auf die Zeichnung des Seeungeheuers an der Tür hin, die im fahlen Licht der Nachtfackel leuchtete.

Der Hafen lag still, nur die Wellen murmelten im Schlaf.

»Du bist sicher, dass sie hierher kommt?«, flüsterte Mel Amie Ravin heiser zu. »Ich habe keine Lust, an Bord zu schwimmen.«

Ein kleineres bauchiges Schiff mit zwei Masten und hellen Segeln schob sich so lautlos heran, dass sie es erst bemerkten, als es plötzlich vor ihnen aus dem Dunkel auftauchte. Ravin ließ seinen Blick kurz darauf ruhen und suchte dann weiter den Horizont und den Hafen ab. Doch das Schiff hielt auf sie zu. Stumm sahen sie zu, wie es direkt vor ihnen anlegte. Ladro warf Ravin einen ratlosen Blick zu und zog die Brauen hoch. Sogar im Dunkeln sah man, wie schäbig das Schiff war. Die Planken waren mit verschiedenfarbigen Hölzern geflickt, der Rumpf mit pockigen Wasserschnecken übersät. Der stechende Geruch von Harzpaste drang ihnen in die Nase.

»Das ist nicht euer Ernst!«, zischte Mel Amie.

Bevor Ladro den Mund aufmachen konnte, öffnete sich im Bauch des Schiffes eine Luke. Lichtschein leckte mit schmaler Zunge über den Hafenboden. Mit einem Poltern landete das Ende einer Planke vor Ravins Füßen.

Sumal Baji musste sich bücken um auf den Steg treten zu können. Hinter ihr kletterten vier drahtige Seeleute an Land. Zwei weitere befanden sich auf dem Schiff beim Ruder. Alle hatten sie schwarzes, kurz geschnittenes Haar und waren in eng anliegende Tücher gehüllt. An ihren breiten Gürteln baumelten Seile, Haken und Krummklingen. In ihrer Mitte wirkte Sumal Baji noch größer.

Mit einem knappen Nicken grüßte sie Ladro und Ravin und blieb dann mit dem Blick an Darians Gesicht hängen. Ihr Lächeln ließ in ihrem Gesicht eine goldene Sonne aufgehen.

»Willkommen!«, sagte sie zu ihm. »Ich bin Sumal Baji Santalnik, eure Kapitänin. Das ...« – sie deutete auf die Seeleute – »... sind Balivan, Emrod, Chaltar, Quinn, Tij und Xia.«

Stolz schwang in ihrer Stimme mit, als sie den Arm hob und mit einer anmutigen Geste den Rumpf des Schiffes in der Luft nachfuhr.

»Und das ist die Jontar!«

Einige Augenblicke war Stille. Dann holte Mel Amie schnaubend Luft.

»Dieses Ding könntest du auch gleich Schwimmender Tod nennen, Kapitänin. Es fällt ja schon auseinander, wenn einer eurer brennenden Fische hustet!«

Sumal Bajis Gesicht blieb unbewegt, nur ihre Mundwinkel zuckten.

»Mir sagte man, ihr seid tapfer und die besten Kämpfer hoch zu Ross. Aber wenn ich es mir recht anschaue, ist eure Mähre dort kein Kampfpferd, sondern taugt bestenfalls als Reiseverpflegung. Und dennoch würde ich einer erfahrenen Kriegerin vertrauen, wenn sie mir sagte, dies sei ein gutes Pferd. Was mich allerdings noch mehr erstaunt ...« – ihre Stimme wurde leiser, um dann pfeilspitz zuzustoßen – »... ist die Tatsache, dass eine tapfere Kriegerin aus dem Wald sich vor dem Husten eines Fisches fürchtet.«

Mel Amies Augen blitzten auf, sie öffnete den Mund, doch Ladro fasste nach ihrem Arm. Ravin konnte sehen, wie sich seine Finger in ihr Fleisch gruben. Sie holte mühsam Luft und schloss den Mund wieder. Ladro atmete kaum merklich auf.

»Ladet ab und bringt sie an Deck«, sagte Sumal zu ihren Seeleuten, dann drehte sie sich um und verschwand in der Luke.

Ravin würde nie vergessen, wie blass Mel Amie war, als sie mit gespielt gleichgültigem Gesichtsausdruck über die

Planke ging, das zögernde Horjun-Pferd hinter sich herziehend. Auch ihm selbst war mulmig bei dem Gedanken, auf diesem winzigen Schiff die gefährliche Reise anzutreten.

Das Schiff legte so still ab, wie es gekommen war, und glitt gespensterhaft leise auf das Meer hinaus. Nur das Knarzen der Segel war zu hören. Ravin und Darian standen Schulter an Schulter an Deck und blickten auf Dantar zurück. Vom Schiff aus betrachtet wirkte die Stadt schutzlos wie ein Tier, das auf dem äußersten Rand eines Felsens kauerte, den Abgrund unmittelbar vor sich. Vor den niedrigen Häusern, die schemenhaft aus dem Dunkel hervortraten, wirkten Diolens Kriegsschiffe noch größer und bedrohlicher als vom Hafen aus. Neben ihren gewaltigen Rümpfen nahm sich die Jontar aus wie ein harmloses Köderfischchen neben einem hungrigen Snai. Sumal Baji stand am Steuer, doch ihr Blick folgte nicht dem Weg, den die Jontar nahm, sondern schweifte hinaus aufs Meer zu den Snaifischern. Sumal sah ihnen zu und lächelte.

Schon vor Sonnenaufgang gab es viel zu lernen. Einer von Sumals Mannschaft – Ravin wusste inzwischen, dass es Chaltar war – zeigte ihnen, wo die Taue und Haken verstaut lagen und wie sie die Tauenden um die Ringe an der Reling knoten konnten. Nach einigen anstrengenden Stunden beherrschten sie mehrere Seemannsknoten, konnten leidlich mit dem Seitenruder umgehen und wussten, wie man bei Sturm so schnell wie möglich die Segel reffte.

Einzig Mel Amie weigerte sich an Deck zu kommen. So gut es ging, hatte sie den Behelfsstall ausgestattet und mit alten Leinensäcken gepolstert, sodass die Pferde sich auch bei hohem Wellengang nicht verletzen würden. Ganz besonders kümmerte sie sich um das Horjun-Pferd, das schon einige Male wild ausgeschlagen hatte, als es hörte, wie die Wellen gegen den Schiffsrumpf leckten. Das Banty stand mit gespitzten Ohren in seiner Box und starrte gebannt auf das Muster der Harzpaste, die sich durch die Zwischenräume der Planken gedrückt hatte. Ravin fragte sich, wie lange es dauern würde, bis das kleine Pferd nicht mehr von der fleckigen, harzverschmierten Wand zu unterscheiden war. Nur die Regenbogenpferde waren ungerührt. Entspannt, mit aufgestützten Hinterhufen, standen sie dösend nebeneinander, als wäre der stetige Wellenschlag ein Schlaflied, an das sie schon ihr ganzes Leben lang gewöhnt waren.

Die Jontar glitt über das Meer, schneller und glatter, als sie es sich beim Anblick des bauchigen Schiffes vorgestellt hatten. Zwei aus Sumals Mannschaft lenkten mit geschickter Hand die Segel. Mit dem Wind im Rücken segelten sie an der zerklüfteten Küste entlang. Ab und zu gerieten sie an den Rand einer Strömung, die die Jontar gefährlich nahe an eine Klippe zog. Doch nach den ersten Schrecksekunden erkannte Ravin, wie geschickt der Steuermann mit einem Gegenruder das Schiff aus dem Sog manövrierte und wieder auf Kurs brachte. In den ersten zwei Tagen verursachte ihm das sanfte Schlingern und Stampfen des Schiffes leichte Übelkeit. Er fragte sich, wie Mel Amie es in dem stickigen Schiffsrumpf aushielt. Er fühlte sich nur wohl, solange er an Deck war, die Sonne im Blick, die Klippen, die als endlose steinerne Kette an ihm vorbeizogen, ständig an der Breitseite des Schiffes, bis es ihm so vorkam, als würde die Jontar stillstehen und die Klippen an ihnen vorbeiwandern. Auf dem Deck des Schiffes zu schlafen fühlte sich seltsam an. Sie lagen auf Decken, das Ohr wie Lauscher am Boden. Durch den schaukelnden Boden glaubte Ravin mit seinem ganzen Körper das Flüstern von gewaltigen Meernaj zu hören und, ganz weit unten, den schlingernden Herzschlag der See. In der Nacht stattete ihm ein zitternder Traumfalter einen flüchtigen Besuch ab, brachte jedoch nur verschwommene Bilder, die eher der Vergangenheit als der Gegenwart entsprungen zu sein schienen.

Der Tagesrhythmus der Seeleute richtete sich ganz nach dem Meer. Das Meer war Inhalt ihrer Gespräche, auf das Meer achteten sie alle wie ein Hirte auf seine unberechenbare Herde, die ihm in jedem Augenblick davongaloppieren oder ihn überrennen konnte. Selbst wenn sie sich unterhielten oder ruhten, waren sie stets auf der Hut. Diese Wachsamkeit, die Strömungen, Strudel, der Wellengang schienen ihnen im Blut zu liegen. Das Meer war Straße, Vorratskammer, Freund – und Feind.

Auch Sumal Baji hatte sich verändert. So wie sie nun neben dem Steuermann stand und sich mit ihm in fließendem Küstendialekt unterhielt, Befehle gab und ihre Augen über den Ozean schweifen ließ, war sie wieder Sumal Baji, die Kapitänin. Und Ravin und seine Freunde stellten keine Fragen, auch wenn ihre Anweisungen auf den ersten Blick unlogisch erschienen. Über Tag warfen zwei der Seeleute eine lange Schleppangel ins Meer. Gegen Abend zogen sie sie hoch und sie war schwer von Fischen. Sobald die Sonne unterging, entzündeten die Seeleute ein Herdfeuer in einem kleinen Ofen aus Stein und brieten die Fische. In den ersten Tagen schlief Ravin noch bei Nacht und fasste bei Tag mit an. Doch schließlich erlag auch er dem Rhythmus des Meeres und schlief in den Stunden, in denen sie über spiegelglattes Meer fuhren, wachte, wenn die Wellen das Schiff auf und ab tanzen ließen. Ravin entging nicht, dass Darian häufig bei Sumal stand und sie über das Meer ausfragte. Und noch weniger entging ihm, wie bereitwillig und geduldig sie ihm auf jede Frage antwortete.

Einmal rief Sumal sie zusammen und deutete auf das Wasser. Vier Mähnenschlangen glitten neben dem Schiff durch das Meer. Riesig waren sie, beinahe so lang wie die Jontar. Ravin sah glitzernde, geschmeidige Leiber, die schwerelos das Wasser durchtanzten. Die transparenten Mähnen bauschten sich. Ab und zu erhaschte Ravin einen Blick auf Augen wie Edelsteine und rot umrandete Kiemen. Wunderschöne Wassergeister, die, als sie den Spaß am Boot verloren, abtauchten und im Dunkel der Tiefe verloschen. Ravin erinnerte sich an die gefangene Schlange auf dem Marktplatz und war dankbar, dass er das Bild des todgeweihten Tieres jetzt um ein Bild voller Leben und Übermut ergänzen konnte. Sumal Baji lächelte noch lange, nachdem die Schlangen abgetaucht waren. Ravin erkannte, dass die Kapitänin das Meer liebte.

Sie waren schon den vierten Tag auf See, als in der Ferne eine Ansammlung von spitzen Steilfelsen auftauchte. Sumal Baji rief die Mannschaft an Deck zusammen. Sogar Mel Amie wurde von den Pferden weggeholt und erschien missmutig an Deck.

»Wir werden heute noch den Kanal erreichen«, begann Sumal Baji. »Er ist schmal und relativ lang, wir fahren durch sehr tiefes Wasser, das viele Strömungen hat. Gefährliche Strömungen, aber unser Boot ist klein genug um ihnen ausweichen zu können.«

»Was ist mit den brennenden Fischen, Kapitänin?«, unterbrach Mel Amie sie.

Sumal warf ihr einen tadelnden Blick zu und fuhr fort.

»In der Nacht sind sie ein schöner Anblick. Aber eine Berührung mit ihnen versengt die Haut so schlimm, dass eine Heilung oft nicht möglich ist. Normalerweise sind sie sehr scheu und schwimmen niemals auf ein Schiff zu. Gefährlich werden sie nur, wenn sie in Panik geraten. Dann springen sie aufs Boot.« Sumal holte Luft und lächelte Darian an. »Also, wenn ein Fisch an Deck springt, dann fasst ihn niemals mit den Händen an. Und versucht auch nicht ihn in Tücher zu wickeln – sie sind unglaublich wendig und flink. Die Gefahr, dass er euch doch noch verbrennt, ist zu groß. Dort hinten …« – sie deutete auf einen Verschlag unter dem Hauptmast – »… sind lange Stangen mit Haken. Damit könnt ihr sie euch vom Leib halten. Ihr schlagt den Haken in den Fisch und werft ihn einfach wieder über Bord.«

Ravin sah Darian an, dass er vorhatte, es gar nicht so weit kommen zu lassen, einen brennenden Fisch ins Meer zurückbefördern zu müssen.

»Und die Grom?«, fragte Ladro in die Stille. »Du hast erzählt, dass sie an die Oberfläche kommen um die brennenden Fische zu fangen. Was machen wir, wenn so etwas geschieht?«

Sumal lächelte.

»Wir beten in so einem Fall für gewöhnlich zu Taltad.«

Sumal blickte in ratlose Gesichter und lächelte kühl.

»Das ist ein ertrunkener Kapitän.«

Ravin zuckte zusammen.

»Das heißt, wir müssen uns auf unser Glück verlassen, dass in den nächsten paar Tagen kein Grom Hunger bekommt.«

Sumal hob die Hände.

»Es ist der einzige Weg. Aber beruhigt euch – bisher ist uns noch kein brennender Fisch begegnet. Die Chance, dass uns ein Grom folgt, ist also sehr gering.«

»Wie sieht so ein Grom denn aus?«, ließ sich nun Aminas Stimme vernehmen.

»Sie sind so groß, dass du erkennen wirst, wenn du einen vor dir hast«, antwortete Sumal leichthin und entließ sie mit einer Geste, die besagte, dass die Unterhaltung beendet war.

Wenige Stunden später war die Felsengruppe, auf die sie zuhielten, so nah, dass man die Kanalmündung erkennen konnte. Und schließlich, gegen Abend, manövrierte der Steuermann die Jontar sehr geschickt zwischen scharfkantigen Felsen hindurch und an Stromschnellen vorbei, die sich wie tanzende Kreisel im Meer drehten. An Bord war es still geworden. Darian und Ravin ertappten sich mehrmals dabei, wie sie vergaßen die Leinen nachzulassen und stattdessen wie gebannt in das unruhige Wasser blickten, stets in der Erwartung, etwas Riesenhaftes dort auftauchen zu sehen. Die Jontar ächzte und schaukelte. Ravin kämpfte gegen das Gefühl, auf einem Haufen Erde zu stehen, der einfach eine steile Böschung hinunterrutschte und ihm den Boden unter den Füßen wegzog. An das leichte Schaukeln hatte er sich mühsam gewöhnt, doch nun kam zum Schaukeln ein Schlingern hinzu, das ihn glauben ließ, sein Kopf müsste jeden Moment von seinen Schultern rollen. In dieser Nacht lag er auf den Planken und spürte noch im Schlaf, wie das Meer versuchte das Schiff zwischen zwei Atemzügen in die Tiefe zu saugen. Auch Sumal Baji war wachsamer als sonst. Mit zusammengepressten Lippen beobachtete sie das Wasser.

Tagsüber sichteten sie flinke gelbe Fische, die im Kielwasser schwammen, und in der Abenddämmerung sahen sie die vernarbten Rücken von Snais, die vom Fackellicht angelockt dem Schiff folgten und ihre Froschmäuler aus dem Wasser hoben. Am dritten Morgen im Kanal weckte sie aufgeregtes Stimmengewirr. Chaltar stand mit den anderen Seeleuten an der Reling. Sie unterhielten sich in der weichen, schnellen Küstensprache, die in Ravins Ohren wie Gesang klang. Als sie Ravin entdeckten, lachten sie, winkten ihn heran und deuteten auf das Wasser. Ravin musste die Augen zusammenkneifen, um sie tief unten im bewegten Wasser zu erkennen: Korallenriffe, die wie blutrote Edelsteine auf dem dunklen Boden einer Schatztruhe schimmerten. Als Ravin wieder aufsah, konnte er gerade noch erschrocken zurückspringen, denn neben ihm schoss etwas durch die Luft und landete im Wasser. Noch in der Schrecksekunde wurde ihm bewusst, dass es einer der Seeleute war. Er tauchte lange, so lange, dass Ravin bereits unruhig wurde. Verschwommen sah er den braunen Körper zwischen den roten Armen der Korallen hindurchschwimmen. Endlich tauchte das nasse, lachende Gesicht wieder auf. Ein Stück Koralle flog durch die Luft. Chaltar fing es auf und hielt es hoch. Sumal nahm es ihm aus der Hand, prüfte es und nickte. »Jum-Korallen!«

Die Mannschaft begann zu jubeln. Sumal lächelte und reichte Ravin das Korallenstück. Es fühlte sich kalt und porös an, doch die Oberfläche war so glatt und geschmeidig, dass sie aus poliertem Knochen hätte sein können. Sumal drehte sich zu ihrer Mannschaft um. »Wir tauchen!«, befahl sie.

Den Nachmittag über verbrachten Ravin und Darian damit, zu beobachten, wie Sumals Leute in das Meer sprangen, gegen die Strömung gesichert mit dünnen Seilen aus festen Algenfasern, die im Wasser nicht aufquollen, und wie sie mit Netzen voller roter Korallenäste wieder an die Oberfläche kamen. Über den Augen trugen sie transparente Schalen aus geschliffenem Kristall, die sie mit dünnen Lederbändern am Kopf befestigt hatten. Ravin fand, dass sie aussahen wie Insekten mit Flügeln aus schlaffen Netzen, die auf ihrem Rücken angebracht waren. Netz um Netz schichteten sie die kostbare Fracht auf dem Boden auf. Ein weiterer Seemann prüfte jede Koralle genau, säuberte sie, zerkleinerte große Stücke mit einem kantigen Stein. Die Frau, die Xia hieß und immer schwieg, nahm die Korallenstücke, zerstampfte sie zu Pulver und rührte sie mit einer Paste aus Fett an.

»Für den Fall, dass einer unserer Taucher gebrannt wird«, sagte Sumal. Das Schiff bewegte sich währenddessen langsam voran und zog die Taucher an ihren Seilen durch den Korallenwald. Die roten Äste leuchteten wie Blutfäden im Wasser. Der Anblick faszinierte Ravin so sehr, dass er Chaltar erst bemerkte, als er ihn mit nasser, salzkalter Hand an der Schulter berührte und ihm das Lederband mit den geschliffenen Scheiben hinhielt.

»Da«, sagte er zu Ravin und deutete auf das Wasser. Ravin schüttelte den Kopf und lächelte verlegen.

»Nein«, wehrte er ab. »Nein danke, ich … habe das noch nie …« Hilfe suchend blickte er sich nach Sumal und Darian um, doch die waren ein Stück an der Reling entlanggewandert und blickten völlig vertieft in das Wasser. Immer noch hielt Chaltar ihm das Lederband hin. Ravin nahm es zögernd, was Chaltar, seinem breiten Grinsen nach zu urteilen, als Einverständnis deutete, denn er griff hinter sich und zückte ein Seil, das er Ravin um die Hüfte band. Ravin spürte, wie ihm trotz der Sommerhitze ein eisiger Schreckschauder über die Kopfhaut fuhr.

»Aber ich kann nicht ins Wasser«, sagte er noch einmal. Chaltar machte eine beruhigende Geste und griff sich an sein Hüftseil. Ravin verstand. Er wollte mit ihm gemeinsam tauchen. Mit klopfendem Herzen betrachtete er die beiden Kristallschalen. Xia hörte auf, die Korallen zu Pulver zu zerstoßen, und sah neugierig zu. Probehalber hob Ravin die Schalen an die Augen und blickte auf das Meer. Wie groß es ihm erschien! Alles war schärfer und klarer, vielleicht sogar farbiger. Chaltar lachte und war so schnell hinter ihm, dass Ravin gar nicht dazu kam, die Scheiben wieder abzunehmen – schon hatte Chaltar ihm das Lederband fest um den

Kopf gezurrt und zog ihn zur Reling. Wie in einem Traum hörte er noch einen erstaunten Ausruf von Darian, dann schien es ihm so, als beobachtete ein zweiter Ravin, wie er sich hinter Chaltar am Seil entlang in das lauwarme Meer gleiten ließ. Das Wasser durchdrang sein Tuch und umfing seinen Körper. Nur an seine Augen kam es nicht. Die Kristallschalen pressten sich so dicht an seine Haut, dass er einen Moment der Verblüffung brauchte um sich bewusst zu werden, wie gut seine Augen geschützt waren. Dennoch hielt er sie fest geschlossen. Mach die Augen auf, jetzt!, befahl er sich.

Der Anblick traf ihn mit solcher Überraschung, dass er unter Wasser einen erstaunten Ruf ausstieß. Die magische Landschaft verschwand hinter einem Schwall von Luftblasen und tauchte umso schöner wieder daraus hervor. Die Korallen streckten sich ihm entgegen wie lange rote Finger. Unglaublich groß erschienen sie ihm. Und als zufällig seine eigene Hand in sein Blickfeld geriet, erschrak er darüber, wie groß auch sie aussah. Neben ihm tauchte Chaltar auf, ebenfalls riesig und von stechender Klarheit, und winkte ihm zu. Ravin beobachtete, wie er in den Korallenwald abtauchte. In Ravins Brustkorb hämmerte das Herz, Blut rauschte in seinen Ohren. Er tauchte in die Welt der Geräusche und schnappte nach Luft. Die Gesichter von Darian und Sumal Baji lachten ihm von der Reling aus zu. Ravin holte Luft und ließ sich mit geschlossenen Augen wieder in die Stille gleiten. Als er die Augen öffnete, entdeckte er, dass eine Art Spiegelbild vor ihm im Wasser trieb. Blassgrüne Augen blickten ihn an.

Der Meernaj war größer als der Flussnaj – oder vielleicht erschien er nur so. Denn der Naj, den Ravin auf dem Stein am Fluss hatte sitzen sehen, war faltig und trocken gewesen – diesen hier dagegen umgaben seine Schwimmhäute wie ein Kleid aus funkelnden Schleiern, in denen sich das Sonnenlicht fing. Der Naj bewegte sich, als würde er tanzen, blieb jedoch an derselben Stelle im Wasser. Ohne Eile betrachtete er Ravin, der seinen Herzschlag in den Ohren dröhnen hörte. Für einen bangen Moment fragte er sich, ob der Naj ihn in die Tiefe ziehen würde, doch im selben Augenblick verlor der Naj das Interesse, bauschte seine Schwimmhäute und verschwand in einem Wirbel aus Luftblasen.

Die brennenden Fische kamen spät in der Nacht. Alle an Deck waren damit beschäftigt, die Korallen in Bündel zu schnüren, als plötzlich Chaltars Ruf ertönte.

Sie zogen längsseits am Schiff vorbei. Das Erste, was Ravin einfiel, war, dass Feuernymphen so aussehen würden, wenn sie schwimmen könnten. Schlanke Unterwasserfackeln schossen dahin, schienen im Wechsel immer neue traumhafte Bilder zu ergeben, mal feurige Augen, mal einen Schauer aus fallenden Sternen. Sumals Lippen wurden schmal.

»Das habe ich mir gedacht!«, zischte sie und rannte zu der Gruppe von Tauchern. Sie stürzten ebenfalls zur Reling. Darian und Ravin gesellten sich zu ihnen.

»Da vorne, seht ihr?«, sagte Sumal und deutete in die Dunkelheit. Lange Zeit erkannte Ravin gar nichts, doch schließlich, nach einer Ewigkeit, wie ihm schien, schälte sich langsam das Bild eines knochigen Hügels aus dem Dunkel der Nacht.

»Ein Grom liegt auf der Lauer. Das hat uns gerade noch gefehlt.«

Sumal kniff die Augen zusammen, um den knochigen Höcker besser betrachten zu können.

»Im Moment scheint er ruhig zu sein. Wir können nur hoffen, dass er nicht nachts auf die Jagd geht, aber im Allgemeinen sind sie nur so ruhig, wenn sie mehrere Stunden schlafen.« In der Küstensprache wies sie Chaltar und einige andere an, die Nacht über Wache zu halten.

Darian war blass geworden.

»Am besten wir sagen Mel Amie und den anderen nichts davon«, flüsterte er Ravin zu. Ravin nickte. Der seltsame Druck auf seiner Brust verstärkte sich. Es war eine diffuse Angst. Wenn das, was er dort sah, nur die größten Knochenhöcker auf dem Rücken waren, mochte er sich nicht vorstellen, was sich unter der Wasseroberfläche verbarg.

Als die Sonne aufging, streifte wieder ein Schwarm brennender Fische am Schiff vorbei. Der Höcker war zu einem kleinen Punkt am Horizont zusammengeschrumpft. Ravins Augen schmerzten, doch die kühle Morgenluft hielt ihn wach. Zuerst glaubte er, seine übermüdeten Augen spielten ihm einen Streich. Er drückte die Handballen auf die Augen. Rote Funken tanzten hinter seinen Lidern. Es hörte, wie Darian einen kleinen Schreckenslaut ausstieß. Er sah es also auch: Der Höcker wurde größer und hielt genau auf die Jontar zu! Sumal schrie mit barscher Stimme Kommandos. Die Seeleute stürzten zu den Segeln.

Ein noch größerer Schwarm brennender Fische glitt am Schiff vorbei. Aufgeregt schwammen sie im Zickzack. Die Seeleute zurrten Leinen fest und brachten die Jontar in Windeseile dazu, den Kurs zu ändern. Ächzend neigte sich das Schiff und drehte schwerfällig ab.

»Wir können nur versuchen so weit in den Korallenwald zu fahren, dass wir den Fischen ausweichen. Wenn es gut geht und er gejagt hat, werden wir wieder Kurs aufnehmen«, rief Sumal Darian zu.

»Und was sollen wir tun?«, fragte Darian.

»Bleibt, wo ihr seid, und stört nicht«, kam die barsche Antwort.

Immer größer wurde der Rücken, fieberhaft rechnete Ravin, wie schnell der Grom sein musste, um eine so weite Strecke so schnell zurückzulegen. Die Jontar hatte eine ganze Nacht Vorsprung, doch der Grom schien sie in wenigen Augenblicken einzuholen. Plötzlich tauchte der Rücken ab.

»Er taucht!«, schrie Sumal. »Schneller drehen!«

Die brennenden Fische schossen am Schiff vorbei. Und schon sprang der erste im gleißenden Morgenlicht. Er flog neben der Reling, ruderte in der Luft und tauchte wieder ins Wasser.

»An die Haken!«, schrie Sumal. Automatisch gehorchten sie, sprangen auf und rannten über das schlingernde Deck zu der Kiste mit den Haken. Die Fische blendeten wie Blitze. Und dann landete schon der erste an Deck. Er war beinahe so groß wie ein Mensch. Klatschend warf er sich auf den Planken hin und her und hinterließ eine Schleimschicht auf dem Holz. Zu dritt hüpften sie mit ihren Haken um ihn herum, wichen aus, versuchten nicht mit dem Schleim in Berührung zu kommen. Schließlich erwischte Ladro ihn, schlug den Haken hinter die Kiemen und zog ihn zur Reling. Mit einem Schwung flog der Fisch zurück ins Meer. Und schon klatschte der nächste und noch einer auf das Holz. Zwei weitere Seeleute packten die Haken und begannen um die goldenen Fische zu tanzen. Ravin rann der Schweiß in die Augen. Er wusste nicht, wie lange er schon dabei war, immer wieder vor- und zurückzuspringen, seine Muskeln brannten bereits. Und er fragte sich, wann der Grom bei ihnen angelangt sein würde, um die Jontar mit einem einzigen Flossenschlag zu zerschmettern. Da hörte plötzlich der Fischregen auf. Von einem Augenblick zum anderen änderten die brennenden Fische die Richtung. Sie strebten von der Jontar fort, als risse sie eine starke Strömung mit.

Weit draußen, dort wo der Grom sein mochte, begann das Wasser zu kochen. Eine Schwanzflosse, so gewaltig, dass sie die Sonne zu verdecken schien, schwang aus dem Wasser und verschwand in einem Strudel. Wie Blitze in der klaren Morgenluft umzuckten die brennenden Fische sie. Von der Jontar aus gesehen waren sie in der Entfernung nicht mehr als Funken.

Ein Haken fiel zu Boden. Der Seemann neben Ladro sank in die Knie. Sein Gesicht war weiß und schmerzverzerrt, er hatte das Bewusstsein verloren. An seinem Arm quoll ein roter Striemen auf. Ravin und Darian stürzten zu ihm. Xia sprang herbei und half ihnen den Verletzten in den Schatten zu legen. Dann holte sie die Salbe und strich sie auf die Stelle, die sich inzwischen schwarz verfärbt hatte. Es zischte, als das Korallensalz die verbrannte Haut berührte, doch die Verfärbung hörte augenblicklich auf. Das Gesicht des Seemanns entspannte sich. Er kam wieder zu Bewusstsein und blinzelte. Xia verband die Wunde und lächelte ihm aufmunternd zu.

Sumal stand angespannt am Ruder und blickte immer noch auf den Strudel, wo der Grom jagte.

»Ich verstehe es nicht«, sagte sie, als Darian und Ravin zu ihr traten. »Er hatte bereits zu jagen begonnen – und da drehen die Fisch ab und schwimmen direkt auf ihn zu. Das habe ich noch nie erlebt.«

»Wird er zurückkommen?«, fragte Darian. Seine Stimme klang ruhig, doch Ravin hörte ein leises Zittern heraus.

»Er jagt. Danach ruht er wieder. So wie es aussieht, kommen wir die nächsten Tage unbehelligt voran. Es ist kein einziger brennender Fisch mehr bei der Jontar.« Sie wandte den Blick vom Meer und schaute Darian an. Ravin bemerkte mit einem Mal, dass sie ihn, Ravin, überhaupt nicht wahrnahm. Sie sprach nur mit Darian.

»Du warst es, nicht wahr? Du hast einen Zauber gesprochen!«

Darian errötete. Er versuchte ein Lächeln, das ihm nicht recht gelang und schüttelte den Kopf. Es war offensichtlich, dass ihn Sumals Frage wie eine Ohrfeige getroffen hatte.

»Nein.«

Sumal biss sich auf die Lippe.

»Aber ich dachte …«, sagte sie leise.

»Dann hast du falsch gedacht«, erwiderte er. »Mein Zauber kann niemanden vor dem Tod retten.«

Er drehte sich um und ging an Ravin vorbei unter Deck. Sumal sah ihm nach, dann wandte sie sich langsam wieder dem Meer zu und senkte den Kopf. In diesem Moment sah sie nicht aus wie die Kapitänin, sondern wirkte traurig und ratlos. Ravin räusperte sich. Erst jetzt fiel ihr auf, dass er neben ihr stand.

»Er hat Schlimmes erlebt und ein verwundetes Herz. Du darfst es ihm nicht übel nehmen«, sagte er.

Am Horizont tauchte die Schwanzflosse des Grom ein letztes Mal auf und verschwand. Sumal Baji straffte die Schultern und nahm wieder die Gestalt der Kapitänin an.

»Nun, der Grom ist abgetaucht. Wir können zu den Korallen.«

Der Erste, der die Naj bemerkte, war Chaltar.

»Es sind Hunderte«, erklärte Sumal. »Sie schwimmen hinter der Jontar her.« Die anderen Taucher, die mit vollen Korallennetzen an Bord kletterten, deuteten aufgeregt auf das Wasser. Amina, die ebenfalls an Deck gekommen war, beugte sich weit über die Reling.

»Kann es sein, dass die Naj die brennenden Fische zurückgetrieben haben?«, sagte sie zu Ravin. »Vielleicht wollen sie die Jontar schützen.«

Im Wasser leuchteten helle Augen auf, hier und da erschien ein Strudel an der Wasseroberfläche und glättete sich sofort wieder. Einer dieser Strudel wühlte eine Erinnerung in Ravin auf. Und plötzlich war es ihm klar. Laios' Gesicht erschien vor ihm. Laios, der ihm sagte, er solle sich auf die Pferde verlassen.

»Die Regenbogenpferde«, sagte er. »Die Naj schützen nicht die Jontar, sondern die Regenbogenpferde!«

Amina blickte ihn verdutzt an. Dann breitete sich ein Lächeln über ihr Gesicht.

»Natürlich! Und wenn es so ist, brauchen wir uns für den Rest unserer Reise keine Sorgen mehr zu machen. Sie werden uns die brennenden Fische und die Groms vom Hals halten!«

Sumal runzelte die Stirn, aber sie sagte nichts, als sie mit ansah, wie Ravin und Mel Amie Vaju und Dondo auf das Oberdeck brachten. Die Hufe klapperten über die Holzplanken. Vaju hob den Kopf und schnoberte. Dondo tänzelte, bis Mel Amie ihn losließ und sich sofort wieder unter Deck zu den anderen zwei Pferden zurückzog. Zum Erstaunen der Mannschaft, die kichernd und scheu zurückwich, erkundeten die Pferde das ganze Schiff, schnupperten an den Seilen und blieben schließlich an der Reling stehen. Vaju streckte mit gespitzten Ohren ihren Seepferdchenkopf über die Reling und wieherte ins Meer. Ein Raunen ging durch die Gruppe der Seeleute.

Die Naj versammelten sich um das Schiff. Hunderte von glasklaren Gesichtern hoben sich aus dem Wasser. Silberne, grüne und türkisfarbene Augen betrachteten Vaju und Dondo. Mit murmelnden Lauten verständigten sie sich, wisperten in der Najsprache und stießen sich im Wasser gegenseitig an. Vaju wieherte und ein Murmeln und Singen antworteten ihr. Sogar Sumal staunte. Schließlich schüttelte

Vaju den Kopf und zog sich zurück um zu Ravin zu trotten. Er kraulte ihr die Wange. Die Naj tauchten unter, vereinzelt erst, dann wurden es immer mehr, bis schließlich auch der letzte verschwunden und das Wasser wieder still war.

»Es waren also die Naj«, meinte Sumal. »Wenn sie uns Menschen nur auch so gut beschützen würden. Vielleicht müssen wir uns immer ein Regenbogenpferd als Reisegefährten mitnehmen.«

Nicht alle Taucher wagten sich sofort wieder ins Wasser. Doch nach und nach gewöhnten sie sich an den Gedanken, vor den Augen der Naj zu tauchen, und gingen mit den Netzen von Bord. Eine Weile hielten sich die Naj in der Nähe der Taucher auf, bis sie das Interesse verloren und in der Tiefe verschwanden. Gegen Abend stapelte sich ein mannshoher Berg von Korallen an Bord. Zum ersten Mal, seit sie abgelegt hatten, war die Stimmung an Bord ausgelassen und fröhlich. Und als die Sonne unterzugehen begann, hieß Sumal zwei der Seeleute das Ruder zu bedienen und trug eigenhändig ein Fass mit Wein an Deck. Klatschen und Jubeln empfing sie. Die Seeleute begannen Fische auf dem Ofen zu braten. Lampen aus geschliffenem Kristall wurden an die Masten gehängt und tauchten das Deck in schummriges Licht.

»Nach jeder guten Korallenernte feiern wir«, erklärte Sumal. »Und heute werden wir auf die Tjärgpferde anstoßen.«

Nach einigem Zögern hatte sich sogar Mel Amie bereit erklärt ihren Platz unter Deck zu verlassen. Amina nahm den Becher mit Algenwein lächelnd an und setzte sich zwischen Ravin und Ladro. Darian prostete Sumal zu und sie nickte und stieß lächelnd mit ihm an.

»Hinag Dantar! Auf Vaju und Dondolo!«, sagte sie. Alle hoben ihre Becher und wiederholten den Trinkspruch. Ravin spürte, wie der Wein ihm kalt und erfrischend durch die

Kehle floss. Sein Herz wurde leicht, alle Gefahren flogen davon und verschwanden am Horizont. Die Jontar machte gute Fahrt und schnitt durch das klare Wasser. Als Ravin für einen Moment die Augen schloss, schien es ihm, als flöge das Schiff über das Meer, als wäre der Tjärgwald schon so nah, dass er das Harz der Jalabäume bereits riechen könnte. Chaltar holte sein Instrument hervor, einen dornigen Knochen, der an mehreren Stellen durchbohrt war und als Flöte diente. Als Chaltar ihn an die Lippen setzte, erklang ein trauriger Ton, der an die Schreie von Seevögeln erinnerte. Ein anderer Seemann hatte inzwischen ein weiteres Instrument hervorgeholt. Ravin zählte elf Saiten, die sich über eine polierte perlmuttschimmernde Scheibe spannten. Mit geschickten Fingern schlug der Spieler sie an. Schneidend klare Töne wehten hinaus aufs Meer. Die Musiker spielten eine traurige Melodie und stimmten ein Lied an, das so herzzerreißend war, dass es nur von Unglück und Tod handeln konnte. Ravin spürte, wie die Schwermut von ihm Besitz ergriff. Als der letzte zitternde Ton der Perlharfe verklungen war, jubelte man den Sängern zu und schenkte ihnen Wein ein. Sumal klatschte ebenfalls.

»Nichts für ungut, aber eure Lieder klingen nach Beerdigung, Kapitänin«, sagte Mel Amie und nahm einen Schluck. »Kennt ihr nichts Lustiges?«

Sumal lächelte und sprang auf. Nach wenigen Augenblicken kam sie mit einer weiteren Perlharfe zurück und nahm wieder im Kreis Platz.

»Hört nun ein Lied aus Dantar! Diese Ballade wird immer von zweien gesungen. Ladro, du hast eine schöne Stimme. Du wirst mich begleiten.«

Ladro lachte und wehrte ab, doch Mel Amie gab ihm einen Schubs. Schließlich ging er vom Johlen der Seeleute begleitet zu Sumal und verbeugte sich. Die Melodie, die sie nun mit flinken Fingern anstimmte, klang wie ein mutwilliger Tanz mit vielen Richtungswechseln und Sprüngen. Während sie die Einleitung spielte, sprach sie weiter.

»Vor vielen Jahren lebte in Dantar ein junger Fischer. Wie alle jungen Fischer war er verliebt, denn wie ihr wisst, ist Dantar auch die Stadt der Liebe und des Tanzes.« Bei diesen Worten warf sie Darian einen Blick zu. »Doch die Liebste des Fischers fährt hinaus aufs Meer und verliebt sich in einen anderen. Unser Fischer aber ist hartnäckig. Er nimmt sein Boot und findet sie.«

Ein launiger Wirbel auf der Harfe, dann begann Sumal zu singen. Ihre Stimme klang tiefer und rauer, als Ravin vermutet hätte. Sumal sang vom Fischer, der gegen die Wellen kämpfte und unermüdlich seiner Liebsten folgte. Bei jeder Wechselstrophe gab sie mit einem Nicken das Lied an Ladro weiter, der anfangs zögernd, schließlich jedoch immer sicherer den Mittelteil sang. Seine Stimme klang warm, er sang mit einem Lächeln. Ravin bemerkte, dass Sumal nur Augen für Darian hatte. Darian lächelte – und doch wusste Ravin, dass es nicht Sumal war, die er vor sich sah. Nicht die schöne, stolze Sumal, die im flackernden Licht der Kristalllaternen noch goldener und größer erschien. Die letzten Strophen waren schnell und heiter wie ein Wirbel.

»Wollt schwimmen ich im heißen Meer,
wollt tauchen tief und weit
von Dantar bis nach Delahen
und bis zum Rand der Zeit.«

»Kein Snai, kein Naj, kein Schlangentier
jagt mich fort von hier.
Und wenn ich meinen Kopf verlier,
verlier ich ihn bei dir!«

»Will tanzen mit dir schlangengleich,
mit Blumen reich geschmückt,
doch kommt die Ebbe, Liebste mein,
dann bist du mir entrückt!«

»Kein Snai, kein Naj, kein Schlangentier
jagt mich fort von hier.
Und wenn ich meinen Kopf verlier,
verlier ich ihn bei dir!«

»Doch wenn du einen Naj nun küsst,
dann, Liebste, merke dir:
Ich fange deinen neuen Schatz,
dich aber lass ich hier!«

Mel Amie und die anderen lachten und klatschten. Sumal und Ladro verbeugten sich und nahmen die Weinbecher, die ihnen gereicht wurden. Ravin atmete den harzigen Weinduft ein. Über seinen Becherrand bemerkte er, wie Sumal Darian zuprostete. Er hätte sofort wieder weggeblickt, wäre ihm nicht der Ausdruck in ihren Augen aufgefallen. Für einen Moment lang war es ihm, als könnte er durch diese Augen in Sumals Seele schauen. Sehnsucht war darin und eine schmerzliche Hoffnung, die er der spröden Kapitänin nicht zugetraut hätte. Das Lächeln, das sie Darian schenkte, wirkte beinahe scheu. Darian hob ebenfalls den Becher. Lange sahen sie sich an, doch schließlich lächelte Darian ein verlegenes bedauerndes Lächeln und senkte den Blick. Sumal Bajis Gesicht versteinerte, als hätte sie eben eine Ohrfeige erhalten, dann überzog flammende Röte ihre Wangen. Ravin sah weg, als hätte er eben einen Blick auf ein Geheimnis erhascht, das nicht für seine Augen bestimmt war.

»Hinag Dantar, Kapitänin!«, rief Mel Amie und prostete ihr zu. »Sehr gut! Obwohl die Vorstellung, dass sich Menschen in Naj verlieben, ziemlich seltsam ist!«

Sumal zuckte die Schultern.

»Freut mich, dass das Lied dir gefällt, Kriegerin. Es haben sich Menschen schon in schrecklichere Geschöpfe verliebt.«

Es klang ärgerlich.

»In Feuernymphen zum Beispiel!«, warf Amina ein. »Seht ihr die Narbe auf Ravins Mund? Er hat eine geküsst!«

Ravin spürte, wie er feuerrot wurde, und blitzte Amina wütend an.

»Sing uns ein Lied von deiner Liebsten, Ravin!«, sagte Chaltar in seiner gedehnten Aussprache. Die Mannschaft klatschte und pfiff. Hilfe suchend blickte Ravin zu Darian, doch der hob nur bedauernd die Schultern.

»Ein Lied! Ein Lied über deine Nymphe!«, forderte die Mannschaft.

Ravin schüttelte den Kopf und schwor sich, Amina bei der nächsten Gelegenheit die Meinung zu sagen.

»Dann wenigstens ein Lied aus dem Wald! Ein Waldlied!«, rief Chaltar. Ladro bat mit einer Geste um Ruhe. Erwartungsvolle Stille senkte sich über die Gruppe. Ravin warf Amina einen letzten eisigen Blick zu, dann kämpfte er seine Wut nieder und überlegte. Er versuchte sich an die vielen Lieder aus dem Tjärgwald zu erinnern, doch seltsamerweise kam ihm nun keines in den Sinn. Nur an ein einziges Lied erinnerte er sich. Ein wehmütiges Lied, das er vor langer Zeit gehört hatte. Vielleicht war es sogar ein Liebeslied.

»Wovon dieses Lied handelt, weiß ich nicht. Ich hörte es in einer kalten Nacht im Wald. Es hat meine Seele berührt. Und vielleicht wird es auch die eure berühren.« Er holte tief Luft und begann zu singen.

»Tellid akjed nag asar
Kinj kar Akh elen balar
Kinju teen
Kinju teen
Skell asar, balan tarjeen!«

Die Seeleute lauschten ergriffen, berührt von der Wehmut und dem Schmerz in der Melodie. Als Ravin geendet hatte, klatschten sie begeistert. Chaltar griff zur Perlharfe und stimmte die Melodie noch einmal an. Ravin blickte in die Runde und stutzte. Amina und Ladro waren mit einem Mal bleich geworden. Amina sprang auf. Ihr Weinbecher kippte um, roter Wein floss zum Ofen und verdampfte zischend. Mit einem gehetzten Blick stürzte sie davon. Ohne ein Wort rappelte Ladro sich auf und folgte ihr. Die Seeleute sangen bereits ein neues Lied. Mel Amie unterhielt sich mit Chaltar, Sumal war gegangen, nur Darian hatte die Szene beobachtet. Gleichzeitig standen sie auf und gingen Ladro und Amina hinterher.

Sie waren unter Deck bei den Pferden. Als sie hörten, dass sich jemand näherte, verstummten sie.

»Was ist los?«, fragte Ravin.

»Nichts«, sagte Ladro knapp.

»Du hast es gewusst, Ravin!«, zischte Amina. Ihre Augen glühten. Der Schatten lag wieder über ihrem Gesicht.

»Was habe ich gewusst?«, gab er zurück. »Es ist ein Lied, das ich von den Hallgespenstern gelernt habe. Irgendwo im Wald, kurz bevor wir Sella gefunden haben.«

Die Spannung ließ die Luft vibrieren, die Pferde begannen unruhig zu werden.

»Es ist Teil eines Zauberspruchs, Ravin. Damit spaßt man nicht!«, sagte sie. Aus jeder Silbe hörte er heraus, welche Anspannung es sie kostete, so ruhig zu bleiben.

»Das wusste er nicht«, antwortete Darian an Ravins Stelle. »Selbst ich habe nicht erkannt, dass es ein Zauber ist.«

»Sing dieses Lied nie wieder! Vergiss es! Vergesst es beide, denkt die Worte nicht einmal!«

»Was soll das?«, sagte Ravin ärgerlich. »Sag mir, was für ein Zauber das ist!«

Amina richtete sich auf.

»Das kann und werde ich nicht.«

Ravin war so verwirrt, dass er nichts erwidern konnte.

Darian trat vor.

»In Ordnung«, sagte er. »Vergessen wir das Lied. Du wirst deine Gründe haben, Amina.«

Ravin wollte protestieren, doch Darian bedeutete ihm mit einem Blick, den Mund zu halten und ihm zu folgen. Ravin sah die Erleichterung auf Ladros Gesicht, dann wandte er sich ab und folgte Darian an Deck.

»Was soll das?«, sagte er, als sie an der Reling angelangt waren. Die Klänge der Perlharfe trieben zu ihnen herüber.

»Ich weiß es nicht, Ravin«, flüsterte Darian. »Wo hast du das Lied gehört?«

»Am Anfang unserer Reise, bevor wir in Jerriks Wald geritten sind. Du hast schon geschlafen, aber ich hörte den Hallgespenstern zu. Da war eine Frauenstimme. Sie sagte etwas davon, dass es jetzt geschehen müsse, und sie befahl jemandem zu laufen. Und dann sang dieselbe Stimme dieses Lied.«

»Erinnere dich – wie klang die Stimme? Kann es sein, dass es Aminas Stimme war?«

Ravin runzelte die Stirn.

»Ich weiß es nicht. Aber offensichtlich ist es ein schlimmer Zauber, den sie kennt. Vielleicht hat er etwas mit ihrem Fluch zu tun.«

Darian strich sich müde über die Stirn. »Mag sein. Und trotzdem. Ich werde nicht klug aus ihr.«

»Niemand wird klug aus ihr.«

»Was mir immer noch nicht in den Kopf geht, ist, warum sie mitgekommen sind. Ob sie besser wissen als wir, was passieren könnte, wenn Badok Tjärg einnimmt? Warum kommt Amina mit, da sie doch weiß, wie wenig Zeit ihr bleibt, bis sie eine Woran wird? Und jetzt der Zauberspruch!«

Ravin seufzte.

»Auch ich habe darüber nachgedacht, Darian. Und je mehr ich darüber grüble, desto mehr schwirrt mir der Kopf. Die Sorge um Jolon ist unerträglich.«

»Träumst du von ihm?«

»Nein, seit Laios mir gesagt hat, ich solle nicht an verlorene Seelen denken, habe ich ihn nicht mehr gesehen.«

Darian lehnte sich an die Reling und blickte in den Himmel.

»Er ist ein großer Mann, größer als du, mit sehr dunklem Haar – aber grünen Augen, so wie du sie hast.« Er lächelte. »Man sieht euch an, dass ihr Brüder seid.«

Ravin schluckte, seine Hände schmerzten, so heftig hatte er die Reling umklammert.

»Wann hast du ihn gesehen? Warum hast du mir nichts davon gesagt?«

»Gestern Nacht, als wir an Deck saßen und auf den Grom am Horizont starrten. Es war nur ein Bruchteil eines Gedankens. Er saß an einem Feuer.«

»Waren die Dämonen um ihn?«

Darian schüttelte den Kopf.

»Er war allein mit einem Schatten.«

»Was war das für ein Schatten?«

»Eine Gestalt. Für einen Moment war ich erschrocken, aber dann erinnerte ich mich daran, dass Laios in den Träumen wandeln kann. Ich bin sicher, dass er über Jolon wacht.« Etwas leiser fügte er hinzu: »Und wenn jemand Amina helfen kann, dann er.«

Auch am nächsten und übernächsten Tag zeigten sich keine brennenden Fische, dafür folgten immer noch die Naj der Jontar. Ab und zu erschienen sie dicht unter der Wasseroberfläche und bewunderten die Regenbogenpferde, die ihre Nasen in die Gischt streckten. Inzwischen war auch der letzte Rest Schlamm aus dem Fell verschwunden, sie leuchteten wieder perlmuttfarben im Tageslicht und bläulich in der Nacht. Amina war still. Zu Ravin und Darian war sie freundlich, aber es schien ihr nicht besonders gut zu gehen. Rasch zog sie sich wieder unter Deck zurück. Ladro erwähnte das Zauberlied mit keinem Wort, doch Ravin erschien er immer noch aufgewühlt. Die Taucher holten noch einige Netze voller Korallen an Bord, dann wurden die Korallenbänke spärlicher, bis sie schließlich von dunkelgrünen Seepflanzen mit dicken Blättern abgelöst wurden. Ravin fror nun, wenn er morgens erwachte und den rauen Wind über seinen Rücken streichen fühlte. Die Mannschaft zog sich dick gewebte Tücher über. Bald war es bereits so kühl geworden, dass auch Ravin und Darian unten bei den Pferden schliefen, den Harzgeruch in der Nase.

Ravin träumte Bildfetzen, die durch seinen Kopf schwebten. Manchmal kam der Tjärgwald zu ihm mit allen Farben, Düften und Klängen. Am Ufer des Sees kauerte er im Gebüsch. Nicht weit von ihm grasten zwei riesige Ranjögs. Ravin duckte sich und wurde zum Ranjög, bewegte sich pfeilgleich und flink am See entlang, den Speer in der Hand. Im Schlaf spürte Ravin, wie ein Lächeln über sein Gesicht glitt, und erwachte voller Hoffnung.

Sumal Baji war zwar die Letzte, die das dickere Tuch anzog um sich vor dem Wind zu schützen, doch Ravin bemerkte, dass sie fror und sich bereits nach Dantar zurücksehnte. Im fahlen Licht sah sie nicht länger golden und strahlend aus. Sorgfältig überwachte sie das Verpacken des Korallensalzes und nutzte jede Strömung, jede Brise, um noch schneller voranzukommen.

»Wir liegen gut in der Zeit«, sagte sie einmal zu Ravin. »Eure schwarz gekleideten Freunde dürften etwa vier Tage nach euch bei der Bucht ankommen.«

Darian und sie sprachen nicht mehr oft miteinander, dennoch hellte ihr Gesicht sich auf, wenn er an Deck kam. Abends saßen sie beim Schein einer Kristalllampe bei den Pferden und beratschlagten, welchen Weg sie nehmen würden. Die Pferde waren gut ausgeruht, das Banty tänzelte jeden Morgen in der Box, in der Hoffnung, bald ins Freie zu können.

Eines Morgens trübte sich das Wasser plötzlich, die Wasserpflanzen wurden weniger. Zum ersten Mal seit langer Zeit sah man steinigen Grund. Der Kanal verengte sich. Vor ihnen tat sich eine schmale Bucht auf. Von schwarzen Felsen gesäumt grinste ihnen das Ufer entgegen.

»Das ist die Galnagar-Bucht, wo auch die Kriegsschiffe anlegen werden«, rief Sumal ihnen vom Steuer aus zu. »Macht euch bereit, wir legen noch vor Mittag an!«

Mel Amie strahlte. Sie suchten ihre verbliebenen Vorräte zusammen, packten die Taschen und schnallten sie den Pferden um. Das Banty witterte Land und bockte in der Box.

Kies knirschte unter den Planken der Jontar, als sie in der Nähe des Strandes anlegten. Sumal Baji kam unter Deck.

»Näher kann ich euch nicht an den Strand bringen«, sagte sie. »Das Wasser ist nicht sehr tief hier. Wir machen die Luke auf und lassen den Steg ins Wasser. Das heißt, ihr müsst ein kleines Stück durch das Wasser waten. Aber es ist nicht tiefer als eure Pferde hoch sind.«

Mit einem Platschen landete die Holzplanke im Wasser

und sank langsam mit dem einen Ende auf Grund. Vaju und Dondo wateten ohne zu zögern ins Wasser. Ravin holte eine Strähne hervor, die er aus Vajus Mähne geschnitten hatte und reichte sie Sumal.

»Für die Naj, damit sie die Jontar auch weiterhin beschützen. Kehre mit deiner Fracht gut nach Dantar zurück! Wir sehen uns wieder!«

Sie lachte.

»Ja, wenn die Naj singend zu Fuß aus dem Meer kommen.«

Darian lächelte und streckte Sumal die Hand hin, die sie nach einem kurzen Zögern ergriff.

»Licht auf deinem Weg«, sagte sie leise.

»Und auf deinem«, erwiderte er. Einen Moment sahen sie sich in die Augen, dann wandte Sumal sich ab.

»Eure Zeit läuft«, sagte sie mit einem Anflug ihrer alten Schroffheit und wies auf die Luke. Das Horjun-Pferd scheute, bevor es sich endlich widerwillig in die Fluten ziehen ließ. Ravin setzte sich auf Vajus Rücken. Kaltes Wasser umschloss seine Beine. Bald erreichten sie den steinigen Strand. Als sie zurückblickten, sahen sie, dass die Jontar bereits abgedreht hatte und Kurs auf Dantar nahm.

III

Im Schatten der Woran

Die lange Ruhezeit hatte den Pferden nicht gut getan. Sie ermüdeten schnell und brauchten bereits nach kurzer Zeit eine Rast. Mit Ungeduld wartete die Gruppe, bis sie gegrast hatten, um so schnell wie möglich weiterreiten zu können.

»Nun müsste die Flotte in der Bucht angelangt sein«, sagte Darian am vierten Morgen nach ihrem Aufbruch.

»Ab jetzt rennen wir gegen die Zeit«, sprach Mel Amie aus, was alle dachten. Ravin bemerkte den Blick, den Ladro Amina zuwarf. Ihr Gesicht war umschattet, das Haar lichtloser denn je. Dondo tänzelte und schlug aus, sobald sie in seine Nähe kam, nur mit Darian zusammen duldete er sie auf seinem Rücken. Vaju schien niemals müde zu werden und trug inzwischen nicht nur Ravin, sondern auch einen Großteil des Gepäcks um die anderen Pferde zu schonen. Darian ritt verbissen und gehetzt. Ravin glaubte nachfühlen zu können, wie seinem Freund zumute sein musste, Sellas Mörder so dicht auf den Fersen zu haben.

Der Sommer neigte sich seinem Ende zu. In den Wipfeln begannen sich die Blätter der Bäume bereits zu verfärben. Der Gedanke, dass sie noch vor wenigen Tagen im sommerheißen Dantar gewesen waren, erschien Ravin seltsam.

Als der letzte getrocknete Fisch aufgebraucht war, sammelten sie Jalafrüchte und aßen das Fruchtfleisch roh. Am fünften Tag setzte ein Spätsommerregen ein, der ihnen bis auf die Haut drang. Das Banty hatte angefangen die matschbraune Färbung der regennassen Baumstämme anzunehmen, sodass sich mit seiner Fellfarbe auch die letzte Erinnerung an die Jontar nach und nach verlor. Die Tage glichen einer eintönigen Abfolge mit Tausenden von tanzenden Baumstämmen, die an ihnen vorüberglitten, unterbrochen von satten grünen Wiesen und dem ewig gleichen kalten Wind und Nieselregen. Um Amina machte sich Ravin die meisten Sorgen. Die Haut an ihren Händen und ihr Gesicht – daran gab es keinen Zweifel mehr – färbten sich dunkler, so als bewegte sie sich ständig im tiefsten Baumschatten. Von der Narbe an der Schläfe schienen sich wieder die fünf lichtlosen Schattenfinger über ihre Wangen zu breiten. Als Ravin sie einmal weckte, fuhr sie ihn mit gefletschten Zähnen an – und da war es, Aminas rasendes Gesicht, die Woran, die ihn anfauchte und sich nur mühsam wieder zusammennahm.

Umso fieberhafter hielt er Ausschau nach den ersten Zeichen, die ihm zeigen würden, dass sie Gislans Burg näher kamen. Endlich fand Ravin an einem der Jalastämme sieben Einkerbungen und ein geschnitztes Dreieck.

»Wir werden die Regenbogenburg in zwei Tagesritten erreichen«, verkündete er. Seine Laune hatte sich augenblicklich gebessert. Den Weisungen getreu ritten sie auf einen verborgenen Weg und kamen in ein Waldstück mit zahllosen Tannen. Unter den ausladenden Ästen war das Reiten schwieriger. Tief mussten sie sich über die Hälse ihrer Pferde ducken. Jeder Schritt, jedes Knacken der Zweige, die unter den Pferdehufen brachen, klang gespenstisch überdeutlich und doch gedämpft. Ravin atmete den Duft nach Tanisharz ein und fühlte sich ein wenig getröstet. Darian dagegen wurde noch niedergeschlagener. Ravin wusste, dass er sich an die Tage mit Sella erinnerte.

Als der Regen so stark wurde, dass sie sich tief unter eine Tanne zurückziehen mussten, bemerkte Ravin, dass sein

Freund nicht mehr da war. Eine Weile saß er mit den anderen und beobachtete die Bäche, die an den Zweigen herunterliefen, doch schließlich erhob er sich um ihn zu suchen.

Er stand neben Dondo, die Hand in der langen Mähne vergraben. An seinen gebeugten Schultern, die sich krampfhaft hoben und senkten, merkte Ravin gleich, dass Darian weinte. Er zuckte zusammen, als er Ravins Hand auf seiner Schulter spürte. Eine Weile standen sie, ohne dass sich einer von ihnen rührte. Endlich wandte Darian sich um. Diesmal versuchte er nicht einmal seinen Schmerz und die Hoffnungslosigkeit zu überspielen. Stattdessen setzte er sich, lehnte sich mit dem Rücken an den Baumstamm und zog die Knie an seinen Körper.

»Ich werde kein Zauberer«, sagte er nach einer Weile. »Ich bin einfach keiner. Ich werde es nie sein.«

Ravin schüttelte den Kopf.

»Das ist nicht wahr. Wir wissen alle, dass du ein guter Shanjaar bist. Auch Skaardja hat es mir gesagt.«

»Skaardja!« Darians Stimme klang bitter. »Was weiß schon Skaardja. Oder Laios – oder Sumal Baji.«

Er drehte sich zu Ravin um, das helle Haar fiel ihm ins Gesicht.

»Damals als ich mit Sella auf dem Plateau stand, da war ich einer!«, sagte er. In seinen Augen flackerte das unheimliche Licht auf, das seit Sellas Tod erloschen gewesen war. Ravin erschrak.

»Ich hatte es in den Händen! In diesen Augenblicken war ich ein Zauberer – und trotzdem konnte ich Sella nicht vor dem Tod bewahren.«

Die Tränen rannen ihm über das Kinn und tropften mit dem Regen um die Wette. Dondo wandte den Kopf und schnaubte Darian ins Ohr, doch er schob den Pferdekopf unsanft weg.

»Was nützt die ganze Magie dieser Welt, wenn man den Menschen, den man liebt, nicht retten kann?«, schrie er plötzlich. Ein Weinkrampf schüttelte ihn, Ravin kniete sich neben ihn und schloss die Arme um seinen Freund. Er hielt ihn, bis der Regen aufhörte, spürte, wie das Schluchzen ihn immer wieder schüttelte, wie Darians ganze Verzweiflung ihn durchdrang. Erst lange nachdem der Regen aufgehört hatte, standen sie auf und gingen zum Lagerplatz zurück. Die Dunkelheit senkte sich bereits über die Lichtung, hinter Schleierwolken zeigte sich ein bleicher Halbmond.

Unter der Tanne rückte die Gruppe eng um die magische Flamme zusammen. Nur Amina hielt sich abseits und winkte ab, als Ravin sie zum Licht holen wollte. Mit Schaudern bemerkte er, dass sie den Mond anblickte. Ihr Gesicht war dunkel und ausdruckslos, sie verbarg ihre Hände und sprach kein Wort.

»Morgen werden wir die Regenbogenburg erreichen«, sagte Ravin. »Wir bringen Amina sofort zu Laios. Wenn jemand helfen kann, dann er.«

Ladro seufzte und vergrub den Kopf in den Händen.

Amina sah kaum auf, als Ravin mit einer halben Jalafrucht zu ihr kam und sich neben sie setzte.

»Hier, iss«, sagte er und reichte ihr die Frucht. Doch sie schüttelte den Kopf. In ihren Augen tanzte ein dunkler Halbmond, so als hätte sich das Bild am Himmel in ihre Augen gebrannt, die nicht mehr Aminas Augen waren. Sie bemerkte, wie er sie ansah, und senkte den Blick. Der schwarze Schatten ließ ihre Nase scharf wie eine Messerschneide aussehen.

»Ich brauche nur Schlaf, Ravin«, sagte sie. Ihre Stimme klang dumpf und monoton. Er hatte Schwierigkeiten, Aminas Stimme herauszuhören.

»Morgen sind wir in der Burg.« Seine Stimme bebte.

Stumm nickte sie, dann hob sie eine Hand, die vor dem dunklen Himmel schwarz und hart aussah. Ravin glaubte die drei Monde auf ihrer Handfläche zu erkennen, doch er wusste, es konnte nur eine Täuschung sein, und beschloss, dass die Müdigkeit und das Mondlicht ihm einen Streich spielten. Die Erschöpfung umfing ihn mit schweren Armen aus Samt. »Gib Jolon nicht auf!«, flüsterte die dumpfe Stimme neben ihm. Im Traum fühlte er die Berührung einer glühenden Hand an seiner Wange. Naja lächelte ihm zu, dann glitt er in das Dunkel.

Als sie erwachten, saßen sie Rücken an Rücken, den Kopf an die Schulter des Nachbarn gelehnt. Die Pferde grasten auf der mondhellen Lichtung. Die Wolkenschleier hatten sich verzogen. Weiß und gefroren stand der Halbmond am Himmel. Amina war fort.

»Sie musste gehen«, sagte Ladro. Seit geraumer Zeit redete er auf Ravin ein. Mel Amie hatte sich zu den Pferden gesellt, vermutlich wollte sie nicht, dass jemand sah, wie sie weinte.

»Sie wollte uns verlassen«, bestätigte Darian Ladros Worte. »Nicht einmal ich habe bemerkt, wie der Schlafzauber kam, so behutsam hat sie ihn gesprochen.«

»Amina wusste, dass sie uns bald nicht mehr vor sich selbst würde schützen können.«

»Es sind nur noch wenige Stunden bis zur Burg!«, schrie Ravin. »Ich muss sie finden. Laios wird ihr helfen!«

»Ravin!« Er spürte Ladros Griff an seinem Arm, sah in das geduldige, ernste Gesicht. Ladro gab auf! Wut übermannte Ravin, er wich zurück. Ladros Griff verstärkte sich. Ehe er sichs versah, hatte Ravin den Arm hochgerissen und schlug Ladro mit voller Kraft ins Gesicht.

»He!«, brüllte Mel Amie. Ladro taumelte zurück.

»Ihr gebt auf?«, schrie Ravin. Seine Hand pochte, doch die Wut verschwand nicht.

»Darian gibt seine Zauberei auf, nur weil er Sella nicht helfen konnte! Und ihr überlasst Amina einfach den Woran! Ich verstehe euch nicht!«

»Ravin, beruhige dich.«

Darians Stimme klang so vernünftig, dass er ihn am liebsten ebenfalls geschlagen hätte.

»Sie kann noch nicht weit sein«, beharrte Ravin. »Reitet ihr weiter zur Burg. Aber ich werde sie nicht im Stich lassen!«

Sie sahen ihn an, als hätten sie einen Verrückten vor sich. Er drehte sich um und rannte zu den Pferden. Unwirsch griff er nach Vajus Mähne. Doch es geschah etwas, mit dem er niemals gerechnet hätte: Vaju scheute vor ihm. Bevor seine Finger ihre Mähne berührten, hatte sie bereits einen Satz zur Seite gemacht und trabte zum Ende der Lichtung. Er kniff die Lippen zusammen, schwang sich ohne zu zögern auf das Horjun-Pferd und schlug ihm die Fersen in die Seiten. Das Pferd keilte aus, dann schoss es davon. Darians Rufe gellten in Ravins Ohren, doch er hörte nicht hin und ritt den Weg entlang, den Amina gegangen sein mochte.

Er achtete auf jedes Knacken im Unterholz, auf jede Bewegung, jedes leuchtende Augenpaar, das im Mondlicht aufblinkte. Ab und zu glaubte er die Stimmen von Ladro und Mel Amie zu hören, die nach ihm riefen, doch die Geräusche verloren sich im Wald. Nach einer Weile ließ er das Pferd langsamer gehen und suchte das Unterholz ab. Er rief Aminas Namen, bis er heiser war und der Morgen zu grauen begann. Schließlich entdeckte er Spuren im feuchten Gras. Die Hoffnung gaukelte ihm vor, dass er sie in wenigen Augenblicken finden würde. Also sprang er wieder auf das erschöpfte Pferd und zwang es zu einem Galopp.

Die Berührung an seiner Brust spürte er erst, als das Horjun-Pferd unter ihm strauchelte und mit einem Quieken zu Boden ging. Ein grausamer Ruck fuhr durch seinen Körper und schnitt ihm die Luft ab. Das Pferd wälzte sich über sein Bein, sodass er vor Schmerz keuchte, dann waren schon harte Hände da, die ihn griffen, ihn hochrissen und seinen Kopf so weit nach hinten bogen, dass er nur die Baumwipfel sah, die inmitten des grellroten Schmerzes in seiner Brust zu lodern schienen.

»Es ist einer von ihnen!«, dröhnte eine Stimme direkt neben seinem Ohr. »Schaut euch das Pferd an.«

»Er sieht aber nicht so aus.« Eine andere Stimme, diesmal rechts von ihm.

»Einer von den Waldmenschen hier ist er auch nicht. Sieh dir die bunten Fetzen an, die er trägt.«

Ravin war es gelungen, den Kopf ein wenig zu drehen. In seinem Blickfeld erschienen ein Arm und ein Teil einer bärtigen Wange. Sie war von ihm abgewandt. Ravin nutzte die Gelegenheit, spannte sich, sprang hoch, was ihm beinahe den Arm auskugelt hätte, und versetzte dem Bärtigen einen Tritt gegen die Brust. Er spürte, wie sich der Griff in seinem Haar lockerte, und riss sich mit einer Drehung los. Schon wollte er sich aufrappeln und fliehen, da zerbarst sein Blickfeld in Splitter, die an ihm vorbei ins Nichts flogen. Was blieb, war Dunkelheit.

Seine Augen schienen wie mit Steinen beschwert. Sie zu öffnen schmerzte. Das Erste, was er sah, als er sich an das grelle Licht gewöhnt hatte, waren rote Pferde. Dieser

Anblick erinnerte ihn an etwas, das er vor sehr langer Zeit gesehen hatte. Nach und nach dämmerte ihm, dass er auf einer sehr weichen Unterlage lag. Weicher als die Algenmatten in Ujas Unterkunft in Dantar. Noch einmal öffnete er die Augen. Diesmal sah er Laios' besorgtes Gesicht. Kantiger erschienen seine Züge, eingefallener und viel älter, als er sie in Erinnerung hatte.

»Trink, dann hört dein Kopf auf zu schmerzen«, sagte Laios.

Heißes, bitteres Wasser rann über Ravins Lippen. Er trank es und glitt in einen neuen Traum:

Jolons Platz am Feuer war leer. Die Dämonen heulten ihre Wut hinaus. Einer von ihnen hob den Traumreif der Königin, den vor kurzem noch Jolon getragen hatte, vom Boden auf. Ravin sprang auf die Beine und sah sich um. Neben ihm wuchsen die Mauern der Regenbogenburg aus dem Boden. Grau waren sie, spiegelten den Himmel, der von schwarzgrauem Rauch bedeckt war. Fratzen schälten sich aus dem glatten Stein. Und nun erschien auch Jolon. Er sah Ravin nicht an, sondern blickte in das Gesicht der schwarzen Gestalt, der Ravin schon so oft im Traum begegnet war. Tiefer und tiefer beugte sie sich über Jolon um ihm das Leben auszusaugen. Ravin war wie gelähmt. Voller Verzweiflung sah er, wie Jolons Hand sich um den Kristall krampfte.

Er riss die Augen auf, schnappte nach Luft – und sah immer noch Laios' Gesicht. Die Gedanken schwirrten in seinem Kopf umher und wollten sich nicht zu einem Bild formen. Träumte er noch?

»Jolon?«, fragte er.

»Dein Bruder lebt. Wir haben ihn und dein Lager zu einem Platz nicht weit von den Südbergen gebracht. Du wirst dorthin reiten, sobald du mit der Königin und den Räten gesprochen hast.«

»Ich bin in der Burg?«, flüsterte er.

Auf Laios' Gesicht erschien ein dünnes Lächeln.

»Ja, auf Umwegen zwar, aber nun bist du hier.« Das Lächeln verlosch. »Doch nach dem zu urteilen, was Darian und eure beiden Weggefährten aus Skaris berichten, steht Tjärg noch Schlimmeres bevor als die Angriffe von ein paar Horden, mit denen wir seit einigen Tagen zu kämpfen haben.«

Ravin blinzelte. War er so lange bewusstlos gewesen?

»Badoks Truppen können unmöglich bereits hier sein«, flüsterte er.

Laios wiegte den Kopf.

»Ich spreche nicht von Truppen, sondern von Reiterhorden, die von Süden her aus dem Grenzland anrücken. Erste Gefechte fanden bei Tamm statt. Aus diesem Grund haben sich einige der Lager – so auch deines – in Richtung Burg zurückgezogen.«

»Aber diese Angriffe dienen nur zur Ablenkung. Diolen und Badok kommen mit dem größeren Teil des Heeres von der Meerseite, aus Galnagar.«

Ravins Stimme überschlug sich, sein Kopf drohte vor Schmerz zu zerspringen.

»Das wissen wir bereits. Darian hat es uns berichtet. Es war sehr klug von euch, Diolen und Badok zu folgen und sie auf dem Weg nach Tjärg zu überholen.«

Er lächelte ihm beruhigend zu.

»Bald wirst du Jolon sehen. Er schläft immer noch.«

Ravin blinzelte. Niedergeschlagen wischte er sich die Tränen vom Gesicht. Er hatte sich ausgemalt, wie sehr er sich freuen würde in Gislans Burg anzukommen, Laios wiederzusehen, in Sicherheit zu sein. Doch die Freude stellte sich nicht ein. Am meisten vermisste er das Gefühl, wieder zu Hause zu sein. Stattdessen fühlte er nur Leere und Trauer.

»Natürlich schläft er noch«, flüsterte er. »Ich habe Skaardjas Quelle nicht gefunden. Und viel schlimmer noch – es gibt sie gar nicht!«

»Ich weiß.«

»Ich werde Jolon nicht helfen können.«

»Ja, das ist wohl wahr.«

Ravin schniefte. Er machte eine Handbewegung, die seine ganze Hoffnungslosigkeit umfasste.

»Ich habe versagt.«

Erschöpft ließ er sich auf sein viel zu weiches Lager zurücksinken und widerstand nicht länger der Versuchung, die Augen zu schließen.

»Du bist einen langen Weg gegangen, Ravin va Lagar«, sagte Laios. »Und ich würde dich gerne noch ausruhen lassen. Aber die Botschafter tagen bereits im Zimmer der Räte. Sie erwarten dich.«

»Laios?« Ravin bemühte sich seine Stimme nicht zittern zu lassen. »Hat Darian dir erzählt, warum ich, ich meine, wo ich …«

»Du warst auf der Suche nach einer Woran. Das ist genauso sinnvoll, wie darauf zu warten, dass die Toten rückwärts über die lichte Grenze gehen und zu uns zurückkehren.«

»Aber Amina? Ich dachte, du könntest …«

Laios' Schweigen war Antwort genug. Ravin begriff und das Gefühl des Verlustes traf ihn mit grausamer Endgültigkeit. Laios verharrte noch einen Moment mit gerunzelter Stirn am Bett, dann seufzte er und ging auf die Tür zu. Als er die Klinke in der Hand hatte, wandte er sich noch einmal um. Zum ersten Mal war sein Gesicht weich und voller Mitgefühl.

»Lass die Toten bei den Toten und die Woran bei den Woran«, sagte er sanft. »Du hast viel erlebt, mehr Schmerz, als ein Mensch ertragen sollte. Ich wünschte, ich könnte dich trösten. Aber alles, was ich dir sagen kann, ist: Die Amina, die du kanntest, ist tot. Jolon aber lebt!«

Er öffnete die Tür und ging hinaus. Ein anderer Hofzauberer betrat das Zimmer. Gerade wollte Ravin sich von ihm abwenden, als er plötzlich erkannte, dass es Darian war – und doch nicht Darian. Er war in die lange, dunkel gefärbte Tracht der Hofmagier gekleidet. Ravin glaubte sich zu erinnern, dass Darian bei ihrer ersten Begegnung einen ähnlichen Mantel getragen hatte. Doch als Laios' Lehrling hatte er wie ein verkleideter Junge gewirkt, nun aber kleidete ihn die Tracht und verlieh ihm eine Aura von Ernst und Würde. Da stand ein junger Shanjaar, der dem Darian von damals auf den ersten Blick so wenig ähnelte wie ein Snai einem Naj. Doch dann lächelte er und Ravin erkannte seinen Freund wieder.

»Bei dir braucht man sich nie Sorgen zu machen, ob du auf eigene Faust in eine Burg gelangen kannst«, sagte er.

Zum ersten Mal, seit Amina verschwunden war, fühlte Ravin sich ein wenig getröstet.

»Dafür bin ich es, der jedes Mal die Prügel einsteckt«, gab er zurück und rieb sich den Kopf, der immer noch zu zerspringen drohte.

Darian setzte sich zu ihm an den Bettrand.

»Ladro wäre da anderer Meinung«, antwortete er.

Ravin schluckte.

»Ist er sehr wütend, dass ich ihn geschlagen habe?«

»Nun, er sagte etwas davon, dass man Verrückte nicht aufhalten soll. Und wenn man bedenkt, wie du dich auf dem Lagerplatz benommen hast, kann man ihm diese Worte nicht verübeln.«

»Ich musste Amina suchen!«

Darian seufzte.

»Ich weiß, Ravin. Und sogar Ladro versteht es, glaube mir. Was ich dir nun sage, mag hart klingen, aber nimm es als Bitte von einem Freund, der wohl am besten nachfühlen kann, wie dir zumute ist. Ravin, ich habe Sella losgelassen. Und du musst Amina gehen lassen, hörst du? Amina ist tot.«

Ravin rieb sich die Augen und schüttelte krampfhaft den Kopf.

»Ich weiß, dass sie zur Woran wird«, brachte er schließlich hervor. »Aber was bedeutet das? Wie kann Amina tot sein, wenn sie durch den Wald wandert?«

»Es ist die Woran, die im Wald ist, Ravin.«

»Ich muss sie finden.«

Darian lächelte.

»Du musst so viel, Ravin. Du denkst, du bist für alles verantwortlich und kannst alles ändern, selbst das Schicksal. Aber es wäre einfacher, einen Apfel, der vom Baum gefallen ist, wieder mit dem Zweig zu verbinden, oder einen Schmetterling, nachdem er geschlüpft ist und seine Flügel entfaltet hat, wieder in den Kokon zu schieben. Der Kreislauf ist unterbrochen. Amina wusste das. Wenn du sie fändest, würde sie dich nicht einmal mehr erkennen.«

Ravin senkte den Kopf. Er wusste, dass sein Freund Recht hatte. Und dennoch regte sich immer noch Widerstand in ihm.

»Wenn ich so denken würde wie du oder Laios, dann müsste ich auch Jolon längst aufgegeben haben«, sagte er trotzig. »Aber ...« – er schluckte den Kloß in seinem Hals hinunter und hob den Kopf – »... ich gebe Jolon nicht auf!«

Er zwang sich tief einzuatmen und aufzustehen. Das Zimmer drehte sich für einen Augenblick, fand dann seine Position vor Ravins Augen und hielt still.

Das Erste, was Ravin auffiel, als sie die langen Gänge der Regenbogenburg entlanggingen, war, dass sie bei weitem nicht so groß waren, wie er sie in Erinnerung hatte. Das Zweite war die Stille, die sie umgab, als sie an den Gruppen von Menschen vorbeigingen, die auf den Gängen standen und sie mit großen Augen betrachteten. Viele von ihnen schienen nur gekommen zu sein, um Darian und Ravin zu sehen, die unfreiwilligen Botschafter aus Skaris, dem Land der Geisterpferde und gekauften Morde. Was Ravin noch auffiel, war die Ehrfurcht, mit der die Menschen Darian begegneten. Einige senkten vor ihm den Blick, andere stießen sich an und flüsterten miteinander. Mit klopfendem Herzen suchte er in dem Gesichtermeer nach Leuten aus seinem Lager, doch entdeckte er niemanden.

Hart und einsam hallten seine und Darians Schritte inmitten dieser stummen Prozession. Ravin war froh, als endlich die schmale Tür in Sicht kam, die ins Zimmer der Räte führte.

Es wurde still, als sie den Saal betraten. Ravin blinzelte, so hell strahlte die Nachmittagssonne, die sich im gläsernen hufeisenförmigen Tisch brach, der so groß war, dass er die Königin, die am Scheitelpunkt an der gebogenen Seite saß, nur von weitem sehen konnte. Wie die Burg, so kam auch die Königin ihm nun kleiner vor, nicht mehr so unnahbar und mächtig wie damals, als er sie das erste Mal gesehen hatte. Ihre Augen wirkten müde.

»Ravin va Lagar!«, rief sie, erhob sich und streckte ihm die Hände entgegen.

Ravin ging auf sie zu. Wie auf den Gängen, so schwiegen auch hier die Menschen, die zur Linken und zur Rechten der Königin an dem endlos langen Tisch im Halbkreis saßen. Es mochten hundert sein. Ravin sah Gesandte aus Lom, Jäger aus Tana, Händler aus Fiorin mit ihren grünen Kilts. Und auch Krieger aus den Steppen mit ihren Gesichtsmasken aus blauem Echsenleder. Außerdem waren Waldmenschen aus allen fünf Provinzen Tjärgs versammelt und die zwölf Räte, die strenge Mienen zur Schau trugen.

Die Königin wartete, bis er bei ihr angelangt war und sich verbeugte.

»Wie sehr freue ich mich, dass du wohlbehalten von deiner Reise zurückgekehrt bist!«, sagte sie.

Ihm fiel auf, dass auch ihr Blick sich verändert hatte. Es war nicht mehr der gütige, amüsierte Blick, an den er sich erinnerte. Sie musterte ihn wohlwollend, aber ernst, er glaubte sogar ein wenig Erstaunen in ihren Augen zu erkennen. Verwirrt bemerkte er, dass sie Auge in Auge standen und er nicht mehr zu ihr aufblicken musste. Der Flügelschlag des Traumfalters fuhr ihm über die Schläfen, unwillkürlich musste er lächeln. Der Kopfschmerz verschwand.

»Nimm Platz, Ravin«, sagte sie und deutete auf einen Stuhl an ihrer Seite. Bevor Ravin sich fragen konnte, ob er den ganzen Weg wieder zurücklegen sollte um auf die andere Seite des Tisches zu gelangen, sprang bereits ein junger Diener herbei und klappte einen Teil des Tisches hoch. Ravin brauchte nur noch durch die Öffnung zu treten und sich auf dem Stuhl niederzulassen.

»Darian und deine Weggefährten haben dem Rat bereits berichtet«, fuhr die Königin fort und deutete nach links. Ravin sah sich um und hielt verblüfft inne. Neben ihm saßen Ladro und Mel Amie. Beim Hereinkommen hatte er sie nicht erkannt. Sie trugen Hofkleidung, lange weiße Mäntel aus gesponnenem Silberschaffell und glänzende grüne Hosen unter silbergrauen Hemden. Mel Amie zwinkerte ihm zu und deutete eine kleine Verbeugung an. Ja, ich bin's wirklich, sagte diese Geste. Aber ich hätte mich auch nicht erkannt.

»Ich weiß, dass du nach der langen Reise gerne sofort zu deinem Bruder reiten würdest«, fuhr die Königin fort. »Doch wir bitten dich um ein wenig Geduld und deine Hilfe. Wie du von Laios gehört hast, ist dein Lager in Sicherheit.«

Er nickte.

»Ich danke dir«, fuhr die Königin leiser fort. »Denn ich weiß, dass du müde bist und voller Trauer.«

Endlich entdeckte Ravin Darian und Laios. Sie saßen links von der Königin und den Räten. Dort waren auch die beiden anderen Hofzauberer. Atandros' Blick war, so schien es Ravin, voller Mitgefühl. Und Jarog – auf Jarogs Blick konnte er sich nach wie vor keinen Reim machen. Er sah wütend aus, die Zornesfalte auf seiner Stirn war steiler denn je. Ravin musste zwinkern, ein Bild aus ferner Vergangenheit leuchtete in seinem Gedächtnis auf und verblasste sofort wieder. Die Königin hatte sich an einen drahtigen Krieger gewandt, dessen graues Haar kurz geschnitten war. An seinen grünen Augen konnte Ravin erkennen, dass er vermutlich aus dem Wald stammte.

»Hauptmann Ljann wird berichten, was sich in der Nähe von Tamm zugetragen hat.«

Der Hauptmann stand auf und nickte.

»In den vergangenen Tagen wurden Gerüchte laut, dass fremde Horden Dörfer bedroht und niedergebrannt haben. Boten, die aus den näher gelegenen Dörfern stammten, bestätigten die Geschichten. Gestern haben wir einen ersten Rat abgehalten und erwogen, dass es Truppen aus Skaris sein könnten. Aber es gab keine Kriegserklärung und der Zirkel der Magier und die Shanjaar konnten keine Verbindung erfühlen. Und doch ist es seit heute Gewissheit: Es handelt sich um Truppen. Die Truppen von Feinden, die wir bisher noch nicht einmal kannten und deren Absichten im Dunkeln liegen. Badoks Krieger greifen uns von Tamm aus an.« Er holte Luft und sah sich in der Runde um. Angespannte Gesichter waren ihm zugewandt.

»Nun«, fuhr er fort, »sehen wir uns einer Bedrohung gegenüber, auf die unser friedliches Land nicht im Mindesten vorbereitet war. Wenn es so ist, wie Darian und seine Weggefährten berichten, dann eilen die Truppen, die von Tamm kommen, als Vorhut einer sehr viel stärkeren Division voraus. Vielleicht dient dieser zeitversetzte Vorstoß aus zwei verschiedenen Richtungen lediglich dazu, uns abzulenken, sodass wir uns an der falschen Stelle verteidigen und vergessen, was hinter unserem Rücken vorgeht. Wenn dem so ist, hatten wir Glück, rechtzeitig davon zu erfahren. In zwei, spätestens drei Tagen wird Badoks Heer vor Gislans Burg sein. Und damit steht fest, dass uns nicht mehr viel Zeit bleibt.«

Flüstern ging durch den Saal, als der Krieger wieder Platz nahm. Die Königin hatte ernst zugehört und wandte sich nun an Ravin.

»Ravin, wie viele Schiffe sind es?«

»Vier große Schiffe. Sie bringen Feuernymphen mit.«

Die Königin runzelte die Stirn. Atandros wechselte einen besorgten Blick mit Jarog.

»Feuernymphen?«, fragte er. »Bist du sicher? Ich habe noch nie gehört, dass Nymphen im Krieg gegen Menschen kämpfen.«

»Eine Nymphe sagte mir, dass sie einen Herrn haben, dem sie gehorchen.«

Doch Jarog schüttelte den Kopf.

»Ich kenne keinen Zauber, der eine Feuernymphe dazu bringen könnte, einem Herrn zu gehorchen und sogar ihre Berge zu verlassen. Geschweige denn auf Schiffen über Wasser zu fahren! Täuschst du dich nicht?«

Ravin funkelte den Zauberer an und wollte ihm gerade antworten, als Laios seine Hand auf Jarogs Arm legte.

»Ravin hat mit einer Feuernymphe gesprochen«, lenkte er ein. »Und feststeht, dass die Waldbrände bei Tamm keine natürliche Ursache haben. Folglich sind auch Feuernymphen in Badoks Heer. Ob er auch in der Lage ist, sie über das Wasser zu bringen, nun, das wird sich in spätestens zwei Tagen zeigen.«

Mit einer ungeduldigen Geste gebot die Königin dem Gemurmel Einhalt, das sich sofort im Saal erhoben hatte, und wandte sich wieder an Ravin und die anderen.

»Wie viele Reiter, schätzt ihr, kamen aus Dantar zur Galnagar-Bucht?«

»Tausend etwa«, sagte Mel Amie. »Wenn man nur die Horjun zählt.«

»Wer sind die Horjun?«, meldete sich eine alte Frau aus dem Zirkel der Räte zu Wort.

»Es sind Badoks Krieger. Leute, die er zum großen Teil aus den Dörfern in Skaris eingezogen hat. Sie wurden in kurzer Zeit im Reit- und Schwertkampf ausgebildet und reiten mit den Erloschenen.«

»Den schwarzen Kriegern«, schloss die Königin. »Wie viele gibt es davon?«

Mel Amie hob die Schultern.

»Das konnten wir nicht beobachten. Es können Tausende sein – oder nur wenige hundert. Im Krieg stehen sie den Horjun zur Seite. Ich habe Kämpfe erlebt, da waren sie sogar in der Überzahl. Doch wir wissen nur, dass Diolen sie aus dem Land Run gerufen hat.«

»Und dieses Land Run – hat es je wirklich existiert?«

»Ihr meint, ob es ein Märchen ist wie das von der Hexe im besiegten Land?«

Mel Amie lachte. »Nein. Es ist das Land der gefallenen Krieger. Ich selbst werde dorthin gehen, wenn ich die lichte Grenze überschreite. Doch was die Krieger bewogen hat, hierher zurückzukehren und blind auf Geheiß eines Wahnsinnigen zu handeln, verstehe ich nicht. Hier muss ein Zauber wirken, der mächtiger ist als der Sog der lichten Grenze.«

Eine Weile herrschte Stille im Saal. Die Räte steckten die Köpfe zusammen und flüsterten.

»Damit bestätigt sich meine Vermutung«, meldete sich Hauptmann Ljann wieder zu Wort. »Badok ist ein Taktiker. Wohlweislich hat er seine Vorhut nach Tamm geschickt. Hundert Krieger, um uns abzulenken, und tausend, um die Burg einzunehmen, Tjärg zu erobern und die seelenlose Hexe zu töten.«

Furcht huschte über die Gesichter der Anwesenden. Die Königin lachte bitter.

»Deine Annahme trifft wohl zu«, sagte sie.

»Leider ja, Majestät«, antwortete Ljann. »Zumindest wenn wir davon ausgehen, dass Badok nur Tjärg unter seine Herrschaft bringen will. Doch Laios und ich haben uns gefragt, was Badoks wahre Motive sein könnten. Warum ausgerechnet Tjärg?«

Auf Ljanns Geheiß rollte ein Diener etwas in die Mitte des Raumes, das auf den ersten Blick aussah wie ein seltsames Kunstwerk aus Erde und Ton. Stuhlbeine schleiften über den Boden, als die Räte aufstanden und sich weit vorbeugten um besser sehen zu können. Nur Laios blieb sitzen. Ravin kniff die Augen zusammen – und erkannte plötzlich die Südberge.

»Laios und ich haben eine besondere Landkarte von Tjärg erstellen lassen«, wandte sich Ljann nun an die Räte.

»Diese Karte zeigt nicht nur Tjärg, sondern auch die Nachbarländer, wie ihr seht. Bei einigen, wie Tamm, Tana und Lom, wissen wir, wie sie aussehen, bei anderen haben wir uns auf die Aussagen von Jarog verlassen.« Er nickte dem Zauberer zu. »Wir haben lange nachgedacht, welche

Verbindungen es zwischen Skaris und Tjärg geben könnte. Seit Urzeiten waren wir dem Skarisland fern und Skaris uns. Was bewegt Badok nun dazu, nach uns zu greifen? Warum erobert er nicht die Ländereien um sein Reich? Wir kamen nur auf eine Lösung: Badok beginnt bei Tjärg. Danach ist Dantar eingekesselt. Wie in Tjärg kann er hier nun von zwei Seiten angreifen: vom Land und vom Meer. Auch die Kriegsschiffe dafür besitzt er bereits, die Dantarianer haben sie ihm selbst gebaut. Und was ist das nächste Ziel in Richtung Steppe? Fiorin! Ich bin sicher, dass ein Teil der Truppen bereits auf dem Weg dorthin ist. Seht selbst!«

Er zeigte auf die modellierten Lehmberge und zog die Grenzen zwischen Tjärg und Tana nach.

»Hier ist Tjärg. Dann kommt Tana. Und dahinter Fiorin. Nun, sie werden Fiorin erobern um danach Tana einnehmen zu können, das dann ebenfalls eingekesselt ist. Und so werden sie weitermachen, von Land zu Land, zwei Schritte vor, einen Schritt zurück. Gleichzeitig bedeutet das, dass Badok nicht Tjärg den Krieg erklärt hat und auch nicht der Hexe, von der er den Horjun erzählte, um die Angst zu schüren und ihnen einen Grund zum Kampf zu geben. Nein, Tjärg hat er aus Zufall gewählt, weil es von Dantar aus das übernächste Ziel ist.«

»Das hieße«, sagte Darian, »wir holen Verstärkung aus Tana im Glauben, dass wir damit Badoks Truppen besiegen können. Inzwischen greifen sie Fiorin an, das als Handelsland ungeschützt ist, während die Bündnistruppen aus Tana noch in Tjärg gegen die Erloschenen kämpfen.«

Ljann sah zu Laios, der aufstand und nickte. »Genau darum geht es. Deshalb darf es nicht die alleinige Strategie sein, nur Tjärg zu verteidigen. Vielmehr geht es darum, dafür zu sorgen, dass auch Fiorin Verstärkung bekommt. Wir werden auf einen Teil der Truppen aus Tana verzichten.«

»Es ist zu spät!«, meldete sich einer der Botschafter aus Tana zu Wort. Er war blass und Schweißperlen glitzerten auf seiner Stirn. »Die Jäger sind bereits unterwegs.«

»Dann werden wir ihnen entgegenreiten und sie warnen. Badok und Diolen werden erst in zwei Tagen bei der Burg sein.« Stimmengewirr erhob sich im Saal, bis die Königin aufstand und um Ruhe bat.

»Bereitet den Zug nach Tana vor«, sagte sie und wandte sich an einen Hauptmann der Wache. »Ich reite selbst und werde unsere Gesandten bis zu ihren Truppen begleiten. Hauptmann Kalib und Hauptmann Sahid werden in meiner Abwesenheit dafür sorgen, dass die Waldmenschen aus Mitteltjärg und die Stämme aus dem Norden dazugeholt werden.«

Laios' Gesicht hatte sich verdüstert.

»Ich glaube kaum, dass wir den Badok mit ein paar Kämpfern mehr begegnen können. Wir werden den Sturm verzögern, aufhalten werden wir ihn nicht.«

Die Königin fuhr herum.

»Glaubst du, ich weiß das nicht, Laios?« Ihre Stimme klang hart, die Flüsterer am Tisch verstummten.

»Es geht mir darum, Zeit zu gewinnen! Was sollen wir sonst tun? In weniger als drei Tagen sind Badoks Krieger vor der Burg. Unsere Truppen im Wald werden sie aufhalten, aber ich denke nicht daran, auch nur einen Krieger zu viel in die Schlacht zu schicken. Doch wenn ihr drei Magier keine Möglichkeiten findet, sie aufzuhalten, dann muss ich es tun. Mit Waffengewalt.«

Laios hob besänftigend die Hand.

»Gemach, Gisae!«, sagte er.

Ravin war verwirrt, bis er begriff, dass Laios die Königin mit ihrem Vornamen angesprochen hatte. Vor wenigen Monden wäre es ihm noch erschreckend und fremd erschienen, dass jemand so vertraulich mit der Königin sprach.

»In der Burg sind wir nicht mehr sicher«, sagte sie. »Mein Vater erbaute sie für den Frieden, nachdem wir mit den Nachbarländern die Verträge abgeschlossen hatten. Ich werde die Truppen aus Tana holen und ihnen von der Gefahr berichten, die Fiorin droht. Und währenddessen haben wir noch Zeit, all die, die nicht kämpfen können, in die alte Steinburg zu bringen.«

Sie blickte zu Ravin.

»Deinen Bruder, Ravin, bringst du ebenfalls dorthin.« Sie wandte sich an die beiden Zauberer. »Atandros und Jarog! Euch bitte ich, mich ebenfalls zu begleiten. Laios wird in der Burg bleiben und mit den Räten die weiteren Maßnahmen beschließen.«

Jarog runzelte die Stirn und schüttelte den Kopf.

»Majestät«, sagte er. »Ich halte es für richtig, den Truppen aus Tana entgegenzureiten. Doch es hat keinen Sinn, dass der größte Teil unseres Zirkels mitkommt. Zu zweit können wir hier in der Burg etwas ausrichten, wenn etwas geschehen sollte. Laios allein dagegen …«

»Ich pflichte ihm bei«, meldete sich Atandros mit ruhiger Stimme zu Wort. »Es genügt, wenn nur einer von uns geht.« Er lächelte Laios an, der nickte. Atandros fuhr fort. »Und da Jarog in den vergangenen Sommern mehr als genug gereist ist, schlage ich vor, dass nur ich Euch in den Wald begleite.«

Erst auf dem Weg zu den Stallungen hatte Ravin die Möglichkeit, ein paar Worte mit Ladro zu wechseln. In den vergangenen Stunden hatte er mit dem Hauptmann und den Beratern zusammengesessen und auf Hunderte von Fragen geantwortet. Endlich, nach einer Ewigkeit, hatte er sich noch ein wenig ausruhen können, bevor Mel Amie ihn weckte.

»Es geht los, Ravin! Ladro wartet schon bei den Ställen auf uns.« Schweigend erhob er sich und ging schweren Herzens an ihrer Seite den Gang hinaus auf den Hof.

»Als du in den Wald geritten bist, haben wir uns Sorgen gemacht«, begann Mel Amie unvermittelt. Ein Vorwurf schwang in ihrer Stimme mit. »Fast die ganze Nacht haben wir dich gesucht, bis wir plötzlich auf eure Krieger stießen. Zum Glück war Darian dabei, sonst hätten sie uns wohl sofort gefangen genommen.«

Ladro stand an eine Mauer gelehnt und sah blass und übernächtigt aus. Ein Ausdruck von Trauer lag auf seinem Gesicht. Ravin schluckte, als ihm klar wurde, dass auch Ladro Amina verloren hatte. Wer weiß, dachte er, vielleicht schmerzt es ihn weit stärker als mich. Plötzlich schämte er sich noch viel mehr, als er an die Vorwürfe dachte, die er seinem Freund im Wald an den Kopf geworfen hatte.

Als Ladro ihn entdeckte, hellte sich seine düstere Miene plötzlich auf.

»Darian hatte Recht«, sagte er. »Als wir dich fluchend die halbe Nacht lang suchten, meinte er, dass wir dich spätestens in der Burg wiedersehen würden. Vor dir ist kein Tor sicher, nicht wahr?« Er lächelte und legte Ravin einen Arm um die Schultern. »Du bist ein Dickkopf, Ravin. In diesem Punkt bist du Amina sehr ähnlich.« Seine Stimme zitterte bei den letzten Worten. Ravin schnürte es die Kehle zu. Mel Amie blickte in eine andere Richtung. Sie schwiegen und folgten dem Diener über den Burghof. Zeigefinger deuteten auf sie. Wortfetzen mischten sich in das Flüstern.

»Das sind sie!«

»Aus Skaris!«

Mel Amie und Ladro waren sich dessen bewusst, dass der größte Teil der Neugierde ihnen galt. Ravin schüttelte den Kopf und dachte darüber nach, dass in Tjärg wohl genauso viele seltsame und unwahre Geschichten über Skaris erzählt wurden wie umgekehrt. Hätten Ravin und Darian berichtet, sie wären auf Armeen von Feuer speienden Rieseneidechsen gestoßen, die Menschen hier hätten diese Geschichte ebenso bereitwillig geglaubt, wie man in Skaris an die Seelen verschlingende Hexe glaubte. Der Diener führte sie zu der Gasse, die vom Burghof zu den Stallungen abzweigte. Erleichtert den neugierigen Blicken entfliehen zu können, traten sie in den Stall. Der Duft von Stroh und warmen Pferdeleibern schlug ihnen entgegen. Eine lange Reihe von Ponys äugte zu ihnen herüber. Ganz hinten im Stall leuchteten zwei helle Mähnen, Vaju warf den Kopf hoch und wieherte. Ein verlegen grinsender Stallknecht, eigentlich noch ein Junge, trat aus der Box, in der das Horjun-Pferd stand. Er hatte das Pferd geputzt und die Narben sorgsam mit einem Heilfett eingerieben. Quer über die Brust zog sich ein langer Striemen, das Fell war abgeschabt.

»Da ist es in das Seil hineingelaufen, das eure Wächter als Stolperfalle gezogen hatten«, sagte Mel Amie statt einer Begrüßung und kraulte die Kehle des Pferdes. Ravin erinnerte sich an den Ruck, mit dem das Pferd unter ihm zu Boden gegangen war und tastete nach seinem aufgeschürften Schlüsselbein.

»Es ist nicht verletzt«, meldete sich der Stalljunge zu Wort. »Es hat lediglich eine Prellung.«

»Euer Glück!«, murmelte Mel Amie und klopfte das Pferd von vorne bis hinten ab.

Nebenan trippelte das Banty in seiner Box. Immer noch hatte es die Färbung der matschgrauen Wege und schlammigen Pfade. Als sie es anschauten, gab es ihnen einen Stich ins Herz, denn es war immer noch Aminas Banty.

»Die Königin hat Euch neue Sättel und Zaumzeug bereitstellen lassen«, sagte der Stalljunge und verschwand in der Sattelkammer. Nach wenigen Augenblicken kam er wieder heraus und überreichte Ravin ein geflochtenes Zaumzeug und einen Sattel. Ravin fuhr mit der Hand über die Gravuren.

»Es ist ein Sattel aus dem Tjärgwald«, stellte er fest.

Der Stallknecht nickte eifrig.

»Die Königin hat angeordnet, dass Ihr einen neuen Sattel haben sollt, da Ihr Euren alten verloren habt.«

An seinem Gesichtsausdruck konnte man ablesen, dass er vor Neugier brannte, zu erfahren, wo und unter welchen Umständen Ravin seinen Sattel verloren hatte.

»Danke«, antwortete Ravin lächelnd und ging zu Vaju in die Box.

Liebevoll prüfte er jede Schlaufe, jeden Riemen in dem komplizierten Sattelwerk. Die anderen bekamen glatte Sättel aus dunkelrotem Leder. Gerade hatten sie die Sattelgurte festgeschnallt, als vom Hof her das Zeichen zum Aufbruch ertönte.

Das Gefolge war schon im Burghof versammelt. Die Gesandten aus Tana waren eben dabei, aufzusitzen. Die Königin saß auf einem riesigen Falben mit beinahe weißer Mähne inmitten ihrer Wächter. Neben ihr entdeckte Ravin einen großen Mann, der ihm bekannt vorkam. Auf seinem langen Mantel aus Silberschaffell glitzerten Regentropfen. Ein Lächeln breitete sich über Ravins Gesicht, als er Iril, den königliche Stall- und Rossmeister, erkannte. Er grüßte Ravin mit einem Nicken und ließ seinen Blick fachmännisch über Vajus Hals und Beine gleiten. Ravin konnte sich des Eindrucks nicht erwehren, dass er prüfte, ob dem Regenbogenpferd kein Schaden zugefügt worden war. Endlich schien Iril zu dem Schluss gekommen zu sein, dass es Vaju gut ergangen war, und er lächelte Ravin kurz zu.

Der Nieselregen perlte an den Regenbogenpferden wie an einem Spiegel ab. Die Wiesen, über die sie ritten, waren nass, die Ponys rutschten und schlitterten, wenn es einen steilen Weg bergab ging. Ravin ertappte sich dabei, wie er immer wieder zu den Südbergen blickte und das Land absuchte, nach einem Augenpaar, nach einer fliehenden Gestalt mit lichtlosem schwarzem Haar. Er stellte sich vor, wie die Woran zwischen den Felsen nach oben kletterte, immer weiter nach oben, bis dorthin, wo die Bäume aufhörten zu wachsen und das Grün matt und trocken wurde. Ob sie von dort aus, wo sie jetzt war, in das Tal herunterblickte?

»Hör auf dich zu quälen«, sagte Darian neben ihm. »Nichts bringt sie zurück.«

Ravin senkte ertappt den Kopf.

»Ich weiß«, antwortete er ungehalten. »Ich habe verstanden, dass es Amina nicht mehr gibt. Aber soll ich an Jolon denken und an Finn und Dila – und an all die anderen, denen ich erklären muss, dass ich Jolon nicht helfen kann?«

Darian schwieg.

Es war bereits Mittag, als die ersten Alschbäume in Sicht kamen. Plötzlich sah Ravin, wie Dondolo sich aufbäumte und einen Satz zur Seite machte. Reflexartig griff er zu seiner Schleuder. Am Waldrand war nichts zu sehen. Vaju scheute, Dondolo bockte und hätte Darian um ein Haar abgeworfen. Die anderen Pferde blieben ruhig. Ravin glitt aus dem Sattel, band Vaju die Zügel hoch und ließ sie laufen. Darian tat es ihm nach. Ratlos standen sie auf der Wiese und beobachteten, wie die Pferde mit angelegten Ohren davonpreschten, mitten in den Wald hinein. Sie schimmerten durch die dunklen Baumstämme, bis sie endlich, an einer

Lichtung angelangt, stehen blieben und mit den Nasen durch das hohe Gras schnoberten. Ravin erkannte etwas Helles im Grün. Hilfe suchend sah er sich nach Darian und Iril um, die ebenfalls auf den hellen Fleck starrten. Iril war es, der schließlich zu Vaju trat und einen Blick in das hohe Gras warf.

Ravin sah, wie der große Mann schwankte. Ein Geräusch kam aus seiner Kehle, das er erst im zweiten Moment als unterdrücktes Schluchzen erkannte. Dann sank der königliche Stall- und Rossmeister auf die Knie.

»Das dürfen sie nicht tun!«, schrie er. »Das … das durften sie nicht!«

Darian war zu ihm getreten und wurde ebenfalls blass. Tränen rannen über Irils Gesicht und versickerten in seinem schwarzen Bart. Ravins Knie waren weich, es war, als würde er sich selbst dabei zusehen, wie er zu den Pferden trat und seinen widerstrebenden Blick auf das richtete, was dort im Gras lag.

Das Regenbogenpferd lag verdreht, als hätte es einen schmerzhaften Sturz erlitten. Die Augen weit aufgerissen, die Beine an den Körper gepresst wie im Krampf lag es da. Schaum troff aus seinem Maul und benetzte die Grashalme. Über den makellosen Hals floss Blut aus einer tiefen Schwertwunde, hinterließ eine Spur von runden Blutperlen auf dem Fell und tränkte den Boden. Die verkrusteten Wundränder deuteten darauf hin, dass das Pferd bereits lange, viel zu lange in Qualen auf dem Waldboden lag. Iril streckte die Hände aus und bettete den Kopf so, dass er den Blutfluss stillen konnte. Ravin fuhr das Stöhnen des Pferdes durch Mark und Bein. Noch einmal erzitterte es, dann atmete es mit einem letzten rasselnden Laut aus und war ruhig.

Ein Rascheln hinter ihnen, dann trat die Königin auf die

Lichtung. An ihrem Gesicht konnte Ravin nicht ablesen, ob das Bild, das sich ihr bot, sie ebenso erschütterte wie ihn und Darian. Sie betrachtete das tote Pferd lange und sehr genau.

»Wenn sie das tun«, sagte sie, »wenn sie sich an den Tjärgpferden vergreifen, dann sind sie zu allem fähig.«

Iril wischte sich die Tränen ab und sah sich um.

»Die Herde muss in der Nähe sein. Sie lassen keinen der ihren allein.«

»Es sei denn, sie werden gejagt«, sagte Darian und deutete auf die Spuren auf der Lichtung, die sie jetzt erst bemerkten. Viele Pferde war hier durchgetrieben worden, tief hatten sich die Abdrücke ihrer gespaltenen Hufe in den Boden gegraben. Dazwischen entdeckte Ravin mit Schaudern einen messerscharfen Halbkreis und zerschnittenes Wurzelwerk.

»Es waren Horjun«, stellte er fest. »Zumindest Horjun-Pferde.«

Die Königin drehte sich ruckartig um. An ihrem Schritt erkannte Ravin, dass sie wütend war, sehr wütend.

»Galim!«, rief sie und ihre Stimme war so schneidend, dass der angesprochene Wächter mehr von seinem Pferd fiel als sprang. »Deine Vorratsflasche!«

Der Wächter reichte ihr das Ledergefäß, das sie öffnete und umdrehte, sodass alles Wasser darin herausfloss. Als die Flasche leer war, ging sie zu dem toten Pferd. Ravin sah verwundert, dass sie wieder nicht wie eine Königin wirkte. In diesen Augenblicken erinnerte sie eher an Amgar, seine Lehrmeisterin, die ihm als Horjun das Kampfreiten beigebracht hatte. Für einen Moment wurde ihm klar, dass dies nicht der erste Krieg war, den die Königin kämpfte.

Sie kniete neben dem Pferd nieder und hielt das Gefäß an seinen Hals. Der Blutfluss war beinahe schon versiegt, doch sie drückte Blut aus der Wunde, das über ihre Finger floss, und fing es geschickt auf. Als die Flasche voll war, verkorkte sie sie und strich dem Pferd in einer Geste zärtlicher Behutsamkeit über die Mähne.

»Hier«, sagte sie zu Iril. »Offensichtlich wollen sie ihren Krieg auch gegen die Naj führen. Nun, das sollen sie haben. Suche die Herde und rufe die Naj, wenn es Zeit ist.«

Iril wischte sich mit dem Ärmel über die Nase und nahm die Flasche entgegen. Ravin wechselte einen düsteren Blick mit Darian. Beide wussten, dass dieses Bild, das sie vor sich sahen, der Beginn des Krieges gegen Badok und Diolen war: die Königin, Wut in den Augen, mit blutigen Händen; Iril, riesig, bleich, mit verweintem Gesicht; und zwischen ihnen das erste sinnlose Opfer des Krieges.

Die Königin holte Luft und wandte sich zu ihnen um.

»Darian, Ravin, ihr reitet weiter zum geheimen Lager. Suche deine Leute und bringe sie und deinen Bruder, so schnell du kannst, zur Steinburg. Verschanzt euch im Nordflügel der Burg und wartet dort auf uns!«

Es war bereits Nacht, als sie Rast machten. Ravin lehnte sich an seinen Sattel und schloss die Augen. Bald würden sie im geheimen Lager sein. Obwohl er seit einem Sommer nicht mehr im Wald gewesen war, fiel es ihm nicht schwer, den Weg zu finden. Wehmütig erinnerte er sich an den Tag seines Abschieds. Wieder sah er Jolon vor sich und die Gesichter von Finn, Dila und all den anderen, die ihm hoffnungsvoll nachblickten, als er zu Gislans Burg aufbrach. Doch beim Gedanken, sie wiederzusehen, stellte sich Bitternis statt Freude ein. Nicht nur aus Angst, ihnen mit leeren Händen gegenübertreten zu müssen, nein, er vermisste auch das Gefühl, nach Hause zu kommen. Zwar erwarteten ihn dieselben Menschen, doch waren die Zeit und der Krieg über seine Heimat achtlos hinweggegangen. Sein Zuhause, das wusste Ravin, existierte nur noch in seiner Erinnerung. Und das, was er morgen vorfinden würde, war eine Heimat, die nur noch aus Gegenwart und Zukunft bestand, so ungewiss und flüchtig, wie jeder Tag seiner Reise es gewesen war. Noch nie war Ravin so bewusst geworden, wie zerbrechlich sein friedliches Leben im Wald gewesen war. Er hatte gedacht in einer steinernen Burg zu leben und stellte nun fest, dass die Wände aus Luft und das Dach aus Wolken gemacht waren, die jeder Sturmwind hinwegfegen konnte, ihn und alle Menschen im Wald schutzlos dem Gewitter ausliefernd.

Er wischte sich die Tränen vom Gesicht und schniefte. Der Wald wurde dichter, einige Pfade kannte Ravin bereits, bei anderen musste er sich auf die Zeichen verlassen, die er an den Ästen fand. Auf der letzten Strecke mussten sie absteigen und die Pferde unter den tief hängenden Zweigen hindurchführen. Da, wo das Lager gewesen war, befand sich eine leere Lichtung. Die Feuerstellen waren noch erkennbar, auch die Plätze, auf denen die Zelte gestanden und die Ponys gegrast hatten.

Darian war an Ravins Seite getreten.

»Sie scheinen erst vor kurzer Zeit aufgebrochen zu sein«, sagte er. Ravin fiel ein Stein vom Herzen, seltsamerweise musste er lachen, obwohl ihm zum Weinen zumute war. Darian hatte Recht. Sie waren einfach aufgebrochen – nichts deutete darauf hin, dass ein Überfall oder ein Kampf stattgefunden hatte.

Es sah nicht so aus, als wäre das Lager schon lange aufgelöst worden. Rechts von ihm erkannte er den Abdruck eines großen Zeltes im Gras, vielleicht war es das, in dem Jolon auf ihn gewartet hatte. Und vor ihm, unter einem Alschbaum, stand ein großer Versammlungstisch aus schartigem Holz. Selbst die Klötze, die als Stühle dienten, waren dort, so als hätten die Menschen den Tisch lediglich für einige Momente verlassen.

Ravin senkte den Kopf. Und dennoch mischte sich in die brennende Enttäuschung ein anderes Gefühl, ein Quäntchen Erleichterung, wie er beschämt feststellte. Inzwischen hatten auch Ladro, Mel Amie und die anderen das Lager betreten und schauten sich verblüfft um.

»Wo sind sie hin?«, fragte Ladro.

»Vielleicht sind sie zu Gislans Burg aufgebrochen und wir haben sie verpasst?«, vermutete Mel Amie.

Doch Ravin schüttelte den Kopf und ging zielstrebig auf den Alschbaum zu. Mit offenen Mündern beobachteten seine Gefährten, wie er sich zum niedrigsten Ast hangelte und sich von dort aus mit ein paar gezielten Griffen zur Baumkrone hinaufschwang. An einem Astloch angekommen griff er hinein und zog ein Stück Leder hervor. Finns vertraute Zeichenschrift leuchtete ihm entgegen wie ein warmes Willkommenslächeln. Ein Blatt war auf das Leder gemalt, ein Alschblatt, und drei steile Zacken. Ravin lachte und sprang vom Baum.

»Ich weiß, wo sie sind«, sagte er und rannte mit dem Lederlappen zu Darian und Ladro hinüber. »Das Alschblatt bedeutet, dass sie in Richtung Norden geritten sind. Über den Alschhain. Und die drei Zacken stehen für die drei Türme, die die Steinburg einst hatte. Sie haben sich also in Sicherheit gebracht.«

»Und nun?«, fragte Darian.

»Na, was wohl? Wir reiten sofort hinterher!«, sagte Ladro barsch. Alle Blicke richteten sich auf ihn. Ladro wurde rot und senkte den Kopf. »Ich meine, weil die Königin uns dort erwartet«, murmelte er.

»Ladro hat Recht«, meinte Mel Amie mit fester Stimme.

Ravin überlegte.

»Wenn die Lager bereits ihre Plätze verlassen, dann heißt es, dass sie gewarnt wurden oder bereits von der Gefahr wussten. Jemand sollte der Königin Bescheid geben.«

»Der Meinung bin ich nicht«, sagte Mel Amie ruhig. Und beim Blick auf Ladros Gesicht wusste Ravin, dass er den Freund nicht würde überreden können. Darian war ebenso sprachlos wie Ravin. Als sie zu den Pferden zurückgingen, sagte niemand ein Wort. Verstohlen betrachtete Ravin Ladro, als er auf das Banty stieg. Er sah bedrückt aus. Als sich Ravin während des Ritts nach ihm umdrehte, bemerkte er, dass er ein Stück zurückgeblieben war und offensichtlich nach etwas Ausschau hielt, das sich zwischen den Bäumen verbarg.

Sie ritten auf Schleichwegen, Ravin führte sie über Pfade jenseits der Reitwege und Wegweiser. Einmal glaubten sie Spuren von Horjun-Pferden zu entdecken, doch bei näherem Hinsehen handelte es sich um ein Pferd aus der Burg. Offensichtlich hatte der Reiter im Galopp abgebremst und sich einige Male im Kreis gedreht, da er sich nicht für eine Richtung entscheiden konnte.

»Vielleicht ein Späher«, meinte Mel Amie.

»Er ist in Richtung Regenbogenburg geritten«, stellte Ravin fest. Er hielt seine Schleuder griffbereit und das Kurzschwert gelockert.

Lange bevor der Reiter sie erreichte, hörten sie Hufschlag. Ladro und Mel Amie zogen schon ihre Schwerter, als Ravin anhielt und ihnen mit einer Handbewegung Einhalt gebot.

»Das ist kein Horjun-Pferd«, sagte er.

Angespannt warteten sie einige Augenblicke, in denen der Hufschlag näher kam. Plötzlich bog in vollem Galopp ein Reiter der Königin um die Bäume. Beim Anblick der schweigsamen Gruppe erschrak er und legte sich in die Zügel. Sein Pferd stemmte die Vorderbeine in den sumpfigen Boden und rutschte aus. Um ein Haar wäre es in Ladros Banty geprallt, hätte dieses nicht einen Satz zur Seite gemacht. Der Reiter zitterte und war außer Atem.

»Ich dachte schon, ich würde euch nicht finden!«, sagte er und wischte sich mit dem Ärmel über das schweißnasse Gesicht. »Die Königin schickt mich!«

»Ist etwas passiert?« Darians Stimme klang scharf.

Der Bote schüttelte den Kopf und schnappte nach Luft.

»Der Königin nicht. Doch sie hat Nachricht von Laios. Badoks Truppen sind direkt vor der Burg!«

Darian warf Ravin einen gehetzten Blick zu.

»Vor der Burg? Sind sie geflogen? Sie können noch nicht dort sein!«

Zwei Tage, dachte Ravin. Zwei Tage zu früh.

»Wo ist die Königin jetzt?«, warf Ravin ein.

»Sie war kurz vor den Ausläufern der Grenzberge, als die Nachricht von Laios sie erreichte. Inzwischen ist sie wieder auf dem Weg zur Burg.«

»Wie nah sind Badoks Truppen?«

»Zu nah. Jarog gebot der Königin abzuwarten und im Wald zu bleiben.«

Ladro stöhnte und rieb sich die Augen.

»Gut«, sagte Ravin. »Reite voraus!«

Sogar die Regenbogenpferde keuchten bereits, als sie endlich eine kurze Rast machten. Ladro schwieg und beobachtete düster das Gebüsch und die Dunkelheit, die sich dahinter im Unterholz auftat.

»Wartest du auf Horjun?«, flüsterte Ravin ihm zu. Ladro zuckte mit den Schultern. Sein Lächeln war schmal und angespannt.

»Ist dir aufgefallen, dass wir seit Tagen keine Hallgespenster mehr gehört haben?«

Darian nickte erschöpft.

»Aber ich fürchte, dass wir demnächst umso mehr von ihnen hören werden.«

»Bei den Truppen?«

»Ja.«

»Wie konnten sie so schnell bei der Burg sein? Jarog hatte seine Späher ausgeschickt, die berichteten, dass die Schiffe noch nicht einmal angelegt hatten.«

»Dann haben die Späher sich getäuscht. Vielleicht waren die Schiffe schneller, als Sumal Baji wissen konnte.«

Ravin senkte den Kopf und seufzte.

»Und mein Lager hat es geahnt.«

»Sie sind in Sicherheit«, sagte Darian. »Du wirst Jolon bald sehen.«

Ravin nickte und biss sich auf die Lippe. Er hoffte, sein Freund würde nicht bemerken, dass er schamrot wurde. Was er sich nicht eingestehen wollte, sah er nun klar vor sich: dass er erleichtert gewesen war dem Boten folgen zu müssen. Er wusste, dass es Feigheit war, seinem Bruder und dem Lager nicht unter die Augen treten zu wollen. Und er vermisste Amina so sehr, dass es schmerzte. Er wollte sie um Rat fragen, sobald … Und da traf es ihn wieder, die grausame Gewissheit, dass er Amina nie wieder etwas fragen konnte.

»Seltsam ist«, begann Darian, »dass mir Laios keine Nachricht geschickt hat. Ich schließe die Augen und suche ihn. Zwar finde ich ihn und er sagt mir, wir sollen im Wald bleiben, bis der Angriff abgewehrt ist. Nur … es ist nicht Laios. Laios spricht anders. Und er hätte mich viel früher gewarnt.«

Sie erreichten den Lagerplatz der Königin spät in der Nacht. Der Bote lotste sie durch sumpfiges Gebiet und tief in einen Hain, der von zwei Shanjaar bewacht wurde. Selbst Ravin hätte sie nicht entdeckt, so gut verstanden sie sich zu verbergen. Das Zelt der Königin war auf den ersten Blick nicht auszumachen, erst bei genauem Hinsehen erkannte Ravin das geflochtene Dach.

Die Königin sah hart aus, ihr Mund war ein schmaler Strich. Gemeinsam mit Hauptmann Ljann war sie über eine Karte gebeugt. Als Ravin und die anderen das Zelt betraten, sah sie gehetzt auf, dann nickte sie und bat sie sich zu setzen.

»Willkommen«, sagte sie. »Wie geht es Jolon?«

Ravin schluckte.

»Ich habe ihn nicht gesehen. Das ganze Lager ist bereits auf dem Weg zur Steinburg. Wir waren gerade auf dem Weg dorthin, als Euer Bote uns erreichte.«

Die Königin lächelte.

»Ich danke euch, dass ihr gekommen seid. Wie ihr bereits wisst, sind Badoks Truppen vor der Burg. Jarog meint, dass sie nicht vor morgen Abend angreifen. Sie warten noch auf die Nachhut.«

»Wie konnte das passieren?«, fragte Darian.

»Das wollte ich von euch erfahren!«, sagte sie mit scharfer Stimme. »Wie schnell waren die Schiffe, mit denen sie fuhren, wirklich? Hat sich eure Kapitänin so sehr verschätzt?«

»Wir wissen es nicht«, antwortete Ravin aufrichtig. »Die Späher, die Jarog ausgeschickt hatte, haben keine Schiffe gesehen. Und ...«

»Ja«, unterbrach sie ihn. »Das ist richtig. Doch jetzt rät mir Jarog, dass wir nicht umgehend zur Burg reiten, sondern unseren Weg in Richtung Tana fortsetzen und den Truppen entgegenreiten sollen. Er sagt mir, die Krieger in der Burg reichen aus um sie zu halten.«

»Und Laios?«, meldete sich Darian zu Wort.

Sie wiegte den Kopf.

»Er rät mir dasselbe. Und ich würde den beiden glauben, doch etwas ist seltsam. Ich habe versucht mit Jarog und Laios Kontakt aufzunehmen.« Gedankenverloren berührte sie den Silberreif an ihrer Stirn. »Ihre Gedanken kommen zu mir und doch klingen sie so nebelhaft. So weit fort.«

Darians Augen glommen im Halbdunkel des Zeltes.

»Euch geht es ebenso? Ich habe versucht mit Laios zu sprechen, aber er ist so … fremd.«

Nachdenklich betrachtete die Königin die Karte, die Ljann vor ihr ausgebreitet hatte.

»Ich habe ihnen befohlen die Burg zu verschanzen, bis wir mit den Truppen aus dem Wald bei ihnen sind.«

»Das heißt, Ihr habt nicht vor, hier abzuwarten?«, fragte Ladro.

»Auf gar keinen Fall«, antwortete sie. »Hauptmann Ljann und ich haben beschlossen, dass ich mit den Truppen aus dem Wald vorausreite. Bis Tana sind es nur wenige Stunden. Wir haben bereits Boten vorausgeschickt, Hauptmann Ljann wird uns mit den Truppen folgen, so schnell es geht. Nicht weit von hier gibt es einen Alschbaum, der zu Zeiten meines Vaters als verborgener Wachturm diente. Ich muss sehen, wie es mit der Burg steht. Noch haben sie nicht angegriffen. Zwei Zauberer in der Burg können den stärksten Feind zumindest für ein paar Tage in Schach halten.«

»Wenn es noch zwei Zauberer in der Burg gibt«, warf Hauptmann Ljann mitleidlos ein.

Ravin bemerkte, wie Darian bei diesen Worten zusammenzuckte.

Die Königin senkte den Kopf.

»Wie es auch steht, ich brauche neben Atandros noch einen Zauberer an meiner Seite. Darian soll mit mir kommen. Und Ravin und die anderen auch, ich brauche euren Rat.«

Ladro wollte etwas erwidern, doch ein Blick von Mel Amie brachte ihn zum Schweigen. Ravin war erstaunt, dass Ladro die Bitte der Königin offensichtlich abschlagen wollte.

»Könnt ihr noch reiten?«, fragte sie. »Ich möchte bald aufbrechen.«

Sie blieben weitab vom Hauptweg und verfielen in vorsichtigen Trab, als sie in die Nähe eines Alschwaldes kamen. Atandros schlug vor, die Pferde zu verstecken und die letzten Schritte zum Wachbaum zu Fuß zu gehen.

Ravin knickten die Beine weg, als er sich vom Pferderücken gleiten ließ. Er hatte Mühe, die ersten Schritte zu machen ohne vor Erschöpfung umzufallen. Willenlos folgte er Atandros und der Königin durch das Unterholz, bis sie zum überwucherten Stamm eines Alschbaumes kamen, dessen Stamm so dick war, dass nicht einmal drei Männer ihn hätten umfassen können. In den Stamm waren Vorsprünge gehauen, die als Treppe dienten. Offenbar war sie schon lange nicht mehr benutzt worden, die Stufen waren rutschig, mehr als einmal glaubte Ravin, jeden Augenblick den Halt zu verlieren. Oben angekommen zog er sich auf die Plattform hinauf, sah sich um und musste blinzeln. Im Morgenrot erglühte unter ihm das Tjärgtal. So weit sein Auge reichte, sah er Wald und hügelige Wiesen. Rechts unter ihm, in der Talsohle, entdeckte er winzige Zelte. Schwarze Horjun-Zelte, klein und verborgen, aber doch sichtbar. Und links, am Horizont, erhob sich Gislans Burg auf der Anhöhe. Ravin schluckte und musste wieder zwinkern. Doch das Bild, das sich ihm bot, ließ sich nicht vertreiben. Versuchshalber schloss er die Augen, aber als er sie wieder öffnete, sah er sie immer noch: rauchige, verkohlte Mauern. Auf den Zinnen standen Badoks Krieger. Ihre Mäntel wehten im Morgenwind.

Ravin stöhnte. Er nahm kaum wahr, wie die Königin und die Zauberer neben ihn traten. Die Stimme der Königin klang beherrscht, dennoch bebte sie. Ravin vermochte nicht zu sagen, ob es unterdrückte Wut oder Angst war, die er in ihrem Gesicht las.

»Die Burg ist bereits in der Hand der Horjun«, stellte sie fest.

Ravin sah das Entsetzen in Darians Augen, als er die geschwärzten Mauern der Burg betrachtete.

»Wie konnten sie so schnell bei der Burg sein und in das Burginnere gelangen?«, flüsterte er.

Ravin schüttelte nur mit einem hilflosen Schulterzucken den Kopf und blickte wieder zur Rauchsäule. Im Geiste sah er die Feuernymphen vor sich, die im Burghof die Ställe niederbrannten. Ob Naja sich auch in der Burg befand?

»Es ist mir ein Rätsel, wie sie an Laios und Jarog vorbeigekommen sind!«, sagte Atandros und runzelte die Stirn.

»Warum haben sie euch kein Zeichen gegeben?«, fragte Ravin.

Atandros' Gesicht verdüsterte sich.

»Offenbar hatten sie keine Zeit mehr dafür«, murmelte er. »Wir hätten besser vorbereitet sein müssen.«

Ständig trafen Späher ein, die von neuen vorrückenden Truppen berichteten. Die Königin hatte sich mit Atandros und Darian zur Beratung zurückgezogen. Ravin saß mit Ladro und Mel Amie in einem Unterschlupf. Sie waren so erschöpft, dass sie nicht schlafen konnten.

»Fällt euch die Stille auf?«, fragte Mel Amie. Nervös spielte sie mit dem dünnen Lederseil, an dem sie ihre Schwerthülle befestigt hatte. Mit zusammengekniffenen Augen blickte sie in die Dunkelheit.

»Keine Hallgespenster«, sagte Ravin. »Am Schutzkreis liegt es nicht.«

»Nein. Ich wette, sie sind allesamt vor der Burg, bei Badoks Truppen.«

»Ja. Wenn sie nicht schon längst drin sind.«

»Du meinst, die Hallgespenster sind in die Burg eingedrungen? Wozu?« Mel Amie rieb sich über die müden Augen. »Um dort den Dienern nachzuplappern?«

Ravin lächelte matt und schüttelte den Kopf.

»Das Ganze hat etwas mit ihnen zu tun. Man müsste in die Burg gelangen.«

»Und sich umbringen lassen? Hast du die Wachen vor den Toren gesehen? Ich will mir gar nicht vorstellen, was mit euren armen Shanjaar passiert ist.«

Ravin ließ sich ins nachtkalte Gras sinken und beobachtete die Sterne, die ihn an Feuernymphen und kleine magische Flammen erinnerten. In seinem Kopf begann sich ein Gedanke zu formen.

»Habt ihr den Wettermantel gesehen, den der Junge trägt, der unsere Pferde bewacht?«, fragte er. »Der Stoff ist dunkel. Wenn er nass ist, sieht er schwarz aus – und wenn ich noch passende Stiefel hätte und einen Helm …«

Ladro blickte Ravin beunruhigt an.

»Wieder auf der Suche nach Schwierigkeiten, Ravin?«

»Wir haben ein Horjun-Pferd«, erwiderte Ravin und rollte sich herum, sodass er Mel Amie und Ladro in die angespannten Gesichter blicken konnte. »Und ich bin ein Horjun. Ich bin Galo Bor. Ich gehöre in die Burg!«

»Skigga hat dir wohl zu fest auf den Kopf geschlagen!«, flüsterte Mel Amie.

»Sie werden dich fangen, Ravin!«, fügte Ladro hinzu.

»Ich bin schon einmal entkommen«, gab Ravin zu bedenken. Er spürte, wie er ungeduldig wurde.

Ladro schüttelte den Kopf.

»Ravin, es ist viel wichtiger, dass wir zu Jolon kommen. Deine Reise hast du um Jolons Willen gemacht, erinnerst du dich? Vielleicht ist es die letzte Möglichkeit, ihn lebend zu sehen.«

Die Worte versetzen Ravin einen Stich.

»Du brauchst mich nicht daran zu erinnern, aus welchem Grund ich auf die Suche gegangen bin«, erwiderte er mit eisiger Stimme. Wut brodelte in seinem Blut auf, gleich würde er die Beherrschung verlieren. Ladros Augen funkelten.

»Anscheinend doch, Ravin«, sagte er mit bebender Ruhe. »Aber vielleicht hast du Recht: Du hast es nicht vergessen, du bist nur zu feige, zu deinem Lager zu reiten und vor Jolon zu treten. Ist es das, Ravin?«

»He!«, rief Mel Amie. »Beruhigt euch. Beide! Es hat doch keinen Sinn, dass ihr euch die Köpfe einschlagt. Wir haben Wichtigeres zu tun!«

»Eben!«, zischte Ladro. »Eines sage ich dir, Ravin! Ich werde verhindern, dass du allein zur Burg reitest, hörst du?«

Wutentbrannt drehte er sich um und ließ Mel Amie und Ravin allein. Ravin schnappte nach Luft.

»Was ist los mit ihm?«, schrie er Mel Amie an. »Kannst du mir sagen, was er plötzlich gegen mich hat?«

Mel Amie winkte ab.

»Gar nichts, Ravin. Er meint es nicht ernst, bis morgen hat er sich wieder beruhigt.«

Wie ernst Ladro es meinte, erfuhren sie jedoch wenig später, als ein Wächter Ravin ins Zelt der Königin bat. Noch bevor er eintrat, wusste er, was ihn erwarten würde – und richtig: Ladro stand dort, immer noch mit zornigen Augen und rotem Gesicht. Als er Ravin kommen sah, ging er wortlos nach draußen. Zurück blieben ein betreten dreinblickender Darian, die Königin und Atandros.

Die Königin lächelte nicht, als sie ohne Umschweife zur Sache kam.

»Dein Freund hat uns erzählt, du willst uns verlassen und allein zur Burg reiten?«

Ravin seufzte.

»Ja, ich habe über die Möglichkeit gesprochen. Meine Überlegung war, in die Burg zu gelangen um herauszufinden, was dort geschehen ist. Aber es war nur ein Gedanke, kein Plan!«

Die Königin wechselte mit Atandros einen Blick, der nichts Gutes verhieß.

»Das will ich hoffen, Ravin«, sagte sie leise. »Denn das will ich auf gar keinen Fall! Du magst einmal überlebt haben, aber noch mal wirst du dein Leben nicht so leichtfertig aufs Spiel setzen. Wir werden morgen zur Regenbogenburg reiten, wenn die Truppen bei uns eintreffen. Haben wir uns verstanden, Ravin?«

Ravin holte tief Luft. Das Blut pulste in seinen Wangen, aber er nickte. Im Stillen schwor er sich, Ladro zu suchen und ihn zur Rede zu stellen.

»Ja«, sagte er. »Ich habe verstanden.«

Die Königin musterte ihn prüfend, doch er hielt ihrem Blick stand. Als der Traumfalter seine Stirn streifte, atmete er aus, entspannte sich und verwandelte sich innerlich in den Ravin, der er vor vielen Monden gewesen war.

Größer erschien ihm die Königin, Ehrfurcht gebietend. Ihr Wort war Gesetz.

Die Königin blinzelte und wischte sich mit einer müden Bewegung über die Stirn.

»Gut«, sagte sie leiser und freundlicher. »Geht nun.«

Darian stand auf, gemeinsam verneigten sie sich und traten in die Nacht.

»Du wirst trotzdem reiten, Ravin«, stellte Darian fest.

»Ja.«

Darian begann leise in sich hineinzulachen.

»Und es gelingt dir, sogar die Königin glauben zu machen, dass du ihrem Befehl folgen wirst. Ich wünschte, ich hätte diese Fähigkeit!«

»Ich muss es tun. Ich bin der Einzige, der an den Horjun vorbeikommt.«

Darian lächelte.

»Wie willst du es anstellen?«

»Ich brauche den Wintermantel des Pferdejungen und schwarze Stiefel. Solche, wie die Gesandten aus Tana sie tragen, sind den Horjun-Stiefeln ziemlich ähnlich. Einen Helm brauche ich nicht. Ich kann sagen, dass ich ihn in einem Handgemenge verloren habe. Und dann brauche ich noch ein Kurzschwert und das Horjun-Pferd.«

Sie hatten sich leise unterhalten, dennoch entging Ravin das Knacken nicht, das rechts von ihm aus dem Unterholz kam. Er stutzte, hielt Darian am Arm zurück und zog seine Schleuder hervor. Im Schatten eines Baumes stand Mel Amie, am Zügel das Horjun-Pferd.

»Willkommen, Galo Bor«, sagte sie. »Ich billige es nicht und wünschte, ich könnte dich überreden vernünftig zu sein. Aber ich kenne Ravin va Lagar viel zu gut, als dass ich nicht sehen würde, wann es sinnlos ist, ihn zu ermahnen. Hier sind dein Pferd und dein Mantel. Und da ich gerade beim Spielen war, habe ich einen der Wächter aus Lom gleich dazu verleitet, seine Stiefel zu verwetten. Wenn der Ärmste wüsste, dass er sie heute nicht mehr zurückgewinnen wird …«

Ravin schluckte, als sie ihm die Zügel in die Hand drückte und den Wettermantel um die Schultern legte. Das

Horjun-Pferd scharrte mit dem Huf und legte die Ohren an. Ravin wusste, dass es Mel Amie nicht leicht fiel, es aus ihrer Obhut zu geben.

»Danke«, sagte er aus tiefster Seele und zog die Stiefel aus schwarzem, glänzenden Leder an.

»Ich werde einen Spiegelzauber sprechen«, flüsterte Darian. »Wer dich sehen will, wird dich auf Vajus Rücken im Gefolge reiten sehen. Ich hoffe, es wird einen Tag lang funktionieren. Und jetzt werden wir bei den Pferden ein bisschen Wirbel machen, damit du unbemerkt reiten kannst. Viel Glück, Ravin!«

»Glück auf deinem Weg, Galo Bor!«, sagte Mel Amie.

Ravin schwang sich auf den Rücken des Horjun-Pferdes. Er schloss die Augen und holte tief Luft. Als er die Augen wieder öffnete, sah er Mel Amie und Darian zwischen den Bäumen stehen. Und neben ihnen stand ein Waldmensch mit grünen Augen und stolz erhobenem Kopf – der Spiegelzauber, das Abbild von Ravin va Lagar. Dieser Ravin sah ganz anders aus als das Spiegelbild, das er vor langer Zeit im Fluss betrachtet hatte. Die Brandnarbe an seinem Mund leuchtete rot. Es schien ein Fremder zu sein, der nichts mehr mit dem Ravin gemein hatte, der vor so vielen Monden Tjärg verlassen hatte.

Ravin wandte den Blick ab und wurde zu Galo Bor, dem Horjun.

Das Horjun-Pferd erinnerte sich an die vielen Stunden in Amgars Reithalle und riss den Kopf hoch. Unter dem Schenkeldruck bäumte es sich auf und preschte davon. Hinter ihnen hob ein Wiehern und Hufgetrappel an, Pferde rissen an ihren Stricken.

»Wachen! Bei den Pferden ist jemand!«, erscholl Darians Stimme, dann verhallte der Lärm und nur noch der Hufschlag des Horjun-Pferdes ertönte in der Nacht.

Ravin ritt durch einen Wald, der so totenstill war, dass er nicht einmal Rascheln und Nachtgetier hörte. Er wünschte sich, die Hufschläge würden nicht so laut in der Stille dröhnen, und spürte ein Kribbeln im Genick, in der ständigen Erwartung, dass ein Stein oder ein Pfeil aus den Schatten der Nacht herangeflogen kämen. Sorgfältig wählte Ravin die ungegangenen Wege und ritt Schleifen durch das unübersichtliche Gelände. Ständig prüfte er mögliche Verstecke und wich wohlweislich den fünfgabeligen Bäumen aus, wenn er sie sah, boten sie doch einen zu guten Unterschlupf. Obwohl er nicht sicher sein konnte, glaubte er, dass er allein ritt. Gegen Abend war er durstig und erschöpft, doch er rastete wiederum nur kurz und errechnete, dass er im Morgengrauen bei der Burg sein würde – an dem Tag, an dem Diolens Truppen dort ankommen hätten sollen, wenn sie aus einem unerklärlichen Grund nicht viel schneller gewesen wären.

Der Abend dämmerte bereits, als Ravin auf die ersten Spuren in der Nähe der Burg stieß. Mehrere Pferde waren es, deren Hufeisen tiefe Abdrücke im Schlamm hinterlassen hatten. Sie galoppierten weitab vom Weg und offensichtlich nicht direkt zur Burg, sondern schlugen einen Bogen. Die Tatsache, dass die Hufspuren noch nicht voll Wasser gelaufen waren, zeigte Ravin, dass sie erst vor sehr kurzer Zeit hier vorbeigeritten waren. Das Horjun-Pferd hob den Kopf und witterte. Ravin gab ihm das Zeichen zum Galopp. Im Kopf legte er sich bereits die Geschichte zurecht, die er den Horjun erzählen wollte, sobald er sie treffen würde. Die Hufabdrücke zogen sich auf verschlungenen Pfaden durch das Unterholz, mehrmals musste Ravin eine scharfe Kurve reiten. Sein Gefühl warnte ihn, dass etwas nicht stimmte. Kopflos schien diese Gruppe von Horjun durch den Wald zu preschen, ohne Ziel, immer mitten durch das Unterholz.

Verfolgten sie jemanden? Das war unwahrscheinlich. Kein Waldmensch hätte sich so lange verfolgen lassen, sondern wäre schon viel früher im Wald unaufspürbar geworden. Plötzlich zerstreuten sich die Spuren. Zwei Pferde schienen nach links ausgebrochen zu sein, eines hatte einen Haken nach rechts geschlagen. Ravin zügelte sein Pferd, das mit einem Satz zum Stehen kam, und beugte sich tief aus dem Sattel. Die Spur sah anders aus als noch wenige Spannen zuvor. Nicht mehr ganz so tief drückten die Hufeisen sich in den Waldboden. Von einem Augenblick zum anderen schien das Pferd leichter geworden zu sein. Ein Reiter war abgestiegen!

Ravin ahnte die Bewegung über sich und riss das Pferd herum, sodass es einen strauchelnden Satz zur Seite machte. Ein kräftiger Körper fiel an ihm vorbei, eine Hand ergriff Ravins Mantel und zerrte ihn vom Pferd. Ravin entwand sich, schlüpfte aus dem Umhang. Ein Horjun rappelte sich vom Boden auf und langte nach seinem Schwert, das im Matsch lag. Ravin war verwirrt.

»He! Langsam!«, rief er dem Horjun zu. »Ich will auch zur Burg! Ich bin Galo Bor!« Der Horjun blickte ihn ausdruckslos an, riss das Schwert hoch und stürzte sich auf ihn. Ein Schnauben ließ Ravin herumfahren. Gerade noch rechtzeitig sah er, wie sich ein Horjun-Pferd neben ihm aufbäumte. Ein messerscharfer Huf wirbelte an seiner Nase vorbei. Er duckte sich, als sein Pferd bockte und ausbrach, doch schon war der erste Horjun wieder zur Stelle und zerrte ihn zu Boden.

»Galo Bor!«, schrie Ravin in das rote, verzerrte Gesicht. »Ich gehöre zu euch!«

Statt einer Antwort holte sein Gegner mit der Faust aus. Mit der Kraft der Verzweiflung wand Ravin sich unter ihm hervor und schlug ihm mit einem gezielten Hieb auf den Ellbogen. Erleichtert hörte er, wie der andere vor Schmerz nach Luft schnappte. Ravin drehte sich nach oben, riss den Gegner herum, drückte ihn in den Matsch und hielt ihm das Schwert an die Kehle. Der Horjun wurde augenblicklich schreckensstarr. Ravins drückte die Klinge noch fester auf den Hals und hob den Blick. Die beiden anderen Horjun saßen auf den Pferden, ihre Schwerter blitzten. Dennoch zögerten sie. Ravin erkannte, dass einer von ihnen keinen Helm trug. Blut klebte an seiner Wange. Der andere saß zusammengekrümmt. Beide Pferde hatten tiefe Wunden an den Flanken.

»Galo Bor!«, rief eine Stimme, die Ravin erschreckte, weil sie ihm so vertraut war. Schemenhaft blitzte ein rundes Gesicht in seiner Erinnerung auf.

»Ruk?«

»Es ist Galo Bor! Galo aus Skilmal! Schwerter runter!«

Der andere Reiter gehorchte. Unwillkürlich ließ auch Ravin das Schwert sinken und stand auf. Sein Gegner setzte sich auf und rieb sich den Hals. Langsam ließ Ruk sich vom Rücken seines Pferdes gleiten, nahm den Helm ab und lächelte schief.

»Ich habe also nicht geträumt, als ich dich in Dantar sah, kleiner Bruder«, sagte er. »Wie kommt es, dass du wieder bei den Horjun bist?«

»Wie kommt es, dass ihr einen Horjun angreift?«

Ruks Gesicht verdüsterte sich. Ravin bemerkte, dass der Horjun, der noch auf dem Pferd saß, besorgt nach etwas Ausschau hielt.

»Wir dachten, sie hätten dich – oder euch – geschickt um uns zu töten.« Sein Blick flackerte. »Du bist allein, Galo?«

Ravin nickte.

»Warum sollten sie Horjun schicken um Horjun zu töten?«

Ruk senkte den Kopf und schluckte. Ravin sah, dass er sehr schwach war.

»Wir sind geflohen, Galo. Sie jagen uns.«

Ravins Gedanken überschlugen sich. Ruk und die anderen gehörten nicht länger zu Badoks Truppen?

»Wir müssen weiter«, drängte der zweite Reiter. »Lass ihn hier oder nimm ihn mit. Wir haben keine Zeit!«

»Wohin wollt ihr?«, fragte Ravin.

Die beiden Horjun schwiegen.

»Weg von der Burg«, antwortete Ruk. »Zur Grenze und dann zurück nach Skaris.«

Der zweite Horjun stöhnte und griff sich an die Schulter. Blut tränkte seinen Mantel.

»Far ist verletzt«, sagte Ruk zu Ravin. »Aber wir können nicht bleiben. Sie werden uns finden und töten.«

»Ihr müsst wenigstens seine Wunde verbinden«, sagte Ravin. »Steigt ab, es ist niemand in der Nähe, ich werde euch zeigen, wie ihr aus dem Wald hinausfindet.«

»Du kennst dich in diesen Wäldern aus?«

Ravin nickte und half dem Verletzten vom Pferd. Gemeinsam brachten sie ihn ins Unterholz zu einer Tanistanne. Ravin nahm die Pferde, führte sie zwischen die Stämme und zog die unteren Zweige so tief hinunter, dass die Pferde kaum noch zu erkennen waren. Mit einer Hand voll Kräutern kehrte er zu Ruk und den anderen zurück. Schweigend beobachteten sie, wie er die Stängel zu einem Seil drehte und mit dem Messer so lange daran herumschabte, bis grüner Saft auf die Schulterwunde tropfte. Far wurde bleich und schloss die Augen.

»Das wird die Blutung stillen. Ihr werdet mehrere Stunden reiten können.«

Ruk sah ihn erstaunt an.

»Galo Bor, lernt man das in Skilmal?«

Ravin schüttelte den Kopf. Es tat ihm weh, die Angst in Ruks Augen zu sehen. Und aus irgendeinem Grund schämte er sich dafür, Ruk anzulügen.

»Mein Name ist nicht Galo«, antwortete er. »Und ich stamme nicht aus Skilmal. Ich heiße Ravin und bin ein Waldmensch aus diesem Tjärgwald. Ich bin auf dem Weg zur Burg.«

Ruk vergrub das Gesicht in den Händen. Ravin erschrak, als er sah, wie seine Schultern anfingen zu beben, und er glaubte ein Schluchzen zu hören. Doch als Ruk nach wenigen Augenblicken die Hände herunternahm und sich über die Augen wischte, sah Ravin, dass er lachte.

»Nichts ist so, wie es ist«, sagte Ruk. »Galo ist nicht Galo, die Seelenlosen sind keine Seelenlosen – und die Hexe, das schwöre ich, ist keine Hexe.« Sein Lachen erlosch. »Du musst alles tun um deine Familie zu schützen«, sagte er. »Ravin, Galo, wer immer du auch bist. Ein ungleicher Kampf erwartet euch.«

Ravin nahm Ruk bei den Schultern. Der müde Blick fand seinen.

»Was?«, fragte Ravin, so eindringlich er konnte. »Was ist geschehen? Wieso sind die Horjun schon in der Burg? Warum verfolgen sie euch?«

Ruk lächelte.

»Es sind keine Horjun in der Burg.«

»Aber gestern war die Burg bereits eingenommen. Ich habe es selbst gesehen!«

»Ja, du hast Recht, Galo Ravin. Wir kamen mit den Schiffen. Zehn Tage hindurch tobte der Sturm. Immer dort, wo wir uns befanden, war Wind. Die Schiffe drohten auseinander zu brechen. Wir fuhren so schnell, wie der schnellste Reiter reiten kann. Und weißt du, was uns erwartete, als wir in der Bucht ankamen? Ein Heer von Erloschenen! Wir wussten nicht, woher sie kamen. Sie waren nicht auf dem Schiff gefahren. Sie waren es, die bereits lange vor unserer Ankunft die Burg eingenommen hatten.«

»Die Erloschenen nahmen allein die Burg ein?«

Ruk zuckte hilflos die Schultern.

»Die Tore standen schon offen, als wir kamen.«

»Und Diolen und Badok? Waren sie auch in der Burg?«

»Nein, sie kamen mit uns.«

»Das heißt, die Erloschenen sind ein selbstständiges Heer?«

Ruk vergrub den Kopf wieder in den Händen. Seine Stimme klang dumpf und hoffnungslos.

»Wenn ich das wüsste. Es sind unglaublich viele. Wir wurden gemeinsam mit ihnen in den Kampf geschickt. Wir zogen in das Land der Seelenlosen um nicht selbst seelenlos zu werden. Und was wir hier fanden, waren Menschen, wie wir es sind. Menschen, die wir töten sollten.«

Er zog Ravin zu sich heran und flüsterte.

»Wir stießen auf eine Gruppe von Wächtern im Wald. Der Kampf dauerte sehr lange, Far wurde verletzt und ...«, Ruk schluckte. Ravin sah, wie er mit den Tränen kämpfte, »... Keijl auch. Keijl stammte aus Skilmal – wie du, wenn du von dorther gekommen wärst. Ein Kämpfer aus dem Wald traf ihn mit der Schleuder an der Stirn. Keijl fiel. Wir ritten heran, um ihn zu bergen und aus der Kampflinie zu ziehen, da sah ich, dass Diolen den Kopf schüttelte. Er schüttelte den Kopf – und ein Erloschener hob das Schwert und tötete Keijl! Weil er nicht mehr kämpfen konnte. Galo, wir sind Futter für sie! Sie legen gar keinen Wert darauf, dass auch nur einer von uns lebend zurückkehrt.« Er schluchzte auf. »Und die so genannten Seelenlosen, das seid angeblich ihr aus Tjärg.« Wieder begann er zu lachen.

Ravins Herz war schwer geworden.

»Wir sind geflohen«, schloss Ruk. »Und wenn sie uns finden, werden sie uns töten.«

»Seid ihr die einzigen Horjun auf der Flucht?«

Ruk blickte in das Dickicht.

»Ich weiß es nicht, aber wenn die anderen Ähnliches sehen …«

Ravin dachte nach. Die Horjun waren in der Burg, doch die Erloschenen waren in der Überzahl. Dennoch – er würde seinen Plan, in die Burg zu gelangen, nicht aufgeben. Dass die Tore offen waren, konnte bedeuten, dass die Zauberer bereits tot waren – oder nur gefangen.

»Ruk! Gib mir deinen Helm. Und wir tauschen die Pferde.«

»Was?«

»Ich muss zur Burg reiten.«

»Bist du verrückt? Möchtest du ums Leben kommen?«

»Ihr drei reitet zur Königin.«

»Sie werden uns töten, wenn uns vorher nicht Diolens Erloschene aufspüren.«

»Die werden euch nicht finden. Ich werde dir beschreiben, wie ihr euch im Wald zurechtfindet. Mein Pferd wird euch dabei helfen. Es kennt die Witterung der Tjärgpferde. Lasst euch notfalls von den Truppen der Königin gefangen nehmen und fragt dann nach Darian Danalonn. Sagt, Ravin va Lagar ist auf dem Weg zur Burg. Und sagt Darian, dass ich Amina noch nicht gefunden habe und mir wünschte, noch einmal Sumal Bajis Lied zu hören. Sag ihm auch Folgendes: Ich werde früh am Morgen in der Burg sein.«

Ruks Stiefel waren zu groß, ebenso sein Helm, doch Ravin zurrte den Schaft mit Lederriemen fest, lernte das Passwort für das Burgtor und schnallte sich das Schwert um. Dann erklärte er Ruk den Weg.

»Viel Glück, kleiner Bruder aus Skilmal«, sagte Ruk und umarmte Ravin. »Auf dass wir uns wiedersehen!«

Ravin beobachtete, wie die drei Reiter im nachtdunklen Wald verschwanden, dann strich er dem fremden Pferd beruhigend über den Hals und lauschte in die Nacht. Einsamkeit überflutete ihn wie eine kalte Woge, ließ ihn bebend und mit trockener Kehle zurück.

Zweige streiften seine Schultern und seine Stirn, während er das Pferd durch den Wald führte. Leise trat er auf, jemand in der Nähe hätte das Gefühl gehabt, das Rascheln eines vorübertrottenden Ranjögs zu hören. Wie im Traum zählte er die Pfade, die seinen Weg kreuzten, und richtete den Blick zum Himmel, an dem ein bleicher, trauriger Mond hing. Ravin ertappte sich dabei, wie er wieder damit begann, die Schatten zu beobachten. Amina würde den Wald nie sehen, wie Ravin ihn jetzt vor sich sah. Eine Woran lebte in einer Welt ohne Licht, selbst der Mondschein konnte sie blenden. Sie würde die Nachtvögel nicht hören und den Duft von Moos und überreifen Jalafrüchten nicht wahrnehmen. In der Einsamkeit umflatterten ihn Gedanken und Erinnerungen mit gespenstischem Flügelschlag, bis sie so nahe waren, dass sie ihn schließlich berührten.

Er wollte gerade eine Wegmarke an einem Stamm ertasten, als der Traumfalter ihn fand. Sonst war die Berührung sacht wie ein flüchtiger Kuss gewesen. Doch diese hier war stärker und fühlte sich an, als würde eine Motte seine Schläfe umtanzen. Ravin wischte sich über die Stirn. Da begann die Motte zu kratzen. Ravin stieß einen Schreckenslaut aus und presste die Hände gegen den Kopf. Ein Brennen breitete sich auf seiner Stirn aus, floss seine Wangen hinunter, troff ihm in die Augen. Unwillkürlich ging er in die Knie. Flammen loderten vor seinen Augen empor, aus denen sich Laios erhob. »Ravin!«, sagte er und lächelte ihm ermutigend zu. »Reite zum Nordtor!«

Der Schmerz entließ Ravin so abrupt, wie eine Eule, die die Beute aus ihren Fängen gleiten lässt. Erschöpft fiel er auf das feuchte Moos. Als er die Augen öffnete, meinte er Naja über den Himmel tanzen zu sehen, doch es waren nur Funken des sengenden Schmerzes, den er soeben durchlebt hatte. Laios lebte also!

Langsam ritt er weiter, wobei er voller Vorsicht die Ranjögweiden durchquerte, die, wie er wusste, die Horjun meiden würden – wenn nicht, würden sie schnell lernen es zu tun. Fieberhaft überlegte er, was er vom Nordtor wusste. Es war der Flussseite zugekehrt und diente vermutlich als Handelstor. Zumindest hatte er gesehen, dass durch diesen Eingang die Lastenponys der Händler zu den Stallungen geführt wurden.

Endlich tat sich vor ihm die Lichtung auf, die zur Burg führte. Weit weg am Horizont, auf der Anhöhe, stand Gislans Burg, grau, wie von Rauchschwaden durchzogen. Feuer leuchteten auf den Türmen, vor den Grundfesten lag verkohlte Erde.

Er entdeckte eine Gruppe von Horjun, die auf das Nordtor zuritt. Die Haltung ihrer Körper und die gebeugten Hälse ihrer Pferde verrieten, dass sie einen langen Marsch hinter sich hatten – oder einen Kampf. Das Pferd war es, das als Erstes auf die Reiter reagierte. Es hob den Kopf, tänzelte und nahm Haltung an. Ravin konnte gar nicht anders, als sich ebenfalls aufzurichten. Er setzte Ruks viel zu großen Helm auf, drückte die Fersen nach unten und wurde zu Galo Bor, drittes Schiff, Amgars Truppe. Die Angst schnürte ihm die Kehle zu. Nun war er ganz auf sich gestellt. In schleppendem Trab ritt er über die Wiese, jeden Moment den Pfeil erwartend, der ihn von vorne traf, oder einen Schleuderstein von hinten aus dem Wald. Sein Pferd stolperte vor Erschöpfung, doch es bewältigte die Strecke über die Wiese in holprigem Galopp. Ravin ließ es gewähren und versuchte lediglich, sich aufrecht zu halten und auch sonst den Anschein zu erwecken, als wäre er völlig rechtmäßig auf dem Weg zur Burg.

Die Wachen, die auf den Türmen Ausschau hielten, entdeckten ihn als Erste. Auf ihren fast unhörbaren Befehl hin regten sich die Horjun, die das Tor bewachten, und traten Ravin mit gezogenen Schwertern entgegen. Müde sahen ihre Gesichter aus, Bitterkeit und Erschöpfung spiegelten sich darin.

»Das Wort?«, fragte einer von ihnen.

»Kalevala«, antwortete Ravin in der Hoffnung, dass das Passwort, das Ruk ihm genannt hatte, nicht über Nacht geändert worden war. »Galo Bor, drittes Schiff, Amgars Truppe.«

Der Wächter musterte ihn lange.

Die Gesichter der anderen Männer zeigten keine Regung. Derjenige, der Ravin die Fragen gestellt hatte, senkte sein Schwert. Ravin nahm es als Erlaubnis, das Tor zu passieren. Mit zitternden Knien gab er seinem Pferd das Zeichen und dankte dem Tier für die Ruhe und Selbstverständlichkeit, mit der es ausschritt.

Die Szenerie, die sich vor ihm auftat, war gespenstisch. Der Nordhof war voll mit Erloschenen. Als Ravin an ihnen vorüberging, ließen einige ihre behandschuhten Hände kaum merklich zum Schwertgriff gleiten. Ravin spürte die Bedrohung, als er unter den ausdruckslosen Blicken zu den Stallungen ging. Mit dem müden Pferd im Schlepptau würde er, so hoffte er, am wenigsten Aufsehen erregen. Das Tier folgte ihm, ohne dass er es führen musste, die Ohren flach an den Kopf gelegt. Verstohlen hielt er Ausschau nach Horjun, entdeckte jedoch nur wenige. Lediglich eine einzige abgerissene Gruppe mit zerfetzten Mänteln ging über den Hof. Sie wirkten erschöpft, Ravin fragte sich, wo sie gewesen sein mochten.

Im Stall standen doppelt so viele Pferde wie üblich. Um Platz zu schaffen waren die Boxenwände herausgebrochen worden. Ein riesiger Stapel Holz türmte sich am Ende des Ganges. Die Zahl der Horjun-Pferde schätzte Ravin auf weit mehr als hundert. Doch die Lastponys der Burg und die Pferde der Gesandten waren verschwunden, ebenso der junge Stallbursche. Im hinteren Teil des Stalls hob ein Pferd den Kopf, schüttelte die steingraue Mähne und legte bei Ravins Anblick die Ohren an. Ravins Herzschlag wurde zu einem Trommelwirbel, die Zügel schnitten tief in seine Haut, so fest schloss er die Hand darum. Diolen war also in der Burg. Hastig führte er sein Pferd in die Reihe, nahm ihm Zaumzeug und Sattel ab und holte frisches Wasser. Dann verließ er den Stall durch einen Seiteneingang, der zu einem kleinen Innenhof führte. Voller Unbehagen lehnte er sich an eine der steinernen Wände und lauschte. Sein Blick fiel auf eine Scharte in der Mauer. Er setzte seinen Fuß auf einen Vorsprung und zog sich hoch. Der Anblick, der sich ihm bot, raubte ihm den Atem. Vor ihm erstreckte sich das südliche Regenbogental. Hatte er bisher gedacht, dass die Anzahl von Badoks Truppen gewaltig war, so musste er seine Meinung nun ändern. Das, was er bisher gesehen hatte, war eine Hand voll Horjun gewesen, mehr nicht. Soweit Ravins Auge reichte, lagerten nun die Erloschenen vor den Südtoren der Burg. Auf dem Weg vom Wald ritt eine Truppe von ihnen mit einigen wenigen Horjun, die ein paar reiterlose Waldponys mit sich führten. Offensichtlich kamen sie aus einer Schlacht. Und ganz hinten ging eine Gruppe von Gefangenen. Mit gebundenen Händen, verwundet, blutend, sich gegenseitig stützend wurden sie in die Burg geschleppt. Von seinem Stand aus konnte Ravin nicht erkennen, ob es Menschen aus seinem Lager waren. Er schluckte seine Wut und Verzweiflung hinunter und sprang wieder auf den Boden. Dort zwang er sich dazu, nachzudenken. Sie kamen aus dem Südwald, also wurde im äußeren Gürtel des Tales schon gekämpft. Zumindest nahm Diolen Gefangene, obwohl Ravin sich darauf keinen Reim machen konnte. Aber woher kamen diese Massen von Erloschenen? Unmöglich konnten so viele von ihnen auf den Schiffen gewesen sein.

Unruhe drang aus dem Stall. Pferde wurden in den Stall geführt. Rasch zog er sich in den Schatten der Mauer zurück.

»Macht alles für den zweiten Angriff bereit«, sagte eine Stimme. Ravin hörte, wie neue Pferde gesattelt und aus dem Stall geführt wurden. Als auch die letzten Schritte verhallt waren, griff Ravin mit zitternder Hand unter sein Hemd und zog das Messer hervor. Schwer und angenehm kühl lag es in seiner Hand. Nun war es an der Zeit, Laios zu suchen. Gerade wandte er sich zum Gehen, als ein warmer Hauch über seinen Nacken strich.

»Heute bist du ohne deine Namida unterwegs?«, fragte Naja. Größer und kraftvoller war sie, ihr Mädchengesicht schien älter zu sein. Die Wand, vor der sie stand, wurde rußschwarz, das Moos trocknete und verkohlte.

»Ja«, flüsterte er. »Und du kämpfst für deinen Herrn?«

Ihr Gesicht verdüsterte sich.

»Es ist auch dein Herr«, sagte sie. Ihre kraftlosen Flammen und die Ruhe, die sie ausstrahlte, irritierten Ravin.

»Was ist geschehen, Naja?«, fragte er leise.

Noch düsterer wurde ihr Flackern, bis die Nymphe in einem dunklen Orange leuchtete.

»Wir sind über das Meer gefahren! Er hat uns in enge Lampen aus Stein befohlen und einen Schlafzauber gesprochen«, jammerte sie. »Aber ich habe trotzdem das Schlagen der Wellen gehört, die nach uns leckten. Und jetzt sind wir in diesem nassen Land. Wir verbrennen Bäume und Zelte – und berühren, wen unser Herr uns zu berühren befiehlt. Es macht keine Freude! Und dann fließt auch noch dieser Fluss in der Nähe ... Ravin, es gefällt mir hier nicht. Ich will zurück in die Feuerberge!«

Feuerzungen flossen traurig über ihre hängenden Arme und tropften in das feuchte Gras.

»Auch du brennst nicht mehr so hell«, sagte sie dann. »In deiner Brust flackert nur ein winziges schmerzblaues Feuer. Bist du noch immer auf der Suche?«

»Mehr denn je, Naja.«

»Hast du deine Freunde nicht gefunden?«

Er musste lachen. Für Feuernymphen schien Zeit nicht viel zu bedeuten.

»Doch«, sagte er. »Gefunden haben wir uns – und wieder verloren.«

»Auch deine Namida mit den Kohleaugen?«

»Meine Namida ... ist tot.«

»Erloschen?« Hoffnung flackerte in ihren Augen auf. »Ich werde nie erlöschen, Ravin. Und dich niemals verlassen. Ich kann dich sogar begleiten – denn hier dürfen wir in die Burg!«

Ravin sah besorgt zur Stalltür, doch niemand war in der Nähe.

»Ich muss alleine in die Burg«, antwortete er. »So hat unser Herr es mir befohlen.«

Sie seufzte und zuckte die Schultern.

»Soll ich dann nach deinem Freund mit dem Springfeuer suchen?«

Ravin schüttelte den Kopf.

»Nein, meine Freunde sind bereits auf dem Weg hierher. Aber sie können nicht in die Burg. Die Tore sind geschlossen.«

»Dann befiel den Wächtern die Tore zu öffnen.«

»Auch das hat unser Herr mir verboten. Aber du, Naja, kannst es!«

»Ich?« Ihre Augen wurden zu runden Feuerrädern. »Wie könnte ich denn ein Tor öffnen? Ich bin eine Nymphe!«

»Auch nicht, wenn es aus Holz ist?«

Der Gedanke schien ihr zu gefallen.

»Das ist etwas anderes«, meinte sie und lächelte. Doch einen Augenblick später huschte bereits wieder der ängstliche Schatten über ihr Gesicht. »Aber was wird mein Herr dazu sagen?«

»Hat er dir verboten die Tore zu verbrennen?«

Sie dachte nach.

»Nein«, meinte sich nach einigem Zögern. »Er hat nur gesagt, wir dürfen die Ställe nicht verbrennen und keine Speere.«

»Also«, schloss Ravin. »Was dir nicht verboten wurde, darfst du tun. Dir wurde nicht befohlen die Tore nicht zu öffnen.«

Funken des Übermuts blitzten in ihren Augen auf.

»Gut«, sagte sie und explodierte in einem Wirbel aus blauen Funken.

»Halt!« Um ein Haar hätte Ravin sie am Arm ergriffen und zurückgehalten, doch die Hitze, die seine Finger verbrannte, hielt ihn rechtzeitig zurück. Bebend vor Ungeduld verharrte sie.

»Geduld, Naja!«, flüsterte er. »Warte, bis meine Freunde vor der Burg sind. Ich werde dich rufen, wenn es so weit ist.«

Sie kicherte und sah wieder aus wie die kindliche Nymphe, die ihm vor Badoks Burg begegnet war. Verschmitzt legte sie einen Finger über die Lippen.

»Ich verstecke mich«, wisperte sie und fiel in einem Ascheregen einfach in sich zusammen. Ein kühler Windstoß vertrieb ihre Wärme und ließ Ravin frösteln. Er atmete auf und ging durch den Stall in den Burghof zurück. So zielstrebig wie möglich strebte er dem Dienstboteneingang zu. Die schmale Tür stand offen, unbehelligt betrat er den langen Gang und schlug den Weg zum Thronsaal ein.

Horjun kamen ihm entgegen. Ihre Schritte hallten auf den Fluren, lange bevor Ravin sie erblickte. Er schien kein ungewöhnlicher Anblick zu sein, denn sie hoben kaum den Blick, wenn sie ihm begegneten. Feuernymphen flackerten hier und dort auf, wichen jedoch aus, sobald sie Schritte hörten. Nur ihr Prasseln und der Geruch nach versengten Türen, der noch in der Luft hing, kündeten von ihren Besuchen auf den Gängen.

Die Türen der großen Gastgemächer waren mit Balken vernagelt. Dahinter, so vermutete Ravin, waren die Bewohner der Burg gefangen. Doch er widerstand der Versuchung, an die Türen zu klopfen, und erklomm die steile Treppe am Ende des Flurs. Ein fahler Himmel schimmerte durch die schmalen Fenster. Befehle gellten über den Hof. Ravin ertappte sich dabei, dass er die Treppen hinaufrannte. Mitten im Laufen breitete sich wie ein Fieberbrand die Berührung des Traumfalters über seine Stirn. Da war es wieder: das wütende Brennen, das ihn an Najas Kuss erinnerte. War es Laios, dessen Schmerz er hier spürte? Er stützte sich an der Wand ab und holte Luft, bis das Brennen so weit nachließ, dass er wieder klar denken konnte. Dann betrat er den Gang im oberen Teil der Burg und zwang sich dem Schmerz zu folgen. Wie ein Blinder, der nicht mit seinen Augen sieht, sondern mit seinem ganzen Körper die Schwingungen seiner Umgebung wahrnimmt, tastete er sich weiter, verharrte, lauschte in sich hinein, bis der Anflug einer Ahnung ihn wieder in die andere Richtung führte.

Rechts von ihm öffnete sich ein Gang, an dessen Ende sich eine Tür befand. Die Köpfe zweier Pferde aus Perlmutt dienten als Türklinken. Die Tür ließ sich lautlos öffnen. Ravin hatte erwartet einen Raum vor sich zu sehen. Stattdessen schaute er auf eine Art Sockel, der weit über seinen Kopf hinausragte und so breit war, dass er ihn nicht einmal mit ausgestreckten Armen hätte umfassen können. Er zog die Stiefel aus und schlich dorthin, wo Licht hinter dem Sockel hervorschimmerte. Ein Geräusch ließ ihn innehalten. Atem? Nein, es klang eher wie ein Rasseln und es kam eindeutig aus dem Raum, in dem der Sockel stand. Dann vernahm er ein Stampfen, das lauter und lauter wurde. Noch dichter schob er sich heran und brachte seine Schleuder in Position. Dann wagte er einen Blick um die Ecke.

Er kam gerade im richtigen Moment um zu beobachten, wie die Flügeltüren des Thronsaal aufflogen und eine Horde von Badoks Hauptleuten in den Saal schritt. Etwa dreißig waren es. Die schlammbespritzten Mäntel, manche davon in Fetzen, blutbeschmierte Wangen und notdürftig verbundene Wunden deuteten auf einen schweren Kampf hin. Ravin stand gebannt und ließ den Blick über die Schwerter gleiten. Er verdrängte den Gedanken, wessen Blut die ledernen Schwertscheiden dunkel färbte, und zwang sich mit dem Hintergrund zu verschmelzen. Manche der Hauptleute trugen ihre Helme unter dem Arm, das weiße Morgenlicht ließ ihre müden Gesichter fahl und eingefallen wirken. Ein breitschultriger Kommandant, über dessen Kinn sich eine Narbe aus einem alten Kampf zog, trat vor und verneigte sich. Jetzt erst wurde Ravin bewusst, dass der Sockel, hinter dem er sich versteckte, der Thron der Königin war. Jemand saß darauf, der bereits im Raum gewesen war, als Ravin durch die Dienstbotentür in den Thronsaal geschlichen war.

Der Kommandant richtete sich wieder auf.

»Nun?«, fragte eine vertraute Stimme von der Höhe des Throns.

»Im südlichen Teil des Waldes dauern die Kämpfe an«, sagte der Narbige. »Gegen uns steht ein Heer von Waldkriegern. Ich schätze es auf dreihundert Mann. Hundert haben wir verloren, aber die Soldaten aus Run schlagen vor dem Abend zurück.«

»Am Rand der Südberge sammeln sich neue Truppen, Herr«, sagte ein anderer. »So wie es aussieht, rückt die Hexe noch heute mit neuen Truppen vor. Wenn wir nicht sofort ...«

»Habt ihr das Lager gefunden?«, unterbrach Diolen ihn. Der Mann blinzelte müde und schüttelte den Kopf.

»Das Lager, nein, aber ...« – er rang die Hände – »... unsere Horjun fallen! Wir brauchen Verstärkung um zu verhindern, dass noch mehr ...«

»Du hast es also nicht gefunden.« Diolens Stimme klang freundlich, doch der Kommandant, den er unterbrochen hatte, wurde blass, presste die Lippen zusammen und schwieg. Ravin konnte seine Furcht beinahe fühlen. Ein anderer trat vor. Eine Prellung an seiner Schläfe deutete darauf hin, dass ein Stein aus einer Schleuder ihn gestreift hatte. Ravin krampfte sich das Herz zusammen beim Gedanken, dass der Waldmensch, der diesen Stein geworfen hatte, dafür vielleicht bereits mit seinem Leben bezahlt hatte.

»Wir haben etwas entdeckt!«, sagte der Kommandant.

Die Schritte von eisenbeschlagenen Stiefeln hallten auf den gläsernen Stufen der Throntreppe, dann erschien Diolen in Ravins Blickfeld. Von seinem Platz im Schatten des Sockels konnte Ravin nur sein langes Haar erkennen, das über den silbernen Umhang fiel, doch selbst dieser Anblick genügte um seine Kehle trocken werden zu lassen. Er wusste nicht, ob es Wut war, panische Angst oder beides.

Diolen ging auf seine Hauptleute zu und blieb vor ihnen stehen. Müde blickten sie ihn an.

»Gib her!«, sagte er und riss dem Krieger mit der Verletzung an der Schläfe das Papier aus der Hand. Hastig rollte er die Landkarte auf und überflog sie. Anspannung lag in der Luft, einige der Kommandanten wechselten einen besorgten Blick. Dann sah Ravin, wie Diolens Schultern sich senkten.

»Endlich eine Nachricht, die sich lohnt«, sagte er in seinem sanften Singsang. Ravin konnte das Lächeln beinahe spüren. Hass brodelte so jäh in ihm auf, dass er Mühe hatte, die Schleuder ruhig in seiner Hand zu halten.

»Hauptmann Kolin! Hauptmann Sil! Ihr bleibt in der Burg. Stellt eine Truppe von Run-Kriegern zusammen. Wir reiten noch heute. Geht nun.«

Verständnislosigkeit spiegelte sich in den Gesichtern der Hauptleute. Der Narbige trat noch einmal vor.

»Aber Herr!«, sagte er. »Meint Ihr nicht, das hat Zeit, bis die Horjun die Wälder eingenommen haben? Die Truppen der Hexe dringen vor, es wird ohnehin nicht einfach sein ...«

»Ich habe gesagt, ihr dürft gehen, Sil.« Diolens Stimme war leise und beherrscht, dennoch vibrierte sie durch den Raum wie eine sirrende Schneide. Der Hauptmann wurde blass. Einen Moment durchbohrte sein Blick Diolen, dann machte er auf dem Absatz kehrt und verließ fluchend den Thronsaal. Einer nach dem anderen folgten sie ihm, zögernd, mit düsteren Gesichtern. Ihre Schritte verhallten auf dem Gang.

Nur ein einziger Krieger hatte sich nicht von der Stelle gerührt. Die hagere, dunkle Gestalt mochte zwei Köpfe größer sein als Ravin. Sie trug noch den Helm und stand auf die Spitze ihres Schwertes gestützt vor dem Thron. Nachdem der letzte Hauptmann den Saal verlassen hatte, seufzte sie und nahm den Helm ab. Ihr Gesicht war unbeweglich und von Falten durchzogen. Glattes, schwarzes Haar fiel auf ihre Schultern. Ravin schlug die Hand vor den Mund. Amgar Bor, seine Lehrerin im Dienste der Horjun, stand wenige Schritte von ihm entfernt!

»Ich verstehe dich nicht, Diolen«, sagte sie geradeheraus.

Sie standen sich gegenüber, Auge in Auge. Amgar wich seinem Blick nicht aus und Ravin erkannte, dass sie die Einzige war, die vor ihrem Herrn keine Angst hatte.

»Was soll das Spiel im Wald?«, fuhr sie mit ruhiger Stimme fort. »Führen wir einen Scheinkrieg? Kämpfen wir gegen ebenbürtige bewaffnete Krieger oder hast du uns nur mitgenommen, damit wir im Wald ein Lager nach dem anderen ausmerzen? Ich habe meine Truppe nicht dafür ausgebildet, harmlose Waldbewohner umzubringen.«

»Sie sind nicht harmlos, das weißt du«, erwiderte er.

Ihre Faust schloss sich fester um ihren Helm.

»Du warst nicht dort, Diolen. Du hast nicht gesehen, wie sie kämpfen und leben – und sterben. Die Menschen hier im Wald mögen hinterlistige und gewitzte Krieger sein, aber Seelenlose sind sie nicht. Und die Alten und die Kinder, die du abschlachten lässt … Diolen – das ist nicht richtig. So führen wir keinen Krieg.«

Diolen hatte sich bei ihren Worten aufgerichtet.

»Ich glaube nicht, dass du dir ein Urteil erlauben kannst, Amgar. Oder dir eines bilden solltest. Seit mein Vater mir die Befehlsgewalt über das Heer gegeben hat, bist du eine Kämpferin in meinen Diensten.«

Sie schwieg und sah ihn lange an. Als sie wieder zu sprechen begann, schwang ein Hauch von Bitterkeit in ihrer Stimme mit.

»Und diese Macht ist dir offensichtlich zu Kopf gestiegen«, sagte sie. »Ich kannte einen anderen Diolen. Einen jungen Mann, der nicht hochmütig und herzlos war. Ich kannte einen Jungen, dem ich das Reiten beigebracht habe.« Ihre

Stimme klirrte durch den stillen Raum. »Erinnerst du dich, als du heimlich Badoks Schlachtpferd aus dem Stall geholt hast? Es war doppelt so groß wie du und natürlich hat es dich abgeworfen. Du bist mit gebrochenem Arm zu mir gekommen, damit ich es wieder einfange und in den Stall zurückbringe, bevor dein Vater es bemerkt. Ich kannte einen jungen Mann, von dem ich glaubte, dass er ein guter Herrscher werden würde. Ein Königssohn, der in allen Provinzen geachtet und geliebt wurde. Erinnerst du dich nicht? Ich erinnere mich, Diolen. Ich erinnere mich sogar, wie du dafür gesorgt hast, dass der ungeschickte Diener, der den Weinbecher deines Vater zerbrach, nicht vom Hof gejagt wurde.« Sie lächelte ein dünnes Lächeln. »Badok war immer ein zorniger Mann«, fuhr sie fort. »Aber er war stets ein gerechter Herrscher und guter Lagerherr. Wie sehr hat er sich verändert – und mit ihm du, Diolen.«

Die Stille, die nach Amgars Worten eintrat, dauerte lange. Immer noch konnte Ravin Diolens Gesicht nicht erkennen. Amgar suchte darin nach einer Regung und schien etwas zu finden, denn plötzlich schlich sich ein weicher Zug in ihre Miene. Beschwörend fuhr sie fort: »Beende diesen Krieg, Diolen! Die Worte des Wanderers mögen deinem Vater zu Kopf gestiegen sein, sodass er das Märchen von der Hexe glaubte. Mit seiner Hilfe habt ihr die Krieger aus Run gerufen. Doch jeder eurer Magier, die ihr aus der Burg verbannt habt, hätte euch sagen können, dass sie mehr Schaden anrichten würden als der schlimmste Zauber. Sie morden Unschuldige und haben die weißen Pferde gejagt und ihr Blut getrunken. Ich habe gehört, dass einige Horjun von ihnen getötet wurden, als sie nicht weiterkämpfen wollten. Höre auf einen solchen Krieg zu führen. Es ist noch nicht zu spät!«

Diolen lachte.

»Du heulst ein paar feigen Horjun hinterher? Amgar, du

verstehst nicht und du sollst auch gar nicht verstehen – ich bin vollauf zufrieden, wenn du deinen Dienst versiehst. Und die Krieger aus dem Lande Run«, seine Stimme sank zu einem bedrohlichen Flüstern, »wären sicher begeistert, wenn sie dich und deine Horjun mit ihren Schwertern in den Kampf treiben dürften.«

Amgar kniff die Augen zusammen und sog die Luft scharf durch die schmalen Nasenflügel ein. Kein Beben, keine Blässe verrieten ihre Wut.

»Wenn es so ist«, sagte sie dann, »werde ich dir nicht länger gehorchen. Ich führe meine Horjun in den Kampf, nicht in den sinnlosen Tod an der Seite von Gespenstern!«

Mit einem trägen kampferprobten Schwung zog sie ihr Schwert – Ravin bemerkte mit einem Schaudern, dass es blutverkrustet war – und warf es vor Diolens Füße. Klirrend schlug es auf dem Glasboden auf und ließ die Blitze winziger Splitter nach allen Seiten spritzen.

Sie drehte sich um und ging auf die Tür zu. Laut hallte ihr Schritt von den glatten Wänden wider. Ravin glaubte die Last der Enttäuschung zu sehen, die sie auf ihren Schultern trug.

Diolen senkte den Kopf. Für diesen Bruchteil der Ewigkeit fragte sich Ravin, ob Amgars Worte ihn getroffen hatten. Angespannt verfolgte er, wie Diolen langsam in die Knie ging – und Amgars Schwert aufhob.

Schlagartig begriff Ravin. Instinktiv tastete er nach seinem Schleuderriemen, brachte ihn in Position und suchte in seiner Seitentasche nach einem Wurfgeschoss, das leichter war als ein Stein und Amgar nicht verletzen würde. Er fand den Kern einer Jalafrucht, legte ihn mit fliegenden Händen in den Wurfriemen und holte aus.

Weder Diolen noch Amgar hörten das leise Sirren. Amgar zuckte zusammen, als der Kern sie schmerzhaft an der

Schulter traf – und fuhr, wie Ravin gehofft hatte, herum. Lauf!, schrie er in Gedanken.

Ihre Augen zeigten kein Erschrecken, als sie Diolen sah, der ihr das Schwert wie einen Speer entgegenschleuderte. Doch sie floh nicht. Als ihr eigenes Schwert sie in die Brust traf, gab sie nur einen keuchenden Laut von sich. Wut blitzte in ihren Augen auf – und Schmerz über den Verrat. Dann sank sie langsam, den Blick auf Diolen gerichtet, in die Knie und fiel.

Ravin hatte sich die Hand auf den Mund gepresst um nicht aufzuschreien.

Blut kroch über den Glasboden und erreichte Amgars Haar.

Da sie abgewandt von ihm lag, konnte Ravin ihr Gesicht nicht sehen, doch er wusste, dass sie tot war.

Ravin zitterte am ganzen Körper, aufsteigende Tränen und Übelkeit würgten ihn.

Diolen bückte sich neben Amgar und hob den Jalakern vom Boden auf. Nachdenklich betrachtete er ihn, dann schweifte sein Blick über den Thronsaal. Das liebenswürdige Lächeln umspielte seine Lippen.

»Du wolltest sie also warnen«, sagte er in den Raum hinein. »Bist du ein Freund von ihr? Hat sie dich hergeschickt?«

Er ging zu den Fenstern, die den Blick auf das Tjärgtal freigaben, und suchte die Schatten der Wandnischen ab. Der Silbermantel umfloss seine Gestalt wie ein gewebter Wasserfall.

»Bist du zu feige dich deinem Herrn zu stellen?«

Ravins Herz raste. Zieh dich zurück!, sagte ihm die Stimme der Vernunft. Geh und suche Laios, anstatt dein Leben in diesem ungleichen Kampf zu riskieren!

Doch der Anblick von Diolens spöttischem Gesicht rief ihm plötzlich Sella vor Augen. Diolens Lächeln war ihr so nah gewesen wie jetzt ihm. Kalte Ruhe durchdrang ihn. Er schätzte die Entfernung von Amgars Körper ab, dann zückte er sein Messer und trat ins Licht.

»Du bist nicht mein Herr, Diolen. Und der Einzige, der feige ist, bist du.« Diolen fuhr herum und erstarrte. Zufrieden bemerkte Ravin, wie sein Lächeln verschwand.

»Sehr tapfer, eine unbewaffnete Kriegerin aus dem Hinterhalt zu töten«, fuhr Ravin fort. Er staunte, wie ruhig seine Stimme klang.

Diolen runzelte die Stirn.

»Du bist kein Horjun«, sagte er.

»Ist es schon so schlimm um deine Horjun bestellt, dass du erwartest, einen von ihnen mit dem Messer in der Hand hier zu treffen?«, antwortete Ravin. Diolens Augen verengten sich nur für einen Moment.

»Du bist einer von hier, das sehe ich. Erstaunlich, dass du aus dem Verlies entkommen konntest.«

Er sah Ravin interessiert ins Gesicht.

Plötzlich berührte der schmerzhafte Traumfalter unerwartet Ravins Schläfe, doch diesmal vertrieb er ihn aus seinen Gedanken. War da nicht ein Geräusch gewesen? Ein Schleifen? Aber er wagte nicht sich umzudrehen, solange Diolens Blick auf ihm ruhte.

»Ich kenne dich!«, sagte dieser nach einer Weile und verschränkte die Arme.

Ravin konnte in Diolens Gesicht lesen, dass er in seinem Gedächtnis nach seinem Gesicht suchte. Und es offensichtlich fand. Das Lächeln kehrte zurück, Diolens Stimme bekam den samtigen Klang der Zufriedenheit. »Du hast ein weißes Pferd und warst in Skaris – bei den Jerriks. Der unauffällige Reiter, der gekommen war um Sella auf dem Plateau zu retten.«

Ravin kämpfte dagegen an, dass seine Hand zu zittern

begann. Er hatte nicht erwartet, dass Diolen sich erinnern würde.

»Ich sehe noch dein Gesicht vor mir. Ein sehr bleiches, angstverzerrtes Gesicht.«

Er lachte und kam näher. Ravin schloss die Hand fester um den Messergriff. Diolen bemerkte es, hob die Arme und trat in gespielter Ehrfurcht einen Schritt zurück.

»Und dieser Angsthase bedroht mich nun«, sagte er. »Wegen meiner kleinen Braut, die unglücklicherweise vom Plateau stürzte.«

»Du weißt, dass das nicht wahr ist!«, schrie Ravin. »Du warst es, der sie in den Tod getrieben hat. Du vernichtest alle, die in deine Nähe kommen!«

Diolen warf den Kopf zurück und lachte.

»Ach ja, richtig«, sagte er. »Da wir gerade davon sprechen: Wo versteckt sich der tölpelhafte Junge, der sie vor mir schützen wollte? Du weißt schon – dein ungeschickter Freund, der sich für einen Zauberer hält.«

Ravin wurde immer irritierter. Es war gespenstisch, wie viel Diolen wusste.

»Jerriks Sohn Tarik war ebenso dumm. Als ich Sella und ihn im Wald abpasste, meinte er den Helden spielen zu müssen. Kein schöner Anblick für Sella, als sie mit ansehen musste, wie Tarik gegen sein eigenes Messer kämpfte – und verlor.«

»Du hast ihn getötet wie Amgard«, flüsterte Ravin. Diolen schüttelte amüsiert den Kopf.

»Nie hätte ich meine Hände mit dem Blut dieses Bantyjungen beschmiert. Nein, aber meine Hallgespenster können sehr ungemütlich werden, wenn ihnen die richtige Stimme die Erlaubnis gibt. Zu dumm nur, dass Sella den Gor nicht hatte.«

»Du dachtest, Sella bewahrt ihn?«

»Dummerweise hat sie es behauptet um jemand anderen zu schützen.« Er lachte. »Ich habe Sellas Seele, wusstest du das?«, flüsterte er. »Als sie fiel, habe ich sie gefangen. So gerne würde sie sterben, aber ich lasse es nicht zu! Ihre Seele ist ein kleiner Vogel, der wahnsinnig vor Angst gegen die Gitterstäbe meines Verlieses fliegt. Und weder du noch dein feiger, erbärmlicher Freund könnten etwas dagegen ausrichten!«

Ravin schluckte. Schon wollte er sich in kopfloser Wut auf Diolen stürzen, als wieder der Schmerz an seiner Schläfe einsetzte und ihm den Atem nahm. Jemand versuchte ihn am Kampf zu hindern. Gleich würde sein Arm zu zittern beginnen. Diolen durfte nichts merken.

»Was willst du von uns, Diolen?«, stieß Ravin hervor.

»Nicht viel, Waldmensch. Euer Land, eure Schätze ... eure Leben. Ihr habt ganz richtig erraten, dass ich auch Dantar einnehmen werde. Und dann die anderen Länder. Schon lange haben wir den Feldzug vorbereitet. Doch eure Königin und eure ach so weisen Räte waren zu dumm um es rechtzeitig zu bemerken.«

Nie zuvor hatte Ravin einen solchen Hass empfunden. Gleichzeitig war er irritiert. Woher wusste Diolen von Ljanns Vermutungen über einen Angriff auf Dantar?

»Bist du taub für die Stimmen deiner Hauptleute?«, sagte er um Zeit zu gewinnen. »Eure Truppen haben Verluste erlitten. Ihr habt die Burg eingenommen, doch der Wald gehört euch noch lange nicht!«

Diolen lachte.

»Was kümmern mich Sieg oder Niederlage? Ich habe bereits, was ich will. Im Gegensatz zu dir. Aber ich glaube, ich kann dir bei der Suche behilflich sein!«

Er durchmaß den Raum ohne den Blick von Ravin zu lassen. Ravin wich einige Schritte zur Seite aus um ihn im Auge behalten zu können.

Am Fuße des Thronpodests lag etwas, das aussah wie ein Haufen von achtlos zur Seite geworfenen Mänteln. Diolen grinste und stieß das Bündel mit dem Fuß an. Es kippte vornüber. Graues Haar floss über den Glasboden, grausam deutlich leuchteten Brandstriemen auf.

»Laios!« Ravin konnte den Aufschrei nicht zurückhalten. Reglos lag der alte Zauberer zu Diolens Füßen.

Ravin fühlte, wie die Hoffnungslosigkeit und Einsamkeit sich auf leisen Pfoten anschlichen. Mit dem Blick in Laios' faltiges, verwundetes Gesicht schien auch er zu altern und schwächer zu werden.

In diesem Augenblick zog Diolen sein Schwert.

Ravin rannte zu Amgar und riss das Schwert aus ihrem Körper. Sie rollte herum, helle Augen blickten zur Decke. Ravin wurde übel, sein Arm zitterte. Den ersten und zweiten Hieb parierte er mit Mühe, dann gelang es ihm, etwas Abstand zwischen sich und Diolen zu bringen. Dennoch hatte er etwas entdeckt, das ihm ein wenig Mut machte: Diolen kämpfte zu Pferd weit besser als auf dem Boden. Hier war er weniger flink und wendig als Ravin. Amgar hatte es gewusst – Diolen mochte ein guter Reiter sein, doch im offenen Kampf hätte er gegen sie keine Chance gehabt. Ravin wischte sich mit dem Ärmel über die Stirn. In diesem Moment erreichte ihn eine Berührung des Traumfalters. Diesmal war sie nicht von Schmerz durchwoben, sondern klar und kühl. Das Zittern in seinem Arm hörte auf, als hätte sich eine unsichtbare Fessel gelöst.

»Auch dein Zauberer war ein alter Narr«, höhnte Diolen. »Er dachte, er könnte mich töten.«

Ravin spürte zwar das Aufschäumen der Wut, doch sie stieg ihm nicht länger zu Kopf. Kühl und überlegt führte er die nächsten Schwertstreiche und trieb Diolen von Laios weg. Sobald Diolen sich wirklich in Gefahr glaubte, würde er die Wachen rufen. Also musste er ihn überraschen. Ein-, zweimal ließ er ihn gefährlich nahe an sich herankommen und sah den Triumph in den grauen Augen. Sollte er ruhig denken, dass er mit dem feigen Waldmenschen spielte. Ravin verzog sein Gesicht, als hätte ihn der letzte Schlag übermäßig heftig getroffen und stolperte ein paar Schritte in Richtung Fenster. Diolen lachte. Ravin tastete nach seinem Messer. Er würde ihn herankommen lassen und dann ...

Ein Horn ertönte vor der Burg und hallte klagend von den gläsernen Wänden wider. Diolen verharrte.

Ein Bild flog auf Ravin zu, so real, dass er es reflexartig verscheuchte wie eine Fliege. Dann traf ihn die Erkenntnis. Es war Jarog, der ihn rief. Er saß in einem Zimmer mit einem hufeisenförmigen Tisch – das Zimmer der Räte – und er war in Gefahr. Hoffnung loderte in Ravins Brust auf.

Dann begann das Rauschen, so laut, als stünde der Thronsaal unter einem Wasserfall. Schreie und Kampflärm drangen in den Raum. Diolen wandte den Kopf zum Fenster. Gepolter und Schritte erklangen auf dem Gang, dann stürzten schon die Horjun in den Thronsaal. Ravin zog sich hinter den Thron zurück.

»Herr! Die Hexe ist vor der Burg – und seht nur! Der Fluss ...«

Diolen stürzte zum Fenster. Ravin war sich sicher, dass er dieses unwirkliche Bild nie vergessen würde: Diolen, den Rücken seinen Horjun zugewandt, die mitten im Thronsaal standen, mit jungen Gesichtern und Angst in den Augen, die Amgars Leichnam und die riesige Blutlache anstarrten. Das Entsetzen hing festgefroren in der Luft, während der Lärm draußen anschwoll und ein schauderhaftes Heulen einsetzte, das klang, als würden Hunderte von Hunden in einem grausigen Chor um ihr Leben winseln.

Mit Amgars Schwert in der Hand stürzte Ravin aus dem

Thronsaal und rannte den Gang entlang, der zum Zimmer der Räte führte. Im Rennen warf er einen Blick durch ein Fenster und wäre beinahe gestolpert. Die Truppen der Königin waren direkt vor der Burg. Rauch verdunkelte den Himmel. Doch das Seltsamste war der Fluss. Ravin sah Wasserzungen, dreimal so hoch wie ein Pferd, über das Land lecken. Aus dem Fluss erhoben sich die Naj. Unzählige waren es. Am Flussrand glaubte Ravin einen großen Mann mit einem Umhang aus Silberschaffell zu erkennen. Flüchtig erinnerte er sich daran, wie der Stallmeister die Wasserflasche mit dem Blut des Regenbogenpferdes eingesteckt hatte. Nun kämpften die Naj gegen diejenigen, die die Regenbogenpferde getötet hatten. Und wie sie kämpften! Von hier oben konnte er sehen, dass die Truppen der Königin nach einer bestimmten Strategie vorgingen: Mit ungeheurer Wucht trieben sie die Horjun – oder die Erloschenen, das konnte Ravin nicht erkennen – mit ihren Pferden zum Fluss. Wellen schäumten hinter den feindlichen Kriegern auf, griffen nach ihnen und schon zerrten die Naj Pferde und Reiter ins Wasser. Ravin sah strampelnde Pferdeleiber, die von den Fluten verschluckt wurden, und Reiter, die bei der Berührung mit dem Wasser zerfielen. Ihr Heulen stieg in den Himmel empor. Zischend erloschen Feuernymphen unter Sturzbächen. Schaum bedeckte die Wiesen am Ufer.

Gepolter und Geschrei aus dem Thronsaal ließen Ravin zusammenzucken. Er duckte sich und rannte weiter. Keuchend erreichte er das Zimmer der Räte, zog die schwere Tür auf und floh hinein. Von innen verriegelte er die Tür und drehte sich gehetzt um.

»Jarog?«, flüsterte er.

»Hier!«

Die Stimme, die rechts von ihm aus der Ecke kam, klang

schwach und schmerzerfüllt. Wie hatte der Zauberer sich verändert! Sein Gesicht war wie das von Laios von Brandstriemen verunstaltet. Wirr hing ihm das Haar ins Gesicht. Beim zweiten Blick erkannte Ravin, dass Jarog an den Stuhl gefesselt war, auf dem er saß.

»Jarog! Wie konnte es geschehen, dass sie euch überwältigt haben?«

Der Zauberer stöhnte vor Schmerz.

»Wenn ich mich nur erinnern könnte. Sie haben uns gefoltert. Was ist mit Laios?«

Ravin biss sich auf die Lippen und schüttelte den Kopf. Das Gesicht des Zauberers verzog sich, als würde er in Tränen ausbrechen.

»Warte, ich mache die Fesseln los«, sagte Ravin und griff zum Schwert.

»Bitte fuchtle nicht mit dem Schwert vor meiner Nase herum. Die Knoten kannst du auch mit den Händen lösen.«

Ravin stutzte, dann legte er das Schwert auf den Boden und beugte sich über die Fesseln. Jarog hatte Recht, sie waren nicht allzu fest verknotet. Anscheinend war man sich sehr sicher gewesen, dass der Zauberer mit seinen Verbrennungen ohnehin nicht mehr die Kraft haben würde, sich zu befreien.

»Was ist das für ein Lärm da draußen? Sind die Truppen der Königin etwa schon vor dem Tor?«, fuhr Jarog fort.

Ravin war erschöpft. Die Gesprächigkeit des Zauberers irritierte ihn und lenkte ihn von den Fesseln ab. Jeden Augenblick konnten die Horjun vor der Tür sein. Ungeduldig zerrte er am letzten Knoten, als plötzlich etwas seine Gedanken berührte. Es war kein bestimmtes Gefühl, eher eine Ahnung, wie er sie im Wald hatte, wenn er für den Bruchteil einer Sekunde spürte, dass ein Ranjög ihn durch die Zweige beobachtete.

Die Klinge pfiff an seinem Ohr vorbei und drang mit der Spitze in seine Schulter.

Er hörte jemanden fluchen und kam nach seinem instinktiven Sprung zur Seite wieder auf die Füße. Sein Herz raste. Immer noch lag Amgars Schwert neben dem Stuhl, auf dem Jarog saß – und vor ihm stand Badok. Die Ähnlichkeit mit Jerrik irritierte Ravin wie beim ersten Mal, als er den Krieger in der Halle der Gesänge gesehen hatte.

Ohne ein Wort ging er auf Ravin los. Überrumpelt griff Ravin nach seiner Schleuder und brachte sich hinter dem Tisch in Sicherheit. Blut tränkte seinen Umhang, doch er spürte keinen Schmerz.

»Lauf!«, schrie er Jarog zu, aber der Zauberer rührte sich nicht von der Stelle. Ravin legte den ersten Stein in die Schleuder und zielte auf Badoks Handgelenk. Mit einem Klirren prallte der Stein am Stahl ab und streifte Badoks Hand. Badok krümmte sich vor Schmerz. Doch er erholte sich schneller, als Ravin erwartet hatte. Zu schnell. Noch ein zweites Mal holte er mit der Schleuder aus. Diesmal gelang es ihm, Badok mit solcher Wucht an der Schulter zu treffen, dass er augenblicklich hätte zu Boden gehen müssen. Der alte König aus Skaris schwankte, doch dann lächelte er – und sprang unglaublich behände über den Tisch. Ehe Ravin sichs versah, trieb er ihn um den Ratstisch herum. Ravin nahm ihn wie durch einen Nebel wahr. Unsichtbare Finger griffen nach seinen Knöcheln und zerrten an seinen Armen. Erschrocken sah er sich nach ihnen um, doch da war nichts. Badok kam näher. Trotz aller Anstrengung konnte Ravin sich kaum von der Stelle rühren.

»Jarog, es ist ein Zauber! Hilf mir!«, keuchte er.

Badok hob das Schwert – und taumelte geblendet zurück. Fauchend wirbelte eine Feuergestalt mitten aus dem Boden empor. Blaue Augen suchten nach Ravin und fanden ihn. Er musste mit einem Ärmel sein Gesicht gegen die Hitze abschirmen, so hell loderte die Nymphe. Erleichtert fühlte er, wie der Zauber von ihm abfiel.

»Ravin«, flüsterte sie. »Du lebst! Aber er hat dich verletzt!«

Seine Schulter schmerzte plötzlich so sehr, dass er glaubte wahnsinnig zu werden. Er stolperte zu Jarog und hob Amgars Schwert auf.

»Das Tor! Öffne das Tor!«, rief er Naja zu.

Sie strahlte ihn an und explodierte in einem Feuerball aus unternehmungslustigen Funken. Doch dann wanderte ihr Blick für den Bruchteil eines Augenblicks an Ravin vorbei. Aus dem Augenwinkel nahm er eine Bewegung wahr.

Najas Lächeln verlosch, sie brannte schmaler und senkte den Kopf.

»Ich darf nicht«, flüsterte sie. Ihr Flackern wurde noch blasser. Langsam zog sie sich zur Tür zurück.

Ravins Gedanken überschlugen sich. Er blickte in Badoks Augen – und die plötzliche Erkenntnis, woher er diese Augen kannte, traf ihn wie ein Fausthieb. Badok lachte und setzte zum Angriff an. Ravin sah noch, wie Naja das Gesicht abwandte, dann riss er das Schwert hoch um den Schlag zu parieren. Der Schmerz schlug die Klauen in seine Wunde und riss alle Kraft aus seinem Arm. Badoks Schlag traf ihn mit solcher Wucht, dass er zu Boden ging. Das Schwert fiel ihm aus der Hand und schlitterte über den Boden. Schon hatte Badok es ergriffen. Ravin spürte, wie seine Gedanken ihm entglitten, doch er biss die Zähne aufeinander und nahm mühsam seine Kraft und Verzweiflung zusammen. Badok grinste und hob beide Schwerter.

Ravin griff unter seinen Umhang und spürte voller Erleichterung die Kühle seines Messers in der Hand. Er riss es heraus, zielte und schleuderte es auf Jarog.

Wie im Traum verfolgte er, wie der Zauberer in jähem Erkennen die Augen aufriss, während die Klinge sich bereits in seinen Hals bohrte. Mit grimmigem Triumph sah Ravin, wie Jarog sich an die Kehle griff und zusammensackte, dann schloss er die Augen in Erwartung der beiden Schwerter, die ihn gleich durchbohren würden.

Etwas zischte, dann riss ihn ein durchdringendes Klirren aus der Erstarrung. Ein dumpfer Laut ertönte, dann war es still. War er tot? Hatte er den Schwertstreich nicht gespürt? Vorsichtig blinzelte er.

Vor ihm, die Augen weit aufgerissen im Todeskampf, kniete Badok und griff sich mit den Händen an die Kehle. Dann glitt er zu Boden und blieb reglos liegen. Die Hand fiel von seinem Hals – dort war keine Wunde. Ravin kroch ein Stück von ihm weg und blieb zitternd sitzen. Jarog saß zusammengesunken auf dem Stuhl, das Messer im Hals. Die Brandspuren auf seinem Gesicht waren verschwunden.

Naja flackerte.

»Ich wollte dir helfen!« rief sie. »Aber mein Herr hat es mir verboten!«

»Ich habe es gesehen, Naja«, sagte er heiser. Er wunderte sich, dass er noch so ruhig sprechen konnte.

Ihre Augen waren rund vor Erstaunen.

»Du hast meinen Herrn getötet – und sie sind beide gestorben. Im selben Moment!«

»Ja.«

»Soll ich jetzt die Tore verbrennen?«

Ravin rieb sich die Augen.

»Ja«, sagte er und räusperte sich. »Ich bitte dich darum.«

Sie strahlte und wirbelte davon. Ravin blieb allein im Zimmer der Räte zurück, Trauer und Unglauben im Herzen. Auf den Gängen war es still, nur der Kampflärm tobte unvermindert laut vor der Burg. Mit einem Mal fürchtete Ravin sich nicht vor den Horjun, nicht einmal mehr vor den Erloschenen. Er wollte nur noch eines: zu Laios gehen. Jetzt wusste er, dass der Zauberer noch lebte und dass er es war, der ihm das Bild von Jarog als Warnung geschickt hatte.

Laios lag so, wie Ravin ihn verlassen hatte. Vorsichtig drehte er den alten Shanjaar auf den Rücken. Ein schleifendes Geräusch ließ ihn aufschrecken. Hatte er es vorher nicht ebenfalls vernommen? Er suchte nach der Quelle des Geräuschs, bis ihm plötzlich bewusst wurde, dass es Laios' schwacher Atem war.

Der alte Mann öffnete die Augen. Sie waren klar und hart und nicht von Schmerz vernebelt, wie Ravin erwartet hatte.

»Ich habe Jarog getötet«, sagte er leise zu dem Zauberer.

Laios lächelte schmerzlich.

»Ich habe nicht bemerkt, wie es um ihn stand«, flüsterte er. »Badoks Körper ist schon lange seelenlos. Jarog wohnte in ihm als dunkler Zwilling.« Rasselnd holte er Luft um weiterzusprechen. »Jarog hat die Burg eingenommen. Ihr hattet sie kaum verlassen, als er schon die Erloschenen beschwor. Sie erstanden aus dem Nichts – mitten in den Zimmern, den Gängen! So konnten Badoks Truppen in eine bereits besetzte Burg einreiten. Es gab Zeiten, da habe ich an Jarogs Reiseberichten gezweifelt. Aus irgendeinem Grund glaubte ich nicht, dass er in den Bergen nach magischen Kristallen suchte. Hätte ich ihm nicht so blind vertraut, dann hätte ich herausfinden können, dass er in Wirklichkeit in Skaris war und dort seinen Plan vorbereitete. Aber ich habe es nicht erkannt.«

»Niemand hat es erkannt, Laios.«

»Niemand außer dir und mir, Ravin. Wo sind unsere Truppen?«

»Vor der Burg. Hörst du die Schlacht?«

»Ist Diolen entkommen?«

»Laios, rede nicht mehr. Du strengst dich an.«

Laios sah ihm in die Augen und lächelte.

»Was macht das schon? Meine Lehrerin sagte mir voraus, ich würde sterben vor dem Ende einer Schlacht. Ich denke, ich werde sie nicht Lügen strafen. Sage Darian, er soll sich einen neuen Lehrer suchen. Er ist ein guter Shanjaar!«

Er schloss die Augen. »Was für eine lange Reise, Ravin …«, murmelte er. Dann atmete er aus und glitt in die Bewusstlosigkeit, die dem Tod vorausgeht. Ravin deckte ihn mit seinem Mantel zu und setzte sich neben ihn auf den Glasboden. Vor den Fenstern wehte Rauch vorbei.

Ravin spürte, wie der Boden sich entfernte und er zu schweben begann. Dann durchschnitt der Schmerz seine verwundete Schulter im selben Moment, als er wieder harten Untergrund fühlte. Verwirrt blinzelte er in den Fackelschein und sah die Gesichter von Ladro, der Königin und Hauptmann Ljann. Mühsam richtete Ravin sich auf. Er lag in einem anderen Zimmer auf einem Holztisch. Am Ende des Raumes stand Darian neben Laios, der auf einem der Tische aufgebahrt war.

Das Gesicht der Königin war ernst.

»Ravin«, sagte sie. »Stimmt es, was Laios Darian vor seinem Tod gesandt hat? Es war Jarog?«

Ravin nickte. Plötzlich lag der ganze Plan klar und einfach vor ihm.

»Badok war seelenlos. Laios sagte mir, dass Jarog für Badok sprach, dachte und ihm befahl. Und Skaardja und Amgar sprachen von einem Reisenden, auf dessen Rat Badok hörte.«

»Dann ist es wahr«, sagte sie. »Dann war Jarog auf seiner langen Reise nicht in den Bergen, sondern in Skaris. Er tötete Badok. Fortan lebte seine Seele in zwei Körpern. Er plante unser Land einzunehmen und hetzte ganz Skaris gegen uns. Woher hast du es gewusst, Ravin?«

»Ich dachte, Badok wäre der Herr der Feuernymphen. Doch als Naja erschien um mir zu helfen, da sah ich, dass es Jarog war, der ihr mit einem Wink befahl im Raum zu bleiben. Und sie gehorchte. Da wusste ich, dass er ihr Herr war und nicht der, den ich für Badok hielt.«

Die Königin lächelte.

»Du bist klug, Ravin – und tapfer.«

Er wandte den Kopf ab.

»Die Erloschenen«, flüsterte er. »Haben die Naj sie vernichtet?«

»Ein großer Teil von ihnen löste sich mitten im Kampf auf«, antwortete Hauptmann Ljann. »Sie starben – ich vermute in dem Moment, als auch Jarog starb. Die Horjun waren klug genug sich zu ergeben. Und die Feuernymphen … Nun, von einem Moment zum anderen haben sie aufgehört mit den Horjun zu kämpfen. Wahrscheinlich ebenfalls zu dem Zeitpunkt, als ihr Herr starb. Wir haben die Burg zurückerobert.«

»Und Diolen?«

»In der Burg ist er nicht«, stellte Ljann fest. »Es sei denn, er versteckt sich. Aber ich nehme an, er ist zur Kampflinie hinter dem Waldgürtel geritten um seine verbliebenen Truppen neu zu ordnen. Doch so oder so – der Kampf ist entschieden.«

Ladros Augen funkelten.

»Nichts ist entschieden, Hauptmann Ljann!«, zischte er. »Nicht bevor wir Diolen gefunden haben!«

»Wir werden ihn finden, Ladro«, erwiderte Ljann ruhig. »Ich schicke unsere Hauptleute zur Erkundung aus.«

»Dafür haben wir keine Zeit«, sagte Ladro. Alle sahen ihn

erstaunt an. Er wurde blass und senkte den Kopf. »Ich weiß, wo Diolen hingeritten ist.«

»Du?« Ljann runzelte die Stirn. Ladro wich Ravins Blick aus.

»Diolen reitet zu Ravins Bruder. Das, was Diolen wirklich will, ist der Stein in Jolons Hand. Es ist der Gor.«

Ravin schloss die Augen und hoffte, dass er, wenn er sie wieder öffnen würde, die Pferde aus rotem Marjulaholz am Bettende vor sich sehen würde. Doch es waren immer noch Ljanns ungläubiges Stirnrunzeln, Ladros abgewandtes hartes Gesicht und die Königin, die Hauptmann Ljann einen alarmierten Blick zuwarf.

»Das kann nicht sein«, sagte Ravin. »Jolon war nie in Skaris. Und der Stein, den er in der Hand hält, ist kein steinernes Auge, sondern ein Kristall, in dem sich eine Sonne dreht.«

»Spielt das eine Rolle?«, sagte Ladro. »Du weißt, dass Skaardja die Zeit überlisten konnte. Wie kannst du glauben, dass ein Zauberer nicht auch den Raum gebrauchen kann wie ein Werkzeug? Und was besagt das Aussehen eines Steines? Hast du in Badoks Burg Amina gesehen – oder das Dienstmädchen Kjala mit dem hellen Haar?«

Mit einem Mal begriff Ravin. Schemenhaft erinnerte er sich an die erste Begegnung mit Jerrik, als er ihm am Lagerfeuer von dem Kristall erzählt hatte, der seinen Bruder gefangen hielt. Jetzt bekam alles einen Sinn. Die Blicke, die man gewechselt hatte, die Frage, wie der Stein aussah.

»Ihr habt es die ganze Zeit gewusst!«

»Wir haben geglaubt, nicht gewusst. Bis heute nicht«, erwiderte Ladro ruhig. »Badok jagte uns um an den Stein zu gelangen. Nach dem Kampf war der Gor jedoch verschwunden. Wo er sein könnte, erfuhren wir erst, als ihr in unseren Wald kamt. Doch selbst dann konnten wir nicht sicher sein.«

»Amina wusste es auch?«

»Wir alle, Ravin.« Ladro holte Luft. »Wir müssen den Stein zerstören, bevor Diolen ihn an sich nimmt. Sonst wäre dieser Sieg vergeblich gewesen.«

»Dann dürft ihr keine Zeit verlieren«, stellte Königin Gisae fest. Hauptmann Ljann nickte.

»Ravin, Darian, ich und die vier Wächter, die ebenfalls Tjärgpferde haben, werden vorausreiten und Jolon aus der Steinburg holen. Schaffst du den Ritt, Ravin?«

Ravin nickte.

»Und was ist mit uns?«, fragte Ladro.

Ravin wich Ladros Blick aus.

»Ladro kann bei mir aufsteigen«, hörte er Darians Stimme.

Schweigend ritt Ravin an Darians Seite. Seine Schulter tat weh, doch war dieser körperliche Schmerz nicht zu vergleichen mit dem, was Ravin in seinem Inneren fühlte. Amina war tot, sein Bruder in höchster Gefahr und seine Freunde hatten ihn getäuscht. Selbst Amina. Das schmerzte am meisten. Trauer und Enttäuschung griffen mit ihren klebrigen Händen nach ihm und zogen ihn in die Trostlosigkeit hinab. Die Sorge um Jolon grub sich tiefer denn je in sein Herz. Hätte er nur geahnt, dass sein Bruder den Gor in den Händen hielt! Aber hätte es wirklich etwas geändert? Nein, gestand er sich widerwillig ein. Er hätte nicht schneller nach Tjärg reiten können. Und auch jetzt konnte er nichts tun, außer zu Elis und allen anderen Geistern des Waldes beten, dass Diolen nicht vor ihm die alte Steinburg erreichte. Kalter Wind riss den Atem der Pferde in hellen Wolken von ihren Nüstern und trug ihn fort. Fremder denn je fühlte sich Ravin im Tjärgwald. Er kämpfte gegen den Gedanken an, dass Skaris sich bis hierher ausgeweitet hatte, dass Diolen eine Spur aus Feuer und Zerstörung zu seinem Bruder gelegt hatte. Vögel kreischten in den schwarzen Baumkronen. Ravin zählte die Stunden nicht mehr, doch seine Schulter schmerzte und seine Beine waren so gut wie gefühllos. Die Augen brannten ihm von der Anstrengung, die Wegzeichen an den Stämmen auszumachen. Endlich fielen ihm die ersten Alschblätter entgegen und verfingen sich in Vajus Mähne. Er pfiff und gab Darian ein Zeichen, dass sie auf dem richtigen Weg waren.

Inzwischen hatte sich die Dunkelheit über den Wald gesenkt. Gefährlich hell leuchteten die Regenbogenpferde im Waldschatten. Weit hinter dem Alschhain fand Ravin schließlich das Sichelzeichen, das zum letzten Steinpfad zur Burg wies. Vorsichtig ließ er sich aus dem Sattel gleiten.

»Hier beginnt der Fußweg«, sagte er zu Ljann. »Von hier sind es nur noch wenige Schritte zum Nordteil der Burg. Auf diesem Weg können wir Jolon in den Wald bringen.«

Sie verbargen die Pferde und kletterten den Steilpfad hoch, bis sie, umgeben von gespenstischer Stille, an einem niedrigen Durchgang standen, der ihnen in der Dunkelheit wie ein zerklüftetes Maul entgegengähnte. Ravin trat vor und tastete nach dem geheimen Riegel. Im selben Moment spürte er etwas an seiner Kehle, das ihn erstarren ließ.

Die kalte Messerschneide drückte ihm die Luft ab. Er wagte nicht einzuatmen, denn das Eisen fühlte sich scharf an, sehr scharf. Rascheln und ersticktes Keuchen hinter ihm ließen ihn annehmen, dass Darian und die anderen dasselbe Schicksal erlitten hatten. Ein dumpfer Schlag ertönte, dann spürte Ravin, wie ihm jemand die Arme nach hinten hochriss und ihn auf die Knie zwang. Ein stechender Schmerz fuhr durch seine verletzte Schulter. Er schrie auf.

»So schwer verwundet?«, flüsterte eine Stimme in sein

Ohr. Ravin schielte nach links und blickte in das faltige Gesicht eines Erloschenen.

Ein zweiter zerrte Darian nach vorne. Ravin erhaschte einen Blick seines Freundes, in dem sich panisches Entsetzen spiegelte, dann zog der Erloschene grob an seinen Armen und schnürte sie ruckartig mit einem Seil zusammen.

»Aufstehen!«, befahl Darians Peiniger und gab ihm einen wohlgezielten Tritt in den Oberschenkel. Mit schmerzverzerrtem Gesicht kam Darian auf die Beine.

»Du hast deinen Bruder schon lange nicht mehr gesehen, nicht wahr?«, zischte die Stimme neben Ravins Ohr.

»Was habt ihr mit ihm gemacht?«, schrie Ravin.

Der Erloschene lachte.

»Sieh es dir selbst an, Waldkröte!«

Grob wurden sie durch das Tor gestoßen. Der Hof war zerfallen, nur wenige Mauerreste ließen die alte Pracht erahnen, an den meisten Stellen jedoch wucherte bereits seit ewigen Zeiten der Wald. Ravin hatte erwartet im Burghof sein Lager versammelt zu sehen. Stattdessen sah er sich einem Kreis von Erloschenen gegenüber. Kein einziger Horjun war darunter. Mitten im Hof stand Diolens Pferd. Dunkel vor Schweiß war es, die Brust übersät mit Schlammspritzern. Hinter ihm drängten sich die Erloschenen wie eine schwarze Mauer, die sich teilte, als Ravin und Darian hindurchgestoßen wurden. In der Mitte tat sich ein freier Platz auf.

Dort lag Jolon.

Tränen liefen Ravin über das Gesicht, ohne dass er es verhindern konnte. Da war sein Bruder, so wie er ihn verlassen hatte, mit der hohen Stirn und der Narbe an der Schläfe, die von Ravins unglücklichem Schleuderwurf stammte. Nur hagerer war er, das blasse Gesicht gequält, umfangen von einem schlimmen Traum, der Wirklichkeit geworden war.

»Unser Ehrengast ist angekommen.« Diolens Mund verzog

sich zu seinem liebenswürdigen Lächeln. Blind vor Wut stemmte sich Ravin gegen die Fesseln, doch die Erloschenen lachten nur.

»Mörder!«, schrie Ravin. »Du wirst sterben! Für jeden einzelnen Mord wirst du sterben!«

»Nun«, meinte Diolen. »Dann kommt es ja auf einen nicht an – oder wenn ich euch mit einrechne, auf zwei oder drei.«

Er trat zu Jolons Lager.

»Deinen Bruder werde ich als Ersten töten müssen. Ich habe versucht den Stein aus seiner Hand zu nehmen, doch er gibt ihn einfach nicht frei. Da seid ihr Brüder euch ähnlich.« Er zuckte die Schultern. »Natürlich könnte ich ihm auch die Hand abschneiden.« Zufrieden beobachtete er, wie sich Ravins Gesicht vor Schmerz verzerrte, während er sich zu befreien versuchte.

»Aber«, fuhr er dann fort, »grausam bin ich nun wirklich nicht.«

Er lächelte, hob sein Schwert und zielte in aller Ruhe auf Jolons Kehle.

»Jolon!«, schrie Ravin. »Verdammt noch mal, wach auf!«

Mit aller Kraft trat er nach dem Erloschenen, doch er erreichte nur, dass seine Wunde aufbrach und Blut seinen Ärmel tränkte. Diolens Schwert blitzte auf.

Dann erlosch der Mond.

Alschblätter wirbelten im Sturmwind. Dunkle Hände fassten nach Diolens Schwert. Die Gestalt stand im Licht der Fackel, dennoch kauerte dort, wo sie war, Dunkelheit wie ein schwarzes Tier, bereit zum Sprung. Der Schatten lag auf dem grausamen Gesicht, in dem die blauen Augen glühten wie das Herz einer Kerzenflamme. Als sie Ravins Blick begegneten, schien ihm, als würden sie seine Seele verbrennen. Kein Ausdruck war darin erkennbar, kein Wiedererkennen.

Diolen lächelte und senkte das Schwert.

»Ich wusste, du würdest da sein«, sagte er. »Wie oft habe ich von dir geträumt.«

»Und ich von dir«, sagte die Woran mit dumpfer Stimme und lächelte wie Amina. »Und im Traum kam die Zukunft zu mir und sagte: Jolon wird nicht sterben. Nicht durch deine Hand. Eher sterben viele deiner Männer.«

Diolen trat einen Schritt zurück. Hoffnung loderte jäh in Ravins Herz auf. Sprach dort vielleicht doch Amina?

Diolen lachte.

»Was kümmern mich meine Männer?«, rief er schließlich. »Töte so viele du willst, vielleicht sogar mich. Aber was nützt es dir, wenn du am Ende doch besiegt bist? Und das bist du. Nicht von mir, nein, von der Dunkelheit.«

Die Woran lächelte spöttisch.

»Du bist nicht mehr das, was du warst«, fuhr Diolen fort. »Aber noch bist du nicht, was du sein wirst, Amina.«

Ravin glaubte ein Flackern in ihren Augen zu sehen, einen Funken des Zweifels.

»Amina! Hör nicht auf ihn!«, schrie er, doch der Erloschene hinter ihm drückte ihm seine stinkende Pranke auf den Mund, sodass er fast erstickte. Es roch nach Tod und altem Staub.

Amina hatte auf seinen Ruf nicht reagiert, vielleicht hatte sie ihn nicht einmal wahrgenommen.

»Zu einem gewissen Teil kannst du dich noch entscheiden, Amina«, flüsterte Diolen. »Macht ist alles, was dir bleiben wird. Sieh deine Hände an.«

Sie senkte den flammenden Blick und betrachtete ihre Finger und Handflächen. Blauschwarz waren sie, wie Vogelklauen.

»Es wird nicht mehr lange dauern, da wird dein Gesicht noch viel grauenhafter aussehen. Du wirst zu einem Gespenst der Nacht. Einsam wirst du in den Bergen hausen.« Lächelnd trat er zu ihr und blickte ihr in die Augen. »Du glaubst, ich habe deine Mutter getötet, weil ich grausam bin«, flüsterte er. »Aber du irrst dich. Aus Einsamkeit hat sie um den Tod gefleht. Eine Einsamkeit, die dunkler, tiefer und unendlich schmerzlicher ist als der schlimmste Tod.«

Ravin glaubte wahrzunehmen, wie Amina bei diesen Worten zusammenzuckte.

Diolens Stimme wurde leise und beschwörend.

»Ich verstehe deinen Schmerz, Amina. Auch mein Vater wurde getötet. Und nun bin ich wie du: einsam und mächtig. Doch gemeinsam können wir ganz Skaris beherrschen – und alle Länder, die von Dantar über Tjärg bis weit hinter die Steppen von Fiorin reichen! Du wirst Königin sein, eine grausame und Furcht erregende Königin – an meiner Seite, Amina. Niemand kann die Einsamkeit von dir nehmen. Nur ich.«

Sie schien zu schwanken, ihr Blick wurde ruhiger. Sehnsucht nach Macht flackerte darin. In diesem Moment, so wurde Ravin bewusst, waren Diolen und Amina völlig gleich. Beide dunkel, beide mächtig. Ein Königspaar, dafür geschaffen, zu herrschen und Schrecken und Krieg über das Land zu bringen. Amina hatte die Grenze überschritten. Ravin wandte sich ab, weil er diesen Anblick nicht mehr ertrug.

»Gib mir den Stein«, sagte Diolen zu Amina.

Wärme breitete sich über Ravins Handgelenke aus, dann fielen die Fesseln von ihm ab. Aus den Augenwinkeln sah er, wie Darians magisches Licht in die Dunkelheit davonhuschte. Gleichzeitig ruckelte ein Schwert, das an einen Baumstamm gelehnt war, und rutschte durch das Gras in Ravins Reichweite. Er hielt den Atem an, spannte die Muskeln um es an sich zu reißen, da traf ihn Aminas Blick.

Für den Bruchteil eines Moments sah er Amina, die er im Jerrik-Wald kennen gelernt hatte. Amina, die lachte und auf dem Fischerfest tanzte und glücklich war. Das Schwert lag nun direkt vor ihm, er konnte Darians Gedanken spüren: Nimm es, Ravin! Töte Diolen! Doch Ravin wusste, dass er seine Entscheidung getroffen hatte. Der Erloschene, der neben ihm stand, entdeckte das Schwert. Starke Arme griffen nach Ravin und drückten ihn grob zu Boden. Darian stöhnte. Der Schatten senkte sich wieder über das Gesicht der Woran. Sie wandte den Kopf ab und begann zu singen:

»Tellid akjed nag asar
Kinj kar Akh elen balar
Kinju teen
Kinju teen
Skell asar, balan tarjeen!«

»Nein, Amina!« Der Schrei klang so verzerrt und fremd, dass Ravin nicht bewusst wurde, dass er es war, der geschrien hatte. Der Erloschene, in dessen Hand er gebissen hatte, fluchte und hieb mit der Faust auf Ravins Wunde. Der Schmerz nahm ihm den Atem. Tränen rannen ihm über die Wangen und tropften auf den Burghof. Du hast deinen Bruder getötet, kreischte es in seinem Kopf. Weil du einer Woran vertraut hast!

Rötlicher Schein breitete sich über Jolons Hand, die den Kristall immer noch fest umschlossen hielt. Zwischen seinen Fingern begann sich die Sonne mit den roten Strahlen zu drehen. Dunkler und dunkler wurde sie, bis sie schließlich zu grauem Stein erstarrte. Die Woran nahm Jolons Hand und bog seine Finger auseinander. Auf seiner Handfläche lag der Gor. Eis überzog knisternd die Hand der Woran, als sie ihn an sich nahm. Jolon seufzte und atmete aus.

Die Woran schien zu wachsen, ihr Haar sträubte sich und begann zu knistern wie ein Feuer, das durch einen frischen Luftzug genährt wird. Macht floss durch ihre Hände. Etwas Fremdes glühte in der Flamme ihrer Augen, gieriger und zerstörerischer als jedes Feuer. Sie sah Diolen an und gab ihm den Gor. Er nahm ihn und betrachtete ihn lange.

»Du hast gut gewählt«, sagte er und reichte ihr die Hand, wie er es bei Sella getan hatte. Doch die Woran ergriff seine Hand nicht, sondern trat zu ihm und lächelte.

»Noch bin ich nicht, was ich sein werde, Diolen. Noch sind meine Hände keine Klauen und mein Gesicht nicht schattenschwarz und furchtbar. Willst du deine Braut nicht küssen?«

Er zögerte kurz, doch dann legte er seinen Arm um ihre Taille und zog sie an sich. Sie lächelte ihm zu und legte mit zärtlicher Geste ihre Hände an seine Schläfen.

»Und dies«, flüsterte sie, »ist für Sella!«

Erstaunen kroch über Diolens Züge, dann Erkenntnis – und dann der Schmerz. Langsam, ganz langsam öffnete er den Mund. Sturm brüllte über den Burghof. Die Erloschenen begannen zu taumeln. Ravin spürte, wie der Griff an seinen Armen sich lockerte und sich schließlich ganz auflöste. Das Pfeifen des Windes vermischte sich mit Diolens Gurgeln, das sich zu einem grauenvollen schrillen Schreien steigerte. Speichel floss ihm aus dem Mund, seine Hände tasteten nach Aminas Händen, die immer noch unerbittlich gegen seine Schläfen pressten. Blut rann darunter hervor. Er riss an ihren Armen, doch sie hielt ihn mit Klauen aus Eisen. Das Schreien wurde zu einem Kreischen, das Ravin die Panik durch die Adern jagte. Er hielt sich die Ohren zu und krümmte sich im Sturmwind.

Endlich sank Diolen in die Knie. Durchsichtiger wurden die Erloschenen, ihre Mäntel und Schwerter fielen von ihnen ab, zurück blieben rote Augen – und die dunklen Umrisse und wabernden Nebel der Hallgespenster. Mit einem Mal verstand Ravin, wer die Erloschenen waren. Sie kamen nicht aus dem Land Run, nein, Jarog hatte einen Zauber gefunden, die Hallgespenster in die Welt der Lebenden zurückzurufen. Angst presste ihm die Luft aus den Lungen. Doch die Hallgespenster beachteten ihn nicht. Sie richteten ihre Blicke auf Diolen. Aus den sichelförmigen Wunden an seinen Schläfen sickerte Blut

»Bitte!«, flüsterte er. Zitternd stolperte er rückwärts, Todesangst in den Augen. Unerbittlich wie ein schwarzer Nebel krochen die Gespenster auf ihn zu. Einen magischen Moment verharrten sie, dann hob Amina ihre Hand mit den glühenden Monden und gab ihnen die Erlaubnis. Diolen kam keuchend auf die Füße und floh zu den Bäumen. Das Letzte, was Ravin von ihm sah, war sein Silbermantel, der in dem Wirbel aus brodelnden Schattenleibern aufblitzte und verschwand.

So schnell er konnte, kroch Ravin zu Darian und löste seine Fesseln. Sie klammerten sich aneinander, umgeben vom Toben und Kreischen des Sturms und dem gierigen Geheul der Hallgespenster. Erst als der Wind sich gelegt hatte und der letzte Schrei verhallt war, wagten sie aufzublicken. Der Hof war leer. Alles, was von Diolen geblieben war, waren Blut und Silberfäden von seinem Mantel, die an der rauen Rinde eines Jalabaumes hingen. Amina betrachtete mit erstaunten Woranaugen ihre Hände.

»Sieh nur, es sind immer noch meine Hände«, sagte sie zu Ravin. »Ich dachte, sie würden sich in Klauen verwandeln.«

Sie bückte sich und hob wie in Trance den Gor vom Boden auf.

Jolon atmete nicht mehr.

»Lass uns nachdenken«, sagte Darian, doch seine Stimme

klang ebenso jämmerlich und voller Panik, wie Ravin sich fühlte. Er legte den Kopf auf Jolons Brust und suchte nach einem Herzschlag. Leere antwortete ihm.

»Tu etwas!«, schrie er Darian an. »Du bist ein Shanjaar!«

Darian rieb sich die Augen. »Es gab einen Zauber, Laios wusste, wie man Tote dazu bringt, an der lichten Grenze zu warten. Nur so lange, bis wir etwas gefunden haben!«

»Dann sprich den Zauber!«

»Ich kenne ihn nicht!«, schrie Darian zurück. Er zitterte am ganzen Körper. Aminas Schatten verdunkelte das Licht und fiel über Jolons Körper, ihr Haar wand sich vor dem Nachthimmel wie schwarze Wasserpflanzen in einem nachtblauen See.

»Ich dachte, meine Kraft würde ausreichen«, sagte sie leise. »Es tut mir Leid, Ravin. Diolen musste den Stein in der Hand haben, damit sich die Kräfte des Gor gegen ihn selbst richten konnten. Es war meine einzige Möglichkeit.«

Der Klang ihrer Stimme war so vertraut wie ihre Worte fremd.

»Lass uns überlegen«, beharrte Darian. »Was hätte Laios getan?«

»Laios ist tot! Du musst etwas tun!«, schrie Ravin. Hektisch suchte er unter seinem Mantel. Irgendetwas musste er finden, was ihm helfen würde. Seine Finger umschlossen einen mit Blut verkrusteten Gegenstand. Er zog ihn heraus. Es war Skaardjas Geschenk, das er Laios hätte geben sollen. Beinahe hätte er gelacht.

»Da!«, sagte er und streckte Darian die Phiole hin. »Lass dir etwas einfallen!«

Ein verzerrtes Lächeln breitete sich über Darians Gesicht.

»Das ist Skariswurzel, Ravin. Es hilft gegen die rote Wut und gegen Zahnschmerzen, nicht gegen den Tod!«

»Dann verwandle es in etwas, was Jolon hilft!«

»Ravin hat Recht«, sagte Amina. »Du bist ein Shanjaar.«

Darian stutzte, dann strich er sich müde über die Stirn.

»Nun, zumindest kann es keinen Schaden mehr anrichten«, sagte er.

Er schloss die Augen und murmelte ein paar Worte, dann zog er den Kristallverschluss aus der Phiole. Der schwache Duft nach Salz und Skariswurzel wehte ihnen entgegen. Darian zuckte die Schultern, dann hielt er die Flasche über Jolons Gesicht – die wenigen Tropfen fielen auf die geschlossenen Augen.

Jolon holte Luft und blinzelte.

Darian schrie auf und sprang auf die Beine.

»Amina?«, flüsterte Jolon.

Erstaunt sahen Ravin und Darian, wie sich Amina an Jolons Lager kniete und die beiden sich umarmten. Ravin spürte, wie seine Knie weich wurden und der Boden zu schwanken begann, als würde er wieder auf den Planken der Jontar stehen. Was ging hier vor? Langsam löste sich Amina aus Jolons Umarmung und lächelte.

»Hier ist mein Bruder, Ravin!«, sagte sie. »Zumindest ist er in den vergangenen Monden einer für mich geworden.«

Jolon setzte sich auf, mühsam und schwach nach der langen Zeit, die er liegend verbracht hatte.

»Ravin!«, rief er und streckte seine Arme aus. Ravin drückte ihn an sich. Trotz seiner Verwirrung spürte er, wie endlich, endlich der eisige Stein, der so lange auf seiner Seele gelegen hatte, zerfloss und Erleichterung und Freude an seine Stelle ließ.

»Jolon«, flüsterte er. »Ich dachte, du wärst tot.«

Jolon lächelte.

»Amina hat über mich gewacht und mich am Leben erhalten. Viele Monde lang.«

Ravin war wie betäubt. Unendlich mühsam klaubte er die

Scherben seiner Gedanken zusammen und versuchte sie zu einem neuen Bild zusammenzufügen.

»Dann war sie die dunkle Gestalt, die in meinen Träumen hinter dir stand?«

»Ich dachte, es wäre Laios«, warf Darian ein. »Aber wie kommt der Gor ins Tjärgland?«

»Das Lied«, sagte Ravin. »Amina hat das Lied gesungen, das ich von den Hallgespenstern gehört habe.«

Amina nickte.

»Es ist ein Woranzauber, den ich von meiner Mutter gelernt habe. Damals, als Jerrik mir den Gor anvertraute, lauerten Badoks Krieger uns auf. Jerrik gab ihn mir vor dem Kampf und bat mich ihn in Sicherheit zu bringen. Auf dem Weg stellten mich vier Horjun – und da sprach ich den Schleierzauber, den mich meine Mutter gelehrt hatte. Erstmals nutzte ich die Magie der Woran um den Stein unsichtbar zu machen. Doch der Zauber entglitt mir.«

»Der Gor verschwand?«

»Er und die Horjun. Plötzlich war ich allein im Wald. Ich habe lange gesucht. Nachts in meinen Träumen sah ich, dass jemand an einem weit entfernten Ort den Gor gefunden hatte und ihn hütete – bewacht von den Seelen der Horjun.«

»Die Dämonen am Feuer.«

Sie nickte.

»Erst als ihr in unser Lager kamt, habe ich geahnt, wo ich nach dem Gor, der die Form eines Kristalls angenommen hatte, suchen muss.«

»Dann war das Lied, das Ravin von den Hallgespenstern gelernt hat, der Schleierzauber der Woran«, flüsterte Darian. »Und vorhin hast du ihn mit demselben Spruch wieder aufgehoben.«

Ravin hatte die Lippen zusammengepresst. Eine hilflose

Wut, die er sich nicht erklären konnte, ließ ihn zittern. Amina trat zu ihm. Der Schatten umgab sie, dennoch sah sie immer noch aus wie Amina aus Jerriks Lager. Und aus irgendeinem Grund schmerzte dieser Anblick ihn mehr, als jede Woranfratze es hätte tun können.

»Ich danke dir, dass du das Schwert nicht genommen hast, Ravin. Ich wusste, du würdest mir vertrauen.«

»So, das wusstest du«, sagte er bitter. »Der dumme Waldmensch würde dir immer vertrauen, nicht wahr?«

Sie sah ihn erschrocken an.

»Ich habe gedacht, du wärst tot!«, schrie Ravin. »Ich habe dich gesucht und mich mit Ladro gestritten, weil ich ihm vorwarf, er hätte dich einfach aufgegeben.«

Amina senkte den Blick. Tränen stiegen ihr in die Augen, sie sah hilflos aus. Das irritierte Ravin beinahe noch mehr, als wenn sie wütend geworden wäre.

»Aber du kannst mir vertrauen«, sagte sie leise. »Und du bist alles andere als ein dummer Waldmensch!«

»Und du keine Woran«, sagte er bitter und wandte sich von ihr ab.

IV

Feuer und Wasser

Laios wurde bei Anbruch der Nacht auf dem Friedhof der Zauberer am Alschhain beerdigt. An seinem Grab waren die Shanjaar aus dem Wald versammelt. Jeder von ihnen trug eine Fackel. Am Kopfende des Grabes, in dem Laios' Körper auf einem Lager von Tanistannenzweigen gebettet lag, standen Atandros und Darian in der Festtracht der Hofzauberer – weite dunkelgrüne Mäntel mit seidenen Ärmelaufschlägen, die mit silbernen Pferden bestickt waren.

Gestützt auf Ravin hielt Jolon mit ernstem Gesicht und vor Anstrengung zitternder Hand die Fackel. Verstohlen betrachtete Ravin ihn. Wie fremd sein Bruder ihm erschien nach den Ewigkeiten, die seit seinem Weggang aus Tjärg vergangen waren. Es war Ravin unmöglich, sich in seiner Gegenwart noch länger als der kleine Bruder zu fühlen. Vielmehr spürte er eine Zärtlichkeit für Jolon, den Menschen – doch nicht mehr für Jolon, den starken, überlegenen Bruder.

Die vergangenen zwei Tage waren anstrengend gewesen. Obwohl die Königin darauf bestanden hatte, dass Ravin seine verwundete Schulter schonte, hatte er mit Darian Erkundungsritte unternommen. Die Sturmflut der Naj hatte das Land vor der Burg verwüstet. Die wenigen Bäume, die nicht vom Wasser entwurzelt und fortgeschwemmt worden waren oder geknickt wie gefallene Krieger an den Ufern lagen, hatten die Feuernymphen verbrannt. In einigen Teilen des Waldes wüteten die Feuer immer noch. Shanjaar, Krieger und Waldbewohner arbeiteten gemeinsam daran, die Brände zu löschen. Der Nieselregen, der eingesetzt hatte, erleichterte diese Aufgabe.

Hier und da flackerten Feuernymphen wieder auf, doch sie waren schwach und blass und zeigten keinerlei Interesse daran, weitere Feuer zu entfachen, sondern zogen sich vor dem Regen in Höhlen und Nischen zurück. Mehrmals hatte Ravin Naja gerufen, aber auch sie war verschwunden. Am schlimmsten sah die Burg aus. Die Tore waren verkohlt – Naja hatte ganze Arbeit geleistet. Die Wände, die ehemals hell in allen Perlmuttfarben geschimmert hatten, waren verrußt, das kostbare Mobiliar zum größten Teil zerstört. Verwundete Horjun und Tjärgkrieger kampierten in den prächtigen Gästezimmern, einquartiert auf Geheiß der Königin. Sie war es auch, die Badoks Körper und die gefallenen Horjun in allen Ehren auf einem neu angelegten Friedhof begraben ließ, eine Geste der Versöhnung, die ihr bei den Horjun und deren Hauptleuten große Achtung eintrug.

Ravin bewunderte die Königin für ihr weitsichtiges Handeln. Tagelang saß sie mit ihren Räten und Badoks Hauptleuten zusammen, verhandelte, plante und schlichtete.

Ravin hatte sein Lager wieder gesehen. Seine Tante Dila hatte geweint, als sie ihn in die Arme schloss. Sosehr sich Ravin freute, es erschien ihm immer noch merkwürdig, überall als Held gefeiert zu werden. Auch Amina wurde verehrt und ebenso gefürchtet. Viele verbeugten sich sogar vor der Frau, die zugleich Woran und Mensch war.

Darian trat an Laios' Grab und sprach die Totenworte. Seine Stimme klang leise, beinahe verlor sie sich im Rauschen der mächtigen Alschbäume. Als die letzte Strophe verklungen war, begannen die zwei ältesten Shanjaar das Grab zuzuschaufeln. Bei jeder Schaufel Erde, die ins Grab fiel, hob einer der Shanjaar die Hand zum letzten Abschied und seine Fackel erlosch. Darian wartete, bis alle Feuer bis auf seines verloschen waren, dann hob auch er die Hand. Seine Flamme wurde kleiner und kleiner, bis sie nur noch ein Glimmen war und mit einem Zischen erstarb. Nun warf lediglich Laios' Fackel sein unruhiges Licht auf die ernsten Gesichter. Erst in diesem Augenblick trat auch die Königin an das Grab.

»Darian Danalonn!«, begann Atandros. »Wir kannten dich als unerfahrenen Suchenden, der seine Kraft noch nicht gefunden hatte. Doch aus einem ungeschickten Lehrling ist ein Zauberer geworden, den nicht nur Laios für würdig befand, unser Zeichen zu tragen. Mit Königin Gisae sind wir im Rat der Zauberer übereingekommen, dass du Laios' Stelle bei Hof einnehmen sollst. Du hast noch viel zu lernen, gewiss, doch bist du einer von uns geworden. Und du wirst Laios ein guter Nachfolger sein.«

Darian war blass geworden. Höflich erwiderte er das Lächeln der Königin, dankte Atandros und legte seine verloschene Fackel nieder um ehrfurchtsvoll die von Laios an sich zu nehmen. Doch Ravin bemerkte, dass seinen Freund etwas bedrückte.

Die Shanjaar verneigten sich und begannen damit, sich zurückzuziehen. Jeder legte einen Tannenzweig auf das Grab, bis Laios' Ruhestätte davon bedeckt war und der Duft des würzigen Harzes den Hain erfüllte. Darian setzte sich neben das Grab.

Es ist bereits die zweite Totenwache, die er am Grab eines Menschen hält, den er liebt, dachte Ravin. Jolon stützte sich schwer auf seinen Arm, als er ihn zum Lagerzelt brachte, wo sein Bruder sich vor dem anstrengenden Ritt zur Burg ausruhen würde. Als sie es beinahe erreicht hatten, blieb Jolon stehen.

»Willst du nicht lieber zu Ladro und Amina gehen?«

Ravin sah ihn verständnislos an.

»Vor allem deinen Zorn auf Ladro solltest du begraben«, fuhr Jolon fort.

Ravin fühlte, wie Ärger und verletzter Stolz sich wieder in ihm regten.

»Du meinst, ich soll einfach vergessen, dass er mich belogen hat? Er wusste, dass du den Gor hattest. Und er wusste, dass Amina dich beschützte und uns verließ, um dich zu finden. Trotzdem hat er mich wie einen Idioten nach ihr suchen lassen.«

»Hast du nie daran gedacht, dass Ladro mit seinem Schweigen ein Versprechen hielt, das er Amina gegeben hatte?«

»Das ist das Nächste, was ich nicht verstehe«, sagte Ravin düster. »Warum hat sie mir nichts erzählt?«

»Ist das so schwer zu verstehen, Ravin? Sie war es, die mich in Gefahr gebracht hatte, indem sie den Woranzauber sprach. Natürlich fürchtete sie, du würdest sie hassen, wenn du das erführest. Sie wollte es wieder gutmachen. Und dafür hat sie viel auf sich genommen. Sie traf die schwerste Entscheidung ihres Lebens. Du siehst ja, dass sie inzwischen wieder mehr der Amina ähnelt, die du aus Jerriks Wald kanntest. Denn solange sie Kraft hat, kann die Woran in ihr schlafen. Wird sie jedoch schwach, beginnt der Blutmond von ihrer Seele Besitz zu ergreifen. Als sie mich und den Gor fand, hatte sie die Wahl: Kraft für sich, um keine Woran zu werden, oder Kraft für mich, um mich vor dem Tod zu bewahren, den die dunklen Kräften des Gor mir bald gebracht hätten. Weit entfernt in Skaris hat sie sich für mich entschieden, einen Unbekannten, der durch ihre Schuld in Gefahr war.«

»Trotzdem wurde sie nicht zur Woran.«

Jolon lächelte.

»Ja«, sagte er. »Und darüber ist sie selbst am meisten erstaunt.«

Ravin blickte nachdenklich auf das Licht, das durch die Ritzen eines Zeltes schimmerte. Jolon seufzte und stützte sich auf seinen Gehstock.

»Wie dem auch sei, Ravin«, sagte er leise. »Ich danke dir, dass du mich in all den Monden und Gefahren nicht verlassen hast.«

Ravin schluckte.

»Ich habe oft gezweifelt.«

»Das tat Amina auch. Und ich ebenfalls. Es gab so viele Momente, in denen ich bereit war aufzugeben und über die lichte Grenze zu gehen, damit es ein Ende hat. Ich sah dich verwundet nach dem Kampf in Jerriks Wald. Ich sah dich mit verbranntem Mund und fiebrigen Augen im Horjun-Gewand und bewusstlos auf dem Felsen, nachdem Skigga dich getroffen hatte. Doch immer wieder bist du aufgestanden.« Sein Lächeln wurde breiter. Eine Spur von Wehmut war darin. »Ich bin für dich nicht mehr der, der ich war. Und auch du, Ravin, bist nicht mehr der Junge, der nichts anderes als seinen Wald kannte. Mein Bruder ist erwachsen geworden. Und in vielen Dingen ist er bereits weiser als ich.« Die Wärme, die in seiner Stimme mitschwang, tat Ravin gut. »Dein Platz ist nicht länger an meiner Seite, Ravin.«

»Aber du bist noch schwach!«

Jolon schüttelte den Kopf.

»Andere können mich stützen. Bald werde ich wieder ohne Hilfe laufen können. Ravin, dir bleibt nicht viel Zeit, bis deine Freunde nach Skaris zurückkehren. Also gehe zu Ladro, zu Mel Amie. Und zu Amina. Zuallererst aber gehe zu Shanjaar Darian. Er wartet auf dich.«

Ravin blickte seinen Bruder an und sah ihn zum ersten

Mal mit den Augen der Kranken, die seinen Rat und Heilzauber suchten. Schließlich ließ er Jolons Arm los und ging schweren Herzens zu Laios' Grab zurück. Er drehte sich nicht um, aber er wusste, dass Jolon schwankend auf seinen Stock gestützt dastand und ihm nachblickte. Mit jedem Schritt schien die Last, die eben noch auf seinen Schultern geruht hatte, leichter zu werden. Doch seltsamerweise wurden seine Traurigkeit und das Gefühl des Verlustes schlimmer. Es fühlte sich so schutzlos, als würde ihm auf einmal ein Bein oder ein Arm fehlen. Zum ersten Mal, so wurde ihm bewusst, ging er einen Weg ohne seinen Bruder.

Als Darian Ravins Schritte hörte, hob er den Kopf und schlug die Kapuze zurück. Ein Lächeln erhellte sein Gesicht.

»Ravin!«, rief er. »Gerade habe ich an dich gedacht.«

»Shanjaar Darian, ich sehe, du bist hungrig«, sagte Ravin und zog aus der Tasche, die er unter dem Mantel trug, eine halbe Jalafrucht hervor. Darian nahm ein Stück und streifte die Nadeln von einem Taniszweig.

»Ich werde mich wohl nie daran gewöhnen, ein Zauberer zu sein. Als ich bei Laios angefangen habe, da erschien es mir unerreichbar und von allem das Erstrebenswerteste. Ich dachte, wenn ich eines Tages Hofzauberer würde, dann wäre ich der glücklichste Mensch. Doch nun fühle ich mich, als hätte ich eine Auszeichnung bekommen, die ich nicht verdiene.«

Sie spießten die Fruchtstücke auf die Zweige und hielten sie in das Feuer der Fackel.

»Dann gewöhne dich daran«, antwortete Ravin. »Du verdienst sie. Schließlich ist es dir gelungen, aus Skaardjas Mittel gegen Zahnschmerzen ein Mittel gegen den Tod zu machen.«

Darian blickte nachdenklich in die Flammen.

»Ja, ich habe einen Zauber gesprochen. Aber als Jolon die Augen aufschlug, dachte ich, dass Skaardja uns wohl doch ein paar Tropfen von ihrem Quellwasser gegeben hat.«

Er lachte, ein Abglanz des verrückten Lichtes tanzte in seinen Augen.

»Inzwischen allerdings glaube ich das nicht mehr. Das, was ich in der alten Steinburg in den Händen hielt, war ein Mittel gegen Zahnschmerzen. Doch in meiner Hand, zum richtigen Zeitpunkt, wurde es zu Quelle. Für einen Moment hatte ich den Zauber in den Händen. Ich spürte es. Der Zauber ist da. Es geht nur darum, den richtigen Zeitpunkt zu finden!«

»Wenn das Mittel in deiner Hand zur Quelle werden konnte, warum hat Skaardja mir das damals nicht gesagt?«

Darian wurde ernst und senkte den Kopf.

»Weil sie wusste, dass ich zu Sella gegangen wäre. Ich hätte es versucht – und wäre enttäuscht gewesen. Skaardja weiß viel über die richtige Zeit. Das ist ihre Kunst. Das, was mich zurückgehalten hat, war stets die Zeit.«

Ravin ließ die Worte in sich nachklingen, auch wenn die Ahnung, was Darian gleich sagen würde, schmerzte.

»Ich bin Hofshanjaar«, fuhr Darian fort. »Aber das ist nicht mein Weg. Mein Weg führt zu Skaardja. Ich werde den ganzen Weg noch einmal reiten. Ich weiß, es ist eine Reise durch Erinnerung und Schmerz. Doch ich weiß auch, dass ich nur bei Skaardja lernen kann das zu werden, was ich bin.«

Ravin schluckte und senkte den Kopf.

»Wirst du Sella suchen?«, fragte er leise.

Darian blickte ihn erstaunt an und lachte.

»Ravin va Lagar, du versuchst dich als Hellseher? Ja, ich

habe daran gedacht. Wer weiß, vielleicht wird meine Reise mich in das lichte Land führen – und sei es nur, um ein Mal zu hören, wie ihr Lachen klang.«

Seine Stimme wurde leiser, Trauer schwang darin mit.

»Ich habe es dir nicht erzählt, aber nach Sellas Tod war ich entschlossen auf die dunkle Seite zu wechseln. Ich war bereit ein Woran zu werden – aus Rache. Skaardja war es, die mich von diesem Gedanken abgebracht hat.«

Sie schwiegen. Die Geräusche des Waldes waren in der Stille der Herbstnacht verklungen, nur der Wind strich durch die Äste und brachte die Alschbäume zum Rauschen.

»Wann wirst du abreisen?«, fragte Ravin.

»In zwei Tagen, wenn die Horjun und ein Teil der Berater zu Badoks Kriegsschiffen vorausreiten. Ich reite mit Ladro.«

»Und mit Mel Amie … und Amina.«

Darians Augen leuchteten golden im Fackellicht.

»Ja«, antwortete er. »Ich habe sie gestern bei den Horjun-Gräbern gesehen. Sie sagte mir, dass du ihr seit – dieser Nacht – ausweichst.«

»Nein, das tue ich nicht. Ich war im Umland und sie bei den Horjun.«

»Seltsamerweise bist du immer dann fortgeritten, wenn du wusstest, sie würde in die Burg zurückkommen.«

Ravin wurde rot. Ein Anflug von Ärger ließ seine Stimme barscher klingen, als er es beabsichtigte.

»Das ist Zufall. Hätte sie nach mir gefragt, wäre ich da gewesen.«

Darian lachte leise auf.

»Warum fragst du sie nicht einfach, ob sie im Tjärgwald bleibt?«

»Weil sie nicht bleiben würde«, sagte Ravin. »Es würde ohnehin nicht gut gehen. Wir streiten und verletzen einander. Wir sind wie … wie Feuer und Wasser. Niemand würde ernsthaft erwarten, dass ein Naj und eine Feuernymphe sich vertragen.«

Darian schüttelte den Kopf.

»Du bist so tapfer, Ravin. Doch vor der kleinsten aller Gefahren rennst du davon.«

Ravin stand auf und klopfte sich die Tannennadeln vom Mantel.

»Im Gegensatz zu dir, weiser alter Mann«, erwiderte er spöttisch. »Nun, solltest du in Dantar zufällig Sumal Baji begegnen, richte ihr bitte meine Grüße aus.«

Darian wurde rot.

In Ravins Traum ritt ein endloser Zug von Horjun durch die Wälder zur Galnagar-Bucht. Schwarz und bedrohlich lagen die Kriegsschiffe in der windstillen Bucht. Die Spuren der Pferde verschwanden, wuchsen binnen Augenblicken zu, als hätte nie ein Huf den Boden berührt. Auf den Pferden saßen die Toten: Amgar mit der Schwertwunde im Leib, Laios mit den Brandspuren, Sella mit ernstem Gesicht und unzählige Waldkrieger und Horjun, die im Kampf gefallen waren.

Ravin folgte diesem traurigen Zug an der Seite von Darian, bis sein Freund Dondo ein Zeichen gab und das Pferd mit ihm davonpreschte. Ravin rief nach ihm, doch er sah sich nicht um und Vaju ließ sich nicht bewegen ihren Schritt zu beschleunigen, sodass Ravin zurückblieb. Eine dunkle Gestalt flog auf einem blinden Pferd an ihm vorbei. »Amina!«, rief er im Traum. Sie drehte sich im Sattel um, aber in ihren kalten Augen spiegelte sich kein Erkennen.

Ravin erwachte in seinem Zelt am Alschhain schlecht gelaunt und mit einem dumpfen Gefühl der Trauer in der Brust. Wenn er morgen aufwachte, würde der letzte Tag anbrechen, an dem er Darian sah. Und Mel Amie, Ladro – und Amina.

In der Burg schlug ihnen die Aufbruchstimmung entgegen. Es war ein seltsamerer Anblick als der Markt in Dantar. Horjun sprachen mit Waldmenschen, Hauptleute ereiferten sich im Gespräch mit den Gesandten aus Tana. Jalakuchen wurden gebacken und als Reiseproviant noch warm in Beutel geschnürt. Der Duft von Räucherfleisch vermischte sich mit dem Fellgeruch der unzähligen Pferde. Verwundete humpelten über den Hof zu den Küchengemächern. Eine Gruppe von Waldleuten entdeckte Ravin und begrüßte ihn, woraufhin das Gewühl im Burghof für einen Moment zum Stillstand kam, weil jeder Ravin sehen wollte. Er errötete. Noch immer hatte er sich nicht daran gewöhnt, ein Held zu sein. Er ließ seinen Blick über die Menge schweifen, in der Hoffnung, vielleicht irgendwo Ladro oder die anderen zu sehen. Doch alles, was er entdeckte, war ein schlammscheckiges Pferd, das zum Teil mit den rauchgeschwärzten Mauern zu verschmelzen schien. Aminas Banty! Ravin kniff die Augen zusammen und stellte sich im Sattel auf. Doch Amina konnte er nirgends entdecken. Dafür sah er Mel Amie, die gerade dabei war, die Hufe des Horjun-Pferdes mit einer schwarzen Harzpaste einzufetten.

»He, Waldmensch Lagar!«, rief sie, als er zu ihr trat. Wie gut es tat, sie lachen zu sehen!

»Wie geht es unserem Hofzauberer?«, fragte sie.

»Er reitet mit euch nach Skaris«, antwortete er ohne Begeisterung.

Mel Amie stieß einen Pfiff aus.

»Na, das nenne ich eine gute Nachricht! Und was ist mit dir, Waldmensch Abenteurer?«

Er schluckte, denn plötzlich saß ein Kloß in seinem Hals.

»Nein«, sagte er schroffer, als es klingen sollte. »Ich kann nicht.«

Mel Amie sah enttäuscht aus, doch offensichtlich hatte sie diese Antwort erwartet.

»Ja, ich weiß, Ravin.«

»Ich habe Aminas Banty hier gesehen.«

»Und du hast gedacht, sie sei hier? Da muss ich dich enttäuschen. Das Banty gehört neuerdings zur Burg. Das hat sie mir gesagt, als sie heute Morgen mit Iril aus den Bergen zurückgekehrt ist.«

»Sie war mit Iril in den Bergen?«

Mel Amie grinste.

»Vergiss nicht, sie kommt aus dem Gebirge. Iril sagt, sie haben die Spuren der Regenbogenpferde in der Nähe der Bergdörfer entdeckt. Irgendwann werden die Herden wieder ins Tal kommen. Wenn das ...« – mit einer Geste fasste sie das verwüstete Land zusammen – »... wieder so ist, wie es war.«

»Und das Banty lässt sie hier?«

»Iril hat sie darum gebeten. Er will versuchen es mit Regenbogenpferden zu kreuzen. Kannst du dir das vorstellen? Ein Land, das Tjärgpferde hat, die man allerdings nie zu Gesicht bekommt!« Sie lachte und schüttelte den Kopf.

»Wo ist Amina jetzt?«

»Vielleicht in ihrem Quartier, vielleicht mit Ladro bei den Horjun. Du siehst sie heute Abend bei der Versammlung im Thronsaal. Sobald ich mit Linlans Hufen fertig bin, werde ich mich umziehen.« Sie zwinkerte ihm zu und klopfte dem Horjun-Pferd den Hals. »Ja, ich habe ihm einen Namen gegeben. Weißt du, was ein Linlan ist? Ein Kobold, der sich nur vor Wasser fürchtet.«

Trotz seiner Niedergeschlagenheit musste Ravin lachen.

Etwas getröstet machte er sich auf den Weg in die Burg. Von weitem sah er Hauptmann Ljann, der ihm knapp zunickte und weitereilte, und einmal begegnete ihm Iril, der sich ebenfalls nicht die Mühe machte, stehen zu bleiben. Nicht einmal Jolon hatte Zeit für ihn. Als Ravin über den Hinterhof ging, war er erleichtert wenigstens ein paar Feuernymphen zu entdecken.

»Naja?«, rief er. Die Nymphe wirbelte herum. Die anderen Nymphen kicherten und verloschen.

»Wo warst du?«, fragte er, erleichtert, dass er zumindest sie gefunden hatte. »Ich habe dich so oft gesucht!«

»Deine Rufe habe ich gehört«, erwiderte sie kühl. »Aber leider hatte einer dieser widerlichen Wassergeister mich erwischt. Ich habe zwei Tage gebraucht, bis ich wieder brennen konnte. Und dann will ich zu dir kommen – und sehe, dass deine Namida wieder da ist.«

»Amina? Aber sie ist nicht meine …«

»Sei still, Ravin«, sagte sie und hob ihren Flammenarm. Ihre Stimme zitterte. »Ich erkenne eine Namida, wo ich sie sehe! Leb wohl!«

Ein Funkenregen stob Ravin entgegen, dann war Naja verschwunden.

Diener hatten im rauchgeschwärzten Thronsaal lange Tische aufgestellt. Kerzen und Fackeln brannten und brachen ihr Licht in den Spiegeln, die aufgehängt worden waren und in seltsam lichtem Kontrast zu den schwarzen Wänden standen. Die Shanjaar aus dem Wald waren ebenso vertreten wie die Räte aus den Waldlagern und die Botschafter aus Lom und anderen Ländern, die im Laufe des Tages eingetroffen waren. Am Tisch, der vor dem Thron aufgestellt worden war, saßen auf der einen Seite die Hauptleute der Königin, auf der anderen Seite die Horjun und deren Kommandanten. Ravin entdeckte Bor, seinen ehemaligen Hauptmann. Als Zeichen der Trauer waren viele der Plätze leer, Taniszweige lagen dort auf dem Tisch. An der Stirnseite der Tafel hatten Darian und Atandros Platz genommen. Links von ihnen setzten sich gerade Mel Amie und Ladro. Ravin grüßte in die Runde und ging zu Darian hinüber. Er hatte sich kaum hingesetzt, als auch schon Amina in den Saal kam. Ravin hielt unwillkürlich den Atem an, als er beobachtete, wie sie zu ihrem Platz zwischen Ladro und Mel Amie ging. Sie trug ein Festkleid im typischen Schnitt des Gislan-Hofes mit langen bestickten Ärmeln. Nachtblau wie Skiggas Becken leuchtete der glänzende Stoff. Im Haar trug sie eine silberne Spange in Form eines Sichelmondes. Immer noch lag der Woranschatten auf ihrem Gesicht. Die Narbe an ihrer Stirn hatte sie nicht unter dem Haar verborgen, sondern trug sie selbstbewusst zur Schau. Ihre Hände waren die dunklen Hände einer Woran, doch vor dem blauen Stoff waren selbst sie auf magische Weise schön. Als sie seinen Blick auffing, ging ein kurzes Leuchten über ihr Gesicht. Es sah so aus, als wollte sie ihm zulächeln, doch dann senkte sie rasch den Blick und sagte etwas zu Ladro. Ravin biss sich auf die Lippen und sah zur Tür, wo eben die Königin den Saal betrat.

Streng sah sie aus und erschöpft nach den vielen Tagen der Verhandlungen. Dennoch erinnerte nichts mehr an die Frau im Kampfgewand. Königin Gisae war wieder die höfische Herrscherin mit geflochtenem Haar. Ihr hellviolettes Gewand – die Farbe der Trauer – floss bis auf den Boden und endete in einer langen Schleppe. Als sie den Gesandten zunickte, blitzte ihr silberner Stirnreif im Licht der Kerzen auf.

»Wir sind nicht hier um ein Fest der Freude zu feiern«, begann sie unumwunden. »Es ist ein Fest der Trauer. Wir trauern um Menschen aus Tjärg und Tana, Fiorin und Skaris.

Doch gleichzeitig ist es auch ein Fest des Neubeginns. Ich danke den Gesandten aus unseren Nachbarländern, dass sie gekommen sind. Ich danke ebenso unseren Vertretern der Lager in den Wäldern, die bereit waren sich mit denen, die Leid über ihre Familien gebracht haben, an einen Tisch zu setzen. Und vor allem danke ich den Hauptleuten und Horjun aus Skaris, die hier erschienen sind, dass sie sich ergeben und damit noch größeres Leid verhindert haben. Ich danke ihnen, dass sie daraufhin bereit waren, einen Pakt zu schließen, damit dieser Krieg, so sinnlos er gewesen ist, in Zukunft doch noch etwas Gutes bringen möge. Vor allem aber möchte ich den Menschen danken, die auf ihrer Reise ihr Leben in Gefahr gebracht haben um Tjärg vor dem Untergang zu retten. Und die damit verhindert haben, dass auch Skaris, Dantar und die angrenzenden Königreiche in die Gewalt eines skrupellosen Herrschers fallen konnten.« Mit einer Handbewegung deutete sie zu Darian, Ravin, Mel Amie, Ladro und Amina. »Diese fünf Menschen haben bewiesen, dass Skaris und Tjärg keine Feinde sind. Und sie haben uns noch etwas gezeigt: Viel zu oft lassen wir uns täuschen durch das, was wir sehen und sehen wollen. Wir haben die Menschen in Skaris angeklagt, dass sie in mir eine Hexe sahen, die über ein Land von Seelenlosen herrscht. Nun, aber was haben wir geglaubt? Nur zu gerne haben wir uns auf Jarogs Worte verlassen und seine Schauermärchen geglaubt, die er vor vielen Jahren aus Skaris brachte. Nicht einmal Atandros und Laios haben die Lüge bemerkt. Lange genug haben wir nur mit den Ländern jenseits der Südberge Beziehungen unterhalten. Aber niemals mit Skaris. Und Skaris nicht mit uns.« Sie holte tief Luft und blickte sich um. »Nun ist es meine Pflicht, dafür zu sorgen, dass dieser Bann gebrochen wird. Und deshalb reite ich in drei Tagen mit den Horjun nach Skaris.«

Einen Moment war es ruhig, dann brach der Tumult los.

»Majestät! Das geht nicht!«, wandte ein alter Hofrat ein. »Für diese Angelegenheiten gibt es Botschafter und Gesandte!«

Königin Gisae lächelte.

»Ich werde nicht ohne Botschafter reiten. Aber glaubst du, die Familien, deren Kinder als Horjun kämpften und nun im Tjärgwald begraben liegen, werden den Gesandten glauben, dass ich keine Seelen verschlingende Hexe bin? Nein, ich habe lange genug in meinem Reich gelebt ohne mich darum zu kümmern, was in Skaris geschieht oder in Dantar. Und deshalb ist es wichtiger als alles andere, Versöhnung zu schaffen.«

Sie schwieg und blickte in die Runde. Ravin fragte sich, ob nur ihm die Anspannung in ihrem Gesicht auffiel.

»Wir werden in Skaris Räte einberufen und die Zauberer aufsuchen, die Badoks dunkler Doppelgänger in die Berge verbannt hat. Vielleicht wird es in Badoks Burg bald wieder einen Hofstaat geben.«

»Und wer soll Euch hier vertreten?«, rief eine Hofrätin dazwischen. Das Murmeln im Saal schwoll wieder an, einige der Hauptleute standen auf. Die Königin hob den Arm und Ruhe kehrte ein.

»Ein Zirkel aus Räten wird darüber wachen, dass hier alles wieder aufgebaut wird. Atandros wird zum Rat gehören und Jolon, der neue Hüter des Gor. Und ...« – Ravin durchfuhr ein kurzer Schreckschauer, als die Königin sich ihm zuwandte – »... als jüngstes Mitglied des Rates möchte ich dich einberufen, Ravin. Deine erste Aufgabe wird darin bestehen, darüber zu wachen, dass die Lager wieder aufgebaut werden. Und wer könnte das besser als ein mutiger Waldmensch, dessen Geschick und Klugheit wir es zu verdanken haben, dass wir hier sitzen.«

Ravin spürte, dass alle Blicke im Raum auf ihn gerichtet waren, doch erstaunlicherweise war er sehr ruhig. Er errötete nicht, sondern sah der Königin in die Augen.

»Ich danke Euch, Majestät«, sagte er mit fester Stimme. »Und nehme gerne an.«

»Ich danke dir, Ravin va Lagar«, antwortete sie. »Auch für deinen Ungehorsam!«

Hauptmann Ljann lachte, die Gesandten aus Tana und Lom runzelten pikiert die Stirn. Ravin konnte sich ein Lächeln nicht verkneifen.

»Um dir zu danken möchte dir Tjärg etwas schenken«, fuhr Königin Gisae fort. »Am Fuße der Südberge steht eine alte Burg. Sie gehörte einem Fürsten, der unter meinem Vater regierte. Inzwischen ist sie halb zerfallen, doch für dich soll sie wieder aufgebaut werden. Damit du und die deinen immer Schutz finden.«

Ravin klappte der Mund auf.

»Aber Majestät!«, sagte er und wurde nun doch rot.

»Wenn du die Burg nicht bewohnen möchtest, steht es dir selbstverständlich frei, damit zu tun, was dir beliebt«, schloss sie. Diener betraten den Saal und brachten Wein herein. Stühle rückten, Becher wurden herumgereicht und man trank auf die Toten.

Ravin stand wie in einem Traum, Hände klopften ihm auf die Schulter, Glückwünsche hallten in seinen Ohren, ohne dass er sie richtig wahrnehmen konnte. Von der anderen Seite des Saales fing er einen ermutigenden Blick seines Bruders auf. Ladro und Mel Amie lächelten und prosteten ihm zu. Gerade wollte er zu ihnen hinübergehen, als er entdeckte, dass Aminas Platz leer war. Verstohlen sah er sich nach der Königin um, die in das Gespräch mit den Räten vertieft war, dann stand er möglichst unauffällig auf und zog sich zur Tür zurück.

Sie stand auf dem Gang und blickte durch ein zersplittertes Fenster auf das verwüstete Land. Der Wind fing sich in ihrem Haar und ließ es flackern wie schwarze Feuerzungen. Als sie seine Schritte hörte, wandte sie den Kopf. Ihre Augen leuchteten mit der Flamme der Woran, doch dieser Anblick irritierte ihn nicht mehr, denn immer noch war sie Amina.

»Es ist seltsam mit dir«, sagte sie. »Wenn man dir tagelang nachläuft, bist du verschwunden. Und wenn man vor dir wegläuft, folgst du einem bis aus dem Saal.«

»Als ich dich heute gesucht habe, erfuhr ich, dass du mit Iril in den Südbergen warst.«

»Und was hätte ich machen sollen? Ich habe dich gesucht, am Tag nach … nach Diolens Tod. Man sagte mir, du seist in den Wald geritten. Kaum warst du wieder da, hieß es, nun seist du bei den Räten.«

»Ich habe berichtet über Amgar und …«

»Ravin, hör auf dich rauszureden. Du verachtest mich, weil du denkst, ich hätte dich angelogen. Aber du verstehst nicht …«

»Amina, du bist es, die nicht versteht! Ich dachte, du wärst eine Woran und dann …« Ohne es zu wollen war er laut geworden. Sie warf ihm einen traurigen Blick zu.

»Da, schon wieder streiten wir uns«, sagte sie.

Die Stille wuchs zu einer Mauer, die sich unerbittlich zwischen sie schob. Amina wandte sich wieder dem Fenster zu.

»Ich bin eine Woran und bin es nicht«, sagte sie. »Ich bin Amina. Und ich habe nur noch dieses einzige Leben.«

»Entschuldige«, brachte er schließlich hervor. »Ich wollte dich nicht verletzen. Was wir auch sagen, wir verletzen einander.«

Ein Lächeln glitt über ihr Gesicht, das erste seit vielen

Monden, wie ihm schien. Gerne hätte er es in der leeren Phiole eingefangen und wie eine kostbare Erinnerung aufbewahrt.

»Das ist wahr, Ravin. Und trotzdem ist es mir lieber, wir streiten uns, als dass wir uns nie wiedersehen!« Sie sah auf den Boden und sprach hastig weiter, als wollte sie ihn daran hindern, etwas zu sagen. »In den vergangenen Tagen habe ich dich gesucht, weil ich dir eine Geschichte erzählen wollte.«

Verwirrt sah er sie an. Sie bemerkte sein Erstaunen und konnte sich ein Lächeln nicht verkneifen. Dann wurde sie wieder ernst.

»Vor langer Zeit begegneten sich am Fuße der Feuerberge ein Reiter und eine Woran. Der Reiter lebte am Fuße des Berges, wo er von Lagerplatz zu Lagerplatz zog. Er war geschickt und flink – und so mutig und dickköpfig, dass er den Tod schon zu oft gesehen hatte. In den Bergen lebte auf der dunklen Seite des Mondes eine Woran. Eine jähzornige Woran, die töten konnte, doch nicht wollte, die eine scharfe Zunge hatte und ein verwundbares Herz. Wenn sie sich trafen, sagte sie dies und er antwortete das – und dann ritt er wütend in seinen Wald und sie zog sich grollend in ihre Berge zurück. So unterschiedlich sie auch waren, erkannten sie doch bald, dass sie ohne einander nicht mehr leben wollten. Also gingen sie zum Hüter der Feuerberge und fragten ihn um Rat. ›Als es die Menschen noch nicht gab‹, sprach er, ›waren auf der Erde nur Wald und Fels, Feuer und Wasser. Das Wasser sah das Feuer und verliebte sich und auch das Feuer fand Gefallen am Wasser. Sie umkreisten einander und zweifelten, ob sie zusammenkommen könnten. Das Feuer fürchtete, das Wasser könnte es löschen, das Wasser hatte Angst, zu verdunsten, wenn das Feuer ihm zu nahe käme. So umtanzten sie einander voller Angst und

Sehnsucht, kamen sich nah, verletzten sich, doch immer wieder floss das Wasser auf die Erde zurück und immer flackerte das Feuer wieder auf. Schließlich kamen sie zum Ältesten der Felsen und fragten um Rat. Und der Felsen dachte nach. Nach vielen Jahren fiel ihm eine Lösung ein. Aus Jalafrucht, Sand und Holz formte er die Hülle eines Menschen, die er zwischen das Feuer und das Wasser auf die Lichtung legte. Der Felsen sprach: Nun berührt ihn ohne ihm zu schaden. Falls euch dies gelingt, werdet ihr euch umfangen können. Das Feuer zweifelte: Wenn ich ihm nahe komme, wird er verbrennen. Das Wasser sagte: Wenn ich ihn umspüle, wird er fortgeschwemmt. Doch dann beschlossen sie ihn gleichzeitig zu berühren. Feuer und Wasser wagten den Sprung – und die rote Glut des Feuers und die fließende Kühle des Wassers vereinten sich und wurden zu Blut! Der Mensch, den der Felsen erschaffen hatte, erwachte zum Leben. Seitdem leben Feuer und Wasser gemeinsam in jedem Menschen. ›Also‹, schloss der Hüter der Feuerberge. ›Wenn Feuer und Wasser sich fanden, warum sollten ein Reiter und eine Woran es nicht können? Wagt den Sprung!‹«

»Und was taten sie?«, fragte Ravin.

Sie lächelte, trat zu ihm – und legte die Arme um ihn. Ein Schwarm von aufgeschreckten Vögeln schien in seiner Brust aufzuflattern.

»Sie umarmten sich und wagten den Sprung«, flüsterte sie.

Dunkles Woranhaar fiel über seine Hände, als er mit klopfendem Herzen ihre Umarmung erwiderte.

»Und sie haben sich nicht mehr verletzt?«

»O doch«, sagte sie ernst. »Noch oft. Aber sie fanden immer wieder zusammen.«

Aus irgendeinem Grund musste er über diese Antwort lachen. Ihre Augen flackerten in blauer Glut, ein wenig erinnerten ihn die Woranaugen an Naja. Draußen hatte ein heftiger Herbstregen eingesetzt. Gemeinsam blickten sie auf die überschwemmten Ufer und die sterbenden Rauchsäulen. Behutsam nahm Ravin Aminas Hand. Er spürte die erhabenen Sichelmonde auf ihrer Handfläche und wusste, dass er endlich in Tjärg angekommen war.

Inhalt

Richard Schwartz

Das Erste Horn

Das Geheimnis von Askir 1.
400 Seiten. Serie Piper

Ein verschneiter Gasthof im hohen Norden: Havald, ein Krieger aus dem Reich Letasan, kehrt in dem abgeschiedenen Wirtshaus »Zum Hammerkopf« ein. Auch die undurchsichtige Magierin Leandra verschlägt es hierher. Die beiden ahnen nicht, dass sich unter dem Gasthof uralte Kraftlinien kreuzen. Als der eisige Winter das Gebäude vollständig von der Außenwelt abschneidet, bricht Entsetzen aus: Ein blutiger Mord deutet darauf hin, dass im Verborgenen eine Bestie lauert. Doch wem können Havald und Leandra trauen? Die Spuren führen in das sagenhafte, untergegangene Reich Askir …

Ein sensationelles Debüt mit einer intensiven, beklemmenden Atmosphäre, die in der Fantasy ihresgleichen sucht.

05/2032/02/L

Oisín McGann

Im Namen der Götter

Fantasy-Thriller. Aus dem Englischen von Irene Bonhorst.
320 Seiten. Serie Piper

Oisín McGann legt mit diesem Roman einen hoch brisanten Fantasy-Thriller vor, in dem zwei Welten aufeinander prallen: Der Albtraum des jungen Chamus beginnt, als er ein Massaker überlebt. Selbstmordattentäter des benachbarten Bartokhrin terrorisieren seine Heimat Altima und machen das Leben dort zu einer ständigen Gefahr. Als Chamus nach einem Flug im Feindgebiet notlanden muss, wird er von dem rebellischen Mädchen Rhiadni entdeckt. Diese verrät ihn an die Terrorgruppe Hadram Cassal. Für sie sind die Männer heldenhaft und mutig, stets bereit, für ihr Land zu sterben. Doch als sie den völlig unschuldigen Chamus töten wollen, erkennt sie, dass ihr Volk den falschen Weg geht. Sie befreit Chamus aus der Todesgefahr, und eine Hetzjagd durch die Wälder Bartokhrins beginnt.

05/2050/01/R

Kai Meyers Mythenwelt 1

Die ewige Bibliothek

Roman von James A. Owen. Aus dem Amerikanischen von Sara Schade. 256 Seiten. Serie Piper

Als in Wien eine alte Handschrift auftaucht, ist die Fachwelt mehr als erstaunt: Der Codex birgt unbekannte nordische Legenden, die weit in die Zeit vor der Edda zurückreichen. Die Suche nach der Herkunft des geheimnisvollen Fundes führt zu einer ewigen Bibliothek in des Bergen des Himalaya – und weiter nach Bayreuth, wo sich auf den Wagner-Festspielen das Ende der Welt ankündigt. Und während die Gegenwart in einem Albtraum aus Mythen und Legenden versinkt, erwachen die Geschöpfe der Phantasie, und eine gespenstische neue Genesis nimmt ihren Lauf.

05/1852/01/L

Kai Meyers Mythenwelt 2

Der unsichtbare Mond

Roman von James A. Owen. Aus dem Amerikanischen von Sara Schade. 208 Seiten. Serie Piper

An einem Mondtag in Silvertown verwandeln sich Flugzeuge in Drachen, Tiere und Menschen verschwinden, Gegenstände werden zu Fabelwesen. Mittelpunkt des mythischen Sturms ist eine riesige Bibliothek, die auch als Café dient und einem exzentrischen Ehepaar gehört. Als die Journalistin Meredith eine Seite aus einem uralten Codex im Briefkasten findet, steht fest: Zwischen der Handschrift und den Ereignissen in Silvertown gibt es Zusammenhänge …

Ein Roman wie eine phantastische Achterbahnfahrt – nach dem Konzept des Bestsellerautors Kai Meyer

05/1853/01/R